HAYMON verlag

Andrej Kurkow

Der wahrhaftige Volkskontrolleur

Roman

Aus dem Russischen von
Kerstin Monschein

Auflage:
4 3 2 1
2014 2013 2012 2011

HAYMON verlag
Innsbruck-Wien
www.haymonverlag.at

ISBN 978-3-85218-679-5

Umschlag- und Buchgestaltung, Satz:
hœretzeder grafische gestaltung, Scheffau/Tirol
Bearbeitung und Lektorat der Übersetzung:
Gudrun Braunsperger
Umschlagmotiv: Julia Dvoeglazova

Gedruckt auf umweltfreundlichem,
chlor- und säurefrei gebleichtem Papier.

Kapitel 1

Von den Höfen her hörte man das Kläffen der Dorfhunde, die mit ihren Ketten rasselten und den sich herabsenkenden Abend ankündigten. Jemand hackte mit einer stumpfen Axt Holz, um sich auf den kommenden Winter vorzubereiten. Vom fernen Rand des Dorfes drang das Fluchen eines Betrunkenen. Die Stimme war so heiser, dass der Geruch von Fusel trotz der Entfernung zu spüren war. Unter der Hüttendecke gingen die Iljitsch-Lampen an, die nicht gleichmäßig, sondern in Intervallen leuchteten, sie beugten sich den Launen des elektrischen Stroms, der sich über die vor Spannung brummenden Leitungen in jede Kolchosfamilie einschlich wie ein unsichtbarer, geheimer Feind.

Eine solche Lampe brannte auch auf dem Hauptplatz des Dorfes, genau zwischen dem Klubhaus und der Kolchosverwaltung. Ihr Licht neigte sich durch den leichten Wind mal zur einen, mal zur anderen Seite. Und genau in dieses schwankende Licht strömte aus dem Klubhaus eine Schar geschäftig lärmender Kolchosbauern. Die Menge durchquerte es, verteilte sich auf die Häuser und trug in jedes davon neue Gedanken, um dem gleichförmig verlaufenden Leben einen neuen Sinn zu verleihen.

Auch Pawel Dobrynin ging müde zu seinem Haus – ein Mann, der eigenwillig war wie der elektrische Strom, aber durch und durch ehrlich und deshalb nicht beliebt im Kolchosbezirk. Beim Gehen wunderte er sich, wie schwer ihm an diesem Abend jeder Schritt fiel, wie schwer ihm das Atmen war, er wunderte sich, dass die Sterne mit einem Mal matt und verschämt am wolkenlosen Himmel zitterten. Er ging also langsam dahin und dehnte seinen Weg aus, lauschte dem ungeordneten Hundechor und vernahm darin das Bellen seines Hundes Dmitrij, oder einfach Mitka. Der Hund Mitka war seinem Herrn irgendwie ähnlich, wahrscheinlich vor allem darum, weil ihn kein einziger Dorfhund leiden mochte, obgleich er ein ausgezeichneter Wachhund und Rüde war.

Das Tor quietschte, und noch lauter und freudiger bellte der Hund, der seinen Herrn witterte.

Pawel betrat den Hof, hatte es aber nicht eilig, ins Haus zu kommen, sondern ging zum Fenster, hielt dort inne und sah zu, wie seine geliebte Frau Manjascha den drei Monate alten Petka in ihren Armen wiegte. Nachdem er einige Zeit so dagestanden hatte, hob Pawel den Blick zum Himmel und wartete, bis er eine Sternschnuppe sah – anscheinend war es kein sehr wichtiger und nützlicher Stern –, und er wünschte sich in Gedanken etwas. Dann erst öffnete er die Tür und betrat das Haus.

Seine Frau freute sich still, als ihr Mann hereinkam. Sie stand da und sah zu, wie er die Stiefel von den Füßen streifte. Dann kam sie plötzlich zu sich, eilte zum Herd und schob den Kessel mit dem Abendessen für ihren Mann näher an die Glut.

„Nun, worüber habt ihr auf der Versammlung geredet?", durchbrach Manjascha die gemütliche häusliche Stille.

Pawel seufzte schwer. Er schwieg eine Weile, dann sagte er, während er seine Worte sorgsam wählte:

„Man hat mir eine schwierige Ehre erwiesen ..."

„Wie das?", fragte die Frau, erschrocken über den unverständlichen Satz des Mannes. Pawel holte Luft, bückte sich und setzte sich an den Tisch.

„Man hat mich zum Kontrolleur gewählt."

„Für die Kolchose, oder wie?"

„Nein." Pawel schüttelte den Kopf und seufzte wieder. „Für das ganze Land."

„Wie das?"

„Hier nimm und lies!" Pawel streckte ihr den Zettel mit dem bedeutsamen violetten Stempel der Kolchosverwaltung entgegen.

„Lies du vor", bat Manjascha. „Du weißt ja, ich tu mir mit dem Lesen schwer ..."

„Hiermit wird bestätigt, dass Pawel Aleksandrowitsch Dobrynin auf der allgemeinen Kolchosversammlung zum Arbeitskontrolleur auf Lebenszeit für die ganze Sowjetunion gewählt wurde. Ihm wird der Rang ‚Volkskontrolleur' verliehen, und er untersteht unmittelbar der höchsten Führungsebene des Landes. Leiter von Institutionen und Werken, die einer Kontrolle unterzogen werden, sind verpflichtet, den Volkskontrolleur zu verpflegen und seine Arbeit gemäß seinen Forderungen und der für die Kontrolle aufgewendeten Zeit abzugelten."

„Wie kann das sein?", fragte Manjascha, und in ihren Augen glänzten bereits Tränen. „Wie kann das sein? Das heißt doch, dass sie dich fortschicken! Großer Gott! Sie schicken dich doch absichtlich fort!"

„Aber nein", sagte Pawel langsam und unsicher. „Das ist eine Ehre ... Man hat mich doch gewählt. Dann werde ich abgelöst und komme nach Hause ... Und du passt auf die Kinder auf."

Bei der Erwähnung der Kinder brach Manjascha in Tränen aus. Davon erwachte der drei Monate alte Petka, weinte und schrie gemeinsam mit ihr.

Auch Pawel spürte, dass sich seine Augen gleich mit Tränen füllen würden, und er ballte seine Hände so fest wie möglich zu Fäusten, um sich zu beherrschen.

Am Morgen brach er auf. Aus dem Bezirk war ein Fuhrwerk geschickt worden. Auf dem Kutschbock saß ein greiser Zwerg von nur anderthalb Metern. Er rauchte eine selbstgedrehte Zigarette und schielte nach der Türschwelle, wo Pawel sich von seiner Frau verabschiedete.

Der Abschied fiel schwer. Manjascha hatte die ganze Nacht nicht geschlafen, sie hatte den Reisesack für ihren Mann gepackt. Schließlich war sie doch noch fertig geworden.

„Dann gehe ich also", sprach Pawel schließlich entschlossen, um die unvermeidliche Quälerei augenblicklich zu beenden.

„Warte!" Seine Frau klatschte plötzlich in die Hände und lief hinters Haus zum Holzschuppen.

Was braucht sie noch von dort?, überlegte Pawel, aber schon nach einer halben Minute war Manjascha wieder zurück. In ihren Augen standen noch die Tränen von vorher, und in ihren Händen hielt sie eine Axt.

„Da, nimm die mit auf die Reise!“, bat sie.

„Wie meinst du das?“, wunderte sich Pawel. „Eine Axt? Wozu brauche ich die dort?“

„Nimm sie doch!“, beharrte die Frau. „Wie kannst du dort ohne Werkzeug sein ... Was ist, wenn du auf Banditen stößt?“

„Na gut.“ Pawel nahm die Axt, warf sich die Tasche über die Schulter und ging zum Fuhrwerk.

Manjascha folgte ihm, aber ihr Schritt war unsicher, sie sah den Weg nicht vor sich, da sie das Gesicht mit den Händen bedeckt hielt und weinte. Schließlich blieb sie irgendwo zwischen Haus und Tor stehen und erstarrte dort.

„Auf geht's!“, schnauzte der greise Zwerg sein Pferd an, und die hölzernen Räder klapperten über den abgefahrenen Schotterweg.

Kapitel 2

Nachdem die Sonne über dem Zifferblatt des Himmels einen Halbkreis beschrieben hatte, tauchten ihre Strahlen hinter den Horizont hinab, dorthin, wo der Abgrund begann. Eingehüllt in die abendliche Dunkelheit gähnte auf der Erde alles Leben, bereitete sich auf den Kraft spendenden Schlaf vor; und sogar die Pflanzen schlossen ihre Blüten, damit die summenden Insekten, die wegen ihrer Schnelllebigkeit keine Müdigkeit kannten und keinen Schlaf brauchten, sie nicht umkreisten. Alles hielt inne, alles war friedlich, außer der Luft, die der Atem von Mensch und Tier in Bewegung hielt.

Inmitten der Stille kam ein Engel auf die Erde herab. Er blickte sich nach allen Seiten um und legte sich ins Gras, nachdem er sich von der Ruhe der Welt ringsum überzeugt hatte. Sofort verspürte er Müdigkeit – der Weg herab war weder leicht noch schnell gewesen. Als der Engel die Augen schloss, hatte er einen Traum, der eigentlich kein Traum war, sondern eine Erinnerung an jenen schweren Tag, an dem er sich endlich entschlossen hatte, seine Brüder und Schwestern zu verlassen, die dieselben weißen Gewänder trugen wie er, also das Paradies zu verlassen, um in dieses rätselhafte Land herabzukommen, das riesig war und voller Geheimnisse und über das keiner von seinen inzwischen schon ehemaligen Mitbrüdern mehr wusste, als dass dessen Bewohner nach dem Tod nicht ins Paradies gelangten. Vielleicht hatte mit diesem seltsamen Wissen sein Traum von einer Reise hierher begonnen, aber es war keine gewöhnliche Neugier, die ihn dazu gebracht hatte, einen dermaßen schwierigen Weg anzutreten: Er wollte einfach nicht glauben, dass es in einem so großen Land keine Gerechten gab, beweisen konnte er es allerdings nicht. Wenn es nämlich Gerechte gegeben hätte, dann wären die Pforten des Paradieses für sie immer offen gewesen. Da er also das, was für die anderen Bewohner des Paradieses unumstößlich war, nicht glauben mochte, hatte er beschlossen hierherzukommen, um einen wirklich Gerechten zu finden, diesen auf dessen irdischem Weg bis zum Ende zu begleiten, ihn dann durch die weiße, mit Perlen und Diamanten verzierte Pforte zu führen und von seinen Brüdern und Schwestern Vergebung dafür zu erlangen, dass er das Paradies eigenmächtig und heimlich verlassen hatte.

Die Sterne erstrahlten nun heller, sie machten sich die Abwesenheit des Tagesgestirns zunutze, das auch nicht stillstand, sondern bereits bis zur Mitte des unteren, von hier aus nicht sichtbaren Zifferblattes des Himmels fortgeschritten war.

Der Traum, der eigentlich gar kein Traum war, war vorbei und hatte den Engel noch tiefer in sich hinabtauchen lassen, sodass er den Schlägen seines Herzens und dem Rauschen seines Blutes lauschen konnte, das gemächlich durch seine reinen Adern strömte. Plötzlich war da das Geräusch eines heißen, fremden Atems, und ein Flüstern drang an seine Ohren und weckte den Engel.

„Genosse ...", flüsterte jemand. „Genosse, wach auf!" Der Engel öffnete die Augen, richtete sich auf und setzte sich im Gras zurecht. Er betrachtete denjenigen, der ihn angesprochen hatte. Vor ihm hockte ein junger Bursche mit gelocktem Haar.

„Genosse", flüsterte er wieder. „Lass uns Kleider tauschen! Ich gebe dir noch einen Laib Brot dazu. Einverstanden?"

Der Engel wunderte sich über einen solchen Vorschlag. Er musterte die Kleidung des Burschen: eine grüne Hose, ein ebensolches Hemd und an den Füßen Stiefel.

„Aber ich habe nur dieses Gewand!", sagte der Engel und hob den weißen, dünnen Stoff empor. „Darin wird dir nicht warm sein."

„Das macht nichts", winkte der Junge ab. „Also, tauschen wir?"

Der Engel zuckte die Achseln. Dann nickte er. Der Bursche zog das Hemd über den Kopf, dann schlüpfte er aus den Stiefeln und der Hose.

Der Engel legte sein Gewand ab.

„Wie zieht man das an?“, fragte der Junge verständnislos, als er das weiße Kleidungsstück in seinen Händen hielt.

„Hier gibt es einen Ausschnitt für den Kopf“, erklärte der Engel. Der Bursche fand den Ausschnitt, steckte den Kopf hindurch und strich das weiße Engelsgewand an sich glatt. Dann schlüpfte er rasch in die Stiefel.

„Und die Stiefel?“, fragte der Engel.

„Nein“, sagte der Lockenkopf gedehnt. „Das war nicht ausgemacht. Wir haben Kleidung gegen Kleidung getauscht, aber Stiefel sind Stiefel, die gehören nicht zur Kleidung ...“

„Also gut“, stimmte der Engel zu. „Aber sag mal, sind hier alle so gekleidet?“

„Fast alle“, nickte der Bursche. „Ich hab nur vom Hemd die Kragenspiegel abgerissen ...“

„Und was ist das – Kragenspiegel?“, wollte der Engel wissen.

„Ach, das weißt du gar nicht! Dann ist es auch besser, wenn du es gar nicht erfährst. Hier ist dein Brot. Alles Gute!“

Er legte einen kleinen runden Laib Brot vor den Engel auf den Boden, stand auf und ging davon. Lange blickte ihm der Engel nach und sah, wie der weiße Fleck seines Gewandes leuchtete, als er sich zwischen den Bäumen und Sträuchern entfernte. Als der Bursche vollständig in der Nacht verschwunden war, ergriff der Engel das Brot, brach ein Stück ab und führte es zum Mund. Er biss davon ab, kaute ein wenig und ihm wurde schwer ums Herz. Das Brot schmeckte nicht gut, der Geschmack war in keiner Weise mit dem des weißen Weizenbrotes zu vergleichen, das im Paradies gebacken wurde. Es zerfiel im Mund in einige Klumpen, die man nicht mehr zerkauen konnte. Schließlich spuckte der Engel das unzerkaute Brot auf den Boden und hatte Mitleid mit den Menschen, die dieses Brot aßen. Dann seufzte er so tief, wie er noch nie geseufzt hatte, und legte sich mit dem Gesicht zum Himmel. So lag er und wartete auf den Morgen, um das geheimnisvolle Land im Sonnenlicht betrachten zu können.

Bald brach der Morgen an, weckte die Vögel und alles Lebendige. Der Engel stand auf und blickte sich um: Er sah nun, dass er sich in einem kleinen Wäldchen befand, in dem die Bäume nicht dicht wuchsen, aber von niedrigen Sträuchern umsäumt waren. In der Nähe erblickte er drei schmale Pfade, die in unterschiedliche Richtungen führten. Er begriff, dass irgendwo in der Nähe Menschen leben mussten, die auf diesen Pfaden gingen. Und so beschritt der Engel einen von ihnen, um zu den Menschen zu gelangen.

Die Vögel sangen so wunderbar, es war, als schreite er durch den Paradiesgarten. Plötzlich tauchten vor ihm Reiter auf. Es waren nicht mehr als zehn: Sie waren jung und schön und trugen die gleiche grüne Kleidung, die er in der Nacht gegen sein weißes Gewand getauscht hatte.

Der Engel trat beiseite, um die ihm entgegenkommenden Reiter vorbeizulassen. Aber als sie auf seiner Höhe waren, umkreisten sie den Wanderer und sahen ihn feindselig an.

„Wer bist du?“, herrschte ihn einer von ihnen an und zwirbelte mit der rechten Hand seinen langen Schnurrbart.

„Ein Engel ...“, antwortete der Wanderer verlegen.

„Wie? Habt ihr das gehört?“ Der Schnurrbärtige brach in schallendes Gelächter aus. Dann veränderte sich sein Gesichtsausdruck abrupt und wurde böse. „Jetzt aber Hände hoch, du Dreckskerl! Ich werde dich gleich in den Himmel befördern, dann wirst du wirklich ein Engel!“

Der Reiter zog eine schwere Mauserpistole aus dem Gürtelholster, zielte und ließ sie dann zur Seite sinken, während er den Engel höhnisch ansah, um sich zu überzeugen, ob dieser auch wirklich erschrocken war.

„Warum wollen Sie mich töten?“, fragte der Engel bestürzt.

„Und warum trägst du eine Militäruniform mit abgerissenen Kragenspiegeln? Bist du selbst ein Deserteur oder hast du einen von uns umgebracht und sie ihm dann abgenommen? Na? Sag schon, aber schnell!“

„Das Gewand hab ich in der Nacht getauscht“, antwortete der Wanderer. „Ein junger Bursche mit Locken hat mich inständig darum gebeten ... Er gab mir noch einen Laib Brot dazu."

„Einer mit Locken?!" Der Reiter mit dem Schnurrbart wurde plötzlich mürrisch wie ein Stein. „Gib mal dieses Brot her!"

Der Engel reichte dem Reiter eine Scheibe davon. Der biss ab, kaute mit Appetit und sah mit zusammengekniffenen Augen in die Runde.

„Sergunkow?", fragte ein sommersprossiges Bürschchen auf einem kohlrabenschwarzen Pferd.

„Ja ...", stieß der Schnurrbärtige hervor. „Dieser Feigling! Wo zum Teufel soll man ihn jetzt noch finden? Nein, Freundchen", drehte sich der Reiter zum Engel um. „Genug geschwätzt! Sag dem Leben Ade! Du bist ja offensichtlich selbst ein Deserteur und hast einem Deserteur geholfen!"

Und der bärtige Reiter richtete seine Mauserpistole wieder auf den Wanderer.

„Sie können mich nicht töten", sagte der Engel. „Es ist unmöglich mich zu töten ..."

„Jeden kann man töten", presste der mit dem Schnurrbart kalt zwischen den Zähnen hervor.

Und er drückte ab. Der Schuss donnerte los, der Engel jedoch streckte eine Hand aus und hielt die Kugel an. Sie erstarrte in der Luft, direkt vor der weißen Handfläche. Die Reiter starrten mit offenem Mund auf sie. Der Engel sah die Kugel an und sein Blick wurde kalt.

„Wenn du schon in die Welt ausgebrochen bist", sagte er mit dem Blick auf die Kugel gerichtet, „dann sollst du keinen Menschen retten, der einem anderen Böses wünscht, und wenn in diesem Land alle im Bösen vereint sind, dann sollen alle umkommen, und wenn nicht alle umkommen, dann werden nur die am Leben bleiben, die einander Gutes wünschen. Und wenn du genug hast vom Töten, dann bring einen Gerechten um, und er soll der Letzte sein, und du wirst in ihm bleiben."

Als er geendet hatte, ließ der Engel die Hand sinken, und die Kugel geriet wieder in Bewegung und schwebte über den

Erdboden hinweg und flog durch Blätter und Baumstämme hindurch davon.

Die verblüfften Reiter standen bewegungslos da, und sogar die Pferde schienen den Atem anzuhalten.

Der Engel wandte sich um und machte sich mit hängendem Kopf in dieselbe Richtung auf den Weg, die er schon vor der Begegnung mit diesen Menschen eingeschlagen hatte. Er folgte der Kugel.

Was vorgefallen war, ließ ihn Bitterkeit empfinden, und er bereute schon, dass er die Kugel, die ihm gegolten hatte, mit seiner Kraft dazu gebracht hatte, Gericht zu halten. Aber nun konnte er ihr nicht mehr Einhalt gebieten, ebenso wenig hätte er Wort für Wort wiederholen können, was er einmal gesagt hatte, oder zum zweiten Mal das durchleben, was er bereits einmal durchlebt hatte.

Kapitel 3

Nachdem das Fuhrwerk das Dorf hinter sich gelassen hatte und sich zu beiden Seiten des Weges Kolchosfelder ausdehnten, drehte sich der Kutscher zu Pawel um, durchbohrte ihn mit einem kritischen Blick und fragte:

„Bist du etwa der, der der Gerechteste wird?"

Die Frage erstaunte Pawel, und er zuckte die Achseln.

„Dann sagst du eben nichts, wenn du nicht magst", sagte der alte Kutscher nach einem Augenblick, ohne die Antwort abzuwarten, und wandte sich wieder der Straße zu. „Wenn du es wirst, dann erfahre ich es sowieso. Der Ruhm eines Gerechten eilt in kürzester Zeit durch das ganze Land. Nenn mir wenigstens deinen Nachnamen, damit ich dann weiß, ob es der war, den ich gefahren habe, oder nicht."

„Dobrynin", sagte Pawel leise.

„Ein guter Name", nickte der Kutscher, ohne sich umzudrehen. „Ein Name für einen Helden. Ich habe bei eurem Kolchosbrigadier übernachtet, er hat mir am Abend von dir erzählt. Ehrlich seist du, bis zur Dummheit, sagte er. Aber ich habe seine Worte nicht gutgeheißen. Ich sagte zu ihm: Ehrlichkeit hat nichts mit Dummheit zu tun, sondern mit dem Gewissen. Wenn ein Mensch Fremdes nicht braucht, und es ihm um das Eigene nicht leid ist. Genau das hab ich ihm gesagt. Aber er war nicht einverstanden. Da dachte ich darüber nach, warum das wohl so ist in unserem Land, dass so wenige Leute die Ehrlichkeit an sich selbst schätzen? Na?"

„Ich weiß es nicht", gab Pawel zu.

„Siehst du, ich auch nicht. Ich gehöre ja auch zu diesen Leuten, ich schätze die Ehrlichkeit an mir selbst auch nicht so sehr. An den anderen schon, an mir selbst nicht besonders. Und gestern Abend ... Na, dieser Brigadier und ich haben miteinander getrunken, und er zeigte mir so ein kleines Büchlein. Lenin selbst, sagt er, hat es geschrieben. Ich riss die Augen auf – von Lenin habe ich ja schon gehört. Und als nun der Brigadier in den Keller ging, um Salzgurken zu holen, nahm ich das Büchlein und steckte es unters Hemd. Gestohlen hab ich's. Und warum? Schließlich kann ich gar nicht lesen. Und meine Alte auch nicht. Jetzt fahre ich also und quäle mich. Obwohl, so sehr auch wieder nicht, wenn ich ehrlich bin ..."

„Das ist nicht gut", seufzte Pawel.

„Das weiß ich ja", seufzte seinerseits der Alte. „Aber was kann man jetzt machen?"

„Gibt es bei euch im Bezirk eine Schule?", fragte Pawel.

„Natürlich."

„Dann nimm es und schenke es der Schule, damit die Kinder es lesen können. Dort wird es von Nutzen sein", sagte Dobrynin besonnen. „ Sogar noch mehr als im Haus des Brigadiers."

„Oooh ...", machte der Kutscher nachdenklich. „Das ist wirklich weise ... und gerecht ... So mache ich es. Zuerst bring ich dich ans Ziel, und dann fahre ich sofort zur Schule. Ich kenne die, die Lesen und Schreiben unterrichtet. Ihr gebe ich es."

Sie fuhren noch lange. Der Gaul war alt und brachte kaum ein Bein vor das andere. Das Fuhrwerk bedeutete für ihn das Gleiche wie zwanzig Waggons für eine schwache Dampflok. Mal schwieg der Alte, mal redete er über irgendetwas, aber nicht mehr über die Ehrlichkeit, sondern über so allerlei aus dem Alltag. In den Minuten der Stille dachte Pawel in gespannter Erwartung über seine Zukunft nach, und in den übrigen Minuten hörte er dem Alten zu, der sich nicht mehr nach ihm umdrehte, sondern immer nach vorne auf den Weg sah, während er erzählte. So erreichten sie nach einiger Zeit die ersten Hütten des Bezirksdorfes. Der Alte erzählte Pawel, dass es vor der Revolution mehr als hundert Bauernwirtschaften in seinem Dorf gegeben habe und dass er nicht wüsste, wie viele es jetzt seien. Die Kolchoswirtschaft dort sei zwar groß, aber schwerfällig.

Sie hielten vor einer Hütte mit roter Fahne auf dem Dach. Aus dem in den Himmel ragenden Schornstein, an dem die Fahnenstange befestigt war, stiegen dichte und flockige Rauchschwaden, so als ob feuchte Kohle verbrannt würde. Der Rauch stieg empor und hob den roten Fahnenstoff mit sich hoch, was von unten so aussah, als ob die Fahne schwarz-rot wäre.

„Da sind wir“, sagte der Alte, nachdem er vom Wagen gesprungen war. „Geh hinein und frag nach dem Sekretär Kowalenkow. Und ich fahre zur Schule! Viel Glück!“

Pawel erklomm die Schwelle der Hütte des Sekretärs und blickte zurück. Der Alte stand vor dem Pferd, streichelte es und sah dabei dem Tier streng in die Augen. In der Hütte roch es nach Hund. Gleich in der Diele war ein langes Brett mit nach oben gebogenen Nägeln an der Wand befestigt. An einem Nagel hing ein Mantel, an einem anderen eine mit Lehm verschmierte Wattejacke.

Pawel ging zu einer angelehnten Tür und klopfte an.

„Wer ist da?“, ertönte es von drinnen.

Er trat ein und befand sich in einer geräumigen Stube, die in ein Dienstzimmer verwandelt worden war. Anstelle einer Ikone hing in der roten Ecke ein auf ein Stück Karton geklebtes Bild von Lenin. Pawel kannte das Bild, aus irgendeinem wichtigen Anlass war es in den Zeitungen gewesen.

„ Guten Tag!“ Der Mann hinter dem Tisch lenkte die Aufmerksamkeit des Besuchers auf sich. „Wollen Sie zu mir?“

„Ich ... Man hat mich zum Kontrolleur gewählt ...“

„Ach ja, man hat mich bereits angerufen. Pawel Aleksandrowitsch Dobrynin, nicht wahr?“

Pawel nickte. Der Mann stand unvermutet auf und streckte Pawel seine breite, schwielige Hand entgegen.

„Sehr erfreut, Sie kennenzulernen“, sagte er.

Pawel drückte die Hand des Sekretärs. Dann setzte er sich an den Tisch.

„So.“ Kowalenkow setzte sich ebenfalls an seinen Platz. „Mir wurde aufgetragen, Ihre Einschulung durchzuführen. Sozusagen zur Vorbereitung, da ja schließlich die gesamte Verantwortung auf Ihren Schultern liegt und die Instruktionen, um zurechtzukommen, möglicherweise nicht ausreichen. Es ist nämlich schwierig, müssen Sie wissen, alle Situationen, die vorfallen können, in Betracht zu ziehen ... Aber machen Sie sich keine Sorgen. Lernen Sie zuallererst einmal das hier!"

Und Kowalenkow reichte Pawel eine dünne Broschüre. Es war der Artikel „Arbeitskontrolle" von Lenin. Pawel schlug sie auf und entdeckte auf der zweiten Seite eine nicht zu entziffernde Unterschrift.

„Hat er hier selbst unterschrieben?", fragte er den Sekretär.

„Nein, das war der Gebietssekretär Pawljuk. Für Sie zum Andenken."

„Danke", sagte Pawel.

„Eine Kleinigkeit. Wenn Sie wüssten, Genosse Dobrynin, wie ich Sie beneide ..." Der Sekretär Kowalenkow wiegte den Kopf und blickte gutmütig auf Pawel. „Ich wäre selbst gern Kontrolleur geworden, ich liebe ja die Verantwortung! Aber ich bin nicht mehr im richtigen Alter. Ja, und meine Kräfte lassen nach ... Sie haben doch nichts dagegen, bei mir zu übernachten? Der Wagen holt Sie ja erst morgen Früh ab."

Pawel war einverstanden. Das Haus des Sekretärs war geräumig. Weil der Holzboden so sauber war, zog Pawel die Stiefel aus, wickelte die Fußlappen von den Füßen und ging barfuß in die Stube.

„Schön ist es hier", lobte er die Einrichtung.

„Ja, ich liebe Ordnung in allem", nickte der Hausherr. Der Sekretär ließ Pawel am Tisch Platz nehmen und weckte seine Frau, die, wie sich herausstellte, ein Schläfchen im anderen Zimmer gehalten hatte. Sie begrüßte den Gast und huschte in den Hof, um frisches Gemüse zu holen.

„Sie ist eben erst von der Arbeit heimgekommen", entschuldigte sich der Sekretär für sie. „Sie ist Melkerin, sie steht in aller Herrgottsfrüh auf; da ist sie natürlich müde."

Der Abend kam schnell. Es verstand sich von selbst, dass Pawel und der Sekretär tranken, aber nicht schweigsam und griesgrämig, so wie die Leute früher vor der Revolution getrunken hatten, sondern lebhaft und im Gespräch, damit es der menschlichen Weiterentwicklung zugute käme. Kowalenkows Frau zeichnete sich durch ein gutes Wesen und durch Gehorsam aus, aber als das Gespräch auf die Viehwirtschaft kam, brachte sie dennoch ihre Meinung ein, was Pawel sehr gefiel. Sie sagte, dass er als Kontrolleur bei der Überprüfung der Viehbetriebe unbedingt auf die Sauberkeit der Arbeitsplätze der Melkerinnen achten müsse und besonders auf die Reinheit ihrer Hände, da einige von ihnen ihre Hände erst nach der Arbeit waschen, die Euter der Kühe aber mit schmutzigen Händen anfassen würden; da Kühe jedoch ebenfalls Sauberkeit liebten, würden sie sich weigern, bei diesen Melkerinnen Milch zu geben.

Da Pawel nicht zu trinken gewohnt war, brummte ihm am Morgen etwas der Schädel, aber der fürsorgliche Sekretär brachte ihm ein Glas mit starkem Salzwasser, und die Sinne seines Gastes wurden wieder klarer.

Er zog sich an und blickte auf die Straße hinaus, wo die Sonne strahlte und die Natur noch immer in ihrer Kraft geblieben war, obwohl die kalte Zeit bevorstand. Gleich hinter dem Tor stand ein blitzsauberes, schwarzes Automobil. Der Fahrer, der eine braune Lederjacke trug, döste hinter dem Steuer.

„Das ist für Sie!“, ertönte hinter seinem Rücken die Stimme Kowalenkows. „In aller Früh schon holt man Sie ab. Der arme Chauffeur konnte sich gar nicht ausschlafen.“

„Na, dann soll er noch eine Weile schlafen ...“, sagte Pawel, der das gastfreundliche Haus nicht so recht verlassen wollte; außerdem war er besorgt darüber, dass er seinen Heimatort und seine Familie auf unbestimmte Zeit nicht wiedersehen würde. Obgleich er die Notwendigkeit dessen, was geschah, einsah, gab es in seinem Inneren doch einen kleinen Mann, für den das Gefühl von Verantwortung fremd war, der seine Frau Manjascha mehr als die Heimat liebte, weswegen dieser von Pawel in Gedanken sehr oft, um nicht zu sagen beinahe täglich, gescholten wurde. Und auch jetzt beschimpfte Pawel dieses Männchen in ihm mit einem Wort, das er noch nie laut ausgesprochen hatte. Und das Männchen verstummte und verkroch sich beleidigt.

Auf der Straße strahlte die Sonne. Das Wetter war grenzenlos optimistisch, ganz im Einklang mit der Zeit. Dobrynin ging hinaus in den Hof, direkt auf den Wagen zu.

„Viel Glück!", rief ihm der Sekretär hinterher, der auf der Schwelle seines Hauses stand.

Pawel blickte zurück und winkte zum Abschied. Der Fahrer selbst öffnete den Wagenschlag und nachdem sein Passagier Platz genommen hatte, startete er den Motor.

Kapitel 4

Der Deserteur Sergunkow stolperte durch den nächtlichen Wald und verhedderte sich dabei häufig in seinem merkwürdigen, neuen Gewand. Innerlich war er ruhig, er kannte die Trägheit seiner ehemaligen Kollegen aus dem Rotarmisten-Sondertrupp zur Ergreifung entflohener Kolchosbauern. Als jedoch eine Windstille das vertraute Rauschen des Waldes verstummen ließ, war die Stille, die nun stattdessen herrschte, zum Zerreißen gespannt. Besonders unangenehm war für Sergunkow das Geräusch der Zweige, die unter seinen Füßen knackten. Bei jedem Knacken blieb der ehemalige Rotarmist erschrocken stehen und wandte sich unaufhörlich nach allen Richtungen um. Aber ringsum standen nur die vom Mond beleuchteten Baumstämme bewegungslos im Halbdunkel, und auch sie erschreckten ihn immer wieder, da sie ihm wie Feinde erschienen, die sich verbargen.

So ging Sergunkow also dahin, und es tat ihm leid um den Laib Brot, den er ganz offenbar aus Dummheit bei dem offensichtlich ungleichen Tausch zu seiner Uniform dazugegeben hatte. An allem war die Nacht schuld, denn wenn es heller gewesen wäre, dann hätte er niemals seine gute Rotarmistenuniform gegen diesen Stoff mit Halsausschnitt getauscht. Aber was geschehen war, war geschehen, und wenn der Magen nicht gar so unangenehm leer gewesen wäre, dann hätte er vielleicht auch an etwas anderes denken können.

Wieder knackte ein Zweig unter seinem Fuß, und wieder erstarrte Sergunkow und wartete ab. Da hörte er das Echo eines fernen Schusses, was ihn Gänsehaut bekommen ließ. Seine Ruhe war dahin. Zu allem Überfluss blieb, nachdem das Echo in der Nacht verhallt war, ein kaum vernehmbares Summen zurück, das, wie es schien, lauter und lauter wurde und sich plötzlich in das Pfeifen einer Kugel verwandelte, weshalb sich Sergunkow augenblicklich auf die Erde warf und sich zu Boden presste.

Das Pfeifen hielt an, war aber nicht mehr so scharf wie üblicherweise bei einem Schuss, sondern eher verhalten. Als der Deserteur den Kopf hob, sah er über sich eine Kugel fliegen. Sie flog so langsam, dass der erschrockene Sergunkow sie mit seinem Blick verfolgen konnte und zuletzt noch wahrnahm, wie sie plötzlich ein wenig nach links schwenkte und nach oben strebte, in die Kronen der Kiefern.

Was er gesehen hatte, verstörte Sergunkow zutiefst. Er sank zu Boden und konnte nicht mehr aufstehen. Die Stille, die nun wieder eingekehrt war, vermochte ihn nicht zu beruhigen und seine aufgewühlten und wirren Gedanken nicht von dieser seltsamen Kugel abzulenken. Er saß also da und wartete darauf, dass die Nacht zu Ende ging. Während er so dasaß, fiel er immer wieder in einen leichten Schlaf, um dann von einem plötzlichen Frösteln wieder geweckt zu werden, das von der Kälte der Nacht herrührte. Als er zum wiederholten Mal aufgewacht war und sich alles in ihm vor Kälte zusammengezogen hatte, hörte er deutlich das Knacken von Zweigen, und er hielt den Atem an. Das Knacken verstummte, dafür aber drang ein anderes Geräusch an seine Ohren. Angespannt starrte Sergunkow in die Dunkelheit und sah, wie sich drei weiße Flecken näherten. Eigentlich wollte er nur auf und davon, aber seine Kräfte hatten ihn verlassen. Vor lauter Verdruss über sein glückloses Schicksal fing er an zu weinen. Während er weinte, bemerkte er, wie vor ihm auf der Erde zwei nackte Füße auftauchten. Er hob den Kopf und sein Blick kreuzte den eines hochgewachsenen, breitschultrigen, weiß gekleideten Mannes, der ihn scharf und feindselig ansah. Hinter dem Rücken dieses Mannes standen noch zwei andere.

„Steh auf!“, sagte der Mann mit kalter Stimme, die ihn frösteln ließ. Sergunkow erhob sich langsam. „Kennst du dein Vergehen?“, fragte der Mann in Weiß und sah Sergunkow geradewegs in die Augen.

Der Deserteur nickte. Das Gefühl des nahen Todes verschaffte ihm kalte Füße. Ein Schauer durchfuhr ihn. Und wieder kam ihm der in diesem Moment so dumme Gedanke an den Laib Brot, den er in fremde Hände gegeben hatte.

„Na gut“, sagte der Mann müde. „Wir besprechen es dort!“ Und er nickte zum Himmel, wo noch immer der Mond hing, der langsam seine Farbe wechselte – zum blassen Gelb kam eine blutige Färbung hinzu.

Auch Sergunkow blickte zum Himmel und auf den Mond. Und dachte an seine Mutter, die in Pskow lebte.

„Folge mir“, befahl der Mann in Weiß, und der Deserteur folgte gehorsam. Die beiden anderen Männer gingen links und rechts von ihm, und auf diese Weise begriff Sergunkow, dass er nicht an die Roten geraten war, sondern an andere, da die Eskortierenden bei der Roten Armee immer hinter dem Gefangenen gingen. Aber diese Entdeckung bereitete ihm keine Freude.

„Warum hast du das getan, Bruder?“, fragte einer der Eskortierenden in Weiß flüsternd; es war derjenige, der rechts von ihm ging.

Sergunkow zuckte die Achseln. Er konnte schließlich nicht sagen, dass er Heimweh hatte, dass er aus dem letzten Brief seiner Mutter von der Typhusepidemie wusste, die seine Stadt befallen hatte, und davon, dass Ljubka, die mit ihm in einer Straße aufgewachsen war, mit irgendeinem durchreisenden Genossenschafter davongegangen war und ihn ohne Hoffnung auf ein zukünftiges Familienleben zurückgelassen hatte. Seine Gedanken wurden unterbrochen, als Sergunkow stolperte, und wenn nicht der linke Eskortierende gewesen wäre, dann wäre er auf der Erde gelegen.

„Vorsicht“, sagte dieser, während er ihn stützte, „hier sind Stufen.“

Den ganzen Weg über hatte Sergunkow nur auf seine Füße geachtet, deshalb kam ihm gar nicht in den Sinn, dass sie bereits den Wald verlassen hatten und irgendwo angekommen waren. Aber in seiner Lage verspürte er keine Neugierde, den Kopf zu heben und sich umzublicken. In dieser demütigen Haltung erklomm der Deserteur die Stufen und bedauerte sein kurzes und sinnloses Leben. Während er hinaufstieg und in seinem Kopf immerzu dieselben leidvollen Gedanken kreisten, hörte er plötzlich ein angstvolles Hundegeheul, das mit seiner Seele im Einklang war. Das Heulen drang von irgendwo unten zu ihm herauf, und ohne den Kopf zu heben, blickte Sergunkow ein wenig zur Seite an den Stufen vorbei. Er sah einen Abgrund.

Der Hund, der den Mond angeheult hatte und auch etwas Weißes, das sich am Himmel unter dem nächtlichen Himmelskörper bewegte, winselte nun leise und kehrte in seine Hundehütte zurück, wo er versehentlich mit der Pfote an den Napf mit der stinkenden Kartoffelbrühe stieß und ihn beinahe umgeworfen hätte.

Kapitel 5

Sie fuhren lange und schwiegen. Nur einmal warf der Chauffeur einen respektvollen Blick auf seinen Fahrgast, sah aber gleich wieder auf die Straße, die zu dieser Zeit bereits flacher wurde – das betraf die Oberfläche ebenso wie auch die Aussicht.

Pawel wollte mit dem Chauffeur ins Gespräch kommen, um etwas über die Stadt zu erfahren, in die sie fuhren, und ganz allgemein etwas über das Chauffeursleben, aber aus irgendeinem Grund konnte er sich nicht dazu durchringen, das Gespräch selbst zu beginnen. Der Chauffeur war ohnehin sehr damit beschäftigt, das Automobil zu steuern, und nach Pawels Ermessen durfte man ihn von dieser wichtigen Beschäftigung nicht ablenken.

Inzwischen war auch schon die Stadt vor ihnen aufgetaucht, und es vergingen keine fünfzehn Minuten, bis der Fahrgast den Chauffeur vergessen hatte und vom Fenster des Autos aus die echten zwei- und dreigeschoßigen Häuser aus Stein eingehend betrachtete, die er zuvor nur auf Fotografien in Zeitungen oder auf Ansichtskarten gesehen hatte. Aber diese Häuser unterschieden sich so sehr von denen auf den Fotografien, dass Pawel den Atem anhielt, während er sie betrachtete. Besonders überraschten ihn die Fenster, die alle gleich groß waren, jedoch unterschiedliche Gardinen hatten. Vor jedem dieser Häuser war ein Beet angelegt, und in der Mitte von einigen davon wuchsen die Porträts herausragender Persönlichkeiten der Epoche in Blumenform. Von all dem, was er sah, schwirrte Pawel nahezu der Kopf, und er konnte ihn nur noch völlig verblüfft schütteln, um auf diese Weise seine Begeisterung auszudrücken.

„Ja“, nickte der Chauffeur zustimmend, dem gerade solche Passagiere, die von seinem Automobil aus zum ersten Mal die Errungenschaften und die Schönheit des städtischen Lebens sahen, eine besondere Freude bereiteten. „Dabei haben Sie den Hauptplatz noch gar nicht gesehen ...“

Dazu muss gesagt werden, dass sie den Hauptplatz dann auch nicht sahen, da sich, als sie zufahren wollten, herausstellte, dass die Straße dorthin aufgegraben war – weil ein Vakuum-Müllschacht angelegt wurde, durch den in Kürze der gesamte Müll der Stadt zur weit entfernten Peripherie gebracht werden sollte. Darüber gab ihnen ein Mann in Arbeitsuniform Auskunft, der an das Auto herangetreten war. Er beriet sie sogar, auf welchem Weg der vom Chauffeur angepeilte Ort zu erreichen war. Als das Auto von dem Arbeiter bereits ein Stück entfernt war, fluchte der Chauffeur leise und verglich den Mann mit einem natürlichen Düngemittel. Der Chauffeur war beleidigt, weil der Arbeiter gedacht hatte, dass er, der Chauffeur, die Straßen der Stadt nicht kennen würde.

Pawel jedoch, der sich die ganze Zeit über seinen Beobachtungen vom Fenster aus hingab, schenkte den Flüchen, die im Auto ertönten, gar keine Beachtung.

Bald kamen sie an. Der Wagen hielt vor einem schönen, herrschaftlichen Gebäude mit vier Geschoßen, das gewaltige Säulen zierte. Auf dem Dach flatterte eine riesige rote Fahne, obwohl Pawel auf der Straße gar keinen Wind bemerkte.

Der Chauffeur brachte Pawel in das Innere des Gebäudes, und dort erwarteten ihn bereits drei Männer in gut sitzenden, dunklen Anzügen mit Krawatten. Erfreut schüttelten sie Dobrynin die Hand und führten ihn nach oben über eine, wie es schien, endlose Marmorstiege, die von einem roten Läufer bedeckt war. Im zweiten Stock machten sie Halt.

Dort erwartete sie der Wachposten des Stockwerks, der eine Militäruniform trug und den Rang eines Leutnants innehatte.

„Eine Sekunde", sagte er und bog um die Ecke des Korridors.

Nach etwa zwei Minuten kehrte er zurück.

„Genosse Pawljuk erwartet Sie", meldete der Leutnant.

Pawel und seine drei Begleiter folgten dem Korridor und betraten ein riesiges Arbeitszimmer, wo sie Genosse Pawljuk empfing.

Genosse Pawljuk, der ein kariertes Sakko und braune Hosen trug, war ein Ordensträger. Wie der Sekretär Kowalenkow hatte er einen stämmigen Körperbau, er sah jedoch strenger aus, sogar wenn er lächelte.

Zuallererst zeigte er Pawel seine Samowarsammlung und betonte dabei, dass „ein vernünftiger Patriotismus sich irgendwie äußern muss". Dann lud er zum Tee an seinen breiten Tisch.

„Beim Tee werden wir Sie dann gleich im Amt bestätigen!", sagte Genosse Pawljuk wohlwollend, während er sich auf seinem Sessel an der Stirnseite des Schreibtisches niederließ.

Pawel warf einen verwirrten Blick auf ihn, den der Chef des Büros sofort verstand und deshalb erklärte:

„Es geht darum, Genosse Dobrynin: Sie wurden sozusagen auf unterster Ebene gewählt, dann waren Sie im Bezirk bei Genosse Kowalenkow, und man muss sagen, Sie haben ihm gefallen. Er hat Sie also bestätigt und Ihnen das wahrscheinlich gar nicht gesagt. Jetzt müssen wir Sie im Namen des Verwaltungsgebiets bestätigen, und dann gibt es noch die letzte Instanz ... Nun, Sie wissen schon welche ..." Pawel nickte.

„Aber denken Sie nicht, dass wir der Entscheidung Ihrer Kolchosversammlung misstrauen! So ist das Prozedere, verstehen Sie?! Wir stellen Ihnen nicht einmal irgendwelche Fragen ... Übrigens, hat man Ihnen mein Geschenk gegeben?"

„Welches?", fragte Dobrynin.

„Nun, das Leninbüchlein mit meiner Unterschrift?"

„Ja, natürlich, vielen Dank ...", stammelte Dobrynin.

„Nun, ich war noch nicht fertig ... Also, das ist das Prozedere, verstehen Sie?", fuhr Genosse Pawljuk fort. „Ich frage jetzt in Ihrer Anwesenheit die Mitglieder des Parteibüros: Gefällt Ihnen Genosse Dobrynin?" Und Genosse Pawljuk sah die drei in den Anzügen der Reihe nach mit forschendem Blick an.

Diese nickten.

„Da sehen Sie!", freute sich Genosse Pawljuk. „Mir haben Sie auch sofort gefallen. Ich sehe einen russischen Menschen, ein offenes Gesicht, ein gutes, gewinnendes Lächeln. Also einfach einen idealen Kontrolleur. So, damit haben wir Sie jetzt bestätigt. Und nun Tee und Gebäck!"

Ein junger Bursche, dem Aussehen nach ein Komsomolze, brachte ein Tablett mit gebräunten Weißbrotkringeln und einem großen Teekessel aus Kupfer mit kochendem Wasser ins Zimmer. Hierauf leerte Genosse Pawljuk eigenhändig ein wenig Teeaufguss in jede Tasse auf dem Tisch.

„Berichten Sie mir über den Stand der Erntearbeiten!", wandte sich Genosse Pawljuk an die Mitglieder des Parteibüros, während er seinen Tee schlürfte.

„Bei uns ist alles in Ordnung", antwortete einer von ihnen. Das wiederholten auch die anderen.

„Gut so", nickte der Vorgesetzte zufrieden. „So muss man arbeiten!"

Dann sprach Genosse Pawljuk mit den Mitgliedern des Parteibüros über die Aussichten, in der Stadt ein Ziegelwerk zu bauen. Pawel hörte ihnen mit halbem Ohr zu, um Kenntnisse zu erwerben, während er sich gar nicht von den köstlichen braunen Kringeln losreißen konnte, die einfach auf der Zunge zergingen. Es kam ihm vor, als ob ihm das neue, verantwortungsvolle Leben, das vor zwei Tagen begonnen hatte, noch viele solcher Kringel in Aussicht stellen würde. Außerdem glaubte Pawel, dass, je größer die Verantwortung eines Menschen war, das Vaterland desto besser für ihn und seine Gesundheit sorgte, und das schien ihm gerechtfertigt.

„Also dann", wandte sich Genosse Pawljuk plötzlich an Pawel, nachdem er einen Blick auf seine Armbanduhr geworfen hatte. „Ihr Zug fährt in einer Stunde. Dass Sie sich nur nicht verspäten ..."

„Zug?", wiederholte der erstaunte Pawel fragend, der nichts von einem Zug wusste.

„Ach, entschuldigen Sie, ich habe es Ihnen gar nicht gesagt!", besann sich Genosse Pawljuk. „Ihr Zug in die Hauptstadt ... Man hat Ihnen doch gesagt, dass man Sie dort erwartet?" Pawel nickte.

„Also dann …“, Pawljuk breitete die Arme aus. „Schade, dass Sie nur so kurz bei uns in Manajenkowsk waren, aber wer weiß, vielleicht führt Sie das Schicksal noch einmal her … Wir würden uns freuen.“

Hierauf bestellte Genosse Pawljuk per Telefon einen Wagen und begleitete Dobrynin höchstpersönlich die Marmorstiege hinunter.

Auto und Chauffeur waren dieselben. Dieses Mal begrüßten Pawel und der Chauffeur einander bereits wie alte Bekannte.

Wieder fuhren sie schweigend dahin. Aber dieses Mal hatte Pawel selbst keine Lust zu reden. Immer noch war er damit beschäftigt, die Stadt zu betrachten, und staunte über ihr Aussehen.

„Gleich fahren wir an unserem Theater vorbei!“, sagte der Chauffeur voller Stolz.

Pawel hielt sich bereit.

Aber das Theater sahen sie auch nicht, da die Straße vor ihnen wieder aufgrund der Arbeiten an dem Vakuum-Müllschacht aufgegraben war. Der Chauffeur stieß ein weiteres Mal einen kurzen Fluch aus und brachte Pawel auf Umwegen zum Bahnhof, wo er ihn in den Zug setzte, der zur Abfahrt bereitstand.

Der Zug gefiel Pawel: Er bestand aus einer Lokomotive und nur zwei Passagierwaggons. Unmittelbar vor der Abfahrt wurde allerdings ein weiterer Waggon angehängt, aber er konnte ihn nicht genau sehen.

Die Räder ratterten gemütlich, und Pawel saß in seinem Abteil und sah aus dem Fenster in den zu Ende gehenden Tag.

Morgen würde ein neuer Tag beginnen, und die Tatsache, dass Pawel diesen neuen Tag unterwegs beginnen würde, schien bemerkenswert und bedeutungsvoll.

Eine junge Frau mit Eisenbahnkappe kam ins Abteil und brachte Tee.

„Hätten Sie denn vielleicht auch Weißbrotkringel?“, fragte Pawel sie.

„Wo denken Sie hin, Genosse!“, wunderte sich die Frau. „Woher sollen wir hier Kringel nehmen?“

Pawel nickte, bedankte sich für den Tee, trank einen Schluck und fand heraus, dass der Tee nicht süß war, wollte diese Frau aber nicht um Zucker bitten.

Nach einer halben Stunde kam die Frau mit einem Stapel Zeitungen wieder.

„Möchten Sie lesen?“, fragte sie.

„Ja, bitte“, antwortete Pawel.

„Sind drei genug?“, fragte die Frau.

„Ja“, sagte Pawel.

Die Schaffnerin zählte drei Zeitungen ab, legte sie auf das Tischchen und ging fort.

Im Schein des matten Lämpchens, das aus unbekannter Quelle Strom bezog, las Pawel aufmerksam die Zeitungen, die man ihm gebracht hatte, und erfuhr aus ihnen eine derartige Fülle von allem Möglichen, dass sich seine Vorstellung vom Leben und von seinem Vaterland mit jedem gelesenen Wort erweiterte. In ihm entstand das Gefühl, als ob er mit dem Zug mitten durch eine riesige Gigantenstadt fahren würde, die sich erst im Aufbau befand und in der zwar noch keine Menschen lebten, aber wo bereits aus Leibeskräften gearbeitet wurde und alle möglichen Weltrekorde, in den Bereichen der Bohrarbeiten, der Kohleförderung, im Brotbacken und im Schmelzen verschiedenster Metalle, gebrochen wurden.

Vom Lesen ein wenig ermüdet beschloss er, in einer der Zeitungen die Gesichter der neuen Ordensträger zu betrachten, die im Kreml ausgezeichnet worden waren, aber kaum hielt er das Gruppenfoto vor seine Augen, als das Lämpchen im Abteil erlosch. Draußen war es schon dunkel, und so legte Pawel die Zeitungen auf das Tischchen und machte es sich auf der unteren Liege bequem. Nachdem er sich mit der warmen Wattedecke zugedeckt hatte, schlief er ein.

Kapitel 6

Der Pfad führte den Engel immer weiter bis zu einem an den Wald grenzenden kleinen Dorf, wo er in einen Fahrweg mündete. Dieser Weg war die einzige Straße im Dorf, nach der alle Hütten, von denen es nicht mehr als zwei Dutzend gab, ihre Fenster ausgerichtet hatten. Hinter dem Dorf verlief der Weg weiter an Wiesen entlang und verlor sich irgendwo dazwischen.

„Hier ist also die erste Siedlung!“, dachte der Engel.

Der Abend war nah. Im Hof der nächstgelegenen Hütte hängte eine Frau Wäsche zum Trocknen auf. Der Engel trat an den Zaun heran und grüßte, sie aber lief, nachdem sie ihn gesehen hatte, ohne auf seinen Gruß zu antworten ins Haus.

Der Engel wollte gerade kehrtmachen, um mit der Bitte um Essen und ein Nachtquartier zu einer anderen Hütte zu gehen, als ihn die Stimme eines Mannes anrief.

„Komm doch her!“ Der Mann war klein und trug eine Hose aus grobem Leinenstoff und ein graues Leinenhemd, das mit einer Schnur gegürtet war. „Bist du ein Flüchtling?“

Der Engel trat näher.

„Ich würde gerne bei Ihnen übernachten ...“, sagte er und sah den Hausherrn freundlich an.

„Ein Flüchtling ...“, sagte der Mann nachdenklich und betrachtete die Rotarmisten-Uniform des Engels. „Na komm rein!“

Der Boden im Flur war erdig vom Schmutz, der mit den Stiefeln hereingetragen worden war. Der Herr des Hauses zog selbst die Schuhe aus und bat auch den Engel, die Stiefel auszuziehen, als er plötzlich bemerkte, dass der Gast barfuß gekommen war. Er wunderte sich, wühlte in einer Truhe, die dort stand, holte schmale und ein wenig kurze Stiefel hervor und reichte sie dem Engel:

„Zieh die an!“

Der Engel zog sie gehorsam an und stampfte damit auf dem Boden herum.

„Und, wie sind sie?“, fragte der Hausherr und schaute auf die Füße des Gastes.

„Gut“, antwortete der Engel.

Die Stiefel waren etwas zu groß, aber die heimliche Freude des Engels, auf solch eine Güte zu stoßen, war noch größer.

Sie gingen in die Stube, wo die Hausfrau schon am russischen Ofen geschäftig war und mit dem Schürhaken einen großen Topf näher an das Feuer rückte.

„Gleich ist alles fertig“, sagte sie.

Der Gast ließ sich auf der Bank nieder und blickte um sich, um das Zimmer zu mustern. Die Behausung war sauber und ordentlich; ein breites Bett stand ums Eck hinter dem russischen Herd und war mit einem mit roten Hähnen bestickten Überwurf bedeckt. Auf dem Tisch lag schon Brot.

Der Gastgeber warf einen Blick ins Zimmer, lächelte seinem Gast zu und verschwand wieder im Flur. Er ging offenbar auf den Hof hinaus, denn die Haustür fiel ins Schloss.

Während sich der Engel in der Stube umsah, ging eine kleine Lampe an, die von der Decke hing, und verbreitete mattes Licht. Gleich darauf war wieder die Tür im Flur zu hören und der Hausherr erschien, zufrieden, jedoch mit ernster Miene. Er warf einen Blick auf die Lampe, wandte sich dann an seinen Gast und erklärte, dass ein Vogel das Stromkabel abgerissen habe und er deshalb einen Knoten habe knüpfen müssen, damit wieder elektrischer Strom in die Hütte kam.

Der Hausherr erfreute sich noch eine Weile am Licht der Lampe und setzte sich dann am anderen Ende des Tisches ebenfalls auf die Holzbank, um auf das Essen zu warten.

Die gedünsteten Kartoffeln mit Speck waren nicht im Geringsten mit dem Essen im Paradies zu vergleichen, aber der Engel aß mit Behagen. Am meisten freute er sich jedoch über das weiche und sättigende Brot. Sein Gastgeber stürzte sich ebenfalls auf das Essen, als habe er buchstäblich das halbe Land mit dem Pflug beackert. Er kaute gierig und hatte es irgendwie sehr eilig.

„Noch mehr davon?“, fragte die Hausfrau.

„Nein, danke ...“, sagte der Engel.

Der Hausherr schüttelte nur verneinend den Kopf.

„Dann bringe ich den Rest nach unten“, sagte die Frau und nahm den bauchigen Topf vom Tisch.

Sie ging mit ihm in die zur Flurtür nächstgelegene Stubenecke und hob mit einer Hand eine Holzplatte hoch – den Eingang zum Keller.

Der Engel aß zu Ende und spürte, dass es ihm guttun würde, sich niederzulegen. Er warf einen Blick auf den Gastgeber, der aber immer noch kaute, deshalb sah der Gast in die andere Richtung und sein Blick fiel auf die Hausfrau, die soeben ohne den Topf aus dem Keller zurückkam.

Inzwischen hatte die Dunkelheit alles Leben vor dem Fenster eingehüllt, und der Gastgeber, der mit dem Gesicht zum Fenster saß, kaute an der letzten Scheibe Brot, gähnte ausgiebig und machte sofort ein Kreuzzeichen vor seinem Mund.

„Was nun, werter Gast“, sagte er mit belegter, schläfriger Stimme. „Du möchtest sicherlich schlafen?“

Der Engel nickte. Er genoss, dass sein Körper zur Ruhe gekommen war, und fühlte sich in dieser Hütte sehr behaglich.

„Also dann, es ist Zeit ...“ Der Hausherr gähnte noch einmal und suchte mit den Augen nach seiner Frau. Sehen konnte er sie nicht, aber er hörte, wie sie sich am Bett hinter dem Ofen zu schaffen machte.

„Walja!“, rief der Mann. „Wo legen wir den Gast hin?“

„Bettzeug haben wir keines mehr ... Es ist alles unten, er soll hinuntersteigen und sich zu den Soldaten legen ...“, antwortete die Frau hinter dem Herd.

„Hörst du?“, sagte der Gastgeber und zuckte die Achseln. „Du bist ja auch eine Art Soldat, nicht wahr, also nichts für ungut ...“

„Es ist nicht abgesperrt, zeig es ihm!“, ergänzte die Hausfrau und schimpfte leise, weil sie etwas fallen gelassen hatte.

Der Hausherr führte seinen Gast zum Kellerabgang, und der Engel kletterte auf der Treppe nach unten. Auch unten war es hell – es brannte eine ebensolche Lampe –, nur erwies sich der Keller als etwas niedrig, gerade so hoch wie er selbst. Was seine Größe betraf, so war er freilich etwas kleiner als die Stube, aber auch dort stand ein Tisch, und außerdem drei Holzbänke, die mit Leinenzeug aufgebettet waren. Auf dem Tisch stand der Topf, den die Hausfrau hinuntergetragen hatte, und am Tisch saßen Menschen. Der Engel bückte sich ein wenig, damit das Licht der Lampe, die neben ihm hing, ihn nicht blendete. Er sah drei Tischgenossen beim Essen vor sich: einen alten Mann und zwei jüngere Leute, einer von ihnen trug ein grünes Gewand wie er selbst, der andere hatte Lumpen am Leib.

Der Engel grüßte, und die drei am Tisch nickten ihm zur Antwort zu. Sie aßen konzentriert und gewissermaßen erschöpft; die Erschöpfung stand in ihren Gesichtern geschrieben. Das Erscheinen des Neuen rief bei ihnen keinerlei Verwirrung oder Verwunderung hervor.

Nachdem sie die Kartoffeln aufgegessen hatten, verschnauften sie ein wenig. Der Alte stand sogleich auf, legte sich auf die Bank in der Ecke und wandte sich vom Licht und von den anderen ab.

Der grün gekleidete Mann musterte den Engel aufmerksam, dann tauschte er einen Blick mit seinem Tischnachbarn.

„Aus welchem Trupp bist du?“, fragte er den Engel, während er mit den Fingern etwas zwischen den Zähnen hervorstocherte.

„Ich gehöre zu keinem Trupp ...“, sagte der Engel. „Ich bin vom Himmel herabgekommen ... Ich wollte sehen, wie es hier ist ...“

„Vom Mond bist du gefallen und nicht vom Himmel!“, schnitt ihm der grün Gekleidete hämisch das Wort ab. „Hast du deine Uniform etwa nirgends eintauschen können?“

„Aber Sie tragen doch dasselbe Gewand ...“, erwiderte der Engel.

„Ich hab schon was ausgemacht. Mir bringt der Hausherr etwas in der Nacht.“

„Vielleicht bringt er mir auch etwas?“, dachte der Engel laut, der bereits verstanden hatte, dass die Kleidung, die er trug, der Grund für viele Unannehmlichkeiten werden könnte.

„Dir bringt er nichts. Er hat nichts mehr ... Und wie würdest du es denn bezahlen? Ich habe ihm eine Waffe gegeben, aber du hast ja rein gar nichts, nicht einmal aus deiner Tasche lugt irgendetwas hervor.“

Der Engel fühlte mit der Hand in den Taschen und überzeugte sich davon, dass sie gähnend leer waren.

„Sag doch einfach dem Hausherrn, dass du es in seinem Schweinestall abarbeitest!“, riet ihm der Bursche in den Lumpen. „Er hat einen Schweinestall, das habe ich gehört, als ich zum Haus gekommen bin!“

„Nein“, sagte der Soldat langsam. „Ist er denn ein solcher Dummkopf, dass er einem Deserteur erlauben wird, in seiner Uniform den Schweinestall auszumisten?!“

Der Alte, der auf der Eckbank lag, schnarchte auf, und alle drei sahen in seine Richtung.

„Und wie wär's damit?“, sagte der Bursche in den Lumpen zögernd. „Du könntest dem Alten eins über die Rübe ziehen und dich dann umziehen. Es wird dir zwar alles etwas zu kurz sein, aber schau mal, was für ein Stoff.“

„Warum eins über die Rübe ziehen?“, wunderte sich der Engel. „Wozu?“

„Na, von selbst wird er dir nichts geben, und du siehst ja, was das für einer ist: Zieht sich in der Nacht nicht aus, schläft in der ganzen Kleidung“, erklärte der Bursche. „Und das bedeutet: Wenn du ihm keine drüberhaust, dann kannst du dich auch nicht umziehen.“

„Ist schon gut“, winkte der Engel ab. „Ich werde mich später anderswo umziehen.“

„Dummkopf“, sagte der Deserteur schneidend.

Der Eingang zum Keller öffnete sich knarrend. Der Hausherr kam die Leiter bis zur Hälfte herabgestiegen und warf dem Deserteur ein Bündel zu.

Der Deserteur knüpfte es eilig auf; es erwies sich, dass dies tatsächlich die versprochenen zerlumpten Fetzen waren. Sogleich zog er sich um und betrachtete sich.

Der Bursche in den Lumpen lachte laut auf, obwohl er selber nicht besser angezogen war, und auch der Engel lächelte: Der Deserteur trug jetzt eine dunkelblaue Hose, die knapp unter dem Knie abgeschnitten war, sowie das Oberteil eines Sarafans*, natürlich ohne Ärmel und von undefinierbarer Farbe, von der es in den Augen flimmerte.

Der Deserteur sagte kein Wort und warf dem Hausherrn seine Militäruniform zu. Die Stiege knarrte und der Eingang zum Keller wurde geschlossen.

„Zeit zum Schlafen ...“, brummte der neu Eingekleidete und machte sich an der Lampe zu schaffen, worauf sie erlosch.

Der Engel stand in völliger Dunkelheit da und hörte, wie sich die Bewohner des Kellers auf ihren Bänken einrichteten. Als es ruhig wurde, fragte er:

„Wo kann ich mich hinlegen?“

„Auf den Tisch!“, sagte der Deserteur aus der Dunkelheit.

Gehorsam kletterte der Engel auf den Tisch, legte sich auf die Seite, zog die Beine unter sich, damit sie nicht hinunterhingen, und versuchte einzuschlafen. Es war aber ungemütlich und kalt, und so lag er etwas unbehaglich auf dem Tisch und gab sich seinen Gedanken hin im Versuch, das Leben, das ihm da begegnete, zu verstehen. So lag er auch dann noch da, als die Luft im dunklen Keller von Schnarchen, Schnaufen und irgendjemandes schläfrigem Gemurmel erfüllt wurde. Das Gemurmel erzählte von unglücklicher und ungeteilter Liebe und dem Engel wurde davon nur noch trauriger und ungemütlicher zumute. Mit einem leisen Schmerz horchte er so lange auf dieses Gemurmel, bis von oben her, aber nicht aus dem Zimmer, das sich über dem Keller befand, sondern von der ganzen Erde her, Lärm wie von einer Maschine zu

---

* traditionelle bäuerliche russische Frauentracht

vernehmen war, der zwar bald aufhörte, aber an seine Stelle traten andere Geräusche und Stimmen, die nun nicht mehr die ganze Erde betrafen, sondern nur mehr das Zimmer, das sich direkt über ihnen befand, und die Bretter des Bodens, über den jemand auf- und abging, fingen schuldbewusst zu knarren an. Vielleicht gingen auch mehrere, denn es waren einige Stimmen, und unter ihnen befand sich die leise Stimme des Hausherrn, öfters sprachen jedoch andere, die rauere Stimmen hatten. Dann wurde mit einem Mal alles ruhig, aber da öffnete sich auch schon der Eingang zum Keller und ein Lichtschein drang herunter.

„He, ihr da, alle rauskommen!“, rief jemand von oben, und zur gleichen Zeit hörte man aus der Ecke ein lautes Ächzen wie von einem Albtraum.

„Rauskommen! Genug herumgelegen!“, wiederholte die Stimme.

Der Engel, der nicht geschlafen hatte, kletterte vom Tisch und trat in den von einem Lichtschein erhellten Flur, der von einer kleinen Lampe herrührte und in den Augen schmerzte. Er stieg die Treppe hinauf und blieb stehen, als er vier bewaffnete Rotarmisten vor sich sah.

„Setz dich erst einmal hin!“ Einer von ihnen klopfte mit der Hand auf die Bank neben dem Tisch.

Der Engel gehorchte.

Inzwischen waren auch die anderen aus dem Keller aufgetaucht. Auch sie sollten sich an den Tisch setzen. Der älteste Rotarmist trat einen Schritt vor, betrachtete die seltsame Runde, und sein Blick blieb an dem abgeschnittenen Sarafan hängen, den der Deserteur trug. Er grinste.

„Also“, sagte er, „wer kommt woher? Na?“

Als keine Antwort erfolgte, zeigte der Rotarmist auf den Burschen in Lumpen, kniff die Augen zusammen und fragte:

„Du! Von wo bist du geflohen?“

„Aus der Kolchose“, antwortete der Bursche mit zitternder Stimme.

„Aus welcher Kolchose?“

„Aus dem ‚Iljitsch-Vermächtnis'."

„Na so was ...", schüttelte der Rotarmist den Kopf. „Aus dem ‚Iljitsch-Vermächtnis' geflohen! Schämst du dich denn gar nicht?!"

„Doch ...", sagte der Bursche und senkte den Kopf.

„Ist das deine erste Flucht?", bohrte der Rotarmist weiter.

„Mhm", sagte der Bursche.

„Na gut", seufzte der Rotarmist und richtete seinen Blick auf den Deserteur. „Und du?"

„Ich bin nicht geflohen, ich bin geschäftlich unterwegs ... und hier hab ich um ein Nachtquartier gebeten ...", sagte dieser.

„Und wer hat dir ein Hemd aus einem Sarafan genäht? Deine Frau etwa?" Der Rotarmist musste schmunzeln.

„Ja, meine Frau ...", nickte der Deserteur.

„Sagt er denn die Wahrheit?", wandte sich der Rotarmist an den Hausherrn um, der vor Schlafmangel ein bläuliches Gesicht hatte.

„Nein", antwortete der Hausherr. „Das hat er mit mir getauscht. Er hat mir seine Uniform gegeben, und ich habe ihm das gegeben ..."

„Oh, du Mistkerl!" Beinahe hätte sich der Deserteur auf den Hausherrn gestürzt, aber er merkte rechtzeitig, dass einer der Rotarmisten ein Gewehr mit Bajonett auf ihn gerichtet hielt, und so setzte er sich wieder an seinen Platz.

„Also", der Rotarmist schüttelte den Kopf. „Von wo bist du geflohen?"

„Vom achtunddreißigsten Kavallerie-Sondertrupp zur Ergreifung entflohener Kolchosbauern ...", sagte der Deserteur mit gesenkter Stimme.

„Na so was!", schüttelte der Rotarmist wieder den Kopf. „Und wir sind vom neununddreißigsten motorisierten Sondertrupp ebenfalls zur Ergreifung ... Bist du das erste Mal geflohen?"

„Das zweite Mal ...", bekannte der Deserteur.

„Alles klar." Der Rotarmist sah den Engel an. „Und du?", fragte er.

„Ich ..." Der Engel wollte schon antworten, stockte jedoch, da er begriff, dass es keinen Sinn hatte, die Wahrheit zu sagen, aber die Unwahrheit, die diese Menschen allzu gern glauben würden, wollte er auch nicht sagen.

„Ein Spinner ist er!", platzte der entflohene Kolchosbauer heraus. „Den Alten wollte er nicht totschlagen ..."

„Das stimmt, ein Spinner!", bestätigte der Deserteur, und der Rotarmist sah den Engel mit neu erwachtem Interesse an.

„Und wessen Uniform ist das?"

Der Deserteur zuckte die Achseln.

„Mich hat einer gebeten zu tauschen ...", sagte der Engel. „Ich habe ihm mein Gewand gegeben, und er mir das dafür ..."

„Du hast also einem Deserteur geholfen!", sagte der Rotarmist leise. „Das ist nicht gut. Dafür müssen wir dich mit einem entflohenen Kolchosbauern gleichsetzen. Aber das ist immerhin besser, als ein Deserteur der Roten Armee zu sein."

Der Rotarmist sah den Deserteur unverwandt an, kaute auf seinen Lippen, während er über etwas Militärisches nachdachte, und fragte dann den Hausherrn:

„Haben sie viel gegessen?"

„Ja, sehr viel, natürlich. Ein halbes Pud Kartoffeln, vier Pfund Speck, zwei Hühner ..."

„Du lügst!", kreischte der entflohene Kolchosbauer auf. „Es gab kein Huhn, und vom Speck haben wir kaum etwas gehabt!"

„Das Huhn hat der Alte gegessen", ergänzte der Hausherr. „Es steht ihm doch zu?!"

Der Alte nickte.

„Und wie gefällt es Ihnen hier, Väterchen?", fragte der Rotarmist den Alten.

„Es geht, allemal besser als 1913 in der Katorga."

„Sie werden schon noch sitzen ..."

Der Alte richtete seinen müden Blick auf den Rotarmisten. „Ich würde gerne hin und wieder spazieren gehen ...", bat er. „Na, junger Mann? Ist das möglich?"

„Nachts ist es möglich", antwortete der Rotarmist. Dann drehte er sich zu den anderen Soldaten um, die hinter seinem Rücken standen, und kommandierte:

„Diese drei in den Laderaum, den Alten hier lassen, und dann bringt ihr noch zwei Kartoffelsäcke her."

„Genosse Kommandant!", wandte sich der Hausherr mit flehender Stimme an ihn. „Aber Sie haben doch noch Hirse und Hafer für drei Arbeitstage versprochen ..."

„Das gibt es das nächste Mal", sagte der Rotarmist so bestimmt, dass der Hausherr nickte und schwieg.

Der Engel, der Deserteur und der entflohene Kolchosbauer wurden von den Soldaten auf die Straße hinausgeführt, wo man ihnen befahl, in den Laderaum des Lastwagens zu klettern, in den auch die beiden Rotarmisten einstiegen. Ihr Kommandant sowie der andere Soldat, der unter anderem auch Chauffeur war, setzten sich in das Führerhaus des Wagens und starteten den Motor, ohne sich vom Hausherrn zu verabschieden, der sie hinausbegleitet hatte.

Der Motor heulte so heftig auf, dass sich von oben, vom wolkenlosen blauen Himmel, eine Sternschnuppe löste und vor den Augen des Hausherrn herunterfiel, unterwegs jedoch erlosch und infolgedessen unbemerkt und vermutlich auch weitab von ihnen aufprallte, weil beim Aufprall eines Sterns in der Nähe ein Donnern hätte zu hören sein müssen. Hier jedoch blieb alles still. Nur das sich entfernende Dröhnen des Wagens störte die nächtliche Stille und lenkte den Hausherrn von seinen Gedanken ab, die den übrigen Sternen galten, die hell und unbeirrt strahlten.

Kapitel 7

Am Morgen kam der Zug in der Hauptstadt an.

Als die ersten Gebäude vor dem Fenster auftauchten, fuhr Pawel hoch und machte sich zum Aussteigen bereit. Aber es kamen immer mehr Häuser und sie hörten gar nicht mehr auf, und da erst erfasste Dobrynin das Ausmaß der Hauptstadt. Er wartete also geduldig, und damit ihm das Warten nicht zu lang wurde, beschloss er, seinen Reisesack durchzusehen, den ihm seine Frau Manjascha für die Reise gepackt hatte. Als Erstes zog er die Axt hervor, die er zu guter Letzt von ihr bekommen hatte, dann ein Leinensäckchen mit Zwieback, etwas Hirse, einen Bleistift, ein leeres Haushaltsheft und ein loses Blatt Papier mit einigen Zeilen darauf. Er las sie durch. Manjascha bat ihn auf diesem Zettel, sie und die Kinder nicht zu vergessen und Briefe von allen Orten zu schreiben, an die es ihn beruflich verschlug. Sonst war nichts in dem Sack, und Pawel legte bis auf die Axt alles wieder dahin zurück. Er überlegte hin und her, was er mit der Axt machen sollte, es fiel ihm jedoch nichts ein. Einerseits war eine Axt ein nützlicher Haushaltsgegenstand, andererseits war es schwierig und irgendwie auch unangenehm, sie mit sich über Land zu führen. Er überlegte, sie im Zug zurückzulassen, doch diesen Gedanken verwarf er sogleich wieder, da sie doch jedem beliebigen Menschen in die Hände hätte fallen können, und was, wenn ein Mörder sie fände und damit jemanden umbringen würde? Nein, im Abteil konnte man sie nicht zurücklassen. Der Schaffnerin geben? Was aber sollte sie damit? Brennholz wurde in den Zügen nicht gehackt, denn man heizte mit Kohlebriketts, und für andere Zwecke war die Axt nicht zu gebrauchen. Also beschloss er, sie vorerst einmal mitzunehmen und erst später zu entscheiden, was er mit ihr machen würde.

Und während er noch über die Axt nachsann, kam schon der Bahnhof in Sicht. Der Zug fuhr langsam ein. Pawel saß geduldig und ergeben auf der unteren Liege seines Abteils, in dem er die ganze Fahrt ohne Reisegefährten verbracht hatte.

Endlich hielt der Zug an.

Nachdem Pawel der Schaffnerin zum Abschied zugenickt hatte, stieg er aus dem Zug und sah um sich, wovon ihm sogleich schwindlig wurde. Schließlich war das etwas ganz anderes, als im Dorf oder auf einem Feld um sich zu blicken: ringsum mehrstöckige Häuser, Laternenmasten, die doppelt so hoch waren wie die im Dorf, Geräusche, Farben, ein Schwirren von Menschen und Autos. Das war es, wovon ihm schwindelte.

„Das ist er! Das ist er!", erklang in der Nähe ein freudiger Aufschrei.

Pawel drehte sich um und erblickte einen atemlosen jungen Mann in einem graufarbenen Anzug mit Schirmmütze und einem Fotoapparat in der Hand. Während er ihn noch betrachtete, kamen drei weitere dazu. Und hinter ihnen am Bahnsteig entlang rollte lautlos ein schwarzes Automobil heran, das glänzte wie blank geputzte Stiefel.

„Erzählen Sie von sich! Das ist für die ‚Iswestija'!" Einer der Herankommenden hielt ein Notizbuch und einen Stift in der Hand.

„Ich wurde im Dorf Kroschkino in einer armen Familie geboren ...", sagte Dobrynin und beobachtete dabei aufmerksam das näher kommende Automobil. „Und jetzt bin ich verheiratet und habe zwei Kinder: Darjuschka und Petka ..."

„Sagen Sie für die ‚Stalnaja Magistral'", bat der Bursche im grauen Anzug und der Schirmmütze, „wie hat man das Ihnen erwiesene Vertrauen in Ihrer Kolchose aufgenommen?"

„Gut hat man es aufgenommen ..." Pawel nickte und sah, wie aus dem Auto, das hinter den Korrespondenten stehen geblieben war, zwei würdevolle Männer ausstiegen. Einer von ihnen rückte seine bordeauxrote Krawatte zurecht, die verrutscht war, und der zweite beugte sich zum Wagenfenster hinunter und holte einen Strauß roter Nelken heraus. Hierauf blieben sie hinter den Korrespondenten stehen und warteten offensichtlich das Ende des Interviews ab.

„Wie hat Ihnen die Zugreise in die Hauptstadt gefallen?“, fragte der dritte Korrespondent.

„Gut ...“, räumte Dobrynin ein.

„Sind Sie schon vorher einmal mit einem Zug gefahren?“

„Nein“, antwortete Dobrynin.

„Kommen Sie zu einem Ende, Genossen Journalisten!“, sagte da plötzlich einer der Männer, die mit dem Wagen gekommen waren, streng, aber respektvoll. „Genosse Dobrynin muss sich von der Reise erholen. Er hat noch viel zu tun. Ich bitte um Ihr Verständnis!“

Die Korrespondenten hatten offensichtlich sofort verstanden, und sie entfernten sich, nachdem sie sich verabschiedet und alles Gute gewünscht hatten.

„Im Namen der Führung unseres großen Vaterlandes begrüßen wir Sie in der Hauptstadt“, sagte der Mann und überreichte Pawel den Strauß Nelken. „Wir bringen Sie jetzt zu Ihrer Dienstwohnung. Dort können Sie sich ein wenig ausruhen, und später holen wir Sie ab und dann – auf zum Kreml.“

Das glänzende schwarze Auto war innen so geräumig wie die Diele einer ordentlichen Hütte. Pawel drückte sich an die Scheibe des hinteren Wagenschlags und verfolgte immer noch die vorbeihuschenden Gebäude und Szenen des städtischen Lebens. Er sah träge zu, und sein Blick belebte sich nur dann, wenn das Auto an einer Kreuzung anhielt und Pawel die Möglichkeit bekam, ein Stück der Hauptstadt im stolzen Zustand des Stillstandes zu sehen. Dieser Stillstand war gleichwohl relativ, denn auf demTrottoir vor den Gebäuden gingen freie sowjetische Menschen ungerührt ihren Angelegenheiten nach und hegten keinerlei Verdacht, dass sie durch ihre Bewegung dem Eindruck, den ein Besucher von der Hauptstadt bekam, einen besonderen Akzent verliehen.

Das Auto hielt sich freilich nicht lange an Kreuzungen auf, sondern bog sehr bald in eine enge Gasse ein, fuhr an einem salutierenden Milizionär vorbei und hielt im Hof eines stattlichen Gebäudes aus Stein, dessen Haupteingang zwei Statuen von Arbeitern zierten.

„Da sind Sie auch schon zu Hause!", sagte der würdevolle Mann in süßlichem Tonfall und rückte die zur Seite gerutschte bordeauxrote Krawatte wieder zurecht.

„Viktor Stepanowitsch", wandte sich der zweite würdevolle Mann an den ersten. „Diese Krawatte ist bei Gott keine Dose Heringe wert! Petrenko hat dich übers Ohr gehauen! Gib sie besser zurück."

Der erste, eben dieser Viktor Stepanowitsch, schaute seinen Kollegen streng an und schüttelte den Kopf.

„Petrenko hat mich nicht übers Ohr hauen können", sagte er. „Steigen Sie aus, Genosse Dobrynin."

Pawel und Viktor Stepanowitsch stiegen in den zweiten Stock hinauf. Der diensthabende Hausmeister folgte ihnen, und nachdem er die Wohnung Nummer drei aufgeschlossen hatte, überreichte er Dobrynin den Schlüssel.

„Also, treten Sie ein, sehen Sie sich um ...", sagte Viktor Stepanowitsch. „Und ich binde inzwischen diese dumme Krawatte neu."

Pawel stellte seinen Reisesack auf den Fußboden, zog im Vorzimmer die Stiefel mitsamt den Fußlappen aus und wollte schon barfuß gehen, aber da bemerkte er drei Paar Pantoffeln in verschiedenen Größen, die in einer Reihe standen. Er schlüpfte in das nächstbeste Paar und trat ein.

Die Wohnung war riesig. Bei jedem Blick zur Decke wurde ihm schwindlig, und Pawel beschloss, nicht mehr nach oben zu schauen. In der Mitte des größten Zimmers stand ein Tisch, vor einer Wand ein Sofa sowie zwei Sessel, vor einer anderen eine spiegelblank geputzte Anrichte mit gemustertem Glas, die drei Jubiläumsvasen mit irgendwelchen Daten und Aufschriften enthielt.

„Nun, wie gefällt es Ihnen hier?", fragte Viktor Stepanowitsch, als er ins Zimmer kam.

„Ja, es ist fein ..." Pawel wandte sich um.

„Und jetzt kommen Sie, ich zeige Ihnen Ihr Arbeitszimmer."

Sie gingen über einen kurzen Flur und traten durch eine niedrige Tür. Das Zimmer, das sich vor Pawels Augen auftat, war kleiner als das erste, aber bei weitem attraktiver als jenes, da drei seiner Wände mit Bücherschränken verstellt waren und vor dem breiten, hellen Fenster ein wuchtiger Schreibtisch stand, und seine Augen durften sich an einer Schreibtischlampe mit grünem Lampenschirm, an Schreibgeräten und einem respekteinflößenden Telefonapparat erfreuen.

„Hier gibt es eine Sammlung unserer Klassiker", setzte Viktor Stepanowitsch seine Erläuterungen fort. „Das ist für die Arbeit und zum Nachschlagen. Merken Sie sich, dass Sie über alle Werke von Lenin, Marx und Engels verfügen, alle übrigen Autoren können Sie über das Telefon mittels Direktverbindung bestellen, sollte das nötig sein. Nun, ich denke, es ist alles klar ..."

Plötzlich wurde Viktor Stepanowitsch vom Klingeln des Telefons unterbrochen. Er eilte zum Telefon und nahm den Hörer ab.

„Ja ... ja, ich bin's ...", sagte er zu jemandem, sah daraufhin Dobrynin an und machte mit der linken Hand eine nicht ganz verständliche Geste. „Ja ... ich denke, nicht lange ...", fuhr er fort.

Dann bedeckte er den Hörer mit der Hand, sah wieder Dobrynin an und sagte in verändertem, weniger höflichen Ton:

„Pawel Aleksandrowitsch, gehen Sie auf den Flur hinaus!"

Pawel wich zurück und verließ das Zimmer.

„Wo denken Sie hin?", redete Viktor Stepanowitsch auf jemanden so laut ein, dass seine Stimme sogar durch die geschlossene Zimmertür drang. „Wem glauben Sie da! Das ist doch ein bekannter Halunke! Ja, gut, ich werde antworten. Vor allen."

Pawel wollte kein fremdes Gespräch mithören, auch keinen Teil davon, und so beschloss er zunächst, zurück in das große Zimmer zu gehen, als er auf eine andere Tür weiter hinten im Flur aufmerksam wurde. Er ging auf sie zu und stieß sie vorsichtig auf, so als ob er selbst dort Gast wäre. Die Tür ging auf und Pawel sah durch den Spalt auf ein breites Bett und auf zwei Nachtkästchen, auf denen jeweils eine Vase mit Blumen stand. Das Erstaunlichste war – im Bett schlief eine Frau. Sie schlief mit dem Gesicht zum Fenster und Pawel konnte nur ihre kastanienbraunen Locken sehen.

Pawel erschrak, schloss die Tür und schlich auf Zehenspitzen davon. Doch da durchbrach Viktor Stepanowitsch die Stille, die Pawel zu bewahren versucht hatte, indem dieser unerwartet auf den Flur hinaussah.

„Kommen Sie herein!", rief er Dobrynin laut zu.

Pawel kehrte ins Arbeitszimmer zurück und wartete, starr vor Schreck, auf das, was nun folgen würde.

„Also ...", in der Stimme von Viktor Stepanowitsch war Nervosität zu spüren. „Sie werden gebeten, heute Lenins Artikel ‚Wie kann die ABI – die Arbeiter- und Bauerninspektion – neu organisiert werden' durchzulesen, während Sie sich ausruhen ... er ist nicht lang ..."

„Verzeihen Sie bitte", Pawel sah den seit dem Telefonat besorgten Viktor Stepanowitsch an. „Dort im Zimmer schläft eine Frau ... Kann es sein, dass das die falsche Wohnung ist?"

Viktor Stepanowitsch dachte einen Moment nach und zog dabei die Augenbrauen hoch bis über die Nasenwurzel. Dann besann er sich und auf seinem Gesicht erschien ein breites Lächeln.

„Aber nein!", sagte er wieder offen und süßlich. „Das ist ... das ist Ihre dienstliche Ehefrau ... Marija Ignatjewna ... Sie ruht sich wahrscheinlich aus. Ich wecke sie gleich, dann können Sie einander kennenlernen ..."

„Nicht!", bat Dobrynin.

„Warum nicht?", fragte Viktor Stepanowitsch mit offensichtlichem Erstaunen. „Wo gibt es denn so etwas, dass sich Ehemann und Ehefrau nicht kennen?"

„Wir können ja später ...", Dobrynin geriet ins Stocken. „Soll sie sich doch einmal ausruhen und ausschlafen ..."

„Nun, wie Sie wollen ...“, Viktor Stepanowitsch zuckte enttäuscht die Achseln. „Also gut. Dann ruhen auch Sie sich aus, lesen Sie den Artikel, er liegt auf dem Tisch. Und in drei Stunden hole ich Sie ab. Ach ja, noch etwas, die beiden Türen dort hinter dem Schlafzimmer sind die Toilette und das Badezimmer. Finden Sie sich zurecht?“

Pawel nickte.

„Also bis dann!“

Im Vorzimmer fiel die Tür ins Schloss – Viktor Stepanowitsch verließ Dobrynins Dienstwohnung – und dieses Geräusch lenkte ihren neuen Besitzer ab und vermochte seinen Körper und seine Gedanken von der unnötigen Anspannung zu befreien. Pawel trat an den Tisch, ließ sich in dem bequemen Sessel nieder und warf einen Blick in den zur Lektüre überlassenen Artikel.

Die erste Zeile des Artikels verstand Pawel nicht, und darum beugte er sich tiefer über den aufgeschlagenen Band.

Er träumte von einem Traktor und von der heimatlichen Kolchose. Obwohl er selbst kein Maschinist war, so saß er doch in seinem Traum in der Kabine eines neuen „MTS“ und versuchte, den Motor zu starten. Aber der Motor sprang nicht an. Er versuchte es wieder und wieder, als er plötzlich spürte, wie das Metall erbebte und zu vibrieren begann. „Angesprungen!“, dachte Pawel erfreut im Schlaf und begriff zugleich, dass das Geräusch, das er horte, keinerlei Zusammenhang mit dem Traktor haben konnte.

Es war das Telefon, das läutete.

Pawel hob den Kopf vom Artikel des Führers, nahm den Hörer ab und hielt ihn ans Ohr.

„Ja bitte?!“, sagte er zu einem Unbekannten und Unsichtbaren.

„Marija Ignatjewna, bitte!“, bat eine männliche Stimme höflich.

„Wen?“, fragte Pawel schlaftrunken.

„Marija Ignatjewna“, wiederholte die männliche Stimme geduldig. „Ihr dienstlicher Nachname ist Dobrynina.“

„Aaah ...“, sagte Pawel gedehnt und legte den Hörer auf das geöffnete Buch.

Er ging hinaus auf den Flur und blickte ins Schlafzimmer. Immer noch lag sie da und ruhte. Nachdem er einen Augenblick überlegt hatte, klopfte Pawel leise an die offene Tür.

Das Bett knarrte, woraus Dobrynin schloss, dass er gehört worden war.

„Man verlangt Sie am Telefon!“, sagte er und kehrte rasch ins Arbeitszimmer zurück.

Er trat an das nächstgelegene Bücherregal und begann zu überprüfen, ob die Leninbände in der richtigen Reihenfolge standen. Marija Ignatjewna erschien in einem langen fliederfarbenen Morgenmantel im Arbeitszimmer.

„Guten Tag!“ Sie sah Pawel mit einem strahlenden Lächeln an und trat an den Tisch.

Marija Ignatjewna war ein wenig mollig, dessen ungeachtet eine schöne Frau, das erkannte Dobrynin sofort. Ihre gesamte Figur, die sorgfältig in fliederfarbene Seide gehüllt war, verriet die ehemalige Sportlerin, und in ihrem Gesicht konnte man als Zugabe jede Menge anderer positiver Eigenschaften herauslesen, wie Güte etwa, Entschlussfreudigkeit, Mut und Verstand. Was die zuletzt genannte Eigenschaft betraf, die aus den braunen Augen seiner dienstlichen Frau zu lesen war, hatte Pawel allerdings seine Zweifel. Er zweifelte in dem Sinne, als er nicht restlos davon überzeugt war, ob Verstand zu den positiven Eigenschaften einer Frau zu zählen war. Aber sogleich widersprach er diesem Zweifel selbst, was ihn aufrichtig überraschte, da er sich bisher noch nie selbst widersprochen hatte. Er wunderte sich und begann darüber nachzudenken, woher eine solche Fähigkeit in ihm rührte. Und er kam zu dem Schluss, dass er schlicht und einfach klüger geworden war wegen der großen Zahl von Büchern in seinem Arbeitszimmer oder vielleicht auch deshalb, weil er über den aufgeschlagenen Leninband gebeugt geschlafen hatte. Diese Schlussfolgerung beruhigte ihn.

„Ja, ja, ich bin es …“, sagte Marija Ignatjewna zu irgendjemandem.

Mit großem Gefallen betrachtete Pawel ihr Profil. Vielleicht, weil sie es bemerkte, vielleicht aus einem anderen Grund drehte sie sich um und warf Dobrynin einen Blick zu, den er nicht verstand. Da er sich jedoch daran erinnerte, dass Viktor Stepanowitsch ihn gebeten hatte, für die Zeit des Telefongesprächs das Zimmer zu verlassen, beschloss Pawel, dass auch dieser Blick etwas Ähnliches bedeuten musste, und er ging ergeben auf den Flur hinaus und schloss die Tür hinter sich.

Vom Flur aus war kein Wort des Telefongesprächs zu hören, das seine dienstliche Ehefrau mit einem Unbekannten führte. Offenbar verlief das Gespräch ruhig und angenehm.

Und dennoch hatte die Tatsache, dass er eine dienstliche Ehefrau bekommen hatte, für Pawel etwas Unangenehmes. Mit einfacher Logik begriff er, dass das, was von oben so geregelt war, einfach so sein musste, aber seine Gefühle, die ihn stark mit Manjascha und den Kindern verbanden, empörten sich dagegen, protestierten und entwickelten Anzeichen der Verweigerung, die sich darin äußerten, dass er sich in diesem Moment nicht so selbstsicher fühlte wie sonst. Auch wenn man das darauf hätte zurückführen können, dass er auf dem Flur stand. Schließlich weiß man doch, dass das Stehen auf einem Flur, selbst für kurze Zeit, jeden beliebigen Menschen um sein Selbstbewusstsein bringen kann: ob nun einen Hausmeister oder einen Armeeführer.

Aber da öffnete sich auch schon die Tür zum Flur und Pawel erblickte Marija Ignatjewna, die die Arme ausbreitete.

„Ich dachte, Sie sind hinausgegangen, weil Sie etwas zu erledigen hatten. Wenn es wegen des Anrufs war, dann war das völlig unnötig! Ich kann vor Ihnen gar keine Geheimnisse haben … Das war Wladimir Anatoljewitsch, der angerufen hat … Kommen Sie doch herein!“ Pawel trat wieder ins Zimmer.

„Möchten Sie etwas essen?“, fragte die dienstliche Ehefrau.

„Ja", gestand Pawel in der Annahme, dass Marija Ignatjewna sofort in die Küche gehen würde, um etwas Gutes zu kochen, und er auf diese Weise allein im Zimmer bleiben würde.

Aber Marija Ignatjewna griff zum Telefonhörer und sagte gelassen: „Bitte zweimal Mittagessen in die Wohnung Nummer drei."

„Hier gibt es eine Küche im Erdgeschoß", erklärte sie, als sie aus Pawels Blick ersah, dass er nicht ganz verstand. „Das Essen ist sehr gut! So, und jetzt werde ich mich zurechtmachen."

Als sie hinausgegangen war, atmete Pawel erleichtert auf. Er setzte sich an den Tisch und verspürte den starken Wunsch, den angeordneten Artikel zu lesen.

Der Artikel hypnotisierte Dobrynin durch seinen rätselhaften Sinn. Er war inzwischen beim letzten Punkt angelangt, war aber unfähig sich zu rühren oder gar aufzustehen.

Gerade zur rechten Zeit sah Marija Ignatjewna herein.

„Das Mittagessen steht auf dem Tisch!", sagte sie sanft, und ihre angenehme Stimme befreite Pawel aus der Leninschen Hypnose.

Der Tisch war in einem kleinen Speisezimmer gedeckt, das Viktor Stepanowitsch Pawel aus irgendeinem Grund nicht gezeigt hatte. Genau genommen passten dort ohnehin nur ein Tisch und vier Stühle hinein.

Pawel setzte sich sogleich hin und zog den Teller mit Borschtsch zu sich heran. Marija Ignatjewna hingegen begann mit einem frischen Gemüsesalat und trank dazu Mineralwasser.

Der Borschtsch war köstlich. Vielleicht sogar köstlicher als der von Manjascha. Und noch etwas an der Atmosphäre dieses Mittagessens war heimatlich und vertraut. Um zu verstehen oder herauszufinden, was es war, hielt Pawel einen Moment lang inne und hörte auf zu kauen. Und richtig – das Ticken einer Uhr erfüllte die Stille, und mit einem Blick entdeckte Pawel eine Pendeluhr an der Wand, die er liebevoll und in stiller Freude ansah.

Auch Marija Ignatjewna blickte dorthin, während sie ihren Salat verspeiste. Sie schaute, lächelte vor sich hin und sah ihren Mann an. Dann begann sie mit dem Borschtsch. Sie aß mit Anstand, ohne die Atmosphäre zu stören oder das Ticken der Uhr zu übertönen, an der sich Pawel so erfreute.

So sehr sie auch darum bemüht war, Pawels Freude daran nicht zu beeinträchtigen, die Türklingel war lauter als das Ticken.

Marija Ignatjewna stürzte ins Vorzimmer, öffnete die Tür und erblickte Viktor Stepanowitsch.

„Ist Pawel Aleksandrowitsch fertig?", fragte dieser. „Das Auto wartet unten."

„Mein Mann isst gerade zu Mittag", sagte Marija Ignatjewna würdevoll.

Viktor Stepanowitsch, der diese schöne Frau nur in dem Maße kannte, als sich ihre dienstlichen Verpflichtungen überschnitten, beneidete Dobrynin und hatte Mitleid mit sich selbst, denn seine eigene gesetzliche Ehefrau wäre er mit Vergnügen auf Anordnung der Partei losgeworden. Aber die Partei ordnete nichts Derartiges an, und sein Leben veränderte sich daher nicht zum Besseren, sondern eher in die andere Richtung. Aber wen interessierte das schon?!

Im Wagen beklagte sich Viktor Stepanowitsch bei Dobrynin wie bei einem alten Bekannten über die Unannehmlichkeiten, die mit dem Parteiaufbau zusammenhingen, und schimpfte dabei über Menschen, die Pawel völlig unbekannt waren. Pawel hörte zu und nickte.

„Warum haben Sie denn Ihren Reisesack mitgenommen?", fragte Viktor Stepanowitsch plötzlich. „Sie kommen doch heute noch in Ihre Dienstwohnung zurück."

„Nur so", antwortete Pawel. „Für alle Fälle."

Viktor Stepanowitsch schwieg eine Weile, dann fuhr er fort, über seine Arbeitskollegen zu schimpfen.

Das Automobil erreichte den Roten Platz, und da verschlug es Pawel den Atem: Er erblickte den Kreml.

Nachdem er ein paar Mal geschluckt hatte, drehte er sich zu Viktor Stepanowitsch um und fragte mit gedämpfter Stimme, während er mit der Hand auf das Herz des Vaterlandes wies:

„Ist das der Kreml?"

„Ja", sagte dieser. „Das ist der Kreml. Warum?"

Für einen Menschen, von dessen Bürofenster aus sowohl der Glockenturm Iwan der Große zu sehen war als auch einige der rubinroten Sterne auf den Türmen, hatte das Wort „Kreml" freilich eine völlig andere Bedeutung als für Pawel Dobrynin aus dem weit entfernten Dorf Kroschkino. Wie von selbst unternahmen seine Beine den Versuch, sich zu strecken, und Viktor Stepanowitsch verfolgte gespannt, wie sich sein Sitznachbar aufrichtete, bis sich dessen Kopf in das weiche Autodach bohrte. Da ließ die Anspannung vor Ehrfurcht auch schon wieder nach und Pawel sank in seinen Sitz zurück, ohne jedoch den Blick von der Straße zu wenden, die – es war schrecklich, das auszusprechen – zum Kremltor führte und dann noch weiter, über die für jeden sowjetischen Menschen heiligen Pflastersteine.

Langsam fuhr der Wagen über diese Pflastersteine, nahezu in Schrittgeschwindigkeit, und er blieb so unmerklich stehen, dass Pawel hätte denken können, sie würden immer noch fahren, wäre da auf der einen Seite nicht die Ecke eines Gebäudes gewesen, die aufgehört hatte, sich auf sie zuzubewegen.

Als sie aus dem Wagen stiegen, nahm Pawel seinen Reisesack mit, aber dieses Mal blieb Viktor Stepanowitsch stumm und seufzte nur leise. Auf der Schmalseite des Gebäudes wurde eine unscheinbare Tür sichtbar – wahrscheinlich der Diensteingang. Auf diese steuerten sie zu.

Gleich hinter der Tür stand ein Milizionär. Er musterte Viktor Stepanowitsch mit strengem Blick, dann nickte er ihm zu, während dieser weiterging. Da aber wandte sich der Milizionär zu Pawel. Sein Blick blieb an dessen Reisesack hängen, und Pawel, der sich unter den deutlichen Gesten des Milizionärs schuldig fühlte, stellte seinen Sack auf den Tisch des Aufsehers. Polternd schlug die Axt gegen die Tischplatte und der Milizionär kniff die Augen zusammen. Er öffnete den Sack und holte als Erstes das Stoffsäckchen mit dem Zwieback heraus, dann alles Übrige und ganz zum Schluss die Axt. Während der Milizionär den Gegenstand betrachtete, den er zuletzt hervorgeholt hatte, versank er in Gedanken. Das Ganze passierte so lautlos, dass Pawel Beklemmungen in den Ohren bekam.

„Genosse Milizionär“, sagte Viktor Stepanowitsch plötzlich. „Genosse Kalinin erwartet uns.“

Der Milizionär rief einen seiner Vorgesetzten an, meldete die Axt sowie den verdächtigen Zwieback und auch, dass die Besucher angeblich von Genosse Kalinin erwartet würden. Buchstäblich eine halbe Minute später läutete das zweite Telefon auf dem Tisch. Der diensthabende Milizionär hob ab, nickte nur in den Hörer und wiederholte „jawohl“ und „zu Befehl“.

Als er aufgelegt hatte, wandte er sich zu Viktor Stepanowitsch um.

„Sie können gehen. Wissen Sie wohin?“

„Natürlich“, antwortete Viktor Stepanowitsch und seine Stimme klang jetzt streng. „Ich bin jeden Tag hier!“

„Aber das lassen Sie hier!“ Der Milizionär zeigte mit dem Finger auf den Sack und dessen Inhalt. „Es wird befohlen, das in Ordnung zu bringen.“

„Also gehen wir!“, sagte Viktor Stepanowitsch leise zu Dobrynin.

„Aber ...“, Pawel wollte nach seinen Sachen fragen, Viktor Stepanowitsch jedoch winkte ab und deutete auf die schmale Marmortreppe, die ein Läufer bedeckte, der ursprünglich rot und inzwischen ziemlich abgetreten war.

„Wir holen sie wieder ab!“, sagte er dann im ersten Stock. „Ihr Zwieback geht nicht verloren!“

In einem bescheidenen Arbeitszimmer, in dem es fast keine Möbel gab, empfing sie ein großer, magerer Mann von etwa fünfundvierzig Jahren, der einen dunklen Anzug mit einem Orden trug. Er lächelte wohlwollend, während er mit der rechten Hand über sein chinesisches Bärtchen strich.

„Aaah!", sagte er gedehnt, während er die Augen zusammenkniff und Dobrynin musterte. „Da sind Sie also!" Und er schüttelte den Kopf, so als ob er erstaunt wäre und Dobrynins Äußerem die Bestnote geben würde.

Es blieb freilich unklar, was er meinte. War es nun das offene und auf einfache Art schöne Gesicht des Volkskontrolleurs, oder seine Kleidung, die ebenfalls einfach und verhältnismäßig ordentlich war.

„Aber treten Sie doch ein, setzen Sie sich hierher an den Tisch. Unterhalten wir uns ein wenig", sagte Genosse Kalinin einladend, indem er einen Schritt zurück ins Zimmer trat. „Schade nur, dass ich außer Zucker nichts zum Tee anbieten kann ..."

Pawel öffnete den Mund und wollte schon sagen: Aber ich hatte Zwieback, nur hat mir der Milizionär den abgenommen!, aber er sagte es nicht, da er fürchtete, dass es im Kreml nicht üblich war, allzu dreist zu sprechen.

Der Gastgeber bemerkte, dass Pawel den Mund öffnete, dann aber doch schwieg, und er fragte geradeheraus:

„Was wollten Sie denn sagen, Genosse Dobrynin?"

„Also ich ... Ich habe etwas zum Tee, in meinem Sack ... Zwieback hatte ich, aber man hat ihn mir abgenommen ..."

„Wer war das?!", fragte Kalinin ernst, das Lächeln verschwand aus seinem Gesicht und die gutmütig zusammengekniffenen Augen verwandelten sich in zwei kleinkalibrige Gewehre.

Pawel erzählte ihm, was unten vorgefallen war, woraufhin Genosse Kalinin einen Blick in den Korridor warf und etwas hinausrief. Als ob nichts gewesen wäre, bat er die Gäste daraufhin nachdrücklich, sich an den Tisch zu setzen, und nahm selbst dort Platz. Es war ein Beistelltisch für drei Besucher, der die ganze Möbelkombination dieses Zimmers einem verschnörkelten „T“ ähneln ließ. Genosse Kalinin machte nicht die Runde um den großen Schreibtisch, um sich in seinen Sessel zu setzen, sondern setzte sich neben seine Gäste, so als wäre er der dritte Besucher.

Ein Soldat brachte auf einem Tablett drei Teegläser in Glashaltern, goss Tee hinein und stellte hierauf eine Dose auf den Tisch, die randvoll mit Würfelzucker gefüllt war. Dann ging er hinaus.

Nach einer weiteren Minute brachte man Pawels Reisesack ins Zimmer. Er wurde von einem älteren Milizionär gebracht, der ihn seinem Besitzer direkt in die Hand gab und verschwand.

„Also, dann rücken Sie mal Ihren Zwieback heraus!“, kommandierte der Gastgeber fröhlich.

Dobrynin kramte das ersehnte Säckchen heraus, knüpfte es auf und schüttete einige Zwiebackscheiben direkt auf das Tablett. Dabei bemerkte er, dass eine Scheibe angebissen war.

Auch Genosse Kalinin bemerkte das und schüttelte bekümmert den Kopf.

„Was soll man machen“, sagte er. „Mit der Disziplin ist es bei uns leider nicht weit her ... Aber was soll's!“

Und er nahm ein ganzes Stück Zwieback, tauchte es in den Tee ein und biss geräuschvoll ab.

Beim Tee sprachen sie über das Leben am Land, über die Vergangenheit und über die Zukunft, aber das Gespräch verlief irgendwie oberflächlich. Am Ende des Gesprächs blickte Genosse Kalinin Viktor Stepanowitsch plötzlich prüfend an und sagte halb im Scherz, halb im Ernst:

„Und du, Stepanytsch, hast diese Krawatte bei Petrenko unnötig gegen Heringe getauscht! Mir scheint, die Krawatte ist gestohlen ...“

Pawel sah, wie sein Gefährte erblasste und die Finger auf den Tisch presste, damit sie nicht zitterten. Dann bat Genosse Kalinin ihn auch noch hinauszugehen, damit er sich mit dem Volkskontrolleur unter vier Augen unterhalten könne.

Pawel bekam Mitleid mit Viktor Stepanowitsch, so langsam erhob sich dieser vom Tisch, als ob er zu seiner Hinrichtung müsste. Aber da war nichts zu machen – er ging wie angeordnet hinaus und ließ Dobrynin mit dem Genossen Kalinin allein.

„Also dann, Pawel … Ich darf dich doch einfach so nennen?"

Pawel nickte.

„Dann lass uns zur Sache kommen. Hast du den Artikel über die Arbeiter- und Bauerninspektion gelesen?"

„Ja", antwortete Pawel.

„Und auch verstanden?"

„Nein", gestand der Kontrolleur.

„Das macht nichts", beruhigte ihn Kalinin. „Das Wichtigste ist nicht, zu verstehen, sondern zu handeln. Verstanden?"

Pawel nickte wieder.

„Deine Aufgabe ist nicht gerade leicht", fuhr Genosse Kalinin fort. „Unser Vaterland ist groß, wie du weißt. Überall muss man seine Augen haben und mit der Ordnung ist es nicht weit her. Deshalb hat man im Politbüro beschlossen, eine Reihe aufrechter Werktätiger aus den Rechtschaffensten des Volkes vorzuschlagen, ihnen alle Methoden der Volkskontrolle beizubringen und sie in verschiedene Regionen und Bezirke zu schicken, damit sie dort einen erbarmungslosen Kampf führen für wahre Ordnung, für die Qualität der Produktion und dafür, dass alle vorhandenen Aufgaben erfüllt werden. Aber die Lage in der Industrie ist schwierig geworden und wir müssen euch ohne ausreichende Schulung fortschicken. Unser Volk ist jedoch verständig. Ich denke, da wirst du schon selbst dahinterkommen. Ich werde dir alles kurz erklären. Ich unterhalte mich schließlich mit jedem der Kontrolleure persönlich und sage ganz offen: Wir haben nur wenige Kontrolleure, aber jeder ist Gold wert. Und es ist nicht schwierig, das Leben und seine Fertigungsprozesse zu kontrollieren. Du fährst in eine Stadt, erfährst, welche Werke und Fabriken es gibt und was sie produzieren. Dann gehst du direkt dorthin und sagst: ‚Ich bin ein Volkskontrolleur', und forderst, dass man die Erzeugnisse zur Überprüfung der Qualität vorlegt. Das ist im Grunde auch schon alles. Und dort, wo die Qualität schwierig zu überprüfen ist, dann eben nach Augenmaß, und wenn du Zweifel hast, dann nimm, was dir fragwürdig erscheint, und bring es hierher ..."

„Wie denn?", Pawel verstand nicht.

„Ich erkläre es dir etwas später!", beruhigte ihn Genosse Kalinin. „Erst einmal muss ich dir sagen, dass dir ein nicht gerade leichtes Einsatzgebiet zugefallen ist. Der Norden ... Die Bedingungen sind dort natürlich ähnlich wie im Krieg. Aber vielleicht willst du das gar nicht? Dann sag es! Vielleicht bist du nicht bereit dazu?"

„Aber nein, ich bin bereit!", versicherte Pawel.

„Hast du denn Fragen?", wollte Genosse Kalinin wissen.

„Ja", gestand Dobrynin. „Wegen der dienstlichen Ehefrau ... Das ist mir irgendwie ... unangenehm ..."

„Nun, Bruder, das muss so sein", nickte Genosse Kalinin verständnisvoll. „Für mich selbst ist das auch schwer, ich habe schließlich auch meine eigene, wir haben noch vor 1917 geheiratet, und dann noch eine dienstliche ... Was willst du machen, das ist so vorgeschrieben. Ich selbst komme aus Twer, meine Frau ist mit den Kindern dortgeblieben, und hier hab ich meine dienstliche Frau bekommen. Es gibt so eine Regel – wer nicht aus Moskau ist, der bekommt hier eine Frau, sozusagen eine Nomenklatura-Frau. Aber keine Angst, sie werden von uns überprüft und besitzen unser vollstes Vertrauen, und sollte irgendetwas sein, dann tu dir keinen Zwang an, sag es und wir tauschen deine aus ..."

„Na, wenn das so vorgeschrieben ist ...", Pawel machte eine verwunderte Geste mit der Hand.

„Macht dir vielleicht sonst noch etwas Sorgen? Denkst du an deine Familie?! Da sei beruhigt, sie sind in der Obhut der Partei. Es ist also alles in Ordnung, wie du siehst ... So, und jetzt das Wichtigste. Ich habe mich entschlossen, dir ein Geschenk zu machen, Pawel ... Kein schlichtes Geschenk ..." Genosse Kalinin sah forschend in die Augen des Volkskontrolleurs. „Ein Geschenk, für das viele ihr halbes Leben geben würden. Kurz gesagt, ich schenke dir ein weißes Pferd."

Nachdem er tief geseufzt hatte, schwieg Genosse Kalinin einige Zeit. Dabei ging ihm offenbar etwas durch den Kopf oder aber er schwelgte in Erinnerungen.

Pawel aber horchte auf die Stille, die entstanden war, und dachte nach. Er dachte darüber nach, dass man ihn höchstwahrscheinlich nicht zufällig ausgewählt hatte, und auch nicht aus dem Wunsch heraus, einen ehrlichen und rechtschaffenen Menschen loszuwerden. Dafür gab es offenbar besondere Gründe, die er, wenn überhaupt, nicht so bald erfahren würde.

Draußen wurde es Abend, und ungeachtet dessen, dass gleich nebenan das Großstadtleben tobte, war es still und ruhig. Vielleicht sogar ruhiger als zur selben Zeit im Dorf Kroschkino, wo mit dem Einfall der Dämmerung die Hofhunde dreist wurden, sobald man sie nicht mehr sehen konnte, und ihre bellende Unterhaltung begannen, in der sie einander erzählten, wer von ihnen einen wie großen Knochen erhalten hatte. Dort würde das Gebell jetzt bis Mitternacht andauern, bis ihre Besitzer, die schon ganz benommen davon waren, ihre Köter beschimpfen würden, worauf der Stock zu folgen drohte, und nachdem die Hunde das selbstverständlich wussten, würden sie rechtzeitig verstummen und ihre Schnauzen in die warme Erde stecken.

Mit einem Mal erwachte Genosse Kalinin wieder, ging um seinen Schreibtisch herum und zog aus einer Schublade ein Büchlein hervor, das er Pawel überreichte.

„Lenin für Kinder", las Pawel den Titel und betrachtete den Umschlag, auf dem der große Führer auf einer Bank abgebildet war, umringt von einer Kinderschar.

„Lass dich nicht vom Titel beirren", sagte Genosse Kalinin mit ermüdeter Stimme. „Dieses Buch wirst du gut gebrauchen können! Eigentlich ist es nicht nur für Kinder. Ich habe dir jetzt so ziemlich alles gesagt. Morgen Nachmittag wird man dir auf dem Flughafen den Sattel überreichen. Und jetzt fahr nach Hause und ruh dich aus ..."

„Und was ist mit dem weißen Pferd?", fragte Pawel leise und wurde sogleich verlegen wegen seiner vorlauten Frage.

„Das Pferd?", wiederholte Genosse Kalinin. „Das Pferd wird ebenfalls zum Flughafen gebracht. Es ist hier, in den Kreml-Stallungen. In Ordnung?"

Pawel spürte einen Wunsch in sich aufsteigen, den er dem Genossen Kalinin nicht verschweigen mochte. Aber er wusste nicht, wie er es sagen sollte, da er keine zweite dreiste Frage stellen wollte.

„Na, warum schweigst du? Ich sehe doch, dass du etwas auf dem Herzen hast?", bemerkte Genosse Kalinin aufmerksam.

„Ja, also ... ich ..."

„Na, heraus damit!"

„Ich würde gerne, Genosse Kalinin ..."

„Nenn mich doch bei meinem Vornamen, wir sind jetzt gleichgestellt!"

„Also ... Michail, ich würde gern auf diesem Pferd vom Kreml zum Flughafen reiten ..."

„Jaaa ...", sagte Genosse Kalinin. „Was für ein Wunsch, das sage ich dir!"

„Aber nur, wenn es möglich ist, wenn nicht, dann ..."

„Sofort!", unterbrach ihn Kalinin und ging zum Telefon. „He, Wasja!", sagte er zu jemandem. „Ist für morgen eine Eskorte frei? Ja? Gut. Dann ordne an, dass sie gegen zwölf am Erlösertor bereitsteht! – Na bitte." Genosse Kalinin legte den Hörer auf und blickte den Volkskontrolleur an. „Erledigt. Du sollst deinen Ritt haben!"

„Danke!" Pawels Augen leuchteten und er konnte gerade noch den Drang in sich bezähmen, Genosse Kalinin zu umarmen und zu küssen.

„Bedanke dich später! Das Wichtigste ist, das Vaterland zu lieben und alles für sein Wohl zu unternehmen! Das ist alles, geh! Nein, warte, sag mir noch, warum du eine Axt mitgenommen hast?"

„Meine Frau hat sie mir auf die Reise mitgegeben", erklärte Pawel und erhob sich vom Tisch.

„Sieh mal einer an!", grinste Genosse Kalinin. „Was für eine tüchtige Frau! Sie hat recht! Hier ist das Leben so ... ja ..."

Hinter der Tür zum Flur stand ein Rotarmist, der Dobrynin zum Wagen hinunterbrachte. Viktor Stepanowitsch war nicht da. Nur der Chauffeur saß darin, schläfrig und schweigsam. Die ganze Fahrt über sagte er kein Wort. Erst als der Wagen vor dem Hauseingang hielt, erinnerte er Pawel daran, dass seine Wohnung die Nummer drei habe.

Der diensthabende Hausmeister öffnete Pawel die Eingangstür. Dobrynin stieg in den zweiten Stock hinauf und ihm fiel der Schlüssel ein, den ihm der Hausmeister gegeben hatte. Er fand ihn in seiner Hosentasche und schloss die Tür auf. Seinen Reisesack ließ er im Vorzimmer stehen, das Buch „Lenin für Kinder" aber nahm er mit sich und ging weiter ins Arbeitszimmer.

Er schaltete die Lampe mit dem grünen Lampenschirm ein und es wurde richtig gemütlich in diesem freundlichsten aller Zimmer in der Wohnung. Es herrschte vollkommene Stille, die ihn auf ernsthafte Gedanken einstimmte. Er setzte sich also an den Schreibtisch, schlug die erste Seite des Büchleins auf, das er im Kreml geschenkt bekommen hatte, und begann zu lesen.

Nachdem er die erste Erzählung über Lenin gelesen hatte, beschloss Pawel, es dabei erst einmal bewenden zu lassen, vor allem, um ein wenig über Sinn und Moral dieser Erzählung nachzudenken. Es wurde beschrieben, wie Lenin eines Tages in das Haus von Küstenfischern einer Volksgruppe im Norden geriet. Er kam als Gast dorthin, und sogleich deckten die Gastgeber den Tisch und warteten Wladimir Iljitsch ihre Nationalsuppe auf, die einem europäischen Menschen selbstverständlich nicht schmecken konnte. Aber Lenin sagte nichts davon, sondern bedankte sich nur für die Bewirtung. Und sie schlossen daraus, dass Lenin diese Suppe sehr mochte und boten noch mehr davon an und füllten, kurz gesagt, seinen Teller wieder an. Und auch da sagte Lenin nichts und aß alles auf, wie es ihm seine Eltern noch im fernen Simbirsk beigebracht hatten. Da tat natürlich die Erziehungsmethode der Familie Uljanow, den Teller leer zu essen, ihre Wirkung, aber nicht allein das.

„Ja", dachte Pawel zu guter Letzt. „Man hat mir dieses Buch nicht umsonst geschenkt. Ich werde ja in den Norden geschickt ... Das bedeutet, dass ich die Nationalsuppen und andere Gerichte dort achten muss ..."

Die Müdigkeit verlangsamte den Prozess des Denkens und Pawel fühlte, wie er einzunicken begann. Und da er nicht im Sitzen schlafen wollte, ging er ins Schlafzimmer, nachdem er seine Kleider im Arbeitszimmer gelassen hatte. Er schloss die Tür hinter sich und blieb einige Minuten stehen, um sich an die Dunkelheit zu gewöhnen. Das große, weiße Quadrat des Bettes trat aus der Finsternis der Nacht hervor, und Pawel bemerkte bald, dass seine dienstliche Frau auf der näher zur Tür gelegenen Seite lag. Er ging also um das Bett herum, legte sich auf die andere Seite und ließ dabei nicht weniger als einen Meter Platz zwischen sich und seiner Frau. Er deckte sich mit dem Rand der Bettdecke zu und spürte die Wärme, die ihn wie Watte umhüllte, und er schlief ein, indem er sich mit einem Lächeln von diesem erstaunlich märchenhaften Tag verabschiedete, der gerade zur Vergangenheit wurde.

Kapitel 8

In einer der Schulen Moskaus, die sich in der Dajew-Gasse bei der Sretenka-Straße befand, läutete die Glocke zur siebenten Stunde fünf Minuten früher als sonst, und buchstäblich eine Minute später öffneten sich die Klassentüren und Jungen und Mädchen in weißen Hemdblusen mit sorgfältig gebundenen, tiefroten Halstüchern traten geordnet auf den breiten, hellen Korridor hinaus. Rasch stellten sie sich gruppenweise auf, wie das in solchen Fällen üblich war. Der Direktor der Schule, Wasilij Wasiljewitsch Banow, schritt die Reihen der Pioniere entlang, während er mit strengem Blick das Äußere der Schüler musterte. Dann kehrte er zurück zur Mitte des Korridors, und nachdem er vernommen hatte, dass die Klassengruppen zum Appell bereit seien, sagte er:

„Nun also: Beim Lernen und für andere Leistungen der letzten Woche hat die Pioniergruppe der 5A-Klasse den ersten Platz gemacht, und als Prämie darf diese Gruppe heute den Deputiertenkandidaten für den Obersten Sowjet der RSFSR Grigorij Markelowitsch Siljin treffen."

Die Pioniere hielten den Atem an. Sie vermochten den Blick nicht von dem Schuldirektor abzuwenden. Dieser trug einen dunklen Anzug, der jedoch an ihm etwas plump wirkte, und auf dem Revers prangte ein Stern des Ordens der Roten Fahne, an dem die Blicke der Knaben immer wieder voll Neid und Bewunderung hängen blieben.

„Nun denn", fuhr Wasilij Wasiljewitsch Banow fort. „Ich verstehe, dass es ungerecht wäre, die anderen Gruppen von einem Treffen mit dem Deputiertenkandidaten völlig auszuschließen, aber in jedem Fall ist Strenge angebracht. Deshalb schlage ich vor, dass jede Gruppe für ein Treffen ihre drei besten Pioniere bestimmt, die dann ihren Gruppen über alles, was sie dort hören, berichten können. Das ist alles, ihr könnt wegtreten. Und der Gruppe der 5A-Klasse befehle ich, sich in genau zwanzig Minuten vollzählig in der Roten Ecke der Schule einzufinden."

Die Pioniere gingen in ihre Klassen, um über die Abgesandten für das Treffen offen abzustimmen. Nur die 5A, achtundzwanzig Jungen und Mädchen, die zu einem lebendigen, kollektiven Organismus zusammengeschweißt waren, ging einträchtig nach draußen, um die hin und wieder vorbeifahrenden Lastwagen zu bestaunen. Ihr Pionierführer Petja Kolzow übertrug Wanja Klimtschak die Verantwortung für die Zeit, da Wanja als einziger in der ganzen Klasse eine Uhr besaß.

In der Dajew-Gasse war es ruhig, Lastwagen fuhren keine vorüber. Die Mädchen bildeten einen eigenen Kreis und begannen etwas zu erörtern, während die Jungen zu zweit oder zu dritt zusammenstanden und gelegentlich recht unbedeutende Worte austauschten.

Plötzlich näherte sich geräuschlos ein Wagen und ein schwarzer „SIM" hielt vor dem Eingang zur Schule, dem ein großgewachsener Mann mit kurz geschnittenem Haar entstieg. In der Hand hielt er eine Aktenmappe aus schwarzem Leder. Er richtete seinen Hemdkragen, griff mit der Hand nach dem Krawattenknoten, um zu prüfen, ob dieser richtig saß, und ging dann zum Schultor hinauf.

Die Rote Ecke befand sich am Ende des Korridors. Der Raum war ein wenig größer als ein normales Klassenzimmer und zeichnete sich stets durch beneidenswerte Sauberkeit aus. An jedem Schultag räumten dort plangemäß zwei Personen auf, und zwar tadellos. Nach diesem Plan wurden nicht nur Schüler, sondern auch Lehrer, einschließlich des Schuldirektors, eingeteilt. Im Zuge der Aufräumarbeiten schrubbten die Beauftragten den Boden, putzten die Ecken, nahmen die Wandzeitungen und andere politische Materialien von den Wänden und befreiten sie sorgfältig von Staub. Auch an diesem Tag glänzte die Rote Ecke nur so. Die 5A saß bereits auf den besten Plätzen, und soeben füllten sich auch die hinteren Stuhlreihen mit den Abgesandten der restlichen Pioniergruppen.

Einer fand keinen Platz mehr, da stellten findige Jungen und Mädchen zwei Stühle zusammen und nahmen zu dritt darauf Platz.

Die Tür öffnete sich und herein kam der Direktor mit dem Deputiertenkandidat. Die gesamte Kinderschar erhob sich und erstarrte feierlich.

„Guten Tag, Genossen Pioniere!" Der Deputiertenkandidat nickte den Kindern zu und blickte den Direktor an.

„Setzen!", sagte der Direktor.

„Schau, was für ein Muttermal er auf der Wange hat!", flüsterte ein Pioniermädchen seiner Freundin zu.

„Ja ...", nickte die andere. „Sieht aus wie der Polarforscher Schirschow!"

„Hast du den etwa schon mal gesehen?", wunderte sich die erste.

„Ja, in der Zeitung ..."

Und plötzlich verstummte das Mädchen, als es den Blick des Direktors auf sich spürte, und wurde rot.

„In der Zeitung?", wiederholte ihre Freundin flüsternd, aber anstatt einer Antwort erhielt sie einen leichten Schlag auf das Knie.

„Nun denn", begann der Direktor erneut zu sprechen, während er in die aufmerksamen Gesichter der versammelten Kinder blickte. „Ich darf euch den Deputiertenkandidaten für den Obersten Sowjet der RSFSR vorstellen, Direktor der berühmten Fabrik ‚Hammer und Sichel', Grigorij Markelowitsch Siljin. Ihr könnt ihm Fragen stellen ... und auch mit ihm sprechen ... Bitte!"

Der Direktor verließ das Zimmer und der Deputiertenkandidat nahm auf dem für ihn vorgesehenen Stuhl Platz. Es schien, als ob der Kandidat nervös sei. Wenigstens fühlte er sich nicht ganz wohl: Er kaute auf seinen dicken Lippen herum, als würde er sich mögliche Antworten überlegen.

In der ersten Reihe streckte sich eine Hand empor, und Grigorij Markelowitsch nickte einem kleinen Jungen zu, der eine Frage stellen wollte.

„Genosse Kandidat, erzählen Sie von Ihrer Kindheit!“, bat der Junge.

Siljin hörte auf, auf seinen Lippen herumzubeißen, führte seine rechte Hand zum Gesicht und berührte mit dem Finger nachdenklich das Muttermal auf seiner Wange.

„Nun, eine Kindheit, wie ihr sie habt, hatte ich natürlich nicht“, begann der Deputiertenkandidat zu erzählen. „Ich wurde im Dorf Panino im Moskauer Gouvernement geboren. Heute ist das der Bezirk Moschajskij. In einer Bauernfamilie. Mein Vater war ein Ofensetzer, und auch mir brachte man dieses Handwerk bei. Er starb früh, ich war damals fünfzehn Jahre alt. Solange er lebte, war ich mit ihm und mit dem Bruder meiner Mutter in der Umgebung von Moskau unterwegs, um auf den Datschen Öfen zu setzen. Als er dann starb, war es mit der Arbeit vorbei. Da war es gut, dass einer meiner Verwandten mich im Ingenieursbüro Gillert unterbrachte, das sich damals auf der Basmannaja-Straße befand. Ich wurde dort Ofensetzer-Lehrling. Als Lohn erhielt ich achtzehn Rubel im Monat ohne Verpflegung ... Das war also meine Kindheit ...“

„Erzählen Sie uns doch bitte, wie die Ofensetz-Arbeiter im alten räuberischen System gelebt haben!“, bat ein stupsnäsiges Mädchen aus der ersten Reihe.

„Na, wie haben wir gelebt?“, fragte sich der Deputiertenkandidat selbst. „Morgens trank ich heißes Wasser ohne Tee und aß eine Semmel dazu, zum Mittagessen gab es anderthalb Pfund Weißbrot, ausschließlich altbackenes – es war billiger und hielt außerdem länger. Am Abend, wenn man den Rücken nicht mehr gerade halten konnte vor lauter Müdigkeit, ging man in eine schmutzige Garküche und holte sich eine dünne Kohlsuppe und Brei. Die Arbeiterration sozusagen. Nur an Sonntagen erlaubte ich mir eine Art Luxus ... Nein, kein Fleisch! ... Ein Pfund frisches Weißbrot aus Grießmehl. Schließlich war ich noch ein Junge, und ach, wie sehr sehnte ich mich nach etwas Feinem, das gut schmeckte. Was soll man noch sagen, es war ein schreckliches Leben. An den Sonntagen zwang uns der Vorarbeiter, in die Kirche zu gehen, und am Abend mussten wir laut aus der Zeitschrift ‚Das russische Wort' vorlesen. Manchmal ging er mit Freunden in ein Teehaus, bestellte dort Tee – fünf Kopeken für zwei Tassen – und spielte Karten, sein Lieblingsspiel ‚Kosjol'. Dabei war es noch gut, dass der Vorarbeiter nicht trank und auch mich zur Nüchternheit erzog. Die anderen tranken alle – ja, wie soll man auch nicht trinken bei so einem Leben!"

Zwei alte Lehrerinnen hatten sich leise in den Raum gezwängt, standen unauffällig an der Wand und lauschten Siljins Erzählung.

Wieder hob sich eine Kinderhand – dieses Mal in der dritten Reihe rechts neben dem Fenster.

„Bitte, bitte!", ermunterte der Deputiertenkandidat einen Pionier, dessen Gesicht er nicht sehen konnte, so klein war dieser.

Der Junge stand auf und geriet ein wenig in Verwirrung, als sich alle nach ihm umdrehten.

„Sprich nur ruhig!", lächelte ihm Siljin freundlich zu.

„Äh ... waren Sie an der Front?", fragte der kleine Pionier schließlich.

„Natürlich", nickte Grigorij Markelowitsch. „Auch im Ersten Weltkrieg, aber länger bei der Roten Armee. Und ich kann euch sagen, die Rote Armee, das ist eine ganze Universität. Wir haben häufig auf ehemaligen Gutshöfen Halt gemacht. Zuallererst wurde die Bibliothek gesucht. Während des Bürgerkrieges schaffte ich es, fast alle Klassiker zu lesen. Und immer führte ich zwei oder drei noch nicht gelesene Bücher im Munitionswagen mit ..."

Drei weitere Lehrer betraten leise den Raum: ein alter Geograf und zwei zwanzigjährige Sportler. Sie baten die beiden alten Damen, etwas nachzurücken, und nahmen ihren Platz an der Wand ein.

„Erzählen Sie von der Fabrik!“, bat jemand, der gar nicht aufgezeigt hatte.

Aber der Deputiertenkandidat schenkte dem Verstoß gegen die Pioniersetikette keine weitere Beachtung.

„Von der Fabrik?“, wiederholte er und fing gleich an zu erzählen. „Die Fabrik ‚Hammer und Sichel‘ hieß früher Guschon-Fabrik ... Ich kam 1921 dorthin, nach der Demobilisierung. Sie erinnerte damals an einen Friedhof – so still und verlassen war alles. Das war das typische Bild einer Fabrik der damaligen Zeit: Die Ausstattung verrostete und ging kaputt, gearbeitet wurde nur in den Betriebswerkstätten. Das war die Zeit der ‚Feuerzeuge‘, wie man damals sagte. Die Arbeiter stellten Feuerzeuge her, Zündhölzer gab es schließlich fast gar keine in dieser Zeit des allgemeinen Zusammenbruchs! Es wurden auch andere gängige Waren hergestellt, die man bei den Bauern gegen Brot und Kartoffeln tauschen konnte. Im Siemens-Martin-Werk ‚Hammer und Sichel‘, wohin es mich verschlug, war nur ein vier Tonnen schwerer Ofen in Betrieb. Dass er überhaupt funktionierte, war ein Wunder. Mir, der aus der Roten Armee kam und an Disziplin und Ordnung gewöhnt war, kam das, was ich im Werk sah, barbarisch vor: Die Arbeiter verhielten sich der Fabrik gegenüber fordernd, um nicht zu sagen ausbeuterisch. Sie erzeugten Äxte, Bandeisen und anderes, das man gegen Lebensmittel tauschen konnte. Das Eisen wurde geplündert und verschwand durch die Tore. Die große Masse bestand durchgehend aus Egoisten und Spießbürgern. Aber es waren auch einige wenige ehrliche, pflichtbewusste Arbeiter in der Fabrik geblieben. Eine Gruppe solcher Genossen lauerte diesen Selbstsüchtigen auf und konnte sie schnappen, als diese Eisen aus der Fabrik hinausschleppten. Und jetzt noch einige Zahlen, die das Wachstum unserer Fabrik zeigen.“

Und Siljin öffnete die schwarze Aktenmappe aus Leder, die bis zu diesem Moment auf seinen Knien geruht hatte, holte ein Blatt Papier daraus hervor und las laut vor:

„‚1921 war in der Fabrik nur ein Ofen in Betrieb, an den besseren Tagen schmolz er zwanzig Tonnen pro Tag, und das galt als viel. Jetzt haben wir vier neue Öfen, die siebenhundertfünfzig Tonnen Stahl pro Tag produzieren, und es wurde bereits ein Rekord verzeichnet – neunhundertachtundvierzig Tonnen Stahl pro Tag.‘ Was ist noch zu sagen?“ Siljin blickte hoch. „Damals, im 21er-Jahr, stellte die Fabrik drahtgebundene Nägel, Haken, Bandeisen und anderes so genanntes ‚Handelseisen‘ her, und jetzt schmelzen wir hochwertigen Stahl, der zur Stärkung der Verteidigungsfähigkeit der Republik dient. Aber mir scheint, dass das noch nicht alles ist, was man produzieren kann. Es muss immer weiter vorwärts gehen!“

Nachdem er seine Antwort auf die letzte Frage beendet hatte, seufzte der Deputiertenkandidat und sah auf seine Armbanduhr, dann blickte er die Pioniere an. Da sah er auch schon drei erhobene Hände: zwei Jungen und ein Mädchen, die etwas fragen wollten. Er nickte dem Mädchen zu, das stand auf und fragte:

„Und wie wurden Sie Direktor der Fabrik?“

„Nun, dafür muss man lernen, lernen und lernen ...“, Siljin wedelte mit den Armen. „Ich habe also die Abendschule für Arbeiter besucht, dann wurde ich Meister, und zu Beginn des 27er-Jahres wurde ich in das Betriebs-Gewerkschaftskomitee gewählt. Und 1929, erinnere ich mich, gab es einen schweren Unfall mit dem erst kurz zuvor neu in Stand gesetzten Siemens-Martin-Ofen. Ein Teil der Kuppel über den Regenerationskammern stürzte plötzlich ein. Das ist ein sehr enger und vor allem ungewöhnlich heißer Ort, dort kann man nicht hineinklettern. Alle waren außer sich. Den Ofen für die Reparatur außer Betrieb zu setzen, war undenkbar, ihn weiter in Betrieb zu haben, unmöglich. Durch den Unfall drohte der Ofen für einen Monat auszufallen – das sind viereinhalbtausend Tonnen Stahl! Der Werksleiter kam angelaufen. Ich schlug vor, trotz der hohen Temperatur in der Kuppel hineinzukriechen, ein Blech anzubringen und den Durchbruch zu verdecken. So etwas hatte man in der Praxis noch nicht gehört, ich bestand jedoch darauf, dass sich nach dem Aufhängen des Blechs die Temperatur in der Kuppel senken würde. Und tatsächlich: Sobald das Blech aufgehängt war, wurde es kühler, ich verdeckte also das Loch nach meinem Verfahren. Der Ofen konnte normal weiterarbeiten. Dieser Vorfall beförderte mich in die Reihe der besten Ofensetzer im Lande ... Na, und da gab es noch viel Ähnliches ... Ich muss mich entschuldigen, Genossen Pioniere, aber leider habe ich heute noch zwei Treffen mit Wählern."

Grigorij Markelowitsch Siljin erhob sich. Die Pioniere schnellten ebenfalls in die Höhe und klatschten so lange, bis ihre Handflächen rot wurden. Auch die beiden alten Lehrerinnen applaudierten und auch jene Lehrer, die gegen Ende des Treffens gekommen waren.

Zum Abschied schenkte die Pioniersgruppe der 5A dem Deputiertenkandidaten einen Abbauhammer als Souvenir, der trotz seiner kleinen Größe ziemlich schwer war. In der linken Hand das Souvenir, in der rechten die Aktenmappe verließ Grigorij Markelowitsch die Rote Ecke, um sich vom Schuldirektor zu verabschieden, aber die Direktion war abgeschlossen, sodass sich der Deputiertenkandidat direkt auf den Weg nach draußen begab, wo ihn sein Dienstwagen, der schwarze „SIM", erwartete.

Währenddessen saß Wasilij Wasiljewitsch Banow auf dem Dach des dreigeschoßigen Schulgebäudes und sah traurig zu, wie zwischen der Schule und einem fernen, aber doch noch sichtbaren Kremlturm langsam, aber unaufhaltsam ein Koloss von Hochhäusern emporwuchs, an denen gebaut wurde. Schon jetzt war von dem entfernten Turm kaum noch die Spitze mit dem rubinroten Stern zu sehen, und schon das nächste Stockwerk des Neubaus würde diesen Stern für immer verdecken. Das gab dem Direktor der Schule in der Tat Anlass zur Sorge. Es war üblich, zwei Mal im Jahr, nachdem die Rangen bei den Pionieren aufgenommen wurden, diese auf das Dach zu führen und ihnen den sichtbaren Teil des Kremls zu zeigen. Diese Tradition musste nun untergehen, da es ja nichts Interessantes mehr vom Schuldach aus zu sehen gab. Zwar gab es noch den Sonnenuntergang hinter den weit entfernten Häusern, aber den konnte man den Pionieren nicht zeigen, schließlich ging die Sonne immer abends unter, wenn Banows Schützlinge zu Hause saßen und ihre Hausübung machten. Und so blieb dem Schuldirektor nichts anderes übrig, als hin und wieder allein auf sein geliebtes Dach zu steigen und auf den manchmal überwältigend schönen, blutroten Sonnenuntergang zu warten. Inmitten seiner traurigen Grübelei erinnerte sich Banow an seine ruhmreiche revolutionäre Vergangenheit, als er ein echter Maschinengewehrschütze gewesen war und Dächer und Glockentürme gleichfalls leidenschaftlich geliebt hatte, von welchen sich ihm eine unglaubliche Aussicht eröffnete. Ja, damals hatte Banow sowohl eine Aussicht gehabt, als auch ein Maschinengewehr besessen, und alles war einfacher und verständlicher gewesen, obwohl dem Schuldirektor eigentlich auch jetzt nichts sonderlich Unverständliches begegnete. Vielleicht lag es daran, dass diese Zeit mit Wasilij Wasiljewitschs wilder Jugend zusammenfiel, während er sich gegenwärtig aufgrund eines Unwohlseins nicht gerade glänzend fühlte und darüber hinaus im Leben häufig aus dem Konzept geraten war wegen dessen maßloser Kompliziertheit und wegen eines Übermaßes an unterschiedlichsten Erfolgen: Jedenfalls empfand er immer weniger Lebensfreude. Wie immer man es auch drehen und wenden mochte, ganz offensichtlich rückte das Alter langsam und unausweichlich näher, so als wüsste es, dass er kein Maschinengewehr mehr besaß, und es ihn deshalb auch gar nicht mehr fürchtete. Manchmal zeigte es sogar sein Antlitz im kleinen rechteckigen Spiegel mit dem abgebrochenen Eck, der an der Rückseite des kaputten Weckers lehnte und schon eine Ewigkeit auf dem Tisch in seinem engen Kämmerchen stand, dem kleinsten der Kommunalwohnung, die er damals, als er seine geliebte

„Maxim"* besaß, noch allein bewohnt hatte. Erst später, als es „Maxim" nicht mehr gab, waren andere Bewohner hinzugekommen, die ihn erst bedrängt, und schließlich vollständig verdrängt hatten, als ob er jemand Unbedeutender und auf dieser Erde nutzlos wäre.

Der Direktor warf einen wehmütigen Blick nach unten, sah den „SIM" vom Schultor wegfahren und begriff, dass das Treffen mit dem Deputiertenkandidaten zu Ende war. Das bedeutete, dass auch die Schüler und Lehrer bald nach Hause gehen würden und dass er dann die Schule bis Montag würde schließen müssen. Davor würde Banow jedoch noch ein wenig in seinem Büro in der leeren Schule sitzen, Tee trinken und dabei immer wieder Dserschinskij in die Augen blicken, dessen Porträt über seinem Tisch hing. Er würde ihn lange und streng anschauen und an den Eisernen Felix denken, und dabei würde ihm so mancherlei einfallen, denn einmal hatte ein inzwischen dahingeschiedener Genosse Banow viel Schlechtes über diesen Recken der Revolution erzählt. Ohne also zu wissen, was davon wahr war und was nicht, da er ja gar nicht in der Lage war, das herauszufinden, würde Banow in seinem Büro in der leeren Schule bleiben und mit fragendem Blick dem Gesicht auf dem Bild in die Augen schauen, so als ob er sich davon irgendwelche Erklärungen erwarten könnte.

* * *

„Sie haben mich mit ihrer Wissbegier gequält!", beschwerte sich Siljin unterwegs bei seinem Chauffeur. „Erzählen Sie von Ihrer Kindheit, erzählen Sie von der Fabrik!"

Zum Glück war der Weg nicht weit. Zuerst fuhren sie zur Fabrik, wo Grigorij Markelowitsch sich davon überzeugte, dass alles in Ordnung war, danach setzte er sich wieder in

* Maschinenpistole

den „SIM“ und der Chauffeur führte ihn in die Scheljabowstraße, wo der Deputiertenkandidat in einem Haus mit sieben Stockwerken wohnte.

„Warte hier, wir sind in fünf Minuten wieder da!“, sagte Siljin, als er aus dem Wagen kletterte.

Der diensthabende Hausmeister verbeugte sich etwas altmodisch und öffnete dem Fabriksdirektor das Eingangstor.

„Ist meine Frau zu Hause?“, fragte Siljin den Hausmeister, als er eintrat.

„Vermutlich, sie ist nicht ausgegangen ...“, antwortete der Hausmeister.

Eilig betrat er die Wohnung und durchquerte sie, ohne die Schuhe auszuziehen, geradewegs bis zum Wohnzimmer. Dort blieb er stehen und starrte ungläubig auf seine Frau, die vor dem geöffneten Schrank stand, in dem das gesamte Arsenal ihrer Kleider hing. Sie selbst trug einen langen grünen Morgenmantel.

„Du bist noch nicht fertig?!“, sagte Grigorij Markelowitsch, halb fragend, halb als Vorwurf. „Hast du auf die Uhr geschaut?“

„Ach, Grischa, ich habe mich noch nicht entschieden, was ich anziehen soll!“, antwortete seine Frau mit verdrießlichem Gesicht und wedelte dabei bedeutungsvoll mit ihrer Hand. „Gib mir noch fünf Minuten.“

„Na gut!“, stieß Siljin hervor und ging in sein Büro.

Auf der linken Seite seines großen Schreibtisches lag ein dickes Paket mit lauter gleich aussehenden Büchern. Siljin nahm eines davon und legte es in seine Aktenmappe aus schwarzem Leder. Er setzte sich in den Sessel, dachte über etwas nach, sah auf die Uhr, sprang sogleich wieder auf und kehrte ins Wohnzimmer zurück.

Seine Frau war bereits angekleidet. Ein langes, smaragdgrünes Kleid, das mit einer großen Eidechsenbrosche geschmückt war, unterstrich anmutig ihre etwas füllige Figur.

„Grischa, ich kann mein Parfum nicht finden. Hast du es gesehen?“

Grigorij Markelowitsch zuckte mit den Achseln.

„Ich frage dich doch auch nicht, wo ich mein Rasierwasser hingetan habe!“, antwortete er und horchte auf, da er ein Geräusch hörte, das aus dem Zimmer seiner Frau kam.

„Das ist Klawa“, erklärte seine Frau.

„Hat sie denn nicht frei?“

„Ich habe sie gebeten, heute zu kommen, dafür hat sie am Montag frei.“

„Na, dann frag sie doch nach deinem Parfum, vielleicht hat sie es gesehen!“, riet Grigorij Markelowitsch schon ein wenig freundlicher.

Seine Frau rief nach der Haushaltshilfe. Diese trat mit einer Bürste zum Teppichputzen in der Hand ins Wohnzimmer – eine alte, bucklige, grauhaarige Frau, die bereits seit fünfzehn Jahren bei ihnen arbeitete.

„Das hat wahrscheinlich Ihr Sohn irgendwohin getragen!“, antwortete sie auf die Frage nach dem Parfum und dem Rasierwasser. „Einem Fräulein hat er es vielleicht geschenkt, Sie geben ihm ja kein Geld, und über die heutigen Geschenke wissen Sie ja selbst Bescheid.“

Siljin dachte nach und stimmte der Vermutung der Haushaltshilfe zu. Und dann hatte er es plötzlich wieder eilig, da er einen Blick auf die Wanduhr geworfen hatte.

„Also, Poljetschka“, bat er. „Wir sind schon entsetzlich spät dran, das ist eine wahre Katastrophe mit dir!“

„Also gehen wir!“, Polja schoss auf den Gang hinaus, bückte sich, um ihre Schuhe zu suchen oder welche auszuwählen, während ihr Mann die Tür zum Treppenhaus bereits geöffnet hatte, wartend dastand und seine Frau mit Blicken antrieb.

Endlich kamen sie unten an und stiegen in den Wagen.

„Ich habe doch versprochen, um halb fünf dort zu sein!“, wiederholte Siljin an seine Frau gewandt und sah unzufrieden auf seine Uhr, die unnachgiebig fünf Minuten nach fünf anzeigte. „Und fahren müssen wir auch noch!“

„In zehn Minuten sind wir dort, Grigorij Markelowitsch!“, versuchte der Chauffeur ihn zu beschwichtigen.

Siljin verstummte.

Und so verflogen die zehn Minuten, die sie unterwegs waren.

Der Wagen hielt vor dem Restaurant „Stoliza“.

Ohne ein Wort an den Chauffeur zu richten, stieg Siljin aus dem „SIM“ und reichte seiner Frau die Hand. Sie gingen die Stufen hinauf und kamen ins Foyer, in dessen Mitte eine fünfblättrige Palme wuchs. Auf der linken Seite war hinter einer dunklen Holzabsperrung eine leere Garderobe zu sehen – in dieser warmen Zeit gab es keine Verwendung dafür.

Nachdem er sich wieder beruhigt hatte, ging Siljin zum Saaleingang, fand mit einem Blick den Oberkellner und winkte ihn herbei.

„Wie kann ich Ihnen dienen?“, fragte dieser in schmeichelndem Ton, nachdem er herangetreten war.

„Ich habe einen Tisch für ein Festessen zu sechst auf den Namen Siljin bestellt.“

„Eine Sekunde …“ Der Oberkellner war ein etwas rundlicher und zugleich auf seltsame Art wohlproportionierter Mann mit einem dünnen, wie aufgemalten Bärtchen. Er zog ein Notizbuch aus der Tasche, blätterte darin, bis er eine mit feinsäuberlicher Handschrift beschriebene Seite fand. „Siljin, sechs Personen, da haben wir's, kommen Sie, ich zeige Ihnen den Tisch!“

Mit beinahe trippelnden Schritten führte der Oberkellner Siljin und seine Gattin in den Saal.

Der ungewöhnliche, etwas längliche, achteckige Tisch befand sich im dunkelsten Winkel des Restaurants. Er war von drei Töpfen mit jungen Dattelpalmen abgeschirmt, die zu dieser Zeit in Moskau überaus modern waren.

„Hier, sehen Sie“, flötete der Oberkellner und blieb am Tisch stehen. „Es ist bereits gedeckt. Gehen wir das bestellte Menü zusammen durch! Aber setzen Sie sich doch, setzen Sie sich!“

Dienstbeflissen ließ der Oberkellner das Paar am Tisch Platz nehmen, dann sah er wieder in sein Notizbuch.

„Also …“ Er machte eine Pause, dann begann er vorzulesen. „Kalte Vorspeise: Kartoffelsalat mit Krabben, Oliven, richtig?“

Grigorij Markelowitsch nickte.

„Fahren wir fort. Warme Vorspeisen: Zander ‚Orly‘, Nieren, in Butter gebraten … Dann, beim zweiten Gang gibt es leider eine Änderung … Sie haben gedämpften Silberlachs bestellt, aber leider … der Lachs ist von nicht sehr guter Qualität, und deshalb empfehle ich Ihnen gebratenen Muksun-Fisch mit Kartoffelkroketten als Beilage … Was meinen Sie?“

Achselzuckend wandte sich Grigorij Markelowitsch an seiner Frau.

„Gut“, sagte Polja sanft, die den Oberkellner nicht lange in dieser unangenehmen Lage lassen wollte.

„Ausgezeichnet“, freute sich dieser. „Zu den Suppen: dreimal Soljanka mit Fleisch nach Leningrader Art, zwei Kartoffelsuppen mit Stör und eine Suworow-Suppe mit Piroggen, das ist wahrscheinlich für Sie?“

Grigorij Markelowitsch nickte dem Oberkellner zu, und nachdem dieser seine bescheidene Neugier befriedigt hatte, fuhr er fort:

„… und als Dessert – Kaffee nach Warschauer Art und ein Oktober-Eis …“

„Ist das Eis mit Nüssen?“ Plötzlich lebte Polja auf.

„Ja, mit Nüssen, Himbeer-Erdbeer-Sirup und Ananas-Scheiben“, antwortete der Oberkellner, während er der Fragenden in die grünen Augen sah und in Gedanken ihren guten Geschmack bewunderte – das smaragdgrüne Kleid passte unglaublich gut zu ihren Augen.

„Ist alles so in Ordnung?“ Mit Mühe wandte der Oberkellner seinen Blick wieder dem Mann mit dem interessanten Muttermal auf der Wange zu.

„Ja“, antwortete Siljin bestimmt.

Der Oberkellner nickte höflich und entfernte sich vom Tisch. Das Restaurant war noch recht leer, das ließ sich jedoch leicht erklären – noch war es nicht Zeit für die üblicherweise eher späten Mahlzeiten. Siljin sah auf die Uhr und blickte erwartungsvoll zur Tür, die ins Restaurant führte, und da belebte sich auch schon sein Gesicht: Er hatte diejenigen erblickt, die er ungeduldig erwartet hatte: seinen langjährigen Bekannten, den Direktor der Möbelfabrik „Rotes Holz“, mit dessen Frau Schenetschka sowie Poliwanow, den Parteisekretär seiner Fabrik, mit dessen „ewiger“ Verlobten Sonja. Sie standen im weitläufigen Eingangsbereich und suchten ihn mit ihren Blicken, konnten ihn aber im von Palmen umsäumten Versteck nicht sehen. Siljin erhob sich und eilte auf sie zu. Da endlich bemerkten sie ihn, lächelten erfreut und kamen ihm entgegen.

Als alle ihre Plätze eingenommen hatten, atmete Siljin erleichtert auf.

„Also ...“, Grigorij Markelowitsch wollte ein Gespräch beginnen, aber irgendwie fiel ihm nicht ein, wie er anfangen sollte. „Und wir dachten, dass wir uns verspäten ... Dabei waren wir die ersten ...“

„Ja, entschuldige, du weißt selbst, wie das bei uns ist“, sagte der Direktor des „Roten Holzes“, Eduard Beketow, mit seiner Bassstimme. „Ich selbst war schon fertig, dann hat Schenetschka irgendetwas verloren und“, er blickte sich nach seiner Frau um, „da hieß es dann warten.“

Siljin lächelte und warf seiner Gattin einen leicht boshaften Blick zu.

Der Oberkellner eilte an den Tisch.

„Oh, verzeihen Sie, ich habe Sie nicht bemerkt!“ Sein Gesicht drückte aufrichtige Betroffenheit aus. „Sofort, nur eine Sekunde“, aufmerksam musterte er noch einmal das Tischgedeck und schlug die Hände zusammen, während er sich betreten fragte: „Wo sind denn die Madeiragläser?!“

Und dabei sah er Siljin an.

„Die Damen werden doch Madeira trinken, und Sie – einen Wodka vielleicht? Zwei ‚Kubaner‘ und zwei ‚Perzowka‘? Ja?“

„Ja!“ Parteisekretär Poliwanow tat erfreut einen tiefen Atemzug. „Es gehört sich doch, mit Wodka zu beginnen ...“

Der Oberkellner verschwand, erschien sogleich wieder mit einem Tablett und stellte offene Karaffen auf den Tisch – eine aus blauem Glas, die andere aus Kristall.

„In der blauen ist ‚Kubaner', und hier der ‚Perzowka'", erklärte er und stellte, ohne einen Blick darauf zu verwenden, das leere Tablett auf dem seitlich stehenden Beistelltischchen ab. Schon erschien in seinen Händen eine Flasche Madeira und mit geschmeidiger Geste, in einer ausgeklügelten Verrenkung des Arms mitsamt der Flasche, füllte er die Aperitifgläser der Damen, dann schenkte er den Herren Wodka ein – jedem das, was er wünschte. Hierauf verschwand er wieder.

„Also, Kandidat", begann Beketow und erhob sein Glas. „Auf deinen Wahlsieg! Mögest du uns im Obersten Sowjet vertreten!"

Sie stießen freundschaftlich miteinander an, tranken aus und sahen sich suchend nach der Vorspeise um.

„Hier, es ist schon alles da ...", geschwätzig beantwortete der Oberkellner die stumme Frage in den Augen seiner Gäste und stellte ein Tablett mit kleinen Tellern, Salaten sowie kleinen Schälchen mit Oliven auf den Tisch.

Ohne eine Atempause nach dem Wodka einzulegen, machten sich die Gäste über die Vorspeisen her, verschlangen mit Appetit den Kartoffelsalat und freuten sich besonders, wenn sie darin ein Stückchen Krabbe erwischten.

Es entspann sich ein Gespräch, das von Zeit zu Zeit zu dem Kandidaten Siljin zurückkehrte, wonach jedes Mal die Gläser aufs Neue gefüllt wurden. Aber die Toasts berührten inzwischen nicht mehr das eigentliche Thema, sondern wurden immer abwechslungsreicher.

„Kürzlich habe ich daran gedacht, wie wir zusammengearbeitet haben", begann Beketow und sah ernst in die Augen von Grigorij Markelowitsch. „Du erinnerst dich doch, Grischa ... Weißt du noch, jener Unfall?"

Siljin wurde bekümmert. An diesem ruhmreichen Tag wollte er nicht an die schwierigen Arbeitstage in der Vergangenheit denken. Natürlich erinnerte er sich an jenen Unfall. Damals brannte in einer Kammer ein Pfosten durch, aus dem heiße Luft entwich. Danach gab es einen Einsturz. Wie viel Mühe und Nerven hatte das gekostet, nur Siljins richtige Entscheidung und die Unterstützung durch den Werksleiter Korolew hatten die Lage gerettet. Beketow war damals der Parteisekretär des Werks gewesen und hatte die volle Unterstützung des Parteikomitees versprochen – er vertraute ebenfalls Siljins Idee, die Kammer voll heißer Luft abzusperren und sie für einige Stunden mit Wasser zu füllen, um sie, sobald sie abgekühlt war, im laufenden Betrieb, wie man sagte, zu reparieren. Ja, dachte Siljin, das waren schwierige Zeiten ...

Die Suppen wurden gebracht. Das Gespräch verstummte. Auf der Bühne erschien ein kleines Orchester – fünf Personen. Das Restaurant füllte sich allmählich mit Besuchern. Gesprächsfetzen hingen in der Luft und bereicherten die Atmosphäre des Abends mit Freude und Leid von irgendwelchen Menschen. Gleich hinter den Palmen feierte eine Gruppe von Konditormeistern mit ihren Familien das Jubiläum ihrer Fabrik. Immerzu erwähnten sie Fachbegriffe, und Polja, die mit dem Rücken zu ihnen saß, schien es, als schmeckte sowohl die Luft, die sie atmete, als auch die Kartoffelsuppe mit Stör, die sie aß, ein wenig süßlich, so als ob ringsum alles unmerklich von einer Schicht feinster Vanille überzogen wäre.

Die ewige Verlobte Poliwanowa, die Lehrerin an einer Abendschule war, drehte, während sie Suppe aß, ihren Kopf einmal nach links, einmal nach rechts ins Halbprofil, da sie auf diese Art ihren Tischnachbarn die neuen Goldohrringe mit den tropfenförmigen Rubinen zeigen wollte. Das ärgerte Polja ein wenig, aber sie ließ sich nichts anmerken und tat sogar so, als ob sie Sonjetschkas Ohrringe gar nicht bemerken würde.

Wieder erschien der Oberkellner, füllte höchstpersönlich die Gläser, beugte sich dann zu Siljin hinunter und flüsterte:

„Entschuldigen Sie vielmals, war das Ihr Bild, das gestern in der ‚Prawda' abgedruckt war? Eine Kellnerin hatte die Zeitung in der Arbeit mit ..."

„Ja, das war meines", antwortete Grigorij Markelowitsch zwar nicht flüsternd, aber doch leise.

Der Oberkellner, der seitlich vom Kandidaten stand, fuhr sich über die Lippen, als ob er über die nächste Frage nachdenken würde. Aber da erschien ein etwas klein geratener Mann in Lackschuhen und schwarzem Smoking auf der Bühne.

„Ich bitte Sie um eine Minute Aufmerksamkeit!", sagte er laut und mit ein wenig dünner Stimme, reckte dabei das Kinn höher als üblich empor und überblickte den Saal.

Es wurde still. Der Mann, der die allgemeine Aufmerksamkeit auf sich gezogen hatte, klatschte in die Hände und eine mädchenhafte Frau in einem Zirkuskostüm, offenbar seine Assistentin, brachte einen Käfig mit einem großen blaugrünen Papagei auf die Bühne.

„Bitte sehr!", rief der Mann laut aus und öffnete die Käfigtür.

Der Papagei kletterte heraus, hielt sich mit seinen Krallen am Arm des Mannes fest und drehte den Schnabel nach allen Seiten.

„Bitte sehr!", wiederholte der Mann. „Sie werden staunen über diesen hochgebildeten Vogel, den ich hier für Sie habe ... Also, Kusma, trag vor, was du für uns gelernt hast!"

Die Restaurantgäste begannen gutmütig zu lachen und zu klatschen. Der Mann im Smoking verneigte sich und ließ auch seinen Papagei sich verbeugen, dann verließ er die Bühne und verschwand in dem schmalen Gang, aus dem unentwegt adrette Kellner mit Tabletts voller Speisen herausschwärmten.

Siljin wandte sich um, da er sich an den Oberkellner hinter seinem Rücken erinnerte, aber dieser war nicht mehr da.

Wieder schenkte Beketow Wodka nach, aber aus irgendeinem Grund kam es ihm nicht in den Sinn, sich um die Damen zu kümmern. Grigorij Markelowitsch beschloss, diesen Fehler wieder gutzumachen.

„Olala, Edja“, drohte er seinem Genossen scherzhaft mit dem Finger, „du denkst wohl nur an uns und vergisst das schöne Geschlecht!“

Edja, der schon etwas angeheitert war, wollte die linke Hand nach dem Madeira ausstrecken, aber Siljin ergriff mit einer gewandten Bewegung die Flasche am Tisch und machte sich selbst daran, gute Sitten unter Beweis zu stellen.

Poliwanow, der seinen Muksun-Fisch aufgegessen hatte, langte mit der Gabel nach den Oliven.

„Robert Anatoljewitsch“, flüsterte Sonja ihm zu, „trinken Sie nichts mehr, Sie dürfen doch nicht!“

Poliwanow nickte, zerkaute die Olive und beförderte den Kern mit den Lippen auf den bereits leeren Teller.

Bald kam der nächste Gang.

Auf der Bühne spielte das Orchester etwas Leichtes.

„Na, was waren deine letzten Rekorde?“, fragte Beketow Siljin, das Wodkaglas in der Hand.

„Neunhundertachtundvierzig Tonnen am Tag“, antwortete Grigorij Markelowitsch.

„Dann lass uns auf die Rekorde trinken!“, schlug der Direktor des „Roten Holzes“ vor.

Polja stimmte dem Toast zu ebenso wie auch Poliwanow, obgleich Sonja diesen am Ärmel zupfte, weswegen er beinahe seinen Wodka verschüttet hätte.

„Auf die Rekorde!“, wiederholte der Parteisekretär, atmete angestrengt aus und trank.

„Kannst du auch anderthalb Tausend Tonnen am Tag schaffen?“ Beketow fixierte Siljin mit herausforderndem Blick. „Na, ist das was?“

Im Nu war Siljin geradezu wieder nüchtern. Sein Gesicht wurde ernst.

„Ich denke, dass es möglich ist“, sagte er überzeugt.

„Nei-ein ...“, lallte Poliwanow. „So viel kriegst du nicht aus unseren Öfen heraus.“

Siljin sah den Parteisekretär erstaunt an, runzelte die Stirn und dachte weiter nach.

„Und ich denke, dass es möglich ist“, sagte er schneidend.

„Wollen wir wetten?!“ Der Direktor der Möbelfabrik hielt seine Hand hin.

„Gut“, stimmte Grigorij Markelowitsch zu. „Worum wetten wir?“

„Um einen guten Schrank, ein Fass Kaviar und eine Kiste georgischen Kognak.“

„In Ordnung.“ Der Kandidat war einverstanden und drückte Beketows Hand so fest er konnte, dann bat er Poliwanow, durchzuschlagen.

Poliwanow schlug durch, schüttelte aber den Kopf und sagte, indem er seine Worte undeutlich artikulierte:

„Allein mit Stoßarbeit ist das nicht zu schaffen ...“

„Ach, Robert Anatoljewitsch“, Siljin sah ihn an. „Kannst du mal deinen Direktor unterstützen? Ich sage doch nichts, ohne vorher nachzudenken. Ich hab da schon lange eine Idee: Wenn man bei unseren Öfen die Schieber gegen die kalte Luft isoliert und Abdeckungen anbringt – dann wird sich die Leistung sogleich verbessern, und weißt du, was das heißt?!“

Poliwanow nickte wie zum Einverständnis.

Der Oberkellner brachte das Oktober-Eis und den Kaffee nach Warschauer Art.

Offenbar hatte er einen Teil des Gesprächs mitgehört, genauer gesagt die Meinungsverschiedenheit. Nachdem er alles ordentlich abgestellt hatte, wandte er sich an Siljin und sagte:

„Ich habe mich mit meinen Genossen Kollegen beraten und wir haben beschlossen, zehn Prozent der Rechnung für Ihr Abendessen zu bezahlen ... Das ist sozusagen unsere Unterstützung für den Deputiertenkandidaten ... Und dann möchte ich noch sagen, dass es in jedem Beruf schwierige Wörter und Begriffe gibt. Sie haben zum Beispiel ‚Schieber‘ gesagt. Ich weiß natürlich nicht, was das ist. Aber auch bei uns gibt es Wörter, die richtige Zungenbrecher sind. Zum

Beispiel Plat coquille oder Kasserolle, oder etwa konisches Glas ... Und das sind noch nicht einmal die Bezeichnungen für Gerichte. Für die gibt es Namen, da sind Ihre ‚Schieber' nichts dagegen ..."

„Setzen Sie sich doch zu uns, unterhalten wir uns ein wenig, vielleicht möchten Sie mit uns trinken, Genosse Oberkellner!", wandte sich Beketow dem Angestellten des Restaurants zu. „Wir würden uns sehr freuen."

„Na, wenn Sie Genosse zu mir sagen, dann kann ich nicht nein sagen", nickte der Oberkellner, holte noch einen Stuhl und nahm neben dem Deputiertenkandidaten Platz.

Sie unterhielten sich noch eine halbe Stunde und von Zeit zu Zeit kippten sie ein Gläschen. Dann tranken sie auch den Madeira der Frauen aus, da die Damen bereits beim Kaffee waren.

Bei dieser Gelegenheit fragte Sonja:

„Genosse Oberkellner, warum sagt man Kaffee ‚nach Warschauer Art'? Nur einfach deshalb, weil es so schön klingt?"

„Aber wo denken Sie hin!", protestierte der Oberkellner. „Kaffee nach Warschauer Art bereitet man mit gedämpfter Milch zu, dazu Zucker und obendrauf Milchschaum. Denken Sie bloß nicht, dass das alles dasselbe ist und sich nur die Namen unterscheiden. Kaffee kann man auf unterschiedlichste Art zubereiten. Es gibt auch Kaffee nach Wiener Art, nach türkischer Art ... Das sind alles unterschiedliche Getränke ..."

Zur Sperrstunde des Restaurants war die Freundschaft zwischen dem Oberkellner und Siljins Gesellschaft schon einigermaßen bekräftigt und der Oberkellner verlangte beim Abschied, dass seine Gäste ihr ganzes Leben lang kein anderes Moskauer Restaurant mehr besuchen mögen als das „Stoliza".

Siljin bat, die Rechnung gut lesbar auszustellen, da die Gewerkschaft versprochen hatte, die Hälfte zu bezahlen, und deshalb musste die Rechnung als Finanzbeleg an irgendeinen Gewerkschaftsbericht angeheftet werden.

Bevor sie nach draußen gingen, suchten Grigorij Markelowitsch und sein langjähriger Bekannter Beketow aus offensichtlichen Gründen die Toilette des Restaurants auf. Vor dem Spiegel stehend, der über die gesamte Breite der Wand reichte, wuschen sie ihre Hände und trockneten sie am dort hängenden Frottierhandtuch ab.

„Markelytsch“, wandte sich Beketow an den Freund. „Ich wollte vor den Anderen nichts sagen ...“

Und er griff mit der Hand in die Innentasche seines Sakkos.

„Du hast letztes Mal bei mir ... offenbar ist das irgendwie abgerissen ...“ Und der Direktor der Möbelfabrik reichte Siljin einen Orden der Roten Fahne.

„Na, Gott sei Dank ...“ Siljin zwang es fast in die Knie, vor Aufregung verspürte er eine Schwäche in den Beinen. „Und ich habe schon gedacht, dass ich ihn auf der Straße verloren habe, und den Pionieren hab ich nicht einmal gesagt, dass ich mit dem Orden ausgezeichnet worden bin. Ich hatte Angst, dass sie mich bitten könnten, ihn herzuzeigen ... Also danke, mein Freund, allergrößten Dank ... Ich werde ihn gleich anstecken ...“

Und der Deputiertenkandidat befestigte den Orden an dem dafür vorgesehenen Platz seines Sakkos, betrachtete sich prüfend im Spiegel und sagte, während er Beketow kameradschaftlich auf die Schulter klopfte:

„Lass uns gehen, unsere Damen wollen sicher nicht mehr länger warten!“

Draußen angekommen war Siljin ganz bestürzt, als er die Abwesenheit des „SIM“ und seines Chauffeurs entdeckte. So gern hätte er alle nach Hause gebracht, jetzt aber musste er, das lag auf der Hand, selbst zu Fuß gehen oder ein Taxi nehmen.

Man verabschiedete sich hierauf vor dem Eingang des Restaurants und versprach einander, sich in nächster Zeit wieder zu melden. Es verstand sich, dass Poliwanow an seinen bevorstehenden Geburtstag erinnerte, und so gab es tatsächlich einen ernsthaften Grund, um wieder zusammenzutreffen.

Schweigend gingen Siljin und Polja durch die leeren, aber gut beleuchteten Straßen Moskaus. Beide waren sie müde und angeheitert. Polja dachte an Sonjas Ohrringe und seufzte im Wissen darum, dass ihr Mann einen solchen Wunsch nicht billigte. Grigorij Markelowitsch seinerseits entwarf im Gehen eine gedankliche Skizze seiner Rationalisierungsidee, dank derer er einen neuen Rekord in der Stahlproduktion aufzustellen gedachte. Die Wette machte ihm keine großen Gedanken, er war davon überzeugt, dass er sie mühelos gewinnen würde – das Wichtigste war, das war ihm bereits klar, die Schieber gegen die kalte Luft zu isolieren.

Irgendwo in einer Parallelstraße ertönte das lebhafte Rattern einer nächtlichen Straßenbahn. Sie lenkte sowohl Polja als auch Grigorij Markelowitsch von ihren Gedanken ab. Vor ihnen überquerten zwei berittene Milizionäre auf Nachtpatrouille die Straße.

Alles war alltäglich und friedlich. Die Stadt schlief tief und fest, und wenn man aus der Höhe eines Luftschiffes herabgesehen hätte, so wären nur die Fabriken und Werke mit durchgehendem Betrieb, dazu noch die Bäckereien und Zeitungsdruckereien als helle Lichtpunkte der Arbeit erschienen, die sich den biologischen Gesetzen der Nachtruhe lebender Organismen nicht unterwarfen.

Da gellte plötzlich ein feines, unangenehmes Pfeifen in Poljas Ohren und sie spürte, wie die Hand ihres Mannes unter ihrer Hand unglaublich schwer wurde, und als sie sich umwandte, sah sie, wie er zu Boden sank und dabei mit der anderen Hand seinen Arbeiterorden bedeckte.

„Was ist mit dir? Was ist los?“, fragte Polja und beugte sich hinab. Dabei dachte sie, dass ihrem Mann wohl schlecht geworden sei, weil er Wodka und Madeira gemischt hatte. „Was ist los, Grischa?“

Aber Grischa lag bereits plump auf dem Gehsteig und seine Augen waren starr nach oben zum Moskauer Himmel gerichtet.

Kalter Schweiß trat auf Poljas Stirn, als sie sah, wie die Hand ihres Mannes vom Orden herabglitt. Sie kniete nieder und sah mit verzweifeltem Blick, dass im Mittelstück des Ordens ein Loch war. Rund um den Orden war alles voller Blut, und der schwarze Fleck breitete sich aus und wurde immer größer und größer ...

„Genossen!“, schrie Polja. „Zu Hilfe! Genossen! Ist da irgendjemand?!“

Und schon schwieg sie wieder und presste die Hände vor den Mund, um ein Schluchzen, das sich ihr entringen wollte, zu unterdrücken, aber das Echo ihrer Worte war noch zu hören und hallte durch die nächtlichen Moskauer Straßen. In den Fenstern ging Licht an und jemand kam schon aus einem Eingangstor gelaufen und blickte suchend in die Nacht, nach demjenigen, der um Hilfe rief.

Die patrouillierenden Milizionäre ritten bereits auf ihren Pferden die Straße entlang, in der der tote Siljin lag.

* * *

„Nein, das war kein Held ...“, dachte die Kugel verärgert und erhob sich über die riesige Stadt, die unter ihr heller und heller wurde und die wohl dachte, dass sie mit dem Licht ihrer Lampen irgendjemanden vor einem Unglück bewahren könne. Was für eine arme Stadt ... Dieses Mal war es zu spät, und das inzwischen angekommene Rettungsauto musste gleich wieder abfahren. Dem Mann, der auf dem Gehsteig lag, war nicht mehr zu helfen.

Kapitel 9

An diesem Herbstmorgen verweilte die über dem Kreml aufgehende Sonne kurz über dem Erlösertor, wo der Leiter der staatlichen Motorradeskorte, NKWD-Hauptmann Blinow, dem leitenden Funktionär meldete, dass sie bereit wären. Die Sonne hielt ein wenig inne und kletterte dann gemächlich weiter über den weiten, und seinem Wesen nach bodenlosen Himmel. Und bei eben dieser Bewegung geriet einer ihrer Strahlen, der im rubinroten Stern des Erlöserturms gebrochen wurde, in die Augen des Hauptmanns Blinow und ließ ihn die Augen zusammenkneifen, was die Feierlichkeit seiner Meldung beeinträchtigte. Der leitende Funktionär, das war Viktor Stepanowitsch, schenkte dem Himmelskörper ein Lächeln und sagte:

„Verdammt hell scheint sie heute!"

Da hielt ein schwarzes Auto neben ihm, aus dem der immer noch schläfrige Pawel Aleksandrowitsch Dobrynin stieg und dabei seinen Reisesack mit der rechten Hand fest an sich gedrückt hielt. Er stieg aus, sah ebenfalls zur Sonne und danach auf die in einer Reihe stehenden Prachtstücke von Motorrädern. Er dachte an seine dienstliche Frau, die in der Dienstwohnung geblieben war, und erinnerte sich daran, wie herzlich sie ihn an diesem Morgen verabschiedet hatte, wie sie ihn auf die Wange geküsst und ihm einen Rasierapparat für die Reise geschenkt hatte, auf dessen Griff in sorgfältiger Schreibschrift „Meinem Gatten von seiner Gattin" eingraviert war.

Da wurde auch schon das weiße Pferd von einem hübschen, schlanken Burschen am Zügel herbeigeführt, welcher eine saubere, blaue Schürze über einen gräulichen Arbeitsanzug gebunden hatte.

„Genosse Dobrynin!", wandte er sich an den Volkskontrolleur. „Nehmen Sie Pferd und Pass in Empfang."

„Ein Pass? Für mich?", freute sich Pawel, der das in keiner Weise erwartet hatte.

„Nein …“, sagte der Kreml-Stallbursche verlegen. „Der Pass ist für das Pferd.“

Und er überreichte dem Volkskontrolleur ein rotes Büchlein, das halb so groß war wie eine Hand.

Pawel schlug den Pass auf. Aus diesem Dokument erfuhr er, dass sein Pferd zur Orlow-Rasse gehörte, dass es Grigorij hieß und zweieinhalb Jahre alt war. Zur Bestätigung des rechts unten unterschriebenen Dokuments prangte dick und fett ein violetter Stempel.

Pawel steckte den Pferdepass in die Hosentasche und betrachtete sein Ross mit Kennerblick. Er fand nicht den geringsten Mangel an ihm – es schien ganz so, als ob dieses Pferd speziell für eine Ausstellung gezüchtet worden wäre – so schön und stark war es.

Inzwischen ging es auf Mittag zu und die bis dahin tatenlos herumstehenden Milizionäre der Eskorte sahen immer wieder auf die Kremluhr, so als könnten sie durch die Macht ihrer Blicke die bedächtige Bewegung des Minutenzeigers beschleunigen.

Viktor Stepanowitsch trat heran, bat nachdrücklich darum, dass ihm für die Zeit der Fahrt der Reisesack anvertraut würde, und versprach, ihn auf dem Flughafen heil und ganz wieder zurückzugeben. Er brachte ihn zum Wagen und gab hierauf Hauptmann Blinow das Kommando, woraufhin Hauptmann Blinow seinerseits seine Untergebenen anbrüllte, welche zu den glänzend polierten zweirädrigen Gefährten stürzten, diese auf die Straße lenkten und sich dort zu Paaren ordneten.

„Also, Genosse Dobrynin, ich fahre im Wagen voraus“, begann Viktor Stepanowitsch. „Ich zeige Ihnen den Weg. Ich werde langsam fahren. Und die Eskorte fährt der Ordnung halber hinterher. Ihr Pferd ist folgsam und der Verkehr ist von hier bis zum Flughafen von der Straße ferngehalten. Setzen Sie sich also auf das Pferd, und sobald es zwölf schlägt, setzen wir uns in Bewegung.“

Als der zwölfte Glockenschlag der zentralen Uhr des Landes verklungen war, verließ die Prozession das Kremlgelände und bewegte sich langsam über Straßen und Prospekte der Hauptstadt.

Es kam Pawel vor, als wüsste das Pferd von selbst, wohin sie unterwegs waren. Es folgte dem Automobil, in dem Viktor Stepanowitsch fuhr, und schenkte Pawels Versuchen, es zu lenken, keine besondere Aufmerksamkeit. Die Prozession tuckernder Motoren bewegte sich gemächlich und zog an diesem Arbeitstag die Aufmerksamkeit von nur wenigen Fußgängern auf sich. Pawel blickte links und rechts zur Seite und ließ seinen Blick über die Granitfassaden der Gebäude gleiten. Er betrachtete alles in Ruhe, bis er ein Geschäft mit spiegelnden Vitrinen sah, das oben mit der augenfälligen Aufschrift „Zentraler Feinkostladen" geschmückt war. Die riesigen, breiten und durchsichtigen Türen dieses Feinkostladens waren sperrangelweit offen. Menschen gingen durch diese Türen aus und ein. Der Volkskontrolleur verspürte mit einem Mal den Wunsch, mit dem rechten Fuß in die Flanke des Pferdes zu stoßen, um es doch dazu zu bringen, seinem Herrn zu gehorchen und dahin zu reiten, wo sein Herr hinwollte. Und Dobrynin, der sich an die Holzbude im Dorf Kroschkino erinnerte, wo die einzigen mehr oder weniger immer verfügbaren Waren Zündhölzer waren, wäre auf seinem weißen Pferd am liebsten durch die offenen Türen hindurchgeritten und hätte dann von seiner neuen Höhe aus auf die Regale des Geschäfts geblickt, auf die sichtbaren und die unsichtbaren Waren, um vielleicht sogar etwas zu kaufen oder als Geschenk zu besorgen und dabei Viktor Stepanowitsch gleich zu bitten, einen Teil des Geschenks seiner Frau Manjascha und seinen Kindern in das Dorf Kroschkino zu senden, und den zweiten Teil des Geschenks – natürlich den kleineren – Marija Ignatjewna zukommen zu lassen, in Dankbarkeit und mit einem warmen Gefühl für sie. Aber da fiel ihm auch schon ein, dass in seinen Taschen gar kein Geld war, außer etwas Kleingeld, das schon vor der Kolchosversammlung da drin gewesen war, und dieses Kleingeld reichte wohl für Zündhölzer, aber für mehr nicht. Und er dachte daran, Viktor Stepanowitsch nach der Ankunft am Flughafen nach Geld zu fragen, schließlich konnte man ohne Geld nicht leben und auch nicht arbeiten.

Mittlerweile war der begehrte Feinkostladen hinter ihnen zurückgeblieben und Pawel tröstete sich mit dem Gedanken, dass er bei seinem nächsten Besuch unbedingt dort vorbeikommen und etwas kaufen würde.

Weil er keine Uhr hatte, wusste der Volkskontrolleur nicht, wie viel Zeit dieser berittene und motorisierte Transfer in Anspruch nahm, aber sein Bauchgefühl, das ihn an die Notwendigkeit einer Mahlzeit erinnerte, sagte ihm, dass die Mittagszeit bereits vorüber war.

Als die Prozession den Flughafen erreicht hatte, der im unbewohnten Teil der Hauptstadt lag, kehrte die Motorradeskorte um und fuhr zurück. Zum Abschied ließ sie die Motoren laut aufheulen.

Der Volkskontrolleur sprang vom Pferd und trat zum Wagen, der vor ihm gehalten hatte. Etwa fünfzig Meter davon entfernt stand eine rot-weiß gestreifte Holzbude, auf deren Dach sich ein Windsack befand. Der Sack blähte sich einmal auf, dann fiel er wieder in sich zusammen, was bedeutete, dass die Bewegung der Luftmassen unbeständig war.

Hinter der Bude war ein Flugzeug von mittlerer Größe zu sehen, und hinter dem Flugzeug gab es gar nichts mehr zu sehen. Ein breites Feld dehnte sich aus, grün und eben, ohne die geringste Erhebung.

Sie gingen in die Bude und machten sich mit dem Piloten bekannt.

Hierauf tranken sie Tee und aßen die extra für sie vorbereiteten Brote mit weicher Leber. Nach dem Tee fragte Pawel Viktor Stepanowitsch endlich nach Geld.

„Mach dir keine Sorgen!“, antwortete ihm Viktor Stepanowitsch. „Hast du einen Volkskontrolleursausweis?“

„Ja“, bestätigte Pawel.

„Wenn du den hast, dann brauchst du kein Geld. Wenn du diesen Ausweis vorzeigst, dann ist man verpflichtet, dich zu verpflegen, dich mit Textilien und Konfektionskleidung zu versorgen sowie mit anderen Dingen, die du benötigst. Klar?"

Der Volkskontrolleur nickte, nahm noch einen Schluck Tee und aß ein zweites Brötchen.

„Wir haben angeordnet", ergänzte Viktor Stepanowitsch, „dass man dich dort abholt und über alles in Kenntnis setzt."

Pawel nickte noch einmal.

„Ich habe Radio gehört", sagte der Pilot, während er kaute. „In Kiew wurde heute der erste O-Bus freigegeben ..."

„Er kommt nicht aus Kiew!", sagte Viktor Stepanowitsch in schneidendem Ton.

„Ach so ...", brummte der Pilot. „Also ... können wir fliegen?"

„Ihr könnt gleich losfliegen ...", sagte Viktor Stepanowitsch ganz in Gedanken versunken.

Fünf Minuten später verließen sie die Bude. Das Pferd stand folgsam neben dem Automobil, aus dem ein gedämpftes Schnarchen des Chauffeurs drang. Man weckte den Chauffeur, und mit vereinten Kräften wurde das Pferd über eine dreistufige Leiter in den Frachtraum des Flugzeugs gehievt. Hierauf half der Pilot Pawel, sich eine enge Mütze über den Kopf zu ziehen, ließ ihn in der Kabine Platz nehmen und stieg nochmals aus, um die Propeller anzuwerfen. Er startete erst den linken und dann den rechten.

Viktor Stepanowitsch trat zur Seite und winkte dem Volkskontrolleur noch einige Male zu. Pawel winkte zurück. Er war sehr aufgeregt, noch dazu fand das Dröhnen des Flugzeugs in seinem Magen einen unangenehmen Widerhall. Es machte ihm doch ein wenig Angst, das erste Mal in seinem Leben mit solch einer geflügelten Maschine zu fliegen. Doch es gab etwas, das den Volkskontrolleur beruhigte: der Gedanke an das große Vertrauen des Vaterlandes, das ihn auf diesen Flug schickte, und die Aussicht auf sein zukünftiges Leben, auf seine Arbeit sowie auf all das Wunderbare, das ihm unweigerlich unterwegs begegnen würde.

Unerwartet setzte sich die Maschine mit einem Ruck in Bewegung, raste über das Feld und holperte dabei über unsichtbare Unebenheiten am Boden dahin. Pawel erschrak, denn es kam ihm vor, als wäre der Pilot hinter ihm zurückgeblieben, aber als er ihn an dem für ihn vorgesehenen Platz am Steuerrad entdeckte, beruhigte er sich, bekreuzigte sich in Gedanken und wurde ganz starr. Er wartete auf den Moment, in dem das Flugzeug sich von der Erde loslösen und in den blauen, wolkenlosen Himmel erheben würde.

Nach einigen Augenblicken hob das Flugzeug tatsächlich ab und sein Dröhnen wurde schwächer. Es wiegte Pawel hin und her, und er schlief ein.

Kapitel 10

Es war unbequem, im Laderaum zu sitzen, und obwohl sich alle fünf mit dem Rücken an der Seitenwand abstützten, wurden sie bei jedem Schlagloch auf dieser nächtlichen Straße hochgeschleudert, sodass sie bald müde wurden, sich die geprellten Stellen zu reiben. Auch die beiden Rotarmisten, die die Gefangenen begleiteten, ertrugen schweigend die Holprigkeit der unbefestigten Landstraße, die zwischen Feldern hindurchführte. Der Deserteur im Hemd eines Sarafans glitt manchmal auf die Bodenplatte hinunter und schlief dort ein, bis zum nächsten Schlagloch. Der Blick des entflohenen Kolchosbauern schweifte zu den Sternen, die der Kosmos mit großzügiger Hand über dem Nachthimmel verstreut hatte. Der Engel dachte traurig an das verlassene Paradies.

Ein Streichholz wurde angezündet und einer der Rotarmisten begann zu rauchen.

Der Wagen kämpfte sich mit den Rädern über die Unebenheiten der Straße und das ließ ihn rumpeln und holpern.

Die im Laderaum Sitzenden wurden aufs Neue durchgerüttelt, und der Deserteur, der wieder einmal aufgewacht war, fluchte laut und obszön.

Der entflohene Kolchosbauer schmatzte aus irgendeinem Grund mit den Lippen und sah immer noch zum Himmel. Als hätte er dort etwas gesehen, was seine Neugierde geweckt hatte, warf er den Kopf zurück, um es zu betrachten, und das wiederum erregte die Aufmerksamkeit der anderen.

„Was gibt es da?“, fragte der Deserteur und warf ebenfalls einen Blick zu den nächtlichen Sternen.

„Ja, da gibt es einen ...“, sagte der Kolchosbauer geheimnisvoll, so als ob er seine Wagennachbarn absichtlich verblüffen wollte.

„Was heißt einen? Etwa einen Stern?“ Der Deserteur ließ sich nicht abbringen.

„Ja.“ Der entflohene Feldarbeiter nickte.

Der Engel hörte auf, in traurigen Erinnerungen zu schwelgen, und lauschte dem seltsamen Gespräch.

Auch die Rotarmisten hielten gleichsam inne und bemühten sich, die Sterne so zu betrachten, dass es die Gefangenen nicht bemerkten.

„Na, und was ist mit dem?“ Der Deserteur rückte näher an den entflohenen Kolchosbauern heran und stieß ihn mit dem Ellbogen in die Seite, damit dieser etwas gesprächiger wurde.

„Na, das ist ein ... er ist wegweisend, Archipka heißt er ...“

„Der Stern? Archipka?“, fragte der Deserteur nach.

„Ja.“ Wieder nickte der ehemalige Kolchosbauer. „Wenn man ihm sieben Nächte lang folgt, dann erreicht man direkt das Neue Gelobte Land.“

Die Rotarmisten, die an der Innenwand lehnten, hinter der die Fahrerkabine lag, machten sich auf, um an der rechten Wand entlang näher an den Erzähler heranzurücken.

„Und was gibt es dort, in diesem Gelobten Land?“, fragte einer von ihnen.

„Dort ist es schön“, sagte der entflohene Kolchosbauer langsam. „Dort ist die Schwarzerde so locker wie Gänsedaunen, und in ihr wächst alles, was man hineinsteckt!“

„Ja, wie?!“, sagte der zweite Rotarmist ungläubig. „Und wenn man einen Stein hineinsteckt?“

„Dann wächst auch dieser Stein!“, versicherte ihm der gefangene Kolchosbauer.

„Jetzt lügst du!“, sagte der Deserteur.

„Vielleicht lüge ich“, sagte der Kolchosbauer achselzuckend. „Aber nur dort gibt es das Reich der Gerechtigkeit, und die, die dorthin gelangen, kehren nie wieder zurück.“

„Und warst du etwa dort, dass du so viel weißt?“, fragte der zweite Rotarmist.

„Na, wenn ich dort angekommen wäre – dann hättet ihr mich wohl kaum festgenommen“, entgegnete der entflohene Kolchosbauer träumerisch.

„Und warst du dann dorthin unterwegs?“, wollte der erste Rotarmist wissen.

„Wohin sollte ich denn sonst?“, seufzte der Bursche in den Lumpen.

Und nach diesen Worten, die er sehr leidenschaftlich gesprochen hatte, hing über dem Wagenkasten eine solch herrliche Stille, dass sogar der Lärm des Motors von ihr verschluckt wurde. Alle waren verstummt und eine aufgeregt-sehnsuchtsvolle Stimmung begann sich auszubreiten. Jeder dachte über das Reich der Gerechtigkeit nach, wo die Schwarzerde so locker wie Gänsedaunen war. Und jeder war erfüllt von Unruhe in Erwartung eines Schauers, so als ob sie wüssten, dass irgendwo in der Nähe ein Wolf ebenfalls die Sterne betrachtete und gleich zu heulen beginnen würde.

Selbst auf den Engel übertrug sich diese gespannte Erwartung. In ihm keimte der hoffnungsvolle Gedanke, dass es genau dort, im Neuen Gelobten Land, möglich wäre, Gerechte zu finden, und dann würde er ganz sicher bei ihnen bleiben, um den Erdenweg gemeinsam zurückzulegen und sie bis an die Pforten des Paradieses zu bringen. Was würden seine Brüder und Schwestern dann sagen? Was würden sie sagen? Bestimmt würden sie ihn umarmen und ohne ein Wort würden sie ihm die Flucht verzeihen. Aber um in dieses Land zu gelangen, musste man erst dorthin fahren, und man fuhr sie, wie der Engel vermutete und die anderen bereits mit Bestimmtheit wussten, genau in die entgegengesetzte Richtung. Der Engel drehte sich dennoch zum nächsten Rotarmisten um und fragte ihn:

„Fahren wir denn jetzt nicht ins Neue Gelobte Land?“

Anstatt zu antworten, dachte der Rotarmist nach. Mit seinem gelben Finger begann er in seinen ebenfalls gelben Zähnen herumzustochern. Der Engel sah ihn erwartungsvoll an.

„Kennst du diesen Stern auch gut?“, fragte der zweite Rotarmist plötzlich den entflohenen Kolchosbauern.

„Aber ja doch“, antwortete dieser. „Ich beobachte ihn schon seit langem ... Ich irre mich auf keinen Fall.“

Und wieder hing eine lautlose Stille über ihnen.

Der Wagen fuhr gemächlich schaukelnd über die mit Schlaglöchern gepflasterte Landstraße. Der kommandierende Rotarmist schlief den Schlaf des Gerechten, den Kopf zur linken Schulter geneigt. Die Erschütterungen ließen seinen Kopf hin und her baumeln, und von Zeit zu Zeit prallte er an die Schulter des Fahrers. Dieser schenkte dem schlafenden Kommandanten jedoch keine Aufmerksamkeit, sondern dachte nur daran, dass der Treibstoff nicht ausgehen durfte, ohne den der Lastwagen wie ein Denkmal stillstehen und sich nicht vom Fleck rühren würde.

Wieder ertönte eine Stimme aus dem Wagenkasten.

„Und wenn wir alle dorthin ausreißen würden? Na? Würde man uns dann einlassen?", stieß der Deserteur mit einem Seufzer hervor und sah dabei alle mit brennendem Blick an.

„Natürlich lässt man uns ein", antwortete der ehemalige Kolchosbauer. „Alle, die in Gerechtigkeit leben wollen, werden eingelassen."

„Also, vielleicht ...", sagte der erste Rotarmist und sah den zweiten von der Seite an.

„Na gut ...", nickte der zweite. „Was gibt es dort?!"

Der Engel konnte den Rotarmisten nicht zur Gänze folgen, aber an ihren Stimmen wurde ihm deutlich, dass auch diese Menschen nichts dagegen hätten, in Gerechtigkeit zu leben.

„Also, vielleicht türmen wir alle und machen uns auf den Weg dorthin, diesem Stern Archipka nach?", platzte wieder der Deserteur heraus und starrte dabei begierig auf den von Sternen übersäten Himmel.

„Und wer ist der Erste?", fragte der erste Rotarmist vorsichtig.

„Wer denn – die Rote Armee natürlich!", antwortete der Deserteur.

„Nein", der erste Rotarmist war nicht einverstanden. „Wir sind die Eskorte, wir springen als Letzte."

„Na gut!" Der entflohene Kolchosbauer erhob sich vom Bretterboden des Wagenkastens. „Dann bin ich der Erste!"

Und trat zur Hinterwand, bekreuzigte sich und sprang.

„Und jetzt? Wer möchte als Nächstes? Komm, spring du, verrückter Engel!“, wandte sich der Deserteur an den Engel.

Der Engel trat zur Hinterwand, und obwohl er etwas Angst hatte, sprang er ein klein wenig in die Höhe und schon glitt der Wagen gleichsam unter ihm davon. Er landete auf der Erde und fiel sogleich auf den Rücken, wobei er sich noch einmal um sich selbst drehte. Da entfernte sich auch schon der Wagen und das Motorengeräusch wurde immer leiser und leiser, so als ob es in einem speziellen Schalltrichter verschwinden würde, der, wie ein gewöhnlicher Strudel in einem Fluss, jedes beliebige Geräusch verschluckte und auf diese Weise der Natur entzog.

„He!“, drang die Stimme des entflohenen Kolchosbauern an das Ohr des Engels. „Ist da noch jemand?“

„Ich bin da!“, rief ihm der Engel als Antwort zu. Er kam auf die Beine und ging los in die Richtung der Stimme.

„Hast du dich verletzt?“, fragte der Bauer.

„Nein.“

„Dann lass uns die anderen auflesen!“, schlug der ehemalige Kolchosbauer vor, und sie stapften unter dem Sternenhimmel los in Richtung des davonfahrenden Autos.

Nach etwa zehn Minuten fanden sie den Deserteur, der unglücklich vom Wagen abgesprungen war und mit dem rechten Fuß hinkte.

„Na dann, gehen wir diese Halunken suchen und machen uns dann auf den Weg!“, schlug der Bauer vor.

„Die brauchst du doch wie einen Kropf!“, sagte der Deserteur plötzlich mit einer recht boshaften Stimme. „Die Rote Armee fehlt uns dort gerade noch!“

„Das ist nicht in Ordnung“, sagte der entflohene Kolchosbauer zögernd. „Sie wollten doch auch Gerechtigkeit ... Ohne sie wären wir ja gar nicht gesprungen!“

„Ja, wir müssen sie finden ...“, unterstützte der Engel den Bauern.

Der Deserteur spuckte auf die nächtliche Erde. Dann sagte er:

„Also gut, dann gehen wir!“

Und zu dritt machten sie sich auf die Suche nach den herabgesprungenen Rotarmisten.

Den ersten fanden sie schnell. Er saß mitten auf dem Weg und war bekümmert.

„Was ist los mit dir?“, fragte ihn der Deserteur.

„Der Kolben ist abgebrochen, als ich gesprungen bin ... Jetzt taugt die Waffe nichts mehr ...“

„Das ist nicht schlimm“, tröstete ihn der Bauer. „Dort brauchst du sie sowieso nicht. Dort wird nicht geschossen.“

Bei diesen Worten schien der Rotarmist seinen Kummer zu vergessen und kam auf die Beine. Nun waren sie schon zu viert, um den letzten Gefährten ihrer Flucht zu suchen. Lange wanderten sie die Straße entlang, und schon argwöhnten sie, dass der zweite Rotarmist gar nicht gesprungen war. Entweder hatte er Angst gehabt, sich die Beine zu brechen, oder er hatte befürchtet, dass man ihn fangen und mit einer rostigen Kugel als Deserteur erschießen könnte.

Aber die Vermutungen sollten sich nicht bewahrheiten.

„Stehen bleiben oder ich schieße!“, rief plötzlich jemand hinter ihrem Rücken.

Sie fuhren zusammen, aber da hörten sie auch schon ein Lachen und begriffen, dass sich der zweite Rotarmist einen Scherz mit ihnen erlaubt hatte.

„Na was ist?“ Er kam näher und sah den entflohenen Kolchosbauern streng an. „Dann zeig uns mal, wo dein Archipka ist!“

Mit konzentriertem Blick betrachtete der Kolchosbauer aufmerksam eine Anhäufung von Sternen, dann führte er den ausgestreckten Zeigefinger seiner rechten Hand nach der Richtung seiner Augen, richtete also den Finger nach seinem Blick aus, so als ob es sich nicht um einen Finger, sondern um eine Zielvorrichtung handelte. Und er sagte:

„Hier ist er. Ganz unscheinbar ist er, er leuchtet schwächer als die anderen!“

Alle sahen in etwa dorthin, wohin sein Zeigefinger wies.

„Aber dort sind ja alle gleich?!“, rief der Deserteur verwundert.

„Nun, wie soll ich ihn dir anders zeigen?“, fragte der entflohene Kolchosbauer. „Ich erkenne ihn, aber für dich ist einer wie der andere ...“

„Lass gut sein“, sagte der Rotarmist, dessen Gewehr entzweigebrochen war. „Führ uns schon an, bald wird es zu dämmern beginnen und wir haben uns noch nicht einmal auf den Weg gemacht!“

„Also, dann gehen wir!“, befahl der entflohene Kolchosbauer und schritt ernst und entschlossen drauflos, quer durch ein ungepflügtes Feld, wohin ihn der für die anderen unsichtbare Stern Archipka führte.

Sie gingen so lange, bis hinter dem Horizont Strahlen hervorlugten und die nächtliche Dunkelheit vertrieben. Und als die Dunkelheit dahinschwand und sich in durchsichtiger Luft auflöste, blieb der entflohene Kolchosbauer stehen und hielt auch die anderen an, indem er sagte:

„Jetzt warten wir bis zum Abend. Und dann werden wir noch sechs weitere Nächte unterwegs sein.“

Die anderen ließen sich gehorsam auf der Wiese nieder und legten sich hin. Sie ruhten sich aus. Der Engel legte sich ebenfalls hin und sofort übermannte ihn der Schlaf. Er fühlte sich wohl und der Schlaf tat ihm gut.

Über der Wiese summten Bienen und flatterten Schmetterlinge, und überhaupt erwachte das Leben auf der Erde, begann in den Stimmen verschiedener Vögel zu erklingen und im Summen der Insekten.

Allmählich schliefen auch die anderen Gefährten sanft und friedlich ein und erwärmten sich an Träumen vom Neuen Gelobten Land, wo die Schwarzerde so locker wie Gänsedaunen war und alle in Gerechtigkeit lebten.

Kapitel 11

An einem Herbstabend, an dem die untergehende Sonne besonders hell leuchtete, saß Wasilij Wasiljewitsch Banow auf dem Dach der von ihm geleiteten Schule und blickte in den Himmel.

Der Sommerurlaub lag hinter ihm und die Erinnerung daran wärmte noch immer seine Seele, auch wenn man sich an Erinnerungen allein nicht erwärmen konnte, selbst wenn es Erinnerungen an den Süden waren. Und deshalb lenkte sich Wasilij Wasiljewitsch ständig von der Vergangenheit ab, dachte immerzu an die Arbeit, an den Lehrbetrieb, der erst kürzlich begonnen hatte und wo es galt, gut vierhundert Zöglinge mit Qualität und auf hohem Niveau auszubilden. Und tatsächlich war das etwas, worüber man nachdenken sollte, schließlich war der vom Narkompros* genehmigte Plan eine Sache, eine ganz andere jedoch war das reale Leben, in dem jeden Tag etwas dazukam, sich etwas änderte oder einfach nur verkomplizierte. Und auch jetzt konnte sich der Schuldirektor nicht mehr entsinnen, welche Erziehungs- und Arbeits-Exkursionen in Moskauer Fabriken für diesen Herbst geplant waren. Es gelang ihm einfach nicht. Sein Gedächtnis war nicht mehr das alte. Der Himmel verdunkelte sich. Wie Trauben hingen die Sterne an unsichtbaren Reben. Der Lärm der großen Hauptstadt ließ nach.

Direktor Banow kletterte vom Dach und ging in sein Büro. Bevor er sich an seinen breiten Schreibtisch setzte, zündete er den Petroleumkocher an, rüttelte ihn ein wenig auf und stellte den Teekessel mit etwas Wasser darauf.

Er ergriff die vom Narkompros genehmigten Pläne, sah sie durch und räumte sie sogleich in die oberste Tischlade. Dann hing er wieder seinen Gedanken nach.

---

* Volkskommissariat für Bildungswesen

Plötzlich schrillte das Telefon und Banow, der den schwarzen Apparat unverwandt anstarrte, war kurz einer Ohnmacht nahe. Schließlich war niemand mehr in der Schule, was zu dieser späten Stunde auch nicht zu erwarten war, und es schien, als ob der Apparat lebendig wäre und wüsste, dass er, Wasilij Wasiljewitsch Banow, gerade in seinem Zimmer saß und Tee zu trinken vorhatte.

Schließlich nahm der Schuldirektor den Hörer doch ab.

„Genosse Banow?", fragte eine klare männliche Stimme.

„Ja."

„Hier spricht Burtenko, Narkompros, der Nachtdienst. Zu Ihnen ist ein Bote mit einem Paket unterwegs. Behandeln Sie die Sache sehr ernsthaft! Auf Wiederhören!"

Und der auf den Tisch gelegte Hörer gab kurze Signaltöne von sich.

Das Wasser kochte. Wasilij Wasiljewitsch machte das Feuer des Petroleumkochers aus und legte den Telefonhörer auf den Apparat.

Bald hörte er es klingeln. Nun musste er aufstehen und ins Erdgeschoß gehen, um dem Boten die Tür zu öffnen.

Unten durchquerte er den von einem roten Notlicht schwach beleuchteten Korridor und hörte erneut das ungeduldige Klingeln. Er beschleunigte seinen Schritt, öffnete die Tür und da begegnete er auch schon dem unzufriedenen, verkniffenen Blick eines mageren Mannes in mittleren Jahren, der eine Militäruniform trug.

„Ihr Paket!", sagte der Mann mit Nachdruck und überreichte ihm ein sperriges, in Papier verpacktes Paket mit einem Stempel aus Siegellack.

Immer noch verblüfft nahm der Schuldirektor das Paket entgegen und wollte den Boten einladen, mit ihm auf einen Tee in den ersten Stock zu kommen, aber dieser drehte sich um und verschwand ohne Abschied im Halbdunkel der Dajew-Gasse.

Nachdem Wasilij Wasiljewitsch Banow die Tür abgeschlossen hatte, kehrte er in sein Büro zurück, gab eine Prise georgischen Tees in die Teekanne, setzte sich und nahm den Inhalt des Pakets in Augenschein.

In dem Paket waren zwei gewöhnliche Kuverts. Eines enthielt ein umfangreiches Päckchen mit neuen pädagogischen Empfehlungen, und im zweiten befand sich ein einziges Blatt, auf dessen unterem Teil nach dem in Druckbuchstaben getippten Text ein dicker violetter Stempel mit dem Landeswappen im inneren Kreis prangte. In einer Spalte daneben befanden sich drei geschwungene Unterschriften – jede eigens für sich stehend –, „Anordnung", begann Banow zu lesen und bewegte dabei stumm die Lippen. „Hiermit wird angeordnet, am Montag, den 13. September dieses Jahres, in allen Schulen der Union der Sowjetischen Sozialistischen Republiken inklusive der Schulen des diplomatischen Korps, der Konsulate und der Handelsvertretungen, die sich im Ausland befinden, einen einheitlichen Unterrichtstag nach besonderem Programm durchzuführen. Dieser Unterrichtstag muss zur Gänze und für alle Schüler ab der dritten Klasse dem Schreiben eines Aufsatzes über eines der unten angeführten Themen gewidmet werden. Die Zeit für das Schreiben des Aufsatzes beträgt sechs Stunden ohne Unterbrechung. Wenn nötig, kann diese Zeit verlängert werden. Die Schuldirektoren und Lehrer sind verpflichtet, dafür zu sorgen, dass aufgrund von triftigen Gründen fehlende Schüler diesen Aufsatz in der vorgegebenen Zeit außerhalb der Wände des Schulgebäudes schreiben. Jeder Aufsatz wird auf einzelne Doppelbögen aus Schulheften geschrieben. Auf der ersten Titelseite sind der Vor-, Vaters- und Nachname des Schülers, die Klassen- und Schulnummer, die Wohnadresse sowie das gewählte Thema anzuführen. Nach der Fertigstellung sind die Aufsätze nach Klassen geordnet in Mappen abzulegen und im Zimmer des Schuldirektors unter dessen persönlicher Verantwortung aufzubewahren, bis sie ein Narkompros-Bote abholen kommt. Die Aufsätze werden von den Lehrern der Schule weder bewertet noch korrigiert.

Anhang Nr. 1
Aufsatzthemen:
1. Wofür ich mein Vaterland liebe.
2. Meine Familie – die Erbauer des Kommunismus.
3. Wovon mein Papa träumt."

Nachdem Direktor Banow zu Ende gelesen hatte, goss er etwas Tee in seine Lieblingstasse aus Blech, setzte sich auf die andere Seite des Tisches, damit er das Dserschinskij-Bild sehen konnte, und versank wieder in Gedanken.

Auf der Uhr, die neben dem Bild hing, war es fast elf Uhr am Abend. Wasilij Wasiljewitsch sollte nach Hause gehen, aber das wollte er noch nicht, und deshalb zog er sein abendliches Teetrinken so weit wie möglich in die Länge.

* * *

Es war der 13. September, ein Montag. Die auf der Lehrerkonferenz vorbereiteten Pädagogen waren an diesem Tag adrett und feierlich in die Schule gekommen. Ein jeder stand neben dem Eingang seiner Klasse und teilte Heftbögen für die Aufsätze an die Schüler aus. Die Themen waren noch am Vorabend mit großen Buchstaben auf die Schultafeln geschrieben worden.

Die Glocke läutete und eine bemerkenswerte Stille legte sich über die Schule.

Banow kam aus seinem Büro, trat an eine verschlossene Tür und lauschte – es war so leise wie sonst nur nachts. Er ging zu einer anderen – dort war es ebenso.

Alle arbeiteten und schrieben an ihren Aufsätzen. Die Anordnung des Narkompros wurde ausgeführt und der Schuldirektor kletterte befriedigt durch die Dachbodentür aufs Dach, um einen Rundblick über die von Tag zu Tag wachsende Hauptstadt zu werfen.

Zunächst betrachtete er das mehrstöckige Haus, das seit nicht allzu langer Zeit, etwa einem Jahr, einen der Kremltürme verdeckte. Sogleich wurde ihm etwas traurig zumute, denn eben danach hatte Wasilij Wasiljewitsch damit aufgehört, die Vorzugsschüler in Leistung und Benehmen zu erzieherischen Zwecken aufs Dach zu führen.

Hierauf betrachtete der Schuldirektor die anderen Neubauten, die in der Nähe und entfernt zu sehen waren, aber sie weckten keine Gedanken in ihm.

Die Stadt lärmte. Durch ihre Straßen bewegten sich die Autos wie bunte Käfer.

Gar nicht weit entfernt flog ein Flugzeug durch den blauen Himmel, wahrscheinlich über Sokolniki.

Es war ein gewöhnlicher Tag, still und ruhig. In Friedenszeiten bestand der Großteil eines Menschenlebens aus solchen Tagen. Wenn es aber keinen Frieden gab ...

Direktor Banow erinnerte sich an weit zurückliegende Zeiten, in denen es keinen Frieden gegeben hatte, und befeuchtete seine trockenen Lippen. Eine seltsame, aber vollkommen gerechtfertige Frage kam ihm in den Sinn: Warum ist der Kampf interessanter als der Sieg? Sie blieb unbeantwortet wie ein klassisches altrömisches Paradoxon.

Der Tag aber ging weiter. An allen Schulen der Sowjetunion herrschte Stille, und nur manchmal stieß eines der Kinder einen kurzen Schrei aus, wenn es sein Tintenfass umgestoßen oder versehentlich seine Feder zerbrochen hatte. Dann eilte der Lehrer dem Unglücksraben zu Hilfe, damit er oder sie so schnell wie möglich damit fortfahren konnte, die Anordnung des Narkompros auszuführen.

Wasilij Wasiljewitsch blickte auf seine Uhr und begann nachdenklich zu nicken. Wie viel Zeit würde noch vergehen, bis sich die Schule leeren würde und alle, sowohl die Schüler wie auch die Lehrer und die Putzfrauen, nach Hause gehen würden?! Drei Stunden, vier oder fünf? Banow liebte seine Schule sehr. Aber er liebte sie dann, wenn in den weitläufigen und sauberen Gängen keine Menschenseele zu sehen war, wenn es in der Schule leise war und im Halbdunkel die roten Notlichtlampen leuchteten.

Ohne es selbst zu bemerken, döste Banow am Tisch ein, und er wäre bald in tiefen Schlaf gesunken, wenn nicht jemand beharrlich an die Tür seines Büros geklopft hätte.

„Kommen Sie herein!“, rief Banow und richtete sich an seinem Tisch ein wenig auf.

Kuprijanow, ein Lehrer der unteren Klassen, trat mit einer blauen Mappe in der rechten Hand ein.

„Erlauben Sie, Bericht zu erstatten!“, wandte er sich an den Schuldirektor. „In der Klasse 3A wurden dreiunddreißig Aufsätze geschrieben. Niemand hat gefehlt.“

Der Schuldirektor kam nicht dazu, nachzudenken, denn schon kam ein weiterer Lehrer mit einem Bericht herein und hierauf noch einer, und so dauerte das ungefähr eine Stunde mit kurzen Unterbrechungen fort, bis es plötzlich still wurde. Erst als er die auf seinem Tisch gestapelten Mappen mit Aufsätzen gezählt hatte, begriff Banow, dass seine Schule die Anordnung des Narkompros erfüllt hatte. Man musste natürlich genau sein: wie viele Schüler die Aufsätze außerhalb der Schulmauern geschrieben hatten und welcher Lehrer ihnen dabei geholfen hatte, die Aufsicht über diese Angelegenheit war dem Vizedirektor übertragen worden, dem ehemaligen Matrosen Kuschnerenko, und auf diesen Mann, das wusste Banow, konnte man sich verlassen.

Wasilij Wasiljewitsch kochte Tee und löste langsam zwei Würfel Zucker in der Blechtasse auf. Er ergriff die nächstliegende Mappe, auf der vermerkt war: „Klasse 7B. Einunddreißig Aufsätze. Lehrer: Moschaikin W. I.“ Er knüpfte die schmalen Bänder auf und öffnete die Mappe.

Wieder klopfte es an der Tür und der Schuldirektor klappte die Mappe automatisch zu.

Der Vizedirektor trat ein.

„Genosse Schuldirektor“, sagte er. „Erlauben Sie, Bericht zu erstatten. Von zweiundvierzig Schülern, die sich außerhalb der Schule befinden, haben einundvierzig den Aufsatz geschrieben, und diese Aufsätze habe ich hier!“ Und mit den Augen wies er auf die Mappe in seinen Händen.

„Und was ist mit dem zweiundvierzigsten?“, wollte Banow wissen.

„Die Ärzte haben es nicht erlaubt … er liegt mit gebrochener Wirbelsäule im Krankenhaus, ohne Bewusstsein … Alle anderen, die in Krankenhäusern sind, haben den Aufsatz geschrieben.“

„Also gut, danke“, nickte der Schuldirektor dem Vizedirektor Kuschnerenko zu. „Lass die Mappe hier, du kannst gehen! Sind die Schüler und Lehrer übrigens schon gegangen?“

„Ja, die sind schon weg“, sagte Vizedirektor Kuschnerenko. „Nur die Petrowna ist noch hier, sie wäscht die Fußböden im Erdgeschoß …“

„Dann sag ihr bitte, dass sie heimgehen kann, sobald sie mit dem Erdgeschoß fertig ist. Heute hat es keine Pausen gegeben, also sieht man auch keinen Schmutz.“

Die Tür fiel ins Schloss und man hörte vom Korridor her die Schritte des Vizedirektors widerhallen, der sich entfernte. Wieder öffnete Banow die Mappe. Er war neugierig, welches der drei vorgeschlagenen Themen von den Schülern am häufigsten gewählt worden war. Er sah einige Überschriften durch. Im Großen und Ganzen waren zwei Themen zu finden: die Liebe zum Vaterland und die Familie. Wasilij Wasiljewitsch wunderte sich ein wenig. Über den Traum des Vaters zu schreiben, erschien ihm leichter. Er sah noch zehn weitere Aufsätze durch, das Resultat blieb das Gleiche – nur zwei Themen. Das verwunderte den Schuldirektor noch mehr, es machte ihn geradezu perplex. Er legte die durchgesehenen Aufsätze beiseite und nahm den restlichen Stapel von Heftblättern zur Hand, ging die Titelseiten durch und legte sie zu den bereits durchgesehenen, als sein Blick an dem bisher einzigen Aufsatz hängen blieb, dessen Thema der Traum des Vaters war. Banows Lippen formten sich zu einem Lächeln, er nahm einen Schluck von dem bereits abgekühlten Tee und schlug den Aufsatz auf, jedoch vertrieb bereits der erste Satz das Lächeln aus dem Gesicht des Schuldirektors.

„Ich habe keinen Papa mehr. Deshalb schreibe ich, wovon meine Mama geträumt hat. Geträumt hat sie früher, aber inzwischen träumt sie nicht mehr ..."

Banow seufzte tief – er hätte gerne etwas Mutiges und Kämpferisches lesen wollen, etwas wirklich Jungenhaftes, und dann stand hier gleich am Anfang des Aufsatzes so eine Rührseligkeit!

Der Schuldirektor sah wieder auf das Titelblatt.

„Robert Rojd, Klasse 7B, Wohnadresse: Moskau, 2.-Kasatschij-G., Haus 10/3, Wohnung 4."

„Rojd?", flüsterte Banow erstaunt.

Irgendwann einmal während des Krieges hatte er einen Menschen mit solch einem seltsamen nichtrussischen Namen getroffen. Das war ein rothaariger Kämpfer gewesen, der mit Vorliebe wiederholte, dass er ein geborener Anarchist sei. Er stammte offenbar aus der Nähe von Riga. Was war ihm noch von ihm in Erinnerung geblieben? Wohl nur ein einzelner Satz, den dieser zu sagen pflegte, wann immer er Banow gesehen hatte. „Banow", hatte er gesagt, „denk dran, im Leben gibt es nur zwei wirkliche Freuden: die Frauen und den Kampf." Ein dummer Satz. Banow war damit nie einverstanden gewesen. Aber da regte sich etwas in dem Schuldirektor, etwas, das mit dem besten Teil seines Lebens zusammenhing, mit seiner kriegerischen Vergangenheit. Und wieder schlug er den Aufsatz des Siebtklässlers Robert Rojd auf.

„Ich habe keinen Papa mehr. Deshalb schreibe ich, wovon meine Mama geträumt hat. Geträumt hat sie früher, aber inzwischen träumt sie nicht mehr. Das kommt daher, weil sie sehr krank ist. Aber früher hat sie davon geträumt, Pilotin zu werden und zum Nordpol zu fliegen. Sie hat außerdem davon geträumt, eine bekannte Fallschirmspringerin zu werden und die Rekorde der UdSSR zu brechen. Aber als Papa vergiftet wurde und gestorben war, sagte Mama, dass sie von gar nichts mehr träumen wird, dass alles Gute bereits vergangen ist. Und sie sagte, dass man die Vergangenheit nicht zurückholen kann ..."

Weiter las Banow nicht. Das Niederdrückende an diesem Aufsatzes gefiel ihm überhaupt nicht – für eine solche Stimmung der Schüler konnte auch der Direktor büßen – er trug schließlich die Verantwortung für seine Zöglinge. Doch die von Kinderhand beschriebenen Fakten weckten seine Aufmerksamkeit und bekümmerten ihn sogar, auch wenn man an ihrem Wahrheitsgehalt zweifeln durfte, schließlich fantasierten Kinder sehr gerne, wobei sie in beide Richtungen gleich gut fantasieren konnten: sowohl fröhlich als auch tragisch. Auf jeden Fall wollte sich der Schuldirektor diesen Jungen einmal ansehen. Vielleicht war er ja wirklich der Sohn jenes Rojds, und wenn das so war, dann galt es auch etwas über die Vergiftung zu erfahren, sollte sie sich als wahr herausstellen.

Gegen ein Uhr nachts kam ein Lastwagen zum Eingang. Eine Gruppe von Narkompros-Kurieren sammelte die Aufsätze ein. Gut die Hälfte des Wagens war schon mit verschiedenfarbigen Mappen beladen. Ein Bote übernahm gemeinsam mit zwei Soldaten die Mappen von Banow. Sie verabschiedeten sich mit einem Nicken und fuhren davon ohne ein Sterbenswort zu verlieren. Der Direktor folgte ihnen ohne Eile, schloss die Tür ab und verharrte noch kurz im Erdgeschoß, bis der Motor des Lastwagens sich in einer der Gassen verlor. Dann ging er hinauf in sein Büro, setzte Tee auf, zog den Aufsatz von Robert Rojd aus der Tischlade und legte ihn in den schweren, feuerfesten Schrank, der in der Ecke stand.

Am Dienstag brachte Vizedirektor Kuschnerenko gleich nach dem Unterricht einen rothaarigen Jungen in das Büro des Direktors.

„Grüß dich!“, begrüßte Banow ihn laut und stand vom Tisch auf.

„Guten Tag!“, flüsterte der Schüler verlegen, der in der Mitte des Zimmers stehen geblieben war.

„Na, warum stehst du dort, komm her, setz dich doch!“, senkte Banow seine Stimme, da er dachte, dass er vorher zu laut gewesen war.

Der Vizedirektor, der ihm unangebracht zugezwinkert hatte, ging aus dem Zimmer und schloss leise die Tür hinter sich.

Der Junge trat schüchtern näher und setzte sich auf den Stuhl.

„Also, wie heißt du?“, fragte der Direktor.

„Robert ...“

„Und ich heiße Wasilij Wasiljewitsch. Weißt du, Robert, worüber ich mit dir sprechen wollte?“, stammelte Banow, der nicht wusste, wie er das Gespräch beginnen sollte. „Ich wollte mit dir über deinen Aufsatz sprechen. Möchtest du Tee?“

Der Junge schüttelte den Kopf.

„Nun, träumt deine Mama wirklich von gar nichts? Hm?“, fragte der Schuldirektor, während er angespannt in Roberts Gesicht blickte.

„N-ein. Sie träumt von nichts ...“

„Na, hast du versucht, deiner Mama zu helfen? Hm? Wie siehst du das? Du träumst doch bestimmt von etwas?“

„Ja“, gab der Junge zu.

„Na, wovon träumst du denn?“, wollte Banow wissen, der sich freute, dass das Gespräch ein wenig in Gang kam.

„Ich möchte Pilot werden.“

„Das ist gut. Ich sage dir etwas: Wenn man jetzt von etwas träumt – dann wird es sich ganz gewiss auch erfüllen. Ich selbst habe davon geträumt, in der Kavallerie zu kommandieren, und siehst du, man hat mich zum Schuldirektor ernannt. Das ist deshalb so gekommen, weil es schwierige Zeiten waren. Aber wenn du erwachsen bist, dann wird das eine ganz andere Zeit sein und du kannst Pilot werden. Die Hauptsache ist, daran zu glauben. Verstehst du?“

„Mhm.“ Der Junge nickte und sah zum ersten Mal etwas mutiger in Banows Augen.

„Und was ist mit deinem Vater geschehen?“, fragte Banow unvermittelt und versuchte, eine traurige und ernste Miene aufzusetzen.

„Man hat ihn vergiftet.“ Robert senkte wieder die Augen und starrte auf den Tisch.

„Wer?“

„Die alten Bolschewiken ...“

„Das kann nicht sein! Woher weißt du das?!“, entrüstete sich der Direktor.

„Er hat es vor seinem Tod selbst gesagt. Man hat sie zu fünft eingeladen, hat sie mit irgendeinem Hering verköstigt, und bis zum Morgen waren sie alle tot.“

„Wer sie? Wer alle?“

„Na ehemalige Anarchisten ...“

Banow biss sich auf die Lippe. Obwohl er in Erwägung gezogen hatte, dass es sich um jenen Rojd handeln könnte, war die Bestätigung seiner Vermutung doch ein Schock. Und dann war da noch die Vergiftung, mit der man sich naturgemäß noch auseinandersetzen musste. Man konnte einem Kind schließlich nicht so einfach aufs Wort glauben!

„Nun, Robert, wie wäre es ... Du könntest mich mit deiner Mutter bekannt machen ... Nicht wahr?“, sagte Banow nach einer Pause. „Ich könnte vielleicht mit ihr reden und dann, siehst du, beginnt sie wieder zu träumen, und euer Leben wird besser und vielleicht fröhlicher ...“

Der Junge zuckte mit den Achseln, ohne den Blick von der Tischplatte abzuwenden.

„Nun gut, geh nach Hause. Und sag deiner Mama, dass ich bei euch vorbeikommen werde!“ Banow stand auf und streckte dem Jungen seine kräftige, sehnige Hand entgegen.

Robert drückte sie, aber der Direktor spürte seinen Händedruck kaum. Robert murmelte „Auf Wiedersehen“ und ging zur Tür.

Bis zum späten Abend saß Banow am Tisch und dachte nach. Er dachte über Verschiedenes nach, aber immer wieder kehrten seine Gedanken zu dem rothaarigen Knaben zurück, zu dessen Mutter und zu jenem Rojd, der nun also bereits verstorben war und für den es im Leben nur zwei Freuden gegeben hatte: die Frauen und den Kampf.

Es wurde bereits dunkel. Der Direktor schaltete das Licht an, holte Roberts Aufsatz aus dem feuerfesten Schrank und schrieb von der Titelseite die Adresse in sein Notizbuch ab. Hierauf legte er den Aufsatz wieder an seinen Platz und verschloss den feuerfesten Schrank sorgsam mit drei Schlüsseln.

Draußen war immer noch der vergangene warme Tag zu spüren. Zwischen weit entfernten Häusern lugte der Mond hervor, und Banow erschien er wie ein Invalide.

Bis zur Zweiten-Kasatschij-Gasse waren es ungefähr zehn Minuten zu Fuß, nicht mehr.

Das Haus fand Banow leicht. Er ging durch die Eingangstür, stieg die breite Treppe hinauf in den ersten Stock und blieb vor der Tür mit der Nummer vier stehen. Links hingen zwei kleine Schilder, die unterhalb des Klingelknopfes mit Nägeln angebracht waren: „Schkarnizkij – einmal läuten", „Rojd – zweimal läuten".

Banow dachte nach. Seine eigenen Nachbarn in der Kommunalwohnung mochte er zwar nicht, aber er verstand sehr wohl, wie viel im alltäglichen und persönlichen Leben von ihnen abhing. Und vermutlich deshalb streckte er die Hand nach dem Klingelknopf von Schkarnizkij aus. Der Umstand, dass man bei verschiedenen Klingeln läuten musste und darüber hinaus verschieden oft, stimmte den Schuldirektor etwas misstrauisch. Das zeigte schließlich, dass das Zusammenleben in dieser Kommunalwohnung des alten dreigeschoßigen Hauses möglicherweise unnötig kompliziert war.

Schkarnizkij öffnete die Wohnungstür. Er war ein Mensch von wenig angenehmem Äußeren, hager, groß und schmierig. Das betraf nicht nur sein seit langem nicht gewaschenes Haar, sondern bezog sich auf das gesamte Erscheinungsbild, auch auf seine ungewaschene Kleidung.

„Wollen Sie zu mir, Genosse?", begegnete er Banow mit einer Frage.

„Nein, ich möchte zu Genossin Rojd", antwortete Banow und musterte den vor ihm stehenden Mann.

„Können Sie denn lesen, was da an der Wand steht?“, fragte Schkarnizkij nicht gerade empört, aber ziemlich unfreundlich. „Dort steht doch: ‚Rojd – zweimal läuten‘, und außerdem ist da ein anderer Knopf!“

Und nach diesen Worten schlug Schkarnizkij die Tür zu und ließ den Schuldirektor nicht in die Wohnung.

Der verdutzte Banow blieb ein paar Minuten verlegen stehen, dann drückte er zweimal den Klingelknopf der Rojds.

Eine Minute später öffnete sich die Tür aufs Neue. Vor Banow stand eine Frau mit gepflegtem Kurzhaarschnitt und in einem fliederfarbenen Hausmantel, die etwas über Dreißig sein mochte. Verwirrt biss sich Banow auf die Lippen, so als ob er alle gewöhnlichen russischen Wörter vergessen hätte.

„Wollen Sie zu mir?“, fragte die Frau mit leicht erkälteter Stimme.

„Ja“, stieß der Schuldirektor hervor.

„Kommen Sie herein!“

Der gemeinsame Flur der Kommunalwohnung war ziemlich breit, aber es befanden sich keine Möbel dort.

Sie betraten ein Zimmer, das ebenfalls geräumig war und altmodisch möbliert, so als ob alle Gegenstände in ihm an ihrem Platz geblieben wären, trotz der Umverteilung aller Wertgegenstände zur Zeit der Revolution, vielleicht aber auch gerade deshalb, indem nämlich die Besitzer dieser Möbel und Gebrauchsgegenstände ausgetauscht worden waren.

„Setzen Sie sich doch!“ Die Frau wies auf einen Stuhl an einem gediegenen, ovalen Tisch, der in der Mitte des Zimmers stand. Sie selbst setzte sich gegenüber.

„Danke“, sagte Banow. „Ich bin Wasilij Wasiljewitsch Banow oder einfach Genosse Banow. Der Direktor der Schule, die Ihr Sohn Robert besucht ...“

„Sehr erfreut“, nickte die Frau und auf ihrem Gesicht erschien für einen Augenblick ein Lächeln, das keineswegs fröhlich war, aber sehr angenehm und ehrlich. „Ich bin Klara Rudolfowna Rojd. Aber ... die Sache ist die, Robert ist nicht mein Sohn ...“

Offensichtlich zeigte sich Erstaunen in Banows Gesicht und deshalb beeilte sich die Frau zu erklären:

„Ich bin die Schwester seines Vaters, Christian Rojd. Seine Mutter starb vor sechs Jahren an Typhus, aber sie lebte schon vor ihrem Tod allein, irgendwo in Ussurijsk. Deshalb haben Christian und ich die Vereinbarung getroffen, dass wir für Robert die Eltern sind, Vater und Mutter."

„Und er weiß nichts davon?", fragte Banow.

„Nein. Ich hoffe, dass auch Sie zu niemandem etwas davon sagen ..."

„Natürlich", versprach der Schuldirektor.

„Ich weiß, dass Sie Robert zu sich gerufen haben ... er hat es mir erzählt. Deshalb habe ich Ihnen auch alles erklärt ... Entschuldigen Sie, ich habe Ihnen gar nichts angeboten, aber es ist so, dass man Tee nur in der Küche kochen kann, und dabei können wir uns nicht miteinander unterhalten, da muss man ja die ganze Zeit neben dem Teekessel stehen ... Vielleicht möchten Sie einen Wodka trinken? Ich hätte einen da ..."

Banow fuhr sich mit der Zunge über die trockenen Lippen und dachte bei sich, ob es wohl angebracht sei, auf ein derartiges Angebot einzugehen.

„ Wo ist denn Robert?", fragte er mit einem Mal, da er Angst bekommen hatte, dass der Junge sehen könnte, wie der Schuldirektor Wodka trank.

„Im NKWD-Club, er nimmt an der Laientheatergruppe teil. In einer Stunde wird er wohl zurück sein", antwortete Klara.

„Na dann ... meinetwegen ...", sagte Banow.

Die Frau erhob sich, nahm aus der Anrichte eine offene Flasche und zwei Wodkagläser. Dann stellte sie zwei frische Gurken und ein Salzfass vor ihn auf den Tisch.

Den ersten tranken sie schweigend und in gewisser Weise voreinander verlegen, wobei sich Banow eher förmlich verhielt und etwas unbehaglich fühlte.

„Ich habe den Aufsatz Ihres Sohnes ... Pardon ... Roberts Aufsatz gelesen. Er heißt ‚Wovon meine Mama geträumt hat' ...

Wie soll ich es sagen, Genossin Rojd, er ist etwas depressiv ... er schreibt, dass Sie keine Träume mehr haben ... sozusagen den Glauben an das Leben verloren haben ...“

„Nennen Sie mich doch bitte Klara“, bat die Gastgeberin. „Wer sagt, dass ich nicht träume? Ich träume, aber ich kann doch dem Kind nicht all meine Gedanken anvertrauen.“

„Er ist doch kein Kind mehr“, zuckte Banow mit den Achseln. „Er wird bald fünfzehn. Ein Erwachsener ... Ich bin hierhergekommen, um mit Ihnen über diesen Aufsatz zu sprechen ... Natürlich denke ich, dass Sie etwas fröhlicher sein sollten, mehr träumen und vielleicht auch etwas übermütiger sein sollten, als Genossin für Robert. Schließlich hängt davon sein weiteres Leben ab ... Ich würde es verstehen, wenn er in einer Familie von Alkoholikern aufwachsen würde, aber Sie haben eine gesunde sowjetische Familie ...“

Und da verstummte Banow, denn er begriff, dass er etwas Unpassendes gesagt hatte. Offensichtlich zeigte der Wodka, der seine Zunge so weit gelöst hatte, dass seine Befangenheit verschwunden war, seine Wirkung.

„ Verzeihen Sie, ich ... ich meinte keine gewöhnliche sowjetische Familie. Ich weiß ja, dass bei Ihnen ein Unglück passiert ist ... mit Roberts Vater ...“

Die Frau verzog schmerzlich den Mund, schenkte Wodka nach und wischte mit dem Finger eine Träne unter dem rechten Auge fort.

„Vielleicht wollen Sie nicht darüber sprechen?“, fragte Banow leise. „Ich habe es Ihnen nicht gesagt und weiß es auch noch gar nicht sicher ... Ich habe einmal einen Rojd gekannt ...“

Der erstaunte Blick der Gastgeberin ließ in ihren Augen ein ungewöhnliches Licht aufleuchten. Sie fixierte den Schuldirektor. Die Finger ihrer rechten Hand umfassten das Glas auf dem Tisch und erstarrten.

„Sie kannten Christian?“

„Hm, wir nannten einander nicht beim Vornamen ... Ich war Genosse Banow, und es gab dort auch einen Genossen

Rojd, so ein Rothaariger, fröhlich ... von den Anarchisten ... Er sagte oft zu mir: ‚Banow, denk dran, im Leben gibt es nur zwei wirkliche Freuden ...‘“

„... die Frauen und den Kampf!“, brachte die Gastgeberin an Stelle von Banow den Satz zu Ende, und da flossen schon Tränen über ihre Wangen und sie versuchte nun gar nicht mehr, dagegen anzukämpfen.

Für einen Moment lang war Banow wieder verwirrt, er leerte sein Glas und sah schweigend auf seine Tischecke, da er befürchtete, Klara noch mehr aufzuregen.

„Das hätten Sie gleich sagen sollen ... dass Sie ihn kannten ...“, sagte die Frau. „Und Sie sprachen über Robert ... den Aufsatz ...“

„Aber ich ... ich bin wirklich wegen Robert gekommen ...“, sagte Banow, als ob er sich rechtfertigen müsse. „Ich bin schließlich Schuldirektor ... Ich bin für meine Zöglinge verantwortlich, und er hat so einen Aufsatz geschrieben ... und darüber, wie man seinen Vater vergiftet hat ... Ist das die Wahrheit?!“

Klara seufzte tief und zuckte mit den Achseln.

„Wer weiß?“, sagte sie. „Vielleicht war es Zufall ... Damals wurden schließlich in der Mosawiachim-Kantine auch sieben Menschen durch einen Hering tödlich vergiftet ...“

„Ja, das habe ich gelesen ...“, erinnerte sich der Schuldirektor laut.

Plötzlich lenkte ihn ein unangenehmer Schmerz in der Nähe des Knöchels ab. Er beugte sich hinunter und schlug mit der Hand auf den unteren Teil seines Hosenbeins, in der Hoffnung, eine dort eingedrungene Mücke zu erschlagen.

Inzwischen hatte sich die Gastgeberin wieder ein wenig beruhigt und füllte erneut die Gläser. Sie waren so klein, sodass Banow den Schluck, den er nahm, gar nicht bemerkte. Mechanisch biss er nach jedem Schluck von seiner Gurke ab, die er zuvor in das Salzfass getaucht hatte.

Auf dem Flur waren Schritte zu hören. Die Zimmertür knarrte und Robert kam herein. Erstaunt begrüßte er den

Schuldirektor, ohne dass sein Blick an der Wodkaflasche hängen blieb.

Aus irgendeinem Grund hatte Banow gedacht, dass die Gastgeberin die Flasche sogleich verstecken würde und das alles von dem Jungen unbemerkt bliebe, aber Klara nickte Robert nur zu und unternahm keinen Versuch, diesen im Sinne einer Erziehung nicht gerade besten Teil des Erwachsenenlebens vor dem Kind zu verbergen.

Der Direktor, der sich deshalb ein wenig unbehaglich fühlte, erhob sich vom Tisch.

„Ich gehe schon", sagte er. An der Tür blickte er sich um – Robert war nicht da, anscheinend war er zur Toilette gegangen. „Und ich bitte Sie, mehr zu träumen, versuchen Sie, gemeinsam mit ihm zu träumen ..."

Klara war langsam aufgestanden, um den Gast hinauszubegleiten.

Draußen war es bereits vollkommen dunkel. Aus irgendeinem Grund brannten in dieser Gasse viele Straßenlampen nicht. Banow blieb stehen, um zu entscheiden, was er jetzt tun sollte: nach Hause gehen oder in sein Büro in der Schule zurückkehren. Nach Hause wollte er nicht, ebenso wenig wollte er jedoch in die Schule, und deshalb beschloss er, ein wenig durch die schlafende Stadt zu spazieren, durch die kleinen, vertrauten Gassen.

Lange schlenderte er durch die menschenleeren Straßen. Die Kremluhren hatten bereits Mitternacht geschlagen und waren wieder verstummt. Ein Stern, der bis dahin genau über dem Moskwa-Fluss gehangen hatte, riss sich vom tiefschwarzen Himmel los, glitt zur Erde und verlosch im Fallen.

Banow aber ging immer weiter, bog von einer Gasse in die nächste, gelangte von Zeit zu Zeit wieder in dieselbe Gasse und bog daraufhin zur Abwechslung in irgendeine andere ein. An der Ecke eines solchen Gässchens und einer anderen, bedeutenderen Gasse wurde er unvermutet von einer Patrouille angehalten, die hinter einer Hausmauer verborgen gewesen war.

„Warum schlafen Sie denn nicht, Genosse?“, fragten ihn drei hochgewachsene Männer höflich, die in der Dunkelheit gleich gekleidet erschienen.

„Ich kann nicht schlafen ...“, bekannte Banow.

„Arbeiten Sie morgen etwa nicht?“

„Doch“, sagte der Schuldirektor.

„Und wie werden Sie dann arbeiten, wenn Sie sich nachts nicht ausruhen?“, fuhren die Patrouillierenden fort ihn auszuhorchen.

In Gedanken hatte Ihnen Banow bereits recht gegeben, und deshalb hatte er es nicht eilig, auf die letzte Frage zu antworten.

„Ich werde wohl gleich schlafen gehen!“, sagte er nach einer halben Minute.

„Na eben!“, billigte einer der Männer seine Worte. „Wir arbeiten schließlich jetzt und schlafen dann am Morgen! Na dann, gute Nacht!“

„Nacht!“, antwortete ihnen Banow, und nachdem er sich orientiert hatte, ging er zu seiner Wohnung, die sich ganz in der Nähe befand.

Tatsächlich – die Hauptstadt schlief tief und fest: kein einziges Licht in einem Fenster, kein einziger Passant, kein einziges Auto auf dem Pflaster der Straßen.

* * *

Einige Tage vergingen ruhig. Auch der freie Sonntag verstrich unbemerkt. Am Montag bat Wasilij Wasiljewitsch Banow Vizedirektor Kuschnerenko, den Schüler der Klasse 7B, Robert Rojd, neuerlich in sein Büro zu rufen.

Sie begegneten einander bereits wie Bekannte und der Schuldirektor konnte bei dem rothaarigen Jungen keinerlei Verlegenheit mehr feststellen. Er trat leise ein und nahm auf dem ihm angebotenen Stuhl Platz, mit dem Gesicht zum Direktor und zu Dserschinskij, dessen Bild an der Wand hing.

„Wie geht's?", fragte Banow den Schüler munter. „Wie steht's zu Hause?"

„Gut", antwortete Robert.

Durch die Einsilbigkeit des Jungen nicht zufriedengestellt, beschloss der Direktor, direkt nachzufragen:

„Und wie geht's deiner Mama?"

„Auch gut", antwortete der Schüler träge.

„Und ... träumt sie denn jetzt?", Banow sprach nun in vollkommener Offenheit von dem, was ihn am meisten interessierte.

„Ich glaube nicht ..." Der Schüler sah zur Decke, so als ob er versuchen würde, sich an etwas zu erinnern.

Die Antwort erfreute den Schuldirektor nicht. Sie bekümmerte und beunruhigte ihn vielmehr.

„Dann träumt sie also überhaupt nicht?!" Der Schuldirektor wollte es trotz allem noch einmal genau wissen.

Nun schüttelte der Junge bereits überzeugt den Kopf.

„Und sag, Robert, ein Telefon habt ihr wohl daheim, oder?", fragte Banow mit finsterer Miene.

„Jaaa ..."

„Dann gib mir doch die Nummer!"

„Drei null sechs vierundsiebzig ..."

Der Schuldirektor notierte die Ziffern auf dem zusammenklappbaren Tischkalender. Danach sagte er mit einem Blick auf den Jungen:

„Gut, du kannst gehen!"

Wieder allein mit dem Dserschinskij-Bild und mit seinen eigenen Gedanken begann Banow, die Arbeitszeit vorübergehen zu lassen. Die Zeit verging langsam.

Dann klopfte es an der Tür. Der Mathematiklehrer Subrowkin kam herein, mit Verbesserungsvorschlägen für den Unterricht in seinem Gegenstand. Die Vorschläge waren in gedrängter Schrift auf zehn linierte Zeichenblätter geschrieben. Banow versprach, es sich anzusehen.

Weitere Zeit verging damit, Wasser zu kochen und Tee zuzubereiten. Und auf diese Weise schwand der Arbeitstag unter Kleinigkeiten dahin, in länger oder kürzer dauernden Zeitabschnitten, und rieselte wie Sand durch eine Sanduhr, und erst da fasste Wasilij Wasiljewitsch ein wenig Mut, so als würde er mit feinen Nerven erspüren, wie sich die Schule leerte, wie Schüler und Lehrer sie verließen, und auch die Angestellten der Schulkantine, die Krankenschwester Valentina und alle anderen, die der bedeutenden Sache „Bildung“ dienten. Und schließlich blieb abends nur ein einziger Mensch in der Schule, und dieser Mensch war der Direktor, der Hausherr der Schule, Genosse Banow.

Nachdem er hinuntergegangen war und überprüft hatte, ob alle weg waren, und der Putzfrau Petrowna dabei nicht einmal erlaubte, den Boden im Leninsaal fertig aufzuwischen, schloss er die Schule von innen ab, kehrte zurück in sein Büro und wählte die Telefonnummer der Rojds. Lange nahm dort niemand den Hörer ab. Dann brüllte eine unangenehme, hohe männliche Stimme, die offensichtlich dem Nachbarn Schkarnizkij gehörte:

„Was? Hallo? Wer ist da?“

„Rufen Sie Ihre Nachbarin!“, sagte Banow fordernd und scharf in den Hörer, und er empfand noch größere Abneigung gegen dieses schmierige Subjekt, das mit einer solch ungewöhnlichen Frau in einer Kommunalwohnung lebte.

Offenbar wurde der Hörer am anderen Ende grob auf irgendeine hölzerne Fläche fallengelassen – in Banows Ohr ertönte ein derartiges Poltern, dass er den Hörer weiter weg hielt. Aber da fragte schon eine andere, eine etwas erkältete, aber angenehme und bekannte weibliche Stimme:

„Hallo? Hallo? Sprechen Sie!“

„Guten Tag!“, hauchte Banow in den Hörer.

„Wer ist da? Mit wem spreche ich?“ Seine Gesprächspartnerin erkannte ihn nicht.

„Hier ist der Schuldirektor ... Genosse Banow ...“

„Aaah! Guten Tag! Ist irgendetwas mit Robert?“

„Aber nein ... Ich wollte nur ... ich wollte Sie hierher zu einem Gespräch einladen ...“

„Wann?“, fragte die Frau bereitwillig.

„Na ... wenn es möglich ist, dann heute ...“

„Aber es ist bereits Abend!“

„Das macht nichts. Ich bin immer bis spätabends hier ...“

„Gut ...“, sagte Klara Rojd. „Ich mache nur noch das Abendessen für Robert, dann komme ich.“

Nachdem er den Hörer aufgelegt hatte, empfand Banow Erleichterung. Draußen begann es gerade erst zu dämmern, doch die Stadt beruhigte sich bereits. Die Musik der Automotoren – noch vor einer Stunde monoton und beständig – geriet ins Stocken.

Wenig später ertönte von unten die laute Dienstglocke und Banow beeilte sich, fast wäre er gelaufen.

Klara trug eine leichte Jacke und einen engen, strengen Rock, der bis zu den Knien reichte. In der Hand hielt sie ein kleines schwarzes Täschchen und sie hatte dieselbe Frisur wie beim ersten Mal.

„Hier bin ich“, sagte sie, als Banow ihr die Tür öffnete.

Sie gingen hinauf in den ersten Stock und betraten das Büro. Dort setzte sich Klara Rojd auf den Besucherplatz und sah den Schuldirektor fragend an.

Er setzte sich ebenfalls auf seinen Stuhl und lächelte ihr zu.

„Entschuldigen Sie bitte, dass ich Sie so spät hierher gebeten habe“, begann Banow. „Ich habe Robert gesehen ... und er hat mir gesagt, dass Sie nach wie vor keine Träume haben ... Ich wollte Sie fragen, ob das stimmt?“

„Es stimmt“, gestand Klara mit trauriger Stimme.

„Sie sind doch eine junge, schöne Frau, Sie haben noch das ganze Leben vor sich.“ Da geriet Banow aus dem Konzept, da ihm in den Sinn kam, dass die Phrase „das ganze Leben noch vor sich“ doch etwas übertrieben war. „Auf jeden Fall ... Es ist so wichtig für Robert, dass jemand in ihm Begeisterungsfähigkeit, Optimismus und Hoffnung bestärkt.“

„Aber ich kann eben nicht träumen“, seufzte Klara tief. „Ich hab's verlernt. Warum können Sie das nicht verstehen?!“

„Sie können nicht?", fragte Banow nach. „Dann lassen Sie es uns gemeinsam versuchen! Ja? Ich mache nur noch Tee, das ist hier schließlich keine Gemeinschaftsküche!"

Er stand auf, setzte den Teekessel auf den Petroleumkocher, stellte die Flamme ein und schüttelte das Petroleum ein wenig. Schweigend beobachtete Klara Banows exakte Bewegungen, seine innere Organisiertheit, die sogar aus seinen Augen sprach, diesen ungewöhnlichen, tiefen, schlammgrünen Augen. Und offensichtlich konnte Banow spüren, dass irgendetwas an ihm Klara gefiel. Das bestärkte sein Selbstvertrauen, und während er den Aufguss in den kochenden Teekessel leerte, war er bereits davon überzeugt, dass er dieser Frau beibringen würde, wieder zu träumen und glücklich zu sein, dass er also einen Menschen für das Land retten würde.

Banow holte zwei Blechtassen aus der Tischlade, ergriff mit der anderen Hand den heißen Teekessel, sah mit festem Blick auf Klara und sagte:

„Und jetzt kommen Sie zum Teetrinken mit aufs Dach!"

Obwohl der Vorschlag der Frau dummdreist erschien und irgendwie unpassend für ihr Alter und auch für das Alter des Gastgebers, erhob sie sich dennoch gehorsam und ging zur Tür, wobei sie ihr kleines, schwarzes Täschchen auf dem Tisch des Direktors zurückließ.

Die letzte Treppe, die direkt zum Ausgang aufs Dach führte, war besonders steil. Dort ließ Klara Banow den Vortritt, nahm ihm die beiden Tassen zur Unterstützung ab, hob dann ihren engen Rock hoch und stieg hinter dem Direktor hinauf.

Das Dach war sanft abfallend, sodass man überall sitzen konnte, aber sie ließen sich auf dem höchsten Punkt nieder, auf dem Dachfirst. Sogleich schenkte Banow heißen Tee in die Tassen ein und stellte den Teekessel auf seine Schuhe, ohne sich auf etwas abzustützen – der Tee war zu heiß, um ihn in den Händen zu halten, und wenn man ihn einfach aufs Dach gestellt hätte, dann wäre er ganz gewiss hinuntergerutscht. Die Schuhe waren aus dickem Schweinsleder und ließen die Wärme kaum durch.

Klara gelang es, ihre heiße Tasse auf dem Dachfirst zu platzieren, und sie hielt sie nur leicht mit zwei Fingern am immer noch glühenden Henkel fest.

„Das macht nichts, hier kühlt der Tee schnell ab!“, beruhigte sie Banow, der bereits an die Temperatur des Tees gewöhnt war und seine Tasse gelassen in der rechten Hand hielt.

„Dort drüben“, fuhr er fort und zeigte mit der Hand in eine Richtung, „dort konnte man früher den Kreml sehen, den Erlöserturm. Ich habe früher unsere Vorzugsschüler abends oder tagsüber heraufgebracht. Vor einem Jahr zum letzten Mal.“

„Robert hat mir davon erzählt, er hat ja auch zu den Besten gehört“, sagte Klara.

„Und wie schaut’s jetzt bei ihm aus?“, fragte Banow, der sich selbst wunderte, dass er sich nicht früher über Roberts Noten erkundigt hatte.

„Schlechter. Sogar Dreier tauchen jetzt auf.“

„Da sehen Sie“, sagte der Schuldirektor vorwurfsvoll. „Die schulischen Leistungen hängen nämlich von solchen Kleinigkeiten ab! Sie haben ja gar keine Vorstellung. Sogar von der Arbeit der Schulkantine hängen sie ab. Ich habe das überprüft!“

Klara seufzte so tief, dass Banow sofort verstummte. Er sah die Frau aufmerksam an und, obwohl es dunkel war und sie fast einen Meter von ihm entfernt saß, bemerkte er auf ihrem Gesicht Missvergnügen.

Bin ich denn wirklich so ein Langweiler?, kritisierte sich Banow in Gedanken selbst und sagte sogleich mit fröhlicherer Stimme:

„Übrigens hat Robert gesagt, dass Sie davon geträumt haben, Pilotin zu werden und Fallschirm springen wollten! Wir können doch davon träumen, dass ich gemeinsam mit Ihnen Fallschirm springe!“

„Na gut!“, stimmte Klara zu, und es kam Banow vor, als ob sich ihre Stimme belebte.

„Das ist doch nicht schwer! Wenn Sie das wirklich wollen, dann könnte man bestimmt bei den Fluggesellschaften Osoawiachim oder Dobrolet herausfinden, wie man zum Fallschirmspringen kommt. Soll ich es herausfinden?“

„Ja ...“, sagte die Frau.

„Und ich habe davon geträumt, in der Kavallerie zu kommandieren ... Ich mochte Pferde schrecklich gerne. Es ist eigentlich furchtbar, das einzugestehen, aber damals mochte ich Pferde mehr als Menschen. Ich beobachtete sie nämlich und habe kein einziges Mal gesehen, dass ein Pferd ein anderes umbringen wollte. Ich stellte mir also vor, wie ich vorausreite und Hunderte Pferde und Reiter hinter mir herjagen. Das ist natürlich so eine Sache, obwohl ich Pferde mehr mochte als Menschen, wollte ich mir nicht einfach eine Herde von Pferden hinter mir vorstellen. Hunderte Reiter sind eine andere Sache. Aber aus mir ist kein Kommandant geworden. Und so träume ich jetzt davon, Pferde zu halten ...“

„Und wo wollen Sie sie unterbringen?“, wunderte sich Klara.

„Das ist natürlich schwierig. Aber ich kenne einen Ort im Stadtzentrum, einen wundervollen Platz ... dort haben Menschen Pferde ... Vielleicht kann ich Ihnen diesen Ort einmal zeigen ... Ich weiß es nicht. Dort ist man sehr streng mit Besuchern. Und Sie, mögen Sie Pferde?“

„Pferde? Ja“, nickte Klara. „Als Kind hat mir mein Großvater beigebracht, wie man richtig auf ein Pferd aufsteigt, wie man im Galopp reitet ...“

Klara erzählte und erzählte. Schon kam sie auf ihren Großvater zu sprechen, der Bergbauingenieur gewesen war, und bald erinnerte sie sich an einen Dampfer auf der Wolga – auf diesem Dampfer war ihre Familie aus Kasan gekommen – und ihre Stimme, die nun ganz lebhaft war, klang so süß und angenehm, wie nur die Stimme eines lebensfrohen Menschen klingen konnte. Banow hörte ihr zu und war wie berauscht.

Seine Freude war aufrichtig, und sie vermischte sich nur ein klein wenig mit seinem Stolz darauf, dass es ihm trotz allem gelungen war, diese Frau zum Reden zu bringen, deren Leben in letzter Zeit so schwer gewesen war, und dass er, wenn er sie schon nicht aufheitern konnte, ihr doch Optimismus zu vermitteln vermocht hatte, ohne den in diesem riesigen Land ein richtiges Leben unmöglich war.

Dann entstand eine kleine Pause – sie tranken den süßen Tee, der nun schon ein wenig kalt geworden war, und das erinnerte Klara wiederum an die große, breite Veranda einer alten Villa, die entweder ihrem Onkel oder einem anderen Verwandten gehört hatte. Auch dort hatten sie Tee getrunken, und der Tisch hatte sich unter zwei Dutzend unterschiedlicher Törtchen gebogen ...

Der Abend war frisch, und die Sternschnuppen, die vom Himmel herabsanken, leuchteten unterschiedlich hell.

Plötzlich war von oben her ein Echo zu hören, schallend und gewaltig, und hierauf ertönte vor diesem Hintergrund ein noch lauterer Ton, der Klara an das Läuten von Glocken erinnerte. Der Ton war ihr vertraut, aber so laut hatte sie ihn noch nie gehört, und deshalb drehte sie sich zu Banow um und fragte ihn etwas, aber wegen dieses Tons, der die Luft erfüllte, verstand er sie nicht, und so beugte er sich in ihre Richtung und bat sie, ihre Frage noch einmal zu wiederholen. Sie beugte sich vor, um sie zu wiederholen, und so kamen sich ihre Lippen nahe und jeder spürte den warmen Atem des anderen. Das dauerte vielleicht eine Minute oder zwei, und beide hielten den Atem an und sahen einander an, aber keiner konnte sich dazu entschließen, sich auch nur einen Zentimeter weiter nach vorne zu neigen. Und dann sprach Banow, als er einen fast unmerklichen Moment der Stille zwischen den Glockenschlägen fand. Er sprach so zärtlich, wie man sonst ganz andere Worte ausspricht: „Das ist die Turmuhr ... Sie schlägt Mitternacht."

Klara wich ein wenig zurück, aber nicht, weil sie zur Seite rücken wollte, sondern wegen eines unangenehmen Gefühls im gebeugten Rücken. Banow richtete sich auf, ohne den Blick von dieser schönen Frau abzuwenden. Und die Turmuhr tönte, sie schlug, und die beiden auf dem Schuldach lauschten ihrem Glockenschlag und sogen diesen erstaunlich frischen Abend in sich auf, erfreuten sich am Licht in den wenigen erleuchteten Fenstern, hinter denen sich Menschen befanden, die sie nicht kannten, gute und ehrliche Menschen, die sich auf den Schlaf vorbereiteten.

Den beiden aber war noch ein halber Teekessel mit süßem Tee und der ganze Sternenhimmel geblieben, der so schön war, als wäre er für eine Ausstellung der Errungenschaften der Volkswirtschaft speziell angefertigt.

Die Stadt schlief ein, und die Musik der Automotoren war nirgends mehr zu hören. Die Fenster wurden dunkel. Von unten drang das Rauschen der Blätter herauf.

Kapitel 12

Der Zug nach Karaganda fuhr auf Bahnsteig drei ein.

Es fiel Schnee, der gleich wieder schmolz und sich in Wasserlacken verwandelte, die das Laternenlicht widerspiegelten, matt und gelblich wie Butter aus Wologda.

„Wo ist denn hier der Waggon Nummer drei?“, fragte ein kleiner Mann im Wintermantel und mit Persianermütze den Schaffner, der gerade aus dem Zug gestiegen war.

„Ganz hinten!“, antwortete dieser und zeigte mit einer Bewegung seines unrasierten Kinns die Richtung an.

Der Mann nahm seinen Koffer sowie einen in Stoff gehüllten kegelförmigen Gegenstand und eilte zum gesuchten Waggon.

Weiße Schneeflocken schwebten wie Fliegen vor seinen Augen, sodass der Mann im Gehen den Kopf schüttelte, dermaßen lebendig und zudringlich schienen sie.

„Ist das Nummer drei?“ Er blieb neben einer attraktiven Schaffnerin in einem grünen Uniformmantel stehen.

„Nummer drei“, nickte sie, nachdem sie den Passagier gemustert hatte.

Der Mann holte seine Fahrkarte aus der Manteltasche.

„Steigen Sie ein!“, sagte die Schaffnerin.

Das Zweierabteil der ersten Klasse war sauber und gemütlich.

Der Mann stellte den Kegel auf den Tisch und nachdem er eine lederne Toilettetasche aus dem Koffer genommen hatte, hob er diesen auf die Gepäcksablage unter der Decke.

Im Inneren des Kegels begann es zu rascheln.

Der Mann hatte sich auf seinen Platz gesetzt und entspannte sich, er streckte die Beine aus und stützte sich mit den Händen auf die weiche, nachgiebige Polsterung seiner Lederbank. Er seufzte glücklich.

„Der Zug ‚Moskau–Karaganda‘ fährt in fünf Minuten ab!“, ertönte die Bahnhofsdurchsage.

Der Mann zog den Mantel aus und hängte ihn auf einen Kleiderbügel; seine Mütze legte er auf die schmale Ablage über seinem Schlafplatz.

Das Türschloss klickte und eine junge Frau mit einer kleinen Reisetasche trat ins Abteil, auf dem Kopf hatte sie ein warmes Orenburger Tuch.

„Guten Tag!“, sagte sie, indem sie das Gesicht ihres Nachbarn musterte.

Der Mann grüßte. Dann erhob er sich.

„Mark Iwanow, Künstler!“, sagte er und nahm der Frau die Reisetasche ab.

„Klawa Fjodorowa, Chemotechnikerin“, stellte sich die Frau vor. „Haben Sie gesehen, wer im Nachbarabteil sitzt? Gehören Sie zusammen?“

„Wer ist dort?“ Der Mann bekundete vorsichtig sein Interesse.

„Na, wie heißt er doch gleich ... ich hab’s gleich! Ach ja, Walentinow!“

„Tatsächlich?!“, sagte ihr Kupee-Nachbar. „Nein, wir fahren nicht gemeinsam ... Ich arbeite in einem anderen Genre, nicht beim Film.“

Die junge Frau legte ihre Oberbekleidung ab, faltete das Tuch behutsam zusammen und verstaute es in der Reisetasche, die, wie der Künstler Iwanow sah, halbleer war.

Ein Ruck ging durch den Zug. Er fuhr einige Meter, dann hielt er wieder an. Noch einmal ruckelte es. Erst dann fuhr er los und gewann langsam an Fahrt.

Iwanow und Klawa saßen einander gegenüber, jeder auf seiner Bank.

Hell erglühte das Lämpchen an der Decke.

„Jetzt würde ich gerne lesen!“, dachte Mark.

„Was raschelt denn bei Ihnen so?“, fragte Klawa, die aufmerksam geworden war und den seltsamen Kegel betrachtete, der auf dem Tischchen stand.

„Das ist mein Gehilfe“, antwortete Mark. „Wir treten gewöhnlich zu zweit auf.“

Die Frau lächelte.

„Ich hoffe, es ist keine weiße Ratte?“

„Wo denken Sie hin, Klawa? Sehe ich denn aus wie jemand, der mit dressierten Ratten auftritt?!“

„Aber was ist das dann?“, beharrte die Frau.

„He, du dort, im Käfig, wie heißt du?“, sagte Mark Iwanow streitlustig.

„Kusma“, ertönte eine seltsame Stimme, die der einer mechanischen Puppe ähnlich war.

Die Frau musste lachen. Dann schwieg sie einen Augenblick nachdenklich und fragte:

„Ein Papagei?“

„Erraten!“, sagte Mark.

„Und warum haben Sie ihn so versteckt?“

„Wir haben doch schon Winter. Und er ist ein zarter Vogel. Gleich zeige ich ihn Ihnen!“

Und Mark Iwanow beugte sich zum Käfig, öffnete das Türchen, das unter der Stoffhülle nicht sichtbar war, und befahl:

„Komm doch heraus, Künstler!“

Zunächst streckte Kusma den Schnabel heraus, dann sah er sich mit seinen runden Äuglein im Abteil um und kam schließlich heraus.

„Wie groß er ist!“, klatschte die junge Frau begeistert in die Hände. „Und so farbenfroh!“

Mark gestattete dem Vogel, sich auf seine Hand zu setzen, dann hob er ihn auf die Schulter.

„Und was sagt er so?“, fragte Klawa bereits mit neckischer Stimme.

Dieser Mann ihr gegenüber mit den kreisförmigen Vogelaugen und den zurückgelegten, kurzen, leicht gewellten Haaren begann ihr zu gefallen. Er wirkte humorvoll und nett.

„Nun, was sagt ein Papagei normalerweise?“, antwortete Mark Iwanow mit einer Gegenfrage.

„Zum Beispiel: Blödmann!“, schlug Klawa lachend vor.

„Normalerweise ja, aber Kusma ist natürlich klüger ...“

Da kam die Schaffnerin ins Abteil.

„Möchten Sie Tee?“, fragte sie.

Klawa und Mark wechselten einen Blick.

„Ja, bitte!“, antwortete Mark. „Haben Sie vielleicht auch Teegebäck?“

„Können Sie haben“, versprach die Schaffnerin und ging hinaus.

„Wo waren wir gerade?“, fragte sich Iwanow laut.

„Was Papageien sprechen“, erinnerte ihn Klawa.

„Also gut.“ Mark winkte plötzlich ab. „Ich sage es Ihnen! Unser Kusma tritt mit Gedichten auf!“

„Was?!“, rief Klawa erstaunt.

„Na, er lernt auswenig und deklamiert! Es gibt nur einen Haken – er kann die Titel der Gedichte und die Namen der Autoren nicht ausstehen. Und deshalb begleite ich ihn. Er trägt dem Publikum ein Gedicht vor, und dann gebe ich den Titel und den Autor bekannt ...“

„Meinen Sie das ernst?“

„Aber ja.“ Marks feine Gesichtszüge formten ein halbernstes Lächeln. „Kusma, trag etwas vor!“, wandte er sich an den Vogel.

Klawa fand das komisch. Sie kicherte.

„Na, Kusma! Du bekommst einen Keks!“

Der Papagei drehte den Schnabel zur Seite und fixierte mit dem rechten Auge die einzige Zuhörerin im Abteil.

„Hm!“, sagte er ganz wie ein Mensch.

Eine Weile schwieg er, dann trug er vor:

„‚Oh ja!‘,
ruft Susi,
‚wie ist das schön.
Wir fahren in die
Sowjetunion!
Schwarzen Kaviar
will ich essen,
frischen Störfisch
auch genießen,

an der Wolga
Troika fahren,
Kolchosen locken
mit Himbeeren an!'"

Klawa klatschte in die Hände und lachte.

„Was für ein fröhlicher Mensch!", dachte Mark bekümmert.

Und aus seinem Gesicht verschwand das Lächeln.

Die Schaffnerin brachte den Tee und eine Packung „Schachbrett"-Kekse.

Als sie den Papagei auf der Schulter des Passagiers erblickte, schrie sie erschrocken auf. Beinahe hätte sie den Tee über dem Tisch verschüttet.

„Sie haben mich vielleicht erschreckt!", sagte sie und ihr Atem ging immer noch schnell. „Wie können Sie nur?" Sie lächelte wieder.

„Fühlen Sie sich nicht gut?", fragte die junge Frau, nachdem die Schaffnerin gegangen war. Sie hatte den veränderten Gesichtsausdruck ihres Nachbarn bemerkt.

„Doch, doch", antwortete Mark sanft. „Trinken Sie Ihren Tee! Wir werden auch gleich Kusma verköstigen. Er hat es sich doch verdient, nicht wahr?"

„Ja!", sagte Klara und sah den blaugrünen Vogel an.

„Nun, dann bitte zu Tisch!" Mark nahm den Papagei von der Schulter, stellte ihn auf das Tischchen, öffnete die Keksschachtel und gab dem Vogel einen Keks.

„Verstehen Sie", sagte Mark mit einem tiefen Seufzer. „Wie soll ich es Ihnen erklären? Nun, gerade hat er ein lustiges Gedicht vorgetragen – Sie haben gelacht, und Ihre Laune hat sich verbessert. Nicht wahr?"

Klawa nickte.

„So muss es auch sein. Schließlich ist das Zirkuskunst. So eine Art Clownerie ... Jetzt hat man mir befohlen, ein neues Programm zusammenzustellen, das nur aus ernsten, patriotischen Gedichten besteht. Ich mag solche Gedichte, bin auch bereit sie vorzutragen, aber verstehen Sie, die Menschen, die vor sich einen Papagei sehen, werden lachen. Schließlich ist es den Menschen ganz egal, was ein Vogel sagt. Von einem Papagei erwarten die Leute etwas Lustiges. Das ist nicht nur bei uns so, sondern auf der ganzen Welt ..."

Klawas Gesicht, das bezaubernd war und von wirklicher Schönheit, wurde plötzlich ernst und besorgt.

„Ich habe nichts gegen die Idee an sich, verschiedene Genres und Formen der Kunst für Propagandazwecke zu nutzen", fuhr Mark fort. „Ich bin überhaupt nicht dagegen ... Aber stellen Sie sich nur den ‚Roten Flottenmarsch' von Aleksandr Besymenskij vor:

„Noch tragen die Völker des Westens die Ketten,
noch hüllen die Wolken das Recht.
Doch rote Fahnen wehen, auch dort wird er stehen
Potemkin, der Kreuzer zum Gefecht ..."

„Sie verstehen sicher", fuhr Mark nach einer Pause fort, „dass es nicht einmal für den Rezitator leicht zu lernen ist, die richtige Betonung zu finden, und dann erst für einen Vogel! Aber dem Volk ist das ohnehin egal! Das Volk wird lachen, weil ein Papagei Gedichte vorträgt ..."

Vor lauter Aufregung kam Iwanow ins Schwitzen. Er holte aus der Brusttasche seines Jacketts ein Taschentuch hervor und wischte sich die Stirn ab.

Die Frau schwieg.

Plötzlich gefiel ihr der Reisegefährte gar nicht mehr.

Ausgerechnet jetzt, dachte sie, in Zeiten der Industrialisierung, in Zeiten der Langstreckenflüge, während unser Land täglich das vollbringt, wofür andere Länder hundert Jahre brauchen, da muss man sich beschweren? Jammern? Sich so aufregen, dass man ins Schwitzen kommt, wegen lächerlicher, kleinlicher Probleme?

„Gehen Sie bitte hinaus", sagte Klawa mit ernster Stimme. „Ich werde mich jetzt umziehen und dann hinlegen."

Mark stand gehorsam auf. Er setzte Kusma zurück in den Käfig und schloss das Türchen.

Dann ging er hinaus. Der Korridor des Waggons war leer. Die Räder sangen ihr Lied, das klang, als würden sie mit den Schienen einen Abzählreim hersagen.

Vor dem großflächigen, blankgeputzten Fenster zog eine Siedlung vorbei, deren Dächer von hohen Laternen beleuchtet wurden.

„Mag der Sturm uns zerzausen, die Wellen sie brausen", flüsterte Mark das Ende des „Roten Flottenmarsches" vor sich hin. „Die rote Flut, sie steigt an. Vorwärts Kommunisten! Zum Endkampf wir rüsten die rote Marine voran! Vorwärts an Geschütze und Gewehre, auf Schiffen, in Fabriken und im Schacht! Tragt über den Erdball, tragt über die Meere die Fahne der Arbeitermacht!"

Nachdem er das Gedicht beendet hatte, lehnte Mark seine Stirn an das kalte Fensterglas.

Es fiel kein Schnee mehr.

Mark zuckte mit den Achseln. Nachdenklich schielte er auf die Tür zu seinem Abteil und überlegte, ob er noch etwas warten oder anklopfen und fragen sollte, ob er schon an seinen Platz zurückkehren konnte.

Kapitel 13

Der Schlaf, der Dobrynins Verstand und Körper während des Fluges in Bann hielt, war so stark wie der berühmte Gewichtheber Schabotinskij, aber seine Kräfte reichten dennoch nicht aus, den Volkskontrolleur bis zur Landung zu umarmen. Daran war zum Teil auch das Pferd Grigorij schuld, das von Zeit zu Zeit Futter verlangte, in der Hauptsache aber die übermäßige Länge des Fluges. Die Stunden verflogen jedoch wie Minuten. Zweimal bemerkte der wach gewordene Dobrynin, wie der Pilot, der schräg vor ihm am Steuer saß, plötzlich seine Tätigkeit unterbrach und die Armbanduhr nachstellte. Unten, jenseits des runden Flugzeugfensters, war etwas Weißes und Formloses zu sehen. Trotz allem empfand Dobrynin in seinen wachen Momenten einen merkwürdigen Stolz auf sich. Er war stolz darauf, dass er auf Anordnung der Führung des Sowjetlandes so weit gekommen war, im Auftrag des Vaterlandes, das jetzt gerade konturlos unter ihm lag und entweder von Wolken und Atmosphäre bedeckt oder tatsächlich so formlos und weiß war.

Die Gedanken an das Heimatland wurden in ihrem Umfang immer kleiner, in dem Sinne, dass das Heimatland in ihnen immer kleiner wurde, bis Dobrynin begriff, dass er nun an sein Heimatdorf Kroschkino dachte, das ebenfalls seine Heimat war, aber eben nur seine kleine, sehr kleine Heimat, die Miniaturheimat sozusagen. Und da tauchte in seinem halbwachen Bewusstsein ein vertrautes Bild auf, das sowohl das Stück Straße mit seinem Haus und Hof zeigte, als auch seine Frau Manjascha, die den Säugling stillte, während sie auf der Bank neben dem Tor saß, sowie Dmitrij, Mitka, seinen geliebten Köter, diesen zärtlichen und schwanzwedelnden, gutmütigen Kerl mit der ständig zerkratzten, feuchten Schnauze und diesem klangvollen Bellen. Und da wurde ihm so warm und behaglich in seinem Halbschlaf, dass Dobrynin die geschlossenen Augen noch fester zudrückte.

„He, du!“, holte ihn ein Zuruf des Piloten zurück.

„Was ist?“, brüllte Dobrynin etwas unzufrieden zurück, um mit seiner Stimme das Dröhnen des Motors zu übertönen.

„Komm her, halt das Steuer fest, ich muss nämlich aufs Klo …“, erklärte ebenfalls brüllend der Pilot, in seinen Worten, aber nicht ohne Respekt.

Pawel ging nach vorne, der Pilot ließ ihn sich auf seinen Platz setzen, zeigte ihm, wie man das Steuer halten musste, und kletterte in das Heck des Flugzeugs, dorthin, wo sich das Pferd befand. Er blieb etwa fünf Minuten lang weg. Dobrynin schliefen die Hände ein und er begriff, dass das Halten des Steuers Schwerarbeit war. Denn erst, wenn man das Steuer in Händen hielt, spürte man das Vibrieren der riesigen Maschine, und man vibrierte mit ihr.

„Genug jetzt, du bist entlassen!“, schrie der Pilot, der wieder vor seinem Platz stand, aber Pawel war es völlig unmöglich, seine Hände vom Steuer zu lösen; sie waren wie angeklebt.

Schließlich half der Pilot Dobrynin, er nahm seine Hände vom Steuer und setzte sich vor die Instrumente.

„Und wo ist hier die Toilette?“, wollte der Volkskontrolleur wissen, der das Vibrieren immer noch in seinen Händen fühlte.

„Dort hinter dem Pferd steht ein Kübel …“, erklärte der Pilot, während er die schwankenden Zeiger der Geräte aufmerksam studierte.

Im Halbdunkel des Frachtraums im Heck des Flugzeugs gelang es Dobrynin nicht sofort, den entsprechenden Kübel ausfindig zu machen. Zuerst wäre er beinahe hingefallen, als er über die Beine des Pferdes Grigorij stolperte, das sich ausgestreckt hatte, aber dann, als sich seine Augen ein wenig an das Halbdunkel gewöhnt hatten, fand er ihn. Nachdem er sein Geschäft verrichtet hatte, kehrte er in die Kabine zurück.

„Wir gehen hinunter!“, rief der Pilot, drehte sich um und deutete mit dem Finger nach unten.

Dobrynin sah wieder aus dem Fenster, konnte aber unten nichts erkennen. Außer, dass sich das unförmige und weiße

Etwas, das eine Wolke oder ein Teil des Vaterlandes hätte sein können, tatsächlich vergrößert hatte.

Dobrynin wusste nicht, was der Pilot mit dem Steuer machte, aber das Flugzeug wurde bald auf die Seite geschleudert. Das Pferd Grigorij wieherte erschrocken auf, ja und auch Pawel selbst nahm es den Atem und ihm wurde schwindlig. Es dauerte recht lange, bis Dobrynin sich wieder einigermaßen erleichtert fühlte, und während er noch immer einen bitteren Geschmack im Mund hatte, beugte er sich zum Fenster und blickte nach unten. Dort, gleich unterhalb des Flugzeugs, erstreckten sich Schneefelder und Hügel, und eine Tierherde kreuzte den Weg des Vogels aus Stahl. Ein Stück daneben schlängelte sich eine bläulich wirkende winzige Straße oder ein Band, und, was am erstaunlichsten war, kein einziger Baum und kein einziger Strauch waren zu sehen.

„Wo sind wir denn hier?", rief Dobrynin dem Piloten zu. Der drehte sich um.

„Bulunajba!", antwortete er.

„Was?"

„Die Stadt heißt so!", rief der Pilot.

Wieder sah Dobrynin aus dem Fenster und begann unten eine Stadt zu suchen, aber dort dehnte sich nach wie vor eine Schneewüste aus, und sogar die Tierherde, die vorhin unterhalb des Flugzeugs gelaufen war, hatte sich irgendwo verborgen. Schon wollte er den Piloten noch einmal fragen, diesmal aber strenger, damit dieser nicht wieder mit einer unzureichenden Antwort auf die Frage des Volkskontrolleurs davonkam, aber da erblickte er im Schnee drei kreisförmige Bauten und dachte, dass das die ersten Häuschen der Stadt sein müssten. Die Häuschen blieben jedoch hinter ihnen zurück und vor ihnen glänzte wieder nur die weiße Wüste ohne irgendwelche Anzeichen von menschlichem Leben.

„Und wo ist die Stadt?", fragte Dobrynin wieder.

„Wir sind daran vorbeigeflogen!", antwortete der Pilot.

„Ich hab sie gar nicht gesehen!" Dobrynin zuckte enttäuscht die Achseln.

„Da waren drei Häuser!“, rief der Pilot.

„Die hab ich gesehen!“, schrie ihm Pawel als Antwort zu.

„Das war doch die Stadt!“

„Drei Häuser sind eine Stadt?“ Dobrynin bedachte den ihm zugewandten Piloten mit einem erstaunten Blick.

„Ja“, rief dieser. „Drei Häuser sind eine Stadt, zwei Häuser eine Ortschaft, ein Haus ein Dorf. Wir sind hier in Jakutien, das ist da so üblich ...“

„Da so üblich?“, wiederholte der Volkskontrolleur für sich und hatte Schwierigkeiten mit dem jakutischen Begriff einer Stadt.

Er warf noch einen Blick nach unten, dann schaute er nach, ob sich sein Reisesack noch unter dem Sitz befand, und begann beruhigt und geduldig die angekündigte Landung abzuwarten.

Es verging noch etwas Zeit und dann erbebte das Flugzeug, als es auf die heimatliche Erde aufsetzte, und raste ratternd und holpernd über das Schneefeld.

Dobrynin erschrak kurz, aber gleich nach dem Aufsetzen verwandelte sich der Schreck in Neugier, und der Kontrolleur drehte den Kopf wie ein Vogel und versuchte, in zwei Richtungen zugleich zu schauen: aus dem seitlichen Flugzeugfenster sowie aus dem vorderen Fenster, durch das man eigentlich nichts sehen konnte. Vor dem Seitenfenster tauchte ein kleines Häuschen mit einem Windsack auf, wie er ihn bereits vom Moskauer Flughafen her kannte. Gleich neben dem gestreiften Windsack wehte eine rote Fahne und vom Dach aus ragte ein schmales, nach oben enger werdendes Eisenrohr weit empor. Aus dem Haus trat ein Mann, von mittlerer Größe, aber ziemlich breit, und solange das Flugzeug noch nicht ganz nahe an das Häuschen herangerollt war, vermochte Dobrynin nicht zu begreifen, warum der Mann so dick war. Als das Flugzeug jedoch angehalten hatte, wurde dem Volkskontrolleur klar, dass es an seiner Kleidung lag.

Schließlich verstummte der Flugzeugmotor, der Pilot erhob sich von seinem Platz und trat ein wenig schwankend hinter Dobrynin. Das Eisen quietschte, als er die Ausstiegsluke an der Seitenwand öffnete. Pawel selbst fühlte ein unangenehmes Gären im Bauch und eine allgemeine Schwäche machte sich in ihm breit. Die Beine wollten seinen Gedanken nicht gehorchen, mit denen er seinem Körper befahl, sich aufzurichten.

„Na los, stehen Sie auf!", sagte der Pilot allzu laut, als würde in seinen Ohren immer noch der Motor dröhnen.

Dobrynin spannte seine Muskeln an, stützte sich auf den Armlehnen ab und stand auf.

Pawel sprang hinter dem Piloten auf die Erde und konnte das Gleichgewicht kaum halten. Ihm war schwindlig und wenn der Mann, der sie abholte, ihm nicht kräftig die Hand geschüttelt hätte, wäre er wohl auf der gefrorenen, von Schnee bedeckten Erdkruste gelegen.

„Herzlich willkommen! Herzlich willkommen!!" Der Mann in der warmen Kleidung schüttelte freudig die Hand des Kontrolleurs.

Langsam erhielt Dobrynin sein Gleichgewichtsgefühl wieder, und während er ein gequältes Lächeln aufsetzte und gleichzeitig herauszufinden versuchte, was gerade mit seiner Gesichtshaut passierte, sagte er zu dem Mann:

„Guten Tag ... Danke ..."

Schon fühlte er, wie die Haut seiner Wangen immer mehr spannte, und auch sein Gesicht ließ das erkennen, denn der Mann wurde plötzlich ernst, stürzte in das Häuschen und kam nach einer halben Minute mit einer Dose wieder.

„Einen Augenblick", sagte er im Tonfall eines Arztes, während er mit zwei Fingern etwas Salbe aus der Dose holte und sie auf dem Gesicht des Gastes verstrich. „Das ist schließlich ein physikalisches Gesetz ... in der Wärme dehnt sich alles aus und in der jakutischen Kälte zieht sich alles zusammen ... so ... ist es jetzt besser?"

Dobrynin nickte kaum merklich.

„Walerij Palytsch!", rief der Mann dem Piloten zu. „Komm herein, wärm dich mit Tee auf", und dann fuhr er an Dobrynin gewandt fort, „also, wie gesagt, in dieser Kälte zieht sich alles zusammen ... vor einem Jahr kam ein Flugzeug an und brachte eine Treibhausgurke, die hatte man mir von zu Hause mitgeschickt, und sie war unglaublich lang, müsst ihr wissen ... Als wir sie dann gleich hier draußen zum Herzeigen hervorgeholt hatten, schrumpfte sie vor unseren Augen zusammen und wurde klein wie ein Taubenschnabel. Das war schrecklich anzusehen! Was soll's, genug davon. Kommt ins Haus!"

Als sie im Haus waren, reichte der Hausherr Pawel einen dicken Pelz aus weißem Rentierfell.

„Ziehen Sie den an, Sie werden sich an das Klima gewöhnen. Übrigens, ich habe noch gar nicht gesagt, dass ich Fjodor heiße."

„Pawel Dobrynin", stellte sich der Volkskontrolleur vor und zog den Mantel an.

Walerij Palytsch, der Pilot, schüttelte den schwach brennenden Petroleumkocher, auf dem ein blitzblank geputzter Kupferkessel thronte.

Das Haus bestand aus einem Zimmer mit einem kleinen eisernen Ofen, der aus einem Benzinfass gemacht war. Der Ofen stand genau in der Mitte, damit sich die Wärme gleichmäßig verteilen konnte, und vor dem einzigen Fenster stand ein Tisch.

Dobrynin, der bereits am Tisch saß und den Pelz bis obenhin zugeknöpft hatte, griff sich an die Wange; die Haut hatte sich ein wenig beruhigt und schmerzte nicht mehr.

„Eine gute Salbe", sagte Pawel, der dem Gastgeber etwas Nettes sagen wollte.

„Ja", nickte Fjodor. „Eine Militärsalbe, für den Krieg im Polargebiet. Es gibt hier in der Nähe ein Lager ..."

„Heißt das, dass hier in der Nähe Truppen stationiert sind?", wollte Pawel wissen.

„Nein, hier in der Nähe ist gar nichts, außer drei jakutischen Städten. Da ist nur ein Militärlager für den Fall eines Krieges. Als es warm war, war ich einige Male dort ..."

„Wird es denn hier auch warm?", wunderte sich Dobrynin.

„Natürlich kommt das auch vor, manchmal bekommt es hier im Juli null Grad, aber normalerweise hat es im Sommer minus sieben bis minus zehn ..."

„Fedja, was ist mit deinem Kocher los?", unterbrach der Pilot den Hausherrn. „Ich plage mich damit herum ..."

Fjodor drehte sich um, sah auf den Petroleumkocher, schwieg eine Minute und fragte dann:

„Vielleicht hat er kein Petroleum mehr?"

Der Pilot sah nach. Fjodor hatte recht, es gab kein Petroleum mehr, und Walerij Pawlowitsch musste mit einer schmutzigen Dose zum Flugzeug gehen, um aus einem Kanister etwas Treibstoff hineinzuleeren.

Schließlich war der Tee fertig und wurde in Blechtassen eingeschenkt, auf denen ein Flugzeug sowie die Aufschrift „OSOAWIACHIM" eingeprägt waren. Zum Tee reichte Fjodor Militärgebäck aus der Konserve, das man vor dem Verzehr fünfzehn Minuten in warmes Wasser einweichen musste.

„Ich habe auch Zwieback dabei", fiel Pawel ein. Der Pilot ging wieder zum Flugzeug und brachte Dobrynins Reisesack.

Als der Kontrolleur den Zwieback aus dem Säckchen auf den Tisch leerte, stellte sich heraus, dass zwei Zwiebackstücke angebissen waren.

„Von einem hat Genosse Kalinin abgebissen", antwortete Pawel auf Fjodors fragenden Blick.

Die beiden angebissenen Stücke legte er wieder zurück in das Säckchen.

„Morgen kommt Sie der Komsomolze Zybulnik mit dem Propellerschlitten abholen", sagte Fjodor und blies dabei auf seinen Tee. „Er wird Ihnen alles erklären ... Sie fahren mit ihm in die Stadt Chulajba."

Pawel trank Tee, nickte und versuchte zu ergründen, warum er Unruhe verspürte. Plötzlich fiel es ihm ein.

„Genosse Pilot", wandte er sich an Walerij Pawlowitsch. „Dort im Flugzeug ist noch immer das Pferd ... Es muss gefüttert werden und sich ein wenig aufwärmen ..."

Der Pilot überlegte.

„Übrigens, Walerij Pawlowitsch“, wandte sich Fjodor an den Piloten. „Hast du mir Brennholz mitgebracht?“

„Wo denkst du hin, Fedja! Natürlich! Sowohl Birke als auch Kiefer!“, lächelte der Pilot über das ganze Gesicht. „Womit heizt du denn jetzt?“

„Mit Flechten“, antwortete Fedja. „Am wärmsten Tag hab ich sie mitsamt den Wurzeln mit der Schaufel abgeschert, die Erde ein bisschen abgekratzt, sie dann getrocknet, und seht, sie brennen ein bisschen. Obwohl der Geruch unerträglich ist ...“

Dobrynins Miene verdüsterte sich, er ärgerte sich, dass man sein Pferd vergessen hatte. Er bedachte den Piloten mit einem unfreundlichen Blick. Aber der Pilot war ein guter Bursche, nur ein wenig zerstreut, deshalb hatte er auch vergessen, auf Pawels Frage zu antworten. Als er nun den wenig freundlichen Blick auf sich spürte, wusste er gleich, worum es ging.

„Ja“, nickte er und sah Dobrynin an. „Wir müssen das Pferd ausladen ... Gleich, trinken wir noch den Tee aus ...“

Und tatsächlich, sobald sie den Tee aus den sympathischen Osoawiachim-Tassen geleert hatten, stand der Pilot auf, nickte Fjodor zu und bat ihn, ob er mithelfen könne. Und sie gingen zurück in die Kälte.

Nach ein paar Metern spürte Pawel wieder die Kälte auf den Wangen, aber es schmerzte schon weniger und auch der Tee wärmte von innen. So schenkte er also der Härte des nördlichen Klimas wenig Beachtung.

Beim Flugzeug blieben alle drei stehen und überlegten laut, wie man das Pferd am besten herausholen könne. Trieb man es heraus, dann könnte es sich die Beine brechen. Zwar war es nicht weiß Gott wie hoch, aber ein Pferd war kein Mensch und solche Sprünge nicht gewohnt. Schließlich holten sie den Tisch aus dem Häuschen, stellten ihn direkt unter die Ausstiegsluke, stiegen selbst ins Flugzeug und schoben das Pferd Grigorij mit vereinten Kräften zum Ausgang. Dort bockte es zehn Minuten lang, wahrscheinlich wegen der eisigen Luft, doch schließlich sprang es auf den Tisch und weiter auf die Erde und schlug dabei mit einem Huf ein Loch in die Tischplatte. Dann wandte es sich um, schüttelte den riesigen Kopf und wieherte.

„Offensichtlich ist ihm kalt“, sagte Pawel besorgt, fasste Grigorij an den Zügeln und führte ihn ins Haus.

Fjodor und der Pilot trugen den beschädigten Tisch hinterher.

Pawel kam es vor, als wäre es während ihrer Abwesenheit im Häuschen kühler geworden. Er wollte das Pferd dazu bringen, sich vor die freie Wand zu legen, das Pferd weigerte sich jedoch entschieden und Dobrynin gab auf.

Fjodor ging Flechtenstücke holen und brachte einen ganzen Berg herein. Er trocknete sie an den Außenwänden des Hauses auf Nägeln, die reichlich in die Balken der Wände eingeschlagen worden waren.

Der Ofen zischte fröhlich auf, als er neuen Brennstoff bekam. Pawel ließ das Pferd in Ruhe, nahm den Kochtopf, kratzte hinter dem Haus etwas Schnee zusammen und stellte den Topf damit neben den Ofen. Sobald der Schnee geschmolzen war, würde das Pferd Wasser trinken können.

„Vielleicht laden wir auch gleich das Holz aus?“, schlug der Pilot Fjodor vor.

„Ach, wozu die Eile! Du bleibst doch noch einige Tage hier!“, antwortete Fjodor darauf.

Sie tranken noch Tee, dann ging Fjodor zu einem Apparat, der auf einem Tischchen in der Ecke stand, und hantierte daran herum. Im Zimmer ertönte ein Piepsen.

„Was ist das?“, wollte der Volkskontrolleur wissen.

„Ein Funkgerät!“, antwortete der Hausherr stolz. „Ich muss schließlich funken, dass Sie angekommen sind!“

„Nach Moskau? Dem Genossen Kalinin?“, freute sich Dobrynin. „Können Sie ihn vielleicht von mir grüßen lassen?“

„Nein“, schüttelte Fjodor den Kopf. „Es gibt hier eine Rangordnung ... Ich funke nach Chulajba, das ist die nächste Stadt, etwa dreihundert Kilometer von hier. Von dort wird nach Jakutsk gefunkt, von dort nach Chabarowsk, von Chabarowsk nach Moskau und schließlich von Moskau in den Kreml. So ist das!“

„Man kann auch direkt nach Moskau funken“, sagte der Pilot, der merkte, dass Dobrynin ein wenig betrübt wurde. „Es ist nur nicht erlaubt, dafür kann Fedja entlassen werden.“

„Aha, verstehe“, sagte Pawel langsam. „Das ist also Vorschrift.“

„Ja“, nickte Fjodor, „das ist Vorschrift.“ Und zur Bekräftigung hob er bedauernd die Schultern.

Dann setzte er sich auf den Hocker vor das Funkgerät, stellte es ein, indem er ein schwarzes Ding nach links und rechts drehte, setzte die Kopfhörer auf, und das Piepsen des Morsecodes erfüllte das ganze Zimmer – sogar das Pferd Grigorij spielte mit den Ohren, da es diese Laute nicht kannte.

Fasziniert sah Dobrynin Fjodor zu und Walerij Palytsch beobachtete den Volkskontrolleur mit Interesse. Er beeindruckte den Piloten durch seine Einfachheit und durch sein Amt, das dieser Einfachheit nicht entsprach. Draußen wurde es bereits dunkel.

Fjodor nahm die Kopfhörer ab und legte sie auf das Funkgerät. Irgendetwas hatte ihn verstimmt.

„Was gibt es dort?“, fragte der Pilot.

„Alles in Ordnung, ich hab’s gemeldet“, winkte Fjodor ab. „Ich habe Poltoranin gebeten, mir etwas aus den neuesten Zeitungen durchzufunken, aber Kriwizkij hat es ihm nicht erlaubt!“

„Ach ja“, murmelte der Pilot teilnahmsvoll. Dann ging er zum Fenster. „Es wird schon dunkel ... Und ich hab schon wieder vergessen, dir Zeitungen mitzubringen.“

„Und wann wird es hier hell?“, fragte Dobrynin.

Sowohl der Pilot als auch Fedja sahen ihn mit einem kaum merklichen Schmunzeln an.

„In etwa fünf oder sechs Monaten“, sagte Fjodor ruhig.

„Was?!“, brach es aus dem Kontrolleur heraus. „Wie das?“

„Die Polarnacht“, sagte der Pilot bedeutungsvoll. „Hier ist alles länger, sowohl die Nacht als auch der Tag.“

„Das heißt also, dass es jetzt ein halbes Jahr lang dunkel sein wird?“, fragte Pawel nach.

„Ja“, nickte der Pilot. „Es gibt anscheinend Pläne, hier hochleistungsfähige Elektrizitätswerke zu errichten, um das sowjetische Polargebiet in der Nacht zu beleuchten, aber das ist erst für den siebenten Fünfjahresplan vorgesehen.“

„Das ist nicht allzu bald ...“, nickte der Volkskontrolleur.

Er bemerkte, dass das Wasser im Topf geschmolzen war, nahm ihn vom Ofen und stellte ihn direkt vor das Maul des Pferdes. Grigorij beugte sich hinab und begann gierig zu trinken.

„Und was geben wir ihm als Futter ...“, fragte Pawel ratlos. „Haben Sie Heu?“

„Ja, woher denn?!“, antwortete Fjodor betrübt. „Hier gibt es doch gar keine Pferde!“

„Hör zu.“ Plötzlich lebte Walerij Palytsch auf. „Hast du vielleicht ein Ersatzhufeisen?! Das könnte man hier über der Tür aufhängen!“

„Nein“, antwortete Pawel mit einem Seufzen. „Man hat mir keines mitgegeben.“

„Das ist schlecht“, schüttelte der Pilot den Kopf. „Es hätte dort als Glücksbringer hängen können. So wie bei mir zu Hause.“

„Das macht nichts, uns wird schon etwas einfallen“, beruhigte Fjodor Dobrynin. „Er wird Trockenkekse fressen, man muss sie nur aufweichen. Ich hab hier zehn Dosen und dort im Militärlager gibt es sie in Unmengen.“

Nachdem der Kontrolleur noch einen halben Topf voll Schnee geschmolzen hatte, schüttete er drei Konservendosen Hartkekse hinein. Dann setzten sie sich zu dritt an den Tisch, um Domino zu spielen. Das Loch, das Grigorij mit dem Huf geschlagen hatte, verdeckten sie mit einer Petroleumlampe, die sie anzünden mussten, da die Dunkelheit durch das Fenster hereindrang. Den bis zum Rand mit Schnee gefüllten Teekessel stellten sie wieder auf den Petroleumkocher und legten ein trockenes braunes Flechtenstück im Ofen nach.

Das Pferd stand still da, so als würde es verstehen, dass man es füttern würde, sobald das möglich war. Dabei schielte es mit einem Auge nach dem an den Ofen gerückten Kochtopf, in dem die schwärzlichen, runden Trockenkekse schwammen, aufquollen und sich allmählich in etwas Essbares verwandelten.

Dobrynin lebte beim Spiel auf und seine Laune verbesserte sich. Er hatte im Dorfklub Domino spielen gelernt, ein junger Mathematiklehrer hatte es ihm beigebracht, der zum Kampf gegen den Analphabetismus zu ihnen ins Dorf geschickt worden war. Und jetzt, da er versuchte, die anderen zu blockieren, erinnerte sich Dobrynin dankbar an jenen weißblonden, schmalen Burschen mit der runden Brille, der etwa gleich alt gewesen war wie er. Fast ein ganzes Jahr war er bei ihnen in Kroschkino geblieben, dann hatte man ihn in die tiefste Einöde versetzt, in irgendein Dorf, wo es, so hatte es geheißen, nicht einen einzigen Bewohner gab, der lesen und schreiben konnte.

Fjodor und Walerij Palytsch spielten eher schwach, das spürte Dobrynin sofort, und bereits nach zehn Minuten gewann er das erste Spiel, indem er seine geliebte Blockade mit dem Doppelsechser legte.

Auf dem Funkgerät leuchtete plötzlich ein grünes Lämpchen auf, und Fjodor stürzte zum Tischchen, setzte die Kopfhörer auf und ließ sich auf dem Hocker nieder. Dann morste er etwas durch, offenbar eine Antwort auf die Nachricht.

„Na, was gibt es dort?“, fragte der Pilot, als Fjodor an den Tisch zurückkehrte.

„In Chulajba hat ein Schneesturm begonnen, es könnte sein, dass er auch zu uns kommt“, antwortete Fjodor.

Walerij Palytsch stand auf.

„Ich werde das Flugzeug dichter ans Haus stellen“, sagte er, stülpte sich die warme Fliegermütze über und ging hinaus.

Fjodor und Dobrynin spielten zu zweit und hörten, wie der Pilot die Propeller anwarf, wovon die einzige Fensterscheibe des Häuschens zu klirren begann. Nach fünf Minuten wurde es wieder still.

Nachdem Walerij Palytsch zurückgekehrt war, klopfte er sich den Schnee von den Füßen, nahm die Mütze vom Kopf, setzte sich zum Ofen und hielt die Hände über das heiße Eisen.

„Wir haben Ostwind“, sagte er. „Ich habe das Flugzeug hinter dem Haus abgestellt, sonst wird es noch zugeweht, und bei einer Windböe kann es sogar umgeworfen werden. Ich kenne doch diese Schneestürme.“

Bald beschlossen sie, schlafen zu gehen. Fjodor warf um den Ofen herum einige gute Rentierpelze auf den Boden.

„Die hab ich vom Militärlager mitgenommen, nützliche Dinger!“, erklärte er.

Sie legten sich im Dreieck um den Ofen und deckten sich mit weiteren Pelzen zu. Dann löschten sie die Petroleumlampe und versperrten die Tür mit einem gusseisernen Riegel.

Dobrynin wollte Fjodor fragen, vor wem sie sich denn einschlossen, aber er schwieg, da er für sich entschied, dass das wohl die Vorschrift war, und Vorschriften standen nicht zur Diskussion.

Anfangs war es auf dem Boden etwas kalt, und Pawel, der so ein Nachtlager nicht gewohnt war, bewegte sich Millimeter um Millimeter näher zum Ofen hin, aber irgendwann wurde ihm heiß und er rückte wieder etwas weg. Auf diese Weise fand er den gemütlichsten Platz für einen guten Schlaf.

Er träumte von Hundegebell und von seinem Heimatdorf. Und davon, wie er in der Nacht hinters Haus ging, um ein Geschäft zu verrichten, und vom Himmel fielen vor seinen Augen einsame Sternschnuppen herab und landeten irgendwo im Bezirk Manajenkowsk oder aber auf der anderen Seite, aber sie vermieden es aus irgendeinem Grund, auf sein Dorf zu fallen. Vielleicht war das auch besser so, da Pawel die tatsächliche Größe dieser Sterne nicht kannte und daher, wenn sie aufs Haus oder auf die Saat gefallen wären, den möglichen Schaden nicht hätte voraussehen können. Das Entscheidende aber war, dass sie unglaublich schön anzusehen waren, und diese hellen Schweife, die sie hinter sich herzogen, faszinierten Dobrynin und brachten ihn dazu, über etwas Höheres nachzudenken, über den Himmel, aber da Dobrynin fast nichts über den Himmel wusste, fiel ihm das Nachdenken über dieses Thema schwer. Manchmal ging er nachts zu Mitkas Hütte und betrachtete gemeinsam mit seinem Hund die Sterne, und der Hund, der dumm wie Stroh war, schaute ebenfalls zu den Sternen und bellte sie so laut an, bis er heiser war, wovon Manjascha zu früh erwachte und Pawel dann sanft für den sinnlosen Lärm rügte.

Auch das Aufwachen hier war für Pawel ungewohnt. Die Dunkelheit schwächte seinen Blick und lähmte ihn. Um das Haus herum heulte der Schneesturm, vor dem man sie über Funk gewarnt hatte, aber er konnte das doppelte, kräftige Schnarchen von Fjodor und dem Piloten nicht übertönen.

Dobrynin stand auf, zündete die Petroleumlampe an, stellte den Kochtopf, in dem das Militärgebäck zu Brei geworden war, vor Grigorij, dann setzte er sich an den Tisch am Fenster und versuchte, irgendetwas davor zu erkennen. Aber draußen herrschte eine Dunkelheit, die so schwarz war, wie er es noch nie in seinem Leben gesehen hatte.

So saß er recht lange tatenlos am Tisch, bis Fjodor aufwachte, der auch gleich Walerij Palytsch wachrüttelte.

Fjodor nahm dem Pferd Grigorij den leeren Topf weg, stellte ihn für einen Augenblick vor die Tür hinaus und holte ihn gleich wieder mit Schnee gefüllt herein. Er stellte ihn zum Ofen und begann sich die rote Hand zu reiben, die aussah, als ob sie verbrüht worden wäre.

„Na, so ein Sturm!“, sagte er. „Bei Ihnen gibt es so etwas wahrscheinlich nicht.“

„Jetzt gibt es so etwas nicht mehr“, antwortete Pawel. „Aber vor der Revolution kam das oft vor, das hat mir meine Mutter vor ihrem Tod erzählt.“

„Nun, vor der Revolution gab es so einiges“, stimmte Fjodor zu. „He, Palytsch, unter dem Funkgerät sind ein Säckchen mit Hirse und eine Dose mit Salz. Reich mir das doch bitte herüber!“

Der Pilot gab ihm das Gewünschte. Fjodor schüttete zwei Osoawiachim-Tassen mit Hirse und eine Handvoll Salz in den Kochtopf und stellte das Ganze auf den Petroleumkocher.

Das Pferd schnaubte und machte damit auf sich aufmerksam. Es atmete seltsam, irgendwie heiser, und Dobrynin dachte, dass sich das Tier möglicherweise erkältet hatte.

„Man müsste ihm einen Tee machen!“ Fjodor deutete auf das Pferd. „Obwohl, ich weiß gar nicht, ob Pferde überhaupt Tee trinken!?“

Pawel zuckte mit den Schultern. Auf diese Frage wusste er auch keine Antwort.

„Vielleicht sollte man einfach Wasser mit den Breiresten warm machen?“, schlug der Pilot vor.

„Nun, Wasser können wir warm machen“, stimmte Fjodor zu, „ich fürchte nur, dass wir keine Breireste haben werden – schließlich haben wir gestern nichts Ordentliches gegessen.“

Fjodor sollte recht behalten. Der Brei reichte nicht einmal mehr für sie. Dobrynin fühlte, dass er mindestens noch eine solche Portion vertragen hätte. Der Pilot meinte, dass das nicht einmal ein Drittel einer Fliegerration gewesen sei.

Sie gaben den Teekessel auf den Petroleumkocher, füllten den Kochtopf wie zuvor mit Schnee und stellten ihn wieder zum Ofen, um für das Pferd Wasser zu wärmen.

So begann das Warten auf das Ende des Schneesturmes. Vor dem Fenster heulte und tobte die unkontrollierbare Naturgewalt des Nordens und erschütterte die Wände, während im Inneren des Hauses in gewöhnlicher Weise Menschen lebten, die mit Schwierigkeiten vertrauten waren, Essen zubereiteten und Wasser für das Pferd Grigorij wärmten, das das Wasser nicht verschmähte, aber trotzdem heiser atmete und schnaubte.

Die Gegenwart des Pferdes veränderte den Geruch in der Unterkunft, aber alle drei Bewohner verhielten sich gelassen und ohne Aufregung, sie kehrten nur von Zeit zu Zeit die Pferdeäpfel in die hinterste Ecke des Hauses. Sie tranken Tee, spielten Domino und unterhielten sich über Verschiedenes.

So vergingen drei Tage, und die Langeweile begann Dobrynin zu überwältigen, was er freilich nicht zugab. Wie gewohnt, tranken sie seit dem Morgen Tee, saßen am Tisch neben dem Fenster, mischten die Dominosteine und begannen zu spielen. Das Licht der Petroleumlampe war nicht hell, aber es spiegelte sich im dunklen Fenster und verstärkte sich dadurch und das gefiel Pawel.

„Wer hat den Doppel-Einser?“ Er stellte die Frage, die in den vergangenen drei Tagen sicherlich schon dreißig Mal oder öfter ausgesprochen worden war.

Fjodor legte den entsprechenden Doppelstein auf den Tisch.

Das Spiel verlief gewissermaßen mit allzu großem Ernst, ohne die übliche Leidenschaft in hitzigen Wortgefechten, ohne zu scherzen und die Steine auf den Tisch zu donnern. Das Spiel lief so sachlich ab, als ob die drei mit einer ernsthaften Arbeit beschäftigt wären. Und das Gespräch, das am Tisch geführt wurde, betraf das Spiel nicht im Geringsten.

„Ich bin hier schließlich die meiste Zeit allein“, sagte Fjodor. „Na, wenn hier Sommer ist, also nicht allzu kalt, dann bin ich immer draußen, schau die Sonne an, finde manchmal ein aufgetautes Stück Erde, und dort wächst immer irgendein Pflänzchen. Das schau ich dann an, und das ist so angenehm, dass einem davon ganz warm wird. Und wenn ich spazieren gehen möchte, dann geh ich zu Fuß zu diesem Militärlager. Ich stöbere herum und finde immer etwas Brauchbares, das ich hierherschleppe, damit sich der Spaziergang gelohnt hat. Einmal habe ich einen ovalen Block aus einer speziellen harten Paste zum Polieren glänzender Dinge gefunden, so heißt es jedenfalls in der Anleitung. Also habe ich etwa dreihundert Gramm abgeschlagen, hierhergebracht, und immer, wenn das Wetter nicht sehr schön ist, sitze ich hier am Tisch und poliere damit den Teekessel und die Gürtelschnalle.“

Dobrynin warf einen Blick auf den Teekessel, der natürlich nicht umsonst so vornehm glänzte, was den Volkskontrolleur auch gewundert hatte, als er ihn zum ersten Mal sah.

„Sechs-drei." Der Pilot legte einen Stein und schielte ebenfalls mit einem Auge auf den Teekessel. „Ich stelle ihn noch mal auf, ist noch etwas Tee da?"

„Ja, es ist noch eine Menge Aufguss da", antwortete Fjodor. „Schade, dass wir nichts zum Naschen haben ... Ja, und von den Trockenkeksen ist auch nur mehr eine Dose übrig. Das Pferd hält es heute noch aus, und morgen hört vielleicht schon der Schneesturm auf, dann gehen wir gemeinsam zum Lager und nehmen so viel mit, dass ich damit ein halbes Jahr auskomme ..."

Pawel wollte sich schon für sein Pferd einsetzen, dann aber beschloss er, dass Fjodor recht hatte. Immerhin waren doch die Menschen das Wichtigste im Leben, das Pferd aber kam irgendwann an dritter Stelle nach dem Hund, der bekanntermaßen der beste Freund des Menschen war.

Das Pferd schnaubte wieder, als ob es verstanden hätte, dass sie von ihm redeten. Aus seinem Schnauben war Unzufriedenheit herauszuhören.

„Wie ist das, wohnen dort Menschen?", fragte Dobrynin, ohne den Blick von seinen Steinen zu nehmen.

„Wo?", verstand Fjodor nicht.

„Im Lager ..."

„Nein", antwortete der Hausherr. „Dort wohnt niemand."

„Aber wird es denn nicht bewacht?!" Aus Pawels Stimme sprach Verwunderung.

„Ja, vor wem sollte es denn bewacht werden, wenn rundum nur ich allein wohne ... Und wie viel kann ich von dort schon mitnehmen, wenn ich kein Geländefahrzeug und keinen Propellerschlitten habe?" Fjodor schwieg einen Augenblick, legte zwei Doppelsteine zugleich an, einen Sechser und einen Dreier, und fuhr dann fort: „Früher gab es dort zwei Soldaten, aber sie sind erfroren."

„Und warum?", fragte Walerij Palytsch, nachdem er seinen Zug gemacht hatte.

„Wegen mangelhafter Zündhölzer, hieß es. Man hat sie direkt vor Beginn eines Schneesturms mit einem Geländewagen dorthingebracht, ihnen eine ganze Kiste mit Zündhölzern abgeworfen, aber es stimmte irgendetwas mit dem Schwefel nicht, sie rauchten, fingen aber nicht an zu brennen. So konnten sie also den Ofen nicht anheizen ... Und die guten Zündhölzer lagen im verschlossenen Bestand des Lagers, aber die Schlüssel zu diesem Bestand hatte nur Oberst Baranin. Also sind sie erfroren, es stürmte genauso wie jetzt, vielleicht sogar noch stärker ...“

In Gedanken bedauerte Pawel die unglücklichen Soldaten und kam zu dem Schluss, dass, wenn es in jener Zündhölzerfabrik Volkskontrolleure gegeben hätte, diese nicht zugelassen hätten, dass solche Zündhölzer ausgeliefert würden ... So fand sich in Dobrynins Gedanken ein anschauliches Beispiel für einen unverschuldeten Tod aufgrund von Gewissenlosigkeit und dem Fehlen von Kontrolle. Er erinnerte sich auch daran, wie innig und respektvoll Genosse Kalinin über die Kontrolleure gesprochen hatte, und er wurde sich ein weiteres Mal seiner Verantwortung bewusst. Er wollte nichts mehr, als endlich aus dieser Sturmgefangenschaft auszubrechen und an irgendeinen Ort zu gelangen, um sich dem vom Vaterland erteilten Auftrag zu widmen.

„Fertig!“, sagte Walerij Palytsch recht sachlich und ohne jede Freude.

Pawel zählte seine Augen – eine Kleinigkeit, elf. Nichts zum Aufschreiben.

Fjodor hatte nicht so viel Glück, bei ihm kamen fünfunddreißig Augen zusammen und der Pilot schrieb diese Ziffer in die entsprechende Spalte, die auf ein Blatt aus dem „Heft zur Aufzeichnung von Funkmeldungen“ gemalt war.

„Was ist, Zeit für das Mittagessen, oder?“ Der Pilot sah seine Genossen an.

Man war einverstanden, aber buchstäblich eine Minute später verkündete Fjodor mit trauriger Stimme, dass nur noch eine halbe Tasse Hirse übrig war.

Zur gleichen Zeit heulte der Sturm vor dem Fenster langgezogen auf, was Fjodors Worte in der Tat kummervoll klingen ließ.

Schweigend bereiteten sie diesen Rest zu und gaben mehr Salz als nötig hinein. Der Pilot öffnete die letzte Dose mit Trockenkeksen. Und Pawel band die lange Schnur seines Reisesacks auf und holte daraus drei ganze Zwiebackscheiben hervor, für jeden eine.

Sie teilten das Essen zu gleichen Teilen auf und aßen, immer noch schweigend. Nur das Pferd Grigorij bekam nichts zu fressen, aber dafür wärmten sie ihm einen ganzen Kochtopf voll Wasser. Es trank das Wasser langsam und scheinbar lustlos, und wenn es die Menschen ansah, die um den Tisch saßen, dann schlug es mit dem Huf auf den hölzernen Bodenbelag, so als würde es tatsächlich fordern, dass man es besser behandle.

Dieses Mal war der Tee sehr stark geraten, er war schließlich das Einzige, um das es ihnen nicht leid sein musste. Pawel, der einen so starken Teesud nicht gewohnt war und dazu noch ohne Zucker, blies mehr auf seine Tasse, als er davon trank.

Da stieß Grigorij plötzlich den Topf von sich, verschüttete das Wasser über den Fußboden, wich mit einem Satz zur Seite aus, zum Tisch hin, und hätte beinahe den am nächsten sitzenden Piloten verletzt, streifte ihm aber nur mit dem Schweif über das Gesicht.

Walerij Palytsch fuhr in die Höhe.

Pawel, der den richtigen Umgang mit Pferden kannte, stand ebenfalls auf, war mit zwei Schritten bei dem Tier, klopfte ihm mit beiden Händen auf den Hals und begann, es auf den ihm bestimmten Platz zurückzudrängen.

Das Pferd wieherte, gehorchte aber.

Der Pilot setzte sich wieder, blickte vorsichtig auf das rebellierende Pferd und wischte mit dem Ärmel den Tee von der ledernen Pilotenjacke.

Fjodor weichte Dobrynins Zwieback auf, indem er ihn löffelweise in die Tasse einrührte. Der Vorfall hatte ihn, wie es schien, kein bisschen erschreckt, und er beteiligte sich auch in keiner Weise an dem darauffolgenden Durcheinander. Auf einmal zeigte sich die nördliche Natur seines urwüchsigen Charakters.

Vor dem Fenster wirbelte der Propeller immer noch Schnee auf und erfüllte den Raum vor dem Fenster mit einem lautstarken Gemisch von lebhaft heulenden und jammernden Geräuschen.

„Ich denke", sagte Fjodor ruhig, nachdem er einen Schluck Tee getrunken hatte, „sobald der Sturm nachlässt, müssen wir zum Lager gehen. Was hat es für einen Sinn zu hungern, wenn es ganz in der Nähe alles gibt. Außerdem scheint ein hungriges Pferd gefährlicher als ein hungriger Mensch zu sein."

„Ist das Lager in der Nähe?", fragte der Pilot, der sich schon wieder beruhigt hatte, und rückte seine Mütze zurecht, die er nicht einmal nachts abnahm.

„Drei Kilometer etwa, ganz nah ... Ich habe einen Kompass, wir packen uns warm ein und in drei bis vier Stunden sind wir zurück."

Dobrynin wurde nachdenklich. Bei so einem Sturm, selbst wenn er sich etwas beruhigte, mochte er nicht aus dem Haus gehen. Da sagte Fjodor, als hätte er seine Gedanken gehört:

„Nun, ich denke, Genosse Dobrynin sollte hier auf uns warten und ein Auge auf den Ofen haben."

Pawel nickte zum Zeichen des Einverständnisses. Mit einer solchen Anweisung war er ganz zufrieden.

„Und wie sollen wir alles tragen?", fragte der Pilot Fjodor.

„Wir müssen nichts tragen", antwortete der Hausherr. „Ich habe einen Hundeschlitten, wir können ihn beladen und hierherziehen. Er lehnt an der Wand, gleich hinter der Tür."

Darauf einigten sie sich dann auch. Sie tranken den Tee aus, von dem Pawel ein sehr unangenehmer, bitterer Geschmack im Mund zurückblieb, und sie sprachen noch eine Weile über etwas Belangloses. Dann zog der Pilot seine Armbanduhr auf und teilte seinen Gefährten die Uhrzeit mit – halb zwei. Es vergingen dann noch zwanzig Minuten, während sie diskutierten, ob es nun Nacht oder Tag sei. Sie beendeten den Streit, ohne zu einer Einigung gelangt zu sein, waren aber ziemlich müde und beschlossen deshalb, schlafen zu gehen.

Am nächsten „Morgen“ wachte Fjodor als Erster auf. Er weckte auch die anderen. Die Uhr des Piloten zeigte drei viertel zwölf, aber darüber stritten sie nun nicht mehr.

Draußen war es tatsächlich etwas ruhiger, und sogar die Schneeflocken, die sich an die Scheibe hefteten und gleich wieder vom Wind weggerissen wurden, waren gut sichtbar.

Die Abwesenheit von dem Lärm und Geheule ließ Fjodor aufleben, und er begann sich zu beeilen und wurde ganz zappelig, stellte den Teekessel auf und suchte sogleich seine Pelzstiefel – im Haus trug er hohe Filzstiefel ohne Überschuhe. Der Pilot machte sich schnell fertig, ganz militärisch, indem er über die ziemlich dicke Fliegerjacke den Rentierpelzmantel zog und alle Knöpfe sowie die Häkchen am Kragen zumachte, und noch den Offiziersgürtel umlegte, den er am Boden neben dem Funkgerät gefunden hatte.

Nachdem sie sich angezogen hatten, tranken sie den morgendlichen Tee, jetzt nicht mehr ganz so stark.

Pawel saß entspannt dabei und war stolz auf seine Gefährten. Wieder gab er jedem von ihnen und auch sich selbst eine Scheibe Zwieback – die Trockenkekse waren am Tag davor zu Ende gegangen. Nun knabberte er an seinem Zwieback, fast ohne ihn dazu in Tee einzutauchen, um die Essenszeit zu verlängern. Fjodor und Walerij Palytsch hatten es jedoch eilig. Sie beendeten ihr Frühstück, als Pawel noch einen halben Zwieback und eine halbe Tasse Tee vor sich hatte.

„Na dann, alles Gute“, wünschte ihnen Pawel und begleitete sie zur Tür. „Kommt bald wieder!“

Als sie den Metallriegel zur Seite schoben und die Tür aufstießen, ertönte von hinten ein Gepolter, und als er sich umdrehte, sah Dobrynin, wie sein Pferd Grigorij zum Sprung ansetzte. Der stallmüde Hengst wollte offensichtlich in die Freiheit ausbrechen. Dobrynin stürzte nach vorne, stieß mit seiner Brust mit dem Pferd zusammen, doch im Fallen gelang es ihm, Grigorij mit der rechten Hand am Zügel zu fassen und ihn zum Stehen zu bringen. Pawel kam sogleich wieder auf die Beine, versetzte dem Pferd im Zorn zwei Schläge und drängte es wieder an die gegenüberliegende Wand, wo es zuvor gestanden hatte. Das Pferd gehorchte widerwillig, schnaubte und drehte das Maul hin und her.

„Los, solange ich ihn halte!", rief Pawel und drehte sich zu seinen Gefährten um, die an der Tür stehen geblieben waren.

Aber da riss sich das Pferd erneut los und Pawel konnte es gerade noch festhalten, indem er die Zügel zu den Knien heranzog. Fjodor schloss die Tür wieder.

„Los, wir überlisten ihn!", schlug er vor. „Wir spielen Domino, bis er sich beruhigt hat, du könntest ihm ein oder zwei Zwiebackstücke geben ... Und sobald er ruhig ist, schlüpfen wir hinaus!"

Sie setzten sich und spielten Domino. Pawel beschloss, Grigorij keinen Zwieback zu geben. Zum einen, weil er ungehorsam gewesen war, und zum anderen betrachtete er Zwieback nicht als Pferdenahrung, umso mehr, als Manjascha diesen Zwieback nicht für ein Pferd getrocknet hatte, sondern für ihn, Pawel.

Sie hatten gerade erst zu spielen und die Steine auszulegen begonnen, als sie bemerkten, dass das Pferd sich einigermaßen beruhigt hatte. Der Pilot und Fjodor gingen mit raschen Schritten zur Tür und schlupften hinaus, Pawel lief gleich hinterher und schob den Eisenriegel vor. Aber offenbar hatte er sich umsonst beeilt. Das Pferd stand an seinem Platz, hatte das Maul gesenkt und suchte mit großen Augen nach irgendetwas am Boden. Anscheinend wollte es Heu oder Hafer finden, konnte aber natürlich nichts sehen, was es dort nicht gab.

Pawel kehrte zum Tisch zurück, betrachtete noch einmal die Spielsteine, studierte die allgemeine Situation im unterbrochenen Spiel und kam zu dem Schluss, dass alles davon abhing, wer die „fünf-zwei" hatte. In jedem Fall hatte er gute Chancen, die Partie zu gewinnen.

Draußen heulte es nach wie vor, aber Dobrynin hatte sich daran gewöhnt und schenkte dem Lärm vor dem Fenster keine besondere Aufmerksamkeit.

„Soll es nur heulen“, dachte er. „Wir gewinnen doch! Trotz allem ist der Mensch stärker als die Natur!“

Nachdem er eine Weile tatenlos am Tisch gesessen und im Ofen Flechten nachgelegt hatte, wärmte er sich an dem ehemaligen Benzinfass und erinnerte sich an den Tag, den er in Moskau verbracht hatte, an das Treffen mit dem Genossen Kalinin und natürlich an das Buch, das der Führer des Landes ihm persönlich geschenkt hatte, damit er es lese und sich all das Nützliche aneigne, das in diesem Buch enthalten war.

Dobrynin holte das Buch aus dem Reisesack hervor, setzte sich wieder zum Tisch, zog die Petroleumlampe näher heran und schlug die zweite Erzählung auf, die „Lenin am Tannenbaum“ hieß. Der Titel der Erzählung verwunderte den Volkskontrolleur sehr, aber nachdem er eine Weile nachgedacht hatte, kam er zu dem Schluss, dass es in der Erzählung vermutlich um die Kindheit des Führers ging und darum, wie dieser als Kind auf Bäume geklettert war. Um die Richtigkeit seiner Gedanken zu bestätigen, erinnerte sich Dobrynin an seine eigene Kindheit und ihm fiel sogar ein, dass er als etwa sechsjähriger Bengel vom Apfelbaum auf den Nachbarszaun gefallen war und mit dem Rücken zwei Bretter herausgebrochen hatte.

Aber in der Erzählung „Lenin am Tannenbaum“ ging es, wie sich herausstellte, um etwas ganz anderes. In dieser Erzählung besuchte der Führer ein Neujahrsfest für Kinder, das im Kreml veranstaltet wurde. Er kam nicht zufällig zu diesem Fest, sondern um es durch seine Anwesenheit aufzuwerten und noch fröhlicher zu machen. Er tanzte mit den Kindern einen Reigen um die geschmückte Tanne, verteilte Geschenke, Schokoladebonbons und andere Süßigkeiten, die mühevoll in ganz Moskau gesammelt worden waren, und am Ende führte er den Kindern Zaubertricks vor, womit er sie in völlige Zufriedenheit und erstaunliche Fröhlichkeit versetzte.

Nachdem er zu Ende gelesen hatte, schob Dobrynin die Petroleumlampe weg, stellte die Flamme kleiner, damit das Petroleum nicht so schnell zu Ende gehen würde, und begann, über den Sinn und Nutzen der Geschichte nachzudenken. Diese Erzählung kam dem Volkskontrolleur komplizierter vor als die erste, in der Lenin die Suppe aß, die ihm nicht schmeckte. In dieser zweiten Erzählung gab es, wie Dobrynin fand, keinen Hauptgedanken, es gab keine einfache und klare Moral, was getan werden musste oder wie etwas zu tun war. Pawel Aleksandrowitsch dachte noch angestrengter nach und kam zu dem Schluss, dass das Hauptaugenmerk in der Erzählung nicht auf der Tanne lag, um die Lenin einen Reigen tanzte, sondern auf etwas anderem. Dass der Führer den Kindern Zaubertricks vorführte, war zweifellos interessant, aber auch nicht das Wichtigste. Und das bedeutete, fuhr Dobrynin in Gedanken fort, dass der Hauptgedanke darin bestand, dass Lenin diese Feier organisierte und Kinder dazu einlud. Und natürlich, dass es ihm gelungen war, in dieser schweren nachrevolutionären Zeit in Moskau Geschenke und Schokoladebonbons aufzutreiben. Und da begriff Dobrynin, dass er nicht ganz verstand, worüber er nachdachte. Ach natürlich, er verstand nicht, was Schokoladebobons waren, genauer gesagt, er verstand ein Wort nicht – Schokolade. Bonbons hatte er schon ein paar Mal in seinem Leben gegessen, aber Schokoladebonbons ... Und Dobrynin dachte noch eine Weile nach und entschied, dass das eine sehr billige und wenig schmackhafte Art von Bonbons sein musste, die nur zur Zeit der Revolution und des Zusammenbruchs in Umlauf waren, warum hätte man sie sonst in der Erzählung erwähnen sollen. Und als Schlussfolgerung seiner Überlegungen kam Dobrynin der Gedanke, dass man Kinder ganz besonders lieben und Feste für sie organisieren solle. Die Bedeutsamkeit dieses Gedankens schien irgendwie zweifelhaft, diesen Verdacht schob er allerdings ganz schnell beiseite, denn ihm war klar, dass Gedanken von zweifelhafter Bedeutsamkeit weder in Büchern noch in Zeitungen abgedruckt würden, und das musste bedeuten, dass er aufgrund der Einfachheit seines Geistes nicht alles begreifen konnte.

Inzwischen waren die Flechten im Ofen verbrannt und Dobrynin warf noch etwas von dem braunen Brennstoff nach, die letzten Stücke, die auf dem Holzboden lagen. Sobald sie verbrannt waren, musste er aus dem Haus, in diesen bereits seit Tagen wütenden Schneesturm, um etwas von Fjodors vorbereiteten Flechtenstücken auf den Wandbalken zu ertasten, sie herunterzuholen, hineinzuwerfen und noch mehr davon zu nehmen als Vorrat für den Fall, dass die Schneegewalt andauerte. Das freute den Volkskontrolleur verständlicherweise nicht, aber man kann sagen, dass es ihn auch nicht bekümmerte, da er seit seiner Kindheit auf Schwierigkeiten und Entbehrungen vorbereitet war, und erst jetzt, so schien es, war die Zeit dafür gekommen.

Das Pferd Grigorij, das bisher geschwiegen und Dobrynins Gedanken nicht gestört hatte, begann heiser zu wiehern und schüttelte sein Haupt.

Pawel ging zu dem Tier und warf einen Blick in den leeren Topf. Er verstand, was los war, und öffnete kurz die Tür, wie er es von Fjodor gelernt hatte, stellte den Topf hinaus und holte ihn voller Schnee nach einer halben Minute wieder herein. Er stellte ihn neben den Ofen und dachte dann für sich, dass es nicht schaden könne, sich schlafen zu legen.

Aber obwohl er schläfrig war, wartete er ab, bis der Schnee aufgetaut und das Wasser für Grigorij ein wenig warm geworden war. Erst als der Topf vor dem Pferd stand, löschte Pawel Aleksandrowitsch die Petroleumlampe und legte sich in die Nähe des Ofens auf den ausgebreiteten Rentierpelz und deckte sich mit einem ebensolchen zu. Er dachte, wie schwer es der Pilot und Fjodor nun haben mussten, die vermutlich noch gar nicht im Militärlager angelangt waren. Er schloss die Augen und horchte noch einige Zeit darauf, wie das Pferd Grigorij Wasser schlürfte. Es war geradezu erstaunlich, dass das Geplätscher des Wassers im Topf zu hören war, offenbar hatte sich der Schneesturm etwas beruhigt, vielleicht hatte er gar, zum Glück für die Natur ringsum, ein Ende gefunden.

In dieser Stille, die nun entstand, auch wenn es vielleicht nur eine scheinbare war, begann Dobrynin zu träumen.

Er träumte, dass er bei sich in der Hütte im Dorf Kroschkino aufwacht, dass er aus dem Fenster sieht und draußen ein Schneesturm tobt. Da klopft es plötzlich an der Tür. Er geht in die Diele, öffnet und da steht Wladimir Iljitsch Lenin, leicht bekleidet, nur in Sakko und Weste. Dobrynin tritt zur Seite, um den Gast ins Haus zu lassen, aber der Gast ist nicht allein. Hinter ihm tritt Genosse Kalinin ein, als Väterchen Frost verkleidet und mit einem großen Sack in der Hand, und hinter diesem tragen zwei Rotarmisten eine geschmückte Tanne herein. Sie schaffen die Tanne ins Zimmer und Wladimir Iljitsch zeigt ihnen einen Platz genau in der Mitte, wo sie die Tanne hinstellen sollen. Sie stellen die Tanne ab, rücken den Tisch in die Ecke und da dreht sich Iljitsch auch schon zu Dobrynin um, lächelt gutmütig und fragt sanft:

„Hast du Kinder?“

„Ja“, antwortet Pawel.

„Und wie viele?“, will der Führer wissen.

„Zwei“, antwortet Dobrynin.

„Zu wenig!“, sagt Iljitsch und gibt den Rotarmisten den Befehl, zu den Nachbarn zu gehen und mindestens fünf Kinder herbeizuholen, zusätzlich zu den zwei bereits vorhandenen. Dann sieht er Dobrynin wieder an und fragt erneut: „Und wo sind sie jetzt?“

„Sie schlafen“, sagt Dobrynin.

„Na, dann weck sie auf!“, sagt der Führer und nickt mehrmals mit dem Kopf.

Da geht Dobrynin zum russischen Herd und zieht den schlafenden Kindern die Decke weg. Sie blicken drein wie gerade erst geborene Kätzchen, reiben sich die verschlafenen Augen und begreifen gar nichts, da sagt Großväterchen Lenin zu ihnen:

„Das neue Jahr steht vor der Tür und ihr liegt immer noch auf dem Herd! Schämt ihr euch gar nicht?!"

Die erschrockenen Kinder klettern herunter und laufen los, um ihre Mama zu suchen. Die ist aber nicht da. Sie fragen:

„Wo ist denn die Mama?"

„Sie besorgt Geschenke für euch!", sagt Dobrynin. Die Kinder ziehen sich an. Und Iljitsch sagt zu ihnen:

„Stellt euch um die Tanne auf, wir wollen einen Reigen tanzen!"

Der Junge steht auf der einen Seite der Tanne, das Mädchen auf der anderen. Sie stehen und warten. Iljitsch zieht eine Uhr an einer Kette aus seiner Westentasche, wirft einen Blick darauf und seine Miene verfinstert sich. Düster blickt er auf die Dielentür. Da betritt auch schon jemand das Haus. Die Tür öffnet sich, und eine Schar schläfriger Kinder drängt in die Stube, gefolgt von zwei Rotarmisten mit Gewehren.

„Befehl ausgeführt!", meldet einer von ihnen Lenin.

Der Führer betrachtet die Kinder, zählt sie und fragt:

„Habt ihr den Eltern erklärt, warum die Kinder mitgenommen wurden?"

„Haben wir!"

„Na, dann ist es ja gut!" Das Gesicht des Führers nimmt einen zufriedenen Ausdruck an, er dreht sich zu den Kindern um, beugt sich ein wenig zu ihnen hinab und fährt fort:

„Nun, liebe Kinder, stellt euch um die Tanne auf, wir wollen einen Reigen tanzen ..."

Die Kinder machen einen Kreis, dann wendet sich Lenin an Dobrynin und Kalinin und sagt:

„Was steht ihr denn so herum? Wollt ihr etwa nicht mit uns tanzen?"

Schließlich stellen sie sich alle gemeinsam zum Reigen auf.

Lenin beginnt irgendein Lied zu singen und bestimmt die Richtung des Reigens, und plötzlich, mitten im Tanz, während die Kinder singen, dreht er sich zu den Rotarmisten um und befiehlt ihnen, hinauszugehen und vor dem Haus Wache zu stehen.

Die Rotarmisten folgen gehorsam und Dobrynin kommt es so vor, als wären sie ein bisschen betrübt. Auch für sie ist das schließlich ein Festtag, aber zum Reigen hat man sie nicht aufstellen lassen. Schon möchte Dobrynin an ihrer Stelle den Führer bitten, dass er sie in die Stube zurückholen dürfe, aber dann denkt er, dass es wahrscheinlich so vorgeschrieben ist, dass jemand Wache stehen muss, während gefeiert wird, also schweigt er. Und Genosse Kalinin, der als Väterchen Frost verkleidet ist, begibt sich unter die Tanne, knüpft seinen Sack mit Geschenken auf und beginnt, die verschiedenen Bonbons und Geschenke auf dem Boden zu verteilen. Als er damit fertig ist, kehrt er in den Reigen zurück. Sie tanzen immer weiter, Dobrynins Beine tun schon weh, und die Kinder schauen auf die Häuflein von Geschenken und ihnen läuft das Wasser im Mund zusammen, aber sie können nichts sagen, da sie von klein auf an Vorschriften gewöhnt sind. Sie tanzen und warten.

Da hält Iljitsch den Reigen an und sagt:

„Und jetzt, Kinder, werde ich euch Zaubertricks vorführen.“ Und schon dreht er sich zu Dobrynin um und fragt:

„Hast du hier im Haus drei Fingerhüte? Ich brauche sie für den Zaubertrick!“

„Da muss ich Manjascha fragen ...“, sagt Pawel zögerlich. „Sobald sie kommt, frag ich sie ...“

„Na schön.“ Iljitsch scheint betrübt, verzagt aber nicht, vor allem, da ihn alle Kinder erwartungsvoll ansehen.

„Hast du vielleicht Karten?“, fragt der Führer Dobrynin.

„Ich, ich habe welche!“, freut sich Kalinin, zieht aus einer seiner Brusttaschen ein Kartendeck und reicht es dem Führer.

Der Führer nimmt den Talon und geht in die Hocke. Er mischt die Karten gut, dann zeigt er dem kleinen Nachbarsmädchen Agafja die unterste Karte und sagt:

„Hast du sie dir gemerkt?“

„Ja!“, sagt das Mädchen.

Wieder mischt Iljitsch die Karten, hebt ein paar Mal ab, zieht genau diese Karte – die Pik Sechs – und zeigt sie dem Mädchen.

„Ist sie das?“, fragt er.

„Das ist sie“, nickt das Mädchen.

„So, und jetzt du!“, sagt Großväterchen Lenin zu einem Knaben und führt auch ihm den Zaubertrick vor.

„Aber wie machen Sie das?“, fragt das Nachbarsmädchen Awdotja, das eineinhalb Jahre älter als Agafja ist.

„Das ist ein Geheimnis“, lächelt Großväterchen Lenin. „Das verrate ich nicht.“

Da kommt Manjascha, ganz rot von der Kälte. Sie bringt den Kindern Lebkuchen, aber als sie sieht, was im Wohnzimmer vor sich geht, bleibt sie wie angewurzelt stehen.

„Oh, und jetzt werden wir mit Mama Reigen tanzen!“, freut sich Iljitsch, nimmt Manjascha in den Reigen auf und sie beginnen wieder, im Kreis um die Tanne zu tanzen. Sie tanzen so lange, bis eines der Kinder zu weinen anfängt. Da hält Großväterchen Lenin den Reigen an und sagt, dass jetzt die Geschenke verteilt werden.

Die Kinder stürzen auf die Tanne zu, gerade dass sie sich nicht in die Haare kriegen, weil die Haufen von Geschenken und Bonbons, die über den ganzen Boden verstreut sind, durcheinandergeraten.

„Ach“, der Führer schüttelt mitleidig den Kopf und sieht Genosse Kalinin vorwurfsvoll an. „Wer teilt denn so Geschenke aus?! Du hättest abwarten und ihnen dann sagen müssen, dass sie dir ihre Hände entgegenstrecken und aufhalten sollen. Dann hättest du etwas aus dem Sack herausgeholt und der Reihe nach in jede Hand etwas hineingelegt ...“

Genosse Kalinin steht mit niedergeschlagenem Blick da. Der Fehler ist ihm peinlich, aber Großväterchen Lenin ist nicht nachtragend, er klopft Väterchen Frost bereits nach ein paar Minuten auf die Schulter und sagt:

„Was soll's, wir müssen weitergehen, auf uns warten noch viele Kinder!“

Und nachdem sie sich von Dobrynin und Manjascha verabschiedet haben, gehen sie. Und dann kommen die Rotarmisten in die Stube gelaufen, nehmen die geschmückte Tanne und entfernen sich.

Auch Dobrynin geht hinaus, um ihnen nachzuschauen. Das Schneegestöber hat nachgelassen und er kann sehen, wie alle vier in eine andere Straße einbiegen, während sie sich lebhaft über etwas unterhalten und ziemlich laut lachen.

Schon sind sie weg, Pawel aber steht immer noch dort und der Schneesturm beginnt nach einer kurzen Pause wieder stärker zu werden. Wieder tobt er und heult gedehnt auf und schleudert Pawel ein paar Handvoll trockenen, eisigen Schnee ins Gesicht. Der aber steht da, als würde er die Kälte gar nicht spüren, steht nur da und schläft im Stehen ein, und fühlt dabei, wie ihm innen ganz warm und gemütlich zumute ist, trotz des ganzen Geheules. Er hört es zwar, aber der Lärm dringt wie durch eine dicke Wand zu ihm durch, so als würde er bei sich zu Hause sitzen, während das Schneegestöber draußen wütet. Und da wird ihm, trotz der inneren Gemütlichkeit, langweilig ohne Lenin ... Und der Hund Mitka heult von seiner Hütte aus unerträglich jämmerlich das Schneegestöber an, wie ein Waisenkind. Pawel will den geliebten Hund streicheln, er geht zu seiner hölzernen Behausung, steckt die Hand hinein und spürt plötzlich einen scharfen Schmerz in den Fingern, so als ob er sich mit heißem Wasser verbrüht hätte.

„Aaah!“, schrie er im Schlaf und wachte auf, vom Schmerz erschrocken.

Es stellte sich heraus, dass er den Ofen gestreichelt hatte, der zwar fast erloschen, aber noch immer heiß war. Pawel setzte sich daneben, blies auf die Finger der rechten Hand wie auf eine Tasse mit heißem Wasser. Er fühlte sich etwas besser und beruhigte sich. Er bedauerte, dass er weder eine Taschen-, noch eine Armbanduhr besaß, so hätte er ungefähr herausfinden können, wie lange er geschlafen hatte und wie viel Zeit vergangen war, seit Fjodor und der Pilot losgegangen waren.

Draußen heulte es nach wie vor, es tobten die Schneemassen, die der Wind durcheinanderwirbelte.

Dobrynin stand auf, entzündete an einem Stückchen Kohle aus dem Ofen die Petroleumlampe und machte sich bereit, Flechtenstücke zu holen. Für alle Fälle zog er die Axt aus dem Reisesack und wickelte sich noch fester in den Pelz. Dann warf er einen prüfenden Blick auf das Pferd – es stand friedlich da. Er sah sich suchend nach einer Art von Korb für die Flechten um, fand aber nur einen Eimer unter dem Tisch. Er nahm ihn und trat hinaus in den Sturm. Die Hände wurden ohne Fäustlinge ganz steif, denn damit hatte ihn Fjodor nicht ausgestattet. Pawel beachtete den Schnee nicht, der ihm in die Augen wehte, bog nach der Tür rechts ab, ging die Wand entlang und tastete mit den Händen nach den Flechten. Er fand einige gefrorene und an den Balken vereiste Stücke, die er jedoch nicht von der Wand zu reißen vermochte, nicht einmal die Axt half dabei. Pawel mühte sich lange ab, bis er fühlte, dass seine Finger ihm nicht mehr gehorchten. Erst da kehrte er wieder ins Haus zurück und ließ den Eimer irgendwo unterhalb der Außenwand stehen. Er lief ins Zimmer und gleich zum Ofen, um seine Hände zu wärmen. Das tat er lange, und da er bequem mit den durchfrorenen Händen das Metall des ehemaligen Fasses angreifen konnte, erkannte er, dass der Ofen allmählich auskühlte. Er begann, die Nerven zu verlieren, denn ein Schrecken erfasste ihn, wenn er sich vorstellte, dass der Ofen ausgehen könnte und Wände und Fußboden sich mit Eis überziehen würden.

Die Hände waren wieder warm geworden und auch die Finger ließen sich krümmen und strecken, ganz so wie die Natur das vorgesehen hatte. Da fiel Pawel das Brennholz ein, das im Flugzeug für Fjodor mitgeschickt worden war. Es galt also, hinters Haus zu gehen, dorthin, wo Walerij Palytsch seine geflügelte Maschine abgestellt hatte. Es galt, hineinzuklettern, das Brennholz zu suchen und es ins Haus zum Ofen zu schleppen, sonst, Gott bewahre, würden Fjodor und der Pilot, wenn sie zurückkehrten, im Haus nur Frost und zwei Leichen vorfinden: ihn, Pawel, und sein Pferd Grigorij.

Von diesem Gedanken aufgerüttelt ging Pawel wieder zur Tür, wobei er die Axt auf dem Boden neben dem Ofen zurückließ. Er trat hinaus, bahnte sich an der Wand einen Weg entlang und entdeckte den aus den Schneemassen herausragenden Flügel des Flugzeugs. Unterhalb davon gelangte er bis zur Metallverkleidung, ertastete mit den Händen, die wieder ganz klamm geworden waren, die seitliche Einstiegsluke, stieß sie auf und war ganz erstaunt, wie leicht sie aufging, so als hätte der Wind mitgeholfen; vielleicht war das auch tatsächlich der Fall. Pawel zog sich hoch und gelangte ins Flugzeug – dort hinein kam der tosende Wind nicht – und er kroch in der Dunkelheit nach hinten, wo der Toilettenkübel stehen musste. Er kroch ein paar Meter weiter, tastete die Dunkelheit um sich herum ab und war hocherfreut, als er durch die taub gewordene Haut seiner Finger einen rauen und knorrigen Holzscheit fühlen konnte. Er nahm ihn, dann tastete er mit rudernden Armen unter sich und fand so noch einen und noch einen dritten. Pawel presste die Holzscheite mit beiden Händen an seine Brust und kroch zum Ausgang. Von dort sprang er hinunter, ging blindlings auf die Hausmauer zu und gelangte an ihr entlang zur Tür. Er stürzte hinein und ließ dabei die Holzscheite zu Boden fallen. Wieder wärmte er seine Hände ein wenig und nahm sich die Axt vor, nachdem er zuvor den gusseisernen Riegel vor die Tür geschoben hatte. Er zerhackte die drei Holzscheite und warf die kleinsten Holzspäne in den Ofen, damit sie an den glimmenden Flechten Feuer fangen konnten. Und er setzte sich auf den Boden und wartete auf das Knistern. Das Holz fing im Ofen ziemlich schnell zu brennen an.

Nachdem Pawel sich erholt hatte, schüttelte er den Petroleumkocher, zündete ihn an und stellte obenauf den Teekessel, in dem sich noch viel Wasser befand. Dann kochte er Tee und setzte sich mit einer dampfenden Osoawiachim-Tasse an den Tisch. Er holte die letzten beiden ganzen Zwiebackstücke aus seinem Reisesack, knabberte langsam an ihnen und trank mit kleinen Schlucken den starken, bitteren Tee dazu. Er begann ungeduldig auf die Rückkehr von Fjodor und dem Piloten zu warten und stellte sich vor, wie sie den Schlitten nach Hause brachten, der bis obenhin mit unterschiedlichem Proviant beladen war. Als er die leere Tasse auf den Tisch stellte, verschob er unabsichtlich die lange „Dominoschlange" und beeilte sich sogleich, die Steine wieder zurechtzurücken, damit nichts durcheinandergeriet und man nach der Rückkehr der Gefährten zu Ende spielen konnte. Genauer, damit er diese Partie gewinnen konnte, obwohl natürlich alles davon abhing, wer den Stein „fünf-zwei" haben würde.

Es gab nichts zu tun, deshalb brühte Dobrynin wieder Tee auf, holte die beiden heimlich gehegten, im Kreml angebissenen Zwiebackstücke hervor, legte sie vor sich an den Rand der Tischplatte, sah sie lange und forschend an und dachte darüber nach, woran der Mensch so hängen konnte und wie seltsam das doch sei. Und so hing er seinen Gedanken nach, blickte unverwandt auf die Zwiebackstücke und trank dabei etwas Tee. Es war ein erstaunliches Gefühl, das die beiden Zwiebackstücke in Dobrynin weckten, obschon ihr Schicksal, wenn man das, was geschehen war, so nennen durfte, gleichermaßen erstaunlich war und ihn, den Volkskontrolleur, seltsamerweise an sein eigenes Leben erinnerte. Als er seine Gedanken fortsetzte, wurde Dobrynin außerdem klar, dass er diese Zwiebackstücke selbst nicht essen konnte, sogar wenn er vor Hunger sterben müsste. Ihm wurde auch klar, dass er sie bereitwillig dem Genossen Kalinin geben würde, sollte dieser Schwierigkeiten mit Nahrungsmitteln haben, und es könnte sogar geschehen, dass er ein Stück Zwieback seinem Hund Mitka geben würde, aber nur im Falle äußerster Not oder wenn es im Leben des Köters ein offensichtliches Verhängnis geben sollte. An sich selbst dachte er dabei nicht, auch nicht an den Piloten oder an Fjodor, obwohl er Achtung vor ihnen hatte.

Vor dem Fenster heulte wie zum Überdruss nach wie vor der Schneesturm, den Dobrynin zu überhören gelernt hatte. Andernfalls hätte er gar nicht erst nachdenken können.

Vom Tee hatte er genug. Das Brennholz brannte schon wieder nieder, und Dobrynin schielte unzufrieden auf den unersättlichen Ofen und dachte erst gar nicht – darüber nachzudenken war unangenehm –, sondern fühlte, dass er wieder hinter das Haus würde gehen müssen, ins Flugzeug klettern, einige Holzscheite herausholen, welche wieder abbrennen würden, und auf diese Weise würde sich alles wiederholen, aber wie lange? Dobrynin wusste es nicht. Entweder bis zur Rückkehr der Proviant holenden Gefährten oder bis zum Ende des Schneesturms ...

Lustlos erhob sich Dobrynin vom Tisch, warf den Rentierpelz wieder um, seufzte tief und ging zur Tür. Er schob den Riegel zurück und hatte soeben mit der Schulter die Tür aufgestoßen, da brach von hinten ein Gepolter los, das physische Gestalt annahm und ihn zu Boden riss, auf die Schwelle der offenen Türe, und über ihn, der gar nicht begriff und dessen rechte Schläfe gegen das kalte Holz gepresst wurde, hinwegfegte. In seinem Kopf begann es so stark zu dröhnen, dass ihm das Geheul des Schneesturms ganz zart vorkam, etwa so wie Laute, die Grashüpfer oder Grillen von sich gaben. Und da drang auch noch die Kälte durch die offene Tür, strömte ins Haus, breitete sich in frostigen Wellen über den in der Türöffnung liegenden Menschen. Und dieser Mensch begriff, dass, wenn er seine Kraft nicht zusammennehmen, zurückkriechen und die Tür schließen würde, er hier für immer so liegen bleiben würde, in jedem Fall aber bis zur Rückkehr seiner Gefährten. Und Dobrynin drehte sich ungelenk um, wobei sich sein Körper seltsam steif anfühlte, kroch weg, zog die Tür zu und verriegelte sie.

Und draußen vor der Tür, vor dem Fenster, jenseits der Wände, heulte nach wie vor der Schneesturm. In diesem Heulen erklang ein paar Mal das Wiehern eines Pferdes, verstummte jedoch bald.

Nachdem Pawel, der von seinem Pferd Grigorij niedergestoßen worden war, wieder ein wenig zu sich gekommen war, setzte er sich an den Tisch und starrte finster auf die beiden ersehnten Zwiebackstücke. Nein, seine Einstellung gegenüber diesen Zwiebackstücken hatte sich nicht verändert. In seinem Leben hatte sich etwas verändert. Etwas hatte sich drastisch verändert und zwar nicht gerade eben, nicht erst seit der Flucht des Pferdes, sondern schon davor, zu einem Zeitpunkt, den er jetzt unmöglich bestimmen konnte.

Im Haus war es merklich kälter geworden, aber Pawel ging nicht zum Ofen, um sich die Hände zu wärmen. Er dachte wieder darüber nach, dass alles, was an diesem Ort mit ihm geschah, ein echter Kampf ums Leben war, gegen einen unsichtbaren Feind, und der war in diesem Moment die Natur. Und als er so über Feinde nachdachte und sich erinnerte, dass das Leben tatsächlich ein Kampf war, verstand Dobrynin, dass das Schwierigste noch vor ihm lag, bis zu seinem Tod, natürlich nur dann, wenn er diesen Schneesturm überlebte. Er ging wieder Brennholz holen und hätte sich dabei fast ein Bein gebrochen, als er mit einem schweren Bündel Holzscheite in der Hand aus dem Flugzeug in die undurchsichtigen Schneemassen sprang. Wieder spaltete er die Holzscheite mit der Axt und wieder saß er eine Weile neben dem Ofen, um sich die Hände zu wärmen. Wieder legte er sich auf dem Boden neben dem Ofen schlafen, rückte aber diesmal näher als vorher an das vom Feuer erhitzte Metall heran. Und er schlief ein, schlief ganz tief und spürte dabei die unglaublich starke Anziehungskraft der Erde. Diese Anziehungskraft, so schien es, wollte Dobrynin in die Erde hineindrücken, durch den Frostboden des Nordens hindurch hineinziehen, ihn tief in ihr Zentrum hineinsaugen oder verschlingen, in ihren feurigen Kern, der das ewig klopfende und pulsierende Herz des Vaterlandes war. Und als er endlich in jenen Zustand des Schlafes eingetaucht ist, in dem alles Scheinbare Wirklichkeit wird, fühlt Dobrynin, wie sein Körper nach unten fällt, in einen dunklen Abgrund, dicht wie

Nebel, und dabei fliegt er mit solch einer Geschwindigkeit, dass ihm die Ohren sausen. Und neben ihm fliegt noch etwas anderes, so hell, dass es in seinen Augen schmerzt, und ziemlich groß. Es ist ein Stern, der sich vom Himmel losgerissen hat, und wenn Dobrynin im Fallen versucht, diesen anzusehen, dann wird ihm unerträglich heiß, und er fliegt etwas zur Seite, was allein durch seinen Wunsch oder auch nur durch den Gedanken daran verursacht wird. Aber dennoch fliegen sie gemeinsam, fast nebeneinander, nach unten, und dieser Flug findet kein Ende. Dobrynin möchte gar nicht fallen. Er hat schreckliche Angst davor. Da ist schon besser, endlos lange zu fliegen. Und so fliegt er dahin und bemerkt, wie der Stern zu verblassen beginnt und nach einiger Zeit erlischt, und schließlich sieht Dobrynin nur mehr das schwach glühende Licht eines großen Gegenstands, der neben ihm her fliegt. Und Pawel wird kalt davon, und wieder benutzt er eine Kraft in sich, um sich im Flug diesem sterbenden Stern zu nähern, und er berührt ihn dabei mit der Hand. Und seine Finger fühlen einen kalten und nicht ganz glatten Stein.

In seinen Ohren pfeift und heult es immer noch, und langsam ist Dobrynin von diesem endlosen Fallen erschöpft und als seine Sinne müde geworden sind, hört er auf, Angst zu haben, und schenkt der Kälte, die ihn einhüllt, keine Beachtung mehr. Eine Gleichgültigkeit löst all diese Gefühle ab. Dobrynin ist es inzwischen egal, ob er aufprallen wird oder weiter ins Unbekannte stürzen, das ja schließlich nur seine Zukunft sein kann und die Zukunft des ganzen Landes – eine dunkle und ewige Zukunft, voll von erlöschenden Sternen aus Stein, die neben den Menschen nach unten fliegen.

Kapitel 14

In der zweiten Nacht auf dem Weg ins Neue Gelobte Land begannen die Reisenden ans Essen zu denken, aber nur der Deserteur, der den anderen, auch den beiden Rotarmisten, als Erster vorgeschlagen hatte, vom Auto zu springen, fing laut und recht ernsthaft davon zu sprechen an.

„Wohin man auch gehen mag, zuallererst muss man sich den Bauch wenigstens mit irgendetwas vollschlagen!“, sagte er.

Alle stimmten dem zu, aber vom Zustimmen allein wurde man auch nicht satt. Und da legten die beiden Rotarmisten, inzwischen natürlich ehemalige oder anders gesagt flüchtige Rotarmisten, militärische Gewitztheit an den Tag. Sie boten an, sich zum nächstgelegenen Dorf aufzumachen und dort von Bauern auf die ihnen vertraute Weise Proviant zu organisieren.

Damit setzten sie ihre nächtliche Reise fort.

Oben leuchteten die Sterne, große und kleine, helle und matte, und alles an ihnen war so wie bei den Menschen. Möglicherweise hatten sie sogar unterschiedliche Typen und Nationalitäten und vielleicht unterschieden sie sich auch durch ihren Glauben und erstrahlten deshalb auf so vielfältige Art. Und mitten unter ihnen leuchtete ein nicht allzu heller Stern, der sich am Himmel nicht sonderlich hervortat, aber über eine enorme innere magnetische Kraft verfügte, ganz wie ein russischer Mensch, ein Stern mit dem Namen Archipka. Er leuchtete und rief auf diese Weise zu sich, damit jeder, der ihm folgte, sich auf halbem Weg zu dem Ort wiederfand, von dem alle Menschen auf der Erde nachts, aber auch im gewöhnlichen Leben träumen.

Und mitten unter diesen Sternenhaufen spazierte der Viertelmond auf und ab, wie ein berittener Milizionär inmitten von Straßenlärm und Unordnung. Und es war ganz so, als ob die Wanderer deutlich sehen könnten, wie die Sterne, in deren Nähe der Viertelmond erschien, gleichmäßiger und in gewisser Weise bereitwilliger zu leuchten begannen, als stünden sie unter der Aufsicht eines guten, aber strengen Himmelswächters. Das fiel auch dem Engel auf, der schweigend dahinging und in Gedanken ihre Ankunft am erwünschten Ort erwartete.

Manchmal flog ein Nachtvogel über sie hinweg und stieß rätselhafte und überirdische Laute aus. Auch andere Geräusche waren in der nächtlichen Natur zu vernehmen, aber sie klangen leise und harmlos.

„Dort ist ein Feuer!", rief der entflohene Kolchosbauer, der voranging, plötzlich fröhlich aus. Alle schraken zusammen, da jeder insgeheim über etwas Persönliches nachdachte, aber keiner an den Weg, über den seine Füße schritten.

„Wo?", fragte der Rotarmist mit der kaputten Waffe und blickte aufmerksam um sich, wo es überall gleich dunkel war.

„Na dort drüben!", zeigte der entflohene Kolchosbauer mit der Hand. Der Rotarmist ließ seinen Augen etwas Zeit und erblickte wirklich ein schwaches Feuer, matter als ein kaum sichtbarer Stern.

Die Übrigen versammelten sich sogleich hinter dem Rotarmisten und sahen das Feuer ebenfalls.

„Wir müssen ein bisschen näher herankommen, dann können wir dort Proviant auftreiben!", versprach der ehemalige Rotarmist.

Also bewegten sich alle auf dieses Feuer zu, und nun hing keiner mehr geheimen Gedanken nach, stattdessen besetzte das rein menschliche Bedürfnis nach Essen die Köpfe aller. Der Engel allerdings dachte nicht ans Essen, obwohl auch er hungrig war. Er dachte über etwas ganz anderes nach. Darüber, wie leicht ein Mensch den ihm auferlegten Weg aufgab, um an einen Ort zu gelangen, wo er in Gerechtigkeit leben konnte. Und er konnte nicht anders, als sich über diesen Gedanken zu freuen.

Bald ließen sich in der bläulichen Dunkelheit der Nacht die ersten Gartenzäune des schlafenden Dorfes unterscheiden. Vor diesen Zäunen blieben sie stehen, bis auf die zwei flüchtigen Rotarmisten, die sich auf den Weg ins Dorf hinein machten, um Proviant zu besorgen.

„Na, Engel“, flüsterte in der Stille der erste Deserteur, der das Hemd des Sarafans trug. „Erzähl uns doch etwas über das Paradies, ja? Wer weiß, vielleicht bist du gar nicht verrückt? Die Verrückten, die plappern ohne Pause irgendetwas dahin, aber du schweigst immerzu, als ob du wirklich etwas wissen würdest!“

Diese Worte erstaunten den Engel, aber er staunte schweigend.

„Was soll ich euch denn erzählen?“, fragte er, nachdem er kurz nachgedacht hatte.

„Na, zum Beispiel, was isst man dort?“, schlug der entflohene Kolchosbauer vor.

„Man isst weißes Weizenbrot und trinkt Milch dazu“, erinnerte sich der Engel.

„Frisch gemolkene Milch?“, wollte der Deserteur genauer wissen.

„Sicher.“

„Und Fleisch?“

„Fleisch? Nein, Fleisch isst man nicht“, sagte der Engel.

Da verloren der Deserteur und der Kolchosbauer ihr Interesse am Essen im Paradies. Sie schwiegen und begannen, auf die Rotarmisten und den im Dorf ergatterten Proviant zu warten.

Da störte Hundegebell die Stille und sogleich fielen alle Hunde im Dorf in den laut tönenden Chor ein.

Erschrocken kauerten sich der Engel, der Deserteur und der entflohene Kolchosbauer nieder und horchten beunruhigt auf das Bellen.

In den Fenstern der nächstgelegenen Hütte ging ein Licht an.

Gebannt starrte der Deserteur auf dieses Licht und bewegte sich nicht.

Plötzlich hörte man, wie irgendwo eine Tür zugeschlagen wurde. Dann drang ein Lichtschein durch die Zweige der Bäume irgendeines Gartens, und wieder schlug eine Tür, dann knarrte ein eingerosteter Riegel, mit dem man normalerweise ein Tor absperrt. Der Deserteur und der Kolchosbauer standen auf und blickten besorgt auf das Dorf, das vor ihren Augen zu erwachen schien oder sich auch nur im Schlaf wälzte, wie ein Mensch von enormer Größe, und schnarchte und ächzte.

„Ach, wenn das nur gut geht!" Der Deserteur wurde nervös. „Lieber Spreu essen, als im Konvoi marschieren zu müssen ..."

„Pssst!", zischte ihm der entflohene Kolchosbauer zu.

Alle drei horchten auf die im Schwinden begriffene Stille, die sich gleichsam über das Dorf erhoben hatte und die Geräusche der Nacht so gut sie konnte abdämpfte. Wie ein riesenhafter Mensch murmelte das Dorf im Schlaf und atmete die Zugluft, die Fenster und Türen bewegte. Immer mehr Lichter wurden in den Hütten unter dem Gebell des Hundechors angezündet. Und da jaulte auch schon einer der Hofköter ganz jämmerlich auf, als ob ihn sein Herr mit dem Stiefel getreten hätte. Und wie schon zuvor in das Gebell, so stimmten nun einige Hunde in das Gejaule ein und die Stille hob sich noch ein Stück weiter über das Dorf empor und ließ dabei das Hundejaulen zu den Sternen durch.

„Hier stimmt was nicht", flüsterte der entflohene Kolchosbauer. „Das geht nicht gut ..."

Der Engel und der Deserteur antworteten nicht.

Wieder verging etwas Zeit, und der Viertelmond schaffte es, zwischen zwei Sternen hindurchzuwandern.

Irgendjemandes Schritte waren zu hören und die drei Wartenden erstarrten vor Schreck, da sie nicht wussten, wer da kam.

„He!" Ein Flüstern ertönte, das allen dreien bekannt vorkam.

„Wer ist das?", fragte der Deserteur den Unsichtbaren und flüsterte dabei ebenfalls.

„Ich bin's, Trofim ... dort schaut es so aus ... die wollen uns Proviant geben, aber sie sagen, dass wir sie mitnehmen sollen in dieses Gelobte Land ..."

Der entflohene Kolchosbauer kratzte sich im Nacken.

„Und wie viele sind das, die mitkommen wollen?", fragte er.

„Ja, stell dir vor, das ganze Dorf, außer dem Kolchosvorsitzenden und zwei Parteimitgliedern, die schlafen und deshalb nichts davon wissen“, antwortete der ehemalige Rotarmist Trofim.

Der Kolchosbauer schwieg und dachte gründlich und angestrengt nach.

„Nehmen sie denn viel Proviant mit?“, wollte der Deserteur wissen.

„Ja, ihr gesamtes Vieh, es gehört jetzt schließlich niemandem mehr, das von der Kolchose ...“

„Na, hör mal, lass sie doch mitkommen! Dann wird es lustiger!“, wandte sich der Deserteur an den immer noch grübelnden entflohenen Kolchosbauern.

„Was soll ich nun sagen?! Sollen sie doch mitkommen“, sagte der entflohene Kolchosbauer mit müder Stimme.

„Na, dann geh ich gleich los und sag es Fedka und den anderen“, sagte Trofim und wieder waren seine Schritte zu hören.

„Sie sollen dort aber leise sein!“, rief der entflohene Kolchosbauer dem ehemaligen Rotarmisten mit gedämpfter Stimme hinterher.

Der Engel stand auf und schaute auf das Dorf. Es kam ihm vor, als ob mittlerweile in allen Hütten Licht brannte.

Verlassen denn wirklich alle einfach so ihre Häuser, dachte er, und gehen gemeinsam mit uns an den Ort der ewigen Gerechtigkeit? Kann denn so etwas wirklich in einem Land passieren, dessen Bewohner nach dem Tod nicht ins Paradies kommen?

In der Zwischenzeit entschied der entflohene Kolchosbauer, dass sie sich vom ersten Zaun ein Stück entfernen und die, die sich ihnen anschließen würden, außerhalb des Dorfes warten sollten. Das taten sie dann auch. Sie erklommen den nächsten Hügel, ließen sich dort im Gras nieder und warteten darauf, ihren Weg fortzusetzen.

Bald näherte sich vom Dorf her ein deutlich vernehmbarer Lärm, und bald konnte auch das Auge etwas großes Graues erfassen, das langsam in ihre Richtung kroch.

Der Engel erschrak geradezu, er dachte, dass es wohl ohne den Teufel nicht ging. Aber es waren nur die Menschen mit ihren Habseligkeiten, mit ihren Haustieren, deren Hufe und Mäuler mit Tüchern umwickelt waren, um Lärm zu vermeiden. Die Gesichter der Menschen waren schwer zu erkennen, und weder der Engel, noch der Deserteur, noch der entflohene Kolchosbauer, der den Weg weisenden Stern kannte, machten einen solchen Versuch. Rasch aßen sie etwas Brot mit Butter, das ihnen die beiden Rotarmisten Fedka und Trofim gegeben hatten, und dann setzten sich auch schon alle dem Stern folgend in Bewegung.

Sie gingen lange, fast bis zum Sonnenaufgang. Manchmal blickte sich der Engel mitten auf dem Feld um, damit er sehen konnte, wie viele Menschen hinter ihm hergingen, und er sah, dass es viele waren. Sie gingen alle schweigend, und nur manchmal schimpfte einer der neu Hinzugekommenen halblaut mit seinem Vieh, das plötzlich bockte, und zog ihm eins über mit etwas, das in der Dunkelheit nicht erkennbar war, mit einer Peitsche oder einfach mit einem nackten Zweig.

„Halt!“, befahl der entflohene Kolchosbauer, als der Himmel sich von einer Seite her mit dem Tag angehörenden Farben zu erhellen begann. „Hier machen wir Rast!“

Sie waren in einem Wald. Alle setzten sich auf die Erde, knüpften ihre Reisesäcke und Bündel auf, rasteten und nahmen einen Imbiss zu sich. Die alten Weiblein und die Frauen streckten die Hände nach den Kühen aus – man hatte Lust nach Milch. Und schon wurde gemolken. Einer der Männer zog den Selbstgebrannten heraus und durchschritt die Reihen der Sitzenden mit der Frage, wer das sei, der sie alle ins Neue Gelobte Land führen würde. So gelangte er bis zum Deserteur, der mit dem Finger auf den entflohenen Kolchosbauern zeigte und sagte:

„Der dort, unser Archipka, der führt uns.“

Da setzte sich der Mann neben ihn.

„Dann lass uns auf die Reise trinken, Archipka!“, sagte er.

„Ich bin nicht Archipka, sondern Stepan!“, erklärte der entflohene Kolchosbauer, nahm jedoch sogleich die Flasche entgegen und trank einige Schlucke aus dem erstaunlich breiten Flaschenhals.

„Mir ist egal, ob du Archipka oder Stepan bist“, sagte da der Mann, presste die Flasche fest an sich und nahm kleine Schlucke daraus. „Mir ist wichtig, dass es einen Menschen gibt, der uns alle von hier wegführen kann!“

Der Engel saß in der Nähe und vernahm das Gespräch mit halbem Ohr.

Es wurde hell. Die Sterne erloschen, wurden vom noch helleren Sonnenlicht überblendet. Die Natur zwitscherte mit unterschiedlichen Vogelstimmen. Und auf seltsame Art gingen auch die menschlichen Stimmen in den Geräuschen der Natur auf, und die Sprache verlor ihre Deutlichkeit und Verständlichkeit und verwandelte sich in Laute, deren Bedeutung sich vor allem durch die Intonation unterschied, und nicht aus unterschiedlichen, einzeln ausgesprochenen Wörtern und Buchstaben bestand.

Plötzlich bemerkte der Engel nicht weit von sich eine junge Frau mit hellem Haar, die mit einer für Dorfbewohner ungewöhnlichen Sache beschäftigt war – sie sah verschiedene Bücher durch und legte sie ohne irgendeine Unterlage direkt auf das Gras. Offenbar sah er sie so an, dass sie seinen Blick spürte und ihn erwiderte. Dann lächelte sie verlegen und wandte sich wieder ihren Büchern zu, die sie sogleich auf den Stapel legte und einige Male mit einer Schnur umwickelte.

Die Luft erwärmte sich in der Sonne und man konnte fühlen, wie von der Erde her die Feuchtigkeit der Nacht verdunstete. Einige besonders mutige Waldvögel sangen erst gar nicht mehr, sondern schmetterten ihr Lied, und die Menschen, die sich nach der nächtlichen Wanderung im Wald erholten, sprachen im hellen Sonnenlicht nun viel lauter, so als würden sie recht weit voneinander entfernt stehen.

Kapitel 15

Wann der Schneesturm aufgehört hatte, wusste Dobrynin nicht. Vielleicht, während er auf dem Boden neben dem heißen Ofen geschlafen hatte, vielleicht auch schon früher. Es hatte einfach ständig in seinen Ohren gedröhnt und geheult, und er hatte sich nicht nur daran gewöhnt, sondern war es einfach müde geworden, dem akustischen Teil des Lebens Beachtung zu schenken. Plötzlich wurde es still. Es war zwar bestimmt schon früher still geworden, aber genau in diesem Moment wurde es in Dobrynins Ohren still, und da er nicht verstand, wohin der Lärm verschwunden war, stand er auf, zündete die Petroleumlampe an und beugte sich zum dunklen Fenster. Nun löste Freude seine Besorgnis und sein Unverständnis – der Schneesturm war zu Ende und das bedeutete, dass Fjodor und der Pilot, die wahrscheinlich das Ende der Naturgewalt im Militärlager abgewartet hatten, nun bestimmt zurückkehren würden. Der Schneesturm war vorbei und das bedeutete, dass der Komsomolze Zybulnik ihn wie versprochen abholen kommen und in die Stadt bringen würde, wo sein Dienst für das Vaterland endlich beginnen konnte und wo er würde richtig arbeiten können, gewissenhaft und nach Herzenslust.

Pawel stellte den halb mit Wasser gefüllten Teekessel auf den Ofen. Das Petroleum im Kocher war ausgegangen, und wo er welches aus dem Flugzeug hernehmen sollte, wusste Dobrynin nicht. Aber vom Tee hatte er schon genug. Er wollte einfach nur heißes Wasser, oder zumindest warmes. Und der Ofen war gerade heiß.

Auf dem Tisch lag nach wie vor die nicht fertig gespielte „Dominoschlange“. Jetzt würden sie zu Ende spielen können. Das Wichtigste war, nicht zu vergessen, dass einer der Kameraden den Stein „fünf-zwei“ besaß. Da tauchte allerdings in Dobrynins Kopf ein nicht ganz ehrlicher Gedanke auf: Was wäre, wenn er, solange sie nicht da waren, nachsehen würde?

Natürlich wäre das nicht gut, mischte sich das Gewissen des Volkskontrolleurs ein.

Na und?, dachte der Kontrolleur selbst. Er hatte doch nicht vor, sie zu betrügen oder ihre Steine auszutauschen, er wollte einfach sichergehen, wer gewinnen würde, er oder derjenige, der die „fünf-zwei" hatte. Und seine Hände streckten sich wie von selbst nach den Steinen des Piloten aus, die mit den schwarzen, geriffelten Rücken nach oben lagen. Der gesuchte Stein befand sich nicht darunter und Pawel verstand. Jetzt war klar, dass er und niemand anderer dieses Spiel gewinnen würde. Und das verlieh seiner Seele Freude und Ruhe.

Nachdem Pawel eine Tasse mit warmem Wasser getrunken hatte, ging er zur Tür, schob den gusseisernen Riegel zurück und blickte über die Schwelle. Die lange Polarnacht schien nun nicht mehr so dunkel. Sie wirkte jetzt bläulich und von unten beleuchtet, und etwas spiegelte sich im gleichmäßig wie eine Tischdecke ausgebreiteten Schnee wider. Dobrynin sah zum Himmel auf, der dieses fahle Licht verströmte, und öffnete vor Verblüffung den Mund. Am Himmel schillerten seltsame Bänder in mehreren Farben, die in vielen Reihen hingen wie Wäsche zum Trocknen. Verwirrt von dem wunderbaren Schauspiel, konnte Pawel nur mit großer Mühe seinen Blick von dem Leuchten losreißen, um die von Schnee bedeckte Weite zu überschauen. Trotz der Nacht war die Sicht ausgezeichnet, offenbar dank dieser strahlenden Bänder. Aber die wüstenähnliche Weite schimmerte weiß und leblos, und Dobrynin sah keine Bewegung darin. Er wusste nicht einmal, in welcher Richtung sich das Militärlager befand, und daher wusste er auch nicht, wohin er Ausschau halten und aus welcher Richtung er das Auftauchen seiner Genossen erwarten sollte.

Es war still. Nach jeder Berührung mit ihr klirrte die Stille gleichsam wie eine unter Spannung stehende Glasscheibe, ob es nun ein Schritt auf der vereisten Erde war oder das Schließen der Tür.

An jenem Teil des Horizonts, der Dobrynin am besten gefiel, weil es dort etwas heller war, tauchte ein kleiner, schwarzer Punkt auf und er bewegte sich ganz ohne Zweifel, er näherte sich. Als Dobrynin ihn erblickte, hielt er den Atem an und erwartete sein Eintreffen. Es war kalt, aber Pawel war abgehärtet von seinen Streifzügen ums Haus, als er Brennholz aus dem Flugzeug geholt hatte, und er beachtete das Spannen der Haut im Gesicht und auf den Händen gar nicht. Das Wichtigste war, dass er lebte, dass er den Schneesturm überlebt hatte und dass er das Schlimmste für dieses Mal hinter sich hatte.

Der Punkt kam näher. Vor den Augen des Volkskontrolleurs wuchs er zu einer merkwürdigen Konstruktion heran, die ein wenig an ein Flugzeug und an einen Lastwagen zugleich erinnerte.

Die Freude wärmte Dobrynin. Er vergaß sogar, dass gerade eben das letzte Brennholz im Ofen herunterbrannte, und wenn er nicht noch einmal in das Flugzeug kletterte – worin er bereits während des Schneesturms solche Fertigkeit erworben hatte, dass es in der Windstille keine Schwierigkeit mehr darstellen würde –, dann würde der Ofen verlöschen und man müsste das Feuer wieder neu entfachen. Gut, dass sich irgendwo in seinen Taschen eine Schachtel Zündhölzer fand, sie stammte noch von der Versammlung in der Kolchose.

Das vertraute Geräusch eines rotierenden Flugzeugpropellers drang an Dobrynins Ohren und fünf Minuten später hielt etwa zehn Meter von ihm entfernt ein Fahrzeug, das mindestens so groß wie ein Flugzeug war. Das Fahrzeug war seltsam, es hatte Kufen anstelle von Rädern und hinten, dort, wo sich bei einem Lastwagen der Laderaum befand, befand sich bei diesem Fahrzeug ein richtiger Flugzeugmotor, allerdings war er entgegengesetzt ausgerichtet – mit dem Propeller nach hinten.

Aus diesem Fahrzeug, genauer gesagt, aus einer schmalen, vorne befindlichen Kabine sprang ein großer, breitschultriger Mann zur Erde, in Pelzhosen, einer ebensolchen Jacke und mit einer riesigen Pelzmütze, deren lange Ohrenklappen wie ein Schal um den Hals geschlungen waren. Er ging auf Dobrynin zu und streckte ihm die Hand entgegen, ohne seine riesigen Handschuhe auszuziehen.

„Zybulnik!“, stellte er sich stolz vor.

„Dobrynin“, sagte der Kontrolleur und drückte mit seiner blau gewordenen, nackten Hand den Handschuh des Komsomolzen.

„Hat man Ihnen denn keine Handschuhe gegeben?“, fragte der Komsomolze erstaunt und unzufrieden.

Dobrynin lächelte glücklich und zuckte wegen der Handschuhe mit den Achseln. Das war ihm jetzt nicht wichtig.

Zybulnik lächelte ebenfalls.

„Herzlich willkommen!“, sagte er.

Der Propeller auf dem Fahrzeug hörte auf, sich zu drehen, und es herrschte mit einem Mal glasklare Stille.

„Und wo ist der Pilot? Wo ist Bedjuchin?“, fragte der Komsomolze.

„Bedjuchin?“, fragte Dobrynin nach. „Ist das etwa Fjodor?“

„Nun ja, Fjodor“, bestätigte Zybulnik.

„Sie sind im Schneesturm zum Lager um Proviant gegangen. Ich dachte, dass sie das sind, die da kommen, aber das waren Sie mit diesem ...“

„Das ist ein Propellerschlitten“, nickte der Komsomolze zum Fahrzeug hin. „Ein ausgezeichnetes Fahrzeug. Ist es schon lange her, dass sie zum Lager aufgebrochen sind?“

„Ja, das ist schon lange her“, nickte Pawel.

„Dann fahren wir los, ihnen entgegen!“, schlug der Komsomolze vor.

Dobrynin setzte sich neben Zybulnik in die Kabine und machte sich interessiert daran, das komplizierte Armaturenbrett zur Steuerung des Propellerschlittens zu studieren. Der Komsomolze drückte auf einen schwarzen Knopf und nach drei Minuten vibrierte der Propellerschlitten genau so wie das Flugzeug beim Anrollen.

„Jetzt werden wir sie ausfindig machen.“ Der Komsomolze nahm das Steuer in die Hand, das sich ebenso wenig von dem eines Flugzeugs unterschied, und bediente mit dem Fuß ein Pedal.

Der Propellerschlitten machte einen Ruck und fuhr geradeaus, dann wendete der Komsomolze ihn und schon rasten sie mit hoher Geschwindigkeit über die Schneewüste.

„Ist Ihnen nicht kalt?“, wollte Zybulnik wissen und sah den Passagier aus den Augenwinkeln an.

„Nicht besonders, es geht so“, log der Kontrolleur.

„Hier gibt es auch eine Heizung, ich werde sie gleich einschalten.“ Der Komsomolze drückte einen weiteren Knopf und sogleich kam warme Luft heraus.

„Wie war der Flug?“, fuhr Zybulnik fort, unzusammenhängende Fragen zu stellen.

„Gut“, sagte Dobrynin. „Nur sehr lange.“

„Nicht wahr?“, sagte der Komsomolze selbstzufrieden. „Das will ich meinen!“

Vor ihnen tauchte ein Schneehügel auf, und als sie sich ihm näherten, verringerte der Propellerschlitten die Geschwindigkeit. Als sie den Hügel wieder hinuntergefahren waren, hielt Zybulnik das Fahrzeug an.

„Zugeweht, oje!“, sagte er gedehnt und betrachtete von der Kabine aus die Oberfläche des von Schnee bedeckten Bodens. „Das macht nichts, wir graben es aus!“

Zybulnik zog unter dem Sitz eine Schaufel hervor, stieg aus der Kabine, ging einige Schritte durch den Schnee und sah aufmerksam auf seine Füße. Er machte noch einen Schritt und sogleich versank sein rechter Fuß im Schnee. Er konnte dabei das Gleichgewicht nicht halten, fiel hin und streckte die Hände nach vor. Dann rappelte er sich wieder auf, nahm die Schaufel, die ihm aus der Hand gefallen war, und begann zu graben.

Dobrynin, der sich in der Kabine wärmte, beobachtete die Aktivitäten des Komsomolzen. Schon fühlten die Füße des Kontrolleurs die angenehme, vergessene Wärme. Er hatte keine Lust, aufzustehen, geschweige denn aus der Kabine auszusteigen.

Zybulnik, der den Eingang zum Lager freigeschaufelt hatte, kam zum Propellerschlitten, winkte auffordernd mit dem Arm und rief Dobrynin zu sich.

Pawel begab sich lustlos in die Kälte. Gemeinsam gingen sie zum freigelegten Eingang. Vor ihnen befand sich eine schwere Eisentür.

„Allein schaffe ich das nicht“, erklärte der Komsomolze. „Man muss sie kräftig aufziehen. Sie müssen sich aber etwas um die Hände wickeln.“

Aus seiner Brusttasche zog Zybulnik ein großes Taschentuch, riss es in zwei Stücke und half Pawel, sich damit die Hände zu umwickeln.

„Packen wir's an?!“, kommandierte der Komsomolze und fasste nach dem langen Eisengriff. „Also! Packen Sie mit an, und auf drei ziehen wir! Eins ... zwei ...drei!“

Mit vereinten Kräften zogen sie an der Tür, und sie gab nach.

Der Eingang in das Lager hatte Ähnlichkeit mit dem Eingang in einen gewöhnlichen Bunker, und überhaupt wunderte sich Dobrynin, dass das Lager so klein war. Selbst der Getreidespeicher seiner Kolchose war fünfmal so groß, was die Fläche betraf, von der Höhe ganz zu schweigen.

Als sie in die Dunkelheit des Lagers eintauchten, gebückt, um sich nicht den Kopf an der niedrigen Decke zu stoßen, holte der Komsomolze eine Taschenlampe hervor. Der Strahl beleuchtete einen grauen Gang und eine Tür, die halb offen stand. Dorthin gingen sie. Sie stiegen Betonstufen hinab und fanden sich in einem ziemlich weitläufigen Raum wieder, vollgestellt mit einer großen Zahl von Holz- und Eisenkisten mit verschiedenen schematischen Zeichen, die mit violetter Farbe aufgemalt worden waren. Mehr als ein Dutzend offener Kisten stand einfach auf dem Betonboden. Zybulnik ging zur nächstbesten Kiste, hob den nicht ganz abgerissenen Deckel und leuchtete hinein. Dann spuckte er unzufrieden aus. Zu Dobrynin sagte er nichts. Er ging zur nächsten, schaute hinein und lächelte zufrieden. Mit dem

Fuß stieß er die Kiste ein wenig von den anderen weg auf die Seite.

„Die nehmen wir im Propellerschlitten mit!“, sagte er geschäftig.

Noch einmal leuchtete er langsam an den Mauern des Lagers entlang. Im Schein der Taschenlampe erschien auf dem grauen Beton eine Aufschrift in einer seltsamen, nichtrussischen Sprache.

„Was ist das?“, platzte der Kontrolleur heraus.

„Das?“, wiederholte der Komsomolze. „Das haben die beiden Soldaten geschrieben, die hier erfroren sind. Anscheinend Usbekisch ... Ich weiß nicht, was es bedeutet ...“

Nach der Besichtigung des Hauptlagerraums zogen Zybulnik und Dobrynin die Kiste, so groß und lang wie ein Mensch, zum Ausgang und kehrten zurück, um noch einen Blick in die drei kleinen Räume zu werfen. Aber auch dort war niemand, und es war nicht einmal klar, ob der Pilot und Fjodor bis zum Lager gekommen waren.

Zybulnik war gelassen, er schien an Pawels Kameraden gar nicht zu denken.

Als sie die Kiste auf den Propellerschlitten geladen hatten und der Komsomolze den Motor startete, fragte ihn Dobrynin:

„Also, was ist mit ihnen? Wo könnten sie sein?“

Erst auf diese Frage hin, auf die der Komsomolze nur mit den Schultern zuckte, wurde sein Gesicht finster.

„Wir werden sehen“, sagte er mit gedämpfter Stimme.

Und wieder flog der Propellerschlitten wie ein Pfeil über die Schneewüste. Hin und wieder hielt Zybulnik kurz an und überblickte aufmerksam die weißen Felder, aber nirgends hob sich etwas aus dem Weiß hervor. Und wieder schwoll der Lärm des Propellers an und zerschnitt mit seinen Blättern die kristallklare, frostige Luft.

Pawel verlor völlig die Orientierung, denn es gab eigentlich nur zwei Anhaltspunkte: das Lager und die Hütte am Flugplatz. Er blickte sich ebenfalls nach allen Seiten um, konnte sich dabei aber nicht so recht vorstellen, was er entdecken sollte. Freilich, am schönsten wäre es gewesen, seine beiden sich über den Schnee schleppenden Kameraden zu sehen, aber in dieser Ebene wären Menschen auch aus der Ferne sichtbar gewesen, und der Umstand, dass Zybulnik den weißen Schnee so aufmerksam betrachtete, und es dort doch gar nichts gab, bestürzte den Volkskontrolleur und bereitete ihm Kummer.

Plötzlich machte der Komsomolze eine heftige Bewegung, drosselte die Geschwindigkeit, wendete den Propellerschlitten und ließ ihn ganz mechanisch wieder zwanzig oder dreißig Meter zurückfahren.

Dobrynin begriff nicht, was da vor sich ging, und sah Zybulnik fragend an.

„Dort war etwas ...“, antwortete der Komsomolze auf den fragenden Blick seines Fahrgastes.

Sie stiegen aus der Kabine, und nun schritt Zybulnik auf die Kufenspuren im Schnee zu, die ihr Fahrzeug soeben hinterlassen hatte. Pawel folgte ihm.

Bei der doppelgleisigen Spur angekommen, folgte ihr der Komsomolze, schritt vorsichtig voran und verlagerte dabei sein Körpergewicht immer auf das gerade nicht angehobene Standbein.

Zybulnik hatte nicht mehr als zwanzig Schritte getan, da hielt er an und ging in die Hocke. Dann drehte er sich um und winkte Pawel mit der Hand, der etwas entfernt stand.

Zu zweit befreiten sie einen Hundeschlitten aus dem Schnee, der vom Propellerschlitten beschädigt worden war. Daneben war ein Stück Plane im Schnee sichtbar. Es gehörte zu einem großen Sack, in dem einmal Ladegüter mit Fallschirmen abgeworfen worden waren. Darin lag eine einzige Büchse mit gewürztem Schweinefleisch, die auf einer Seite eingedrückt war.

„Also“, sagte der Komsomolze langsam, „sie waren also im Lager. Lass uns von dieser Stelle aus im Kreis gehen, aber tritt vorsichtig auf!“

Pawel verstand nicht ganz, wie man von einer Stelle aus im Kreis gehen konnte, und der Komsomolze musste es ihm vorzeigen. So spulten also der Komsomolze und Pawel einen Knäuel von Spuren im Schnee ab, die eine neben der anderen dicht beieinanderlagen, und zogen dabei einen immer größer werdenden Kreis, beide mit düsterer Miene und in unangenehmer, ein Frösteln erzeugender Erwartung.

„Halt!“, rief plötzlich Zybulnik und war selbst stehen geblieben. „Komm her!“

Gemeinsam gruben sie Fjodor aus dem Schnee aus. Fjodor lag mit seitlich ausgebreiteten Armen auf dem Rücken. Sein ungewöhnlich rot-gelbes Gesicht war in einem seltsam verkniffenen Ausdruck erstarrt, mit vielen Falten um die Augen.

Sie hoben den erfrorenen Kameraden hoch, trugen ihn in die Mitte des Kreises zum Schlitten, drehten dann um und fuhren mit dem Umkreisen fort.

Während er kleine Schritte machte und einen Fuß vor den anderen setzte, dachte Pawel über diesen entsetzlich sinnlosen Tod nach und darüber, dass sich der Pilot und Fjodor ausgerechnet wegen des Pferdes auf den Weg gemacht hatten. Und jetzt, als klar war, dass seine Gefährten umgekommen waren und das Pferd Grigorij weggelaufen war und diesen schrecklichen Schneesturm mit hoher Wahrscheinlichkeit ebenfalls nicht überlebt hatte, war es Dobrynin, als hätte jemand mit einem scharfen Messer den langen Weg seines Lebens durchgeschnitten, auf dem er seit seiner Kindheit in die Zukunft schritt, genauer gesagt, als hätte jemand aus diesem Weg ein Stückchen herausgeschnitten. Und es schien, als wäre dieser Weg, der Weg der Vergangenheit, in jener Stunde durchschnitten worden, als Walerij Palytsch und Fjodor zum Lager aufgebrochen waren, und das neue Stück, ein völlig anderes und eher dem Beginn eines fremden Weges ähnlich – dem Weg eines anderen –, würde irgendwann später einmal auftauchen. Aber das, was jetzt mit ihm geschah, in dieser Schneewüste, das kam ihm wie eine Verwechslung vor oder sogar wie ein Fehler. Deshalb befand er sich auch keineswegs dort, wo er sich hätte befinden müssen, und tat auch keineswegs das Richtige. Und wenn man es ganz genau nahm – dann tat er überhaupt nichts, verschwendete nur seine Kräfte an einen vollkommen nutzlosen Kampf mit den Elementen, an einen Kampf, in dem bereits zwei seiner Kameraden umgekommen waren.

Plötzlich fühlte Pawel, wie sein Fuß auf eine Unebenheit trat. Er rief den Komsomolzen, und nachdem sie den Schnee mit den Händen weggefegt hatten, zerrten sie den Körper von Walerij Palytsch heraus. Schweigend zogen sie den Piloten ebenfalls in die Mitte des Kreises.

„Ich werfe den Propellerschlitten an", sagte Zybulnik und ging zu dem in der Nähe abgestellten Fahrzeug.

„Wir müssen sie doch auf menschliche Art begraben", sagte Pawel mit Tränen erstickter Stimme und blickte auf Zybulniks Rücken.

Zybulnik antwortete nicht.

Als der Propellerschlitten neben dem zerstampften Kreis stehen blieb, bat der Komsomolze Pawel, ihm zu helfen, die große Kiste auszuladen, die sie vom Lager mitgenommen hatten. In der Kiste befanden sich quadratische Konservendosen aus ölverschmiertem Blech. Sie verstauten sie in der Kabine hinter den Sitzen – dort gab es viel Platz – und die leere Kiste warfen sie in den Schnee.

„Da legen wir sie hinein und die Kiste verschließen wir", sagte Zybulnik.

„Und begraben wir sie?", fragte Pawel.

„Ja", nickte der Komsomolze.

Zuerst, beschlossen sie, sollte Fjodor auf den Boden der Kiste gelegt werden, aber mit seinem dicken Rentiermantel und noch dazu mit seitlich ausgestreckten Armen, die sich unmöglich anlegen ließen, passte er nicht in die Kiste hinein. Sie mussten sich abplagen, den Mantel von ihm herunterzuzerren, der buchstäblich an den dunkelgrünen Strickpullover angefroren war.

Schließlich legten sie ihn hinein, und dann, als sie auch Walerij Palytsch den Mantel ausgezogen hatten, legten sie den Piloten obendrauf. Der Deckel der Kiste ließ sich nicht vollständig abnehmen, weil an zwei Stellen quer über den Brettern Blechstreifen angebracht waren. Deshalb hatten sie ihn anfangs einfach zurückgeschlagen, und dann, als die Kiste zum Sarg geworden war, klappten sie den Deckel wieder herunter. Zybulnik verschnürte die Kiste für alle Fälle noch mit gelbem Draht aus der Kabine. Mit großer Anstrengung stellten sie die Kiste zwischen Kabine und Motor und befestigten sie dort.

„Wir fahren los", sagte der Komsomolze und kletterte auf seinen Platz hinter das Lenkrad.

Zurück blieben ein in den Schnee gestampfter Kreis, ein kaputter Schlitten, ein Planensack mit einer Büchse gewürztem Schweinefleisch und zwei Rentiermäntel. Der Propellerschlitten aber raste dahin, und da Pawel nicht wusste, wohin sie jetzt fuhren, blickte er dem Komsomolzen ins Gesicht und wollte ihn schon danach fragen, aber da begriff er, dass es nun auch Zybulnik schwer ums Herz war, und er schwieg. Wozu ihn fragen – dass er nun einmal irgendwohin fuhr, bedeutete, er wusste wohin.

Der Propellerschlitten hielt in der Nähe des Eingangs zum Militärlager, wo sie schon gewesen waren und von wo sie ihre Suche nach den vermissten und inzwischen gefundenen Kameraden begonnen hatten. Sie zerrten die Kiste hinunter, schleppten sie mit Verschnaufpausen den grauen Korridor entlang, dann ließen sie sie die Betonstiegen hinabrutschen, indem sie von unten gegenhielten, und erst im Hauptraum des Lagers kamen sie wieder zu Atem.

„Und was dann? Wird man sie später von hier abholen?", fragte Pawel, der nun spürte, dass ihn die letzten Stunden sehr erschöpft hatten und seine frierenden Hände zitterten.

„Vielleicht werden sie ja abgeholt ...", antwortete Zybulnik und lenkte den Lichtkegel der Taschenlampe über die linke Wand, vor der Kisten derselben Art übereinandergestapelt standen. „Lass sie uns dorthin stellen, siehst du, dort in der Ecke ist nur eine", sagte er und zeigte mit dem Lichtstrahl auf die Stelle.

Das taten sie.

„Und was dann?", fragte Pawel etwas zögerlich.

Statt einer Antwort richtete Zybulnik den Lichtkegel auf die Kisten, die daneben standen, und Pawel sah, was auf jeder Kiste in unregelmäßigen, fetten Buchstaben geschrieben stand: „Gemeiner Soldat Urusbekow Machmud, Gemeiner Soldat Karatscharow I. S., Sergeant Goloborodko W. I."

Die seltsame Stimmung, die sich Pawels bemächtigt hatte, erlaubte ihm keine weiteren Fragen, die natürlich sofort aufgetaucht waren und angespannt in den Gedanken festhingen.

„Hier kann man keine Gräber ausheben ... Frostboden ...", sagte Zybulnik und ging zur Betonstiege, über die sie heruntergekommen waren.

Zurück in der Kabine setzte er sich schweigend hinter das Steuer und drückte einen blauen Knopf, und der Propeller begann sich lärmend zu drehen.

„Das Wichtigste ist nun, dass der Treibstoff bis zur Stadt vorhält", sagte Zybulnik und beobachtete, wie sich die Zeiger der Armaturen zu bewegen begannen.

„Und zum Flugplatz?", fragte Dobrynin. „Ich habe noch meine Sachen dort ..."

„Zum Flugplatz", wiederholte der Komsomolze. „Gut."

Der Propellerschlitten beschleunigte.

Pawel schloss die Augen, die ihn schmerzten, entweder vor Erschöpfung oder von dem dichten Weiß, das die Welt ringsum umgab.

„Oh! Was ist das denn?", murmelte der Komsomolze ziemlich laut, und Dobrynin bemerkte, wie sich die Geschwindigkeit des Propellerschlittens verringerte.

Als das Fahrzeug anhielt, öffnete Pawel die Augen und folgte Zybulniks Blick.

Ganz in der Nähe, etwa fünf Meter vom Propellerschlitten entfernt, ragte etwas Spitzes aus dem Schnee hervor.

Zybulnik stieg aus der Kabine, Pawel folgte ihm. Sie gingen näher heran.

Vor ihnen lag das Skelett eines großen Tieres.

Der Komsomolze griff nach den Rippen des Skeletts, zog es näher zu sich heran, und da sah Pawel das aus dem Schnee herausragende Maul des Pferdes Grigorij.

„Wie kommt denn das hierher?“, fragte sich Zybulnik.

„Das ist mein Pferd“, sagte Pawel. „Ein Geschenk von Genosse Kalinin ...“

„Aha“, sagte der Komsomolze nickend. „Aber schau, sie haben es nicht ganz aufgefressen ...“

Und er wies mit dem Handschuh auf den eingefrorenen Schweif und auf ein gewisses Organ, das an einer Sehne hing.

„Das müssen wir mitnehmen ... Kriwizkij liebt diese Dinger“, sagte Zybulnik ruhig, holte ein Messer aus seiner Jackentasche, durchschnitt die Sehne, nahm das Organ und steckte es zusammen mit dem Messer in die Tasche.

„Und wofür braucht es Kriwizkij?“, wunderte sich der Volkskontrolleur.

„Solche Organe von Rentieren ergeben eine gute Sülze, und außerdem kann man auch Stroganina daraus zubereiten. Dazu hält man es, wenn es gefroren ist, an einem Ende, setzt das Messer an und dreht das Organ langsam mit der anderen Hand. Auf diese Weise entsteht daraus ein langer, spiralförmiger Streifen. Das schmeckt sehr gut und man braucht es gar nicht zu kochen.“

„Wie, das isst man roh?“ Dobrynin wunderte sich noch mehr.

„Ja sicher, gefroren. So schmeckt es besser“, beendete der Komsomolze seine Erklärungen.

„Gib mir das Messer!“, bat der Kontrolleur plötzlich.

„Wozu?“, fragte Zybulnik, aber er fuhr bereits mit der Hand in die Jackentasche.

„Der Pilot wollte an der Haustür ein Hufeisen anbringen … als Glücksbringer …"

„Aha, na ich mach's gleich selbst, ich komm besser ran." Der Komsomolze beugte sich über das Skelett, drehte die abgenagten Knochen eines Beines zu sich, fuhr mit dem Messer unter das Hufeisen und riss es ächzend ab.

„Nimm es!" Er reichte es Dobrynin.

Bald erreichten sie die Hütte am Flugplatz, wo sie sich nicht lange aufhielten. Sie schlugen das Hufeisen an die Tür. Pawel packte seine Sachen zusammen, gemeinsam mit dem Buch und den beiden angebissenen Zwiebackstücken. Traurig betrachtete er die noch immer aufgelegten Dominosteine und ging zur Tür.

Zybulnik nahm das „Heft zur Dokumentation von Funkmeldungen" mit sich.

Wieder heulte der Motor des Propellerschlittens auf. Nun war das Holzhaus von Kälte erfüllt, das Leben hatte es verlassen und ob es jemals wieder dahin zurückkehren würde, war unklar.

Die blaue Polarnacht, die von den buntfarbenen Himmelsbändern erleuchtet wurde, dauerte an und der Propellerschlitten flog durch sie hindurch. Der Komsomolze Zybulnik fröstelte und ermahnte sich selbst zur Munterkeit, dabei sah er von Zeit zu Zeit auf das Armaturenbrett. Und auf dem Sitz daneben döste der Volkskontrolleur Pawel Aleksandrowitsch Dobrynin.

Kapitel 16

Mark trat gleich als Erstes auf den Balkon seines Hotelzimmers hinaus und machte einen tiefen Atemzug – vor ihm toste das Kaspische Meer in schaumgekrönten Konvulsionen. Der feuchte und von Salz gesättigte Wind berührte warm sein Gesicht.

„Das ist hier also der Winter?", überlegte Mark Iwanow lächelnd. „Ja, da kann man nichts sagen!"

Direkt auf dem Balkon an der Außenseite des Fensters hing ein Thermometer. Mark warf einen Blick darauf. Die rot gefärbte Alkoholsäule stand auf sechzehn Grad plus.

Vom Hotel bis zum Meer war es nicht mehr als ein Kilometer. Jetzt über den menschenleeren Strand spazieren! Aber das ging nicht. In einer halben Stunde würde ein Auto von der Verwaltung der Erdölleitung kommen. Dann musste er zu seinem Auftritt fahren. Kusma hielt ihn in letzter Zeit immer wieder zum Besten, aber schließlich konnte man von einem Vogel nichts Unmögliches verlangen. Er kannte schließlich schon an die vierzig Gedichte, also war es nicht verwunderlich, wenn er sie aus menschlicher Sicht unpassend vortrug. Vor dem Fest in Kachowka hatten sie das „Lied über Kachowka" eingeübt, jedoch hatte er es bei der Baufirma Dnjepostroj ins Mikrofon gesprochen, in Kachowka hingegen hatte er die Zuhörer mit einem Gedicht von Majakowskij erfreut. Das Erstaunlichste daran war, dass Mark sich nicht erinnern konnte, wann und zu welchem Zweck er dieses Gedicht mit dem Papagei einstudiert hatte. Überhaupt kam es Mark so vor, als ob sie es gar nicht gelernt hätten, obwohl sich der Papagei wohl kaum selbst daran gemacht haben konnte, Majakowskij auswendig zu lernen?! Der Papagei war schon alt, es war schwierig mit ihm. Und sogleich erschrak Mark bei dem Gedanken, dass der Vogel sterben könnte. Was würde er dann machen? Selbst etwas vortragen?! Gedichte kannte er selbstverständlich viele, aber in jedem Klub gab es einen eigenen Deklamator oder Rezitator, und Mark würde man nicht hören wollen ...

„Vielleicht sollte ich jetzt rauchen?", dachte Mark.

Unlängst hatte er Zigaretten geschenkt bekommen, nach dem Auftritt im Chasawjurtowskij-Bezirk in Dagestan. Er selbst hatte nie geraucht.

Und auch jetzt rauchte er nicht. Er beschloss, das ansprechende Zigarettenpäckchen mit dem ausländischen Namen dem nächstbesten netten Menschen zu schenken.

Er kehrte ins Zimmer zurück.

Nun war ihm ein wenig kalt, schließlich war er nur in Hosen und dem Hemd für den Auftritt auf den Balkon gegangen. Das milde Klima von Baku war trügerisch.

„Nun gut, ich muss Kusma füttern und ihm zu trinken geben", dachte Mark.

Nachdem das Mittagessen für den Papagei auf dem Schreibtisch des Zimmers angerichtet war, ließ sich der Künstler Iwanow auf dem kleinen Sofa nieder. Er wurde nachdenklich: Er hatte Kornilows Gedicht „Schaukeln auf dem Kaspischen Meer" mit Kusma doch hoffentlich nicht umsonst gelernt?! Schließlich hatten sie es doch ganz bewusst erst vor zwei Tagen eingeübt, um die Chancen zu vergrößern. Und dennoch könnte es passieren, dass der dumme Vogel herging und das „Lied über Kachowka" oder etwas ganz anderes vortrug.

Mark seufzte. Er sah auf die Uhr.

Er hatte keinen Hunger. Umso mehr, als er wusste, dass es nach dem Auftritt ein Bankett geben würde. Der Auftritt fand im Rahmen einer Feier statt – die neue Erdölleitung Baku-Batum war fertiggestellt worden. Sie hatten ihm den gesamten Bericht zugesandt, damit er wusste, wohin und aus welchem Anlass er zu dem Auftritt fahren würde.

„Der Transport von Erdöl durch die Erdölleitung kommt halb so teuer wie der mit der Bahn." Mark wiederholte für alle Fälle den auswendig gelernten Hauptgedanken des Berichts.

Unten hupte ein Auto.

Er eilte auf den Balkon hinaus.

Man war gekommen, aber nicht seinetwegen. Sondern, um irgendeinen behäbigen Georgier abzuholen, der auf dem Balkon eine Etage tiefer stand. Der Chauffeur winkte ihm mit der Hand zu und der Dicke winkte ebenfalls. Dann hörte man das Schloss seiner Balkontür zuschnappen.

* * *

Sie kamen gegen vier Uhr bei der Verwaltung der Erdölleitung an.

Isa Ajsamow, Parteisekretär der Pipeline, stellte sich als sehr kluger und angenehmer Mensch heraus. Er hörte Iwanows Bitte aufmerksam zu, verstand alles und machte alles, so wie der Künstler es wünschte.

Der Künstler hatte ihn nämlich gebeten, ein paar Worte vor dem Auftritt zu sagen und den versammelten Arbeitern der Erdölleitung und anderer Werke zu erklären, dass der Auftritt des Papageis eine ernste Angelegenheit sei und man während des Auftritts nicht lachen solle. Früher einmal war über alles gelacht worden, was Papageien sagten, oder einfach nur über die Papageien an sich, auch wenn sie schwiegen. Jetzt aber ging es nicht mehr darum, der Stimme des Papageis zuzuhören, die sich natürlich von einer gewöhnlichen menschlichen Stimme unterschied, sondern dem, was der Papagei vortrug.

Der Parteisekretär Ajsamow sprach mit Eifer und untermalte seine Worte mit vielen Gesten.

Die Arbeiter nickten verständig.

Mark schaute hinter der Kulisse hervor – die Gesichter der Zuschauer gefielen ihm.

„Also, toi, toi, toi!“, flüsterte der Künstler sich selbst zu und betrat mit dem Papagei auf der Schulter die Bühne.

Das von Isa Ajsamow vorbereitete Publikum richtete seine Aufmerksamkeit auf den Künstler.

Mark berührte mit dem Finger das Mikrofon – die Technik funktionierte.

Er rückte es so zurecht, dass sich der glänzende, vergitterte Kopf des Mikrofons vor dem Schnabel des Vogels befand.

„Also, Kusma, trag vor!“, sagte Mark, warf den Kopf zurück und wandte sich ab.

Jemand verstärkte das Licht auf der Bühne.

Nach alter Gewohnheit krächzte der Papagei zuerst etwas in das Mikrofon, drehte dann den Schnabel weg, indem er mit einem Auge einen Blick auf seinen Herrn warf. Und schließlich ertönte seine seltsame, etwas schnarrende Stimme im Saal:

„... Hinter dem Heck peitscht das Wasser – salzig und grün, schießt plötzlich empor, bäumt sich auf und das Schaukeln treibt Wogen über das Kaspische Meer ...“

Ein Lächeln erschien auf Marks Gesicht. Das Lächeln eines glücklichen Menschen. Nicht schiefgegangen, dachte er. Sehr gut. So müsste man es wohl auch weiterhin machen: Zwei Tage vor dem Auftritt lernen.

Im Saal blickte man den Vogel mit weit geöffneten Augen an.

Mark kniff wegen der allzu hellen Beleuchtung die Augen zusammen.

Morgen musste er nach Kiew fahren. Die Reise würde zwei oder vielleicht sogar drei Tage dauern.

Im Zug würden sie ein Gedicht über die Ukraine einstudieren.

Drei Strophen auf Ukrainisch.

Gut, dass er für heute nichts hatte auf Aserbaidschanisch lernen müssen!

„... Allein und ruhig bin ich“, fuhr Kusma fort, „und spöttisch zwink're ich dann. Was kann er sein für mich – dieser Kaspische Ozean? ...“

„Na, was für ein Kerl“, dachte Mark über den Papagei. „Gut gemacht. Also doch kein Dummkopf ... Schüler können gar nicht so viel auswendig lernen!“

Die Schulter, in die sich der Papagei mit seinen kräftigen Klauen gekrallt hatte, schmerzte.

Ich werde ihm beibringen müssen, bei den Auftritten abzuwechseln, einmal auf der linken Schulter zu sitzen und das nächste Mal wieder auf der rechten, dachte Mark. Jetzt ist er an die rechte gewöhnt und martert sie ohne Ende. Ich muss einmal in den Spiegel schauen, vielleicht habe ich schon meine gerade Haltung verloren ...

„... Wie Hagel fallen sie, die Sterne, und meinen: Wird Zeit, dass du schlafen gehst ... Ich sehe ein schaukelndes Haus in der Ferne. Zum Teufel nochmal, ich schwanke doch selbst ...“

Nachdem der Papagei die letzten Zeilen des Gedichtes vorgetragen hatte, machte Mark einen halben Schritt nach rechts, beugte sich zum Mikrofon und gab bekannt:

„Sehr verehrte Genossen, sie hörten das Gedicht ‚Schaukeln auf dem Kaspischen Meer‘ von Boris Kornilow.“

Schweigen im Saal.

Mark wurde nervös. Wollen sie etwa nicht applaudieren?, dachte er.

Die Grabesstille der schweigenden Arbeiter wurde für den Künstler unerträglich.

Wegen der hellen Bühnenbeleuchtung konnte er den Gesichtsausdruck der Arbeiter nicht gut erkennen.

Er hielt die rechte Hand wie einen Schild über der Stirn. Die erste Reihe wurde sichtbar – Ingenieure, Direktoren. Nein, Unzufriedenheit war nicht erkennbar. Stattdessen: offene Münder.

Mark konnte nicht länger auf der Bühne stehenbleiben. Er machte einen Schritt zurück und verbeugte sich leicht. Dann verbeugte sich auch Kusma, wie er es gelernt hatte und indem er seine Krallen noch fester in die Schulter drückte.

Sie gingen hinter die Kulisse.

Der Parteisekretär Ajsamow kam auf ihn zu.

„Bravo! Alle Achtung!“, sagte er lächelnd. Mark blickte ihn misstrauisch an.

„Und warum schweigt das Publikum?“, fragte er.

„Wie, es schweigt? Warum, es schweigt? Verblüfft sind alle! Ein Vogel trägt Gedichte vor!“ Mit jedem Satz zeigte die

Stimme des Parteisekretärs mehr Begeisterung. „Ein Vogel trägt Gedichte vor, das bedeutet, er hat sie erlernt! Aber ein Arbeiter einer Erdölleitung liest nicht, da er ein Analphabet ist! Jetzt werden alle nachdenken. Jetzt werden sie sich schämen, nicht in die Abendschule für Arbeiter zu gehen, um Lesen und Schreiben zu lernen!"

Mark beruhigte sich.

„Nun, Genosse Künstler, gehen Sie in das Büro des Direktors, er möchte Ihnen etwas sagen und dann gibt es ein kleines Bankett, in Ordnung?!"

Im zweiten Stock befanden sich zehn Menschen im Büro des Direktors, hauptsächlich Personen aus der ersten Reihe – Mark erkannte sie wieder.

Der Direktor schüttelte dem Künstler die Hand und streichelte den Papagei.

„Wir wollen Ihnen hier den Unterschied zeigen!", sagte der Direktor mit starkem Akzent und lenkte den Blick seines Gastes mit einer Handbewegung zum Tisch, wo zwei Glaskolben zu je einem Liter mit weiten Hälsen standen, die bis zum Rand mit Erdöl gefüllt waren, wie Mark sofort erriet.

„Das hier", berührte der Direktor einen der beiden mit der Hand, „ist hier unser eigenes, aus Baku, und das hier kommt von den Nachbarn, aus dem Iran. Achten Sie auf das Licht!"

Und er hob beide Kolben auf Augenhöhe des Künstlers, der gegenüber von einem breiten Fenster stand.

Mark versuchte, sie zu vergleichen, aber die Flüssigkeiten kamen ihm gleich trübe vor.

„Sehen Sie, welches gesättigter und reichhaltiger ist?", wollte der Direktor wissen.

„Ach ja", stimmte Mark eifrig zu und dachte, dass das genügen würde.

„Natürlich!", lächelte der Direktor. „Soviel zur Farbe. Und jetzt", mit diesen Worten stellte der Direktor die Kolben wieder auf den Tisch vor den Künstler, „und jetzt sag mal, welches im Geschmack reichhaltiger ist, ja?"

Und der Direktor griff unerwartet heftig Marks Hand, tauchte seinen Zeigefinger in das Erdöl des linken Kolbens und steckte ihn Mark höchstpersönlich in den Mund.

Der Künstler hätte sich vor Überraschung beinahe verschluckt. Der abscheuliche, faulige Geschmack ließ ihn das Gesicht verziehen, aber da er seine Gastgeber nicht beleidigen wollte, setzte Mark mit großer Willenskraft wieder einen normalen Gesichtsausdruck auf.

„... und jetzt nehmen wir mit dem Finger der anderen Hand etwas von hier!" Und er wiederholte das Gleiche nun mit Iwanows rechter Hand.

In Mark zog sich alles zusammen. Der Geschmack des Erdöls aus dem zweiten Kolben war gleichermaßen abscheulich.

„Nun, Genosse Künstler, sag, welches ist das bessere Erdöl?", fragte der Direktor.

Mark konzentrierte sich wieder, drängte das unangenehme Gefühl zurück, aber er konnte sich einfach nicht erinnern, in welchem Kolben sich das Öl aus Baku befand.

„Na schön, wir verzeihen dir, bist halt kein Experte", ließ der Direktor Gnade walten.

Die übrigen Anwesenden schwiegen herablassend.

„Erlaub uns, dir zum Andenken an deine Reise in unsere bemerkenswerte Stadt dieses Souvenir hier zu schenken!", sprach der Direktor und gab Mark einen zugelöteten Ein-Liter-Kolben mit Erdöl, den ihm einer seiner Untergebenen gereicht hatte. Auf dem Glas des Kolbens stand mit goldenen Buchstaben „Zum Andenken an Baku" geschrieben. Über diesen Worten kreisten zwei goldene Möwen und der obere Teil des Kolbens erinnerte an einen Leuchtturm.

Jetzt endlich ertönte Applaus, und trotz des scheußlichen Geschmacks im Mund entspannte sich Mark und lächelte.

* * *

„Du wirst allein nach Kiew fahren!“ Auf dem Weg zum Bahnhof konnte der Parteisekretär Mark eine Freude bereiten. „Erste Klasse! Na?“

„Danke!“, nickte Mark.

„Weißt du, der Direktor wollte dir den Vogel abkaufen. Er hat mich um Rat gefragt, aber als Kommunist habe ich ihm ehrlich gesagt: ‚Solche Vögel darf man nicht kaufen oder verkaufen, sie müssen dem ganzen Volk gehören!‘ Hab ich nicht recht?“

Mark nickte wieder.

Isa Ajsamow küsste den Künstler zum Abschied.

Vor dem Fenster des Abteils war es noch hell. Manchmal erschien plötzlich das Meer und Mark betrachtete es begierig. Ein Segel, Möwen im Flug, die Freiheit, fremde, weit entfernte Ufer – all diese Bilder wühlten ihn auf, ließen ihn zu einem kleinen Jungen werden.

Kusma saß im Käfig und sah ebenfalls aus dem Fenster.

Als es dunkel wurde, schaltete Mark das Licht ein. Er beschloss, sich umzuziehen und das Rasiermesser und das Rasierwasser herauszuholen. Dazu legte er den Koffer auf den freien Diwan daneben und öffnete ihn. Seine Sachen hatte er unmittelbar vor der Abreise gepackt – da hatte ihm der Kopf noch vom Bankett wehgetan, und so musste er nun alles umpacken, um die benötigten Sachen zu finden.

Aha, hier war der Pyjama! Mark nahm ihn in die Hand – er war ungewohnt schwer. Als er begann, ihn in der Luft auseinanderzuwickeln, fiel der geschenkte Glaskolben mit dem Erdöl aus Baku auf den mit einem orientalischen Teppich bedeckten Boden.

Mark erstarrte. Er sah nach unten. Die Glasscherben glitzerten und vor seinen Augen wurde der Teppich dunkel, während er sich mit dem Inhalt vollsog.

In seinem Mund kratzte es.

Kusma sah sich um und blickte mit dem linken Auge seinen Herrn an.

Der drückende, faulige Geruch des Erdöls erfüllte das Abteil.

Mark versuchte, das Fenster zu öffnen, aber offenbar hatte man für den Winter den Griff zum Öffnen abgeschraubt.

Jemand klopfte an die Tür.

Erschrocken verriegelte Mark das Schloss und fragte dann:

„Wer ist da?"

„Wünschen Sie Tee?", erklang eine männliche Stimme mit bekanntem Akzent.

„Nein!", rief Mark. „Ich schlafe schon!"

„Gute Nacht!", sagte die Stimme und ertönte etwas leiser gleich noch einmal, wahrscheinlich an der Nachbarstür: „Wünschen Sie Tee?"

„Ja", antwortete eine angenehme weibliche Stimme. „Einmal Tee und Kekse!"

Mark saß auf dem Diwan und dachte nach. Er dachte darüber nach, dass ihn Unannehmlichkeiten wegen der Beschädigung des Teppichs erwarten würden, und dass er am besten die Tür bis Kiew nicht öffnete, dass es am besten wäre, an irgendeiner Station auszusteigen und zwar so, dass ihn der Schaffner nicht sehen würde. Er dachte an diesen schrecklichen Geruch, in dem man jetzt würde schlafen müssen.

Die Nacht versprach stickig zu werden.

„Ob Kusma das aushält?", dachte Mark nervös und sah den Vogel an.

Kapitel 17

Es wurde Abend. In dem sich verdichtenden Blau des Himmels funkelten die ersten Sterne. Die siebente Nacht auf dem Weg ins Neue Gelobte Land würde bald hereinbrechen. Die Menschen, deren Zahl schon einige Hundert betrug, hatten das Tageslicht in einer Schlucht nicht weit von einem verborgenen Städtchen abgewartet. Nun sammelten sie ihre Habseligkeiten zusammen und fanden auf den Feldweg hinaus, um von dort wieder auf die Straße zu gelangen.

„Archipka! Wo ist Archipka?“, rief der Deserteur, während er zwischen den Leuten auf und ab ging. Er nannte sich nun Oberdeserteur, da die gewöhnlichen Deserteure unter den Reisenden mehr geworden waren.

„Hier, hier bin ich!“, antwortete ihm der entflohene Kolchosbauer, der sie alle zur Gerechtigkeit führte. Er hatte es bereits gründlich satt, allen zu sagen, dass er nicht Archipka, sondern Stepan hieß, und deshalb antwortete er jetzt auf den Namen jenes Sterns, dem sie folgten. Er tat dies gerne und fühlte sich überhaupt nicht gekränkt.

„Na, warum trödelst du?“, schimpfte der Oberdeserteur. „Das Volk sucht dich und fragt, ob du etwa weggelaufen bist?“

„Warum sollte ich weglaufen?!“ Archipka-Stepan zuckte mit den Achseln und erhob sich.

„Also los, wir machen uns jetzt auf den Weg! Und dieser Engel, weißt du, wo der ist?“, versetzte der Oberdeserteur.

„Er war dort beim Haselstrauch!“ Der entflohene Kolchosbauer wies mit dem Kinn in die genannte Richtung.

„Aha“, sagte der Oberdeserteur. „Also los, gehen wir!“

Der Engel schlummerte noch. Seine Laune war ausgezeichnet.

Die letzten vier Nächte unterwegs erinnerten an ein Märchen. Zu den Menschen auf dem Weg ins Neue Gelobte Land waren zufällig einsame Wanderer gestoßen, die weiß der Teufel vor wem oder was davongelaufen waren oder sich nachts versteckten. Dann waren sie an einen von Lagerfeuern hell erleuchteten Ort gekommen, wo in der nächtlichen Dunkelheit eine große Baustelle betrieben wurde. Sie waren alle ganz dicht an diese Baustelle herangekommen und hatten auch gar keine Angst gehabt, da sie annahmen, dass man nachts nur etwas Geheimes und vor der Sowjetmacht Verborgenes bauen würde. Es hatte sich herausgestellt, dass diese Stoßbrigade neue Kuhställe nach der Stachanow-Methode baute – also ohne Schlaf und Pause. Die Kuhställe waren schon fast fertig, als sich die höchst verblüfften Arbeiter mit ihren vom Schlafmangel geschwollenen Augen von verschiedenstem Volk umringt sahen, aus dem zwischendrin auch Pferde- und Kuhmäuler hervorlugten. Die Verblüffung hielt lange an; als die Bauarbeiter allerdings erfahren hatten, wer sie da umringte und wohin diese Leute unterwegs waren, wollten sie auch sofort ins Neue Gelobte Land ziehen. Damit aber alles seine Ordnung hatte, führten sie innerhalb der Stachanow-Brigade eine Abstimmung durch. Es stellte sich heraus, dass alle dafür waren, nur der Brigadier war anfangs dagegen. Als er jedoch sah, dass er der Einzige war, enthielt er sich der Stimme und tat dies sehr laut kund, obwohl niemand verstand, was „sich enthalten“ bedeuten sollte.

So schlossen sich ihnen also auch die Bauarbeiter an mitsamt all ihren Werkzeugen. Und auch der Brigadier kam mit und schleppte einen ganzen Koffer mit sich, voll gestopft mit verschiedenen Unterlagen, in denen verzeichnet war, wie man Kuhställe baute.

Die Bauarbeiter erwiesen sich als verträgliche und gutmütige Burschen, und sogar mit den Bauern freundeten sie sich rasch an, obwohl es einigen ehemaligen Kolchosbauern nicht gefiel, dass sie recht oft mit ihren Händen bei den Bauersfrauen zufällig anstreiften.

In der folgenden Nacht mussten die Reisenden einige Schrecken durchleben, als sie von einem berittenen Rotarmistentrupp eingeholt wurden. Schon weinten die Frauen und auch die Bauern, und selbst Archipka-Stepan bereitete sich auf das Schlimmste vor, als sich ein gar nicht feindseliges Gespräch mit den Rotarmisten entspann. Es stellte sich heraus, dass sie von einem Rotarmisten-Sondertrupp zur Ergreifung flüchtiger Dorflehrer eingeholt worden waren. Der Kommissar, der eine Liste mit den Flüchtlingen dieses Landkreises mit sich führte, wollte gerade alle Anwesenden überprüfen, als es zwischen den Bauern und den einfachen Rotarmisten, die ihrem Wesen und ihrer Herkunft nach selbst Bauern waren, bereits zu Unterhaltungen kam. Und als die Rotarmisten vom Neuen Gelobten Land hörten, wollten sie keine flüchtigen Lehrer mehr fangen. Sie dachten auch darüber nach, wie sie weiterhin leben wollten. Umsonst schrie der Kommissar, mahnte sie zur Wachsamkeit und Disziplin und fuchtelte mit dem großen Mausergewehr herum – die Rotarmisten dachten trotz allem lange über ihr Schicksal und ihr Leben nach. Und als der Kommissar bereits allen mit der Erschießung zu drohen begann, ging einer der Rotarmisten her und schoss ihm ins Bein, damit er nicht weiter schreien und sie beim Nachdenken über die Zukunft stören könne. Der Kommissar fiel vom Pferd und fluchte jämmerlich, doch niemand schenkte ihm mehr Beachtung. Hierauf versuchte er abermals mit dem Mausergewehr zu schießen, aber der Kolben war schwer und im Liegen zu schießen war recht unbequem für den Kommissar. Deshalb legte er das Mausergewehr zur Seite und brütete über dem Schmerz in seinem verletzten Bein.

In der Zwischenzeit erklärten die Bauarbeiter den Rotarmisten, wie man alles ordnungsgemäß abwickeln konnte, und diese führten ebenfalls eine Abstimmung durch, an der einzig der Kommissar nicht teilnahm. Und wieder waren alle „dafür“, und das bedeutete, dass sie sich den Wanderern sogleich als Nachhut anschlossen und so zu einer Art Wache für die ganze Prozession wurden. Nur ein Rotarmist blieb für einen Moment zurück – er sprang vom Pferd, verband dem Kommissar den Fuß, damit kein unnützes Blut fließe, und sprang wieder aufs Pferd, um die der Gerechtigkeit Entgegenziehenden einzuholen.

So geschah es, dass fast ein ganzes Volk ins Neue Gelobte Land zog: Bauern, Zimmerleute, die Rote Armee, ein Engel, eine Dorflehrerin – die hellblonde junge Frau, der der Engel half, den schweren Bücherstapel zu tragen –, der Oberdeserteur und natürlich Archipka-Stepan, dem alle so viel Achtung entgegenbrachten, dass er in dieser Zeit nicht nur Gewicht zulegte, sondern auch des Öfteren angeheitert war.

„He du, Engel, steh auf!“ Der Oberdeserteur rüttelte den Engel an der Schulter. „Es wird schon dunkel! Wir gehen los!“

Der Engel rieb sich die Augen, stützte sich auf den Ellbogen und sah sich um. Der grüne, mit Gras bewachsene Boden der Schlucht, den noch vor kurzem Menschen und ihr Vieh bedeckt hatten, war jetzt fast leer, mit Ausnahme von vielleicht zwei oder drei alten Weiblein, die soeben ihre Sachen in kleinen Bündeln zusammengeknüpft hatten.

„Wo sind denn die Menschen?“, fragte der Engel verschlafen.

„Schon oben. Los!“

Der Engel stand auf, richtete seine inzwischen sehr zerknitterte Militärkleidung zurecht und folgte dem Oberdeserteur. Dann blieb er plötzlich stehen, sah sich um und betrachtete aufmerksam die Stelle, wo er geschlafen hatte.

„Ist Katja auch dort?“, fragte er den Deserteur.

„Die Lehrerin? Ja, schon lange. Sie sitzt dort und liest ein Buch.“

Sie stiegen nach oben. Dort ertönten kräftige, männliche Stimmen, und die Menschen wurden auf dem Platz auf unverständliche Weise umgeordnet.

Der Oberdeserteur winkte einen Bauern zu sich heran, der neben ihm unter einem niedrigen Baum stand, und fragte ihn:

„Was ist hier los?“

„Die Rotarmisten lassen alle antreten, damit wir im Marsch gehen können. Das geht schneller, sagen sie“, antwortete der Bauer.

Der Deserteur besann sich einen Augenblick lang, dann drehte er sich zu dem Engel um und sagte:

„Das ist wahrscheinlich wahr. Militärisch geht es immer schneller ...“

„Archipka! Wo ist Archipka?“, rief schon im Gehen der Bauer in der schmutzigen Wattejacke, der wieder neben ihnen aufgetaucht war.

„Da, da ist er!“, antwortete ihm jemand, und der Bauer eilte auf die Stimme zu.

„Achtung!“, übertönte eine weitere, ganz unbekannte Stimme den Lärm.

Die Menge stand still und wartete.

„Zu Archipka links rum!!!“, dröhnte die Stimme erneut und sogleich marschierten Hunderte von Füßen los und trampelten den Staub aus der Erde und den Saft aus dem Gras.

Nur der Oberdeserteur, der Engel und noch ein paar andere standen bewegungslos da und warteten darauf, die Marschrichtung zu sehen.

Die nach militärischem Plan angetretenen Menschen setzten sich in Bewegung. Sie gingen langsam und stießen dabei gegeneinander, sodass der Engel und der Oberdeserteur sie ohne Hast überholen und zu Archipka aufschließen konnten, neben dem noch einige Menschen dahinschritten, darunter auch ein kleinwüchsiger Buckliger, der woher auch immer aufgetaucht war.

Als der entflohene Kolchosbauer Archipka-Stepan seine Fluchtgenossen erblickte, nickte er ihnen zu, sagte jedoch kein Wort und sah sogleich wieder zurück zum Himmel, wo große und kleine Sterne in schwachem Schein flimmerten und jeder auf seine Art irgendwohin wies.

Das Städtchen lag bereits hinter ihnen. Sie gingen zwischen Feldern und Wald dahin. Dabei sprachen sie mit gedämpfter Stimme davon, dass dies nun die siebente Nacht war, und das bedeutete, dass sie heute am ersehnten Ziel ankommen würden. Einige nahmen die Tücher von den Kuhmäulern und so muhte von Zeit zu Zeit irgendeine Kuh schwermütig und beinahe menschlich.

Der Mond war noch nicht ganz voll, so als habe er eine leicht eingeschnittene Linie am Rand, und er stieg am Sternenhimmel empor und leuchtete in gelblichem Licht.

Die Pferde wieherten – der Rotarmisten-Sondertrupp zur Ergreifung flüchtiger Dorflehrer bildete den Abschluss der Prozession, und die Kavalleriepferde zeigten ihren Unmut – an eine solch niedrige Geschwindigkeit waren sie ganz offensichtlich nicht gewöhnt, ebenso wenig an die Abwesenheit von Verfolgungsjagden.

Der Engel blieb ein paar Mal zurück und suchte unter den Reisenden die Dorflehrerin Katja, um ihr den schweren Bücherstapel abzunehmen und ihn selbst zu tragen, aber die hellblonde Frau war nirgends zu sehen.

Und plötzlich dröhnte etwas wie Donner, und die Erde erbebte unter den Füßen des Engels und der anderen. Die Frauen kreischten. Der kleinwüchsige Bucklige sprang auf einen Baum und kletterte auf den untersten Ast, die Übrigen zerstreuten sich über den Erdboden: Die einen liefen ins Feld, die anderen in den Wald. Es war unverständlich, was vor sich ging, nur ein wiederholtes dumpfes Aufprallen war zu hören, und die Erde erschauderte davon, so als ob sie bei jedem Aufprall erschrak.

Auch der Engel lief wieder zurück und versuchte immer noch, in dem beginnenden Durcheinander die Lehrerin Katja zu erspähen, aber da rannte ihn jemand beinahe über den Haufen, dann noch einer, ebenfalls nicht mit Absicht, und dieser trat dem Engel auch noch vor Schreck auf den Fuß und der Engel hörte, wie ein Knöchelchen leise knackste.

Das Donnern ging weiter, und ganz in der Nähe stürmte eine toll gewordene Kuh vorüber, ohne einen Laut von sich zu geben.

Der Engel wollte aufstehen, aber der Schmerz im Fuß hielt ihn am Boden, und er legte sich wieder auf den Rücken.

Das Donnern hielt noch eine Weile an, aber nach einiger Zeit wurde alles ruhig, und es trat eine solche Stille ein, dass es dem Engel unheimlich wurde – schließlich wusste er, dass gleich neben ihm Hunderte von Menschen, Pferden und Kühen waren, und es war geradezu unglaublich, dass diese lebhafte Versammlung vor lauter Schreck so stillhalten konnte.

Es schien, als ob der Schmerz in seinem Fuß etwas nachgelassen hatte. Der Engel versuchte, das Bein abzubiegen, was ihm auch gelang. Nur zwischen dem Knie und dem Fußknöchel schmerzte es sehr stark.

Er stand auf und kehrte humpelnd, indem er versuchte, das Gewicht so schnell wie möglich vom rechten auf den linken Fuß zu verlagern, auf den Weg zurück, wo er sich nach allen Seiten umsah.

Das gelbliche Leuchten des Mondes war hell genug, um die nächtliche Landschaft zu erkennen: Überall lagen Menschen, die sich auf die Erde pressten, sich an sie drückten und sie umarmten. Auf dem Feld streiften Pferde und Kühe umher, und hinter diesen ragte etwas in die Höhe, das einem kleinen Berg ähnelte, etwas, das es vor dem Donner auf dem Feld nicht gegeben hatte.

Die Menschen begannen sich zu bewegen und aufzustehen. In der dunklen Stille war plötzlich Seufzen und Ächzen zu hören, und wie die Frauen leise zu Gott riefen. Die Männer gingen nach und nach auf den Weg hinaus, aber längst nicht alle erhoben sich von der Erde. Viele blieben liegen, und nachdem der Engel einige mühselige Schritte auf den nächsten am Boden liegenden Menschen zugemacht hatte, bückte er sich und berührte ihn an der Schulter. Doch der Liegende rührte sich nicht.

Irgendwo in der Nähe schrie plötzlich eine der Frauen auf, aber sogleich herrschte sie jemand an, und sie hielt sich wahrscheinlich selbst die Hand vor den Mund und heulte so weiter.

Der Mann, der vor dem Engel auf der Erde lag, war tot. Neben ihm lag ein runder, schwarzer Stein, fast ebenso groß wie sein Kopf. Offensichtlich hatte ihn dieser Stein erschlagen.

„Archipka! Archipka!“, rief jemand, der zwischen den Liegenden und Stehenden auf und ab ging.

„Was ist?“, ertönte die Stimme des entflohenen Kolchosbauern zur Antwort.

„Er lebt!!!“ Jemand stieß einen Freudenschrei aus, und dieser Schrei klang geradezu unheimlich vor dem Hintergrund von lauter werdendem Weinen.

Was war das?, dachte der Engel, der er über den Toten gebeugt stand.

„Na, wie geht es dir?“, fragte der Oberdeserteur, der an den Engel herangetreten war. „Hm?“

„Ich lebe“, antwortete der Engel.

„Fedka ist tot“, teilte der Deserteur schmerzerfüllt mit.

„Wer?!“

„Na der, der mit uns vom Auto gesprungen ist und sein Gewehr beschädigt hat ...“, erinnerte ihn der Deserteur.

Das Bein schmerzte den Engel wieder heftiger und er setzte sich auf den Boden.

„Was ist mit dir?“, fragte der Deserteur. „Hat’s dich auch erwischt?!“

Der Engel nickte.

„Na, dann ruh dich mal aus, ich werde dort nach dem Rechten sehen“, murmelte der Oberdeserteur. „Wir müssen ja weiter, sonst schaffen wir es nicht.“

Wieder blieb der Engel allein zurück. Die vom hellen Mondschein erleuchtete Nacht verbarg nicht, was vor sich ging. Der Engel sah, wie die Menschen die am Boden Liegenden emporhoben und sie an einem Ort zusammenbrachten, wie die Stachanow-Bauarbeiter gleich neben der Straße eine große Grube auszuheben begannen und wie ein Bauernweib sich auf einen der auf der Erde Liegenden warf und nicht zuließ, dass zwei Rotarmisten ihn aufhoben, um ihn zu den anderen zu tragen. Das alles sah der Engel, aber er vermochte den Grund für das Unglück, das über sie hereingebrochen war, nicht zu begreifen. Es konnte nicht die strafende Hand Gottes sein, da der Herr gnädig war. Es konnte aber auch nicht der Teufel sein, denn der suchte sich seine Opfer aus. Nein, der Engel konnte es nicht begreifen: woher dieser Steinregen gekommen war, der ihre Reise aufhielt, so als ob ihr Einzug ins Neue Gelobte Land nachdrücklich unerwünscht wäre.

Währenddessen trat die Nacht ihren Rückzug an. Aus der Tiefe des Himmels kamen die ersten Strahlen zum Vorschein. Und die Sterne verblassten, sie vergingen, als ob der Himmel sie aufgenommen hätte in seinen blauen Stoff, und nichts blieb stattdessen zurück.

Ein Windhauch strich über die Baumkronen des Waldes und raschelte in den Blättern. Die Vögel sangen. Beinahe schon lautlos weinten die Frauen und Greisinnen, die neben den Toten auf der Erde saßen. Erschöpft waren die am Leben Gebliebenen am Waldrand eingeschlafen, unter ihnen auch Archipka-Stepan.

Alles auf der Erde war gut und vom Standpunkt der Natur aus schön. Zwischen den Feldern ragte ein schwarzer Fels empor, dessen Seiten abgesplittert waren – ein Eindringling aus jenseitigen, unbegreiflichen Welten. Vielleicht ein Splitter eines erloschenen und erstarrten Sterns, vielleicht auch etwas anderes. Und wie große Hagelkörner lagen um ihn herum Hunderte ebenso schwarzer runder Steinchen, deren Größen von einer Kinderfaust bis zu einem Bärenkopf reichten.

Die Sonne ging auf und ihre Strahlen senkten sich auf die Hagelkörner aus Stein herab und ließen neue Schatten in recht unbedeutendem Ausmaß entstehen. Nur der Schatten des Felsens breitete sich ausladend über den Erdboden aus, und bis zu zwanzig Menschen hätten darin Platz gefunden, hätte man sie dort in einer oder vielleicht zwei Reihen hingelegt.

Der Engel schlief, aber der Schmerz des verstauchten Fußes drang bis in seinen Traum vor und so träumte er, dass er ein Ziehen in seinem Fuß verspürt und dass er, während er versucht irgendwohin zu gehen – wahrscheinlich in eben dieses Neue Gelobte Land –, sich quält und jeden Schritt, den er in die gewünschte Richtung tut, mit schrecklichen Schmerzen bezahlt. Und wegen dieser Schmerzen sieht er nichts und niemanden um sich herum, denkt nur an eines, das ihm Sorge macht: nicht hinter den anderen zurückzubleiben, nicht den Anschluss zu verlieren. Und er geht tatsächlich in völliger Einsamkeit dahin und sein einziger Begleiter ist der Schmerz, der schrecklich ist und quälend, aber der Engel kann ihn nicht loswerden.

Inzwischen stieg die Sonne immer höher und die Schatten wurden kürzer. Nach und nach erwachten einer nach dem anderen die, die am Leben geblieben waren: die Rotarmisten, die Bauern und die Bauarbeiter. Sie suchten die Zusammenkunft, um über das tragische Geschehen zu sprechen, sie versuchten, einen Grund dafür zu finden oder auf andere Art den Tod der Gefährten zu erklären. Aber sie konnten keine Erklärung finden, mit der alle einverstanden waren.

Der Engel schlief immer noch. Er lag im Schatten einer hohen Tanne verborgen, den die Sonne noch nicht zurückgedrängt hatte.

„Archipka! Wo ist Archipka?", fragte einer der Männer laut, der eine schmutzige, mit getrocknetem Lehm verschmierte Wattejacke trug.

„Was ist?", antwortete Archipka-Stepan mit heiserer Stimme, offensichtlich hatte er sich nachts eine Erkältung auf dem kühl gewordenen Erdboden geholt, auf dem er geschlafen hatte.

„Gehen wir!", sagte der Mann. „Du wirst gebraucht. Du musst entscheiden, wie wir die Unsrigen hier begraben und was wir weiter tun sollen."

Archipka-Stepan ging mit.

„Da ist er, lasst Archipka durch!", übertönte der kleinwüchsige Bucklige die sich streitenden Menschen mit lauter Stimme. „Er soll entscheiden!"

Man ließ Archipka in die Mitte durch und schon wurde er dort mit Fragen überhäuft, aber es herrschte ein derartiges Stimmengewirr, dass der entflohene Kolchosbauer, der den Weg ins Neue Gelobte Land kannte, durcheinandergeriet und kein Wort sagte.

„Einer nach dem anderen!", bat er, als der Chor verstummte.

„Wie sollen wir sie beerdigen? Mit einer Gewehrsalve oder sollen wir einen Popen suchen für den letzten Segen?", brachte einer der Rotarmisten rasch vor.

Archipka-Stepan dachte lange nach. Dann sagte er:

„Sowohl eine Salve als auch den Segen, damit es ehrenvoll ist."

„Und begraben? Alle auf einmal oder sollen wir hier einen Friedhof errichten?", ertönte die nächste Frage.

Archipka-Stepan begriff, dass es keine leichte Sache war, die Wertschätzung seiner Mitbürger zu genießen. Wäre er jetzt einfach nur ein entflohener Kolchosbauer, dann würde ihm niemand so schwierige Fragen stellen und vor allem keine verbindlichen Antworten verlangen.

„Lasst mich ihm helfen!", schlug plötzlich der kleinwüchsige Bucklige der Menge vor und drängte sich näher zu Archipka hin.

„Wer bist du denn? Sein Bruder etwa?!", fragte einer der Stachanow-Arbeiter unfreundlich.

„Ich war Buchhalter", antwortete der Bucklige mit unverhohlenem Stolz auf seine Vergangenheit.

„Archipka soll entscheiden, ob er dich als Gehilfen haben will!", meinte einer der Rotarmisten schon etwas versöhnlicher.

„Ja, er soll mein Gehilfe sein!", antwortete Archipka-Stepan erfreut.

„Na dann los, hilf mal schnell!", sagten sie zu dem buckligen Buchhalter.

„Also, wie war die Frage noch einmal? Wie man sie begraben soll?", fragte der Bucklige nach. „Also, ich denke Folgendes: Wir müssen die Verstorbenen für drei Gruben vorsortieren, die Rotarmisten zu den Rotarmisten, die Bauarbeiter zu den Bauarbeitern und die Kolchosbauern zu den Kolchosbauern. Dann machen wir eine Bestandsaufnahme und graben sie gemeinsam ein, damit wir wissen, wer wo liegt."

„Die Sache kann sich sehen lassen!", stimmte einer der Kolchosbauern ihm bei.

„Und die Frauen?“, fragte einer. „Wo graben wir die Frauen ein? Es sind doch alles Bäuerinnen …“

„Aber es gibt ja gar keine Frauen dort!“, gab ein anderer zur Antwort.

„Was heißt, es gibt keine? Wurde denn keine einzige getötet?!“, wunderte sich ein Dritter laut.

Ein Rotarmist stieg zu den Toten hinunter, schaute nach und bestätigte, als er zurückkam: „Ja, es gibt keine Frauen, nur Männer.“

Die Leute zuckten vor Verwunderung mit den Achseln.

„Also was ist, graben wir?!“, tat der bucklige Buchhalter einen Appell.

Die Bauarbeiter nahmen die Schaufeln zur Hand und machten sich wie gewohnt an die Arbeit, so als würden sie die Grube für ein Fundament ausschaufeln.

Die Grube wurde zusehends tiefer. Die Erde war weich und nachgiebig und auch erstaunlich leicht, woraus die Bauarbeiter schlossen, dass es bis zum Neuen Gelobten Land gar nicht mehr weit sein konnte.

Der Engel erwachte und stand auf. Er blickte um sich, und als er die Bauarbeiter bei der Arbeit sah, ging er zu ihnen.

„Wo warst du denn?“, rief ihm der Oberdeserteur zu, der das Entstehen der Gemeinschaftsgräber gleichfalls verfolgte.

„Ich habe geschlafen“, antwortete der Engel.

„Jetzt gibt es die Beerdigung. Wir begraben sie, dann können wir noch schlafen, bis es dunkel wird, und in der Nacht kommen wir bestimmt schon an Ort und Stelle an. Was denkst du?“

„Wir werden ankommen!“, antwortete der Engel überzeugt, denn er selbst glaubte fest daran, das Neue Gelobte Land zu erreichen.

Die Gruben waren schnell ausgehoben, und alle machten sich gemeinsam daran, die Toten auseinanderzusortieren.

Und da stellte sich noch etwas heraus, das alle in großes Erstaunen versetzte – unter den Toten befand sich kein einziger Kolchosbauer. Das gefiel den Rotarmisten und Bauarbeitern nicht besonders; sie sahen die Bauern mit schiefem Blick an, aus dem deutlich der Unmut sprach.

„Vielleicht haben sie die ihrigen in der Nacht begraben, so wie es sich gehört?“, mutmaßte plötzlich der Rotarmist Trofim, der stark unter dem Tod seines Kameraden Fedka litt.

„Aber nein, wir haben niemanden beerdigt ...“, gab einer der Bauern zur Antwort.

„Und weswegen haben dann eure Frauen die ganze Nacht so geheult?“, versetzte ein anderer Rotarmist sogleich, so als ob er jenen an die Wand stellen wollte.

„Na, wegen euren Toten!“, antwortete der Bauer. „Ihr seid doch ohne eure Frauen gekommen, eure Toten haben niemanden, der um sie trauert, also haben sie es getan!“

Diesen Worten wurde offenbar Glauben geschenkt und über dem Feld hing eine beklemmende Stille, wie sie bisweilen auf herbstlichen Friedhöfen entstehen konnte.

In dieser Stille trug man die Toten aufgeteilt zu den beiden Gruben und es stellte sich heraus, dass elf Rotarmisten umgekommen waren und acht Bauarbeiter, und unter diesen acht war auch der Brigadier, der die schriftlich niedergelegten Geheimnisse der Bauweise von Kuhställen und Wohnhäusern gekannt hatte.

„Wir müssen eine Kundgebung abhalten, wie es sich gehört ...“, sagte der Rotarmist Trofim unsicher, aber in bestimmtem Ton. „Um unseren Schmerz auszusprechen.“

Verhalten bekundeten die Rotarmisten ihre Zustimmung. Die Bauern schwiegen, da ihnen der Charakter einer Kundgebung nicht klar war. Versammlungen kannten sie, aber Kundgebungen wurden in Kolchosen noch nicht abgehalten.

„Na, dann will ich beginnen!“, verkündete der Rotarmist Trofim, der Mut gefasst hatte, und sogleich rückten die Menschen von ihm ab und formten einen Kreis, in dessen Mitte der Rotarmist stand.

„Ich bin kein Meister im Sprechen ... Mir fällt das Sprechen schwer, aber ich trauere sehr um meinen Genossen Fedka, der letzte Nacht für die gerechte Sache gestorben ist ... Und obwohl wir nicht wissen, wer unsere Genossen umgebracht hat, schwöre ich im Namen der Roten Armee vor dem Volk, dass ich den Feind, der diese schmutzige Sache getan hat, finden und mich an ihm rächen werde."

Nachdem Trofim geendet hatte, verließ er die Mitte des Kreises von Menschen, welcher nun leer blieb. Die Menschen trauerten schweigend und gedachten der Verstorbenen.

„Einer der Bauarbeiter soll etwas sagen!", sagte ein junger Rotarmist leise, auf dessen Uniformjacke ein Orden glänzte.

Ein älterer Arbeiter trat langsam in die Mitte des Menschenkreises.

„Ich ... ich habe nie gelernt, schön zu sprechen ... Aber mir kommen die Tränen, wenn ich an meine Genossen denke, und deshalb möchte ich ihre Namen aufsagen, damit alle wissen, wen wir heute beerdigen: Das sind Prochorow Stepan, Kirill Putilzew, Safronow Pawel, Ryschkow Iwan, Bogoduchow Iwan, Strelzow Grigorij, Kusnezow Maksim, Brigadier Schubin Boris ... Wir schließen uns natürlich den Worten des Rotarmisten an, und da wir nur Bauarbeiter sind, bitten wir die Rote Armee, sich auch für unsere Genossen, die unverdient gestorben sind, am Feind zu rächen. Und wir selbst versprechen, dass wir, sobald wir das Neue Gelobte Land erreicht haben, ein Denkmal für unsere Genossen errichten werden, für die Bauarbeiter und die Rotarmisten, ein Denkmal, das Jahrhunderte dort stehen soll, und wir werden die Namen aller Genossen, die wir heute hier begraben, darin einmeißeln ..."

Nachdem er zu Ende gesprochen hatte, kehrte der Bauarbeiter an seinen Platz zurück, und wieder blieb die Mitte des Kreises leer und die Menschen standen stumm da und fühlten, wie die Trauer in der Welt rings um sie anschwoll und wie der Wind verstummte, um den menschlichen Kummer nicht durch das Rascheln der Blätter und Grashalme zu stören.

„Ach, hätten wir doch einen Popen, dann könnt er sie segnen!", seufzte einer der Bauern laut.

„Und ein Engel, geht auch ein Engel?", fragte der Oberdeserteur. „Einen Engel haben wir ja hier unter uns!"

Da begannen sich alle erstaunt umzudrehen. Schließlich hatten sie nicht gewusst, dass sich ein Engel unter ihnen befand.

Und der Oberdeserteur trat an den Engel heran, drängte ihn in die Mitte des Kreises und sagte:

„Na los, sag irgendetwas!"

Da stand der Engel und sah die Leute an, die ihn umgaben. Er dachte kurz nach. Dann beschloss er zu sprechen, und er hoffte dabei auf die Verständigkeit seiner Zuhörer und auf ihr Streben nach Gerechtigkeit.

„Ich freue mich, bei euch zu sein", sagte er mit halblauter Stimme, aber da es still geworden war, konnten ihn alle gut hören. „Denn dort im Himmel hält man dieses Land für schrecklich sündig ... Man kann dort nicht verstehen, warum die Menschen aus diesem Land nach dem Tod nicht ins Paradies kommen. Ich verstehe das auch nicht. Ich sehe doch, wie ihr euch um ein gerechtes Leben bemüht, wie ihr auf diesem dornenreichen Weg eure Brüder verliert ... Ich bin sicher, dass ich diesen schwierigen Weg mit euch gemeinsam bis zum Ende gehen werde, und gemeinsam werden wir nach einem Leben in Gerechtigkeit und ohne Sünde an das Tor des Paradieses gelangen, und dann wird mir vergeben dafür, dass ich von dort weggegangen bin, und ihr werdet aufgenommen werden als die am meisten geschätzten neuen Himmelsbewohner ..."

Als er seine Worte beendet hatte, blickte sich der Engel um und sah Tränen in den Augen vieler Männer und Frauen und ein verlegenes, fast freudiges Lächeln auf ihren Gesichtern, das den Traum vom Paradies widerspiegelte, der so bald Wirklichkeit werden konnte. Und er erblickte die Lehrerin Katja, deren Gesicht etwas strenger war als das der übrigen, aber als sich ihre Blicke trafen, schien es dem Engel, als ob ihr Gesichtsausdruck milder würde und gütiger.

Er verließ die Mitte des Kreises und damit endete die Trauerkundgebung. Die Rotarmisten schlichteten die ihrigen auf dem Boden des Gemeinschaftsgrabes, und die Bauarbeiter taten dasselbe. Sie schütteten Erde darüber und formten Hügel über den beiden Gräbern. Auf dem einen befestigten sie eine Budjonny-Mütze, die sie mit einer Schnur an den gefällten Stamm eines jungen Ahorns banden. Auf dem anderen pflanzten sie eine Birke, die sie gleich in der Nähe im Wald ausgegraben hatten.

Zum Zeichen des letzten Grußes gaben die Rotarmisten Gewehrsalven ab. Danach ließen sie sich im Wald zu einem Mahl nieder. Die Frauen reichten Krüge mit Milch herum: Sie hatten die auseinandergelaufenen, über die Felder verstreuten Kühe selbst eingefangen. Von den Pferden kehrten nur zwei zu den Rotarmisten zurück, die anderen hatte der Schreck offenbar so weit fortgejagt, dass sie nicht zurückkamen.

Archipka-Stepan, der Engel, der Oberdeserteur, Trofim und der bucklige Buchhalter aßen gemeinsam.

Ein kleiner Mann in einer schmutzigen Wattejacke ging von einer Gruppe zur nächsten. In der Hand hielt er eine große Flasche mit Selbstgebranntem und er schenkte allen ein, die etwas zum Einschenken hatten, und sagte dazu: „Im Gedenken an die unsrigen ..."

Noch schien die Sonne, aber die Schatten wurden schon länger und der Abend rückte näher. Die Erde bereitete sich auf ihren nächtlichen Schlaf vor.

Der Rotarmist Trofim dachte immer wieder an seinen Gefährten. Er lag abseits im Gras und weinte. Man ließ ihn in Ruhe und nur von Zeit zu Zeit warf man mitleidige Blicke in seine Richtung.

Auf dem immer noch hellblauen Himmel funkelten einige Sterne und im Osten zeigte sich der Mond, rund wie das paradiesische Weizenbrot und von derselben goldenen Farbe.

Der Engel betrachtete ihn, während er das grobe Schwarzbrot aus den bäuerlichen Vorräten kaute, das zäh und hart war und so gebacken, dass man es zwei Wochen lang essen konnte. Dabei dachte er über das Glück nach und versuchte eine betörende und unbescheidene Vorstellung zu verdrängen, ein sehnsüchtiges Bild seiner Fantasie, das zeigte, wie er mit der Lehrerin Katja in die Paradiespforten eintrat. Er drängte dieses Bild jedoch immer weiter zurück und verjagte es schließlich gänzlich, da ihm zugleich einfiel, dass diese betörende Vorstellung für Katja nichts Gutes bedeuten würde. Denn damit sie so schön, wie sie jetzt war, mit ihm die Paradiespforten durchschritt, müsste dieses hellblonde Mädchen jung sterben und könnte das Ausmaß eines ganzen Erdenlebens nicht erfahren. Und als er das begriffen hatte, erschrak der Engel vor seinen Gedanken, wünschte Katja ein langes Leben und versank in Gedanken über die vor kurzem stattgefundene Kundgebung, auf der er gesprochen hatte, über die ausgehobene und teilweise leer gebliebene Grube, weil der himmlische Steinregen wählerisch gewesen war und nur Bauarbeiter und Rotarmisten getötet hatte.

Der Abend senkte sich immer tiefer herab und machte dem bereits dunklen Himmel mit einem Haufen von Sternen Platz, die aus ihrem Tagesschlaf geweckt worden waren.

„Aufstehen! Aufstehen!“, brüllte plötzlich Archipka-Stepan, der sich erhoben hatte und mit dem Zeigefinger nach oben wies. „Man kann ihn schon sehen! Aufstehen!“

Die Menschen begannen sich zu regen, sammelten ihre Sachen zusammen und machten sich zum Aufbruch bereit. Einige aßen noch eilig zu Ende.

Allmählich waren die Menschen reisefertig, traten auf den Weg hinaus, der zwischen den Feldern und dem Wald lag, warfen zum Abschied einen Blick auf die beiden frischen Gemeinschaftsgräber, verbeugten sich vor ihnen, und nachdem sich Archipka-Stepan an die Spitze der schlecht organisierten Kolonne begeben hatte, setzten sie sich in Bewegung.

Neben Archipka-Stepan schritten der Oberdeserteur und der bucklige Buchhalter dahin und etwas abseits davon ging Trofim mit müdem Schritt. Der Engel, der sich in die Mitte der Kolonne gedrängt hatte, half Katja, ihre Bücher zu tragen, wobei er nicht mit ihr sprach und nicht einmal ihre seitlichen Blicke erwiderte, die voller Neugier waren. Sie selbst unternahm freilich den Versuch, mit ihm ins Gespräch zu kommen, das heißt, sie stellte dem Engel eine Frage:

„Du glaubst also, dass es Gott gibt?“

Selbstverständlich musste dem Engel diese Frage seltsam vorkommen, und er schwieg. Neue Fragen folgten jedoch nicht, und so gingen sie schweigend dahin unter den nächtlichen Sternen und hörten der dumpfen Musik der unbefestigten Straße zu, über die Hunderte trotziger Schuhsohlen stampften.

Der Mond, voll und rund wie das paradiesische Weizenbrot, zog gemächlich über den Himmel. Die achte Nacht der Reise dauerte fort. Die Kräfte ließen nach, und nur der unermessliche menschliche Traum und der Glaube an ein baldiges Ende des Weges ließen die Menschen ihre von der langen Reise schwer gewordenen Beine weiterbewegen.

Plötzlich blieb Archipka stehen, und auch die Menschen hinter ihm hielten an. Die Hinteren stießen an die Rücken der Vorderen und die Kolonne geriet in Verwirrung, da niemand verstand, warum sie stehen geblieben waren.

Archipka-Stepan stand da und versuchte etwas zu sagen, aber seine Zunge gehorchte ihm nicht, wie es nötig gewesen wäre, und so zeigt er nur mit dem Finger der rechten Hand nach oben in den dunkelblauen Himmel. Und jene, die neben und hinter ihm stehen, schauen in den Himmel und sehen zu ihrem Schrecken, wie ein winziger Stern die Himmelskuppel hinab zieht, vor ihren Augen seinen Glanz verliert, sich daraufhin losreißt und nach unten fliegt. Es kommt ihnen zunächst so vor, als ob er direkt auf sie zuflöge, aber knapp über der Erde erlischt der Stern, und da entringt sich der Brust des entflohenen Kolchosbauern ein lauter Klageruf: „Archipka-a-a!“ Und alle beginnen zu verstehen, was in dieser achten Nacht auf dem riesigen wolkenlosen Himmel passiert ist. Und Tränen steigen in den Augen Vieler auf, und die Frauen flennen wieder, aber dieses Mal weinen sie nicht mehr um die Toten, sondern um die am Leben Gebliebenen, die zurückgeblieben sind.

„Was ist, was hast du?“, fragt der Oberdeserteur mit bebender Stimme den benommenen Archipka-Stepan.

„Abgestürzt ...“, stammelt der entflohene Kolchosbauer klagend.

„Ja und?“, fragt der Oberdeserteur. „Hast du gesehen, woher er abgestürzt ist?“

„Ja“, nickt Archipka-Stepan.

„Auch ich hab es gesehen!“, sagt der bucklige Rechnungsführer.

„Ich auch! Ich auch!“, lärmen von hinten Stimmen von Männern und Frauen.

„Na dann gehen wir dorthin! Klar?“, fragt der Oberdeserteur.

Archipka-Stepan nickt.

„Na dann, geh los!“, befiehlt der Deserteur. „Sonst meutern die Leute! Wofür sind denn ihre Genossen gestorben?“

Und die schlecht organisierte Kolonne setzt sich aufs Neue langsam in Bewegung; verschiedenstes Schuhwerk sowie die Hufe der Kühe stampfen auf dem Weg, und die beiden Pferde, die von selbst zu den Menschen zurückgekehrt waren, gehen gehorsam ohne Reiter am Rand des Feldes entlang.

Nach einiger Zeit führt die unbefestigte Landstraße nach links, die Menschen gehen jedoch weiter geradeaus, und nun haben sie bereits das Feld unter ihren Füßen, weich und nachgiebig, und vor ihnen liegen waldbedeckte Hügel. Und entschlossen führt sie der entflohene Kolchosbauer zum Ziel, ohne seinen Blick von jener Stelle am Himmel, von jener verwaisten schwarzen Lücke zu wenden, die noch vor kurzem der Stern Archipka ausgefüllt hat. Er führt sie und ist immer verbissener und stärker überzeugt davon, dass er sie auch ohne Stern ins Neue Gelobte Land führen wird, wo sie für immer bleiben werden. Und wenn sie von dort überhaupt wieder weggehen, dann nur ins Paradies.

Kapitel 18

Ein Oktoberabend brach früh herein und die Schule war inzwischen schon leer. Nur im Arbeitszimmer des Direktors brannte noch eine Lampe. Sie beleuchtete den starren Blick des an der Wand hängenden Dserschinskij-Bildes und auch Banow, den Schuldirektor selbst, der grübelnd an seinem Tisch saß und sich von Zeit zu Zeit etwas zur Seite neigte, um einen prüfenden Blick auf den unteren Teil seiner dunkelblauen Hose zu werfen.

„Teufel aber auch!“, murmelte er, neigte sich wieder zur Seite und schlug mit der flachen Hand kräftig auf seinen Knöchel.

Dann zog er das Hosenbein hoch und nahm seinen Fuß näher in Augenschein. Etwas kam ihm dort verdächtig vor, und wieder schlug er mit der Hand kräftig nach unten, hob daraufhin etwas Zerquetschtes zwischen Daumen und Zeigefinger zu seinen Augen empor und öffnete langsam und andächtig die Finger. Dort war ein schwarzes Pünktchen zu sehen, ein kleines Insekt, das Wasilij Wasiljewitsch Banow wohlbekannt war. Es war ein Floh, und infolge dieser Erkenntnis kniff der Schuldirektor die Lippen zusammen. Er teilte ihn mit seinem gelblichen Fingernagel in zwei Hälften.

Banow grübelte noch einige Zeit über die Unannehmlichkeiten seiner Entdeckung nach. Seine Beine juckten schon seit einiger Zeit, aber bis zum heutigen Abend hatte er die Schuld für all die Stiche, für all die roten Pusteln auf Stechmücken geschoben, was sich nun als falsch herausgestellt hatte. Er erinnerte sich, wann er den ersten solcher Stiche in diesem Herbst erhalten hatte. Das war an dem Tag, als er Klara Rojd in ihrer Wohnung kennengelernt hatte.

Wie kann sie dort nur wohnen?! Das ist doch eine Quälerei!, dachte er mitfühlend. Dann holte er das Firmen-Telefonbuch und blätterte darin. Er fand das Moskauer Hygiene-Institut, griff zum Hörer und wählte die entsprechende Nummer.

„Hallo – Telefonzentrale!", antwortete eine Männerstimme in militärischem Ton.

„Bekämpfen Sie auch Flöhe?", fragte Banow.

„Natürlich", lautete die Antwort am anderen Ende der Leitung. „Nennen Sie mir die Adresse."

„Schule Nummer 36, Dajew-Gasse, Direktion ..."

„Passt es Ihnen morgen um drei Uhr Nachmittag?"

„Geht es auch später?"

„Natürlich. Wann passt es Ihnen besser?"

„So gegen sechs Uhr ... Und schreiben Sie noch eine Adresse auf. Das ist eine Wohnung. Zweite-Kasatschij-Gasse, Haus 10/3, Wohnung 4."

„Nachname?", fragte die Stimme.

„Wer?!" Banow begriff nicht.

„Des Mieters!"

Wasilij Wasiljewitsch schwieg einen Moment und überlegte, dann stieß er den Namen wie ein Schimpfwort hervor:

„Schkarnizkij! Und dort passt es ebenfalls besser am Abend, so gegen sieben."

„Gut", antwortete die Männerstimme.

„Noch eine Bitte", fügte Banow hinzu. „Wenn es dort in der Wohnung Nachbarn gibt, behandeln Sie auch deren Zimmer mit."

„Wird gemacht!", antwortete die Stimme. „Auf Wiederhören."

Wieder wurde es still. Nur der Fuß juckte, aber Banow hatte genügend Willenskraft, um nicht auf den Reiz zu reagieren.

Das Leben war gut, und fast alles daran machte Banow Freude. Man konnte sagen, dass er selbst mehr zu träumen begonnen hatte, fröhlicher und optimistischer geworden war, und das alles dank Klara Rojd. Er war ihr für vieles dankbar, versuchte das aber irgendwie zu überspielen, weil er dachte, dass auch sie ihm für vieles dankbar sein musste, und die gegenseitige Dankbarkeit könnte, wie er meinte, das Glück ihrer Treffen und ihrer Beziehung stören, die auf einem hohen menschlichen Niveau lag und die mehr als eine gewöhnliche Freundschaft war, und auch mehr als eine sowjetische Liebe.

Draußen wurde es dunkel. Gestern noch hatte es zur gleichen Zeit genieselt, aber an diesem Tag war es trocken. Die Zeit verstrich ruhig und langsam, ohne Banow von seinen angenehmen Gedanken abzulenken. Heute oder morgen würde er Klara anrufen und ihr eine erfreuliche Neuigkeit mitteilen, und zwar, dass sich einer ihrer Träume bald erfüllen würde. Ihm war es gelungen, beim Leiter des Narkompros eine Bewilligung für zwei Personen zu erreichen, für sich selbst und für Vizedirektor Kuschnerenko. Und zwar dafür, dass die „oben genannten Genossen jeweils einen Fallschirmsprung zu Übungszwecken durchführen sollen mit dem Ziel, das militärische Praxiswissen des Direktoren- und Lehrpersonals des Narkompros zu erhöhen". Unter dem Namen Kuschnerenko würde Klara mit ihm gemeinsam springen, und als er daran dachte, vermochte sich Banow Klaras Freude darüber gar nicht so recht auszumalen. Obwohl er die Höhe, obwohl er Glockentürme und Dächer liebte, machte ihm der Gedanke an den ersten Fallschirmsprung seines Lebens etwas Angst, aber sogleich schalt er sich für seine Feigheit und nahm sich an Klara mit ihren furchtlosen Träumen ein Beispiel.

Plötzlich schrillte das Telefon. Banow nahm den Hörer ab. Er dachte, es wäre vielleicht Klara, aber da fiel ihm ein, dass er ihr seine Telefonnummer nicht gegeben hatte.

„Hallo, Genosse Banow?!", fragte eine bekannt klingende Männerstimme.

„Ja."

„Ich rufe vom Narkompros an. Bleiben Sie noch eine Stunde da, ein Kurier kommt mit einem Paket zu Ihnen. Machen Sie sich bitte genau mit den Unterlagen vertraut! Alles Gute."

Banow gelang es gar nicht mehr, sich zu verabschieden, da hatte der Mann vom Narkompros den Hörer schon aufgelegt.

Man konnte zwar nicht sagen, dass ihm die Laune verdorben war, aber sie hatte sich verändert. Schließlich hatte er vorgehabt, aufs Dach zu steigen, um dort ein oder zwei Stunden zu sitzen und die Hauptstadt im Halbdunkel zu betrachten. Und jetzt musste er auf diesen Kurier warten …

Etwas mehr als eine Stunde später schellte die Glocke. Ein Kurier in Armeeuniform überreichte ihm schweigend ein kleines Paket mit zwei Stempeln aus Siegellack sowie mit dicht verleimten Papiernähten, salutierte und ging sogleich wieder. Der Direktor verschloss die Tür und stieg hinauf in sein Arbeitszimmer.

„Anordnung des Narkompros", las er, als er wieder in seinem Zimmer saß. „Hiermit wird angeordnet, am Dienstag, den 13. Oktober dieses Jahres, in allen Schulen der Union der Sowjetischen Sozialistischen Republiken, inklusive der Schulen des diplomatischen Korps, der Konsulate und der Handelsvertretungen, die sich im Ausland befinden, für die Lehrer aller Gegenstände und Klassen mit Ausnahme der Schuldirektoren einen einheitlichen Schultag nach besonderem Programm durchzuführen. Dieser Tag muss zur Gänze und durch alle Lehrer dem Verfassen eines Aufsatzes über eines der vorgeschlagenen Themen gewidmet sein. Das Verfassen der Aufsätze erfolgt unter der Aufsicht der Komsomol-Mitglieder der Schule. Lehrer, die sich an diesem Tag auf Dienstreise oder im Krankenstand befinden, sind verpflichtet, ihre Aufsätze innerhalb von 24 Stunden dem Direktor der nächsten Schule beziehungsweise der Schule, der sie zugeordnet sind, vorzulegen. Jeder Aufsatz wird auf einzelne Doppelbögen aus Schulheften geschrieben. Auf der ersten Titelseite führen die Lehrer ihren Vor-, Vaters- und Nachnamen an sowie die Nummer und Adresse ihrer Schule. Die fertiggestellten Aufsätze sind in einer eigenen Mappe abzulegen, der ein Vollständigkeitsnachweis beizufügen ist.

Danach ist die Mappe im Zimmer des Direktors unter seiner persönlichen Verantwortung bis zur Ankunft eines Spezialkuriers des Narkompros aufzubewahren.

Die Aufsätze der Lehrer werden weder von den Direktoren noch von den Komsomolmitgliedern beurteilt oder kontrolliert.

Anhang Nr. 1
Aufsatzthemen:
1. Die Errungenschaften der sowjetischen Schule in den letzten zehn Jahren. Mein Beitrag zum Prozess der allgemeinen Bildung
2. Meine Familie vor und nach dem Jahr 1917“

Nachdem Banow zu Ende gelesen hatte, schloss er die Anordnung im Tresor ein, oberhalb des Aufsatzes des Schülers der 7B-Klasse Robert Rojd, und dann kletterte er aufs Dach. Es regnete nicht, also war das Dach trocken.

Am nächsten Abend, als die Arbeiter des Moskauer Hygiene-Instituts gegangen waren, rief er Klara an. Im seinem Arbeitszimmer roch es nach Chemikalien, doch Banow achtete nicht darauf.

„Hallo“, ertönte im Hörer ihre angenehme, weibliche Stimme.

„Guten Abend!“, sagte Banow gut gelaunt mit tiefer Stimme.

„Wasilij Wasiljewitsch! Guten Tag!“ Klaras Stimme war fröhlich, anders als damals, als sie einander kennengelernt hatten. „Ach, bei uns war heute was los!“

„Was denn?“, wollte Banow wissen.

„Mein Nachbar musste heute die Wohnung räumen, weil er gegen die hygienischen Normen verstoßen hat. Sie haben die ganze Wohnung gegen Flöhe und Kakerlaken behandelt, jetzt riecht alles! Ja, und man sagte mir, dass ich Anspruch auf die frei gewordene Fläche erheben kann!“

„Ach, das ist schön!“, sagte Wasilij Wasiljewitsch, der nicht ganz verstand, was dort mit Schkarnizkij passiert war. „Und ich habe auch eine gute Neuigkeit für Sie! Raten Sie!“

„Also ... ich weiß es nicht, ehrlich gesagt“, stammelte Klara nach einer Pause. „Heraus mit der Sprache!“

„Am Samstag, den 17., machen wir beide einen Fallschirmsprung!“

„Oh! Wirklich wahr?! Wie haben Sie denn das geschafft?“

„Ich habe es doch versprochen!“, sagte der Schuldirektor mit dem stolzen Gefühl, sein Wort gehalten zu haben. „Und wie geht es Robert?“

„Gut. Er hat alle Dreier ausgebessert und ist zum Komsomolzen-Führer seiner Klasse gewählt worden ...“

„Da sehen Sie es!“, sprach Banow wieder mit zufriedener Stimme. „Also gut, ich rufe Sie am Freitagabend an und gebe Ihnen Bescheid, wo und wann wir uns treffen.“

„Und bis Freitag sehen wir einander gar nicht mehr?“, fragte Klara. Banow schwieg ein paar Sekunden und seufzte.

„Ich würde wirklich gerne. Ich verspreche Ihnen, dass ich Sie früher anrufe, wenn ich Zeit habe!“

„Also gut! Auf Wiederhören!“, sagte Klara.

In der Stille seines Büros trank Banow Tee und dachte über diese interessante Frau nach. Sie wollte sich also bereits öfter mit ihm treffen, aber das erschreckte Wasilij Wasiljewitsch ein wenig. Er befürchtete, dass häufige Treffen aus ihnen letzten Endes gewöhnliche Freunde machen würden, und dann würde diese große Romantik verloren gehen. Nein, Banow wusste mit Sicherheit, dass er sie erst am Freitagabend anrufen würde. Er würde anrufen, sich dafür entschuldigen, dass er die ganze Woche sehr beschäftigt gewesen war, und ihr mitteilen, wo sie einander am Samstag treffen würden. Und dann, am Samstag – eine schwierige und sogar schrecklich Vorstellung – würden sie in trauter Zweisamkeit unter den Kuppeln der Fallschirme im Himmel schweben, und vielleicht würde sogar etwas Zeit bleiben, um während des Fluges miteinander zu sprechen und zu träumen. Eine völlig irrsinnige Idee, aber wie leicht sie doch in die Realität umzusetzen gewesen war. Und was war dazu nötig gewesen? Fast nichts. Ein Telefonanruf ins Narkompros. Banow war wieder stolz auf sich selbst und er lächelte aufrichtig und strahlte über das ganze Gesicht.

Der Oktoberabend war neuerlich trocken und dunkel. Draußen summte etwas, wahrscheinlich ein Insekt, das sich dem Einbruch der kalten Jahreszeit widersetzte und nicht Winterschlaf halten oder gar sterben wollte.

Kapitel 19

Die blaue Polarnacht, die von den buntfarbenen Himmelsbändern erleuchtet wurde, dauerte fort, und der Propellerschlitten durchflog sie, in dem der Komsomolze Zybulnik saß und fröstelte. Er ermahnte sich selbst zur Munterkeit und sah dabei von Zeit zu Zeit auf das Armaturenbrett. Auf dem Sitz daneben döste der Volkskontrolleur Pawel Aleksandrowitsch Dobrynin. Er döste vor sich hin und hörte im Schlaf das Bellen seines Hundes Mitka, und aus diesem Gebell tauchte, so als wäre es gar kein Geräusch, sondern eine besondere Art von warmem Nebel, das liebe und einfache Gesicht seiner Frau Manjascha auf. Sie blickte ihren Mann an und lächelte ihr breites bäuerliches Lächeln. Dieses Traumbild brachte auch den Volkskontrolleur zum Lächeln, er lächelte mit geschlossenen Augen, worauf der Komsomolze Zybulnik das Gesicht seines Passagiers mit Interesse betrachtete und dabei natürlich an etwas anderes dachte.

Es war unklar, wie lang sie schon unterwegs waren. Zybulnik selbst war schon im Begriff, am Steuer einzunicken, und wenn dies eine Straße gewesen wäre und keine grenzenlose, schneebedeckte Ebene, dann wäre der Propellerschlitten wahrscheinlich entweder in eine Hütte oder in einen Laternenmast gekracht. Aber diese Gefahr bestand hier nicht. Schließlich seufzte der Komsomolze erleichtert und drosselte die Geschwindigkeit des Propellerschlittens. Auch das Heulen des Motors wurde leiser und vermutlich erwachte Dobrynin deshalb, rieb sich die Augen und blickte zuerst zur Seite und dann nach vorne.

Vor ihnen war ein kleines, einsames Häuschen mit einer roten Fahne auf dem Dach aufgetaucht.

„Was ist das, ein Dorf oder eine Stadt?“, fragte Dobrynin, der sich vergeblich an die jakutischen Definitionen für Wohngebiete zu erinnern versuchte.

„Eine Vorstadt!“, antwortete Zybulnik, und seine Stimme klang in den Ohren des Volkskontrolleurs ein wenig unzufrieden.

Der Komsomolze fuhr den Propellerschlitten bis direkt an die Schwelle heran, hielt ihn dort an, stellte den Motor ab und sprang in den Schnee.

„Die Schweine!“, murmelte er für sich, als er zur Tür ging.

„Wer?“, wollte Dobrynin wissen.

„Das weiß der Teufel! Komm rein!“ Und der Komsomolze öffnete die Tür und ließ Pawel den Vortritt.

Das Häuschen bestand aus zwei Zimmern und war kalt. Auf dem Boden lagen Papierfetzen herum, irgendein Abfall.

Zybulnik, der hinter dem Kontrolleur hereingekommen war, stürzte plötzlich nach vorn, lief zu einem kleinen Nachtkästchen, das aus einer Armeekiste hergestellt war, riss das Türchen auf und fluchte laut, als er auf das leere Fach starrte.

„Was ist los?“, fragte Dobrynin und trat hinter den Komsomolzen.

„Geklaut!“, antwortete Zybulnik kurz angebunden. „Die Hunde müsste man finden und erschießen!“

„Und was haben sie geklaut?“

„Drei leere Hefte und Komsomol-Beiträge.“

„Wer kann denn das gewesen sein?!“, wunderte sich der Volkskontrolleur laut.

„Wer, wer! Die einheimischen Eskimos!“, stieß der Komsomolze hervor. „Na, denen werde ich’s zeigen!“

Nach ein paar Minuten hatte sich Zybulnik ein wenig beruhigt, heizte den Ofen ein, der von der gleichen Art war, wie er in dem Häuschen am Flugplatz gestanden hatte, also ein schlichtes Benzinfass. Aus dem zweiten Zimmer brachte er zerbrochene Holzbretter herein.

„Sie werden hier schlafen.“ Er zeigte Dobrynin ein etwas kurz geratenes Holzbett, das, wie es Dobrynin schien, ebenfalls aus Armeekisten bestand, und das mit verschiedenen Schablonenzeichen und langen Reihen geheimer Ziffern versehen war.

Die Luft im Häuschen wurde allmählich wärmer. Zybulnik legte sich auf das zweite, ebenso kurze Bett und, nachdem er erklärt hatte, dass er ein wenig schlafen würde, begann er zu schnarchen.

Dobrynin legte sich ebenfalls hin, aber er war nicht müde, offensichtlich hatte er sich im Propellerschlitten zur Genüge ausgeruht. Außerdem hielt ihn die Vorahnung von seinem baldigen Arbeitsbeginn wach und regte seine Gedanken und Fantasie an, obwohl er sich überhaupt nicht vorzustellen vermochte, auf welche Weise er mit der Erfüllung seiner Aufgabe an diesem wüstenähnlichen Ort im Norden beginnen sollte.

Wie üblich in Momenten der Ruhe erinnerte er sich an das von Genosse Kalinin als Geschenk erhaltene Büchlein und ging sogar auf den Flur, wo er den Reisesack mit den Sachen aus der Heimat gelassen hatte, nahm ihn mit und stellte ihn auf den Holzboden neben sein Bett. Aber da überkamen ihn wieder Gedanken und Erinnerungen, und so nahm er das Büchlein nicht aus dem Sack und beschloss, es ein andermal zu lesen, wozu er wahrscheinlich bald Gelegenheit haben würde.

Er streckte sich wieder aus, legte seinen Kopf auf das harte Kissen, das mit rauem Leinen bedeckt war, und kniff die Augen fest zusammen, damit es ihm leichter fiele, an die vergangene Zeit in familiärer Wärme zu denken, die ihn vor nunmehr vielen Jahren erfreut hatte, wie ihm jetzt schien, auch wenn es in Wirklichkeit noch gar nicht so lange her war. Allein die physische Entfernung zwischen dieser Vergangenheit und seiner heutigen Lage im Norden ließ sich in riesigen, geradezu unvorstellbar großen Zahlen messen, die man nur mit jener Reihe von Zahlen vergleichen konnte, die auf den Kisten für allerlei Militärausrüstung zu finden waren, die Dobrynin hier so häufig begegneten.

Nach kurzer Zeit erwachte Zybulnik, stand auf, ging im Zimmer umher und machte zur körperlichen Ertüchtigung sogar einige Kniebeugen.

„Also“, sagte er voller Energie und mit erholter Stimme. „Trinken wir Tee und dann wollen wir uns die Stadt einmal ansehen!“

Dobrynin, der die Veränderung im Ton des Komsomolzen bemerkte, freute sich und streckte und reckte sich gleichfalls, um seine Lebensgeister zu wecken.

Der Tee war schnell aufgebrüht – der Kocher des Komsomolzen funktionierte ausgezeichnet und summte nur eine Spur leiser als der Propellerschlitten, wobei er bläuliche Petroleumflammen erzeugte, die gierig über den geschwärzten Boden des lange nicht mehr geputzten kupfernen Teekessels züngelten.

Kein Hausmann!, dachte Dobrynin, als er einen Blick auf den Teekessel warf und sich an den Kessel in der Hütte am Flugplatz erinnerte, der wie ein Spiegel geglänzt hatte.

Zybulnik goss bereits Tee in zwei einfache Soldatentassen, die auf jenem Nachtkästchen standen, das jemand in Abwesenheit des Hausherrn geplündert hatte.

„Hast du etwas zum Tee?", fragte er. Dobrynin dachte nach und da fiel ihm ein, dass in seinem Sack nur die beiden angebissenen Zwiebackstücke übrig waren.

„Nein. Wir haben alles am Flugplatz gegessen ..."

„Na schön." Der Komsomolze winkte bescheiden ab und zog unter seinem Bett einen kleinen Eisentresor hervor, öffnete ihn mit einem dicken Spezialschlüssel und daraufhin erschienen auf dem Nachtkästchen eine Dose mit Zuckerstücken und eine Schachtel Kekse, auf der ein Rotarmist auf einem Wachposten abgebildet war. Die Kekse hießen auch so – „Auf dem Posten", und ihr Geschmack erinnerte an den staatlichen Zwieback, obwohl sie wesentlich mürber waren.

„Aaach!", seufzte der Komsomolze, als er von dem Keks abbiss, und er schüttelte den Kopf, als ob er sich etwas von der Seele reden wollte.

„Schwer ums Herz?", fragte Dobrynin, der etwas Bekanntes aus diesem Seufzer heraushörte.

„Jaaa", zog Zybulnik in die Länge. „Man hat's nicht leicht."

„Welche Schwierigkeiten gibt es denn hier?"

„Verschiedene", antwortete der Komsomolze. „Im Grunde besteht die Schwierigkeit natürlich in der Arbeit mit der einheimischen Bevölkerung. Sie sind schließlich Wilde. Nur zwei von ihnen sprechen eine einigermaßen menschliche Sprache, also Russisch, einer davon ist ein Schamane, der hiesige Pope, also ein Feind der Arbeiterklasse, und der zweite ist einfach ein waschechter Verräter. Und die anderen: eingeschüchterte, ungebildete Leute und fast alles Diebe!"

„Jaaa ...", sagte diesmal Dobrynin langsam, verstand Zybulnik und erinnerte sich an seine Heimatkolchose, in der allerdings alle Russisch sprachen.

„Ich bin schon das zweite Jahr hier", fuhr der Komsomolze nach einem weiteren Seufzer fort.

„Und was ich schon alles gemacht habe! Fast nicht zu glauben! Karten von gefährlichen Orten erstellt, zwei Götter ausgetauscht ..."

„Was?", fragte Dobrynin nach.

„Ach", winkte der andere ab. „Auf dem Weg in die Stadt zeige ich es dir, es ist schwierig zu erklären. Nimm dir Zucker, sag nur Kriwizkij nichts davon!"

„Warum, nimmt er ihn dann?", wollte Dobrynin wissen.

„Natürlich nimmt er ihn." Zybulnik nickte. „Der Schamane liebt Zucker ganz fürchterlich. Und er ist doch jetzt Kriwizkijs Vertreter."

„Was?!", rief der Volkskontrolleur aus. „Der hiesige Pope ist der Vertreter des leitenden Kommunisten der Stadt?!"

„Ja", sagte Zybulnik. „Was soll man machen? Es gibt hier keinen zweiten Kommunisten innerhalb der nächsten tausend Kilometer. Wir haben zwar drei Völker des Nordens in die Partei aufgenommen, also jene, die hier in der Nähe wohnen, aber die haben keinen Tau von Russisch und außerdem sind das alles Diebe. Und auf den Schamanen hören sie wenigstens. Was er ihnen sagt, das machen sie. Und er sagt ihnen das, was Kriwizkij ihm sagt."

„Aha", begriff Dobrynin. „Das bedeutet, der Schamane ist der Vertreter der einheimischen Intelligenzija, auf die man sich verlassen muss?!"

„Ja, genau!", bestätigte der Komsomolze Dobrynins Gedanken. „Und trotzdem ein Schweinehund! Und wie er Zucker mag!

Kein Pferd auf der Welt mag Zucker so wie er!" Der Gedanke an sein Pferd wischte das Lächeln von Dobrynins Gesicht und er erinnerte sich an Grigorij, der auf dumme und unverdiente Art im Schnee dieses grausamen Nordens umgekommen war.

„Es ist also besser, vor ihm nicht von Zucker zu sprechen."

„Und von wo bist du bis hierher gekommen?", fragte Dobrynin den Komsomolzen, obwohl er in Gedanken immer noch beim tragischen Schicksal seines Pferdes war.

„Ich? Aus der Ukraine. Aus dem Schytomyr-Gebiet. Dort haben wir eine reiche Erde! Nicht so wie hier – wohin du spuckst – überall Schnee. Nicht einmal richtig ausspucken kann man!"

„Ich komme aus dem Manajenkowsker Gebiet ...", sagte Dobrynin. „Dort habe ich eine Frau, zwei Kinder und einen Hund."

Daraufhin tranken sie schweigend Tee. Offensichtlich schwelgte jeder in seinen Erinnerungen an die Vergangenheit und vermied, allzu rasch zu den gegenwärtigen Problemen und Sorgen zurückzukehren. Immer wieder rollte Zybulnik die Unterlippe ein, so als ob er darauf beißen wollte, und Pawel verstand, dass der Komsomolze etwas bedauerte oder über etwas traurig war, aber er wollte nicht nachfragen. Schließlich bedauerte auch Dobrynin etwas, obwohl dieses Bedauern unvernünftig und unnötig war, weil er eigentlich nur bedauern konnte, dass er seine Familie für eine vom Heimatland nicht näher bestimmte Zeit verlassen hatte.

„Also, was ist?" Zybulnik hatte seinen Tee getrunken und stand auf. „Fahren wir?! Unterwegs zeige ich dir einen interessanten Ort."

Bevor sie hinausgingen, legte der Komsomolze den Zucker, die nicht leer gegessene Schachtel Kekse und die Dose mit dem Tee in den Tresor, verschloss ihn mit dem dicken, kurzen Schlüssel und schob ihn unter sein Bett.

Dobrynin ergriff den Reisesack und sie setzten die Reise fort. Wieder heulte der Motor und pfiff der Propeller, während er die frostige Luft durchschnitt. Der Propellerschlitten sauste unterhalb der leuchtenden Bänder, die sich am Nordhimmel bewegten, über den glatten Schnee und gehorchte dabei Zybulniks sicherer Hand.

Nach und nach wurde die von Schnee bedeckte Erde vor ihnen ein wenig uneben, der Horizont krümmte sich undeutlich, war aber trotz der Dunkelheit sichtbar. Der Komsomolze verringerte die Geschwindigkeit, und der Propellerschlitten überwand mit Leichtigkeit die ersten Hügelchen und seichten Gräben und Mulden.

„Gleich sind wir da!", teilte Zybulnik mit. Ungeduldig sah Dobrynin in die Nacht hinaus, die sie umgab, erblickte Hügel und Schnee, aber sonst nichts.

Nach einiger Zeit zeigte der Komsomolze schweigend mit der Hand auf einen höheren Hügel, der sich vor ihnen erhob.

„Was ist dort?", fragte der Volkskontrolleur.

„Wir sehen es gleich! Hauptsache, niemand ist dort."

Nachdem sie den hohen Hügel überwunden hatten und mit ausgeschaltetem Motor hinabgerollt waren, hielt der Propellerschlitten an einem in der Tat seltsamen Ort an. Vor Neugierde sprang Dobrynin als Erster in den Schnee und steuerte sogleich mit schnellem Schritt auf einen kreisrunden, erdfarbenen Platz zu, der offenbar sorgfältig vom Schnee befreit worden war. In der Mitte des Platzes ragte ein Holzpfahl aus dem Frostboden, der, so schien es Dobrynin, in einem bekannten menschlichen Kopf endete. Und vor dem Pfahl befand sich ein schwarzer Aschefleck.

„Was ist das?", fragte Dobrynin.

„Das hier? Wovon ich erzählt habe. Ein heiliger Ort. Früher sah es hier ein wenig anders aus: Hier standen mehrere einfache Götterpfähle. Aber wir haben den Platz ein wenig verändert. Wir haben nur einen einzigen Pfahl mit einer Iljitsch-Büste stehen gelassen."

„Und warum?", wunderte sich der Volkskontrolleur aufrichtig.

„Wie warum?", wunderte sich Zybulnik seinerseits aufrichtig über die Frage des Kontrolleurs. „Es gibt schließlich das Spezialprogramm ‚Die Leninisierung des Polargebietes und des fernen Ostens'. Und nach diesem Programm müssen wir alle kultischen Plätze der Völker des Nordens in Leninwinkel und Agitationsplätze umwandeln. Ich habe bisher nur zwei solche Plätze angepasst, aber hier im Umkreis gibt es zwanzig. Uns fehlen jedoch die Büsten. Ich habe dreißig bestellt, aber geschickt wurden nur zwei."

Dobrynin hörte dem Komsomolzen mit großem Interesse zu. Dabei fühlte Dobrynin, wie in seinem Inneren die Achtung für diesen starken Menschen immer mehr wuchs, der die reiche Erde Schytomyrs gegen die Schneemassen des Polargebietes getauscht hatte. Und mit Verdruss dachte er an seine Schwäche von neulich, als er im Halbschlaf oder in einem anderen Bewusstseinszustand beinahe bedauert hatte, dass er seine Familie so fern zurückgelassen hatte, die er natürlich innig liebte, aber dennoch nicht so innig wie das Heimatland. Dabei war es doch ohne Zweifel klar, dass ein Mensch nur ein Heimatland, aber mehrere Familien haben konnte.

„... und hier verbrennen sie die ihrigen", zeigte Zybulnik mit der Hand auf die Überreste eines Feuers.

„Ihre Toten?"

„Je nachdem", antwortete der Komsomolze. „Ich habe es noch nie gesehen, aber ich glaube, dass sie auch Lebende verbrennen. Sie werden geopfert, um eine bessere Jagd zu erbitten oder um mehr Fische zu fangen. Solchen Irrglauben haben sie."

„Geopfert?"

„Ja, ihren Göttern. Aber jetzt ist das natürlich nicht mehr so. Wir gewöhnen es ihnen allmählich ab. Jetzt opfern sie nur mehr einem Gott. Und Lenin haben sie sogar einen eigenen Namen in ihrer Sprache gegeben. Aber sehr bald, wenn der alte Irrglaube in Vergessenheit geraten sein wird, werden wir an all diesen Orten vollwertige Denkmäler unseres Führers aufstellen und den Eskimos beibringen, Blumen an den Denkmälern niederzulegen statt Menschen zu verbrennen. Das hier ist doch die reinste Barbarei. Als ich hier frisch angekommen war, habe ich mich schrecklich gewundert, aber inzwischen habe ich mich daran gewöhnt und warte erst einmal ab."

„Jaaa ...", bezeugte der Volkskontrolleur seine Verwunderung. „Und wie leben sie? Also, haben sie Frauen? Kinder?"

„Ja, natürlich", antwortete der Komsomolze, während er näher an den Pfahl herantrat, auf dessen Spitze die Iljitsch-Büste befestigt war, und begann, die Büste genau in Augenschein zu nehmen. „Was haben sie denn dort auf Lenins Schulter eingeritzt?! Hm?", fragte er sich und reckte sich noch höher auf die Zehenspitzen.

„Was ist dort?"

„Irgendein Fisch mit Stoßzähnen", sagte Zybulnik. „Nein, das ist wahrscheinlich ein Walross."

„Ein Walross? Was ist das denn?"

„Ein Meerestier", erklärte der Komsomolze knapp. Dann drehte er sich zu Dobrynin um und fuhr fort:

„Ein sehr bösartiges Tier. Wenn es im Rudel auftritt, kann es viele Menschen töten, besonders Fischer. Wahrscheinlich haben sie das Walross aus religiösen Gründen auf die Schulter des Führers eingeritzt. Vermutlich auch für ein gutes Jagdergebnis."

Dobrynin wunderte sich über den Irrglauben der Einheimischen: In der Tat war auch das russische Volk durchaus zu irrigen Überzeugungen imstande, aber bis zu Abgöttern und Menschenverbrennungen hatte man es dort noch nicht gebracht. Das bedeutete, dass der Norden ein ernster Fall war und dass man ihn nicht einfach nur so dorthin geschickt hatte. Offenbar gab es da etwas zu prüfen und zu kontrollieren.

Sie kehrten zum Propellerschlitten zurück und setzten ihren Weg in die Stadt Chulajba fort.

* * *

Die Stadt Chulajba bestand aus drei großen Holzhütten und einigen Zelten. Sie lag in einer Vertiefung zwischen drei

Hügeln, wobei auf der Kuppe eines der Hügel wie auf dem Dach der Hütte am Flugplatz ein Windsack angebracht war, dessen rot-weiß gestreifter Sack sich hin und wieder aufblähte und sich mit frostigem Wind füllte, dann wieder in sich zusammenfiel, was von einer unbeständigen Bewegung der Luftmassen zeugte.

Nachdem Dobrynin und Zybulnik aus dem Propellerschlitten gestiegen waren, betraten sie eine Hütte mit der Aufschrift „Chulajba Haus Nr. ...“. Vor der nächsten Tür blieben sie stehen. Der Komsomolze klopfte und auf einen Zuruf von der anderen Seite öffnete er die Tür.

In dem geräumigen Zimmer war es warm. In der Ecke stand ein Ofen und man konnte hören, wie das darin brennende Holz knisterte und knackte. Daneben lag noch mehr Brennholz – Birkenholz. Dobrynin bewunderte die gekräuselte Birkenrinde und achtete gar nicht auf den Mann, der von seinem Tisch aufgestanden war und sie mit einem freundlichen Lächeln begrüßte.

„Herzlich willkommen!“, sagte der Mann. Dobrynin besann sich mit einem Mal und richtete seine Aufmerksamkeit auf ihn. Er nickte.

„Ich bin Kriwizkij“, erklärte der Mann, während er mit dem Volkskontrolleur einen Blick wechselte. „Der Vorsitzende von Chulajba. Und Sie sind Pawel Aleksandrowitsch Dobrynin, nicht wahr?“

„Ja“, bestätigte Pawel.

„Nun, sehr erfreut!“, sagte Kriwizkij. Dann wandte er sich dem Komsomolzen zu. „Die Technik hat euch nicht im Stich gelassen?“

„Nein“, bestätigte dieser. „Besser als ein Flugzeug!“

Dobrynin musterte Kriwizkij und bildete sich sogleich ein Urteil über ihn. Man konnte sehen, dass er ein starker und großer Mann war, ebenso groß wie der Komsomolze Zybulnik, aber er hatte ein feminines Gesicht. Nicht, dass das dem Volkskontrolleur gänzlich missfallen hätte, aber es rief in ihm gewisse Zweifel über dessen Charakterstärke hervor.

Im Zimmer zeugte alles vom Gegenteil, nämlich von einer festen Hand des Hausherrn: sowohl der breite und ziemlich lange Tisch als auch die rote Fahne, die in einer anderen Ecke auf einem speziellen Ständer befestigt war. Darüber hinaus hing an der Wand über dem Tisch ein sehr ungewöhnliches Porträt von Kriwizkij selbst. An der anderen Wand hing das übliche Porträt des Führers Lenin, auf dem dieser die Zeitung „Prawda" las. Unterhalb des Leninbildes stand ein solider schwarzer Schrank, feuerfest und etwa anderthalb Meter hoch.

Nachdem Dobrynin sich umgesehen hatte und seine Achtung vor dem Bewohner dieses Zimmers wieder gestiegen war, lenkte er seinen Blick zurück auf das ungewöhnliche Porträt von Kriwizkij. Etwas an diesem Porträt war anders.

„Gefällt es Ihnen?", wollte der Vorsitzende von Chulajba wissen.

„Ich finde es interessant", gab der Volkskontrolleur zu. „Irgendetwas ist daran anders ..."

„Ein seltenes Werk", nickte Kriwizkij stolz. „Das Porträt ist aus wertvollen Pelzen von Tieren des Nordens gemacht: Die Wangen sind aus Zobel, die Brauen aus Walrossbarthaaren und der Schnurrbart aus Robbenfell. Ein Geschenk von einem der lokalen Völker. Ich habe bei ihnen auch ein Leninporträt für das Museum in Moskau bestellt. Ich möchte es dorthin mitschicken, also wenn alles in Ordnung geht, dann nehmen Sie es mit, wenn Sie in die Hauptstadt fliegen."

„In Ordnung." Dobrynin war einverstanden. „Und was gibt es hier bei Ihnen zu kontrollieren ... damit ich etwas überprüfen kann?"

„Darüber sprechen wir dann morgen, Pawel Aleksandrowitsch", lächelte Kriwizkij auf weibliche Art. „Jetzt ruhen Sie sich aus. Ich habe angeordnet, dass heute auf dem Platz ein Markt zu Ehren Ihrer Ankunft abgehalten werden soll, damit Sie sehen können, wie wir hier leben, und Sie sich eine lokale Spezialität mitnehmen können. Genosse Abunajka, mein Stellvertreter, hat Sie und Genosse Zybulnik zum Abendessen eingeladen. Er ist einer der Einheimischen, aber im Unterschied zu den anderen spricht er Russisch."

* * *

Auf dem kleinen Platz, in der Mitte zwischen den Holzhütten und den Zelten, saßen die Einheimischen auf einer Unterlage im Schnee. Es waren etwa zehn Personen. Vor ihnen lagen die Waren, aber solange Dobrynin und Zybulnik dicht davor standen, war es unmöglich gewesen zu erkennen, womit auf diesem Markt gehandelt wurde.

Der Volkskontrolleur war mit angehaltenem Atem einige Meter vor der „Marktreihe" stehen geblieben und betrachtete nun die Waren. Ein Großmütterchen mit einem erstaunlich flachen, sonnengebräunten Gesicht, in dem nur zwei schmale Augenschlitze zu sehen waren, hatte vor allem Fleischwaren: Stroganina, das Dobrynin noch nie gesehen hatte, gepökeltes Fleisch eines unbekannten Tieres und irgendwelche Fleischstäbchen in der Länge einer menschlichen Hand. Dobrynin wollte diese unbekannten Lebensmittel des Nordens ausprobieren, und offenbar erkannte Zybulnik diesen Wunsch am Blick des Volkskontrolleurs, vielleicht war sich Dobrynin auch einfach nur über die Lippen gefahren, ohne es selbst zu merken. Der Komsomolze trat sogleich zu ihm, beugte sich an sein Ohr und flüsterte:

„Sie können alles nehmen, was Ihnen gefällt!"

„Das kommt mir irgendwie nicht richtig vor ...", antwortete Dobrynin ebenfalls flüsternd und dachte gleichzeitig bei sich, warum sie flüsterten, wenn hier niemand Russisch verstand.

Aber da flüsterte Zybulnik wieder, diesmal schon lauter:

„Nehmen Sie nur, keine Angst. Erstens ist es offensichtlich, dass Sie Russe sind. Aber wenn Sie nicht einfach so etwas nehmen wollen, dann sage ich Ihnen eine offizielle Parole und Sie können, wenn Ihnen etwas gefällt, die Parole sagen und mit dem Finger auf das Ding zeigen, das Sie kaufen möchten ..."

Diese Idee gefiel Dobrynin. Einfach etwas nehmen, nur weil er Russe war – das hatte etwas Unbescheidenes und Unangenehmes. Aber wenn es eine spezielle Parole gab, bedeutete dies, dass es eine solche Vorschrift gab, was im Weiteren hieß, dass das von oben so geregelt war.

„Und wie lautet die Parole?", fragte der Volkskontrolleur.

„Burajsy."

„Eine komische Parole", sagte Dobrynin leise.

„Das ist ein Wort aus ihrer Sprache", erklärte der Komsomolze. Der Volkskontrolleur trat zum sonnengebräunten Großmütterchen, wies mit der Hand auf das längste Fleischstäbchen und sagte: „Burajsy!" Das Großmütterchen nahm flink das Fleischstäbchen und reichte es dem Volkskontrolleur.

„Danke", sagte Dobrynin zum Großmütterchen.

„Nicht nötig!" Zybulnik sah den Kontrolleur mit leicht verkniffenem Mund an. „Sie verstehen das sowieso nicht."

Sie schritten die Reihe der auf dem Schnee ausgelegten Waren ab. Dobrynin „kaufte" mit der Parole noch einige seltsame Fleischstücke. Er versuchte ein kleines Stück von dem Fleischstäbchen abzubeißen, aber dieses erwies sich als so stark gesalzen, dass sich Dobrynins Lippen sogleich zusammenzogen.

Zybulnik „kaufte"mit der Parole einige Pelze eines Felltieres, das Dobrynin nicht kannte.

„Ich muss meine Hose ausbessern, sie ist schon ganz durchlöchert", erklärte er Dobrynin.

Insgesamt war der Markt ärmlich und einiges daran war ihm unverständlich. Die Verkäufer saßen herum, und außer dem Kontrolleur und Zybulnik gab es keine Käufer. Allerdings bemerkte Dobrynin, dass die Verkäufer selbst untereinander Waren tauschten, aber sie versuchten das unbemerkt und hinter dem Rücken der Vertreter des russischen Volkes zu machen.

Bevor sie den Markt verließen, legte Dobrynin alle Käufe in seinen Reisesack, band ihn zu und warf ihn sich über die Schulter. Da berührte ihn jemand leicht. Dobrynin fuhr erschrocken zusammen und drehte sich um. Vor ihm stand ein kleiner, ihm bis zur Schulter reichender Einheimischer, der sich allerdings von den übrigen Anwesenden unterschied. Sein Gesicht war nicht so breit wie das des Großmütterchens und der anderen Verkäufer, darüber hinaus hatte er einen Schnurrbart, der nach oben gezwirbelt war.

„Russe!“, sagte er mit einer zarten, beinahe säuselnden Stimme. „Ich gebe dir Zobel für dieses Ding!“ Und er berührte den Sack, der über seiner Schulter hing.

„Nein, Genosse“, antwortete der Kontrolleur entschuldigend. „Ich kann nicht – den hat mir meine Frau geschenkt ...“

„Aha“, nickte der Einheimische. „Ein gutes Ding!“ Dobrynin hob für alle Fälle die Achseln, um zu zeigen, dass er die Tasche wirklich nicht tauschen konnte, und eilte zum Komsomolzen, der schon vorausgegangen war.

„Was wollte er von dir?“, fragte Zybulnik.

„Er wollte den Sack gegen Zobel tauschen ...“

„Wie viele Zobelfelle wollte er denn dafür geben?“, wollte der Komsomolze wissen.

„Ich weiß es nicht“, gab Dobrynin zu. „Ich habe abgelehnt. Schließlich hat ihn mir meine Frau geschenkt.“

„Da hattest du recht!“, nickte Zybulnik, über sein Gesicht huschte jedoch ein boshaftes Lächeln, das sofort wieder verschwand. „Lass uns jetzt zu Abunajka gehen und uns bei ihm ausruhen. Sag ihm nur nicht, dass ich Zucker habe!“

„Aber nein, ich werde es nicht vergessen!“, sagte Dobrynin.

„Übrigens der Mann, der dir den Zobel angeboten hat, das ist der zweite, der Russisch spricht. Waplacher heißt er. Wie einem eine Mutter einen solchen Namen geben kann!“

„Wahrscheinlich war sie keine Russin“, meinte Pawel. „Eine Russin würde ihr Kind nicht so nennen.“

„Bestimmt!“, bestätigte Zybulnik.

Abunajka wohnte abseits der Stadt. Seine Behausung war weder eine Hütte noch ein Zelt.

„In ihrer Sprache nennen sie es Balagan“, erklärte Zybulnik. „In solchen Balaganen wohnen jene Menschen des Nordens, die den größten Respekt genießen, innerhalb der lokalen Volksgruppen natürlich.“

Beim Eingang in den Balagan lagen einige Hunde mit flauschigem Fell im Schnee und neben ihnen stand ein Schlitten mit abgestreiftem Hundegeschirr.

Dobrynin wurde es augenblicklich warm ums Herz. Als er die Hunde sah, erinnerte er sich sogleich an sein Dorf, an seine Frau und an den tollpatschigen und stürmischen Hund Mitka.

„Abunajka ist zu Hause!“, sagte der Komsomolze, während er die Hunde ansah. „Wir bitten ihn gleich, uns etwas zu essen zu machen. Und später kommt vielleicht auch noch Genosse Kriwizkij.“

Während trotz der Nacht draußen alles sichtbar war, herrschte im Balagan völlige Dunkelheit, als sie eintraten. Jemand schnarchte.

„He, Abunajka! Burajsy!“, rief der Komsomolze in die Dunkelheit und sogleich fuhr jemand hoch, murmelte etwas in einer unverständlichen Sprache und sagte dann auf Russisch: „Gleich-gleich!“ Ein Streichholz flammte auf, vollzog in der Dunkelheit einen Bogen, traf auf den Docht einer Petroleumlampe, und es wurde zusehends heller. In diesem Licht, das den gesamten Balagan ein wenig erhellte, erschien das faltige Gesicht eines alten Mannes. Die langen, schwarzen Haare mit grauen Strähnen reichten ihm bis zur Schulter und lagen auf dem schmutzigweißen Kragen eines Rentierpelzes auf, der etwas kurz war und unten mit einem schmalen Streifen dunklem Pelz verziert.

„He, wer ist da? Zybulnik?“, fragte der Alte und starrte die beiden aus zusammengekniffenen Augen an. „Meine Augen sehen so schlecht.“

„Ja, Abunajka, ich bin’s mit einem Gast.“

„Und woher kommt Gast?“, fragte der Alte.

„Von weit her, beinahe aus Moskau“, antwortete der Komsomolze.

„Aha“, brummte Abunajka. „Was für weit gereister Gast! Für weit gereister Gast muss man etwas machen ...“

„Hör zu, Alter.“ Zybulnik trat geradewegs vor Abunajka hin, holte aus seiner Hosentasche das gewisse gefrorene Pferdeorgan und reichte es dem Herrn des Balagan.

„Mach daraus Sülze, es kann sein, dass Kriwizkij noch kommt. Wir setzen uns einstweilen und warten ...“

„Ei-jei-jei ...“, schüttelte der Alte den Kopf. „Da braucht man noch drei von Rentieren ... ei-jei-jei ... arme Rentiere ... na gut, Abunajka kommt bald wieder!“ Der Alte nahm von einem Regal ein großes Messer, das starke Ähnlichkeit mit einer Sichel hatte, verließ den Balagan und ließ Dobrynin und den Komsomolzen allein.

„Hier ist es so kalt wie draußen ...“, sagte der Volkskontrolleur. „Heizt er denn nicht ein?“

„Wozu sollte er? Er kann so leben.“

„Und erfriert er nicht?“, wunderte sich Dobrynin.

„Nein. Statt sich am Ofen zu wärmen, trinkt er vor dem Schlafen Wodka aus Milch. Tarasun nennt sich das. Ein starkes Gesöff, aus Rentiermilch und noch irgendetwas anderem gemacht.“

Nachdem sich Pawel ein wenig an die Beleuchtung gewöhnt hatte, sah er sich in der Behausung um, er konnte jedoch nichts Interessantes entdecken. Alle Innenwände waren mit Rentierfellen bedeckt, wobei die Pelzseite nach innen gekehrt war. Der Fußboden war ähnlich ausgelegt, allerdings von brauner Farbe. In einer Ecke lag ein ganzer Berg von Lappen und Fellen und Dobrynin dachte, dass dies das Bett sein musste. Das alles wäre ganz in Ordnung gewesen, wenn da nicht ein beißender, unangenehmer Geruch gewesen wäre, der mit jeder Sekunde stärker und schärfer wurde. Dobrynin hielt es nicht länger aus und musste husten.

„Das vergeht!“, beruhigte ihn Zybulnik. „Das kommt davon, dass er hier Medizin aus Rentierurin herstellt. Das hilft gegen alle Krankheiten, aber nur bei den Einheimischen. Für Russen hat diese Medizin keinen Nutzen. Wahrscheinlich ist der Organismus ein anderer. Aber was für ein Gestank! Sei's drum, setz dich!“

„Wohin?“, fragte Dobrynin, während er auf den braunen Fußboden blickte.

„Komm, lass uns auf sein Bett setzen!“

Sie gingen in die Ecke, wo der Haufen von Lappen und Fellen lag, und setzten sich darauf.

„Er wird gleich zurück sein, seine Herde ist hier ganz in der Nähe, hinter dem Hügel“, sagte Zybulnik. „Wenn er kommt, dann trinken wir etwas. Dann wird uns wärmer.“

Sie mussten tatsächlich nicht lange auf den Alten warten. Nachdem er zurückgekommen war, entfachte er direkt auf dem Fußboden des Balagan ein Feuer, stellte einen dreibeinigen Ständer darüber und hängte über die noch schwachen Flammen einen Kessel mit Wasser, in den er das Pferdeorgan und noch etwas anderes hineinwarf. Erst danach ging er zu seinen Gästen und sagte:

„Gleich-gleich macht Abunajka Sülze, russischer Mann Kriwizkij wird zufrieden sein ...“

„Gib uns Tarasun“, verlangte der Komsomolze vom Alten halb im Scherz. „Es ist so kalt.“

„Tarasun ...“ Abunajka nickte und kroch hinter das Bett, verbeugte sich dort, wobei er etwas in seiner Muttersprache murmelte, holte dann eine trübe Glasflasche hervor, die mit einer milchigen Flüssigkeit gefüllt war.

„Tarasun schmeckt gut ...“, nickte er, hob mit der zweiten Hand Krüge vom Regal und reichte sie Zybulnik und Dobrynin.

„Nimm, Abunajka schenkt Tarasun ein ... Tarasun ist stark ... gefriert nicht ... weit gereister Gast soll als Erster trinken!“

Dobrynin nippte an seinem Krug und spürte sogleich, wie es angenehm in der Kehle brannte und sich eine säuerliche Wärme nach unten bewegte, direkt in das Innerste des Volkskontrolleurs. Er nahm noch einen Schluck, diesmal einen richtigen, ächzte und ließ seinen Blick begierig durch den Balagan schweifen auf der Suche nach etwas, das sich dazu essen ließ oder an dem er wenigstens riechen konnte.

Zybulnik begriff, worum es ging, und hob seinen Arm vor Dobrynins Gesicht. Der Volkskontrolleur beugte sich darüber, presste seine Nase in den Pelzärmel der Jacke, machte einen tiefen Atemzug durch die Nase und gleich noch einen zweiten.

„Aaah", sagte der Alte erfreut. „Weit gereister Gast mag Tarasun?"

„Gut! Sehr gut!" Pawel nickte und blickte dabei den Herrn des Balagan beifällig an. „Und das trinken Sie jeden Tag?"

„Aaah", lächelte Abunajka wieder. „Weit gereister Gast weiß nicht, dass heute Nacht ist ..."

„Er weiß es!", unterbrach ihn der Komsomolze barsch. „Der weit gereiste Gast hat es vergessen!"

„Ei, russischer Mann Zybulnik, nicht beleidigt sein. Abunajka ist alt, kann schlecht Russisch ..."

Das Gespräch war einfältig, und deshalb goss Dobrynin seinen Krug noch einmal mit Tarasun voll.

Bald kam Kriwizkij. Der Alte freute sich über seine Ankunft. Er sprach so laut, als ob er selbst schwerhörig wäre.

„Sülze wird gleich-gleich fertig und gut sein! Tarasun ist frisch! Ganz frisch!"

„Gib mir von deinem Tarasun!", sagte Kriwizkij zu ihm, und er nahm, sobald er einen Metallkrug erhalten hatte, der sogleich mit der milchigen Flüssigkeit gefüllt worden war, einige kräftige Schlucke.

Abunajka machte sich am Feuer zu schaffen, nahm den Ständer mit dem Kessel und trug ihn aus dem Balagan. Dann kehrte er zurück.

„Ist gleich-gleich abgekühlt."

„Wie undiszipliniert ihr hier seid ...“, sprach Kriwizkij, während er Zybulnik und den Volkskontrolleur anblickte. „In einem Balagan sitzen die Gäste auf dem Fußboden und nicht auf der Schlafstätte des Hausherrn!“

Dobrynin stand gehorsam auf und ließ sich auf dem Boden nieder. Der Komsomolze setzte sich ebenfalls neben ihn und schließlich auch Kriwizkij selbst. Er vervollständigte damit die geometrische Form eines nationalen Festtisches.

„Ei-jei-jei ...“, brummte der Alte vor sich hin, während er hinter dem Bett herumkramte.

„Ach ja, Genosse Zybulnik!“, sprach plötzlich Kriwizkij und wandte sein auf weibliche Art liebliches Gesicht dem Komsomolzen zu. „Aus Jakutsk ist eine Funkmeldung gekommen. Es sind dort achtundsechzig Führerbüsten für dich angekommen, also wenn du die Parteibeiträge von der Bevölkerung einkassierst, kannst du gleich nach Jakutsk fahren. Und nimm mir von dort Birkenholz mit – ein Geschenk von meinem Freund im Kreml!“

Als Kriwizkij den Freund im Kreml erwähnte, warf er Dobrynin einen Blick zu, um zu sehen, ob das den nötigen Eindruck auf ihn machte.

Der Volkskontrolleur hingegen erinnerte sich gerade an den Genossen Kalinin und überlegte, ob er nun etwas zum Tee hatte oder ob er den Tee einfach so trinken sollte.

„Zu Befehl, Genosse Kriwizkij“, antwortete der Komsomolze mit einem Kopfnicken. „Aber ist es nicht noch etwas früh, Beiträge zu kassieren? Ich habe sie erst vor kurzem eingesammelt, und die Scheune ist vollgestopft, man kann sie ohnehin nirgends aufbewahren.“

„Die Scheune ist schon wieder leer“, antwortete Genosse Kriwizkij barsch.

„Und wann wurden sie abgeholt?“, wunderte sich der Komsomolze.

„Während du unterwegs warst.“

„Aaah!“ Abunajka ließ ein fröhliches Brummen hören. „Ich habe noch Tarasun gefunden!“ Und der Alte stellte noch eine

Flasche mit milchigem Wodka vor die Gäste auf den Boden. „Und ich hole gleich-gleich Sülze ..."

„Aber ist es nicht gefährlich, hier eine ganze Scheune voll Geld zu haben? Wenn es gestohlen wird ...", brachte Dobrynin seine Gedanken ins Gespräch ein.

„Welches Geld?!", stellte Kriwizkij eine Gegenfrage. „Dort ist kein Geld."

„Und die Parteibeiträge?"

„Aber das ist doch kein Geld, wir sammeln sie ja in Zobelfellen ein", erklärte der Vorsitzende von Chulajba. „Dann schicken wir sie nach Moskau, und um alles Weitere brauchen wir uns nicht zu kümmern. Wir haben hier drei Parteivölker, gut zwanzig Ortschaften ..."

Wieder erschien der Alte, verharrte für einen Moment neben der sitzenden Gesellschaft, stellte dann den Kessel mit der abgekühlten Sülze auf den Boden und setzte sich dazu.

„Sülze ist gut ...", sagte er und blickte dabei dem Genossen Kriwizkij in die Augen.

In die Krüge wurde Tarasun nachgeschenkt. Dann deutete der Alte mit beiden Händen auf den Kessel und sagte zu Kriwizkij:

„Nimm Sülze, beleidige nicht Abunajka!"

Der Vorsitzende nahm seinen Krug in die linke Hand. Mit der rechten fuhr er direkt in den Kessel hinein, rührte darin herum, wobei er aus der abgekühlten Sülze ein lockeres, weißes Etwas machte, und zog ein Stück eines bläulichbraunen Organs heraus, das entweder vom Pferd oder vom Rentier stammte.

Dann wandte sich der Alte an den weit gereisten Gast Dobrynin und richtete die gleichen Worte an ihn: „Nimm Sülze, beleidige nicht Abunajka!"

In seinem Inneren machte sich Ekel breit, aber der Volkskontrolleur erinnerte sich daran, dass man Nationalsuppen und Ähnliches respektieren musste. Also streckte er die Hand in den Kessel, bemühte sich um Sorgfalt, um das Gericht nicht allzu sehr zu verderben, ertastete dort hastig etwas

Hartes und Längliches, zog es heraus und führte es zum Mund.

Der Komsomolze war ebenfalls schnell und zog seine Portion flink aus dem Kessel. Und erst dann nahm der Herr des Balagan ein Stück aus der Sülze in die Hand und führte seinen Krug an die Lippen.

„Also ...", dachte Genosse Kriwizkij laut und sagte dann: „Auf den Sieg des Sozialismus im Polargebiet!"

Die Krüge stießen dumpf aneinander. Dobrynin schluckte den Tarasun und steckte das, was er in der Hand hielt, automatisch in den Mund. Das Organ stellte sich als recht hart heraus, aber es ließ sich leicht kauen. Als er das erste Stück zerkaut hatte, fiel dem Volkskontrolleur ein, dass die Russen dieses Organ normalerweise nicht aßen. Und wie von selbst stieg in seinem Körper eine Übelkeit hoch, aber Dobrynin bekämpfte sie eilig und ertränkte die unliebsamen und ärgerlichen Gedanken in einigen Schlucken Tarasun. Dann leerte er noch mehr davon in seinen Krug.

„Abunaj-gin!", ließ sich hinter der dicken Pelztür des Balagan ein Rufen vernehmen. „Urke bimi nelesken niwren!"

„Was ist los?", fragte Genosse Kriwizkij unzufrieden.

„Man ruft Abunajka zum Gespräch", erklärte der Alte, während er sich erhob.

Er beugte sich hinunter, um die dicke Pelztür anzuheben, und schlüpfte aus dem Balagan.

Dobrynin fühlte sich sehr wohl. Eine wunderbar sanfte Wärme breitete sich über seinen Armen und Beinen aus und sogar in seinem Kopf fühlte er wohlige, nicht in russische Worte zu fassende Schauer, die seine Stimmung versüßten. Nachdem er fertig gekaut hatte, schenkte er sich noch Tarasun nach, ohne auf die ebenfalls schweigend trinkenden Genossen zu achten. Die Stille gefiel ihm allerdings nicht. Weitaus angenehmer wäre es gewesen, wenn rundherum vertraute russische Geräusche zu hören gewesen wären: das Bellen oder Heulen eines Hundes, ein Türenschlagen oder auch nur das Geräusch von Regen. Aber auch hier, gleich neben diesem Balagan, lagen flaumhaarige Hunde mit flauschigem Fell im Schnee, sollte etwa ihr Bellen anders sein?! Nein, alle Hunde bellten gleich! Wenn sie jetzt losbellen würden ... Der Volkskontrolleur fuhr sich bei diesem wohltuenden, träumerischen Gedanken über die Lippen, nahm mit den Fingern etwas von dem Fett, das von der Sülze im Kessel übrig war, und steckte es in den Mund. Dazu trank er kleine, wohltuende Schlucke des Milch-Wodkas.

Abunajka kehrte zurück. Rasch setzte er sich an seinen Platz und nahm mit der Hand ebenfalls etwas Fett aus dem Kessel.

„Worüber habt ihr gesprochen?“, fragte Genosse Kriwizkij streng.

„Ach, sie fragten, ob sie Haus von Butunaj abbrennen dürfen, er ist von Jagd nicht zurückgekommen ...“

„Und, hast du es erlaubt?“, fragte der Vorsitzende von Chulajba weiter.

„Ja“, nickte der Alte. „Abunajka ist gut, Abunajka erlaubt alles ...“

„Nun, vielen Dank ...“ Kriwizkij erhob sich. „Ich muss noch arbeiten ... Danke für die Sülze ... ich gehe.“

Etwas unsicher auf den Beinen verließ der Vorsitzende von Chulajba den Balagan und stapfte in seinen hohen Pelzstiefeln durch den still und friedlich daliegenden Schnee.

Dobrynin und der Komsomolze tranken die zweite Flasche aus. Der Komsomolze brummte beim Trinken unzufrieden über das Einsammeln der Parteibeiträge vor sich hin, nannte es eine „Drecksarbeit“, woraus der längst nicht mehr nüchterne Volkskontrolleur schloss, dass Zybulnik dieser Auftrag nicht gefiel.

„Wollen wir uns aufwärmen?!“, schlug plötzlich der Alte Abunajka vor. „Da wird es warm, da wird es heiß ...“

„Wo denn“, wollte Dobrynin wissen.

„Am Feuer wärmen!“, erklärte der Alte.

Alle drei gingen in die blaue Polarnacht hinaus. Dobrynin war bereits drinnen warm gewesen und er wäre natürlich viel,

viel lieber sitzen geblieben oder hätte sich vielleicht sogar auf den braunen Pelzboden des Balagans gelegt, aber da er sich an die erste Lenin-Erzählung erinnerte, wollte er dem Hausherrn nicht widersprechen und seinen Vorschlag nicht ablehnen.

„Dort!" Der Alte zeigte mit der Hand auf einen sichtbaren Feuerschein hinter dem Hügel. „Da gehen wir hin. Dort ist es warm."

Während sie gingen, fühlte Dobrynin die schneidende Kälte und steckte seine Fäuste tiefer in die Taschen seines Rentierpelzes.

„Es kühlt ab", sagte Abunajka. „Bald wird es noch kälter!"

„Auch das noch!", brummte der Komsomolze unzufrieden. Er schwankte beim Gehen, offenbar fiel es seinen wackeligen Beinen schwer, einen so großen und dazu noch betrunkenen Körper zu tragen.

Als sie den Hügel hinter sich gebracht hatten, erblickten sie die Flammen eines großen Feuers, daneben stand eine kleine Schar von Menschen.

„Und warum wird das Haus niedergebrannt?!", fragte Dobrynin, während er versuchte, mit dem leichtfüßigen Alten Schritt zu halten.

„So muss es sein", antwortete Abunajka im Gehen. „Wenn Fischer oder Jäger nicht nach Hause kommt, muss man Haus niederbrennen, damit böse Geister dort nicht einziehen ... Wenn sie einziehen, dann kommen sie auch in andere Häuser und bringen viel Unglück."

Von dieser Erklärung verblüfft verlangsamte Dobrynin für einen Augenblick sein Tempo, wartete auf den Komsomolzen, der hinter ihm ging, und fragte ihn:

„Gibt es hier etwa wirklich böse Geister?"

Zybulnik sah den Volkskontrolleur mit einem benebelten, milchigen Blick an.

„Wenige, aber doch ...", brachte er mit Anstrengung hervor. Um das brennende Zelt herum standen die Einheimischen in roten, mit verschiedenen Zierborten gesäumten Rentierpelzen. Als sie Abunajka erblickten, wichen sie zur Seite.

Der Alte trat an die Flammen heran und verbeugte sich tief vor dem Feuer, bis er fast den Schnee berührte. Dann stimmte er ein wehmütiges Klagen in seiner Sprache an, worauf die anderen Einheimischen sich ebenfalls vor dem Feuer verbeugten.

„Was machen sie da?", fragte Dobrynin den neben ihm stehenden Komsomolzen.

„Wilde Bräuche", sagte Zybulnik. „Gleich fangen sie an zu tanzen!"

„Und wenn der Hausherr doch noch zurückkehrt, wo wird er dann wohnen?!", fragte der Volkskontrolleur wieder.

Der Komsomolze zuckte die Achseln.

Die Flammen loderten stärker und der Alte Abunajka klagte und heulte noch immer in seiner Sprache, schwang seine Arme und drehte sich dabei von Zeit zu Zeit herum wie ein aufgezogener Kreisel.

„Ich gehe zurück, hier ist es kalt", meinte der Komsomolze.

„Wohin zurück?!", fragte ihn Pawel.

„In den Balagan, wir übernachten heute beim Alten ... Kommst du mit?"

Dobrynin dachte nach und beschloss, hierzubleiben und sich die einheimischen Bräuche anzusehen.

„Nun, wie du willst", meinte Zybulnik, bevor er ging.

Dobrynin kam näher zum Feuer, blieb aber etwas abseits stehen, um Abunajka nicht zu stören, der jetzt irgendwelche Laute ausrief und sich einmal dem Feuer, einmal den einheimischen Zuhörern zuwandte. Plötzlich spürte der Volkskontrolleur, wie ihm jemand auf den Rücken klopfte, und als er sich umdrehte, fühlte er einen Schauer durch seinen Körper laufen – entweder vor Schreck oder vor Kälte.

Hinter ihm stand der Dobrynin bereits bekannte Einheimische, der ihm vor kurzem angeboten hatte, seinen Sack gegen Zobel zu tauschen.

„Zuerst begrüße ich dein glattes Gesicht und deine Weisheit, dann sprechen wir", sagte der Einheimische und blickte dem Volkskontrolleur in die Augen.

„Guten Tag“, antwortete Dobrynin, verblüfft über die seltsame Anrede.

„Ist der Russe gestern angekommen?“, fragte der Einheimische. „Ich lebe schon lange hier und weiß viel. Ich heiße Waplach ...“

Als der Einheimische seinen Namen nannte, erinnerte sich Dobrynin daran, wie der Komsomolze den Burschen genannt hatte, und er wurde nachdenklich, denn diesmal hörte er in dem nicht-russischen Namen nichts Herabwürdigendes. Aber Zybulnik hatte den Namen auch ganz anders ausgesprochen ...

„Ich bin ein nicht-einheimisches Volk“, fuhr der Bursche mit dem Namen Waplach fort.

„Wie kannst du denn ein Volk sein?!“, wunderte sich Dobrynin und spürte dabei, wie die angenehme, warme Betrunkenheit verschwand und er sich innen wie außen kalt und schwer fühlte. „Ein Volk, das sind viele Menschen, und du bist nur einer ...“

„Nei-ein“, beharrte Waplach stur. „Ich bin das Volk der Urku-Jemzen ... Außer mir ist von diesem Volk niemand mehr übrig ...“

Das stimmte Dobrynin nachdenklich. Er hatte noch nie etwas von einem Volk der Urku-Jemzen gehört, aber das wunderte ihn nicht, schließlich hatte er früher auch gedacht, dass das Land gleich hinter Moskau zu Ende war und dort das Ausland begann.

„Nun also ... und wie heißt der Russe?“, unterbrach sich Waplach plötzlich selbst mit einer Frage.

„Pawel Dobrynin ...“

„Wenn der Russe Dobrynin als einziger Russe übrig ist, heißt das, dass er das russische Volk ist ... Und wenn er dann stirbt, dann gibt es kein russisches Volk mehr ...“

Waplachs seltsame Worte verwirrten Dobrynin ein wenig, aber da begann Abunajka, mit lautem Schreien herumzuspringen, und mit jedem Sprung kam er näher und näher an den Volkskontrolleur heran.

Allmählich verloschen die Flammen und die Einheimischen stimmten ein verhaltenes Klagelied in einem Chor ohne Harmonie an und wiederholten unentwegt die Worte „ojasikamuj". Dobrynins Füße waren kalt, und dann war da auch noch dieser Waplach, der sich als Volk bezeichnete ...

„Das russische Volk wird es immer geben!", sagte Dobrynin leicht verärgert und müde.

„Der Russe soll sich nicht kränken, sein Volk wird es immer geben, aber mein Volk stirbt ..."

„Was zum Teufel!", seufzte der Volkskontrolleur schwer und sah den Burschen stirnrunzelnd an. „Woran stirbt es denn?!"

„Wenn ich sterbe, stirbt das Volk ... und sonst gibt es niemanden von diesem Volk ... es wurden alle umgebracht ..."

Dobrynin wollte diesen seltsamen Einheimischen, der sich einbildete, ein Volk zu sein, auf höfliche Weise loswerden, und so räusperte sich der Volkskontrolleur und ging zu Abunajka, der nach seinen Sprüngen um das Feuer in der Nähe Halt gemacht hatte, nun ganz still stand und sich offensichtlich erholte. Dobrynin sagte zu Abunajka:

„Können wir zurück in den Balagan gehen?"

„Wir gehen, gleich-gleich gehen wir", nickte der Alte mit dem Kopf. „Ich bin schon fertig."

Dobrynin sah sich um und stellte mit Erleichterung fest, dass Waplach verschwunden war.

Die Einheimischen verbeugten sich vor dem Alten, verabschiedeten sich von ihm und gingen ebenfalls fort. Der Alte berührte Dobrynin am Arm, um seine Aufmerksamkeit auf sich zu lenken, und führte ihn zurück zum Balagan.

Sie gingen langsam. Der Kopf des Volkskontrolleurs fühlte sich schwer und benebelt an.

Als sie den Balagan betreten hatten, sahen sie den mit ausgestreckten Armen auf dem Boden liegenden Komsomolzen. Er schnarchte ächzend.

„Wir müssen ihn ein wenig von hier wegrücken und zudecken", sagte der Alte geschäftig. „Zybulnik ist schwacher Mensch, er wird sich erkälten."

Mit letzter Kraft half Dobrynin Abunajka, Zybulnik zum Bett hinzuschieben und ein paar der Rentierfelle auf ihn zu werfen. Danach setzte sich der Volkskontrolleur erschöpft auf den Fußboden aus braunen Pelzen und schnappte nach Luft. Das Dröhnen in seinem Kopf war verstummt, und er fragte den Alten, ob er noch ein wenig Milch-Wodka habe.

„Warum ein wenig?!", wunderte sich der Alte. „Viel habe ich, viel!" Und wieder kroch er hinter das Bett und holte noch eine Flasche hervor.

Er leerte Wodka in die Krüge und sie tranken. Wieder breitete sich in Dobrynins Innenwelt sanfte und wohlige Wärme aus, und er tauchte ganz in diese Wärme ein und wusste nun, dass, wenn jetzt auch noch die Hunde bellen würden, sein Glück vollkommen wäre. Und so fragte er den Alten:

„Genosse Abunajka, bellen deine Hunde?"

„Sehr selten ... sie sind gutmütig, friedlich ..."

„Und könntest du sie zum Bellen bringen?", fuhr Dobrynin bittend fort.

„Aber wozu, sie sind gutmütig und friedlich ...", wiederholte der Alte.

„Ich höre ihrem Bellen doch so gerne zu. Ich habe weit von hier, daheim, einen Hund mit solch klangvoller Stimme ... Mitka ..." Der Volkskontrolleur sprach so liebevoll, dass Abunajka, der solche Gespräche nicht gewohnt war, der Mund offen blieb.

„Russischer weit gereister Gast liebt seinen Hund!", sagte er erfreut. „Möchte Bellen hören?!"

„Ja, sehr gern!"

„Abunajka macht es ... Abunajka liebt Gäste ..." Und der Alte verließ den Balagan. Der Komsomolze schnarchte inzwischen schon etwas leiser, vielleicht ließen aber einfach die Rentierfelle, mit denen er zugedeckt war, sein dröhnendes Schnarchen nicht so laut hindurch. Und Dobrynin genoss seinen Zustand.

„Ahuu ... ahuu!", konnte der Volkskontrolleur hören. Da zerrte der Alte auch schon einen verschlafenen Hund in den

Balagan, der keine große Lust hatte hineinzukommen und sich träge mit den Pfoten dagegenstemmte. „Ahu-ahu" befahl ihm der Alte und zog ihn dabei am Nackenfell zu seinem Gast.

Schließlich hatte er es geschafft und setzte den Köter zwischen Dobrynin und sich und sprach mit dem Hund auf Russisch, indem er auf den Volkskontrolleur zeigte:

„Siehst du, weit gereister Gast ist gekommen, russischer Gast ... du musst ‚wau! wau!' bellen."

Aber der Hund bewegte nur seine Schnauze zwischen seinem Herrn und Dobrynin hin und her; offensichtlich hatte er gar nicht vor zu bellen.

„Ahuu-ahuhuu, siehst du, weit gereister Gast bittet, jetzt bell!", bat der Herr seine Hund noch einmal, der indessen weiterhin schwieg. Da holte der Alte aus und zog ihm mit dem leeren Krug schwungvoll eins über den Rücken. Der Hund heulte auf und der Alte freute sich und wiederholte das Ganze. Sei es aus Schmerz oder vor Schreck – der Hund bellte klangvoll und wunderbar und Dobrynin schloss, von den heimatlich vertrauten Lauten entzückt, die Augen und glitt hinüber in einen sanften und warmen Frühlingstraum, in dem er auf einer von Löwenzahn bedeckten Lichtung lag, und neben ihm spielte und bellte sein geliebter Hund Mitka und wälzte sich auf dem Rücken.

Der Alte schlug seinen Hund immer wieder, und der Hund bellte immer lauter und lauter, sodass der Komsomolze schließlich erwachte und unter den Rentierfellen hervorblickte.

„Warum machst du solchen Lärm?", fragte er unzufrieden, da ihn abgesehen von dem unangenehmen Lärm im Balagan auch noch Kopfschmerzen plagten.

„Weit gereister Gast wollte, dass der Hund bellt", erklärte der Alte und hörte auf, mit dem Krug auf den Hund einzuschlagen.

Der Komsomolze warf Dobrynin einen unwilligen Blick zu, dann drehte er sich zu dem Alten um und sagte:

„Er schläft doch! Jag den Hund hinaus!"

Dobrynin hörte diese Worte und sie gefielen ihm ganz und gar nicht, aber ihm fehlte die Kraft, die Augen zu öffnen und zum Komsomolzen zu sagen: „Nein, ich schlafe nicht, ich höre dem Hund zu!“

Also seufzte der Volkskontrolleur tief in seinem Traum. Da verstummte der Hund und es wurde plötzlich ganz still und schwermütig, und mit einem Mal verschwand auch der Frühlingstraum, in dem sich Pawel Aleksandrowitsch Dobrynin gerade noch befunden hatte, und anstelle dieses Traums erschien ein anderer, der kalt und unangenehm war, in dem der Volkskontrolleur durch die Schneewüste lief und hinter ihm jagte der Einheimische mit dem Namen Waplach in böser Absicht auf dem Propellerschlitten her.

* * *

Das Aufwachen war ziemlich mühevoll gewesen. Zum Frühstück aßen Dobrynin und Zybulnik dünne Streifen von getrocknetem Fleisch, das so stark gesalzen war, dass es nur mit Mühe den Hals hinunterrutschte. Dazu tranken sie säuerlichen Milchtee, bei dem unklar war, woraus ihn Abunajka zubereitet hatte.

„Möge Russe Zybulnik zu Russe Kriwizkij sagen, dass Abunajka müde ist und nicht arbeiten kommt ... Gut?“

Der Komsomolze nickte.

Als sie aus dem Balagan hinaustraten, stellte Dobrynin fest, dass die Polarnacht heller geworden war; sie war nun nicht mehr tiefblau, sondern von hellblauer Farbe. Mit Interesse sah er in den tief herabreichenden Himmel – die bunten, regenbogenfarbigen Schlieren des Polarlichts waren kaum zu sehen.

„Ist es schon Morgen?“, fragte er Zybulnik. Zybulnik sah sich ebenfalls um und sein Blick war immer noch vernebelt.

„Ja, sieht aus, als ob es hell werden würde ...“, meinte er. „Die Eskimos schlafen noch, und wir sind schon auf dem Weg in die Arbeit ...“

In der Stimme des Komsomolzen lag so viel Schwermut, dass Dobrynin sofort an seine eigene kleine Heimat denken musste, an das Dorf Kroschkino.

Sie gingen gemächlich in die Stadt, hielten vor der Tür zum Holzhaus des Vorsitzenden und traten ein.

Kriwizkij saß am Tisch unterhalb seines Selbstporträts aus Pelz und las in irgendwelchen Dokumenten.

Der Komsomolze räusperte sich und trat geräuschvoll von einem Bein aufs andere.

„Aah.“ Der Vorsitzende von Chulajba riss sich schließlich von den Unterlagen los. „Guten Morgen! Und ich dachte, Sie schlafen noch!“

Eine solche Annahme kränkte Dobrynin ein wenig. Kriwizkij dachte doch wohl nicht, dass der Volkskontrolleur nur hierher geflogen war, um Milch-Wodka zu trinken.

„Nein, Genosse Kriwizkij“, sagte Dobrynin schroff. „Wir sind aufgestanden, um zu arbeiten.“

„Also, dann setzen Sie sich!“ Der Vorsitzende lächelte kaum merklich und zeigte mit der Hand auf die beiden Besucherstühle auf der anderen Seite des Tisches.

„Ich werde jetzt besser nach dem Propellerschlitten sehen, er muss aufgetankt werden“, murmelte der Komsomolze mit schläfriger Stimme. Er schlüpfte aus dem Zimmer und ließ Dobrynin mit Kriwizkij allein.

Der Volkskontrolleur trat zum Tisch, setzte sich auf den ihm angebotenen Stuhl, betrachtete das wunderliche Porträt ein weiteres Mal und begriff endlich, worin sich das Porträt vom Original unterschied, was er im Gefühl gehabt, aber nicht auf dem Bild hatte erkennen können: Auf dem Porträt hatte Kriwizkij ein animalisch männliches Gesicht, willensstark und sogar ein wenig boshaft. In Wirklichkeit aber saß an dem Tisch ein Mann mit rein weiblicher Physiognomie, und das einzig Männliche an ihm, außer der Kleidung und des dünnen Schnurrbarts, war die Stimme, die zwar nicht rau, aber doch ziemlich fest war mit einer Spur von innerer Härte.

„Arbeiten?“, wiederholte Kriwizkij, ohne den Blick vom Volkskontrolleur abzuwenden. „Und was würden Sie hier gerne machen?“

Der Volkskontrolleur tastete mit der Hand seine Brust ab, langte in seine Brusttasche und holte daraus die zusammengefaltete Vollmacht hervor, die seine Machtbefugnisse in der gesamten UdSSR bestätigte. Er reichte sie Kriwizkij.

Der überflog das Dokument.

„Nun, das weiß ich bereits über Sie, und was würden Sie hier gerne überprüfen? Bei uns gibt es schließlich keine Fabriken oder Werke.“

Dobrynin dachte nach. In der Stadt gab es tatsächlich keine Fabriken oder Werke, aber aus irgendeinem Grund war er hierhergeschickt worden, das hieß, dass er etwas überprüfen musste, und die Tatsache, dass Kriwizkij ihm solche Fragen stellte, war verdächtig. Es konnte wohl nicht sein, dass der Vorsitzende einer Stadt nicht wusste, was man in seiner Stadt prüfen konnte?!

„Vielleicht erholen Sie sich einmal ein wenig, sehen sich die einheimischen Bräuche an. Wir organisieren eine Jagd mit dem Propellerschlitten für Sie und schießen einige Rentiere“, schlug Kriwizkij vor.

Dieser Vorschlag brachte den Volkskontrolleur endgültig dazu, Verdacht zu schöpfen, dass Kriwizkij etwas zu verbergen hatte.

„Vielleicht kann ich Ihr Leben überprüfen?!“, schlug Dobrynin unerwartet vor und freute sich selbst über diese spontane Idee.

In Kriwizkijs Gesicht zeigte sich Unzufriedenheit und Befremden.

„Wessen Leben?“, fragte er.

„Das Leben der Stadt, ganz allgemein ...“

Der Vorsitzende von Chulajba dachte ernsthaft und gründlich nach. Und während er nachdachte, wirkte sein Gesicht gar nicht mehr so weiblich, weil er dabei die Stirn runzelte.

„Aber wie wollen Sie das Leben denn überprüfen?“, fragte er nach einer angespannten Pause.

„Na, indem ich alle befrage, was sie vom Leben halten, was daran gut und was schlecht ist ...“

„Aber es spricht doch fast niemand Russisch!“, rief der Vorsitzende.

„Sie sprechen Russisch, Zybulnik, Abunajka ebenfalls und auch dieser, wie hieß er nochmal ... Urku-Jemze ... Ich bitte sie, mir zu erzählen, was die anderen Bewohner denken.“

Kriwizkij kratzte sich im Nacken, blickte den Volkskontrolleur finster und mit beinahe unverhohlener Feindseligkeit an, dann seufzte er.

„Aah, mir ist etwas eingefallen!“, sagte er plötzlich und sein Gesichtsausdruck veränderte sich abrupt und wurde fröhlich und optimistisch. „Es gibt etwas zu überprüfen! Ich habe es einfach vergessen!“

Dobrynin freute sich ebenfalls und in seinem Gesicht blieb dieses Gefühl nicht verborgen.

„Wir wollen doch einen Kulturpalast bauen!“, erklärte Kriwizkij. „Aus speziellen Eisziegeln. Und das Eis dafür werden wir aus dem Fluss herausbrechen. Der Fluss ist ganz nahe von hier. Omola heißt er. Die Stärke des Eises muss überprüft werden, um festzustellen, ob man die Ziegel schon herausbrechen kann oder ob man noch ein wenig warten muss ... Also, könnten Sie die Stärke überprüfen?“

„Ja, natürlich“, antwortete Dobrynin bereitwillig. „Erklären Sie mir nur, wie und womit ich sie überprüfen soll.“

„Dann bitte ich unseren Funker, Sie zu der Stelle im Fluss zu begleiten, wo in der Mitte ein gestreifter Messstab steht. Sie müssen nachsehen, bis zu welcher Markierung das Eis reicht, das dann aufschreiben und mir berichten.“

Der Auftrag war verständlich und Dobrynin hatte keine weiteren Fragen.

„Dann breche ich also gleich auf?!“, wandte er sich fragend an Kriwizkij.

„In Ordnung", antwortete Kriwizkij. „Warten Sie nur noch eine Minute!" Und er ging zur Wand, dorthin, wo das Bild des Zeitung lesenden Iljitsch hing, und machte mit der Faust ein Klopfzeichen.

Einen Augenblick später trat ein kleiner, untersetzter Mann in einer braunen Lederjacke und einer dicken, wattierten Hose ins Zimmer.

„Darf ich vorstellen, das ist unser Funker Wasja Poltoranin!", sagte Kriwizkij. Dobrynin und der Funker schüttelten einander die Hand und machten sich miteinander bekannt.

„Zeig ihm, wo der Fluss ist. Er wird die Stärke des Eises prüfen!", befahl der Vorsitzende Poltoranin.

Dieser nickte.

Dobrynin verabschiedete sich von Kriwizkij, warf seinen Sack über die Schulter und folgte dem Funker nach draußen. Seine Hände froren in den Taschen seines Pelzes. Die Luft war offenbar kälter geworden, obwohl seine Gesichtshaut nicht mehr so spannte wie unmittelbar nach seiner Ankunft.

Sie gingen schweigend dahin. Der Funker Poltoranin sah vor sich auf den Boden und hob nur manchmal den Kopf, um zu schauen, ob sie noch auf dem richtigen Weg waren.

„Es wird wohl kälter?", begann der Volkskontrolleur als Erster zu sprechen, da er das unangenehme Schweigen nicht ertrug.

„Ja!", nickte Poltoranin. „Man kann gar nicht mehr richtig ausspucken!"

„Wie spuckt man richtig?", fragte Dobrynin verständnislos nach.

„Na wie schon?! Wenn man richtig spuckt, dann geht das so: Die Spucke fliegt aus dem Mund und landet auf einem Gegenstand oder auf der Erde, aber hier, vor allem bei einer solchen Kälte, wenn du da Lust bekommst zu spucken, die Spucke sammelst und ausspuckst, dann fliegt schon ein Stück Eis aus deinem Mund! So ist das."

Dieser Gedanke interessierte Dobrynin. Er selbst hatte hier noch kein einziges Mal ausgespuckt, da er seinen Mund die ganze Zeit geschlossen hielt. Ihm war im Freien zu kalt, um ihn zu öffnen, da die frostige Luft sofort durch den Mund eindrang und den Körper von innen her zum Frieren brachte. Aber jetzt, da er die Worte des Funkers gehört hatte, entschloss sich Dobrynin zu einem Versuch. Aber kaum hatte er im Mund etwas Speichel gesammelt, kalte Luft in seine Lungen gesogen und seinen Mund geöffnet, als die Spucke schon gefror und sich in ein Stückchen Eis verwandelte, das der Volkskontrolleur nur noch mit der Zunge hinausstoßen konnte.

„Jaaa", entfuhr es ihm, als er begriff, dass man im Norden nicht einmal normal spucken konnte.

„Hier ist schon der Fluss!" Der Funker wies mit der Hand nach vorne.

„Wo?", fragte Dobrynin nach, da er nur die immer gleiche schneeweiße Oberfläche vor sich sah.

„Sofort!", sagte der Funker und nachdem sie noch etwa zehn Schritte gegangen waren, blieb er stehen und fuhr mit dem Stiefel über die Oberfläche, um den Schnee wegzuwischen.

Unter dem Schnee kam Eis zum Vorschein, das ziemlich durchsichtig war. Durch das Eis konnte man einen guten Meter nach unten sehen.

„Und der Stab?", fragte Dobrynin. „Zum Messen?"

Mit den Augen suchte Poltoranin den erwähnten Messstab, fand ihn und zeigte ihn dem Volkskontrolleur. Bis zum Messstab waren es noch etwa vierzig Schritte.

„Ich muss zurück!", sagte der Funker. „Ein dringender Auftrag, ich muss mit Jakutsk Verbindung aufnehmen!"

„Na dann geh", nickte Dobrynin. „Ich schaffe das allein, auch der Rückweg ist kein Problem, ich habe mir den Weg gemerkt."

„Alles Gute!", sagte Poltoranin und stapfte zurück in die Stadt Chulajba.

Ohne Hast stapfte Dobrynin los in Richtung des vor ihm sichtbar gewordenen rot-weißen Messstabs. Im Gehen dachte er darüber nach, dass er nun endlich dem Vaterland nützlich zu werden und seine Verpflichtungen zu erfüllen begann. Und er stellte sich einen Kulturpalast vor, der wie echtes Glas glänzen und sich über die übrigen Gebäude der Stadt Chulajba erheben würde und dessen eisige Schönheit die Blicke der großen und kleinen Völker dieses kalten, geheimnisvollen Gebietes auf sich ziehen würde. Und all diese Völker, die in den Palast Zutritt hatten, würden leicht in ihm Platz finden und sich dort wohlfühlen wie in einer einträchtigen Familie, und im Zentrum des Palastes würde ein Ofen stehen und alle wärmen, und der wäre so groß wie das Haus des Vorsitzenden von Chulajba, und das Brennholz dafür, natürlich Birkenholz, würde mit einem Spezialflugzeug direkt aus Moskau eingeflogen werden.

Und irgendwann würde dann er, Pawel Aleksandrowitsch Dobrynin, mit diesem Flugzeug extra für einen Tag vorbeikommen, um den Palast zu betreten, die Völker zu begrüßen und ihnen zu erzählen, dass er, Volkskontrolleur der Sowjetunion, als es den Palast noch nicht gegeben hatte und noch kein einziger von seinen Ziegeln aus dem Eis des Flusses herausgebrochen war, die Stärke des Eises höchstpersönlich geprüft hatte, um die Entscheidung über den Baubeginn für diese Großbaustelle des Nordens zu treffen.

„Heee!“ Plötzlich drang ein leises, langgezogenes Rufen an Dobrynins Ohr.

Dobrynin blieb stehen, blickte in die Richtung des Rufes und sah ganz in der Nähe, ungefähr zwanzig Schritte neben ihm, den auf dem Schnee sitzenden Waplach in einem Rentierpelz, der vollkommen weiß und sehr lang war. Wäre sein Gesicht nicht so braun gewesen wie das aller Einheimischen, dann hätte Dobrynin ihn vor dem Hintergrund des Schnees gar nicht erkennen können.

„Na, was möchtest du denn?“, fragte er den Urku-Jemzen.

Waplach schaute in die Richtung, in die der Funker gegangen war, und als er ihn nicht mehr sehen konnte, stand er auf und näherte sich dem Kontrolleur.

„Zuerst begrüße ich dein glattes Gesicht und deine Weisheit, dann sprechen wir ...", sagte Waplach.

„Grüß dich!", antwortete Dobrynin. „Also, worüber sprechen wir? Sag schnell, ich muss arbeiten."

„Der Russe Dobrynin soll nicht zum Messstab gehen", sagte der Urku-Jemze leise, beinahe flüsternd. „Es wird ein Unglück geben! Ich habe es gesehen: Der russische Funker führt den Russen Dobrynin zum Fluss, und ich bin mitgegangen, weil ich dachte – geh nicht – es wird ein Unglück geben!"

„Was für ein Unglück?" Dobrynin sah Waplach bestürzt an. „Welches Unglück?"

„Wozu reden?", antwortete Waplach darauf. „Besser das Volk der Urku-Jemzen zeigt es dem Russen Dobrynin ..."

Und Waplach packte Dobrynin am Ärmel seines Mantels und zog den Volkskontrolleur hinter sich her, wobei er vorsichtig voranschritt und kurze Pausen vor jedem neuen Schritt machte.

Eine ungute Vorahnung brachte Dobrynin dazu, dem Urku-Jemzen voll und ganz zu vertrauen, und er folgte ihm. Dabei hörte er, wie das Eis unter ihren Füßen leise knackte, und er dachte bei sich, dass es wahrscheinlich noch etwas früh wäre, Ziegel aus dem zugefrorenen Fluss zu brechen, da das Knacken des Eises schließlich bedeutete, dass es noch nicht sehr dick und fest zugefroren war.

„Hier!", hauchte der Urku-Jemze, nachdem er stehen geblieben war. „Jetzt zeige ich es dem Russen Dobrynin ..."

Und Waplach beugte sich hinunter, wischte mit der Hand über das Eis und befreite es von einer dünnen Schneeschicht. Vor den Augen des Urku-Jemzen und des Volkskontrolleurs wurde ein schmaler Streifen von durchsichtigem Eis sichtbar, und dort unten, in einer aufgrund der optischen Verzerrung ungewissen Tiefe, schimmerte es bläulich.

„Waplach zeigt es jetzt ..." Der Urku-Jemze kroch auf allen vieren weiter und wischte dabei den Schnee vom Eis.

Dobrynin ging in die Hocke und schaute aufmerksam in die Tiefe: Direkt unter ihm im Eis lag in einer seltsam schwebenden Pose ein Mensch, der eine blaue Hose und eine dunkle Lederjacke trug, und neben ihm, näher an der Oberfläche des Eises, hing eine gelbe Aktentasche.

„Wer ist das?“, entfuhr es Dobrynin, und plötzlich fühlte er, wie ihm eine Welle des Entsetzens über den Rücken lief. Er begriff schlagartig, dass der im Eis eingefrorene Mann selbstverständlich tot war und dass sein Tod furchtbar und unerwartet eingetreten sein musste, als er mit seiner Aktentasche unterwegs gewesen war.

„Waplach sah diesen Russen in Chulajba. Er ging zum Russen Kriwizkij und dann schickte man ihn die Stärke des Eises messen ... Waplach zeigt noch etwas!“

Der Urku-Jemze kroch ein wenig zur Seite, säuberte ein weiteres Stück der Eisoberfläche und als Dobrynin herangetreten war, sah er noch einen Mann, der im Eis eingeschlossen war. Dieser Mann lag mit dem Gesicht nach oben, und aus irgendeinem Grund hatte er keine Mütze auf, obwohl er einen Rentierpelz trug. Wie ein Fächer standen ihm die wirren roten Haare auf beispiellose Weise vom Kopf ab, und sein Gesicht, von Sommersprossen übersät, die man sogar durch das Eis sehen konnte, war in einem flehenden Ausdruck erstarrt.

„Diesen hat Waplach auch in Chulajba gesehen“, sprach der Urku-Jemze.

Dobrynin hatte es den Atem verschlagen, und ihm waren unwillkürlich Tränen aufgestiegen, aber sogleich schmerzten und brannten ihm die Augen, weil die Tränen gefroren waren und nun kratzten.

„Der Russe Kriwizkij hat sie zum Sterben hierhergeschickt ...“, sagte Waplach mit trauriger Stimme. „Sie haben sich mit dem Russen Kriwizkij ein wenig gestritten.“

Ein schrecklicher Verdacht beschlich Dobrynin, während er die beiden im Eis eingeschlossenen Männer ansah: Hatte ihn etwa der gleiche Tod erwartet? Hat ihn der Kommunist Kriwizkij etwa aus irgendeinem Grund umbringen wollen?

„Der Russe Dobrynin kann unmöglich nach Chulajba zurückkehren“, sagte Waplach und sah dem Volkskontrolleur respektvoll in die Augen.

„Und wo soll ich hin?“, fragte Dobrynin fassungslos und buchstäblich in Furcht um sein Leben.

„Waplach hat ganz in der Nähe ein gutes Zelt mit Ofen ... es ist warm und es gibt etwas zu essen ...“

Dobrynin wandte sich von den im Eis erstarrten Männern ab und versuchte, sich zusammenzureißen und alles ernsthaft zu überdenken, aber ihm wollte nichts einfallen. Die Angst, die den Volkskontrolleur im Innersten umklammert hielt, verließ ihn nicht. So saß er also da, starrte mit traurigem Blick in den nichtssagenden Schnee, nur um das ganze Ausmaß des Grauens nicht sehen zu müssen, das ihm das Bild im Eis unter ihm geboten hatte.

„Der Russe Dobrynin soll mit mir kommen“, rief der Urku-Jemze, kam näher und blieb vor dem Volkskontrolleur stehen.

„Nein“, sagte Dobrynin und ballte die Hände zu Fäusten. In ihm stieg Wut auf, die das Gefühl von Angst und Hilflosigkeit verdrängte. „Das muss geklärt werden ...“, sagte Pawel langsam, aber seine Stimme klang schon anders, entschiedener. „Es muss geprüft werden, warum sie umgekommen sind ... und aus welchem Anlass.“

Dobrynin nahm den Sack von seiner Schulter, holte die Axt daraus hervor und hieb mit Schwung ins Eis direkt oberhalb des Kopfes von dem Mann mit der gelben Aktentasche.

„Wir müssen sie doch auf anständige Art begraben“, meinte Dobrynin, während er das Eis mit dem schweren Werkzeug zersplitterte, „entweder in einem Sarg oder in einer Truhe, sie wenigstens ins Lager überführen, wie Menschen ...“

Unter den Hieben der Axt splitterten Eisstückchen ab, jedoch der Widerstand des Eises war groß. Dobrynin hatte innegehalten, um Atem zu holen, weil er schon fühlte, wie seine Arme ermüdeten, als er sah, dass er ein Loch von der

Tiefe einer Zündholzschachtel herausgeschlagen hatte. Er begriff, dass es ihm nicht gelingen würde, die Verstorbenen aus ihrer eisigen Gefangenschaft zu befreien. Wieder ergriff ihn Bestürzung, allerdings nicht mehr Angst, sondern eine unbegreifliche Kränkung wie bei einem Kind. Er blickte auf die gelbe Aktentasche und dachte, dass er wenigstens diese aus dem Eis herausschlagen musste, da sie möglicherweise Dokumente und Unterlagen enthielt.

Dobrynin machte sich also daran, mit der Axt auf das harte Eis oberhalb der Aktentasche einzuschlagen.

Waplach hatte sich ein paar Schritte weit entfernt und beobachtete von dort aus Dobrynin, der mit dem schweren und scharfen Werkzeug und mit neuer Kraft das Eis zerhackte. Dabei sagte er etwas Böses und für den Urku-Jemzen Unverständliches, was aber dem Tonfall nach der Beschwörung des bösen Geistes Kappa sehr ähnlich war.

„He, Waplach, hilf mir!“, rief Pawel, als er nach einiger Zeit innehielt.

Der Urku-Jemze kam näher und sah, dass der Volkskontrolleur das ganze Eis oberhalb der Aktentasche und seitlich auch ein wenig davon weggehackt hatte, sodass das Eis die Tasche nur noch von unten hielt. Aber Dobrynin, der mit Sicherheit schon ordentlich müde war, konnte die Tasche nicht allein aus dem Eisloch reißen.

Gemeinsam packten sie die Tasche und zerrten mit vier Händen daran.

„So, noch einmal!“, kommandierte Dobrynin. „Und noch einmal!!“

Nach einigen Versuchen gab die Aktentasche schließlich nach und mit einem Knacken rissen Dobrynin und Waplach sie von der unteren Eisschicht los.

Der Volkskontrolleur öffnete sie sogleich, steckte seine Hand hinein, zog sie aber sofort wieder heraus und bemerkte:

„Alles zugefroren ...“

„Wir müssen sie am Herd wärmen, dann taut sie auf“, schlug der Urku-Jemze vor.

„Also gehen wir!“ Dobrynin richtete sich auf, klemmte sich die Aktentasche unter den Arm und steckte die Hände in die Manteltaschen – sie waren schon blau-violett vor Kälte.

Der Urku-Jemze führte ihn zu einem nahen Hügel, aber nicht in die Richtung, in der sich die Stadt Chulajba befand. Obwohl sie sich nicht beeilten, gingen sie nicht lange.

„Dort gibt es Stellen“, erklärte der Urku-Jemze, „wo das Eis ganz dick ist, aber gleich daneben, etwas näher zum Ufer hin, ist es so dünn wie eine Rentierhaut ... Und den Stab hat der Russe Schenderowitsch dort aufgestellt, damit man nicht hingeht. Dort ist das Eis am dünnsten!“

„Und was ist das für ein Schenderowitsch?“, fragte Dobrynin, der sich schon ein wenig beruhigt hatte und sich von den düsteren Gedanken ablenken wollte, die nach der soeben durchlebten Angst in seinem Kopf kreisten.

„Es gab einen solchen Mann vor dem Russen Kriwizkij“, erzählte der Urku-Jemze im Gehen. „Er war ein guter Mensch, sammelte keine Parteibeiträge ein, hat mich von einer Krankheit geheilt ... alle haben ihn geachtet.“

„Und wo ist er jetzt?“, wollte der Volkskontrolleur wissen.

„Jetzt gibt es ihn nicht mehr.“ Waplach stieß einen Seufzer aus. „Ein Bär hat ihn getötet.“

Waplachs Zelt stand in der Vertiefung zwischen zwei winzigen Hügeln. Es war klein, nur halb so groß wie der Balagan, dafür aber konnte Dobrynin, sobald sie hineingegangen waren, sogleich die Wärme dieser dunklen, fensterlosen Behausung spüren, in deren Mitte ein Ofen prangte, der wie bei allen aus einem Benzinfass bestand. Durch das seitlich ausgeschnittene Loch fiel ein rötlicher Schein auf den Rentierpelzboden.

„Aaah.“ Waplach beugte sich zum Ofen. „Gut, dass er nicht erloschen ist ... ich muss noch Flechten nachlegen ...“ Und er hob ein Rentierfell vom Boden hoch und holte darunter einige braune Stücke hervor. Er warf sie in den Ofen und wandte sich dann erst Dobrynin zu, um ihm eine ähnliche Liege wie bei Abunajka zum Sitzen anzubieten.

„Möchte der russische Gast etwas essen?“, fragte der Urku-Jemze. Der Volkskontrolleur nickte. Daraufhin stellte Waplach einen kleinen Kessel mit Essen auf den Herd.

„Wir müssen die Aktentasche auftauen ...“, sagte Dobrynin nachdenklich und sah den Urku-Jemzen sehr freundlich und respektvoll an.

Waplach nahm dem Volkskontrolleur die gelbe Aktentasche aus der Hand und stellte sie neben den Ofen.

„Sie wird bald aufgetaut sein“, sagte er. Dann setzte er sich neben Dobrynin und fragte:

„Und warum ist der Russe Dobrynin hierhergekommen?“

„Ich bin zum Überprüfen gekommen“, erwiderte der Volkskontrolleur kurz und dachte wieder über das schreckliche Schicksal der im Eis erstarrten Männer nach.

„Und was wird der Russe Dobrynin überprüfen?“

„Ich habe das Recht, alles zu überprüfen: die Arbeit, das Leben, die Ordnung ...“

„Aaah ...“, zog Waplach in die Länge. „Einer der Toten ist auch zum Überprüfen hergekommen. Ich habe ein bisschen was bei einem Gespräch mitgehört. Sie haben sich wegen der Japaner gestritten ...“

„Wegen welcher Japaner?“ Dobrynin spitzte die Ohren.

„Na die, die die Parteibeiträge abholen“, antwortete der Urku-Jemze. „Dieser Russe wollte sie sehen, aber der Russe Kriwizkij sagte, dass es hier keine Japaner gäbe.“

„Was denn nun, gibt es hier welche oder nicht?“, fragte Dobrynin sehr ernst.

„Hier gibt es keine, aber sie kommen die Parteibeiträge abholen. Ich habe es selbst gesehen. Sie fahren mit einer Schneemaschine zum Speicher, laden alle Felle auf, dann übergeben sie dem Russen Kriwizkij irgendein Kästchen, verbeugen sich und fahren weg bis zum nächsten Mal.

Da sieh mal einer an!, dachte Dobrynin und wurde noch verdrossener.

Er hatte keinesfalls erwartet, dass er hier im hohen Norden mit einer solchen Unordnung zu tun bekommen würde, die man noch nicht einmal so nennen konnte, denn in der Tat sah alles noch weit ernster aus.

Das alles war ein schreckliches Verbrechen und der Verbrecher war der leitende Kommunist der Stadt Chulajba. Dieser Gedanke erschreckte Dobrynin, sein gerechter Zorn war allerdings stärker als der Schreck, und nachdem er weiter überlegt hatte, verstand der Volkskontrolleur, dass ein Kommunist kein Verbrecher sein konnte, was bedeutete, dass man Kriwizkij nicht als Mitglied der Partei Lenins gelten lassen durfte. Es war ganz undenkbar, dass Kriwizkij und Genosse Kalinin derselben Partei angehörten.

Und Dobrynin begriff, dass Kriwizkij eben einer dieser Feinde war, über die oft in der Zeitung geschrieben wurde und die unter dem Deckmantel der Parteimitgliedschaft ihre dunklen Machenschaften ausübten. In Hinblick auf Kriwizkij war Dobrynin alles klar, aber zugleich tauchten viele Fragen auf: Wer wusste von dem Vorfall, warum hatte der Komsomolze Zybulnik dem Volkskontrolleur nichts gesagt, warum hatte der Funker Wasja Poltoranin, der Dobrynin zum Fluss geführt hatte, ihn nicht vor der Lebensgefahr gewarnt? Hatte er es denn etwa nicht gewusst?

Der Volkskontrolleur seufzte tief. War das Leben wirklich so grausam?

„Das Essen ist fertig“, sagte Waplach und berührte mit dem Finger die Wand des Kessels, der auf dem Ofen stand.

Dobrynin sah den Urku-Jemzen an. Pawel war die Lust zu essen vergangen, aber er wollte seinen Retter auf keinen Fall kränken.

„Etwas später“, sagte er und wieder versank er in Gedanken.

„Der Russe Kriwizkij ist ein böser Mensch“, nickte Waplach, als ob er die Gedanken des Volkskontrolleurs gelesen hätte und ihnen laut zustimmen wollte.

„Weißt du was, Waplach“, sagte Dobrynin. „Nenn ihn bitte keinen Russen. Was ist er denn für ein Russe?! Er hat ja das Gesicht einer Frau.“

„In Ordnung“, war der Urku-Jemze einverstanden. „Und wie soll man ihn dann nennen?“

„Nenn ihn einfach Kriwizkij, obwohl er natürlich ein Dreckskerl ist. Und er muss hart bestraft werden für alles, was er getan hat.“

Der Gedanke an Bestrafung gefiel Dobrynin und er fuhr fort, sich eine solche auszumalen, aber sein Respekt vor Ordnung bremste ihn ein, schließlich wusste er, dass man nur von einem Richter oder einem Menschen bestraft werden konnte, der dafür eine besondere Genehmigung hatte. Dobrynin selbst jedoch verfügte nur über eine Bewilligung zur Überprüfung und Kontrolle, das bedeutete, dass er nichts tun konnte, was nicht in dieser Vollmacht stand. Diese Gedanken stimmten den Volkskontrolleur traurig.

„Möchte der Russe Dobrynin vielleicht Tarasun trinken?!“, schlug Waplach vor, als er Pawels finsteres Gesicht sah.

„Hör zu“, stieß Dobrynin hervor. „Sag nicht Russe zu mir!“

„Aber warum, ist Dobrynin kein Russe?“

„Doch, ich bin Russe, aber nenn mich einfach Pawel. Du bist Waplach, ich bin Pawel. Verstanden?“

„Ja“, nickte der Urku-Jemze. „Und möchte Pawel Tarasun?“

„Nein“, erwiderte Dobrynin scharf. „Wir müssen etwas tun anstatt Wodka zu trinken! Wir müssen den Verbrecher bestrafen, aber hier gibt es ja gar keinen Richter oder etwas Ähnliches. Und ich selbst, verstehst du, Waplach, habe nicht das Recht ihn zu bestrafen ...“

„Abunajka ist ein kluger Mann, wir müssen mit ihm sprechen!“, schlug der Urku-Jemze vor.

„Dein Abunajka ist der Stellvertreter von Kriwizkij!“

„Das macht nichts!“, lächelte Waplach. „Dafür ist er klug! Ich gehe zu ihm und bringe ihn her. Pawel kann inzwischen etwas essen!“

Der Urku-Jemze ging los und ließ Dobrynin in dem kleinen behaglichen Zelt allein. Die trockenen Flechten prasselten im Ofen; Pawel wurde warm und er knöpfte sogar seinen

Rentierpelz auf, den er wegen des rauen Klimas schon lange nicht mehr abgelegt hatte. Dann beugte er sich über die gelbe Aktentasche und öffnete sie. Die Papierblätter darin waren feucht, aber der Volkskontrolleur fühlte mit den Fingern, dass man sie nun schon voneinander lösen konnte, und so zog er das ganze Päckchen heraus, setzte sich auf den Boden neben den Ofen und legte es auf seine Knie. Vorsichtig löste er das oberste Blatt, rückte näher an das Feuerloch des Ofens und versuchte im rötlichen Schein der schwelenden Flechten zu lesen, was auf dem Blatt geschrieben stand. Aber so sehr er seine Augen auch anstrengte, er konnte nichts erkennen, denn die Tinte auf dem aufgeweichten Papier war zerronnen und nur einzelne Wortteile ließen sich unterscheiden, die aber keinen Sinn ergaben. Für alle Fälle legte Dobrynin das erste Blatt auf den Boden neben den Ofen in der Annahme, dass es, wenn es erst ganz trocken war, vielleicht doch besser zu entziffern sein werde. Er nahm das nächste Blatt zur Hand und hob es an das schwache Licht des Ofens.

„Durch die Worte des einheimischen Bewohners Barulaj", las Dobrynin den gut erhaltenen Text, der mit einem Kopierstift geschrieben war, „erfuhr ich vom bestialischen Mord an Schenderowitsch, Parteimitglied der SDAPR, abgesandt zur Einführung der Sowjetmacht in der jakutischen Stadt Chulajba. Der Mord wurde von Genosse Kriwizkij in Auftrag gegeben, der zur Unterstützung des Genossen Schenderowitsch abgesandt worden ist und der in eine Verschwörung mit japanischen Imperialisten verwickelt ist. Es gibt auch Grund zur Annahme, dass Genosse Kriwizkij schuld ist am mysteriösen Verschwinden des gesamten nordischen Volkes der Urku-Jemzen, das sich durch einen hohen Bildungsgrad auszeichnet und bei dem jeder Einzelne gut Russisch spricht. Dieses Volk ist nach dem Mord an Genosse Schenderowitsch spurlos verschwunden. Vor seinem Verschwinden zählte das Volk der Urku-Jemzen laut Aussagen Einheimischer anderer Volkszugehörigkeiten hundertzwanzig Menschen inklusive Frauen und Kinder. Ich halte es für unumgänglich, eine

Spezialkommission hierherzusenden zur vollständigen Aufklärung der von Genosse Kriwizkij und seinen Handlangern vollzogenen Verbrechen. Unterschrift:

Jegorow Jegor Fjodorowitsch, Volkskontrolleur der Sowjetunion."

Da haben wir's!, dachte Dobrynin besorgt, als er zu Ende gelesen hatte. So verfährt man hier also mit Volkskontrolleuren ... Und Dobrynin war zum Weinen zumute, aber nicht klagend wie eine Frau, sondern so wie echte Bolschewiken auf dem Begräbnis ihrer Genossen weinen – ohne Tränen und lautlos, ein innerliches Weinen, das das Leid mit jedem Tropfen seines Blutes fühlt. Und es überkam ihn die Lust, sich zu betrinken, aber Dobrynin vermochte diesen Wunsch zu unterdrücken. Wieder dachte er daran, dass man Kriwizkij vor Gericht bringen musste und zwar in aller Öffentlichkeit. Und wieder kam die Frage auf: Wie? Und vor welches Gericht?

Angesichts seiner Hilflosigkeit biss sich Pawel auf die Lippen und schmeckte auf der Zunge den Geschmack seines eigenen Blutes.

Das Flechtenfeuer prasselte gemächlich und fröhlich vor sich hin.

Da näherte sich jemand dem Zelt – das Knirschen des lockeren Schnees war zu hören.

Erwartungsvoll blickte Dobrynin zum niedrigen Eingang der Behausung, der zwei- oder dreifach mit Rentierfellen verhängt war.

Sie traten zu zweit ein – Waplach und Kriwizkijs Stellvertreter Abunajka. Der Alte verbeugte sich höflich vor dem Volkskontrolleur.

„Ich begrüße dein glattes Gesicht und deine Weisheit!", sagte er und ließ sich neben Dobrynin auf dem weichen, pelzigen Boden nieder. „Urku-Jemze Waplach hat mir viel erzählt ... und Russe Kriwizkij hat eben erst gesagt: Weit gereister Gast ist im Fluss ertrunken. Ich dachte – ein Unglück, aber Waplach kommt und holt mich hierher ..."

„Ja ...“, sagte Dobrynin und unterbrach die unzusammenhängende Rede des Alten. „Waplach hat gesagt, dass Sie ein kluger Mann sind. Wissen Sie, was Kriwizkij für ein Mensch ist?!“

„Abunajka ist klug“, nickte der Alte. „Abunajka kennt schlechten Russen Kriwizkij, Abunajka weiß von Japanern, Abunajka weiß viel ...“

„Aber warum wusste Genosse Abunajka Bescheid über diese Gesetzwidrigkeiten und hat nichts getan?“, fragte der Volkskontrolleur streng.

„Und was hätte Abunajka tun können? Abunajka ist nicht stark, sondern alt und kein Russe. Es muss Russe kommen und Russen bestrafen, aber Abunajka kann nicht sagen, dass Russe schlecht ist, niemand glaubt Abunajka ...“

„Ist schon gut.“ Dobrynin winkte ab, erschöpft vom Wortschwall des Alten. „Sagen Sie, Genosse Abunajka, gibt es hier ein eigenes Gericht?“

„Gericht?“, erwiderte der Alte.

„Ja, wenn jemand etwas stiehlt oder jemanden tötet, bestraft ihr ihn dann?“

„Jaaa ...“, antwortete der Alte.

„Heißt das, dass es Regeln dafür gibt und Sie wissen, wie bestraft wird?“, verdeutlichte Pawel.

„Natürlich, Abunajka weiß es!“, bestätigte der Alte.

„Dann kann euer Gericht auch Kriwizkij bestrafen?“, fragte Dobrynin und blickte dem Alten direkt in die Augen.

Abunajka überlegte, fuhr mit seiner trockenen, gelblichen Hand zu seinem Mund und berührte damit seinen spitzen, kurzen Bart.

„Wahrscheinlich ist es möglich“, meinte er schließlich.

„Na dann, ergreift ihn und richtet über ihn!“, erwiderte Dobrynin im Befehlston.

„Abunajka geht zu Volk, wird Gericht vorbereiten und Russe Dobrynin wird zu Gericht geholt!“

Der Alte stand auf, verbeugte sich vor dem Kontrolleur und ging fort.

„Der Russe hat noch nicht gegessen?“, fragte Waplach. „Er muss essen, sonst wird ihm kalt ...“

„Also gut, gib schon her“, seufzte Pawel müde. Der Urku-Jemze nahm den Kessel vom Ofen, leerte Suppe in zwei Tonschüsseln und reichte eine dem Volkskontrolleur. Er gab ihm auch einen weißen, knöchernen Löffel. Ach, und jetzt noch Brot dazu!, dachte Dobrynin kummervoll. Die Suppe war stark gesalzen, aber durchaus genießbar. Pawel aß sie schnell auf und erinnerte sich an die erste Lenin-Erzählung und an die darin vorkommende schlecht schmeckende Nationalsuppe. Das war wahrscheinlich nicht hier, dachte Dobrynin.

Der Urku-Jemze aß langsam und schmatzte dabei laut. Als er fertig gegessen hatte, stellte er die leere Schüssel auf den Boden neben den Ofen und schlug erneut vor, Tarasun zu trinken. Dieses Mal lehnte Dobrynin nicht ab. In seinem Mund machte sich sofort ein angenehmes Gefühl breit, aber auf seinem Herzen lasteten die Eindrücke dieses Tages immer noch wie ein schwerer Stein, und Pawel konnte an nichts anderes denken.

„Abunajka macht alles“, sagte Waplach, der wieder Pawels Gedanken erriet. „Er spricht mit dem Volk, das Volk hört auf ihn.“

Danach saßen sie schweigend da. Sie tranken Tarasun und jeder hing seinen eigenen Gedanken nach.

Es war nicht viel Zeit vergangen, vielleicht zwei Stunden, vielleicht drei, da war wieder das Knirschen des Schnees zu hören. Abunajka trat mit geschäftigen, schnellen Schritten in das Zelt. Auf seinem runden, gebräunten Gesicht lag ein so ernster Ausdruck, dass Dobrynin sofort aufstehen wollte. Schließlich rufen ernste Menschen immer Respekt hervor.

„Gericht ist bereit“, sagte der Alte. „Hunde warten. Wir müssen fahren.“

Sie gingen hinaus und setzten sich in den Schlitten. Der Alte rief den Hunden etwas zu und knallte mit einer kurzen

Peitsche. Unterwegs knöpfte Pawel seinen Pelz zu, obwohl ihm nach dem Tarasun warm geworden war.

„Wo findet das Gericht statt? In Chulajba?“, fragte er den Alten, der vor ihm saß.

„Warum in Chulajba?“ Der Alte zuckte mit den Schultern. „Gericht wird an gutem Ort sein, dort, wo es immer ist.“

Die Hunde liefen flink. Der Schnee unter den Schlittenkufen sang beinahe, und das gefiel Dobrynin und beruhigte ihn.

Neben ihm saß der Urku-Jemze. Er hatte die Augen geschlossen und sang ebenfalls leise, so als würde er in den Schneegesang einstimmen. Er sang etwas in seiner urkujemzischen Sprache. Das Lied war schwermütig und traurig und Pawel schloss daraus, dass Waplach in diesem Lied wohl das tragische Schicksal des Volkes der Urku-Jemzen besang. Pawel wollte ihn genauer befragen, was mit seinem Volk passiert war, aber er konnte sich nicht entschließen, das Lied zu unterbrechen.

Die Hunde liefen schnell, und Dobrynin beobachtete mit Vergnügen, wie sie liefen. Sie waren schön und flaumhaarig, nur eines fehlte Pawel – er wünschte sich, dass diese Hunde beim Laufen bellten, aber sie liefen schweigend, und Dobrynin konnte ihr Schweigen verstehen. Schließlich hielt auch er selbst bei diesem Aufenthalt unter dem Himmel des Nordens den Mund geschlossen, um die stechende, frostige Luft nicht in sich hineinzulassen. Und vermutlich bellten die Hunde aus ebendiesem Grund nicht.

Um sie herum hoben und senkten sich schneebedeckte Hügel, alles war eintönig und unwirtlich.

Nachdem sie auf der Kuppe des nächsten Hügels angelangt waren, hielt Abunajka die Hunde mit einem Zuruf an und blickte nach allen Seiten. Dann rief er wieder etwas und die Hunde zogen den Schlitten den sanft abfallenden Abhang hinab.

Dobrynin blickte nach vorn und sah einen Platz von bräunlicher Farbe, der vom Schnee befreit war, sowie noch einige andere Hundegespanne und einen Rentierschlitten. Auf dem Platz standen Menschen, die mit irgendetwas beschäftigt waren, mit was genau, war aus dieser Entfernung nicht zu erkennen.

Nach kurzer Zeit hieß Abunajka die Hunde am äußersten Rand des Platzes stehenbleiben, und die Hunde freuten sich, als sie ihre Artgenossen sahen, und wedelten einander mit ihren flaumhaarigen Schwänzen zu.

Pawel trat näher zu den Einheimischen heran und erkannte, dass er schon einmal auf diesem Platz gewesen war – der Komsomolze Zybulnik hatte ihn auf dem Weg nach Chulajba mit dem Propellerschlitten hierhergebracht. Und genau so wie damals stand der Holzpfahl mit der an der Spitze befestigen Iljitsch-Büste, auf deren Schulter etwas eingeritzt war. Ja, das war derselbe Ort, der „Leninwinkel", wie ihn der Komsomolze genannt hatte.

Wie sich herausstellte, hatten die Einheimischen Brennholz mitgebracht und waren gerade damit beschäftigt, das Holz auf einer besonderen quadratischen Feuerstelle anzuordnen, das Feuer brannte aber noch nicht.

„Und wo ist Kriwizkij?", erkundigte sich Pawel bei Abunajka.

„Gleich-gleich da", antwortete der Alte. Waplach ging zum Holzpfahl und sagte etwas in seiner Sprache, während er hinauf zum Gesicht des Führers blickte.

„Heee!", ließ sich von irgendwoher vernehmen und Pawel drehte sich um und sah, wie einige Hundegespanne näher kamen. Als sie am Platz angekommen waren, hielten sie an. Auf einem davon lag bäuchlings Kriwizkij.

Pawel trat heran und betrachtete den Vorgesetzten von Chulajba. Der war von Kopf bis Fuß mit dünnen Riemen aus Rentierleder gefesselt. Er stammelte etwas, das aber schwer zu verstehen war.

Waplach unterhielt sich inzwischen mit den Leuten, die soeben gekommen waren. Dann drehte er sich zu Dobrynin um.

„Sie sagen, dass der Russe Zybulnik auf der Schneemaschine entkommen ist, und den Russen Poltoranin haben sie gefesselt und in der Stadt gelassen. Er ist ein guter Mensch, er hat kein einziges Mal ‚Burajsy' gesagt."

„Burajsy?!", wiederholte Dobrynin und dachte nach – das war doch die Parole, die ihm der Komsomolze für den Markt gegeben hatte. „Und was heißt dieses Wort?"

„Ich bringe dich um", antwortete Waplach.

Pawel machte einige Schritte rückwärts und sah den Urku-Jemzen zögernd an.

„Was sagst du da?", fragte er.

„Ich meine damit: ‚Burajsy' bedeutet in der einheimischen Sprache ‚Ich bringe dich um'", erklärte Waplach. „Das ist dieses Wort, das der Mann Kriwizkij sehr geliebt hat."

„Und das als Parole!" Dobrynin schüttelte den Kopf und blickte mit einer gehörigen Portion gerechten Zorns auf den liegenden Kriwizkij.

Der Alte Abunajka, der sich in der Nähe des Idols gemeinsam mit den anderen zu schaffen machte, tauchte plötzlich hinter Dobrynin auf.

„Wir können anfangen", sagte er. „Gericht ist bereit."

„Dann fangt also an!", bestimmte Pawel.

Einige der einheimischen Männer, die alle ausgesucht klein, untersetzt und dem Anschein nach ziemlich stark waren, gingen zum Schlitten, hoben Kriwizkij herunter und trugen ihn zum Pfahl, wo sie ihn auf die vorbereitete quadratische Feuerstelle legten.

Erst jetzt begriff Dobrynin, welche Strafe Abunajka für Kriwizkij vorgesehen hatte, und er trat an den Alten heran.

„Wollen Sie ihn etwa verbrennen?", fragte er.

„Ja", nickte der Alte. „Russe Kriwizkij hat sehr viel Böses getan, sieben Menschen umgebracht, ein Volk ist wegen ihm verschwunden ... wir müssen ihn verbrennen ..."

Natürlich, dachte Dobrynin, solche Verbrecher muss man töten. Aber etwas in Pawel protestierte gegen diese Art von Todesstrafe, und wieder suchte er den Alten am Feuer, ging zu ihm und fragte:

„Habt ihr vielleicht eine andere Strafe, also auch eine Todesstrafe, nur ohne Feuer?“

„Ja, natürlich“, nickte Abunajka. „Im Sommer, jetzt geht es nicht. Erde ist hart, ganz gefroren.“

„Und was macht ihr im Sommer?“, wollte der Volkskontrolleur wissen, mehr aus Neugier als aus Notwendigkeit.

„Wenn jemand Menschen oder heiligen Bären umbringt, dann muss er gemeinsam mit Getötetem lebendig in Grube begraben werden.“

„Ja“, sagte Dobrynin und sah auf die harte, braune Erde unter seinen Füßen. „Das geht nicht. Na gut, fangt an.“

Abunajka rief seinen Leuten etwas zu und diese entfernten sich von der Feuerstelle, auf der der gefesselte Kriwizkij lag.

Dann führte ein sehr junger Bursche einen Krug mit Milch-Wodka an den Mund des Vorsitzenden von Chulajba, flößte ihm ein wenig davon ein und goss dann den Tarasun über Kriwizkijs Haar.

„Wartet!“, rief Pawel plötzlich. Abunajka sah Pawel abwartend an und sagte etwas zu dem Burschen.

Der Bursche trat zur Seite.

„Ich möchte ihn etwas fragen!“, erklärte Dobrynin und er trat selbst zu Kriwizkij, der auf dem Rücken lag.

„Warum hast du den Volkskontrolleur Jegorow umgebracht?“, fragte Dobrynin und beugte sich dabei zu Kriwizkijs Gesicht hinab. „Und wer ist der Zweite?“

Kriwizkij blickte den Volkskontrolleur mit solcher Abscheu an, dass Pawel zurückwich. Ihm wurde klar, dass Kriwizkij ein hinterhältiger Feind war, der nicht nur Dobrynin, sondern das ganze Sowjetland hasste. Es war also zwecklos, mit ihm zu sprechen, aber Pawel versuchte, dem Feind noch eine letzte Frage zu stellen. Er fragte ihn nach dem Schicksal des Volkes der Urku-Jemzen, aber auch auf diese Frage folgte nur ein verächtliches Schnauben, und Kriwizkij wandte sich sogar demonstrativ ab.

Dobrynin seufzte schwer und trat beiseite. Dann fand er mit seinem Blick Abunajka und gab ihm ein Zeichen mit dem Kopf, dass sie anfangen könnten.

Abunajka zündete das Feuer höchstpersönlich an. Es war dafür viel Holz vorbereitet, das in einer Höhe von anderthalb Metern aufgeschlichtet war. Kriwizkij versuchte sich umzudrehen oder gar auf den Boden hinunterzurollen, aber es gelang ihm nicht – die Fesseln lagen zu fest an.

Der Alte sang etwas, richtete seinen Blick auf die Führerbüste und verbeugte sich vor ihr. Bald stimmten die anderen in Abunajkas Gesang mit ein.

Die Flammen loderten auf, das Holz knackte laut und melodisch. Dobrynin gefiel dieses Knacken, das ihn an den Ofen in seiner Hütte erinnerte, aber da störte Kriwizkij das Geräusch, indem er einen Fluch ausstieß.

Dem wurde jedoch keine Beachtung geschenkt, die Einheimischen unterbrachen nicht einmal ihr Lied.

Dobrynin gefiel die Art des Richtens nicht sehr, aber er begriff, dass alles nach den örtlichen Nationalgesetzen ablief, die man, wie Lenin gelehrt hatte, respektieren musste. Jedoch beschloss Pawel, nun von hier fortzugehen. Und er ging zum Urku-Jemzen, der bereitwillig zustimmte, Dobrynin nach Chulajba zu bringen.

Mit dem Schlitten brauchten sie nicht lange bis zur Stadt. Als Erstes fuhren sie zum großen Holzhaus, in dem sich das Büro des Vorsitzenden befand. Dobrynin ging hinein, blieb knapp vor dem Tisch stehen, betrachtete das Pelzporträt und warf dann einen Blick in das andere Zimmer, wo er den Funker auf einen Stuhl vor dem Funkgerät gefesselt fand.

„Also?“, fragte ihn Dobrynin.

„Was kann denn ich dafür?!“, jammerte Poltoranin ganz leise und heiser. „Ich bin der Funker. Woher soll ich denn wissen, wer diese Felle abholen muss: die Japaner oder die Chinesen?“

„Und hast du von den Morden gewusst?“, fragte Pawel mit strenger Stimme.

„Von welchen Morden?", wimmerte der Funker. „Ich bin erst vor kurzem hierhergesandt worden, in der vorletzten Nacht ..."

Vielleicht wusste er wirklich nichts?, dachte Pawel und betrachtete das Gesicht des Funkers noch einmal aufmerksam.

Er war ein einfacher Bursche, und die Tatsache, dass er so überaus erschrocken war, erschien dem Volkskontrolleur als ein Beweis seiner Unschuld.

„Na gut." Dobrynin trat näher und begann, die langen Lederriemen, mit denen Poltoranin gefesselt war, aufzuknüpfen. „Kriwizkij ist schon bestraft."

„Und wie hat man ihn bestraft?", fragte der Funker.

„Mit der Höchststrafe", antwortete ihm Pawel. „Und ich muss jetzt nach Moskau, dem Genossen Kalinin von allem berichten ... aber wie soll ich dorthin kommen?"

„Sie müssen zum Militär, die haben ein Flugzeug", schlug Poltoranin vor, während er seine steifen Hände rieb.

Das Militär hatte Dobrynin ganz vergessen, aber tatsächlich – wenn es in der Nähe des Flugplatzes ein Militärlager gab, bedeutete das, dass auch das Militär selbst nicht weit sein konnte.

„Und wie kommt man dorthin?", fragte Pawel.

„Mit dem Hundeschlitten", erklärte Poltoranin. „Man könnte natürlich hinfunken, dass sie ein eigenes Fahrzeug herschicken."

„Nicht nötig, wozu die Umstände!", winkte der Kontrolleur ab. „Also, bleib du anstelle von Kriwizkij hier, und ich ersuche den Kreml, jemanden für Chulajba auszuwählen, der ein ehrlicher Mensch ist. Verstanden?"

„Ja, zu Befehl ...", antwortete der Funker.

„Komm, hilf mir, das Porträt von Kriwizkij von der Wand zu nehmen!"

Sie gingen gemeinsam in das Zimmer, schoben den Tisch an die Wand und Poltoranin nahm das Pelzporträt vom Nagel.

„Wofür brauchen Sie das?", fragte der Funker.

„Ich möchte es Genosse Kalinin zeigen, als Beweis für das Verbrechen."

Waplach saß auf dem Schlitten direkt vor dem Haus, als Dobrynin mit dem Porträt in Händen auf die Schwelle trat.

„Kennst du den Weg zum Militär?“, fragte Pawel. Der Urku-Jemze nickte.

„Dann fahren wir, aber zuerst bleiben wir bei dir stehen, um meinen Sack und die Aktentasche zu holen.“

„Zu zweit können wir nicht fahren, wir müssen Abunajka mitnehmen.“

Dobrynin fragte nicht nach, warum man nicht zu zweit fahren konnte. Er vertraute dem Urku-Jemzen. Wenn Waplach das sagte, dann gab es ernsthafte Gründe dafür. Sie fuhren zu Waplach, warfen noch ein paar Flechten in den Ofen, wärmten sich ein wenig und tranken jeder einen Krug Tarasun.

„So, jetzt können wir zu Abunajka fahren, er ist wahrscheinlich schon zu Hause“, meinte Waplach nach einiger Zeit. Abunajka war tatsächlich zu Hause.

„Es wird schon Morgen!“, war das Erste, was er zu den Ankommenden sagte, und er lächelte müde.

Pawel rümpfte die Nase – an dem Alten haftete ein schlechter Geruch nach Verbranntem und dazu kam noch der Geruch von Rentierurin, aus dem Abunajka nach den Worten des geflüchteten Komsomolzen irgendwelche Arzneien herstellte.

„Wir müssen zum Militär fahren!“, erklärte der Urku-Jemze dem Alten. „Der Russe Dobrynin hat es sehr eilig.“

Der Alte hatte ganz offensichtlich keine Lust, sich auf den Weg zu machen, aber er nickte dennoch.

„Wir fahren mit meinem Schlitten“, sagte Waplach, als er bemerkte, dass der Alte sich zu der kurzen Peitsche hinunterbeugte, die auf dem Boden lag.

„Gut“, war Abunajka einverstanden.

Sie verließen den Balagan. Erst in diesem Moment wurde Dobrynin bewusst, dass es um sie herum erstaunlich hell war. Das bedeutete, dass sowohl die Nacht als auch die Dämmerung zu Ende waren, und jetzt ringsum der Tag weiß und freudig regierte. Zum ersten Mal seit langer Zeit lächelte Pawel. Kriwizkij gab es nicht mehr, was gleichzeitig hieß, dass Dobrynin gewissermaßen für Ordnung und Gerechtigkeit gesorgt hatte. Aber er wusste, dass es bis zur endgültigen Ordnung noch weit war und dass es gar nicht in der Macht seines Bauernverstandes lag, eine solch tiefgreifende Ordnung mit all ihren Feinheiten einzuführen. Dafür würden gebildete Menschen hierherkommen müssen, und zwar mit Sicherheit aus großen Städten oder aus Moskau.

Sie nahmen auf dem Schlitten Platz. Der Urku-Jemze richtete sich vorne ein und ließ seine Peitsche über die flaumhaarigen Hunde knallen. Sie zogen die Riemen straff, bewegten den Schlitten von der Stelle und liefen leichtfüßig den Weg entlang, der mit dem Auge nicht zu sehen war und den nur die Bewohner dieser Gegend kannten.

Waplach, der den Hunden den Weg überließ, drehte sich um und sah Abunajka ernst und, wie es Dobrynin schien, erregt an. Obwohl sich der Alte im Halbschlaf befand, bemerkte er seinen Blick.

„Was möchtest du sagen?“, wandte er sich an den Urku-Jemzen. Links und rechts sausten die Hügel und der Schnee vorbei und die Kufen sangen ihr leises, sanft pfeifendes Lied.

„Das war nicht gut“, begann Waplach. „Ekwa-Pyris wird nicht zufrieden sein.“

„Warum nicht?“, fragte der Alte verwundert.

„Ein schlechter Mensch wurde geopfert. Ekwa-Pyris wird denken, dass er nicht mehr geliebt wird …“, erwiderte Waplach.

Dobrynin konnte nicht verstehen, worüber seine Weggefährten sprachen. Deshalb sah er sich nach allen Seiten um und zu seiner Freude entdeckte er vor sich Bäume, die spärlich wuchsen, vorwiegend zwischen den Hügeln. Die Hügel selbst, besonders ihre Kuppen, waren nackt.

„Nei-ein“, widersprach der Alte Waplach. „Er wird zufrieden sein.“

„Wovon sprecht ihr?“, fragte Pawel.

„Die Allerbesten gehören geopfert, aber wir haben heute den Allerschlechtesten verbrannt. Der Gott wird nicht zufrieden sein.“

„Aha.“ Dobrynin verstand, worum es ging. „Aber ich glaube, dass es richtig war. Die Guten müssen leben und die Zukunft formen, und die Schlechten muss man verbrennen.“

Auf Dobrynins Worte folgte Schweigen. Abunajka und der Urku-Jemze schienen über das, was der Volkskontrolleur gesagt hatte, nachzudenken. Dann nickte Waplach für sich und sagte:

„Der Russe ist klug, der Russe weiß, wen man verbrennen muss und wen nicht.“

„Ja“, ergänzte Abunajka. „Weise Menschen kommen immer von weither, Dumme wohnen in der Nähe.“

Der Schlitten flog nur so dahin. Liebevoll sah Dobrynin auf die vorbeiziehenden Bäume, die klein und dünnstämmig waren, ihn aber doch ein wenig an seine Heimat erinnerten. Er dachte an die Zukunft, wie er mit einem Orden nach Kroschkino zurückkehren, am Tisch sitzen und Manjascha und den Kindern von diesen schrecklichen Tagen und Wochen erzählen würde, die er in einem für menschliches Leben gänzlich ungeeigneten kalten Gebiet verbracht hatte; wo man Menschen weder anständig beerdigen, noch menschenwürdig bestrafen konnte, sondern wo alles nach einheimischen nationalen Gesetzen ablief, die völlig anders waren als die russischen Gesetze, nach denen sowohl in Moskau als auch im Dorf Kroschkino gelebt wurde.

„He!“, drehte sich Waplach wieder um. „Dort steht etwas!“

Der Alte und Pawel sahen nach vorne, aber anscheinend hatten sie nicht so scharfe Augen wie der Urku-Jemze. Erst zehn Minuten später erblickten sie einen auf der Seite liegenden Propellerschlitten. Sie fuhren näher heran und gaben den Hunden den Befehl zu halten.

Im Propellerschlitten war niemand.

„Wir müssen im Kreis gehen!“, schlug Dobrynin vor und seine Gefährten traten gehorsam an die Maschine heran und begannen, sie im Gehen zu umkreisen.

„Nein, hier gibt es zu wenig Schnee“, schüttelte Waplach den Kopf. „Wir müssen uns einfach umschauen, unter diesem Schnee ist nichts.“

Sie gingen in verschiedene Richtungen. Abunajka erklomm den Hügel, Waplach hingegen begann, in die Niederung hinabzusteigen, wo einige ziemlich verhungerte Bäume wuchsen, und wenn sie auch nicht größer werden wollten, so standen sie zumindest einmal da.

Dobrynin ging im Kreis um die Maschine herum und fixierte dabei aufmerksam die Schneeoberfläche.

„He!“, rief Abunajka von der Hügelkuppe aus. „Ich habe ihn gefunden!“

Nachdem Pawel und Waplach zum Alten auf die Spitze des Hügels hinaufgeeilt waren, erblickten sie das Skelett eines Mannes im Schnee – die Knochen waren sauber abgenagt und nur ein gewisses Organ, vom Frost lila gefärbt, war gänzlich unberührt geblieben. In der Nähe lagen die Reste einer zerrissenen Pelzjacke herum.

„Ei-jei-jei ...“, sagte Abunajka. „Ojasi war hier.“

„Ist das etwa ein Tier?“, fragte Pawel nach.

„Der böse Geist Ojasi-kamuj!“, erklärte Waplach. „Nur er frisst Menschen und Tiere auf diese Weise auf.“

Pawel begann der Bauch zu schmerzen. Er fasste mit der Hand an die schmerzende Stelle und verzog den Mund.

„Wir müssen von hier weg!“, stieß Abunajka hastig hervor. „Er kann wiederkommen! Er ist sehr böse!“

Sie liefen den Hügel hinunter und jagten auf dem Schlitten in die Richtung der weit entfernten Militärstadt.

Allmählich ließ der Schmerz nach. Pawel legte sich hin und bettete dabei den Kopf auf seinen Reisesack. Waplach trieb die Hunde an und sang sein Lied. Abunajka döste im Sitzen und bewegte dabei manchmal seine blutleeren, weißgelben Lippen.

Lange fuhren sie durch den Schnee des Nordens.

„Dieser Ojasi ist ein sehr böser Geist", erzählte der Urku-Jemze dem ausgestreckten Dobrynin. „Er ist ganz klein, reicht mir nur bis zur Schulter, sein Kopf ist flach und gelb-grün und seine Augen sind rund mit roten Pupillen. Seine Haut ist voller Pickel und er geht ganz lautlos. Einmal kam er zu meinem Zelt und fraß einen Hund auf. Es war ein guter Hund ... Und die anderen Hunde bellten nicht, sie hatten wahrscheinlich Angst vor ihm ..."

Diese schreckliche Erzählung schläferte den Volkskontrolleur seltsamerweise ein, und während er bereits in einen warmen und behaglichen Schlaf hinüberglitt, kam ihm vor, als ob jemand neben seinem Bett sitzen und ein Märchen erzählen würde. Durch den über ihn einfallenden Schlaf hindurch hörte Pawel Waplachs Stimme, und es lief ihm so lange kalt den Rücken hinunter, bis die Stimme des Urku-Jemzen in anderen Geräuschen eines Traums unterging, der sich rasch verdichtete. Darin tauchte ein guter alter Großvater auf, der durch Moskau wanderte und von allen, die er unterwegs traf, Pralinen für die Kinder sammelte. Die Passanten und selbst die Soldaten blieben bereitwillig stehen, als sie den Alten sahen, und warfen eine Vielzahl von allerlei Dingen in seinen Sack, die sie aus den verschiedenen Taschen ihrer Kleidung hervorholten. Dobrynin freute sich für den Alten und er ging weiter durch die Straßen und Gassen seines Traums hinter dem Großvater her, um ihm zu helfen, wenn es nötig würde, oder auch nur, um den Sack für ihn zu tragen, sollte der Alte nicht mehr die Kraft haben, die schwere Last zu heben. Es war schön, durch die breiten Straßen der Stadt zu gehen, und nur manchmal wurde Dobrynin von der Stimme des Urku-Jemzen abgelenkt, der seinen Hunden etwas in der unverständlichen urku-jemzischen Sprache zurief.

Kapitel 20

Der Hügel, an dessen Fuß das Neue Gelobte Land begründet werden sollte, zeichnete sich durch seine exakte runde Form und durch seine Größe aus. Am Fuß des Hügels waren die nahezu vollständig vermoderten und verrotteten Holzgebäude von früheren Siedlern zu erkennen. Hinter den Gebäuden erhoben sich die Grabhügel eines weitläufigen Friedhofs, der recht ungewöhnlich war, da keine Bäume dort wuchsen und es keinen Zaun gab, stattdessen ging er einfach in eine Ebene über, die vielleicht früher einmal ein Feld gewesen war, als hier noch Ackerbauern vom Pflügen und Säen lebten. Auf der anderen Seite des Hügels schlängelte sich ein verspieltes Bächlein dahin, etwa fünfzehn bis zwanzig Schritt breit, und durchschnitt ein von Hügeln durchzogenes Feld, hinter dem ein dichter, tief verwurzelter Wald begann.

Von Archipka-Stepan geführt machten die Menschen hier Halt und beschlossen, dass dies der Ort sei, den sie gesucht hatten. Tatsächlich waren sie bei Tagesanbruch mit letzter Kraft an dem Hügel angekommen. Und da stieg genau hinter der Hügelkuppe die Sonne in den Himmel empor, riesengroß und gelb wie gute Butter, und es wurde so schön ringsum, dass es den Wanderern den Atem verschlug. Sie blieben jäh stehen, da jeder für sich beschlossen hatte, dass dies hier das Neue Gelobte Land war. Offensichtlich stimmte das auch, denn einer der entflohenen Kolchosbauern, die inzwischen schon freie Bauern waren, stieß eine Hacke in die Erde und wunderte sich, wie weich und nachgiebig sie war, rabenschwarz und leicht wie Gänsedaunen. Vor lauter Begeisterung über diese Erde setzte sich der Bauer sogleich ins Gras und begann, die Erde mit seinen rauen Händen zu streicheln, als wäre sie lebendig und könnte die Liebkosung eines Menschen fühlen.

Währenddessen gab Archipka-Stepan das Kommando, den Hügel zu besteigen, um dort endgültig Halt zu machen. Die Menschen erklommen die Hügelkuppe – es war ein breites und ebenes Plateau – und sahen sich um. Und wieder stockte ihnen der Atem vor Begeisterung.

Inzwischen war die Sonne noch höher gestiegen. Die Vögel zwitscherten in ihrem Licht, einige sangen sogar, und all das erfüllte die Luft mit solcher Glückseligkeit, dass selbst das Einatmen süß und angenehm war.

Als die Begeisterung nachgelassen hatte, begannen die Menschen über ihr Leben dort nachzudenken, und der bucklige Buchhalter, der Archipka-Stepans Gehilfe geworden war, ließ die Menschen geordnet antreten und gab jedem eine Anweisung, was er zu tun hatte und wie er es tun sollte. Dabei unterstützte ihn der ehemalige Rotarmist, der jetzt der freie Kämpfer Trofim war. So schickten sie manche in den Wald um Brennholz, andere, um dort Bauholz zu beschaffen, und die dritten zum Fluss, um nachzusehen, ob es darin Fische gab. Die Frauen wurden angewiesen, Essen zu kochen, sodass es für alle reichte. Einige begannen sogleich Kühe zu melken, andere trieben ihre Kühe zum Weiden auf die grünen Hänge des Hügels. Zwischen den Kühen grasten auch zwei schlanke Pferde, beide waren wohlgebaut und hatten kastanienbraunes Fell.

So verging der erste Tag, und als er zu Ende gegangen war, hatte sich auf der Hügelkuppe vieles verändert. Dort wuchs nun ein Stapel gefällter Kiefernstämme empor und genau in der Mitte loderte ein Lagerfeuer, dessen Flammen zischend um einen großen Kessel züngelten, in dem sich das Flusswasser allmählich in eine Erdbeerbrühe verwandelte. Alle Bewohner des Neuen Gelobten Landes saßen um das Feuer herum, die einen näher, die anderen weiter weg. Ihre Freude fand dabei unterschiedlichen Ausdruck, die einen freuten sich still, die anderen laut. Der Engel saß neben der hellblonden Lehrerin Katja, die den warmen, fröhlichen Abend genoss und dem Engel erzählte, dass die Erde rund war und die Sterne in Sternbildern angeordnet waren und eigene Namen hatten. Sie erzählte auch davon, dass in ebensolchen Feuern kluge Menschen von spanischen Inquisitoren verbrannt worden waren und dass sich während der Oktoberrevolution die Rotarmisten auf Wachposten an solchen Lagerfeuern friedlich gewärmt hatten. Ihre liebliche, zarte Stimme klang leise und melodisch und dem Engel war es gar nicht wichtig, worüber sie sprach, da er nicht ihren Worten, sondern nur der Musik ihrer Stimme lauschte.

Archipka-Stepan saß nahe am Feuer, neben dem Buckligen und einem Mann mit einer schmutzigen Wattejacke. Dieser Mann begann immer wieder von einer Bodenparzelle mit Rüben zu sprechen, aber der Bucklige unterbrach ihn jedes Mal mit der Bemerkung, dass niemand eigene Parzellen haben würde, denn sie würden wie eine Familie in einer Kommune leben und das würde bedeuten, dass nichts für den Einzelnen, sondern alles für die Gemeinschaft zu tun sei. Archipka-Stepan nickte dazu. Als der Mann schließlich begriff, dass er keine eigene Parzelle erhalten würde, bekümmerte ihn das nicht allzu sehr, er sagte nur:

„Kann ich dann vielleicht Brigadier werden?"

„In Ordnung!", nickte der Bucklige. Der Mann schwieg und lächelte erfreut.

An diesem Abend waren die Sterne zu sehen und die Menschen betrachteten sie, während jeder seinen Gedanken nachhing.

Dann tranken sie die Erdbeerbrühe. Es gab nicht genügend Krüge, deshalb tranken sie der Reihe nach, aber niemand war verstimmt, sondern jeder beeilte sich auszutrinken, wobei sich einige sogar die Zunge verbrannten, nur damit diejenigen, die noch nicht getrunken hatten, schneller an die Reihe kamen.

Schon gegen Mitternacht lagen alle um das erloschene Feuer herum und schliefen. Niemand fror, denn die Nachtluft war sommerlich warm. Einige Männer schnarchten, aber niemanden störte das. Der erste Schlaf im Neuen Gelobten Land war ein tiefer und fester Schlaf.

Mit der Morgendämmerung ging das neue Leben weiter. Die Bauarbeiter griffen zu den Äxten und Sägen, man hörte es hämmern und klopfen, und auf den Hügeln entstanden lange, gerade Stallwände. Die ersten Ställe wurden für die Menschen, für die neuen Bewohner dieses Ortes, errichtet – schließlich wussten die Bauarbeiter noch keine Häuser zu bauen. Aber ist ein Kuhstall etwa kein Haus, wenn man Holzbänke darin aufstellt und einen Lehmofen einsetzt? War das etwa kein Haus? Indessen arbeiteten die Bauarbeiter hingebungsvoll und rekordverdächtig, ohne Pause und Schlaf, und auf diese Weise drei Tage lang, bis sie vier Ställe fertiggestellt hatten, von denen drei für die Menschen bestimmt waren und einer für das Vieh.

Auch die Bauern saßen nicht untätig herum. Mithilfe der beiden Pferde der Rotarmisten sowie mit bloßen Händen begannen sie ein Feld umzupflügen, das bis zum Fuß des Hügels an den Friedhof heranreichte. Die Rotarmisten spitzten aus den Ästen der Haselsträucher Fischspeere und fischten damit im Fluss auf der anderen Seite des Hügels. Die gefangenen Fische brachten sie zum Feuer, wo einige Bäuerinnen diese zubereiteten. Und so aßen alle jungen Siedler des Neuen Gelobten Landes drei Tage lang köstliche, herzhafte Fischsuppe.

Der Oberdeserteur sammelte im Wald hinter dem Fluss Pilze, von denen er viele fand und sogleich auf den Hügel brachte, wo er aus drei Zweigen eine Vorrichtung zum Trocknen anfertigte und sie dort auf eine Schnur gefädelt aufhängte.

Archipka-Stepan streifte auf dem Hügel umher und dachte nach. Manchmal, wenn ihn die geistige Erschöpfung überwältigte, legte er sich ins Gras und döste, und niemand störte ihn dabei, denn alle wussten, dass, wenn es ihn nicht gegeben hätte, sie nicht hierhergekommen wären und dieses neue Leben voller Freude für sie nicht begonnen hätte.

Der Engel versuchte, den Bauarbeitern zu helfen, sah aber schnell ein, dass er ihnen keine große Hilfe war. Er versuchte, mit dem Speer Fische zu fangen, aber das rief bei den geschickten ehemaligen Rotarmisten nur Gelächter hervor. Zu den Bauern ging er gleich gar nicht mehr, da er ahnte, dass man ihn auch dort auslachen würde. Deshalb half er ein wenig beim Feuer, auf dem die gemeinsamen Mahlzeiten gekocht wurden. Er trug Brennholz und Wasser, und nur dort spürte er dankbare Blicke auf sich, vielleicht auch nur aus Neugier, jedenfalls lag in diesen gutmütigen Blicken kein Spott.

Der bucklige Buchhalter beschaffte sich von irgendwoher ein dickes Büroheft und einen Bleistift und ging umher, um die Namen der Siedler aufzuschreiben, ihren Beruf und Ähnliches. Als er alle aufgeschrieben hatte, was am zweiten Tag der Fall war, ging er daran zu überprüfen, woran wer arbeitete, und er behelligte die Siedler mit verschiedensten Fragen. Manchmal fragte er die Lehrerin Katja um Rat, die in der Sonne saß, ihre klugen Bücher las und darüber nachdachte, wie sie alle unterrichten würde. Er kam zu ihr, um sie etwas über die Natur zu fragen oder über die Wissenschaft der korrekten Berechnung, und er freute sich immer ganz außerordentlich über jede Antwort, sogar wenn er die Antwort nicht ganz verstehen konnte.

Am vierten Tag begannen die Bauarbeiter, Bänke zusammenzunageln, und ein Bauer namens Sachar, ein erfahrener Ofensetzer und Räuchermeister, machte sich daran, Lehmöfen für die Ställe der Menschen herzustellen. Er ging mit drei Männern zum Fluss und zeigte ihnen, wo sie nach Lehm suchen sollten. Und tatsächlich – die Männer gruben ein- oder zweimal und stießen auf guten, bläulich schimmernden Lehm. Sie begannen ihn abzutragen, andere Männer brachten ihn auf den Hügel und Sachar modellierte daraus Öfen, und diese Arbeit ging ihm schnell von der Hand. Man beschloss, in jedem Stall für Menschen drei Öfen aufzustellen. Bei den Bauarbeiten fand sich noch ein Rohrblech, aus dem sie ein Rauchfangrohr formten, und gegen Abend wurde bereits der erste Ofen angeheizt, aber nicht wegen der Wärme, sondern um ihn mit dem Feuer von innen abzuhärten – Lehm war schließlich nicht Ziegelstein. Vor dem Schlafengehen schon feierten die müden Siedler den ersten rauchenden Ofen, und als sie in ihrem Stall im Halbdunkel der fensterlosen Behausung saßen, waren sie ihres Lebens wieder froh. Krüge mit Selbstgebranntem gingen von Hand zu Hand, aber nicht jeder probierte davon. Die jedoch, die ihn probierten, stöhnten laut auf und tasteten sogleich nach etwas, was man dazu essen könne. Wenn sie aber nichts fanden, verdross sie das nicht, denn die allgemeine Stimmung war außergewöhnlich fröhlich und jeder war jedermanns Bruder oder Schwester.

Der Engel saß neben Katja und blickte auf das Holz, das im Lehmofen brannte. Er schwieg. Auch Katja schwieg, wenn sie auch nichts gegen ein Gespräch gehabt hätte, aber der Engel schien ihr kein guter Gesprächspartner zu sein, da er nicht gerade redselig war und so manche direkte Frage von ihr überhaupt nicht beantwortete, obwohl er kluge Augen hatte. Zwar hätten sich hier viele gefunden, die gerne mit Katja gesprochen hätten – zum Beispiel der bucklige Buchhalter –, aber sie alle waren ungehobelte Menschen. Von diesem schweigsamen Engel jedoch ging eine gütige, menschliche Wärme aus, die Katja in ihren Bann zog.

„Also, wo hast du früher gewohnt?", fragte sie ihn leise und machte damit ihr Vorhaben zunichte, das Gespräch nicht von sich aus zu beginnen.

„Im Paradies ..."

Katja biss sich auf die Lippen. Diese Antwort war ihr unangenehm, denn sie stand im Widerspruch zu ihren Gedanken und Überzeugungen. Aber da entdeckte sie ein neues Gefühl in sich – sie spürte, dass sie vollkommen ruhig bleiben konnte bei der Antwort dieses seltsamen Menschen, der sich in Zeiten des weltweiten Atheismus als Engel bezeichnete. Und für sich selbst völlig unerwartet fragte sie ihn wieder:

„Und wie lebt man dort?"

„Gut", antwortete der Engel, während er das Feuer im Ofen anstarrte.

„Und was gibt es dort Gutes?", drang Katja weiter.

„Es gibt keine Kriege, alle lieben einander ... viele Früchte ... die Luft ist so rein, fast süß ... das ganze Jahr über ist es warm ...“

„Und wenn es dort so schön ist, warum bist du dann hierhergekommen? Hm?“, fragte die hellblonde Lehrerin nicht ohne ein wenig Gehässigkeit.

Der Engel zuckte die Achseln. Er schwieg ein paar Minuten.

„Aus Neugier ...“, gestand er. „Es kam mir seltsam vor, dass aus diesem Land niemand nach dem Tod ins Paradies gelangt.“

„Was meinst du damit?“

„Das bedeutet, dass alle schreckliche Sünder sind“, erklärte er.

„Bei uns?! Sünder?!“, empörte sich Katja leise, aber gleich darauf veränderte sich ihre Stimme wieder, und, ruhig geworden, sagte sie bestimmt:

„Aber sie kommen nicht ins Paradies, weil es das Paradies nicht gibt!“

„Und die Hölle gibt es?“, fragte der Engel.

„Auch die Hölle gibt es nicht!“

„Und wohin kommen sie dann nach dem Tod?“

„Na in die Erde! Wir begraben sie, sie zerfallen in der Erde und helfen bei der Bildung der Schwarzerde.“

„Nein“, entgegnete der Engel ruhig. „Du sprichst hier vom Körper und ich von etwas anderem – von der Seele. Ihr begrabt doch nicht die Seele!“

„Nein, natürlich nicht, wie soll man sie denn begraben, wenn es sie gar nicht gibt!“, stimmte ihm Katja zu.

Jemand drückte dem Engel einen Krug in die Hand. Der Engel hob ihn hoch und roch daran, aber von dem grauenvollen Geruch drehte sich ihm der Magen um. Er reichte den Krug im Halbdunkel weiter, den ihm irgendeine Hand abnahm.

„Aber wenn es die Seele nicht gibt, wie kann man dann sprechen, denken, lieben?“

Da zögerte Katja kurz.

„Aber braucht man dafür etwa eine Seele?“, fragte sie nach einem Augenblick. „Wir sprechen doch mit dem Mund, und der ist ein Teil des Körpers. Wir denken mit dem Kopf – und der ist ebenfalls ein Teil des Körpers und zwar ein sehr wichtiger ... und wir lieben ... dafür hat auch jeder einen Körperteil ... Wozu braucht man da eine Seele?“

Darauf antwortete der Engel nicht.

Neben ihnen sprach noch jemand. Eine männliche und eine weibliche Stimme waren zu hören. Sie führten ein sehr lebhaftes Gespräch und es ging im Großen und Ganzen darum, ob man junge Stiere kastrieren solle, um aus ihnen bessere Zugkraft zu gewinnen.

In dieser Nacht schliefen die Siedler bereits auf echten Holzbänken, allerdings waren sie hart und ohne Bettzeug, also ohne Unterlage aus Heu oder Gras, und so krochen viele von ihnen spät in der Nacht, als der Ofen schon erloschen und alles von Schnarchen erfüllt war, heimlich auf den weichen Erdboden hinunter und schliefen schließlich dort ein, nachdem sie sich ein wenig herumgewälzt hatten. Viele mussten überhaupt auf dem Boden schlafen, da sich in dieser Nacht alle in dem einen Stall zusammendrängten. Die anderen Ställe waren unbewohnt, weil es noch keine Lehmöfen darin gab.

Aber schon bald errichtete Sachar unter der Mithilfe von anderen Männern auch in den restlichen Ställen Öfen, sogar in den Ställen, die für das Vieh bestimmt waren, mit der Begründung, dass das Vieh ebenso wie der Mensch Wärme und Zärtlichkeit liebe, und wenn dies fehle, dann verende es umso leichter.

Auf dem Hügel und ringsum wurde unaufhörlich gearbeitet. Es gab niemanden, der sich aus Faulheit oder aus einem anderen Grund vor der Arbeit zu drücken versuchte. Allenfalls Archipka-Stepan schlenderte herum und dachte die ganze Zeit nach, aber das war schließlich auch Arbeit, ja sogar noch schwierigere als die der anderen, da sie dem Kopf große Anstrengung abverlangte und nicht jeder zu so einer Anstrengung fähig war.

Die Bauern säten bereits aus, und nachdem sich der bucklige Buchhalter einen Gehilfen ausgesucht und aus drei Stäben ein Vermessungsgerät gebaut hatte, vermaß er, wie viel Boden ihnen allen insgesamt zur Verfügung stand, damit er sich mit dessen optimaler Nutzung auseinandersetzen konnte. Für alle Fälle vermaß er auch den Friedhof und musste dabei den Kopf schütteln – der Friedhof nahm viel Bodenfläche ein.

Die Rotarmisten beschlossen, dass es noch anderes zu essen geben müsse, und so nahmen sie die Gewehre und gingen in den alten, dichten Wald, der hinter dem Fluss begann. Im Laufe des Tages waren von dort Schüsse zu vernehmen, aber diese jagten niemandem Angst ein, da alle wussten, dass es sich um friedliche Schüsse handelte. Und je mehr davon fielen, um so reicher würde das Abendessen ausfallen und vielleicht auch noch das Frühstück! Und daher fanden sogar die Bauersfrauen Gefallen an der Knallerei, die aus dem Wald herüberschallte.

Der Engel, der den Frauen half, bekundete keinerlei Freude über die Schüsse, stattdessen grübelte er über Verschiedenes nach, so natürlich auch über die Menschen, die Siedler, mit denen er hierhergekommen war, um ein gerechtes und glückliches Leben zu führen. Im Grunde verlief ja alles gut, die Siedler waren glücklich und er war auch froh, aber vieles an diesem menschlichen Leben verwirrte ihn, obwohl auch einiges leicht zu erklären war: Offenbar hatten diese Menschen über Generationen nach solchen Gesetzen gelebt, anders war es ihnen gar nicht möglich. Um etwas zu essen, musste jemand umgebracht werden: ein Fisch, ein Hase oder eine Kuh. Was machte das schon aus?! Nichts außer unangenehmen Gedanken. Schließlich waren sie Menschen und keine Engel, die einfach und spartanisch lebten. Auch war ihr Leben doch um ein Vielfaches schwieriger und grausamer als das Leben im Paradies. Selbst das Wetter war hier anders, es gab andere Gesetze, und Steine fielen vom Himmel, und bestimmt gab es noch viele andere Gefahren. So ließ sich der Engel in seinen Überlegungen leicht vom Unangenehmen ablenken, und rechtfertigte ebenso leicht alles am Leben der Menschen, was ihm nicht gefiel.

Er ging also vom Fluss hinauf, mit zwei Eimern in Händen, die mit Wasser gefüllt waren. Er ging nun schon zum gut dreißigsten Mal, und eine angenehme Erschöpfung breitete sich über seine Schultern aus. Seine Arme schienen von der Anstrengung kräftig zu werden und manchmal hörte er sogar auf, sich als Engel zu fühlen, und in ihm erwachte etwas anderes, etwas Russisches. In manchen Momenten kam es ihm so vor, als würde in ihm eine enorme Kraft stecken, mit deren Hilfe er den Fluss ganz allein aufstauen, den Hügel einebnen und noch vieles mehr – Nützliches als auch Sinnloses – tun könne. Von all dem jedoch, was sich da in ihm regte – vermutlich aus Erschöpfung und aufgrund der Arbeit, die für ihn fremd war –, war der Wunsch am schrecklichsten, der Lehrerin Katja zu gefallen, die sich von allen Frauen im Neuen Gelobten Land nicht nur durch ihr Äußeres unterschied, sondern natürlich auch durch ihren intelligenten Blick, ihre gleichmäßigen Bewegungen und – das Erstaunlichste – die deutliche Gegenwart einer Seele, deren Existenz sie so vehement leugnete! Der Engel war überzeugt davon, dass ihn ebenjene Gegenwart ihrer Seele anzog, denn gemeinsam mit dieser Seele strahlte sie ein wunderbares Leuchten aus, das nur mit unsichtbaren Sonnenstrahlen zu vergleichen war. Allerdings enthielt dieses Leuchten einen schwachen purpurroten Schimmer, der den Engel irgendwie erschreckte und bestürzte. Er fühlte jedoch, dass dieser Schimmer nicht stark und möglicherweise nur vorübergehend war. Und so wartete der Engel auf jedes Zusammentreffen mit dem hellblonden Mädchen, denn er wartete darauf, dieses Leuchten auf sich zu spüren, um sich an ihrer Seele zu wärmen. Bis zu jedem Treffen aber, bis zu jedem späten Abend, wenn die Siedler ihre Arbeiten beendeten, musste man sich abplagen und abmühen, ohne an die Müdigkeit oder gar an etwas anderes, etwas Ernsthaftes zu denken.

Und auch an diesem Tag wurde es nur langsam Abend. Nachdem der Engel einen riesigen Kessel mit Wasser gefüllt hatte, ging er wieder zum Fluss, diesmal aber um Reisig für das Feuer zu holen. Eine rundliche, noch junge Frau mit einem Gesicht, so rund wie eine Untertasse und von Sommersprossen übersät, erbot sich, ihn zu begleiten.

„Warum sollst du so oft gehen, wenn wir das Holz gemeinsam schneller hinauftragen können!“, sagte sie und in ihren Worten steckte eine ganz alltägliche Wahrheit, vielleicht war es auch einfach der Wunsch, dem seltsamen Mann zu helfen, den es zur Frauenarbeit verschlagen hatte und der sich nicht den Männern – den Bauarbeitern, Bauern oder Rotarmisten – angeschlossen hatte.

Gemeinsam stiegen sie den Hügel hinab und begegneten dabei den Rotarmistenjägern, die gerade wieder zurückkehrten. Jeder trug ein Stück Wild, darunter Hasen, die an den Hinterpfoten zusammengebunden waren, als auch ein paar Füchse und Rebhühner und anderes Geflügel. Die Rotarmisten waren fröhlich und zufrieden, in ihren Augen glänzte der Stolz über ihre Beute. Ihr Stolz war so offensichtlich, dass der Engel für einen Augenblick ihnen gegenüber Neid verspürte, er erschrak jedoch sogleich über dieses fremde Gefühl. Woher kam das nur?! Worauf war er neidisch? Man konnte doch auf keinen Fall stolz darauf sein, zu töten und lebendige Geschöpfe Gottes zu erschießen?!

Schon kehrten die Bauern vom Feld zurück. Die Bauarbeiter kamen nach getaner Arbeit zum großen Kessel, aus dem sie zum Lohn für ihre Mühen zu essen bekommen würden. Und die Rotarmisten, die nicht weit entfernt Platz genommen hatten, reinigten eifrig ihre Gewehre und sprachen dabei mit gedämpfter Stimme über die Annehmlichkeiten dieses Lebens. Gemeinsam mit einem anderen Soldaten zog Trofim den Füchsen und Hasen die Felle ab.

Auch der Ofensetzer Sachar kam zum Kessel. Er bat um etwas Wasser, um sich die Hände zu waschen, und teilte ganz nebenbei mit, dass alle Öfen fertig wären und nur noch von innen erhitzt werden müssten. Ab dem nächsten Tag, setzte er fort, werde er Schüsseln aus Lehm herstellen, damit jeder in der Kommune eine eigene haben könne, und erst dann werde sich sein größter Traum erfüllen – unten am Fluss einen großen Räucherofen aufzustellen, den er selbst erfunden hatte. Das werde auf der ganzen Welt der einzige Ofen dieser Art sein und man werde darin sowohl einen ganzen Bären, als auch einen ganzen Elch räuchern können! Wer sein Versprechen vernommen hatte, schluckte gierig und blickte Sachar mit großem Respekt an.

An diesem Abend gab es Eintopf aus verschiedenen Getreidesorten, die von den Bauern in Bündeln und Säcken gesammelt und mitgebracht worden waren.

Es wurde gierig und mit Appetit gegessen, und im Eintopf war alles reichlich vorhanden – Salz ebenso wie getrocknete Petersilie und noch etwas anderes, das zum Geschmack des Gerichts beitrug.

Der Abend senkte sich auf die Erde herab und der Hügel war unmerklich in den Schatten geraten. Die Siedler blieben mit einer einzigen Lichtquelle zurück – dem großen Feuer, über dem der riesige Kessel hing mit einem Nachschlag von dem Eintopf für alle, die sich von Herzen gern den Bauch vollschlugen.

Wieder saßen der Engel und Katja nebeneinander und aßen aus einer Blechschüssel, die ihnen jemand gab, der seine Ration bereits gegessen hatte. Erneut schwiegen sie und warfen einander nur hin und wieder Blicke zu. Um sie herum flackerten Gespräche wie Funken des Lagerfeuers auf und erloschen. In diesen Gesprächen wurde jeder Traum und jedes Märchen zu einer wahren Geschichte, sodass der Geschmack des Eintopfs sich plötzlich verlor und zum Geschmack der Vergangenheit wurde, von etwas, das seit langem in Vergessenheit geraten war, zum Zeichen eines seit alters her bestehenden Elends, nach dem nun ein neues, in Freude und Gerechtigkeit erblühendes Leben anbrach.

Der bucklige Buchhalter saß nicht weit entfernt, löffelte ebenfalls seinen Eintopf und schmatzte und schlürfte dabei laut. Neben ihm aß eine große und schöne Bäuerin mit vollem Haar, das am Scheitel zu einem straffen braunen Knoten zusammengebunden war. Und irgendwie gelang es dem buckligen Buchhalter zu essen und zugleich, ohne sein Schmatzen dabei zu unterbrechen, mit dieser Bäuerin zu sprechen, sie anzulächeln und ihr darüber hinaus noch zuzuhören. Der Umstand, dass beide lächelten und sich manchmal sogar die mit Eintopf vollgestopften Bäuche vor Lachen hielten, zeugte von ihrer guten Stimmung und von ihrem einfachen, aber wahrhaftigen Glück. Und das Gleiche konnte man von vielen sagen.

Nachdem der Eintopf aufgegessen und zwei Eimer Wasser zum Ausspülen in den Kessel gegossen worden waren, standen die meisten auf, nahmen Reisig von einem dort liegenden Haufen und gingen zu ihren neu gebauten Ställen, um sich in der Behausung eine Bank und einen Ofen auszusuchen, der ihnen am gemütlichsten erschien.

Der Engel und Katja gingen in den ersten Stall, eben dorthin, wo sie am Tag zuvor neben dem einzigen geheizten Ofen gesessen hatten. Dieses Mal waren weniger Menschen im Stall. Auf einigen Bänken hatten aufmerksame Hände bereits abgemähtes Gras oder gesammeltes Heu ausgebreitet, und auf einer Bank lag sogar eine dem Anschein nach angenehm weiche Matratze. Ein frisches Feuer brachte alle drei Öfen von innen heraus zum Leuchten – offenbar waren diese gerade erst angeheizt worden. Es roch nach feuchtem Lehm, und in diesem Geruch lag etwas Angenehmes, denn der luftige Beigeschmack des Lagerfeuers mischte sich darin.

Auch Archipka-Stepan befand sich hier, er hatte sich auf eine Bank gelegt, die dem ersten Ofen am nächsten stand. Er starrte in das Feuer, das man sehen konnte, weil bei den Lehmöfen jegliche Türchen fehlten. Seine Lippen bewegten sich stumm, was bedeutete, dass er immer noch über etwas nachsann, vielleicht über die Vergangenheit, vielleicht aber auch über die Zukunft.

Durch die sperrangelweit geöffnete Stalltür fiel der Mondschein auf den Erdboden. Offenbar zog Luft durch die Tür herein, denn das Feuer im Ofen loderte plötzlich auf und die Flammenzungen neigten sich wie im Tanz bald in die eine, bald in die andere Richtung. Dann wieder hielten sie inne, senkten sich zum brennenden Reisig herab und wurden zu roten Zwergen, die zart und schwach über das Holz glitten.

Der Engel und Katja wählten zwei Bänke aus, die mit dem Kopf zur Holzinnenwand standen und sich genau hinter jener Bank befanden, die jetzt Archipka-Stepan einnahm. Nun konnten also auch sie das Feuer im Ofen sehen.

Jeder saß auf seiner Bank und sie hatten einander das Gesicht zugewandt. Zwischen ihnen lagen nicht mehr als anderthalb Schritte, vielleicht sogar weniger. Da ergriff den Engel plötzlich ein Gefühl von Fürsorglichkeit für Katja, und nachdem er ihr auf merkwürdige Weise zugenickt hatte, verließ er den Stall und beschloss, Gras oder etwas anderes Weiches für ihre Bänke zu besorgen.

Die Sterne leuchteten in dieser Nacht so intensiv, als wäre die Sonne in kleine Stückchen zersplittert. Ihr Glanz war so stark, dass das hohe Gras davon Schatten warf. Am Hang mähten einige Männer Gras, offenbar ebenfalls für ein bequemeres Nachtlager.

„He, Engel, bist du das?“, ließ sich eine bekannte Stimme vernehmen.

„Ja“, nickte der Engel.

„Bist du etwa auch Gras holen gekommen?“, fragte die Stimme. „Aber warum denn ohne Sense?“

„Ich habe keine“, gestand der Engel und sogleich fiel ihm ein, dass er, selbst wenn er eine gehabt hätte, nicht so geschickt wie die Bauern hätte Gras für sich und Katja abmähen können.

„Na, komm her, nimm das, was ich schon gemäht habe! Ich mähe noch mehr für mich! Ich liebe diese Arbeit!“, bot die Stimme an.

Der Engel ging auf den Mann zu, doch konnte er sein Gesicht nicht erkennen, da dieser auf den Boden sah und daher nicht einmal die strahlenden Sterne sein Gesicht beleuchteten.

Als er schon ganz nah war, erkannte der Engel den Rotarmisten Trofim, und der Engel wunderte sich darüber, nahm jedoch das große Bündel Gras und dankte Trofim aufrichtig.

Zurück im Stall bedeckte er die Bänke mit Gras und sie saßen einander wieder gegenüber. Sie schwiegen erneut, da alle beide sich entweder schämten oder gar davor fürchteten, als Erstes zu sprechen. Und so saßen sie einige Zeit da, bis den Engel die Müdigkeit überwältigte, die sich den Tag über in ihm angesammelt hatte. Er lächelte Katja zu, wünschte ihr eine gute Nacht und nachdem er sich hingelegt hatte, schlief er sofort ein.

Die Tage waren ausgesucht schön, sonnig und warm. Jeder brachte etwas Neues in das Leben der Bewohner des Neuen Gelobten Landes mit. Am Fluss stand bereits ein großer Ofen zum Brennen von Schüsseln und anderem Geschirr, und dort drehte der Ofensetzer Sachar unter einem provisorischen Schutzdach eine Töpferscheibe, die aus einem Wagenrad hergestellt worden war, und reichte seinen Gehilfen immer neue Schüsseln, damit sie diese in den Ofen stellten.

Die Rotarmisten jagten wieder im Wald, die Bauern beendeten die Aussaat. Archipka-Stepan wärmte sich an der Sonne und dachte uber die Zukunft nach.

Der bucklige Buchhalter ging mit einem dicken Heft und einem Bleistift zwischen den Bewohnern umher und erstellte auf Bitten der Lehrerin Katja eine Liste der Kinder und aller Erwachsenen, die Lesen und Schreiben erlernen wollten. Er fand acht jüngere Kinder, sonst aber gab es niemanden, der lernen wollte.

Der Engel trug wieder Wasser vom Fluss auf die Hügelkuppe hinauf und ging auf diese Weise den Köchinnen zur Hand, die im großen Kessel das Mittagessen für alle zubereiteten. Die Frauen waren wegen irgendetwas besorgt und unterhielten sich die ganze Zeit über mit erregter Stimme miteinander, aber der Engel konnte den Grund für ihre Sorge nicht verstehen. So hing er seinen eigenen Gedanken nach, während er das Wasser trug. Er dachte an die Lehrerin Katja, aber seine Gedanken waren nicht gerade fröhlich, obwohl doch etwas Warmes darin lag.

Als es Zeit war zu essen, stellte sich der Grund für die Unruhe der Köchinnen heraus. Unter denjenigen, die zum Essen gekommen waren, machte sich sogleich Empörung breit, denn in der Speise fehlte das, was für einen Russen am wichtigsten war – das Salz. Um genauer zu sein, es gab überhaupt kein Salz mehr, weil die letzten Vorräte schon am Morgen aufgebraucht worden waren.

Am meisten empörten sich die Rotarmisten. Es entstand wirres Durcheinander, in dem es unmöglich war, sich zurechtzufinden, als Trofim, der eine ziemlich mächtige Stimme besaß, den allgemeinen Lärm der Entrüstung übertönte, indem er rief:

„Zuerst müssen wir herausfinden, wer schuld ist und ob es Sabotage war, und dann erst entscheiden wir, was getan werden muss!“

Die Siedler waren mit Trofims Worten einverstanden, allerdings wussten sie nicht, wie man überprüfen solle, ob es sich um Sabotage handelte. Da erklärte ihnen Trofim, dass man die Gegenstände eines jeden Bewohners überprüfen müsse, und wenn sich bei irgendjemandem eine große Menge Salz finden ließe, dann bedeutete das Sabotage. Wenn aber kein Salz entdeckt würde, dann würde man weiter überlegen müssen.

Nicht alle waren mit einer Durchsuchung ihrer Sachen einverstanden, aber die Mehrheit war dafür, und so teilte Trofim die Rotarmisten sogleich in Dreiergruppen zur Durchsuchung ein, und diese gingen gemeinsam mit den übrigen Bewohnern in die Ställe. Trofim selbst blieb beim Kessel zurück, um die Ergebnisse der Durchsuchung abzuwarten.

„Wenn jetzt etwas gefunden wird, dann salzen wir die Speise und essen sie!“, sagte er den Köchinnen zum Trost, die bereits den Tränen nahe waren aufgrund der Unzufriedenheit der Siedler.

Das Mittagessen war noch nicht kalt, als die Durchsuchenden gemeinsam mit den Durchsuchten mit einer nicht gerade kleinen Menge Salz zurückkehrten. Zuerst warf man Salz in den Kessel, erst dann berichtete man Trofim, dass bei niemandem viel Salz gefunden worden war, dass aber bei fast allen ein wenig Salz vorhanden gewesen war, weshalb man all diese Vorräte für das gemeinsame Mittagessen beschlagnahmt hatte.

„Nach dem Essen müssen wir alles ernsthaft durchbesprechen“, erwiderte daraufhin Trofim.

Nicht genug damit, dass nun mit Verspätung gegessen wurde, stellte sich das Mittagessen nun noch dazu als versalzen heraus und zwar deshalb, weil nicht die Köchinnen das Salz in den Kessel gestreut hatten, die wussten, wie viel davon in eine Speise gehörte, sondern jene Rotarmisten, die das Salz beschlagnahmt hatten. Aber das machte nichts, über ein Zuviel an Salz erregte sich niemand, obwohl die allgemeine Meinung dazu in den Gesichtern geschrieben stand. Als alle fertig gegessen und die schmutzigen Schüsseln beim Kessel abgestellt hatten, ging Trofim zu Archipka-Stepan und schlug vor, eine Versammlung abzuhalten, um alles zu besprechen, was für ein gerechtes Leben wichtig und notwendig war. Archipka-Stepan zuckte die Achseln und nickte.

„Macht das!“, murmelte er leise.

„Du bist der Älteste, du musst die Versammlung abhalten!“, sagte Trofim streng.

„Lasst mich das machen!“, bot der bucklige Buchhalter an, der in der Nähe stand. „Ich bin schließlich sein Gehilfe.“

„Aber vielleicht möchte er es selbst tun?“ Trofim blickte Archipka-Stepan fragend an.

„Nein, er soll es machen!“, nickte der entflohene Kolchosbauer dem Buckligen zu.

„Also!“ In den buckligen Buchhalter kam Leben. „Wo sollen wir die Versammlung einberufen, hier oder im Stall?“

„Hier“, sagten die Siedler, die um sie herumstanden. „Warum im Stall, dort wird es zu eng für alle.“

„Na, dann wollen wir erst einmal alles für die Zusammenkunft vorbereiten“, begann der Bucklige geschäftig, indem er laut nachdachte. „Als Erstes müssen wir ein Signal einführen, um Zusammenkünfte und Versammlungen einberufen zu können, und auch für den Fall eines Brandes ... Wir müssen eine Eisenschiene aufhängen und daneben sollte immer ein Hammer an einer Schnur oder an einer Kette hängen. Dann bestimmen wir den Platz für die Vortragenden. Klar?“

Die Menschen nickten, sie stimmten dem Buckligen vollkommen zu, schließlich sprach er so, als ob er über Versammlungen und Zusammenkünfte Bescheid wüsste, und wer, wenn nicht so jemand, der alles wusste, konnte in kurzer Zeit und mit Verstand eine Versammlung abhalten?!

„Nun, vielleicht halten wir die erste Zusammenkunft ohne Schiene ab?“, fragte Trofim mit etwas matter Stimme. „Und erst später so, wie es sich gehört.“

„Nein!“, fiel ihm der Bucklige ins Wort. „Man kann es nicht heute so und morgen anders machen. Wenn wir ordnungsgemäß und gerecht leben wollen, dann müssen wir es auch gleich richtig anpacken. Die Besten unter den Soldaten sollen in verschiedene Richtungen losmarschieren und eine Schiene suchen. Hier sind aus dem zaristischen Regime viele nutzlose Schienen übrig geblieben! Während sie suchen, waschen die Frauen die Schüsseln im Fluss, und die anderweitig Tätigen ruhen sich ein wenig aus.“

Nach diesen Worten kehrte Stille ein. Die Rotarmisten machten sich auf den Weg, um Schienen zu suchen, während einige Bauern, die sich nicht ausruhen wollten, die Feldarbeit fortsetzten und die Bauarbeiter sich ins Gras legten, nachdem sie Bauholz zugeschnitten hatten, um sich eine angenehme Pause zu gönnen.

Währenddessen ging der bucklige Buchhalter seiner Lieblingsbeschäftigung nach – er schlenderte mit seinem dicken Heft und dem Bleistift zwischen den Menschen auf und ab. Er schrieb allerlei Gedanken und Themen auf, die bei der Kundgebung besprochen werden sollten. Und er fragte auch die anderen nach ihren Vorschlägen, die möglicherweise nützlich sein könnten, aber solche Vorschläge hatten die Siedler nicht und das bekümmerte den Gehilfen von Archipka-Stepan. Auch zur Lehrerin Katja ging er und auf ihren Wunsch notierte er mit Freude die Frage nach der Eröffnung einer Schule im Neuen Gelobten Land, die diskutiert werden sollte. Dann bat er sie um weitere Vorschläge und freute sich gleich wieder, da er nicht das übliche „Nein, keine Vorschläge" zu hören bekam, sondern sah, wie die Lehrerin ernsthaft nachdachte und bei der angestrengten Gedankenarbeit sogar ihre roten Lippen zusammenpresste.

„Mir ist etwas zur Landwirtschaft eingefallen", beendete Katja ihr Schweigen. „Ich glaube, es wäre sinnvoll, den Friedhof umzupflügen und in ein Feld umzuwandeln, schließlich wissen wir ohnehin nicht, wer dort begraben liegt. Er nimmt viel Platz ein und die Erde dort müsste nach den Gesetzen der Agrarwissenschaften sehr fruchtbar sein."

„Daran habe ich auch schon gedacht!", gab der bucklige Buchhalter zu, während er mit dem Bleistift etwas in sein Heft schrieb.

Dann war der Engel an der Reihe.

„Wir müssen über die Seele sprechen", schlug der Engel vor und der bucklige Buchhalter notierte in der Spalte mit den Diskussionsfragen gleich unterhalb von „Friedhof umpflügen" „Über die Seele sprechen". Dann verließ er den Engel und machte sich auf die Suche nach seinem Vorgesetzten.

Währenddessen döste Archipka-Stepan auf seiner Bank im ersten Stall und träumte, dass er ein großes Haus bewohnte, das von Feldern umgeben war, die ihm gehörten und auf denen ein Meer von Weizen spross. Und hinter den Weizenfeldern graste sein Vieh auf saftigen Weiden, und es waren so viele Tiere an einem Ort versammelt, dass sich die Erde unter ihrer Last bog. Und der Hirte war der Rotarmist Fedka und anstelle eines Stabes hielt er seine kaputte Waffe ...

„He!“, platzte unerwartet und deshalb unangenehm die Stimme des buckligen Buchhalters in seinen Traum. „Archipka! He! Schläfst du etwa?“

Archipka-Stepan öffnete die Augen, blickte den Mann, der ihn aufgeweckt hatte, nicht gerade freundlich an, seufzte tief und verabschiedete sich von seinem angenehmen Traum.

„Was willst du?“, fragte er.

Anstelle einer Antwort hielt der Bucklige Archipka-Stepan sein Heft vors Gesicht. Die Seite, auf der es aufgeschlagen war, war zur Hälfte in ungelenker Schrift mit Bleistift vollgeschrieben.

Archipka-Stepan betrachtete die Seite verständnislos, denn für ihn standen alle Buchstaben auf dem Kopf, und so sah er wieder zum Buckligen hoch.

„Vielleicht möchtest du etwas vorschlagen, das wir auf der Versammlung besprechen sollten, also etwas Wichtiges?“

Archipka-Stepan seufzte noch einmal, richtete sich auf seiner Bank auf und kratzte sich hinter dem Ohr.

„Also“, begann er schließlich zu sprechen. „Wir haben doch auf jener Begräbniskundgebung ... erinnerst du dich, als so viele gestorben sind ... Ach, schreib einfach, dass wir die Kommune nach Fedka nennen sollten.“

„Gut!“, nickte der bucklige Buchhalter und schrieb bereits mit seinem Bleistift. „Und hast du auch Vorschläge zur Verbesserung des allgemeinen Lebens?“

„Verbesserung?“, wiederholte Archipka-Stepan erstaunt. „Ja, wie, lebt irgendjemand schlecht hier? Hat sich jemand beschwert?“

„Nein, nein.“ Der Bucklige schüttelte den Kopf.

„Na, dann nicht“, antwortete Archipka-Stepan.

Der Bucklige verließ den Stall, ließ sich auf einem sonnigen Platz nieder und las sich seine Notizen durch. Es gab ziemlich viele Themen zur Erörterung und das freute den Buckligen. Er war stolz darauf, dass er alle höchstpersönlich befragt und von vielen, wenn nicht gar von allen, etwas in diesem Heft niedergeschrieben hatte. Sogleich blätterte er es durch, um nachzusehen, ob es noch genügend leere Seiten für die Zukunft gab, und er versicherte sich, dass noch viele Seiten übrig waren. Ein Gefühl glückseliger Erwartung regte sich in seinem Herzen und er lächelte sich selbst und der Welt zu.

Allmählich wurde es Abend, als weit draußen auf dem Feld die Rotarmisten auftauchten, die ohne Hast ins Neue Gelobte Land zurückkehrten. Fünf oder sechs von ihnen trugen etwas Schweres, und alle, die sie sahen, begriffen sofort, was das war. Der Rest der Gruppe begleitete sie.

Die Schiene, die die Rotarmisten hatten beschaffen können, war so lang wie ein durchschnittlich großer Mensch und wog etwas weniger als ein solcher. Sie hatten sie von einer Weiche an einer Eisenbahnstrecke abgeschraubt, die sich nicht weit vom Neuen Gelobten Land befand. Die Schiene hatte breite Löcher für große Schrauben zur Befestigung. Durch zwei dieser Löcher fädelten sie ein Seil und hängten die Schiene auf das Vordach eines Stalls, wobei das Vordach mit zwei Kieferpfeilern gestützt wurde.

Die Bauarbeiter brachten sogleich einen Hammer und kurz darauf ertönte ein solcher Lärm, dass sogar der Wald erzitterte und Hunderte von Raben sich über die Baumkronen erhoben.

Der bucklige Buchhalter hastete augenblicklich zu der aufgehängten Schiene, ebenso alle anderen Bewohner des Neuen Gelobten Landes, darunter auch Archipka-Stepan.

Da endlich begann die eigentliche Versammlung. Der bucklige Buchhalter hielt das an der passenden Stelle aufgeschlagene Heft bedeutungsvoll vor seiner Brust und sprach über verschiedene Themen, die allesamt die Siedler und ihr Leben betrafen. Seine Stimme, die zwar etwas dumpf, aber ziemlich laut war, klang feierlich.

„... und jetzt muss noch die Frage, ob wir eine Schule brauchen, entschieden werden“, setzte er seinen Vortrag fort, während er einzelnen Bewohnern des Neuen Gelobten Landes immer wieder messerscharfe Blicke zuwarf. „Wir haben nur acht Kinder für die Schule, und die Erwachsenen möchten gar nicht lesen und schreiben lernen ... Sollen wir etwa für acht Kinder eine Schule bauen?“

„Aber es können doch noch mehr zur Welt kommen, kein Problem!“, ertönte die Stimme einer jungen Frau, woraufhin von allen Seiten Gelächter zu hören war.

„Mehr Kinder brauchen wir auf jeden Fall“, entgegnete der bucklige Buchhalter ernst. „Aber wir müssen erst über die Erwachsenen entscheiden. Ich schlage vor, von jeder Gruppe fünf Männer für die Schule auszuwählen: von den Bauern, den Bauarbeitern und auch von den Rotarmisten ...“

„Und von den Frauen?“, ließ sich nun eine andere weibliche Stimme vernehmen.

„Aber die können doch sowieso schon lesen und schreiben!“, antwortete der Bucklige. „Machen wir weiter! Alle, die für meinen Vorschlag sind, heben die Hand!“

Der Großteil hob träge die Hand und der mit dem Resultat zufriedene Bucklige machte einen entsprechenden Vermerk in seinem Heft.

„Nun zu einer landwirtschaftlichen Frage. Es wurde vorgeschlagen, den alten Friedhof umzupflügen, um dort am besten Weizen oder Ähnliches anzubauen.“

Unter den Versammelten breitete sich nachdenkliches Schweigen aus. Die Frauen begannen zu flüstern und aus dem Geflüster war Angst herauszuhören. Die Bauern und die Bauarbeiter runzelten ebenfalls die Stirn, da sie einem solchen Gedanken nicht ganz zustimmen mochten. Die Rotarmisten hingegen zeigten überhaupt keine Regung, sie standen schweigend und mit ausdruckslosen Gesichtern da.

Dem Buckligen gefiel dieses Schweigen nicht. Er suchte den Blick der Lehrerin Katja und sah sie flehend an. Sie begriff sofort. Sie trat nach vorn, nahm eine würdevolle Haltung ein, indem sie die linke Schulter etwas vorschob, und wandte sich an die Siedler:

„Genossen! Bei uns findet man noch vielerlei Aberglauben und viele Vorurteile, und eines davon, das hartnäckigste, ist die Angst vor den Toten ... die Verehrung der Gräber: dieser Gruben voller Erde, in denen verstorbene menschliche Organismen liegen und in Stücke zerfallen. Ich unterstütze den Genossen Buchhalter und meine auch, dass alles, also auch der Friedhof, den Lebenden, also uns, Nutzen bringen sollte."

„Und was für einen Nutzen kann ein Friedhof bringen?", fragte ein pockennarbiger Rotarmist begriffsstutzig. „Was soll das für ein Nutzen sein?"

„Genau das will ich euch erklären, Genossen!", fuhr Katja fort. „Ihr alle wisst, dass die beste Erde für die Landwirtschaft die Schwarzerde ist. Aber woher kommt die Schwarzerde? Was ist das genau? Und ganz allgemein, was ist Erde, woher kommt sie? Früher gab es schließlich nur Steine. Also, Genossen, jede Erde, und besonders die Schwarzerde, ist das Ergebnis der jahrhundertelangen Verwesung verschiedenster toter Organismen und Pflanzen. Ich persönlich glaube überhaupt, dass alle Schwarzerdefelder irgendwann Friedhöfe waren und nur deshalb so gute Ernten möglich sind. Und alles, was dumme und ungebildete Menschen erfunden haben, all diese Kreuze und Grabmäler – das alles kann irgendwann zu einer Hungersnot führen, denn wenn wir die Erde unter solchen Friedhöfen horten, dann nehmen wir damit unseren Enkeln und Urenkeln das Brot, versteht ihr?"

Die Siedler schwiegen. In den Augen der Frauen glänzten Tränen. Die Rotarmisten standen mit grimmig zusammengezogenen Augenbrauen da. Wahrscheinlich waren sie verärgert über die Toten, die unter ihrem Hügel begraben lagen.

„Und ich will euch noch etwas sagen: dass ich, wenn ich an Altersschwäche oder etwas anderem sterbe, nicht so begraben werden möchte, dass die Erde über mir lange Jahre nicht verwendet werden kann. Wenn ich sterbe, will ich, und darum bitte ich euch sogar, im Feld nah an der Oberfläche begraben werden, sodass mein toter Körper sich schneller mit der fruchtbaren Schwarzerde vermischen kann und seinen Beitrag zur Fruchtbarkeit des Bodens und zur zukünftigen Saat leisten kann. Und ich hoffe, dass ihr alle es mir gleichtut!“

Nachdem die Lehrerin zu Ende gesprochen hatte, trat sie ergriffen von ihrer eigenen Rede in die erste Reihe der Zuhörer zurück. Die Stille dauerte etwa eine Minute an und war dann plötzlich zu Ende, als einige Menschen laut und eifrig zu klatschen begannen. Da lächelte die Lehrerin kaum merklich und senkte den Kopf, damit niemand ihre feuchten Augen sehen konnte. Weshalb sie feucht waren? Weil sie soeben einen Zustand des Glücks erlebt und ihre eigene Kraft erfahren hatte, die sie, wie sie nun begriff, mit Worten zu den einfachen Menschen durchdringen und sie überzeugen ließ. Der Engel stand eingeklemmt zwischen den Bauarbeitern und den Rotarmisten und sah Katja mit unverwandtem Blick an. In seinen Augen glänzten ebenfalls Tränen. Allerdings war der Grund für diese Tränen ein ganz anderer als bei der Lehrerin.

„Nun also“, ergriff der bucklige Buchhalter wieder das Wort. „Sollen wir abstimmen oder beschließen wir das einfach so?“

„Einfach so!“, ließen sich einige männliche Stimmen vernehmen.

„Also gut, dann betrachten wir diesen Punkt als beschlossen. Jetzt noch eine Frage, hier steht bei mir geschrieben: ‚Über die Seele sprechen‘ …“

„Soll das vielleicht ‚Sich etwas von der Seele reden‘ heißen?“, berichtigte Trofim den Buckligen.

„Aber nein, ‚Über die Seele‘ steht da“, bestätigte der bucklige Buchhalter. „Der Engel hat darum gebeten. Also, dann werden wir über die Seele sprechen, nicht wahr?!“

Die Versammelten schwiegen und ihr Blick drückte Befremden über ein solches Ansinnen aus. Sie waren zwar nicht entschieden dagegen, aber nachdem das Umpflügen des Friedhofs besprochen worden war, hatte niemand mehr besondere Lust, über die Seele zu sprechen. Wieder leuchteten die Augen der Lehrerin Katja auf und wieder trat sie nach vorn, und alle sahen sie wie gebannt an, um begierig dem zuzuhören, was sie zu sagen hatte. Offenbar bemerkte Katja das. Sie überlegte fieberhaft, wie sie es so ausdrücken konnte, dass sie sowohl diesen guten und schönen Genossen, der sich für einen Engel hielt, als auch das einfache Volk von dem jahrhundertealten Irrtum eines unvernünftigen Glaubens an die Seele befreien konnte.

„Ich schlage vor, Genossen", fing Katja zu sprechen an, wobei ihr zartes Stimmchen vor lauter Erregung, die in ihrer Brust aufstieg, zitterte, „ich schlage vor, mit voller Verantwortung abzustimmen und ein für alle Mal zu entscheiden, ob es die Seele gibt oder nicht! Persönlich bin ich fest davon überzeugt, ja, man hat es mir während meiner pädagogischen Ausbildung so beigebracht, dass es keine Seele gibt und gar nicht geben kann, da sie keine Materie ist. Und was nicht materiell ist, gibt es nicht! Nehmen wir doch einen Laib Brot her – wenn ihr ihn seht, ihn angreifen, von ihm abbeißen könnt, dann bedeutet das, dass er materiell existiert, und wenn keiner da ist und ihr vor Hunger aufgedunsen seid und kein Laib in der Nähe ist, dann gibt es kein Brot. Das heißt, es gibt die Bezeichnung dafür, aber es gibt ihn nicht als Materie ... So ist das. Und wer von euch hat diese Seele schon einmal gesehen? Hm?! Irgendjemand?"

Keiner trat vor.

Niemand sagte: „Ich habe sie gesehen." Alle schwiegen und sahen Katja an, und in den Augen der Menschen lag so viel Vertrauen in diese kleine, schmale, hellblonde junge Frau, dass, wenn man dieses Vertrauen von allen zusammengenommen hätte, sich ein Wort materialisiert hätte, und das Vertrauen wäre zu einem großen und üppigen Laib Brot geworden oder sonst etwas Vertrautem und real Existierendem.

„Ich stimme dafür, dass es keine Seele gibt!", rief die Lehrerin und streckte ihren dünnen Arm in die Luft.

Und da wurden Hände in die Höhe gehoben, manche schneller, andere langsamer, und sogar der Bucklige, der sich über die so einhellige Abstimmung wunderte, hob die Hand.

Der Engel biss sich auf die Lippen, dass es weh tat, ohne jedoch den Schmerz zu fühlen. Er blickte auf Katja und auf den Wald von Händen um ihn herum und konnte überhaupt nicht verstehen, warum diese Menschen, die ins Neue Gelobte Land gekommen waren, um gerecht und in Liebe zueinander zu leben, einstimmig beschlossen, dass es keine Seele gab. Was gab es dann? Was? Wie gern wollte der Engel selbst in den Kreis hinaustreten und fragen: Was gibt es dann? Aber eine seltsame Kraft hielt den Engel an Ort und Stelle, und er stand in völliger Erstarrung da.

In der Zwischenzeit hatte der bucklige Buchhalter den Siedlern vorgeschlagen, ihre Form des Lebens als Fedka-Kommune zu bezeichnen, nach jenem Rotarmisten der Eskorte, der von einem vom Himmel gefallenen Stein erschlagen worden war. In dieser Frage herrschte jedoch keine solche Übereinstimmung, wie sie die Siedler an den Tag gelegt hatten, als sie gegen die Existenz der Seele stimmten. Die Bauarbeiter gerieten in Bewegung und forderten, dass der Name der Kommune erweitert werden solle. Sie schlugen ihre Variante vor: Fedka-und-Brigadier-Boris-Schubin-Kommune. Aber mit diesem Namen waren die Rotarmisten nicht einverstanden, und so dauerte der Streit zwischen den Bauarbeitern und den Rotarmisten fort, bis der bucklige Buchhalter die Nase davon vollhatte. Nachdem er mit dem in der Nähe stehenden Archipka-Stepan kurz geflüstert hatte, unterbrach er den Streit, indem er sagte:

„Dann schlage ich vor, der Kommune gar keinen Namen zu geben, aber allen Umgekommenen demnächst einen Gedenkstein zu errichten."

Damit war das Volk einverstanden. Nur Trofim fühlte sich gekränkt und blickte die Bauarbeiter verbittert von der Seite an, vor allem jene, die sich gegen den Namen Fedka ausgesprochen hatten.

Der Abend war bereits im Anzug, er schob sich wie eine dunkle Welle über den Himmel, und dort, wo sie bereits vorbeigezogen war, erstrahlten die Sterne im Glanz, große und kleine. Und die Welle kam an dem Hügel vorbei und eilte weiter auf den Horizont zu, wo seltsamerweise noch eine helle Linie zu sehen war, die das Ende der sichtbaren Welt markierte.

Allen war klar, dass es heute kein Abendessen geben würde, und die Menschen gingen unzufrieden und nachdenklich in ihre Ställe. Jeder hatte seine eigene Meinung, und diese stimmte bei vielen nicht mit der Meinung der Versammlung überein, doch das änderte nun auch nichts mehr. Diejenigen, die für das Heizen der Öfen verantwortlich waren, trugen Reisig und Brennholz zu den Lehmöfen.

Auch der Engel machte sich auf und ließ traurig den Kopf hängen. Er fürchtete nun Katjas Nachbarschaft, denn er konnte sich nicht vorstellen, wie er auf der Bank neben ihr schlafen oder gar auf unvermutete Fragen antworten sollte. Wie konnte er ihr in die Augen sehen, wo er doch wusste, dass vor ihm ein Mensch stand, der sich höchstpersönlich von der Seele losgesagt hatte?! Wo doch schließlich nicht alles in der Macht des Menschen lag. Und da fand der Engel Trost in der Macht des Herrn, denn nur diese Macht konnte den Menschen um seine Seele oder seinen Verstand bringen. Dass aber der Mensch sich mit einem Mal seiner Seele selbst entledigte – sei es aus Dummheit oder aus Naivität! Es war schließlich eine Sache, sich vom eigenen Ohr loszusagen, und eine andere, es abzuschneiden! Das würde nicht jeder tun, schließlich war das Abtrennen eines Ohres sehr schmerzhaft. Aber sich die Seele herauszureißen: Dieser Schmerz war um ein Vielfaches stärker und unerträglicher, und kaum jemand erlitt ihn in seinem Leben. Und so hatte auch Katja, obwohl sie die Existenz der Seele laut ihren eigenen Worten abgelehnt hatte, ihre Seele in Wirklichkeit nicht verloren, ebenso wenig wie diejenigen, die ihr zugehört und zugestimmt hatten, ihre Seelen nicht verloren hatten. Es lag nicht in ihrer Macht, über die eigene Seele zu verfügen! Dem Engel wurde bei diesem Gedanken leichter und er ging ohne Eile zu seinem Stall. Dort ließ ihn eine unerwartete Berührung zusammenfahren, er drehte sich erschrocken um und sah Katja, die ihn am Ellbogen hielt, und er sah auch ein Lächeln auf ihrem Gesicht, das aber gleich darauf wieder verschwand und an dessen Stelle trat Verwunderung als Antwort auf den Schrecken, der sich in seinem Blick widerspiegelte.

„Was ist mit dir?“, fragte Katja erschrocken.

Beide blieben stehen und sahen einander an, ohne zu blinzeln, mit unbeweglichem, aber lebhaftem Blick.

„Was ist mit dir?“, wiederholte sie, und aus ihrer Stimme sprach eine sehr einfache und weibliche Besorgnis. „Bist du etwa krank?“

„Nein“, presste der Engel hervor und wunderte sich über die Sorge, die in der Frage der Lehrerin mitgeschwungen war.

„Bist du etwa gekränkt? Ich weiß doch, dass du gläubig bist ... Aber das darf nicht sein, verstehst du, wir werden um jeden Gläubigen kämpfen, um ihn zu den Menschen zurückzubringen.“

„Aber ich bin doch bei euch“, entgegnete der Engel verblüfft.

„Nein, noch nicht ganz. Aber ich glaube daran, dass du zu uns gehören wirst.“ Katjas Stimme ging in ein nervöses Klagen über und der Engel dachte schon: Ist sie etwa krank geworden? Vielleicht von der Hitze, oder hat sie Fieber?

„Und wir werden unbedingt, wir werden sogar ganz sicher zusammen sein. Hier wird es ein ganz anderes Leben geben. Glaubst du mir?!“

Der Engel konnte den Sinn ihrer Worte nicht verstehen, er nickte jedoch, da er an ihre Gesundheit dachte, und sagte nur leise:

„Ich glaube dir.“

Da lächelte Katja über das ganze Gesicht, sah sich neckisch nach allen Seiten um – es war dunkel und die Menschen um sie herum nicht zu sehen – und küsste ihn auf die Wange.

Und wieder blieb der Engel stehen, aber diesmal nicht vor Schrecken, sondern aus einem anderen Gefühl heraus, das fremd war, aber süß, und das ihn seine Vergangenheit und sein ganzes Leben vergessen ließ, und dieses Gefühl trug ihn in den Himmel, aber in einen ganz anderen Himmel, wo es niemanden mehr gab. Und wieder dachte er: Ist Katja krank?, und dieser Gedanke entschlüpfte ihm vor seinen Augen, wie eine Mücke, die auf einmal größer wurde, sich in einen Vogel verwandelte und sich in der Dunkelheit der beginnenden Nacht auflöste.

Auch Katja war stehen geblieben. Sie stand so nah bei ihm, dass dem Engel heiß wurde. Er wollte gehen, davonlaufen, er wusste, dass er von hier wegmusste, aber dieses Gefühl hielt ihn wie eine Fessel zurück und er wusste nicht, was er tun sollte.

Die Arme der Lehrerin schlangen sich um seinen Hals, und obgleich sie warm waren, lief dem Engel ein kalter Schauer über den Rücken, aber seine Arme hörten nicht auf seinen Verstand und auch nicht auf den mahnenden Schauer und sie umschlangen Katja. Sie schmiegten sich aneinander und standen lange Zeit schweigend unter der Himmelsdecke, die die Erde verhüllte.

Kapitel 21

Der Aprilregen prasselte tagelang auf die Stadt herab.

Mark hatte Kopfschmerzen. Anscheinend hatte es seine Nerven ordentlich zerrüttet, als er im Hotel in Kasan ein Eiltelegramm von der Regierung erhalten hatte mit dem Befehl, zusammen mit dem Vogel sofort in seine Dienstwohnung nach Moskau zurückzukehren und dort weitere Anordnungen abzuwarten.

Er fuhr nach Moskau. Genau eine halbe Stunde nach seiner Ankunft besuchten ihn Urluchow aus der Kulturabteilung des ZK und ein unbekannter Mann von etwa fünfundvierzig Jahren in einem dunklen Anzug. Sie brachten ein Päckchen mit Gedichtbänden mit. Urluchow erklärte ihm, dass er einen sehr verantwortungsvollen Auftritt vor sich habe, und fügte sogleich hinzu, dass Mark selbst fünf Gedichte über den Führer auswählen solle und zwar solche, für die man sich nicht zu schämen brauchte. Damit meinte er, dass Führergedichte von bäuerlichen Dichtern nicht für das Programm taugten. Dann sagte Urluchow noch, dass Mark zur Vorbereitung fünf Tage zur Verfügung habe, einen Tag für jedes Gedicht.

Mark saß in der Küche und umfasste seinen Kopf mit den Händen.

Warum wählten sie das Repertoire für ihn nicht selbst aus? Warum vertrauten sie es zum ersten Mal im Leben ihm an, das Programm für Kusma zusammenzustellen?!

Eine schlimme Vorahnung verstärkte seine Kopfschmerzen. Wo würde dieser Auftritt stattfinden?! Sicherlich direkt im Kreml!

Ein Schauer lief über Marks Rücken.

Wieder sah er aus dem Fenster – der violette Aprilabend schwamm immer noch im Regen.

„Wahrscheinlich ist auch der Luftdruck nicht normal“, dachte der Künstler und entschied für sich, dass das Wetter zumindest zum Teil für sein schlechtes Befinden verantwortlich zu machen war.

Als es dunkel geworden war, machte sich Mark daran, die Bücher zu lesen.

Im Licht der Tischlampe flimmerten Dutzende Namen bekannter und unbekannter Dichter, die in ihren Gedichten den großen Führer ehrten. Vor seinen Augen erzitterten die Zeilen und Strophen, voll des großen Namens, den einige Poeten manchmal sehr ungewöhnlich zu reimen verstanden, was in Mark gemischte Gefühle hervorrief – einerseits Stolz auf die fremde Kühnheit, andererseits Angst um seine Zukunft.

An diesem Abend ging er gar nicht zu Bett, und um sechs Uhr morgens, nachdem er eine Unmenge von Gedichten gelesen hatte, wählte er fünf davon aus, die für den Papagei nicht schwierig waren, gleichzeitig aber von hoher Qualität und Talent zeugten.

Die Arbeit begann.

Vor dem Hintergrundgeräusch des nicht enden wollenden Regens las Mark dem Papagei, der dort in seinem Käfig auf dem Tisch saß, Strophe für Strophe jedes Gedicht zwanzig bis dreißig Mal vor.

Der Papagei hörte zu und es blieb zu hoffen, dass er sich alles einprägte.

Die Tage, die zur Vorbereitung für den Auftritt bestimmt waren, vergingen.

Noch anderthalb Wochen waren es bis zum Beginn der Maifeiertage, dann würde man sich erholen können.

Am sechsten Tag erfolgte ein Anruf aus der Kulturabteilung des ZK.

Zu diesem Zeitpunkt trug Kusma bereits alle fünf Gedichte in einem Block vor, nur zwischen den Strophen machte er kurze Pausen. Nun musste Mark noch die Reihenfolge der Dichternamen lernen, da alle Gedichte nur einen einzigen Titel haben konnten: „Lenin“.

„Haben Sie sich vorbereitet?“, wollte die Stimme am Telefon von Mark wissen.

„Ja, es ist alles bereit, Genosse Urluchow“, antwortete Mark.

„Gut. Bleiben Sie zu Hause, wir schicken einen Wagen!“

Sie fuhren tatsächlich in den Kreml.

Mark, der sich um die Gesundheit des Papageis sorgte, bedeckte den Käfig mit einem wollenen Winterüberzug. Die ganze Fahrt über sah der Chauffeur immer wieder zu dem seltsamen Käfig hinüber.

Der Wagen hielt vor einem niedrigen Ziegelgebäude.

Mark öffnete die Tür, spannte den Schirm auf und stellte sich mit dem Käfig in der Hand darunter.

Der diensthabende Milizionär saß mit dem Gesicht zur Tür hinter einem Tisch, auf dem zwei Telefonapparate standen. Er las gerade, sah aber gleich von den Zeilen auf.

„Zu wem wollen Sie?“, fragte er in sehr höflichem Ton.

„Ich weiß es nicht ...“, sagte Mark ratlos. „Ich soll auftreten ...“

Und als Beweis für seine Worte hob er den mit Stoff verhüllten kegelförmigen Käfig hoch.

Der Milizionär überlegte kurz, schlug das vor ihm auf dem Tisch liegende Heft auf und blätterte darin.

„Sind Sie vielleicht Iwanow?“

„Ja, ja, Mark Iwanow“, freute sich der Künstler.

„Einen Moment, Genosse Iwanow!“ Der Milizionär verschwand in der Tiefe des Korridors, der hinter seinem Rücken begann.

Bald kam er in Begleitung zurück.

„Guten Tag“, der ihn begleitende hagere Mann mittleren Alters streckte Mark die Hand entgegen. „Oberleutnant Woltschanow. Kommen Sie!“

Sie gingen in ein Zimmer, in dem es beinahe keine Möbel gab. Ein einziger Tisch und einige Stühle standen darin.

„Unterschreiben Sie bitte hier!“ Woltschanow legte einige bedruckte Blätter vor Mark auf den Tisch.

„Was ist das?“, fragte Iwanow. „Sind das Finanzunterlagen?“

„Nein“, antwortete der Oberleutnant. „Das ist Ihre Verpflichtungserklärung, dass Sie alles, was Sie heute sehen werden, unter keinen Umständen weitererzählen. Es wäre für Sie überhaupt das Beste, nach dem heutigen Abend alles über diesen Auftritt zu vergessen. Verstanden?“

Der Künstler nickte. Er tauchte die Feder in das Tintenfass und setzte seine Unterschrift auf alle Papiere, die ihm zugeschoben wurden.

„Kommen Sie jetzt mit.“ Woltschanow erhob sich. „Einen Moment, gehört der Ihnen?“

Er hielt Mark zurück, der schon loseilen wollte, und zeigte auf den kegelförmigen Käfig, der neben dem Tisch auf dem Fußboden stand.

„Ach, ja!“ Mark fuhr herum und nahm den Käfig. Dann verließen sie das Zimmer.

Sie gingen lange und folgten dabei Korridoren, die sie nach unten führten.

Einige Male bekam es Mark mit der Angst zu tun – schließlich stiegen sie tief unter die Erde hinab, und darin lag etwas Bedrohliches.

Nach einer halben Stunde betraten sie einen mit elektrischem Licht hell erleuchteten Saal.

Dort standen zwei Soldaten, die ihnen zunickten, ohne ein Wort zu sagen.

Sie gingen zur Tür. Aus irgendeinem Grund lächelte Woltschanow, während er stehen blieb, dann stieß er die Tür heftig auf.

Mark wurde geblendet. Er hob beide Hände vor sein Gesicht, um seine Augen zu bedecken. Dabei schlug er mit dem Käfig gegen sein Kinn.

„Jetzt hören Sie aber auf!“, schnaubte der Oberleutnant verächtlich. „Haben Sie etwa noch nie die Sonne gesehen?!“

Allmählich gewöhnte sich Mark an den Sonnenschein. Er ließ die Hände wieder sinken und sah sich um: Vor ihm lag eine märchenhafte, umwerfend schöne und doch ganz normale russische Welt mit Wäldern, Hügeln, Feldern und

Sträuchern. Verschiedene Wege führten wie in einem Fächer ausgebreitet weg von der Schwelle, auf der er stand.

Er sah Woltschanow an, da er nach einer wissenschaftlichen Erklärung für dieses Wunder suchte. Schließlich hatte es noch vor vierzig Minuten oben geregnet und hier unten herrschte ein klangvoller russischer Sommer, sogar Vögel waren zu hören!

Aber Woltschanow schwieg und lächelte.

„Kusma kann sich aufwärmen!", dachte Mark plötzlich.

Er nahm den Wollüberzug vom Käfig und steckte ihn in seine Manteltasche.

„Kommen Sie!" Endlich vernahm er Woltschanows Stimme. „Folgen Sie mir!"

Unter ihren Füßen verlief einer der Wege und schlängelte sich dahin wie ein Frühlingsbach.

Links von ihnen gab es Haselsträucher, rechts Tannen und vor ihnen lag der Abstieg in eine kleine Schlucht.

Die Luft roch irgendwie besonders, nach Nadelbäumen. Irgendwo zirpte eine Hausgrille, wie in der Kindheit – im weißrussischen Dorf hinter dem Ofen in der Hütte der Großmutter.

Und dann der Bach, über den eine Holzbrücke führte. Und wieder verlief der Weg den Hügel hinauf nach oben.

Sie gingen lange.

„Halt!", befahl Woltschanow. „Sind Sie bereit?"

„Ja", nickte Mark.

„Also, dann ..." Der Oberleutnant beendete seinen Satz nicht und ging auch nicht weiter, sondern verließ den Weg und setzte dabei die Sohlen seiner Stiefel ganz sacht auf und hielt sogar den Atem an. Dann blieb er abermals stehen.

„Schauen Sie!" Er trat ein wenig zur Seite und winkte den Künstler mit dem Finger zu sich. „Schauen Sie dorthin!"

Iwanow, der ebenfalls den Atem angehalten hatte, schaute in die angezeigte Richtung. Und da sah er zwischen den Zweigen und Ästen eine Hütte und einen alten Mann, der mit dem Rücken zu ihnen saß. Er trug braune Hosen und eine Weste und unter der Weste lugte ein blaues Hemd hervor.

„Gehen Sie hin, treten Sie vor ihm auf und kommen Sie gleich wieder zurück!“, flüsterte der Oberleutnant mit Bestimmtheit.

Mark nickte, wechselte den Käfig mit Kusma von der linken in die rechte Hand und machte sich auf den Weg.

Als die dünnen Zweige unter Iwanows Füßen knackten, drehte sich der Alte um.

Etwa sechs Meter trennten sie noch voneinander.

Als Mark das Gesicht des Alten sah, blieb er fassungslos stehen. Seine Hand verkrampfte sich um den Käfigring.

Der Alte lächelte verschmitzt.

„Na, mein Lieber, treten Sie näher!“, sagte er mit einer warmen Honigstimme.

Mark näherte sich vorsichtig. Er blieb zwei Meter vor dem Alten stehen.

„Was ist der Grund für Ihren Besuch?“, fragte der Alte und steckte geschäftig die Daumen beider Hände in die Westentaschen.

Aaah!, begann Mark zu erraten. Heute ist ja der zweiundzwanzigste April ... Aber er ist doch am vierundzwanzigsten gestorben?!

„Na, warum schweigen Sie denn, mein Lieber? Sind Sie bei Ihrer Frau auch so schweigsam? Bei Ihren Eltern? Ihren Freunden?“

Mit zitternden Fingern öffnete Mark die Käfigtür, steckte seine Hand hinein, holte Kusma nicht besonders vorsichtig heraus und setzte ihn sogleich auf seine linke Schulter. Aber der Vogel kletterte über Marks Kopf auf die rechte Schulter, wobei seine Krallen fest zupackten.

„Kusma, trag vor!“, kommandierte Mark ohne das sonstige Wohlwollen in seiner Stimme.

Kusma spürte die Kälte seines Herrn.

Er drehte den Schnabel, suchte das Mikrofon, aber hier gab es keines.

„Unsere Erde ist kalt wie Eis“, ertönte Kusmas Stimme. „Ihr sind nicht viele warme Tage gegönnt ...“

Mark atmete erleichtert auf. Während der Vogel vortrug, konnte er den Alten besser betrachten. War er das wirklich?! Tatsächlich?

Die Vögel, die in den Kronen der Kiefern direkt über ihnen mit den Flügeln schlugen, störten den Vortrag.

„Die Partei befiehlt – und das Glück stellt sich ein,
Die Partei sieht dich an – und die Morgenröte glüht ...
Lenin, unser Volk dankt deiner Partei."

Ich wäre am liebsten schnell wieder oben und dann ab nach Hause, dachte Mark, nachdem er mit der Betrachtung des Alten fertig war. Vielleicht lassen sie mich an den Maifeiertagen wirklich in Ruhe. Das wäre schön.

„Die Kindheit, rötlich wie ein Morgen ..."

Der Vogel trug schon das nächste Gedicht vor.

„... für ihn so völlig ohne Sorgen.
Augen wie ein Jakute sie hätte,
und Iljitsch sein Name von des Vaters Seite."

Plötzlich bekam Mark Hunger. Ihm fiel ein, dass er an diesem Tag noch nichts gegessen hatte und dass es in seiner Dienstwohnung nichts zu essen gab. Er hielt sich dort selten auf, und er lebte allein, ohne Frau. Seine schönsten Träume von Essen waren mit der drei Häuser entfernt gelegenen Kantine der Moskauer Wasserleitungsarbeiter verbunden. Er war dort gern gesehen, denn man wusste, dass Mark Künstler war. Er bemerkte sogar jedes Mal, dass eine junge Frau an der Essensausgabe ihm viel größere Portionen zuteilte als den Wasserleitungsarbeitern. Vielleicht gefiel er ihr? Dieser Gedanke wärmte Mark auf angenehme Weise und lenkte ihn ein wenig davon ab, dass sein Bauch unfreiwillig leer geblieben war. Währenddessen trug Kusma vor und der Alte hörte ihm aufmerksam zu. Er schien verblüfft und ergriffen, jedenfalls glänzten in seinen Augen Tränen.

„Wenn sie alle gegangen sind,
das menschliche Feuerwerk erlischt,
werde ich hier alleine sein,
werde ich bei dir sein, Iljitsch ...“

Wieder schmerzte Marks rechte Schulter. Aber er war guter Dinge.

Kusma spulte das Programm fehlerlos und ohne Pausen ab.

Noch eines und das war's ...

Dann würde er wieder zurück müssen, dort hinter die Tannen. Da stand Oberleutnant Woltschanow und wartete.

Mark sah zu den Tannen hinüber und begegnete Woltschanows Blick – zwischen zwei Tannenzweigen waren Augen, Nase und dessen halbe Stirn zu sehen.

„... Der Falbe schielt
und scharrt mit den Hufen.
Dass er im Gefängnis sitzt,
macht Uljanow nicht zu schaffen ...“

„Das letzte!“, flüsterte Mark Iwanow sich voll Freude zu.

Der Alte schüttelte verwundert den Kopf und wischte sich mit den Fingern die Tränen unter seinen schmalen Augen weg. Offenbar war er zufrieden.

Der Papagei schwieg, ohne die letzte Strophe zu Ende gebracht zu haben.

Mark begriff, dass es keine Fortsetzung geben würde, aber er war Kusma nicht böse. Er blickte in Woltschanows Richtung und nahm durch den Tannenwald hindurch die auffordernde Geste wahr, die von dessen Hand ausging.

Der Alte schwieg. Es lohnte sich nicht, auf seinen Beifall zu warten. Aber man konnte sehen, dass er sehr ergriffen war.

„Alles Gute zum Geburtstag!“, flüsterte Mark, während er sich verbeugte.

Der Papagei verbeugte sich ebenfalls wie trainiert.

Ein gutmütiges Lächeln erschien auf dem Gesicht des Alten. Er begann, die vielen Taschen seiner braunen Weste zu durchwühlen. Offenbar suchte er etwas, vielleicht wollte er Mark etwas schenken.

Aber Woltschanows Hand rief ihn gebieterisch zu sich, und nachdem er einen Augenblick lang gezögert hatte, verneigte sich Mark ein weiteres Mal und ging auf den Tannenwald zu.

Er ging, ohne sich umzusehen.

Er wollte den Oberleutnant fragen, ob das wirklich er war.

„Wer ist das?“, sprach Mark die ihn quälende Frage flüsternd aus, als er endlich hinter den Tannen angekommen war.

Woltschanow antwortete nicht.

Sie waren bereits auf dem Rückweg.

Mark begriff überhaupt nichts mehr. Abgesehen von dem, was offensichtlich irritierend war, verwirrte ihn noch etwas anderes, aber erst als sie an der Brücke angekommen waren, begriff Mark, was es war. Auf seiner rechten Schulter saß immer noch der Papagei und in der linken Hand trug Mark den leeren Käfig.

Er blieb stehen. Er ergriff den Vogel nicht gerade sanft an den Füßen und steckte ihn mit dem Kopf voran durch die geöffnete Käfigtür.

Das Gehen fiel ihm nun leichter, aber die unbeantwortete Frage quälte den Künstler nach wie vor.

Er versuchte, Woltschanow einzuholen und sah ihn gutmütig und bittend an.

Als der Oberleutnant Marks Seitenblick auffing, drehte er sich, ohne langsamer zu werden, zu ihm um und sagte ziemlich grob und sogar mit drohendem Unterton:

„Vergessen Sie alles, sonst wird es Ihnen schlecht ergehen! Sie haben eine Verschwiegenheitserklärung unterschrieben, vergessen Sie das nicht!“

Nach diesen Worten blieb Mark etwas zurück und ging nun hinter Woltschanow her. Dabei versuchte er, die quälende Neugier zu vertreiben.

Kusma murmelte etwas.

Mark hob den Käfig und horchte dem Vogel zu.

Wie sich herausstellte, war diesem nun die letzte Strophe eingefallen, die er im letzten Gedicht des Programms ausgelassen hatte.

Immer noch jagte der Schlitten an Wäldchen und Hainen vorbei, die aus Nadelbäumen bestanden und deren Grün der Volkskontrolleur besonders genoss. Nach einer kurzen Rast, auf der Waplach die Hunde mit getrocknetem Fisch gefüttert und die Menschen Stroganina gekaut hatten, fühlte sich Dobrynin ziemlich munter und legte sich nicht mehr hin. Abunajka indessen hatte mit seinen schwarzen Zähnen das gesalzene, trockene Fleisch kaum zu Ende gekaut, als er sich wieder hinlegte und zu schnarchen begann.

„Der Russe ist weise“, sagte der Urku-Jemze zu Dobrynin, der seit ihrer Rast neben ihm vorne auf dem Schlitten saß. „Er soll mir einen neuen guten Namen geben. Die russischen Namen sind schön, besser als die urku-jemzischen!“

Pawel dachte nach und beobachtete dabei, wie die Hunde unermüdlich dahinliefen. Diese Bitte bewies ihm, dass Waplach ihn sehr achtete, und das rührte und freute ihn, auch wenn er Letzteres in seinem Gesicht nicht zeigte.

„Natürlich ist das möglich“, sprach Dobrynin bedächtig und mit großer Deutlichkeit. „Aber bei uns Russen hat ein Mensch nicht nur einen Namen, sondern einen Vor- und einen Nachnamen.“

„Nun, dann soll mir Pawel einen Vor- und einen Nachnamen geben“, nickte der Urku-Jemze.

„Also gut, das mache ich“, sagte Dobrynin und in seinem Kopf begannen die Gedanken zu kreisen, und bereits nach einer Minute wusste er, wie er seinen Retter nennen musste.

„Also“, sagte der Volkskontrolleur. „Gefällt dir der Name Dmitrij?“

„Sehr schön“, lächelte der Urku-Jemze und wiederholte: „Dmitrij!“

„Nun, wenn er dir gefällt, dann nenne ich dich Dmitrij, und dein Nachname wird ... Waplachow, ja? Das klingt gut, und russisch.“

Der Urku-Jemze überlegte kurz und nickte dann.

„Ja“, sagte er. „Jetzt hat das Volk der Urku-Jemzen einen russischen Namen ...“

Da erinnerte sich Dobrynin wieder an das auf mysteriöse Weise verschwundene Volk und wieder wollte er den früheren Waplach, jetzt Dmitrij Waplachow, danach fragen, aber er fürchtete, dass sein Retter dadurch traurig werden könnte, und Dobrynin selbst hatte die Traurigkeit doch satt – er wollte an Helles und Fröhliches denken. Also fragte er nicht nach dem Volk.

Der Schlitten fuhr immer weiter. Plötzlich hielt Dmitrij Waplachow die Hunde jäh an, völlig unerwartet, sodass Dobrynin fast in den Schnee gefallen wäre.

„Was ist los?“, fragte er und wandte sich zum Urku-Jemzen um. Der frisch getaufte Dmitrij zeigte mit der Hand nach vorn, aber noch ehe Pawel etwas sehen konnte, vernahm er ein mechanisches Dröhnen, und da erblickte er schon einen großen grünen Panzer, der ihnen entgegenkam.

„Wahrscheinlich fährt er auf Besuch nach Chulajba“, vermutete der Urku-Jemze.

Als der Panzer herangefahren war, hielt er an. Ein junger Soldat mit Helm blickte aus der Luke und winkte ihnen zu.

„Wohin fahren Sie?“, fragte er und sah dabei Dobrynin an.

„Dorthin, zum Militär!“, antwortete Pawel. „Und Sie?“

„Nach Chulajba, dort gibt es einen konterrevolutionären Aufstand, ich habe den Befehl, ihn niederzuschlagen“, entgegnete der Soldat mit fröhlicher Stimme, in der so viel jugendlicher Übermut mitschwang, dass sich der Volkskontrolleur augenblicklich wie ein uralter Greis fühlte.

„Was für ein Aufstand?“, wunderte sich Dobrynin. „Dort gibt es keinen Aufstand. Dort ist alles in Ordnung!“

„Wirklich?“, rief der Soldat aus. „Schade ... Man hat mir zwanzig Tage Urlaub versprochen, wenn ich ihn niederschlage. Ich wollte nach Kursk fahren, zu meiner Mama ... Aber dann muss ich wohl zurück ...“

Da kam Dobrynin ein nützlicher Gedanke. Was wäre, dachte er, wenn ich in den Panzer umsteigen und darin zum

Militär fahren würde? Dmitrij und den Alten könnte ich mit den Hunden nach Hause nach Chulajba schicken.

Und so bat er den Soldaten:

„Hör mal, bring mich mit dem Panzer zu deinem Kommandanten!“

„Steigen Sie ein!“, antwortete der Panzersoldat bereitwillig. „Der Panzer ist groß, hier drinnen ist viel Platz.“

„Ich fahre mit ihm weiter“, drehte sich Pawel zum Urku-Jemzen um. „Und ihr könnt zurückfahren.“

Das Gesicht des Urku-Jemzen verfinsterte sich.

„Warum möchte Pawel denn Dmitrij nicht mitnehmen?“, fragte er. „Dmitrij fährt nicht nach Chulajba!“

„Und die Hunde? Sie können wohl kaum in den Panzer klettern!“ Der Volkskontrolleur suchte nach einer Erklärung.

„Abunajka fährt mit den Hunden in die Stadt zurück, und ich möchte weiter mit dem Russen Pawel fahren ...“

„Was soll ich nur mit dir machen?“ Dobrynin kratzte sich hinter dem Ohr. „Na gut!“

Sie weckten den Alten, erklärten ihm, worum es ging, und es stellte sich heraus, dass er sich sehr darüber freute. Er nickte den beiden zum Abschied zu, wendete den Schlitten und jagte ihn zurück nach Chulajba. Pawel und Dmitrij hingegen kletterten in den Panzer und machten es sich auf den grünen Kisten dort bequem. Der Soldat setzte sich nach vorn und machte sich an den Hebeln zu schaffen, woraufhin der mächtige Armeemotor mit neuer Kraft aufheulte. Der Panzer machte einen Ruck, setzte zu einer Kehrtwendung an und fuhr zurück zum Militärlager.

Sie waren nicht lange unterwegs. Als sie angekommen und aus dem Panzer gestiegen waren, sahen sie sich von einem dichten Nadelwald umgeben. Zwischen den Bäumen erspähten sie eine ganze Stadt mit gewöhnlichen Holzhäusern und den üblichen schrägen Dächern. Auf einer sehr hohen und dünnen Stange flatterte die heimatliche rote Fahne, und darunter, direkt daneben, stand ein sympathischer Soldat mit einem Gewehr in Habtachtstellung.

Gleich als Erstes bat Dobrynin den Panzersoldaten, sie zum Kommandanten des Lagers zu bringen.

Sie betraten ein großes Holzhaus, wo sie ein gewaltiger Russe begrüßte, der sich als der Kommandant erwies. Er war überaus breit als auch groß und trug eine grüne Militärjacke mit einem Ledergürtel und glänzender Kupferschnalle. Sein Name war Oberst Iwaschtschukin.

„Wie, dort gibt es wirklich keinen Aufstand?", erkundigte er sich verwundert.

„Nein", bestätigte der Volkskontrolleur.

„Na, dieser Funker macht vielleicht Scherze!" Der Oberst schüttelte den Kopf. „Ich habe ihn doch schon einmal verwarnt! Er hat sich damals einen Scherz erlaubt – da war ihm nämlich langweilig, und er wollte einen Soldaten zum Kartenspielen kommen lassen. Aber woher soll ich wissen, wer von den Soldaten Karten spielt und wer nicht! Ich dachte, dass es dort Unruhen gäbe, und schickte unseren wildesten asiatischen Soldaten auf dem Panzer hin. Aber da war dieser Poltoranin dann beleidigt. Er funkte mir: ‚Habt ihr etwa keine russischen Soldaten dort? Dieser Asiat kennt nicht einmal die einfachsten Kartenspiele wie Durak!' Nun, ich werde das mit ihm klären!"

Dann erklärte Dobrynin dem Oberst, dass er dringend mit einem Bericht nach Moskau zu Genosse Kalinin fliegen müsse, aber über das, was tatsachlich in Chulajba geschehen war, wollte er ihm noch nichts sagen.

„Ja, also", antwortete der Oberst, „ich habe ein Bombenflugzeug, und wenn der Pilot nicht auf der Jagd ist, dann können Sie fliegen. Nur Ihr Genosse kann nicht ins Flugzeug", fügte er plötzlich hinzu, nachdem er einen Blick auf den Urku-Jemzen geworfen hatte.

„Aber warum denn nicht?", fragte Dobrynin verwundert.

„So ist die Vorschrift." Iwaschtschukin zuckte die Achseln. „Es ist verboten, Angehörige der lokalen nicht-russischen Nationalitäten in Militärflugzeugen zu transportieren."

„Aaah“, nickte Pawel, da er begriff, dass es so vorgeschrieben worden war. Wenn es eine solche Vorschrift gab, dann war es tatsächlich nicht möglich.

„Aber Sie kommen doch anschließend wieder zurück?“, wollte der Oberst wissen. „Er kann inzwischen bei uns wohnen. Wir werden ihn verpflegen und ihm das Kartenspielen beibringen. Er wird sich nicht langweilen. In welchem Verhältnis stehen Sie denn eigentlich zu ihm?“

Dobrynin begann gründlich zu überlegen. Wenn er nämlich sagte, dass Dmitrij sein Retter war, dann musste er auch alles andere erzählen, und so beschloss der Volkskontrolleur, nicht die ganze Wahrheit zu sagen, später aber würde er versuchen das richtigzustellen.

„Er ist mein Gehilfe“, antwortete Dobrynin. „Er hilft mir beim Kontrollieren und Überprüfen.“

„Aha.“ Der Oberst war einverstanden und lächelte Dmitrij freundlich zu. „Also, wir sorgen dafür, dass ihm hier nicht langweilig wird, machen Sie sich keine Gedanken!“

Der Oberst gefiel Dobrynin. Weil es nämlich so leicht gewesen war, mit ihm bezüglich des Flugzeugs einig zu werden, und auch, weil er dem Volkskontrolleur, nachdem er dessen Vollmacht gelesen hatte, die Hand besonders kräftig geschüttelt hatte.

Nachdem sie sich in der Offizierskantine so richtig sattgegessen hatten, legten sich Pawel und Dmitrij zur Erholung auf speziell für sie bereitgestellte Liegen. Sie schliefen tief und fest und kein einziger Traum vermochte ihr Bewusstsein zu erreichen. Nach dem Aufwachen brachte sie ein diensthabender Soldat wieder in die Kantine, wo sie erneut ihren Appetit stillten und dann Tee tranken.

Pawel hatte gerade seine erste Tasse ausgetrunken, als Oberst Iwaschtschukin in die Kantine kam.

„Wie haben Sie geschlafen?“, fragte er in strengem Ton, jedoch mit einem Lächeln auf dem Gesicht.

„Gut“, antwortete Dobrynin für sie beide.

„Das Flugzeug ist bereit“, teilte der Oberst mit und fügte sogleich mit sanfterer Stimme hinzu, die geschmeidig wie Samt klang: „Könnten Sie mir etwas aus Moskau mitbringen? Irgendetwas Feines zum Tee ...“

„Selbstverständlich“, versprach der Kontrolleur.

„Also kommen Sie, ich begleite Sie zum Flugzeug. Und Sie“, wandte er sich an Dmitrij, „Sie können noch ein wenig sitzen bleiben und ihren Tee fertig trinken.“

Dobrynin und der Urku-Jemze umarmten einander zu einem Abschied auf kurze Zeit.

„Pawel soll unbedingt zurückkommen!“, bat Dmitrij.

„Ich komme bestimmt zurück“, versprach Dobrynin. „Ich treffe mich nur kurz mit dem Genossen Kalinin und kehre mit demselben Flugzeug zurück. Wird das Flugzeug auf mich warten?“

Die letzte Frage hatte Pawel an den Oberst gerichtet. Der Oberst nickte mit seinem mächtigen Haupt und sagte:

„Selbstverständlich wartet es so lange, wie Sie wollen, denken Sie etwa, dass mir das nicht klar ist?“

Nachdem er sich verabschiedet hatte, folgte Dobrynin Iwaschtschukin. Sie stapften über einen Weg im flachen Schnee und kamen auf eine weite Lichtung, die gleich hinter der Militärstadt begann, wo bereits an die fünfzehn Soldaten aus Leibeskräften arbeiteten, um den Schnee vor einer riesigen, schmutziggrünen Flugmaschine mit einem großen roten Stern auf der Seite einzuebnen.

Zuerst warf Dobrynin seinen Reisesack in die geöffnete Tür des Flugzeugs, hierauf stieg er mit Hilfe des Oberst selbst ein. Er setzte sich auf einen schmalen Sitz, blickte aus dem Seitenfenster und zog den Sack näher zu sich heran, sodass er direkt zu seinen Füßen lag. Dann wartete er auf den Start.

Das Flugzeug, das mit dem Aufheulen seines Motors die Erde erbeben ließ, raste über die schneebedeckte Lichtung und erhob sich in den fahlen Nordhimmel.

Kapitel 23

In dieser Nacht konnte der Engel nicht schlafen. Er wälzte sich lange herum, drehte sein Gesicht mal zur schlafenden Katja, deren Atemzüge deutlich zu hören waren, dann wieder zum halblaut schnarchenden Semjon Gusew, dem ehemaligen Helden von Perekop, der jetzt für den „Versammlungshammer" zuständig war, welcher mit einer Kette neben der Eisenschiene an der Stallwand befestigt war. Da er weder Ruhe noch Schlaf fand, stand der Engel auf, warf etwas Reisig in den offenen Schlund des Lehmofens und verließ die Behausung.

Der sanfte Atem der Nacht munterte ihn auf. Die Stille lenkte ihn von seinen Gedanken ab. Der Mondschein bedeckte die schlafende Erde wie Samt.

Die Wärme des Sommers war jedoch schon abgeklungen, und vom glänzenden Samt der nächtlichen Erde stieg kühle Luft herauf.

Plötzlich erklang vom Fluss her das schallende Lachen einer Frau, und es schwang solch reine Freude darin, dass der Engel unweigerlich lächeln musste. Er blickte in die entsprechende Richtung, konnte aber dort niemanden sehen. Er ging auf die andere Seite des Hügels, dorthin, wo ein neuer Pfad zum Fluss führte.

Das Lachen verstummte, dann machte es einen Platsch, als ob ein großer Fisch mit seiner Schwanzflosse gegen die Wasseroberfläche geschlagen hätte.

Der Engel blieb an der Böschung stehen – im samtenen Halbdunkel glänzte der Fluss und spiegelte die Sterne und den Mondschein wider.

Da sah er, dass eine Frau verspielt und heiter im Licht des Mondes schwamm, sie plätscherte und spritzte im Wasser herum und versuchte gar, den Mondschein anzuspritzen oder zu vertreiben, als handle es sich um Seerosen oder Tang.

Das Schauspiel versetzte den Engel in Staunen. Auf einmal drang nun auch eine männliche Stimme an sein Ohr, die leise und etwas rau war, was sie aber sagte, war unmöglich zu verstehen. Der Engel sah genauer hin und erblickte einen kleingewachsenen Mann, der vorsichtig in den Fluss stieg. Dabei war er vollkommen nackt. Er lachte und murmelte etwas.

Und da schwimmt die Frau aus dem Schein des Mondes heraus und näher an den bis zum Bauch im Fluss stehenden Mann heran, schöpft mit ihrer hohlen Hand Wasser und spritzt ihn an.

„Ah! Oh!", schreit der Mann mit vor Freude zitternder Stimme und geht einen Augenblick später in die Hocke, um bis zum Hals in das Wasser einzutauchen.

Halb gehen sie, halb schwimmen sie gemeinsam auf den Mondschein zu, und dieses Schauspiel bereitet dem Engel solche Freude, dass er alles andere vergisst und einfach nur zusieht. Die beiden verhalten sich so, als ob sie allein auf der ganzen Welt wären.

Der Engel ließ sich im Gras nieder, machte es sich bequem und stützte sich mit den Händen auf der kühlen Erde ab, die jedoch nicht kalt war, und er beobachtete das fröhliche Glück gewöhnlicher Menschen. Und mit einem Mal kam ihm ein ganz unnötiger Gedanke. Er stellte sich Katja und sich selbst dort im Fluss vor, wie sie beide planschten, lachten und wie sie beide nackt waren. Und da regte sich in seinem Inneren, in seinem Herzen, ein Gefühl, das zugleich bitter und süß war. Sein Mund wurde trocken und seine Lippen verzogen sich, als ob es sie nach Wasser oder nach einem Kuss verlangte. Da wurde sich der Engel der ganzen Sündhaftigkeit seiner Fantasie bewusst und er biss sich so fest auf die Unterlippe, dass er auf der Zunge Blut schmeckte. Aber nicht der Schmerz, sondern ebendieser Geschmack lenkte ihn von seinen Gedanken an Katja ab, und daran, wie er neben ihr planschte.

Die beiden stiegen aus dem Wasser, warfen sich etwas über und gingen auf dem Weg hinauf zur Hügelkuppe. Der Engel erschrak, er wollte nicht, dass die beiden Glücklichen dachten, er habe sie vorsätzlich und aus Neugier beobachtet.

Deshalb warf er sich auf den Boden, hielt den Atem an und horchte auf ihre näher kommenden Schritte.

Sie gingen schweigend, als ob sie fürchteten, mit ihren Stimmen und ihrem Lachen jemanden im Neuen Gelobten Land aufzuwecken. Als sie vorbeigegangen waren, ohne den auf dem Boden liegenden Engel zu bemerken, stützte er sich auf die Ellbogen und blickte ihnen hinterher. Und er erkannte den Mann – es war der bucklige Buchhalter.

Einige Zeit später, als die Nacht immer noch andauerte und der Mond gerade noch über dem Fluss hing, bevor er zum Horizont abstieg, stand der Engel auf und ging den Weg hinauf. Er war schon an der offenen Stalltür angelangt, da hörte er jemanden flüstern. Und wieder wollte der Engel nicht gesehen werden, deshalb bog er um die Ecke und versteckte sich dort. Dieses Mal kamen drei Rotarmisten mit Waffen aus dem Stall. Sie blieben stehen und blickten aufmerksam in die Nacht zu den Sternen und hinaus in die Welt, die stillstand, dann stiegen sie den Abhang zum umgepflügten Friedhof hinunter.

Lange stand der Engel da und sah ihnen nach. So lange, bis sie weit draußen im Feld verschwunden waren und sich mit dem Horizont oder auch mit den Farben der nächtlichen Erde vereinigt hatten.

Erst dann kehrte der Engel zu seiner Bank zurück. Im Stall war es still, wenn man vom Schnarchen des Rotarmisten Semjon Gusew absah. Der Engel legte sich hin, drehte sich so weit zur Seite, dass er die schlafende Katja sehen konnte, und schlief schließlich ein, während sein Blick auf ihr ruhte. In dieser Nacht blieb ihm nur wenig Zeit zum Schlafen, nur etwa drei Stunden.

Kurz vor der Dämmerung kehrten die drei Rotarmisten in den Stall zurück, wobei sie versuchten, leise zu sein. Jeder von ihnen trug einen großen, schweren Sack. Sie durchquerten den Stall bis zum hintersten Winkel, stellten dort ihre Säcke auf den Holzboden und legten sich zum Schlafen nieder.

Kapitel 24

Nachdem Banow und Klara Rojd auf dem Boden des Tuschinskij-Flugplatzes eine kurze Unterweisung erhalten hatten, begaben sie sich gemeinsam mit einem Trainer der Organisation Dobrolet ins Flugzeug, das gleich darauf anrollte und die unebene, löchrige Startbahn entlangholperte. Im Heck, wo Banow, Klara und der Trainer an die Wand gelehnt saßen, war es nicht sehr hell. Zwei seit langem nicht mehr geputzte Fenster ließen kaum Tageslicht herein. Irgendein Eisenteil rollte geräuschvoll über den Boden. Als es sich neben Banow befand, stellte dieser seinen Fuß darauf und drückte es fest gegen den Duralboden. Für einen Augenblick war es still, da heulte plötzlich der Motor auf. Offenbar hatte der Propeller die höchste Drehzahl etrreicht und die Maschine erbebte noch stärker und riss sich endlich von der Erde los. Der Trainer war ein recht kleiner, etwa fünfundvierzigjähriger Mann in einer Fliegerjacke, er saß Klara und Banow gegenüber. Immer wieder sah er auf seine Uhr. Dann beugte er sich mit dem Oberkörper vor und erinnerte die Fallschirmspringer an die wichtigsten Regeln. Klara und Banow nickten.

Nach weiteren fünf Minuten stand der Trainer auf und blickte aus dem Fenster.

„Es ist soweit!“, sagte er laut und drehte sich um.

Klara stand bereitwillig auf. Sie verhielt sich so, als wäre sie bereits hunderte Male gesprungen – der Fallschirm stand ihr gut und sie schien mit allem zufrieden. Banow beneidete sie.

Der Trainer öffnete die Tür im Heck des Flugzeugs, indem er sie nach innen zog, sodann winkte er den Fallschirmspringern mit der Hand.

Klara ging als Erste, und hinter ihr der ein wenig nervöse Schuldirektor.

„Merken Sie sich unbedingt: Bis fünfundvierzig zählen und dann ziehen!“, erinnerte sie der Trainer noch einmal.

Klara Rojd nickte.

„Also los!“, rief der Trainer und trat von der Tür zurück, hinter der der Himmel begann.

Klara machte zwei Schritte nach vorn und stürzte nach unten.

Banow stockte der Atem – so plötzlich war Klara verschwunden! Er hatte gedacht, dass ein Mensch, der mit einem Fallschirm sprang, noch eine gewisse Zeitlang hinter dem Flugzeug herfliegen würde oder dass man zumindest mitverfolgen könnte, wie er langsam hinabflog. In Wirklichkeit verhielt es sich so: Eben noch war sie hier gestanden, und dann – ein einziger Schritt und sie war nicht mehr zu sehen.

Da berührte Banow eine Hand an der Schulter und vor Schreck, oder auch, weil es so unerwartet geschehen war, stürzte er ebenfalls hinab in den blauen, kalten Himmel.

Da wurde er nun herumgedreht und -gewirbelt und nur in kurzen Momenten gelang es ihm, das sich entfernende Flugzeug zu erspähen.

Ihm wurde speiübel. Zudem war er beleidigt – man hatte ihn aus dem Flugzeug geworfen wie unnötigen Ballast. Und nun flog er abwärts, genauer gesagt, er flog nicht, sondern fiel wie ein Stein oder ein anderer Gegenstand. Währenddessen flogen der Pilot und der Trainer in aller Ruhe weiter, wahrscheinlich zurück zum Flugplatz, wo sie eine große Tasse Tee und Erholung erwarteten, im Grunde unverdienterweise, denn was hatte der Trainer schon Großartiges geleistet? Ein paar Mal hatte er einige Worte gesprochen, das war alles.

Das Flugzeug verschwand bereits aus seinem Blickfeld. Es flog hinter die Wolken, während Banow immer weiter hinabfiel. Und da erinnerte er sich, dass er bis fünfundvierzig hätte zählen müssen, um dann die Leine zu ziehen. Doch er hatte gar nicht erst zu zählen begonnen und das bedeutete: Wenn er jetzt zu zählen anfing, dann würde er bei „fünfundvierzig“ bereits auf dem Boden aufgeprallt sein. Auch die kalte Himmelsluft konnte die Unruhe, die den Schuldirektor erfasst hatte und die nun weiter anwuchs, nicht übertünchen. Seine Hand ergriff die Reißleine und zog mit aller Kraft daran.

Sogleich geschah im Fallen eine Veränderung. Noch einmal wirbelte es ihn herum, dann machte es einen Ruck und über seinem Kopf ertönte ein lauter Knall. Und gleich darauf wurden die Luftströme um Banows fliegenden Körper sanfter. Unten stand die grüne Erde plötzlich still.

Und Banow erinnerte sich an Klara.

In den Seilen hängend, blickte er um sich und sah etwa hundert Meter von sich entfernt einen weißen Fallschirm.

Nun fühlte er sich besser. Man konnte sogar sagen, er fühlte sich so behaglich wie in seinem Büro.

Nun erblickte er auch Klara, auch sie schwebte ruhig dahin und sah offenbar in seine Richtung.

„Klara!“, rief Banow.

„Jaaa!!!“, drang die Antwort der in seiner Nähe schwebenden Frau an sein Ohr.

Banow lächelte. Er hatte sich diesen Flug etwas anders vorgestellt. Er hatte gedacht, sie würden näher beisammen fliegen, wenn nicht sogar ganz nah, natürlich nicht in einer Umarmung, aber doch wenigstens Schulter an Schulter. Sie würden fliegen und reden, von der Zukunft träumen und neue Flugzeugtypen diskutieren. Und in einem passenden Moment würde er offen und ehrlich zu ihr sagen, dass sie ihm viel bedeute ... Genau so wollte er es sagen. Nicht: „Ich liebe Sie!“ oder „Lassen Sie uns heiraten“, sondern einfach und verständlich: „Sie bedeuten mir sehr viel!“ Und daraufhin würde sie verständnisvoll und froh lächeln und ihn gleich hier im Himmel auf die Wange küssen. Und dann würden sie einige Zeit schweigend dahinschweben und nach dem Schweigen wieder zu träumen beginnen.

„Klara!“, rief Banow wieder und winkte ihr zu, so als ob er sie auffordern wollte, näher heranzufliegen. „Klaraaa!“

Sie winkte zurück. Auch sie schrie etwas, aber der Schuldirektor konnte ihre Stimme nicht hören.

Und da kam es ihm vor, als ob sie sich einander nähern würden. Entweder drehte sich der Wind im Kreis, oder etwas anderes geschah mit der Himmelsmaterie, aber Klara und

Banow kamen einander wirklich näher, und da drang auch schon ihre weibliche Stimme an sein Ohr:

„Genosse Banow! Hallo!"

Banow freute sich wieder. Zwischen ihnen lagen nur noch zwanzig Meter.

Die Erde kam langsam auf sie zu, aber die beiden in der Luft schenkten ihr keine Aufmerksamkeit.

„Haben Sie bis fünfundvierzig gezählt?", schrie Banow.

„Nei-ein!", antwortete Klara lachend. „Und Sie?"

„Nein!" Der Schuldirektor schüttelte den Kopf, und nachdem er begriffen hatte, dass sie einander ausgezeichnet hören konnten, rief er:

„Klara, Sie bedeuten mir sehr viel! Verstehen Sie?"

„Ja!" Klara und lächelte über das ganze Gesicht. „Sie mir auch! Sie bedeuten mir auch sehr viel!!"

Plötzlich wurde Banow von der Sonne geblendet, er verzog das Gesicht, als er die Wärme der Sonnenstrahlen darauf spürte. Es war das Gefühl von Glück. Er wollte die Augen gar nicht mehr öffnen. Einfach immer so weiterfliegen ...

„Genosse Banow!", rief Klara. „Sehen Sie mal!"

Banow füllte seine Lungen mit Luft. Sie war süß wie Eisdessert.

Unter ihnen war die Erde schon ganz nah. Felder und Straßen, über die Menschen ihrer Wege gingen. Winzige Menschen, die man aus dieser Höhe mit dem Maschinengewehr nicht hätte treffen können, nur verjagen. Und dort funkelte ein Bach in der Sonne, dessen beiden Ufer unterschiedlich hoch waren. Über den Bach beugten sich die Trauerweiden. In der Tat, die russische Erde war von gewaltiger Schönheit! Banow konnte sie fühlen. Er hatte Klara noch etwas Wichtiges sagen wollen, aber was? Das Wichtigste hatte er ihr doch schon gesagt!

„Genosse Banow!", rief sie wieder. „Vielen Dank für alles! Vielen, vielen Dank!"

Banow nickte.

Der Bach, der die beiden Fallschirmspringer bezaubert hatte, kam näher und zwar mit einer solchen Geschwindigkeit, dass Banow schon dachte, sein Fallschirm hätte ein Loch. Er blickte nervös nach oben, aber dort war alles in Ordnung.

Wieder pfiff der Wind in den Ohren des Schuldirektors, und da riss dieser schon an den Seilen in der Absicht, das Fallen abzubremsen. Aber die Erde war bereits zu nah, und aus Furcht davor zog Banow die Beine an und flog so weiter hinab und er landete am niedrigeren, sandigen Bachufer. Da bedeckte ihn auch schon die weiße Seide des Fallschirms und er verhedderte sich darin, als er versuchte, sich von dem Stoff zu befreien.

Dem Urku-Jemzen Dmitrij Waplachow war in der allgemeinen Kaserne ein Bett zum Schlafen zugewiesen worden. Aber Dmitrij war es nach Dobrynins Abflug nicht vergönnt, sich auszuschlafen. Ein kleiner Soldat mit einer Glatze rüttelte ihn wach.

„Genosse Bürger“, sagte der Soldat. „Der Kommandant ruft Sie. Es ist dringend!“

Waplach stand lustlos von seinem überaus gemütlichen, weichen Bett auf. Wie gut, dass er schlafen gegangen war, ohne sich auszuziehen – nur den Rentierpelz hatte er auf den Boden neben das Bett gleiten lassen –, so musste er jetzt keine Zeit darauf verwenden, sich anzuziehen. Er ging also gleich mit dem Soldaten in den mit glattem Schnee bedeckten Hof hinaus.

„Ah! Komm herein!“ Fröhlich erklang die Bassstimme des Oberst, als er den schlaftrunkenen Urku-Jemzen in der Tür seines Zimmers sah. „Ich habe deinem Vorgesetzten versprochen, dass du dich hier nicht langweilen wirst, deshalb will ich dir das Kartenspielen beibringen.“

Der Urku-Jemze war einverstanden und er hörte aufmerksam zu, wie die militärisch knappen Bezeichnungen der Karten und die vielen Regeln lauteten, aber verstehen konnte er davon nichts.

Nachdem der Oberst eine halbe Stunde lang mit Erklärungen verbracht hatte, sah er Dmitrij scharf an und fragte ihn zuletzt:

„Nun, hast du denn irgendetwas begriffen?“

„Ein wenig habe ich schon verstanden, aber wie man spielt, weiß ich nicht“, antwortete der verwirrte Urku-Jemze.

„Nun gut, dann werden wir etwas anderes für dich finden ...“

Und der Oberst stützte sein mächtiges Haupt auf seine kräftige Faust, überlegte und ging in Gedanken alle ihm bekannten Möglichkeiten zur Bekämpfung von Langeweile durch.

„Oh!“, rief er plötzlich aus. „Kannst du denn jagen, gefällt dir das?“

„Natürlich!“, antwortete Dmitrij.

„Dann werden wir eine Jagd für dich veranstalten, die du in alle Ewigkeit nicht vergisst! Hast du schon einmal auf Russisch gejagt?“

„Wie geht denn das?“

„Ah, na dann wirst du das heute sehen! Setz dich her, ich werde die nötigen Befehle erteilen!“

Und damit ging der Oberst hinaus und ließ Dmitrij in dem warm geheizten Zimmer allein, in dem an einer Wand eine große Landkarte und an der anderen das Bild eines Mannes hing, der dem Urku-Jemzen bekannt vorkam.

Als Dmitrij es näher in Augenschein nahm, erkannte er den Mann. Er verneigte sich und flüsterte dabei: „Ekwa-Pyris!“ Richtig, das war doch jener Mann, dessen hölzerner Kopf auf dem Holzpfahl an dem heiligen Ort thronte, dort, wo sie vor kurzem den bösen Russen Kriwizkij verbrannt hatten.

Der Oberst war inzwischen zurückgekehrt und sah dem Urku-Jemzen interessiert zu, wie dieser das Bild so eingehend musterte.

„Weißt du denn, wer das ist?“ fragte er.

„Natürlich!“, antwortete Dmitrij und diese Antwort bereitete Iwaschtschukin Freude.

„Also, Genosse Waplachow, die Soldaten machen sich bereits für die Jagd fertig“, sagte der Oberst, wobei er die Worte sehr deutlich aussprach. „Wir werden jetzt hier die Taktik besprechen, und ich denke, wir werden damit Erfolg haben!“

Ein Leutnant, der klein und sehr dünn war, betrat das Zimmer und hielt eine zusammengerollte Karte in der Hand. Er rollte die Karte auf dem Tisch aus und beschwerte sie am Rand mit gewichtigen Bänden, die Dienstvorschriften enthielten.

„Kannst du Karten lesen?“, fragte Iwaschtschukin den Urku-Jemzen.

„Nein“, gab Dmitrij zu.

„Egal, schau her!“ Der Oberst tippte mit dem Finger auf einen roten Punkt inmitten einer grünen Fläche. „Hier ist eine Bärenhöhle markiert, und hier“, er presste den Zeigefinger der linken Hand auf einen zweiten roten Punkt, „noch eine. Wenn wir in einer halben Stunde mit dem Panzer losfahren, dann werden wir in drei Stunden bei der Höhle sein, die näher liegt. Ist das korrekt, Genosse Leutnant?“

„Jawohl!“, brüllte der Dünne.

„Ausgezeichnet“, fuhr Iwaschtschukin, plötzlich nachdenklich geworden und etwas sanfter, fort. „Hast du auch befohlen, drei Knallkörper mitzunehmen?“

„Jawohl, Genosse Oberst!“, antwortete der Leutnant und spannte dabei seinen Körper wie eine Feder.

„Nun gut! Das heißt also, wir haben drei Knallkörper, und sobald wir auf Schussdistanz herangekommen sind, schicken wir einen Soldaten mit den Knallkörpern in Richtung Höhle. Und was bewirken die?“ Der Oberst sah den Urku-Jemzen scharf an.

„Ich weiß es nicht“, murmelte Dmitrij verwirrt.

„Also, verstehst du unsere Taktik im Großen und Ganzen?“, fragte Iwaschtschukin.

„Im Großen und Ganzen ja.“ Der Urku-Jemze nickte wenig überzeugt.

„Dann los!“, kommandierte der Kommandant.

Die beiden Offiziere und Dmitrij Waplachow verließen das Stabshaus. Direkt gegenüber stand der Panzer, an dem sich drei Soldaten zu schaffen machten. Sie befestigten ein eisernes Gitter zwischen den Kraftstoffbehältern.

„Aufgesessen!“, rief ihnen der Oberst fröhlich zu.

Die Soldaten wie auch alle Übrigen bestiegen die Kampfmaschine. Wieder hielt der Leutnant die zusammengerollte Karte in der Hand, und nachdem der Oberst mit strengem Blick die Ordnung im Inneren überprüft hatte, rief er einem der Soldaten zu:

„Soldat Sablin, wie viele Granaten haben Sie erhalten?“

„Zwei Granaten, Genosse Oberst!“, rief der Soldat und seine Stimme klang dumpf im Metallgehäuse des Panzers.

„Und warum so wenige?!“, wunderte sich Iwaschtschukin.

„Fähnrich Nogtew hat mir nicht mehr gegeben, er sagte, dass in der Einheit nur mehr drei Granaten übrig seien“, berichtete der Soldat. „Er sagte, dass er die Einheit nicht ohne Munition zurücklassen dürfe.“

„Geizhals!“, äußerte der Oberst kurz und bündig seine Meinung dazu und befahl loszufahren.

Der Motor des Panzers heulte auf, brummte und bebte, und eine grüne Munitionskiste wanderte langsam über den Boden aus Eisen.

Sie fuhren lange, blieben von Zeit zu Zeit stehen und warfen einen Blick auf die Karte mit den militärischen Zeichen. Beim letzten Halt endlich wurde der Soldat Sablin auf Erkundung hinausgeschickt. Er kehrte mit guten Neuigkeiten zurück.

„Genosse Oberst!“, berichtete er. „Habe die Höhle gesichtet, der Feind schläft!“

„Ausgezeichnet!“, lobte der Kommandant gut gelaunt. „ Soldat Sablin, ich befehle dir, den Knallkörper zu nehmen und den Feind aufzuwecken. Und dann entfernst du dich sofort auf fünfzehn Meter und gehst in Deckung! Klar?“

„Jawohl, Genosse Oberst!“

„Und du, Unteroffizier Warnabin, führst eine vorläufige Zieleinstellung durch, sodass die Granate fünf Meter vor dem festgelegten Ziel einschlägt, und sobald der aufgeschreckte Feind aus seiner Deckung kommt, schießt du. Klar?“

„Jawohl, Genosse Oberst.“

„Die Operation beginnt jetzt!“, ertönte Iwaschtschukins laute Bassstimme und sogleich begann eine unglaubliche Hektik, die den Urku-Jemzen, der das Militärleben nicht gewohnt war, ganz und gar überrumpelte. Der Soldat Sablin ergriff den Knallkörper und stieg aus dem Panzer, der Unteroffizier begann, an irgendwelchen Hebeln zu drehen, und beugte sich immer wieder zu dem schmalen Sehschlitz hinunter. Der

Leutnant breitete die Karte auf dem Boden aus und studierte sie, wobei er sie mit beiden Händen niederhielt. Der Oberst beugte seinen Kopf ebenfalls über die Karte, und da stürzte plötzlich der Unteroffizier, der die Hebel fertig eingestellt hatte, zum Munitionskasten und warf dabei den in der Hocke sitzenden Leutnant um. Der Leutnant rückte schweigend zur Seite, bedachte den Unteroffizier aber mit einem missbilligenden Blick. Der Unteroffizier nahm eine Granate, legte sie in die Ladevorrichtung und beugte sich wieder zum Sehschlitz.

Es erfolgte eine leise Explosion. Dmitrij sah, wie sich die Hand des Unteroffiziers auf einen Hebel legte und zu zittern begann.

Der Oberst ging zum zweiten Sehschlitz.

„Na, was ist mit ihm ...“, murmelte der Kommandant nervös. „Wie tief kann man denn schlafen?!“

Anscheinend kam tatsächlich niemand heraus, und die Anspannung im Panzer wuchs.

Der Unteroffizier nahm die Hand vom Hebel. Der Oberst spuckte auf den Eisenboden und beugte sich wieder zum Sehschlitz.

Dmitrij war ebenfalls angespannt und dachte daran, dass man Bären nicht einfach so töten durfte. Schließlich waren das heilige Tiere, und bevor man sie tötete, musste man sie um Verzeihung bitten und ihnen etwas Schmackhaftes in die Höhle werfen. Sie so zu jagen, wie es die russischen Soldaten taten, gehörte sich nicht.

Plötzlich brüllte der Oberst mit unerträglich lauter Stimme:

„Looos!!!“

Der Unteroffizier fasste mit seiner Hand blindlings nach dem Hebel, griff aber daneben, löste für einen Moment seinen Blick vom Sehschlitz, fand den Abzugshebel und drückte ihn hinunter.

Dmitrij kam es so vor, als ob der Panzer einen Sprung gemacht hätte. Es gellte in seinen Ohren und seine Augen waren für einen Augenblick getrübt.

„Du Esel!!“, schrie der Oberst inmitten des Getöses. „Lade die zweite!“

Wieder stürzte der Unteroffizier zur Munitionskiste.

„Na, bist du etwa wie Iwan Susanin?!“, schrie ihm der Kommandant zu. „Wenn du ihn verletzt hast, dann gib ihm jetzt den Todesstoß! Oder willst du, dass er deinen Genossen in Stücke reißt?!“

Wieder donnerte ein Schuss und im Kopf des Urku-Jemzen gellte es noch lauter.

„Das war's, gut gemacht“, sagte Oberst Iwaschtschukin, der sich etwas beruhigt hatte. „Mit dem zweiten Schuss endlich erwischt. Meine Anerkennung!“

„Ich diene nur der Sowjetunion!“, murmelte der Unteroffizier müde.

Sie fuhren noch ein Stückchen und hielten dann den Panzer neben dem Braunbären an, der ausgestreckt im Schnee lag. Die Soldaten und der Urku-Jemze kletterten aus dem Gefährt und umkreisten die Beute.

„Sehr schön!“, sagte der Oberst zufrieden. „Unser Koch wird ihn so zubereiten, dass wir uns alle zehn Finger abschlecken werden! Los, Soldaten, aufladen!“

Mit einer Vorrichtung, die einer Seilwinde glich und die zwischen den Behältern angebracht war, zogen die Soldaten den schweren Körper auf den hinteren Teil des Panzers hinauf.

Dmitrij stand währenddessen etwas abseits und murmelte fast unhörbar, aber nicht im Flüsterton, sondern im Singsang mit einer Art inneren Stimme:

„Satar inenmen umundu biget
Sururukis bakaldyrit echin sawra
Toktokol-Boigolkol Gunitten iwit er aja achi
Antage ureldun anam tokin.“

Die Soldaten befestigten den Bären mit Draht auf dem Gitter zwischen den Kraftstoffbehältern an der Hinterseite des Panzers.

„He, Genosse Waplachow!“, rief der Oberst Dmitrij zu. „Es ist Zeit, in die Einheit zurückzukehren, wir haben den Norden schließlich ohne Verteidigung zurückgelassen – das Flugzeug ist weggeflogen, der Panzer ausgefahren, die Heimat wird nur vom geizigen Fähnrich Nogtew mit einer einzigen Granate bewacht!“ Und der Oberst lachte schallend.

Auch die Soldaten waren guter Laune, sie lachten und scherzten leise untereinander. Und sogar die Miene des dünnen Leutnants hatte sich erhellt und sein Blick war aufgetaut, obgleich er immer noch seine zusammengerollte Karte in der Hand hielt.

Sie stiegen in die Kampfmaschine und machten sich auf den Rückweg.

Dmitrij schob die leere Munitionskiste in die hintere Ecke des Panzers und setzte sich darauf. Er schloss die Augen und wurde traurig, als er an seine Kindheit im Kreise seiner Angehörigen zurückdachte. Er erinnerte sich an die Bärenfeste, die sie jeden Frühling in den urku-jemzischen Siedlungen gefeiert hatten. Ging man mit einem Bären etwa so um?! Nein, man wusste, dass ein Bär einen solchen Mord nicht verzieh und sein Geist sich bestimmt rächen würde. Was aber musste man tun?! Man musste alles ganz anders machen. Doch woher sollten die Russen das wissen? Man musste einer Bärin einen kleinen Bären stehlen. Diesen übergab man zunächst der besten jungen Frau im Dorf, damit sie ihn anstelle der Bärin an ihrer Brust nährte. Dann musste man einen Käfig aus Holz für ihn bauen, ihn dort hineinsetzen und füttern, ohne ihn jemals aus dem Käfig zu lassen. Nach zwei Jahren holte man ihn dann heraus, setzte ihn auf die Erde, legte ihm eine Schlinge um Brust und Bauch und zog diese stramm. Sodann musste man den Großvater des Tieres zu dem der Länge nach gespaltenen Stamm einer beidseitig niedergebeugten Lärche führen und ihn unterwegs laut beweinen. An diesem Ort angekommen, steckte man seinen Kopf in den großen Spalt des Stammes und hierauf mussten die Leute, die den Baum festhielten, die Hälfte des

Stammes herablassen, und so würde der Bär ersticken und schnell sterben. Sodann musste der Älteste nach vorn treten und sich bei dem großen Tier entschuldigen, dann legte man den Bären neben die Lärche auf die Erde und solange er warm war, mussten die ehrenvollsten Bewohner des Dorfes sich auf ihn legen und ihn abermals beweinen. Erst dann durften die Menschen seinen fetten Körper in Stücke zerteilen, und den Kopf des Großvaters des Tieres würden sie auf den höchsten Baum emporheben und dort zwischen zwei starken Ästen bestatten.

Schade, dass der Russe Dobrynin weggeflogen ist, dachte Dmitrij abschließend. Er ist klug, er hätte ihnen erklärt, wie man es machen muss, und auf ihn hätten sie gehört ...

Dröhnend fuhr der große grüne Panzer durch den Wald des Nordens, presste dabei unbarmherzig den unberührten Schnee nieder, erschreckte die wenigen Tiere und Vögel und streifte den schneeweißen Raureif von den Zweigen der hohen Lärchen.

Kapitel 26

Die Zeit verging. Auf dem Feld neben dem Hügel wuchs der Weizen und – die Lehrerin Katja hatte also doch recht gehabt! – auf dem früheren Friedhof war er doppelt so hoch und dicht wie an anderen Stellen, doch auch dort unterschied er sich deutlich von jenem Weizen, den die ehemaligen Kolchosbauern von früheren Ernten her kannten. An den Abenden, die jetzt, da der Herbst seinen goldenen Höhepunkt erreicht hatte, zeitiger hereinbrachen, versammelten sich die fleißigen Werktätigen beim Fluss, wo eine große Banja* aus dicken Stämmen errichtet worden war. Die Bauarbeiter, die Rotarmisten und natürlich auch die Bauern kamen dort zusammen, um nach Herzenslust im Dampfbad zu schwitzen, von Zeit zu Zeit allein oder auch zu mehreren hinauszulaufen und in den Fluss zu springen, der etwas seichter geworden war, in dem man aber, wenn man wollte, an einigen Stellen auch bis zum Kopf in das blaugrüne Wasser eintauchen konnte. Den Bewohnern des Neuen Gelobten Landes verhalf sowohl ihre Arbeit als auch der Zufall zu Reichtum. Es entstand eine merkwürdige, freundschaftliche Verbindung zwischen den Rotarmisten und den Kolchosbauern einer nicht weit entfernt gelegenen, großen Siedlung. Die Kolchosbauern kamen nachts mit ihren Fuhrwerken und betrieben einen regen Tauschhandel mit den Rotarmisten. Was dort nicht alles getauscht wurde! An anderen Tagen verschwand plötzlich der gesamte ehemalige Trupp Rotarmisten hinter dem Feld und brachte von dort eine große Zahl an Säcken gefüllt mit herrlichen Sachen mit.

Der Engel wunderte sich sehr darüber. Dann aber erklärte ihm der bucklige Buchhalter eines Tages, dass an jener Stelle, wo die Rotarmisten die Eisenbahnschiene für die Versammlungen abgeschraubt hatten, ein langer Güterzug umgestürzt

---

* russisches Dampfbad

war, die Menschen jedoch, die damit gefahren waren, aus irgendeinem Grund die Flucht ergriffen hatten. Von dort brachten nun die Rotarmisten Verschiedenes in das Neue Gelobte Land, unter anderem auch zehn Säcke Salz.

Die Kolchosbauern, die des Nachts kamen, freundeten sich auch mit dem Ofensetzer und Räuchermeister Sachar an und brachten oft verschiedene Sorten von Fleisch, damit er es für sie räucherte. Sachars riesige Räucheröfen standen am Ufer des Flusses gleich hinter der Banja, und fast immer stieg eine köstlich riechende, nach Salz duftende Rauchwolke aus seinem Rauchfang auf, die sich in der frischen Luft ausbreitete.

Im Neuen Gelobten Land war nun auch die Schule in Betrieb, und dort gab es eine richtige Schultafel und Kreide, die die Rotarmisten auf Wunsch aus einer Dorfschule der nahe gelegenen Kolchose gestohlen hatten. In diese Schule kamen abends, wie im „Unterrichtsplan" vereinbart, fünf Rotarmisten, fünf Bauarbeiter, fünf Bauern und acht Kinder unterschiedlichen Alters, das jüngste war dreieinhalb. Sie schrieben verschiedene Gedanken auf die Tafel, unter denen am häufigsten der Satz „Wir sind keine Sklaven, Sklaven sind wir keine" anzutreffen war.

In naher Zukunft wurde ein Bevölkerungszuwachs im Neuen Gelobten Land erwartet: Drei Frauen, alle noch jung, trugen dicke Schwangerschaftsbäuche vor sich her, und nur von einer wusste man, dass sie sozusagen die Frau des buckligen Buchhalters war. Aber wessen Frauen die anderen waren, wusste niemand.

Archipka-Stepan sonderte sich von den allgemeinen Tätigkeiten ab. Tagsüber schlief er, nachts aber saß er im Gras, in eine Decke gewickelt, die Trofim ihm geschenkt hatte, der sie zuvor bei einem Bauern der nahen Kolchose gegen zwei Paar Stiefel eingetauscht hatte. So saß er im Gras, blickte immerzu in den Himmel und suchte in Gedanken versunken nach verschiedenen Sternen.

Einmal kam der Oberdeserteur zu ihm, mit dem gemeinsam er den Weg ins Neue Gelobte Land angetreten hatte. Er fragte ihn, ob er nicht noch einen weiteren wegweisenden Stern kennen würde. Archipka-Stepan zeigte ihm einen kleinen, unscheinbaren Stern. In derselben Nacht ging der Oberdeserteur für immer fort, da er im Neuen Gelobten Land sein Glück nicht gefunden hatte.

So verging die Zeit und allmählich wurde es Spätherbst. Viele Bauern begannen bereits über die bevorstehende Ernte nachzudenken, und um sie einzufahren und in die von den Bauarbeitern errichteten Speicher zu bringen, hatten die Bauern mit den benachbarten Kolchosbauern vereinbart, dass diese ihnen nachts mit ihren Traktoren zu Hilfe kommen würden.

So floss also das Leben der Bewohner des Neuen Gelobten Landes dahin, und wenn es auch nicht immer gerecht und vollkommen glücklich war, so war es doch einfach und für jedermann verständlich.

Kapitel 27

Der Propeller des schmutziggrünen Bombenflugzeugs sang laut sein sinnloses Lied. Das Lied ließ die Maschine erbeben und mit ihr bebte auch alles, was sich in ihr befand, so auch der Pilot, der das Steuer mit sicherer Hand lenkte, und der Volkskontrolleur, der hinter ihm am Seitenfenster saß. Der mächtige Gesang ließ sogar Dobrynins Reisesack, der seine Axt und die Beweise für Kriwizkijs Verbrechen enthielt, mit einem dumpfen Klappern über den eisernen Fußboden wandern. Das aber störte Dobrynin nicht. Den zweiten Flug empfand der Volkskontrolleur bereits als etwas völlig Normales und Alltägliches, wie das Lesen eines guten Buches oder die Nahrungsaufnahme. Und daher war Pawel Aleksandrowitsch Dobrynin mehr mit seinen Gedanken beschäftigt als mit dem Flug.

Er dachte an die toten Kontrolleure, deren Körper sich noch immer im Eis des Flusses Omola befanden, er dachte an die guten Soldaten, die stets bereit waren, ihm zu helfen, und natürlich an seinen Retter – das Ein-Mann-Volk Dmitrij Waplachow. Es verwunderte Dobrynin, dass ein so einfacher, aber ehrlicher Mensch wie er selbst es geschafft hatte, an einem fremden Ort mit fremdem Klima eine gerechte Ordnung herzustellen. Zwar war er überzeugt davon, dass die von ihm geschaffene Gerechtigkeit bei weitem nicht vollkommen war, aber die Tatsache, dass es trotzdem Gerechtigkeit gab, freute ihn von Herzen.

Der Feind ist hinterhältig, dachte er, und zu allem bereit! Dieser Gedanke bestärkte während des Fluges das Bewusstsein des Volkskontrolleurs und er begann zu begreifen, welch ein schweres Leben vor ihm lag, besonders wenn es vom Anfang bis zum Ende dem Dienst an seinem großen Vaterland gewidmet sein würde.

Und während er über Dinge nachdachte, die nichts mit dem Flug zu tun hatten, sah Dobrynin aus dem Fenster, um einen Blick auf das heimatliche Sowjetland zu erhaschen.

Das Flugzeug flog über das Leben hinweg: über die Natur, die als Flecken von Wäldern und Quadrate von Feldern in die grenzenlose Weite hingestreut und von den Wasserbändern der Flüsse und den spiegelglatten Seen durchzogen war; über Städte, über Baustellen und über Straßen. Und Dobrynin hatte Gefallen daran, hinunterzuschauen und seinen Blick über die farbenprächtige Erdoberfläche gleiten zu lassen, ohne dabei den Kopf zu bewegen. In seinem Inneren brannte ein Gefühl, das so stark war wie ein Panzerwagen, ein Gefühl, das imstande war, nicht nur seinem Geist, sondern auch seinem Körper einen Befehl zu erteilen. Dieses Gefühl brachte ihm ein völlig neues Verständnis vom Sinn seines Lebens. Unten, dort, wohin das schmutziggrüne Bombenflugzeug flog, fuhr ein ungewöhnlicher Zug, der von zwei aneinandergekoppelten Lokomotiven gezogen wurde. Der Zug bestand aus grellroten, großen Tankwaggons, und es waren so viele, dass man sie gar nicht auf einmal zählen konnte. Da sich der Zug in dieselbe Richtung wie das Flugzeug bewegte, wenn auch langsamer, flog dieses eine Zeitlang genau über den Tankwaggons, was Dobrynin sehr interessant fand. Er schaute hinunter und freute sich in Gedanken über die sichtbare und zum Greifen nahe Industrialisierung des Vaterlandes. Als Dobrynin genug gesehen hatte, nahm er aus seinem Sack das vertraute Büchlein, das er im Kreml geschenkt bekommen hatte, schlug es am Anfang der dritten Erzählung auf, rieb sich zur besseren Konzentration die Hände und begann zu lesen.

Und plötzlich, ausgerechnet an der interessantesten Stelle, wurde das Flugzeug so heftig durchgeschüttelt, dass Dobrynin vom Sitz geschleudert wurde und er sich auf dem eisernen Fußboden wiederfand. Er bekam eine solche Angst, wie er sie noch nie zuvor verspürt hatte. Der Volkskontrolleur sah nach vorn, wo der Pilot saß, und erblickte hinter der hohen Lehne des Pilotensitzes dessen Kopf beziehungsweise seinen Helm. Als keine weiteren Stöße mehr folgten, richtete sich der Volkskontrolleur auf, tastete nach seinem Sitz und kletterte vorsichtig, als ob dieser vermint wäre, hinauf und drückte sich gleich wieder ans Fenster.

Unten erstreckte sich immer noch die Erde in ihrer Farbenpracht und es gab nichts Ungewöhnliches zu sehen, außer einem auf den Eisenbahnschienen quer zur Flugrichtung fahrenden Zug mit Tankwaggons, der von einer Doppellokomotive gezogen wurde und so lang war wie ein roter Regenwurm.

Dieser Zug, der das Grün und Braun der Erde als rote Linie durchschnitt, lenkte Dobrynins Aufmerksamkeit weg von dem merkwürdigen und unangenehmen Vorfall, und Dobrynin beobachtete wohlwollend diese auf der Erde fahrende Errungenschaft des menschlichen Verstandes, wobei er wegen der Bewegung des Flugzeugs seinen Kopf langsam drehen musste.

Da wurden sie wieder durchgeschüttelt, diesmal aber schwächer, und Pawel Aleksandrowitsch konnte sich auf seinem Sitz halten, indem er sich mit den Händen festkrallte. Das Flugzeug schwankte, so als ob der Pilot beschlossen hätte, dem Lokomotivführer mit den Flügeln ein Zeichen zu geben.

Nachdem Dobrynin sich von seinem Schrecken erholt hatte, wartete er ab, bis der rote Zug in der unbekannten Ferne verschwunden war. Dann trat er zum Piloten und fragte gerade heraus:

„Stimmt etwas mit dem Motor nicht?"

Der Pilot war mit dem Steuer beschäftigt und hörte seine Frage nicht gleich, da sein Helm darüber hinaus nicht allzu viele Geräusche durchließ. Als er aber Dobrynins Anwesenheit mit einem Seitenblick bemerkt hatte, nahm er den Helm vom Kopf und antwortete auf die von Dobrynin wiederholte Frage:

„Aber nein, alles in Ordnung, Genosse Dobrynin. Wir sind nur in einen Streifen von Meteoritenschauern geraten. Wir haben uns aber durchgeschwindelt. Man kann sagen, wir haben Glück gehabt!"

„Und was ist das für ein Schauer?", wollte Pawel Aleksandrowitsch wissen.

„Er kommt aus dem Weltall“, antwortete der Pilot nachdenklich. „Die Wissenschaftler schreiben, dass es sich dabei um Stein- und Eisenstücke handelt, die irgendwann von Sternen und Planeten abgesplittert sind.“

„Leuchten diese Splitter? Wenn sie doch von den Sternen kommen?“

„Aber nein“, sagte der Pilot entschieden. „Sie sind bereits erloschen. Das ist das Gleiche wie ein Mensch, der sich von der Masse abgesondert hat. In der Masse strahlt er gemeinsam mit den anderen, errichtet etwas und baut es auf, aber ganz allein schafft er gar nichts und aus diesem Grund erlischt er. Ich liebe Gedichte, da findet man viel darüber.“

„Und was findet man dort darüber?“, wurde Dobrynin neugierig und begriff, dass er von Anfang an neben dem Piloten hätte sitzen sollen, um sich die Zeit gewinnbringend zu vertreiben, da dieser doch so klug war.

„Wehe dem Einzelnen“, zitierte der Pilot und seine Stimme klang vor dem sinnlosen Gesang des Propellers und des Metalls überzeugend und eindringlich. „Allein ist man ein Nichts; allein – und wär man von Bärenstärke – hebt man keinen Balken mittlern Gewichts. Na bitte!“

„Ja ...“, stammelte Dobrynin.

Zum ersten Mal hatte ihn das Schicksal mit echten Soldaten zusammengeführt, und wie viele Gefühle und Gedanken sie in ihm hervorriefen! Einfach, ehrlich, mit Liebe und Achtung für Ordnung, immer gerüstet, jenen Teil des Vaterlandes zu verteidigen, der ihnen anvertraut war, hilfsbereit und außerdem gebildet und belesen! Dobrynins Gefühle überschlugen sich förmlich, es brodelte etwas in seiner Seele, aber er konnte es nicht in Worte fassen oder vielleicht war es ihm auch nur peinlich. Obgleich es im eben gehörten Gedicht geheißen hatte: „Allein ist man ein Nichts“, was bedeutete, dass auch Dobrynin selbst allein ein Nichts war, und obwohl das natürlich nicht sehr angenehm und rein rechnerisch nicht sehr logisch war, stimmte der Volkskontrolleur dem unbekannten Dichter bereitwillig zu. Er dachte nun auch, dass in Chulajba, wenn dort nur Soldaten leben würden, nichts Böses und Verbrecherisches vorgefallen wäre. Ja, und überhaupt, spann er seinen Gedanken weiter, man müsste diese Völker des Nordens zuerst einmal in die Armee aufnehmen, damit sie nach einer Ordnung zu leben lernten, und dann auch gleich in die Partei, und dann würde sicher die Zeit kommen, in der die Volkskontrolleure nichts mehr zu tun haben würden und nicht im Kampf gegen die Feinde sterben müssten, um dann für immer im Eis eingeschlossen zu sein.

Der Pilot, der Dobrynins gedankliches Gespräch nicht gehört hatte, setzte wieder seinen Helm auf und sah nach vorn in Flugrichtung.

Dobrynin verstand natürlich, dass man einen Piloten nicht so lange ablenken durfte, und er ging zurück und setzte sich an seinen Platz, hob das Büchlein vom Boden auf, suchte die Stelle, an der der Meteoritenschauer ihn unterbrochen hatte, und las die Erzählung fertig.

Das Flugzeug begann zu sinken. Die Erde kam näher, übersät von den Spuren menschlicher Tätigkeit. Dobrynin verschlang mit seinen Augen die russischen Wälder und Felder. Es wurde ihm warm ums Herz – unten war nichts zu sehen, was ihn an den Norden hätte erinnern können – weder Schnee, noch Eis, auch keine zugefrorenen Flüsse. Hier war alles anders, alles war menschlicher und vertrauter.

Zwischen den Dörfern, über die gelben Bänder der Straßen, bewegten sich langsam Menschen, klein wie Pünktchen. Kaum sichtbare hölzerne Masten, durch deren Leitungen elektrischer Strom in die Häuser und Fabriken floss, warfen kurze Schatten. Irgendwo zogen zwei Pferde ohne Eile ein Fuhrwerk. Und da – ein kleines Dorf, ein ganz normales russisches Dorf mit ungefähr fünfundvierzig Häusern, das nach jakutischen Maßstäben das dortige Moskau genannt worden wäre!

Das Lied des Propellers klang nun anders – es wurde ein wenig leiser, so als würde sich die Drehzahl verringern. Die Erde kam schnell und unaufhaltsam näher. Das Flugzeug visierte die Landebahn an, dahinter erhoben sich die Konturen des weißen, steinernen Herzens des Vaterlands und durchbrachen die diffuse Linie des Horizonts.

Endlich berührten die Räder des Flugzeugs die Erde und die Kampfmaschine rollte holpernd und ratternd über die Landebahn.

Dobrynin drückte sich wieder ans Fenster und stellte gleichzeitig den Fuß auf seinen Sack, damit dieser nicht von ihm fortwandern konnte.

Hinter dem Fensterglas war es sonnig und hell. Zu beiden Seiten der Landebahn wuchs dichtes grünes Gras und Löwenzahn war darin hineingestreut wie die Sterne am Himmel. Etwas weiter hinten standen streng aussehende, niedrige Ziegelbauten mit Antennen auf den Dächern.

Als das Flugzeug anhielt, erstarrte die Landschaft, während sie der Volkskontrolleur betrachtete – sie wurde zu einem Stillleben, das eine Augenweide war.

„Wir sind angekommen!“, vernahm Pawel Aleksandrowitsch die muntere Stimme des Piloten.

Beim Klang der Stimme erinnerte sich Dobrynin an den Satz „Allein ist man ein Nichts“. Er erhob sich von seinem Platz, nahm seinen Reisesack, ging zur Ausstiegsluke, die der Pilot schon geöffnet hatte, und sprang hinunter. Auf der Erde angekommen, hockte er sich zuallererst ins Gras. Vom langen Aufenthalt in der Luft drehte sich alles in ihm. Zu diesem Gefühl kam noch der Geruch des Grases hinzu, und Dobrynin fühlte sich ganz unwohl und gar nicht sicher auf den Beinen.

In seinen Ohren rauschte es, obgleich es um ihn herum still war, aber die Stille verdrängte allmählich den vergangenen Lärm aus der Erinnerung der Ohren. Dobrynin beruhigte sich und wurde sogar ein wenig fröhlich, was natürlich damit zu tun hatte, dass er gemeinsam mit dem Piloten alle Gefahren des Fluges hinter sich gebracht hatte und nun ohne besondere Schwierigkeiten in Moskau angekommen war.

Plötzlich durchbrach ein Geräusch die Stille, die inzwischen endgültig in Dobrynins Ohren eingekehrt war, und als der Volkskontrolleur seinen Kopf hob, erblickte er neben einem der schmucklosen Ziegelgebäude ein schwarzes Automobil und einen Mann, der ihm beharrlich zuwinkte. Der Volkskontrolleur stand unwillig auf und ging auf den Wagen zu.

Dort angekommen betrachtete Pawel Aleksandrowitsch das Gesicht des Mannes, der ihm zugewunken hatte, und dieses Gesicht kam Dobrynin sehr bekannt vor. Für alle Fälle winkte er zurück und lächelte aufrichtig, und als er ganz dicht herangetreten war, schüttelte er dem Mann auch die Hand.

„Herzlich willkommen, Pawel Aleksandrowitsch!“, sagte der Mann einigermaßen erfreut. „Sie haben sich überhaupt nicht verändert! Obwohl doch so viel Zeit vergangen ist!“

Wie viel Zeit?!, dachte Dobrynin, und da tauchte in seiner Erinnerung ein Bild aus der nicht allzu weit zurückliegenden Vergangenheit auf: seine Ankunft auf dem Moskauer Bahnhof, das Treffen mit den Korrespondenten und – ja, richtig – dieser Mann, der ihn dort abgeholt und mit dem Auto in die Dienstwohnung gebracht hatte. Aber wie hieß er nur?!

„Also, steigen Sie ein, steigen Sie ein, wir müssen los!“, sagte der Mann und hielt dann für einen Augenblick inne, da er den nachdenklichen Ausdruck im Gesicht des Volkskontrolleurs offenbar bemerkt hatte. Sodann setzte er noch munterer fort:

„Aber Sie werden sich doch an mich erinnern, ich bin’s, Viktor Stepanowitsch!“

„Ja, natürlich ...“, nickte Dobrynin.

Sie nahmen im Wagen Platz. Viktor Stepanowitsch warf dem Fahrer einen Blick zu, woraufhin dieser den Motor startete.

„Und der Pilot ... und das Flugzeug ...?“, fragte Dobrynin besorgt.

„Keine Angst, wir wissen über alles Bescheid. Es hat alles seine Ordnung!“, antwortete darauf Viktor Stepanowitsch. „Warum ist eigentlich ihr Reisesack so vollgestopft? Sind Andenken aus dem Norden darin?!“

Die Frage verärgerte Dobrynin, aber er beschloss, seinen Ärger nicht zu zeigen – schließlich konnte dieser Mann nicht wissen, was dem Volkskontrolleur alles widerfahren war.

Sie fuhren auf die Straße hinaus. Auf der einen Seite des Automobils sauste eine schnurgerade Reihe von Pappeln mit spitzen Kronen vorbei, auf der anderen Seite Ahornbäume. Die Sonne blendete die Augen der Fahrenden, sobald ihre Strahlen zwischen den Bäumen durchschienen.

„Erinnern Sie sich an meine Krawatte?", fragte Viktor Stepanowitsch plötzlich.

Dobrynin nickte. Natürlich erinnerte er sich daran.

„Was sich da für Schwierigkeiten für mich ergeben haben!", beklagte sich Viktor Stepanowitsch. „Kaum zu glauben!"

„Warum?", fragte Pawel Aleksandrowitsch zurückhaltend.

„Wie sich herausstellte, war sie wirklich gestohlen." Viktor Stepanowitsch seufzte tief. „Ich hätte fast alles verloren. Gut, dass das Politbüro ein gutes Wort für mich eingelegt hat. Na, und dieser Petrenko! Es ist wirklich erstaunlich, wie Menschen sich verändern können: 1905 hat er die Revolution mitorganisiert, und im dreiunddreißiger Jahr hat er dem Vizevorsitzenden des Rates der Volkskommissare die Krawatte gestohlen!"

„Ist er bestraft worden?", fragte Dobrynin.

„Man hat ihn erschossen."

Der Wagen raste durch einen Vorort von Moskau und erreichte eine breite Straße, an deren beiden Seiten Fabriksgebäude und Werkanlagen aufragten, die mit Bildern und Transparenten geschmückt waren.

Viktor Stepanowitsch schwieg. Dobrynin ebenfalls.

Plötzlich legte sich ein Schatten über das Auto und die ersten Regentropfen fielen auf die Windschutzscheibe. Der Fahrer verringerte die Geschwindigkeit. Es wurde dunkler und trüber.

„Es regnet schon den dritten Tag!", klagte Viktor Stepanowitsch.

Die Scheibenwischer sausten hin und her und wischten die Tropfen von der Scheibe.

„Ich verstehe überhaupt nicht, warum in Mytischtschi die Sonne scheint, während es in der Hauptstadt regnet!“, meinte Viktor Stepanowitsch.

Dobrynin antwortete nicht. Er sah aus dem Fenster und betrachtete die großen grauen und schwarzen Häuser und die wenigen Fußgänger, die unter Schirmen ihrer Wege gingen. Und plötzlich blieb sein Blick an etwas hängen und er fuhr zusammen.

„Stehen bleiben!“, bat er stockend, ohne selbst den Grund dafür zu begreifen.

Der Fahrer trat auf die Bremse und das Auto kam auf der rutschigen Straße ein wenig ins Schleudern.

„Was ist los, geht es Ihnen nicht gut?“, sorgte sich Viktor Stepanowitsch.

„Doch“, schüttelte Dobrynin den Kopf. „Ich möchte da hinein ...“

Viktor Stepanowitsch folgte dem Blick des Volkskontrolleurs und sah die weit geöffneten Türen des zentralen Feinkostladens. Die Vitrinen des Geschäfts leuchteten mit solcher Kraft, dass sie einen Teil der Straße heller beleuchteten als die Straßenlaternen.

„Na, dann kommen Sie, gehen wir!“, schlug Viktor Stepanowitsch vor.

Im Feinkostladen war es gemütlich und warm. Der große Saal, die strahlenden Kronleuchter, die Pyramiden unbekannter Waren, die hellen Farben – all das erinnerte Dobrynin an die Innenausstattung von Kirchen, und Pawel Aleksandrowitsch war erfüllt von Ehrfurcht. In den gläsernen Kassenhäuschen saßen hübsche Frauen ganz in Weiß, und Dobrynin hatte den Eindruck, als wären alle Blicke auf ihn und natürlich auf Viktor Stepanowitsch gerichtet. Das lag vermutlich daran, dass sie die einzigen Kunden waren.

„Na, gefällt Ihnen etwas?“, fragte Viktor Stepanowitsch.

Ohne zu antworten, trat Dobrynin näher an die hohe, saubere Theke heran, hinter der eine bezaubernde junge Frau mit kastanienbraunen Locken und rosigen Wangen stand und ihn freundlich anlächelte. Hinter der Frau hingen Regale an einer verspiegelten Wand, die mit Schachteln und farbenfrohen Dosen vollgestellt waren, und von dort hingen große und kleine Weißbrotkringel gebündelt herab, all das war außerdem noch mit Blumen geschmückt. Zwischen den Dosen erspähte Pawel Aleksandrowitsch eine Verpackung, die ihm bekannt vorkam. Er betrachtete sie genauer – es stimmte, auf der Verpackung war ein Rotarmist mit seiner Waffe abgebildet und darunter stand in schönen fetten Buchstaben die Bezeichnung „Auf dem Posten". Das waren jene Kekse, die er im Norden gegessen hatte, wahrscheinlich im Haus des Komsomolzen Zybulnik.

„Bei uns ist alles ganz frisch!", sagte die Verkäuferin mit angenehmer Stimme.

„Danke", erwiderte Dobrynin aus irgendeinem Grund und sah die Frau dabei an. Dann fiel sein Blick wieder auf die Kekse. „Wie viel kosten die?"

„Was für welche?", fragte die Verkäuferin.

„‚Auf dem Posten' ..."

„Vier Kopeken ... an der Kassa, bitte."

Dobrynin verließ die Theke und kramte automatisch in seinen Hosentaschen. Hierauf durchsuchte er die Taschen seiner Jacke und holte von dort anstelle von Geld seine Kontrolleursvollmacht hervor, woraufhin ihm auch wieder einfiel, dass er kein Geld hatte und es auch nicht brauchte. Er ging wieder zu der Frau zurück und zeigte ihr sein amtliches Dokument.

Nachdem die Frau es gelesen hatte, sah sie Dobrynin mit großem Respekt an.

„Und was möchten Sie überprüfen?", fragte sie.

„Einen Kringel!", fiel dem Volkskontrolleur schnell ein. „Und diese Schachtel, ‚Auf dem Posten' ..."

„Bitteschön!" Die Frau verpackte Kringel und Keksschachtel gemeinsam und überreichte sie Dobrynin.

Nachdem Pawel Aleksandrowitsch seinen „Einkauf" entgegengenommen hatte, fühlte er sich plötzlich unbehaglich im Geschäft, und obwohl er die unzähligen Regale voller

Waren in den verschiedenen Abteilungen des Delikatessengeschäfts sehr gern genauer betrachtet hätte, trieb ihn dieses unbehagliche Gefühl hinaus in den Regen, wo das Auto auf ihn und Viktor Stepanowitsch wartete.

Viktor Stepanowitsch kam hinter ihm aus dem Geschäft und setzte sich gleich auf den Vordersitz des Wagens neben den Fahrer. Er hielt ein großes Bündel in seinen Händen.

„So“, sagte er und wandte sich zu Dobrynin um. „Ich habe Lebensmittel für das Abendessen gekauft, meine Frau ist auf Dienstreise gefahren.“

„Haben Sie auch eine Vollmacht?“, wollte der Volkskontrolleur wissen. „Also, damit sie einfach so etwas mitnehmen können ... ohne Geld ...“

„Nei-ein“, schüttelte Viktor Stepanowitsch den Kopf. „Ich muss für alles bezahlen. Ich bin doch nur ein einfacher Funktionär, wir haben solche Rechte nicht.“

Der Wagen fuhr durch das nächtliche Moskau. Vielleicht war es auch noch gar nicht spät, aber aufgrund des trüben, regnerischen Wetters dämmerte es bereits und die brennenden Straßenlaternen betonten den herannahenden Abend noch zusätzlich.

„Ich bringe Sie zu Ihrer Dienstwohnung“, sagte Viktor Stepanowitsch. „Morgen Früh hole ich Sie ab und dann geht es sofort in den Kreml.“

Kurze Zeit später bog der Wagen in eine Gasse ein und hielt an. Viktor Stepanowitsch und Dobrynin stiegen aus. Der Regen war nur noch ein leichtes Nieseln. Sie betraten ein mit zwei Arbeiterstatuen geschmücktes Haus, das Dobrynin bereits kannte. Viktor Stepanowitsch weckte den Hausmeister auf, der in seinem Zimmer vor sich hindöste, und dieser brachte sie in den zweiten Stock zur Wohnung Nummer drei, wobei er sich für das Schlafen im Dienst entschuldigte. Er sperrte die Tür auf, reichte Dobrynin den Schlüssel und ging über die Stiege wieder nach unten.

„Na, dann ruhen Sie sich aus“, sagte Viktor Stepanowitsch vor der Tür. „Marija Ignatjewna ist heute offenbar nicht da, also bestellen Sie sich telefonisch ein Abendessen. Morgen Früh hole ich Sie dann ab! Gute Nacht!"

„Auf Wiedersehen", entgegnete Dobrynin trocken.

Er schloss die Tür hinter sich ab und ging, ohne die Schuhe auszuziehen, mit seinem Reisesack in der Hand in sein Arbeitszimmer. Dort schaltete er die Tischlampe ein und setzte sich in den Sessel.

Einerseits war ihm ein wenig traurig und einsam zumute, weil seine dienstliche Ehefrau Marija Ignatjewna nicht da war, andererseits beruhigte ihn dieser Umstand, da er sich nun in Ruhe mit seiner Lage auseinandersetzen konnte. Dobrynin machte sich daher daran, den Inhalt seines Reisesacks zu überprüfen. Er legte alles auf den Tisch, betrachtete noch einmal Kriwizkijs Porträt, warf einen Blick in die gelbe Aktentasche, holte aber die Unterlagen nicht heraus, da er fürchtete, dass sein Zorn auf die Feinde wieder aufleben und ihm die Laune verderben könnte. So blätterte er also in seinem geliebten Büchlein, doch im Moment stand ihm nicht der Sinn nach Lesen, deshalb zog er die Schuhe aus, fand direkt im Zimmer Hausschuhe, die noch von seinem letzten Besuch hier zurückgeblieben waren, und schlurfte in die Küche.

Dort herrschte, wie überhaupt in der ganzen Wohnung, vollkommene Ordnung, alles war aufgeräumt und sauber. Pawel Aleksandrowitsch füllte den Teekessel mit Wasser und stellte ihn auf den Herd. Dann ging er in das große Zimmer, schaltete das Licht ein, ging hierauf weiter in das Schlafzimmer und machte auch dort Licht. Er wollte sich für ein paar Minuten hinlegen, aber ein gerahmtes Foto, das auf dem Nachtkästchen neben einem Spiegel auf der anderen Seite des Bettes, auf der Seite von Marija Ignatjewna stand, erregte seine Aufmerksamkeit.

Pawel Aleksandrowitsch trat näher an das Nachtkästchen heran und betrachtete das Bild genauer: Ein schöner Mann in Uniform war darauf abgebildet.

„Was soll's", dachte Dobrynin. „Ich bin schließlich nicht ihr wirklicher Mann, also macht das nichts ..."

Der Volkskontrolleur wollte gar nicht weiter über diesen Mann nachdenken, umso mehr, als der Mann ein Soldat war, ein Offizier, was für Dobrynin sehr viel bedeutete. Das Einzige, was er dabei empfand, war Einverständnis mit Marija Ignatjewnas Wahl.

Es läutete an der Tür. Sogleich vergaß Dobrynin das Foto und ging in den Flur.

Der Hausmeister war gekommen. Er stand an der Türschwelle und wollte wissen, ob er nicht etwas zum Essen aus der Küche im Keller bringen solle.

„Ja, bring etwas!", sagte Dobrynin freundlich zu ihm, und der Hausmeister machte bereitwillig kehrt und eilte die Treppe hinunter – offensichtlich machte er sich gerne für andere Menschen nützlich.

Dobrynin ließ die Tür einen Spalt offen, kehrte in die Küche zurück und nahm den Kessel mit dem kochenden Teewasser vom Herd. Er schüttete ein halbes Päckchen Tee hinein, das er im Küchenschrank gefunden hatte. Dann setzte er sich an den Tisch.

In die Stille der Dienstwohnung hinein tickte leise die Uhr, die an der Küchenwand hing, und der Volkskontrolleur hielt den Atem an, um darauf zu horchen.

Draußen breitete sich die Dunkelheit aus. Während Dobrynin auf das Abendessen wartete, erwachte in ihm ein Hungergefühl, das er während des Fluges unterdrückt hatte, und als er über seinen Hunger nachdachte, erinnerte er sich an seine Familie daheim, an das Dorf Kroschkino, an seinen Hund Mitka und an den Sternenhimmel, von dem sich manchmal nutzlose Sterne losrissen, hinabfielen und unterwegs erloschen.

„Hallo? Darf ich hereinkommen?", erklang es leise aus dem Vorzimmer.

„Komm hierher!", rief der Volkskontrolleur zurück.

Der Hausmeister trat ein und stellte ein mehrteiliges Gedeck auf den Tisch, das zum Transport von Essen mit Blechklammern zusammengehalten wurde. Mit geschickten Händen nahm er die Garnitur auseinander und stellte drei Töpfe und Schüsseln in der richtigen Reihenfolge vor Dobrynin auf. Dann legte er auch noch Essbesteck auf den Tisch aus, ganz wie es sich gehörte.

„Und du?“, fragte der Volkskontrolleur und sah den Hausmeister an. „Isst du auch etwas?“

„Danke ...“ Der Hausmeister lächelte und zeigte dabei seine vom Rauchen ganz gelben Zähne. „Ich mag einfaches Essen, von so etwas bekomme ich Blähungen ...“

„Na, setz’ dich trotzdem dazu“, bat Dobrynin. „Allein ist es langweilig.“

Und er zog die Suppenschüssel zu sich heran und begann zu essen. Nach dem zweiten Löffel Suppe erschien auf Dobrynins Gesicht ein Ausdruck des Erstaunens. Er sah den Hausmeister fragend an, schluckte das, was er gerade im Mund hatte, und fragte:

„Ist das eine russische Suppe? Oder vielleicht irgendeine Nationalsuppe?“

„Nationale Suppen werden hier nicht gekocht. Also muss es eine russische sein ...“, antwortete der Hausmeister.

Dobrynin schob die Schüssel mit Entschiedenheit von sich und wandte sich der Hauptspeise zu, die ganz anständig aussah – gebratenes Fleisch und ein paar Kartoffeln.

Der Hausmeister saß da und sah dem Volkskontrolleur mit Anteilnahme beim Essen zu. Und als Dobrynin auch die Hauptspeise wegschob, ohne sie aufgegessen zu haben, bot der Hausmeister an:

„Soll ich vielleicht etwas Speck bringen? Ja?“

Pawel Aleksandrowitsch, der noch immer ein unzufriedenes Gesicht machte, gefiel der Vorschlag des Hausmeisters, und er nickte diesem guten Menschen zu.

„Wie heißt du?“, fragte Dobrynin den Hausmeister, als dieser mit einem großen Stück Speck und einer Flasche Wodka zurückgekehrt war.

„Wasja heiße ich“, stellte sich der Hausmeister bereitwillig vor.

„Und ich bin Pawel.“

Nachdem sie einige dicke Scheiben Brot abgeschnitten und es mit appetitlichen Stücken echten Bauernspecks belegt hatten, der von feinen Fleischfasern durchzogen war, mussten der Hausmeister und der Volkskontrolleur gleichzeitig grinsen und sie seufzten beide erleichtert auf. Wasja holte Gläser aus dem Küchenschrank und schenkte Wodka ein.

„Sagen Sie nur ja niemandem, dass wir hier ...“, und der Hausmeister beendete seine Bitte, indem er mit dem Zeigefinger auf den Speck und die Flasche zeigte. „Sonst jagt man mich zum Teufel.“

„Ich sage sicher nichts!“, beruhigte ihn Dobrynin und dachte dabei, dass man, sollte dies eine ernstliche Verletzung der Vorschriften sein, auch ihn dafür hinauswerfen könnte.

„Dann also auf Ihre Rückkehr!“ Wasja hob das Glas.

Sie stießen an und tranken. Dann bissen sie von ihren dicken Speckbroten ab.

„Arbeitest du schon lange hier?“, fragte Dobrynin.

„Vier Jahre sind es jetzt“, erzählte der Hausmeister. „Man hat mich auf Empfehlung der Kolchose hergeschickt. Ich kann nämlich nicht so gut sehen. Obwohl ich natürlich alle Bewohner des Hauses schon von weitem am Gesicht erkenne, aber es wohnen jetzt auch nur mehr vier Personen hier. Ihre Frau, Marija Ignatjewna, dann jemand im ersten Stock, der Staatsanwalt Loschkarew, dann noch Feldmann aus dem Theater der Sowjetarmee – er wohnt im dritten Stock –, und der Deutsche Schlosse oder Flosse im vierten. Die übrigen Wohnungen sind leer ...“

Pawel Aleksandrowitsch wollte sich zwar tatsächlich gern unterhalten, aber doch irgendwie klug, mit einem Nutzen für sich selbst oder zumindest für seinen Gesprächspartner, und deshalb unterbrach er Wasjas Erzählung über die Bewohner des Hauses.

„Lass uns lieber von etwas anderem reden!“, wandte er sich an den Hausmeister. „Liest du gerne?“

Der Hausmeister stutzte und blickte Dobrynin erschrocken an.

„Und warum?“, fragte er.

„Ja also, einfach so ... Ich wollte dir eine Geschichte erzählen, die ich in einem Buch gelesen habe. Es gab da so einen Mann – Lenin, kennst du ihn?“

„Aber natürlich kenne ich ihn, sicher ...!“, antwortete Wasja immer noch auf der Hut.

„Also, in dieser Geschichte geht es um ihn und um eine Suppe ...“

Und der Volkskontrolleur erzählte die erste Geschichte aus dem Buch, die von der Nationalsuppe handelte, die nicht schmeckte.

Mit offenem Mund hörte der Hausmeister ihn bis zum Schluss an. Als Dobrynin geendet hatte, schenkte Wasja Wodka nach und fragte leise, fast flüsternd:

„Ist das denn alles wahr?“

„Ja!“, bestätigte Dobrynin, der sich über den Zweifel des Hausmeisters wunderte.

„Das hätte ich nicht gekonnt!“, schüttelte der Hausmeister den Kopf. „Ich hätte sofort Blähungen bekommen, und ich hätte ... das gleich gar nicht ...“

„Ich glaube, ich hätte es gekonnt“, sagte Pawel Aleksandrowitsch. „Aber ich weiß es nicht genau ... Das ist schließlich eine russische Suppe“, Dobrynin zeigte mit dem Blick auf die Schüssel vor sich. „Die hätte ich nicht gegessen, auch wenn sie eine Nationalsuppe gewesen wäre. Aber vielleicht hätte ich sie doch gegessen. Wer weiß? Schließlich habe ich im Norden eine Sülze gegessen, die aus einem gewissen Organ des Rentiers gemacht wird, du weißt schon ...“

„Ach was!“, rief der Hausmeister aus. „So etwas isst man dort?!“

„Ja“, nickte Dobrynin. „Aber da es ein Nationalgericht ist, muss man es auf jeden Fall essen, ganz gleich, ob man es mag oder nicht ...“

Dobrynin verstummte, ohne den Satz zu beenden, da er in seinen Gedanken etwas durcheinandergekommen war und nun begriff, dass Lenin, wäre er jetzt hier an seiner Stelle, auch diese Suppe gegessen hätte und vielleicht sogar noch darum gebeten, sich nachnehmen zu dürfen, nur damit die Hausfrau oder die Person, die den Fraß gekocht hatte, sich nicht kränken möge. Und der Volkskontrolleur wurde traurig darüber und zugleich wütend auf sich und seine Schwäche.

„Lass uns trinken, ja?“, bat der Hausmeister, der sein bis zum Rand gefülltes Glas lange genug in der Hand gehalten hatte.

„In Ordnung!“ Dobrynin war einverstanden und zog mit der linken Hand die vorher abgelehnte Suppe mit Entschiedenheit zu sich. „Auf das Vaterland!“, sprach Pawel Aleksandrowitsch, und in seiner Stimme schwang die Wut auf sich selbst mit.

Nachdem er sein Glas ausgetrunken hatte, gab er sich einen Ruck und nach wenigen Minuten war in der Schüssel keine Suppe mehr übrig.

Der Hausmeister sah ihn erstaunt an. Er hatte etwas sagen wollen, aber das Wort war ihm im Hals stecken geblieben. Also räusperte sich Wasja nur leise und schwieg. Als aber Dobrynin nun auch noch die inzwischen kalte Hauptspeise, die er vorhin gleichfalls abgelehnt hatte, zu sich heranzog, stand der Hausmeister auf, murmelte eine Entschuldigung und ging.

Vielleicht war es besser so – offenbar hatte er fühlen können, wie in Dobrynins Innerem die Wut angewachsen war –, aber er wusste ja nicht, dass der Volkskontrolleur nur auf sich selbst wütend war und also keinerlei Gefahr für seine Umwelt darstellte.

Nachdem der Hausmeister sich aus der Wohnung davongemacht hatte, trank Dobrynin den Wodka aus, und sodann auch den süßen Fruchtsaft, der Teil des Abendessens war. Hierauf ging er in sein Arbeitszimmer, in dem das sanfte Licht der Tischlampe durch den grünen Lampenschirm schien.

Der Volkskontrolleur setzte sich an den Tisch, schlug das geliebte Buch auf und versuchte erneut, die nächste Erzählung zu lesen, aber auch jetzt kam nichts dabei heraus. Die

Wörter waren leicht zu lesen, aber in Dobrynins Kopf wollte nichts hängen bleiben, und so sah sich der Volkskontrolleur gezwungen, das Buch zuzuklappen und, nachdem er das Licht ausgeschaltet hatte, ins Schlafzimmer zu gehen.

Das breite Bett kam ihm dieses Mal zu groß und ungemütlich vor, und Dobrynin wälzte sich trotz seiner Müdigkeit noch zwei Stunden lang hin und her, bevor er endlich einschlafen konnte.

Am Morgen weckte ihn ein beharrliches Klingeln an der Tür. Mit Mühe stand Dobrynin aus dem Bett auf, ging in den Flur, entriegelte das Schloss und entdeckte auf dem Stiegenabsatz Viktor Stepanowitsch, der auch noch verschlafen, aber fest auf den Beinen stand.

„Entschuldigen Sie, dass ich so früh gekommen bin", sagte Viktor Stepanowitsch. „Man hat es so angeordnet, Pawel Aleksandrowitsch. Genosse Kalinin erwartet uns."

Dobrynin nickte und ging, um sich anzuziehen.

Nach etwa drei Minuten verließ er angekleidet und mit dem Reisesack in der Hand die Wohnung.

„Aber lassen Sie den doch hier", sagte Viktor Stepanowitsch, als er den Sack sah. „Sie kommen nach dem Kreml doch hierher zurück!"

„Da ist etwas für Genosse Kalinin drin", entgegnete der Volkskontrolleur, ohne ins Detail zu gehen.

Das Wetter war immer noch trübe. Eisregen klebte an den Fensterscheiben des Wagens fest. Die unermüdlichen Scheibenwischer ermöglichten dem Fahrer und den übrigen Insassen zwar die freie Sicht nach vorn, durch die Seitenscheiben aber konnte man außer diffuser Dunkelheit nichts erkennen. Die Straßenlaternen brannten noch immer und bemühten sich, die verspätete Morgendämmerung zu beschleunigen.

Von Zeit zu Zeit gähnte der Fahrer. Jedes Mal, wenn er gähnte, musste auch der neben ihm sitzende Viktor Stepanowitsch gähnen. Pawel Aleksandrowitsch hingegen, der hinter dem Fahrer saß, fühlte sich trotz des Wetters und obwohl er so unerwartet früh geweckt worden war, schon ziemlich munter.

Bevor der Wagen durch das Erlösertor des Kreml fuhr, hielt er einen Augenblick an. Auf der Seite von Viktor Stepanowitsch wurde die Tür geöffnet und es erschien das höfliche, aber reservierte Gesicht des wachhabenden Milizionärs. Nachdem er mit einem Blick alle überprüft hatte, nickte er Richtung Fahrer und schlug die Tür ohne ein Wort wieder zu.

Sie fuhren in den Kreml hinein und blieben nach einigen Abzweigungen stehen.

Auf dem Kremlgelände regnete es stärker. Die Tropfen trommelten mit einer solchen Macht auf das Auto, dass es sich wie Hagel anhörte.

Dobrynin und Viktor Stepanowitsch stiegen aus dem Wagen und liefen hastig durch den Regen zum Diensteingang an der Stirnseite des bereits bekannten Gebäudes. Sie wurden aber trotzdem nass, und der Milizionär, der dort Wache stand, blickte sie mit aufrichtigem Mitleid an.

Ein unangenehmes Gefühl, das vom Wasser kam, das Viktor Stepanowitsch in den Kragen lief, ließ diesen aufstöhnen, während er dem Milizionär seinen Ausweis zeigte. Dobrynin griff zu seiner Volkskontrolleursvollmacht und streckte sie dem Wache stehenden Mann ebenfalls hin. Als der Milizionär die Vollmacht gelesen hatte, blickte er auf den Reisesack in Dobrynins Händen.

„Was ist denn da drin?“, fragte er.

„Unterlagen für den Genossen Kalinin“, antwortete der Volkskontrolleur.

„Treten Sie ein“, nickte der Milizionär.

Viktor Stepanowitsch und Dobrynin stiegen eine schmale Marmortreppe hinauf, die von einem ehemals roten, von tausenden, vielleicht sogar Millionen Stiefeln abgetretenen Läufer bedeckt war.

Dobrynin lächelte innerlich, da der Milizionär dieses Mal seinen Sack nicht durchsucht hatte, in dem außer der Aktentasche mit den Unterlagen auch noch die Axt und das Kriwizkij-Porträt lagen. Seine Freude war einfach und auf bäuerliche Art unschuldig.

Sie durchschritten einen langen Korridor und blieben vor einer Tür stehen.

Es war dasselbe bescheidene Zimmer, in dem sich kaum Möbel befanden – nur der große Arbeitstisch voller Papier und Aktenmappen und der kleine Beistelltisch mit den drei Stühlen sowie noch das Bücherregal an der gegenüberliegenden Wand.

„Ah!", freute sich Genosse Kalinin, als er Dobrynin erblickte. „Pascha! Herzlich willkommen! Wir haben uns lang nicht gesehen!"

Dobrynin wurde ganz verlegen und grüßte nicht einmal gleich – er hätte sich nicht gedacht, dass Genosse Kalinin sich so gut an ihn erinnern würde.

„Aber warum stehst du denn in der Tür!", empörte sich Genosse Kalinin im Scherz. „Komm doch herein, du bist mir ein teurer Gast!" Dann drehte er sich gleich zu Viktor Stepanowitsch um und sagte mit ganz veränderter Stimme:

„Und du, Stepanytsch, geh bitte und sag, dass man Tee bringen soll. Dann kannst du dich ausruhen!"

Dobrynin trat ein und setzte sich auf einen der Stühle am Beistelltisch. Die Tasche stellte er auf den Boden zu seinen Füßen. Kalinin setzte sich ihm gegenüber und fixierte mit einem durchdringenden Blick die Augen des Volkskontrolleurs. Und der Kontrolleur sah den Genossen Kalinin an und wunderte sich. Dieser hatte sich überhaupt nicht verändert, nur auf dem Aufschlag seines Rocks, der immer noch derselbe war, war ein Orden hinzugekommen und außerdem noch zwei auffällige Flicken, die so grob aufgenäht waren, dass Dobrynin annahm, dass Kalinin selbst es getan haben musste. Ein Flicken lugte unter der linken Achsel hervor, der zweite befand sich rechts über der Tasche.

„Also, wie ist die Arbeit dort?", fragte Genosse Kalinin mit Interesse.

Dobrynin seufzte bedauernd. Ihm war klar, dass, sobald er seine Erzählung beginnen würde, er dem Genossen Kalinin auch die Stimmung verderben müsste, aber es war notwendig zu sagen, denn schließlich war er aus ebendiesem Grund in einem Bombenflugzeug durch nahezu das ganze Land geflogen und hierhergekommen.

„Ganz unterschiedlich ...", begann Dobrynin unentschlossen.

„Nur keine Angst, erzähl alles, so wie es ist!", sagte Genosse Kalinin nun mit ernster Stimme.

„Also dann: Schlimm geht es dort zu", räumte der Volkskontrolleur durch Kalinins Worte ermutigt ein.

Und Dobrynin erzählte vom Tod des Pferdes, vom Piloten und von Fjodor, von den Ungeheuerlichkeiten, die Kriwizkij in Chulajba verursacht hatte, von Kriwizkijs Hinrichtung und natürlich von der geheimen Geschichte von der Übergabe von Parteibeiträgen an die Japaner. Mit großer Trauer erzählte Dobrynin von den im Eis erfrorenen Kontrolleuren und davon, wie er beinahe selbst ihr Schicksal geteilt hätte.

Genosse Kalinin hörte den Erzählungen des Volkskontrolleurs aufmerksam zu und unterbrach ihn kein einziges Mal. Gegen Ende bemerkte Pawel Aleksandrowitsch in Kalinins Blick gerechten Zorn.

Da klopfte jemand an die Zimmertür. Ein Rotarmist brachte einen Teekessel, zwei Gläser in Glashaltern und eine Blechdose mit Würfelzucker. Er stellte alles auf den Tisch, salutierte und ging wieder hinaus.

„Ja", brachte Kalinin traurig hervor. „Trinken wir Tee. Leider hab ich nichts zum Tee dazu ... Die Zeiten sind schwer bei uns."

„Ich habe Kekse dabei", erwiderte Dobrynin und beugte sich zu seinem Reisesack hinunter, um die Schachtel „Auf dem Posten" hervorzuholen.

Er legte die Kekse auf den Tisch und schenkte dann Tee in die Gläser.

„Die Kekse sind gut!“, bemerkte Kalinin. „Hast du sie im Norden gekauft?“

„Nein, hier in Moskau, in einem Geschäft im Zentrum.“

„Na, dann steht es noch nicht ganz schlecht. Ich weiß selbst nicht genau, wie es dort außerhalb der Kremlmauern zugeht. Ich hab nicht einmal Zeit zum Schlafen, geschweige denn, um in die Stadt zu gehen! Na, und die Aktentasche, von der du gesprochen hast, hast du sie dabei?“

„Ja, hier.“ Dobrynin beugte sich wieder über seine Tasche und holte die gelbe Aktentasche und das Pelzporträt von Kriwizkij heraus.

„Was für ein Unmensch!“ Kalinin schüttelte den Kopf, als er das Porträt an sich genommen hatte. „Wie hat man nur so jemanden aussuchen können?! Damit wird man sich ernsthaft auseinandersetzen müssen! Ich übergebe das dem Zuständigen und du, Pascha, mach dir keine Sorgen. Wir werden die Kontrolleure rächen!“

Schweigend tranken sie Tee und kauten Zucker und Kekse dazu.

Dobrynin erinnerte sich an den Urku-Jemzen.

„Genosse Kalinin“, unterbrach er das Schweigen. „Wie kann ich diesen Einheimischen, der mich gerettet hat, zu meinem Gehilfen machen? Sodass er mit mir unterwegs sein kann ...“

„Vertraust du ihm voll und ganz?“, fragte Kalinin streng.

„Ja.“

„Na, dann ist alles in Ordnung. Wir stellen ihm eine Vollmacht aus. Wie heißt er?“

„Dmitrij Waplachow.“

„Und sein Vatername?“

„Den kenne ich nicht“, gestand Dobrynin.

„Na, dann nehmen wir Iwanowitsch!“, murmelte Genosse Kalinin, während er alles auf einem Blatt Papier notierte.

„Einverstanden“, stimmte der Volkskontrolleur ihm zu.

Sobald die notwendige Mitschrift verfasst war, legte Kalinin das Papier auf seinen Arbeitstisch und blickte wieder Dobrynin an.

„Pascha", sagte er. „Ich wollte dich um deinen Rat fragen ..."

„Wirklich?!" Dobrynin war aufrichtig verwundert.

„Ja. Du bist doch so etwas wie ein Vertreter des Volkes. Man hat mir vom Obersten Sowjet ein Schreiben von den Bewohnern der Stadt Twer geschickt, das ist so eine Stadt nicht weit von hier ... Nun, sie bitten mich also, dass ich zu Ehren ihrer Stadt meinen Namen ändere ..."

„Wie ist das gemeint?" Dobrynin verstand nicht.

„Nun, sie bitten mich, den Nachnamen Twerin anzunehmen ... Es ist eine gute Stadt, der Fünfjahresplan wurde zwei Jahre früher erfüllt, aber ich weiß es einfach nicht ..."

„Also, wenn es eine gute Stadt ist, warum nicht?" Nachdem Dobrynin ein wenig über das Problem nachgedacht hatte, begann er bereits überzeugter zu sprechen: „Ja, und es klingt auch gut, sehr russisch: Twerin! Das ist immerhin nicht Brodskij! Und auch nicht Kriwizkij!"

„Ja?!", entgegnete Kalinin nachdenklich. „Na, vielleicht hast du recht ... Also gut. Lass mir die Aktentasche und das Porträt hier und ich werde gleich den Befehl geben, die Angelegenheit zu untersuchen. Man wird dich jetzt nach Hause bringen, und du bleib bitte in der Wohnung. Wenn irgendetwas ist, dann wirst du abgeholt. Weißt du, solche Angelegenheiten sind nicht meine Stärke, aber bei uns gibt es Tschekisten, die sind gut in all diesen Sachen. Es kann sein, dass du ihnen alles noch einmal erzählen musst. In Ordnung?"

„Natürlich", antwortete Dobrynin und stand vom Tisch auf.

„Entschuldige mich, ich muss arbeiten." Kalinin stand ebenfalls auf. „Aber wir werden bald wieder gemeinsam Tee trinken!"

Genosse Kalinin führte den Volkskontrolleur auf den Korridor hinaus und rief einen Rotarmisten herbei, der in der Nähe Wache stand, damit er Dobrynin aus dem Gebäude begleite.

Draußen war das Wetter etwas besser geworden, aber die Sonne schien immer noch nicht. Anstelle der schwarzen Regenwolken hingen nun bläuliche Wolken am Himmel. Der Regen hatte aufgehört, aber es war ziemlich windig.

Dobrynin bestieg den Wagen, der auf ihn gewartet hatte, und fuhr zu seiner Dienstwohnung.

Zu Hause war herrschte Stille, und in dieser Stille war das leise Ticken der Uhr zu hören, die in der Küche hing. Draußen war es immer noch Tag, aber in Dobrynins Innerem wurde es bereits Abend. Er war nach dem Gespräch mit dem Genossen Kalinin ziemlich erschöpft. Obgleich er sich erleichtert fühlte, da er Kalinin die Aktentasche mit den Unterlagen und das Porträt des Feindes übergeben und ihm auch alles Vorgefallene erzählt hatte, wollte er sich dennoch ein wenig hinlegen und dösen. Nachdem er die Stiefel von den Füßen gezogen und sie im Gang abgestellt hatte, ging Pawel Aleksandrowitsch ins Schlafzimmer und legte sich, ohne sich auszukleiden, auf das breite Bett.

Nach einiger Zeit weckte ihn das Geräusch der Eingangstür, die aufgesperrt wurde. Er öffnete die Augen einen Spalt breit, wodurch er seltsamerweise besser hören konnte. Zwei Stimmen drangen an sein Ohr: eine weibliche, und eine andere, die militärisch klang. Das Gespräch der beiden Stimmen dauerte nur kurz, dann gingen zwei Paar Füße leise über den Flur, hierauf knarrte eine Zimmertür und zwei Mal war ein Geräusch zu hören, als ob Salzsäcke auf den Boden fielen. Wieder schritten Füße über den Flur, aber dieses Mal bereits in Richtung Ausgang. Daraufhin schnappte das Schloss der Eingangstür auch schon zu und es wurde wieder still.

Dobrynin stand auf und warf einen Blick aus dem Schlafzimmer.

Am Ende des Flurs, der wie ein kleiner Bach in das große Zimmer mündete, huschte ein leichter Schatten vorbei.

Dobrynin überlegte, rieb sich kurz die Augen und machte sich immer noch verschlafen auf, den Schatten zu treffen.

Im großen Zimmer entdeckte er seine dienstliche Ehefrau Marija Ignatjewna. Sie saß entspannt auf dem Sofa und ruhte sich offensichtlich aus. Als sie Dobrynin erblickte, sprang sie auf die Beine, schlug die Hände zusammen und hauchte zärtlich: „Pawluschka!" Dann lief sie auf den Volkskontrolleur zu und umarmte ihn. Pawel Aleksandrowitsch umfasste ihre Schultern ebenfalls.

„Du bist zurückgekommen! Endlich!", schluchzte Marija Ignatjewna und vergrub ihr Gesicht in Dobrynins Brust. „Mein heiß Ersehnter ..."

Pawel Aleksandrowitsch geriet in Verlegenheit, als er ihr Schluchzen hörte. Wie kam er plötzlich dazu, ihr „heiß Ersehnter" zu sein, wenn sie dort auf dem Nachtkästchen das Bild eines ganz anderen Mannes stehen hatte? Oder war das vielleicht so vorgeschrieben? Möglicherweise war jede dienstliche Ehefrau dazu verpflichtet, ihren dienstlichen Ehemann genau so willkommen zu heißen. Dobrynin versank in Gedanken, und dabei wurden seine Sinne von dem süßen Parfümduft benebelt, den ihr kastanienbraunes Haar verströmte. Und seine Hände strebten mit aller Macht danach, über die violette Seide ihres Kleides nach unten zu gleiten.

Schließlich löste sich seine Frau aus der Umarmung – offenbar waren ihre Arme müde geworden –, sah dem Volkskontrolleur mit einem warmherzigen Blick in die Augen und lächelte das strahlende Lächeln eines glücklichen Menschen.

Dobrynin ließ sie bereitwillig los, machte einen halben Schritt zurück, um Marija Ignatjewna betrachten zu können, und bemerkte eine Veränderung an ihr. Seine dienstliche Frau war noch attraktiver geworden. Ihr Gesicht war ein bisschen runder und ihre rosigen Wangen strahlten Frische aus. Auch hatte sie ein wenig zugenommen, was sie aber nur noch anziehender machte.

„Wann bist du zurückgekommen, Pawluschka?", fragte sie mit samtig weicher Stimme.

Dobrynin schluckte und sagte gepresst:

„Schon gestern."

„Setz dich doch!" Sie zeigte mit der Hand auf das Sofa. „Wir haben uns so lange nicht gesehen!"

Dobrynin setzte sich. Seine dienstliche Frau nahm neben ihm Platz und rückte dicht an ihn heran, sodass der Volkskontrolleur den Körper seiner Frau an seiner Seite spürte.

„Bitte erzähl: Wo warst du, was hast du gemacht?", bat Marija Ignatjewna und legte ihren Kopf auf seine Schulter.

Dobrynin überlegte, während er die in ihm aufsteigende Erregung zu unterdrücken versuchte. Er hatte wenig Lust, seiner dienstlichen Frau alles zu erzählen, was ihm geschehen war. Aber wieder kamen Zweifel in ihm auf: Vielleicht war es so vorgeschrieben und jeder dienstliche Ehemann war verpflichtet, seiner dienstlichen Ehefrau alles zu erzählen?! Nachdem er ein paar Minuten hin und her überlegt hatte, entschloss sich der Volkskontrolleur dazu, vorsichtig nachzufragen:

„Nun, wie soll ich erzählen: der Reihe nach oder nur das Wichtigste?"

„Das Wichtigste", nickte seine Frau und ihr Gesicht nahm in Erwartung der Erzählung einen ernsten Ausdruck an.

Dobrynin berichtete ihr ohne große Lust von den wichtigsten üblen Vorfällen, vom Tod des weißen Pferdes und der beiden Genossen während des Schneesturms, vom rätselhaften Verschwinden eines ganzen Volkes und von den verlässlichen Soldaten.

Seine Frau hörte ihm mit unverhohlenem Interesse zu. Während Dobrynin erzählte, zeigte ihr Gesicht einen so bewegten Ausdruck, dass Dobrynin daraus schloss, dass sie sich stark zurückhielt, ihren Mann nicht über Einzelheiten auszufragen. Aber sie unterbrach Dobrynin kein einziges Mal, und am Ende seiner Erzählung hob sie den Kopf von seiner Schulter und küsste den Volkskontrolleur auf die Schläfe.

„Du bist ein Held für mich!", sagte sie mit zärtlicher, warmer Stimme.

Dobrynin wusste mit den Zärtlichkeiten seiner dienstlichen Ehefrau nichts anzufangen, und von dem Kuss auf seine Schläfe krampfte sich in ihm sogar alles zusammen und er spannte die Muskeln an, um das unerwünschte Verlangen zu unterdrücken. Aber die Worte dieser Frau, genauer gesagt das Wort „Held“, erwärmten Pawel Aleksandrowitsch das Herz und taten ihm wohl. Sogleich war er ihr gegenüber milder gestimmt. Er überwand seine verlegene Wortkargheit und fragte:

„Und du, Marija Ignatjewna, wo warst du?“

„Ich war auf Dienstreise“, antwortete seine dienstliche Ehefrau ruhig. „Ich habe den Soldaten geholfen ...“

Als Dobrynin das hörte, wunderte er sich und begriff, dass er über seine dienstliche Frau überhaupt nichts wusste.

„Und zu welcher Einheit ging die Reise?“, brachte er noch eine Frage hervor.

„Ich bin schließlich Vorsitzende der Frauenkommission des Obersten Sowjet für Mutterschaft und glückliches Familienleben ...“

Bei diesen Worten fühlte Dobrynin sich unwohl, ihm wurde schwindlig und er stand auf.

„Was ist mit dir, Pawluschka?!“, fragte Marija Ignatjewna besorgt.

„Mein Kopf ...“

„Du bist wahrscheinlich erschöpft. Du hast so viel durchgemacht! Möchtest du vielleicht einen Wodka?“, flötete seine Frau erstaunlich zärtlich.

Pawel Aleksandrowitsch nickte.

„Setz dich, setz dich, Pawluschka, ich bin gleich wieder da!“ Und Marija Ignatjewna sprang auf und ging in die Küche.

Dobrynin setzte sich wieder auf das Sofa. In seinem Kopf herrschte ein Durcheinander.

Ins Zimmer zurückgekehrt reichte Marija Ignatjewna ihrem Mann ein Gläschen Wodka und eine kleine Salzgurke. Pawel Aleksandrowitsch trank den Wodka aus und aß die Gurke dazu. Danach fühlte er sich ein wenig besser.

„Ich kann dir von meiner Dienstreise erzählen!“, schlug die dienstliche Ehefrau vor und begann sogleich, ohne Dobrynins Zustimmung abzuwarten: „Ich war in Weißrussland und habe Militäreinheiten besucht. Auch bei der Grenzwache war ich. Achtzigtausend Liter Blut habe ich gesammelt ..."

„Was?", fragte ihr Mann erschrocken.

„Blut", wiederholte Marija Ignatjewna und sah Dobrynin aufmerksam in die Augen. „Und du ... kann es sein, dass du gar nichts davon weißt?! Du warst doch an einem Ort, an dem es weder Radio noch Zeitungen gibt ... Natürlich weißt du nichts davon!"

„Wovon weiß ich nichts?"

„Na ... von der landesweiten Blutspendeaktion."

„Und wofür braucht man das Blut?", fragte der Volkskontrolleur immer noch erstaunt.

„Für den Fall eines Krieges", antwortete Marija Ignatjewna. „Die internationale Lage ist äußerst angespannt. Also hat sich das sowjetische Volk verpflichtet, dem Vaterland zehn Millionen Liter Blut zu spenden. Es spenden natürlich in erster Linie Personen des Militärs und Kommunisten. Mit ihnen gibt es keine Probleme. Aber die Kolchosbauern ..." Marija Ignatjewna schüttelte missbilligend den Kopf. „Sie verstehen es nicht ... Sie haben das Besitzdenken noch nicht überwunden."

„Und wie kann man einem Menschen Blut abnehmen?", dachte der Volkskontrolleur laut nach. „Das ist doch schwierig ..."

„Daran ist überhaupt nichts Schwieriges!", überzeugte ihn seine dienstliche Frau. „Es ist sogar sehr leicht, es wird in einem medizinischen Verfahren aus der Vene entnommen. Eine spezielle, fünfzigtausend Mann starke Gruppe von Arzthelfern wurde dafür ausgebildet. Sie nennen sich die Fünfzigtausender. Und du, Pawluschka, hast wahrscheinlich noch kein Blut gespendet, wo du doch nichts davon wusstest?"

Dobrynin fühlte, wie seine Füße kalt wurden. Er hatte wirklich noch kein Blut gespendet, aber es verlangte ihn auch nicht besonders danach. Er musste jedoch auf die Frage seiner Frau antworten und zwar so, dass sie nichts Schlechtes von ihm dachte.

„Noch nicht …“, stammelte Pawel Aleksandrowitsch. „Ich wusste nichts davon …“

Das klang nicht sehr überzeugend, Dobrynin bemerkte selbst den feigen Unterton in seiner Stimme und presste die Lippen zusammen. Und auf einmal, vielleicht kam das von dem Gedanken daran, schmeckte er auf seiner Zunge Blut.

„Das macht nichts, keine Angst!“, beruhigte ihn Marija Ignatjewna. „Man kann noch fünf Monate lang Blut spenden!“

„Aha“, sagte Dobrynin. „Gut …“

„Pawluschka, möchtest du etwas essen? Hast du heute schon zu Mittag gegessen?“

„Nein“, erwiderte der Volkskontrolleur. „Aber ich bin nicht hungrig …“

„So darf man nicht mit seiner Gesundheit umgehen!“, meinte seine dienstliche Ehefrau streng. „Du gehörst dir schließlich nicht selbst! Du gehörst dem Vaterland, das heißt, jede Krankheit deines Organismus ist Sabotage! Verstehst du?“

Dobrynin nickte.

Marija Ignatjewna ging ins Zimmer, um über das Telefon das Mittagessen zu bestellen.

Der Volkskontrolleur blieb sich selbst überlassen zurück und fühlte, wie seine Gedanken unangenehm in Bewegung geraten waren, von denen alle oder beinahe alle mit einem Fragezeichen endeten. Was sollte er tun? Wie sollte er sich seiner dienstlichen Ehefrau gegenüber verhalten, vor allem wenn man berücksichtigte, dass sie die Vorsitzende der Frauenratskommission des Obersten Sowjets war. Musste er ihr über die Arbeit, die er geleistet hatte, berichten? Musste er ihre Umarmung denn erwidern, wenn sie ihn zuerst umarmte? Dutzende Fragen, von den allereinfachsten und dümmsten bishin zu ganz unbegreiflichen, geisterten durch das erschöpfte und deshalb getrübte Bewusstsein des Volkskontrolleurs. Der Kopf begann ihm davon schon richtig weh zu tun.

„Es wird gleich gebracht!“, teilte Marija Ignatjewna fröhlich mit, als sie wieder im großen Zimmer erschien. „Ich gehe in die Küche und wische den Tisch ab.“

Dobrynin folgte seiner dienstlichen Frau mit dem Blick und blieb zu seiner Freude kurz wieder allein zurück.

Im Arbeitszimmer klingelte das Telefon.

Der Volkskontrolleur vermutete, dass seine Frau es hören und hinlaufen würde, um den Hörer abzunehmen. Es war doch sicherlich für sie. Schließlich lebte sie ständig hier. Marija Ignatjewna ging aber nicht zum Telefon und so läutete es immer weiter. Pawel Aleksandrowitsch musste schließlich selbst aufstehen und zu dem monoton schrillenden Apparat gehen. Er betrat das Arbeitszimmer, ging zum Tisch und nahm den Hörer ab.

„Hallo! Hallo! Ist das die Wohnung des Genossen Dobrynin?“, kam eine schroffe männliche Stimme aus dem Hörer.

„Ja“, antwortete Pawel Aleksandrowitsch.

„Und wer ist am Apparat?“, fragte die Stimme.

„Ich ... Dobrynin ...“

„Ah, guten Tag! Ein Wagen ist zu Ihnen unterwegs, halten Sie sich bereit! Warten Sie in fünf Minuten beim Hauseingang.“

„In Ordnung.“ Dobrynin zeigte sich einverstanden und freute sich insgeheim über die Gelegenheit, dem „Familienessen“ zu entfliehen.

Aus dem Hörer klang nur noch ein schnelles Tuten, aber Dobrynin hielt ihn immer noch in der Hand, während er seinen Gedanken nachhing, die ihm vertraut wie die Vergangenheit waren.

„Pawluschka!“ Aus der Tiefe der Wohnung drang die Stimme seiner Frau an sein Ohr.

Der Volkskontrolleur legte den Hörer auf das Telefon, ging in den Flur hinaus, zog Stiefel an und blickte in die Küche.

„Ich habe ... ich kann nicht zu Mittag essen ... Ein Wagen kommt mich abholen ... Marija Ignatjewna, Sie haben ...“

„Was ist mit dir, Pawluschka?!“, war die dienstliche Ehefrau ehrlich erstaunt. „Wieso sprichst du so mit mir, als wäre ich eine fremde Person für dich?“

„Entschuldige ...“, seufzte Dobrynin. „Ich muss nach unten gehen. Man hat einen Wagen geschickt.“

„Aber das macht doch nichts, ich werde veranlassen, dass man dein Abendessen auf dem Herd warmhalten soll, bis du zurückkommst!“, versprach Marija Ignatjewna. Sie kam leichtfüßig auf ihn zu und küsste ihn wieder auf die Schläfe.

„Ich gehe dann!“, sagte der Volkskontrolleur nun schon entschiedener und verließ schnell die Wohnung. Dabei schlug er die Tür fest hinter sich zu, damit das Sicherheitsschloss automatisch zuschnappen konnte.

Auf der Stiege kam ihm der Hausmeister Wasilij entgegen. Als er Dobrynin sah, lächelte er erfreut. Dann stutzte er plötzlich und fragte:

„Aber wo wollen Sie denn hin, Genosse Dobrynin, ich bringe doch das Mittagessen ...“

„Ich muss dringend in den Kreml, Wasilij. Man hat mich rufen lassen“, erklärte der Volkskontrolleur mit völlig veränderter, mutigerer Stimme.

Wasilij schüttelte den Kopf, um Dobrynin zugleich sein Mitleid und seinen Respekt zu bezeigen.

„Schade“, sagte er. „So eine gute Suppe, ganz russisch, mit Kohl. Als Hauptspeise Blutwurst mit Buchweizengrütze, und Sie müssen in den Kreml. Die Blutwurst ist so gut, dass man sich alle zehn Finger abschleckt, ich habe sie gerade erst beim Koch probiert ...“

Bei der Erwähnung der Blutwurst spürte Dobrynin wieder den Geschmack von Blut auf der Zunge. Er ärgerte sich darüber, spuckte unfein aus und lief, ohne ein weiteres Wort an den Hausmeister zu richten, über die Treppe nach unten.

Genau in diesem Moment fuhr ein Wagen vor dem Hauseingang vor. Dobrynin nahm auf dem Vordersitz neben dem Fahrer Platz und murmelte: „Los!“

Es war immer noch hell. Auf den Gehsteigen waren viele Fußgänger unterwegs. Auf den Kreuzungen standen Wachposten ganz in Weiß und gaben den Autofahrern Zeichen mit speziellen Stäben. Aber immer wenn der Wagen, in dem Dobrynin saß, zur nächsten Kreuzung kam, nahm der Milizionär Haltung an, hielt den Verkehr an und salutierte, während er sie passieren ließ. Doch ärgerte das Dobrynin diesmal, er regte sich richtig darüber auf, und das alles nur wegen des beharrlichen Blutgeschmacks auf der Zunge.

Sie fuhren durch ein anderes Tor als gewohnt in den Kreml, und als der Wagen auch noch vor einem ganz anderen Gebäude anhielt, begriff der Volkskontrolleur, dass er dieses Mal nicht zu Genosse Kalinin gebracht wurde, sondern an einen anderen Ort.

Als Pawel Aleksandrowitsch aus dem Auto gestiegen war, kam auch schon ein sympathischer, untersetzter Soldat auf ihn zu, salutierte und bat ihn, mitzukommen.

Sie betraten ein kleines zweigeschoßiges Gebäude und stiegen gleich über eine Treppe nach unten. Es ging drei Stockwerke hinunter, was den Volkskontrolleur vollkommen verwirrte. Sie waren schließlich im Erdgeschoß hereingekommen! Wie war es dann möglich, dass man vom Erdgeschoß aus drei Stockwerke nach unten ging?! Dobrynin begriff allerdings, dass er selbst nicht verrückt war und auch nichts durcheinandergebracht haben konnte. Das bedeutete also, dass es hier ein Geheimnis technischer Natur geben musste.

Sie blieben vor einer massiven, schwarzen Tür stehen. Der Soldat drückte einen Klingelknopf, der sich neben der Tür an der Wand befand. Die Tür öffnete sich.

Pawel Aleksandrowitsch trat ein, während der Soldat im Flur zurückblieb.

„Guten Tag, Genosse Dobrynin!", sagte ein kleiner, hagerer Mann in Militäruniform zum Volkskontrolleur. Das Gesicht dieses Mannes trug einen so ernsten Ausdruck, dass Pawel Aleksandrowitsch ganz unsicher wurde.

„Kommen Sie herein, setzen Sie sich!", lud ihn der Mann ein und zeigte mit der rechten Hand auf einen Hocker, der an einem kleinen Schreibtisch stand, an dem dieser Mann anscheinend arbeitete.

Dobrynin setzte sich auf den Hocker. Der Mann setzte sich an den Tisch und starrte Dobrynin an, ohne zu blinzeln oder seinen Gesichtsausdruck zu verändern.

Dobrynin konnte sein Starren nicht ertragen und blickte zur Seite. Was er dort sah, machte ihm innerlich wieder Mut, da er auf dem Tresorschrank, der in der linken Ecke stand, die gelbe Aktentasche und das an die Wand gelehnte Kriwizkij-Porträt bemerkte.

„Genosse Kalinin hat mir kurz darüber berichtet, was dort bei Ihnen passiert ist. Aber ich muss das alles unbedingt noch einmal von Ihnen hören. Verstehen Sie, wie wichtig das ist?!"

„Ja", sagte Dobrynin.

„Gut", entgegnete der Uniformierte. „Ich heiße Genosse Woltschanow, Sie können aber auch Genosse Oberleutnant zu mir sagen. Entschuldigen Sie bitte, ich fühle mich nicht besonders gut – unsere Abteilung hat heute Blut gespendet. Also schreiben Sie am besten alles auf, hier haben Sie Papier und einen Stift. Ich lese es mir dann durch, und danach fahren wir fort."

Dobrynin nahm wie geheißen den Stift, beugte sich über den Tisch und machte sich daran, in seiner rundlichen, unregelmäßigen Schrift die Worte zu formen, aus denen seine Erzählung über die Ereignisse im hohen Norden bestand.

„Ich mache inzwischen Tee für Sie!", sagte Oberleutnant Woltschanow und ging aus dem Zimmer.

Dobrynin fiel das Schreiben schwer. Seine Finger, die den Stift fest umklammert hielten, wurden taub. Die Feder zerkratzte von Zeit zu Zeit das Papier. Pawel Aleksandrowitsch war nicht gerade ein Meister im Schreiben, aber er hatte dennoch ein Gefühl dafür, dass er sich in seiner Erzählung bereits so viele Male vertan hatte, dass sie nicht für jeden Leser verständlich sein würde. Allmählich ging die Sache jedoch voran. Mit Tinte geschrieben füllten die Wörter Zeile um Zeile, und die weißen Papierblätter wurden voll. In der Stille des Zimmers war nur das Geräusch der Feder zu hören.

Oberleutnant Woltschanow kehrte zurück. Er öffnete die Zimmertür mit dem Fuß, da er ein Blechtablett in den Händen trug. Auf diesem standen wie in einem Märchen zwei Gläser mit dampfendem, wohlriechendem Tee, ein Teller mit aufgeschnittenen Brot- und Wurstscheiben sowie ein weiterer Teller mit köstlich aussehenden Keksen in Form von kleinen fünfzackigen Sternen. Woltschanow stellte es auf seiner Tischhälfte ab, um Dobrynin nicht zu stören. Der Volkskontrolleur schob jedoch die bereits vollgeschriebenen Seiten von sich und gab damit zu verstehen, dass er seine Arbeit beendet hatte.

Der Oberleutnant schob alle Papiere, darunter auch jene, die Dobrynin gerade erst beschrieben hatte, an den Rand des Tisches und rückte das Tablett in die Mitte.

„Stärken Sie sich!“, forderte ihn Woltschanow mit müder Stimme auf.

Der Volkskontrolleur legte zwei Scheiben Schweinswurst auf eine Scheibe Brot, nahm einen Schluck Tee dazu, der sehr stark und köstlich war und auch schon gezuckert, dann erst seufzte er erleichtert.

Nachdem auch Woltschanow ein wenig Tee getrunken hatte, nahm er Dobrynins schriftliche Erzählung zur Hand und begann zu lesen, wobei er aus Gewohnheit die Lippen lautlos bewegte.

Während Woltschanow las, gelang es dem Volkskontrolleur, drei belegte Brote und einige der Sternenkekse zu essen. Die Kekse waren so süß, dass sie im Mund zergingen. Dobrynin fragte sich, ob seine Kinder im fernen Dorf Kroschkino solche Kekse wohl schon gekostet hatten.

„Jaa“, sagte der Oberleutnant nachdenklich, während er die Blätter beiseitelegte. „Anscheinend sind Sie direkt bis ins Lager des Feindes vorgestoßen!“

Woltschanow runzelte die Stirn und zupfte mit der Hand am obersten Knopf seines Rocks. Man konnte sehen, dass er in diesem Moment über sehr wichtige Dinge nachdachte.

„Genosse Dobrynin, wie stehen Sie zur sowjetischen Wissenschaft?“, fragte der Oberleutnant.

„Nun ... gut, natürlich ...“

„Das heißt, Sie haben vollstes Vertrauen in die Wissenschaft?“

„Ja ...“

„Das ist sehr wichtig“, meinte Woltschanow, während er immer noch gedankenverloren an seinem Jackenknopf zupfte. „Es geht um Folgendes ... Wir haben hier eine Spezialvorrichtung, die bereits breitflächig erprobt ist. Sie dient einem doppelten Zweck. Erstens zur Stärkung und Überprüfung der Willenskraft und zweitens zur kurzfristigen Verbesserung des Gedächtnisses. Ist das verständlich?“

„Nein“, gestand Dobrynin.

„Nun, ich werde noch etwas Tee nachschenken, und dann gehen wir zwei Stockwerke tiefer. Dort zeige ich es Ihnen ...“

Und Woltschanow machte sich ein Wurstbrot und begann es bedächtig zu essen. Dazu trank er Tee.

„Sie müssen verstehen, worum es hier geht, Genosse Dobrynin“, fuhr er fort, während er sein Brot kaute. „Sie haben hier sehr viel Wichtiges aufgeschrieben. Aber nicht alles. Und nicht, weil Sie nicht alles aufschreiben wollten, sondern aus einem anderen Grund. Sie haben ganz einfach viele wichtige Einzelheiten vergessen. Und dafür gibt es eine spezielle Methode, die von einem sowjetischen Wissenschaftler erfunden wurde. Damit sich ein Mensch an etwas erinnert, benötigt er im Allgemeinen einen unerwarteten Schock oder ganz gewöhnliche Schmerzgefühle. Nun, kommen Sie, ich habe schon ausgetrunken.“

Woltschanow stand auf. Zu zweit verließen sie das Zimmer, gingen etwa fünfzehn Schritte über den dunklen Korridor und stiegen dann eine Treppe hinab.

Wieder empfand Dobrynin Verwunderung, da er sich erinnerte, dass er das Gebäude im Erdgeschoß betreten hatte, und jetzt ging es immer noch weiter nach unten, so als würde ihn der Teufel in die Unterwelt führen.

„Was nun diese Methode betrifft“, fuhr der Oberleutnant fort, „so kann man sagen, dass sie sehr unangenehm oder sogar noch schlimmer ist. Aber da führt kein Weg daran vorbei, alle Mitglieder des ZK und des Politbüros durchlaufen sie einmal alle zwei Jahre. Aber bei ihnen und auch bei uns wird die Willenskraft überprüft, und das ist, so würde ich sagen, noch schmerzhafter."

Nachdem Dobrynin und Woltschanow zwei Stockwerke nach unten gestiegen waren, gingen sie wieder einen Korridor entlang. Im Halbdunkel saß ein wachhabender Milizionär auf einem Hocker, er sprang auf und erschreckte dabei den Volkskontrolleur. Er salutierte und Woltschanow nickte ihm zu.

„Kommen Sie hier herein!" Der Oberleutnant öffnete eine schwere Eisentür.

Dobrynin trat ein und blickte um sich. Das Zimmer war geräumig und sehr hell. Fenster gab es selbstverständlich keine, aber dafür hingen gleich vier starke Lampen von der weißen Zimmerdecke. Vor einer Wand standen zwei merkwürdige Stühle und in einer Ecke befand sich eine Apparatur, die aus verschiedenen Röhren, Drähten und einfachen Eisenteilen bestand, deren Zweck nicht zu erkennen war, die aber alle zum selben Mechanismus gehörten. An der anderen Wand, vor der ein Schreibtisch mit einer Druckmaschine stand, hing ein Bild des Führers. Der restliche Raum war vollkommen leer.

„Nun, hier ist sozusagen unser Reich", erklärte Woltschanow, der hinter dem Volkskontrolleur hereintrat. „Ich werde Ihnen nun das Wie und Was genauer erklären."

Dobrynin glaubte, dass er schon zu verstehen begann, wovon der Oberleutnant sprach. Er erinnerte sich daran, dass er als Kind die Angewohnheit besessen hatte, sich selbst kräftig gegen die Stirn zu schlagen, um sich etwas Vergessenes in Erinnerung zu rufen. Und es hatte dann tatsächlich geholfen! Obgleich ihm damals die Schläge auf die Stirn selbstverständlich keinen Schmerz bereitet hatten.

„Setzen Sie sich dahin!", forderte ihn Woltschanow auf und zeigte auf einen der seltsamen Stühle. Dobrynin setzte sich. Der Stuhl erwies sich als ziemlich bequem, er hatte sogar einen weichen Polstersitz.

„So, nun haben Sie sich hingesetzt“, sagte der Oberleutnant, „und jetzt stimmen Sie sich ein ... denken Sie an die verstorbenen Genossen, an die Feinde. Denken Sie ganz fest an sie!“

Pawel Aleksandrowitsch presste die Hände zu Fäusten zusammen und begann nachzudenken.

„Nun?!“, fragte Woltschanow nach einigen Minuten. „Bereit?“

Dobrynin nickte.

Der Oberleutnant kam näher, überprüfte, ob der Volkskontrolleur gut saß, machte dann zwei Schritte auf den merkwürdigen Apparat zu, drehte dort an einer Kurbel und Dobrynin kam es so vor, als würde ein Pfeil, spitz wie eine Nadel, durch seinen Körper hindurchschießen. Ein heftiger Schmerz hob ihn ein Stück weit aus dem Stuhl, er plumpste jedoch gleich darauf entkräftet und schlapp wieder zurück. Seine Augen trübten sich und es gellte in seinen Ohren. Ihm blieb die Luft weg.

„Na? Na?!“, drang aus weiter Ferne Woltschanows Stimme an sein Ohr. „Geht es?“

Einige Minuten vergingen, bevor Dobrynin den Oberleutnant wieder sehen konnte.

„Sie verstehen, dass das sein muss?“, fragte Woltschanow. „Wenn Ihnen jetzt nicht noch etwas Wichtiges einfällt, dann können wir die uns auferlegte Aufgabe nicht vollständig erfüllen.“

Der Volkskontrolleur nickte. In seinem Kopf erschien ein Bild nach dem anderen aus dem Norden, Wortfetzen von Menschen, die er dort getroffen hatte.

„Sprechen Sie! Sagen Sie, was Ihnen in den Sinn kommt!“

„Die Japaner ... Die Japaner sind nachts gekommen, um die Parteibeiträge abzuholen ...“

„Nein“, schüttelte der Oberleutnant den Kopf. „Das haben Sie schon aufgeschrieben! Etwas anderes ...“

Dobrynin strengte sich noch mehr an, aber alles, was ihm in den Sinn kam, hatte er bereits aufgeschrieben.

„Machen wir es noch einmal!“, bat der Volkskontrolleur und zeigte mit schwerer Hand in die Ecke des Zimmers, in welcher der Apparat mit all seinen Röhren und Drähten stand.

Woltschanow seufzte, nickte dann und ging zu dem merkwürdigen Mechanismus. Wieder drehte er an der Kurbel. Wieder drang ein spitzer Pfeil von unten nach oben durch den Körper des Volkskontrolleurs hindurch und bohrte sich ihm von innen her in seine Schädeldecke. Dieses Mal durchlief ihn der Schmerz wie eine immer stärker werdende Welle und explodierte direkt in Dobrynins Ohren. Durch diese Explosion verlor er für einen Augenblick die Besinnung, und als er wieder zu sich kam, brauchte er fünf Minuten, um zu verstehen, wo er sich befand.

„Also?“, fragte Woltschanow, der sich über den Volkskontrolleur beugte.

Dobrynin strengte sich an, und irgendwoher aus den Tiefen seines Gedächtnisses stiegen deutlichere Teile von Gesprächen auf, die er geführt hatte.

„Und nimm mir von dort Birkenholz mit – ein Geschenk von meinem Freund im Kreml ...“, sagte der Volkskontrolleur mit mechanischer Stimme.

„Ah!“, schrie der Oberleutnant erfreut auf. „Wer? Wer hat das gesagt?“

Dobrynin tauchte tiefer und tiefer in sein Gedächtnis ein, das wie kochendes Wasser seinen ganzen Körper verbrühte. Wie ein Seil aus einem Brunnen zog Pawel Aleksandrowitsch die bereits bekannten Worte über das Birkenholz und den Kremlfreund aus dem Gedächtnis, und er musste die Worte noch einmal wiederholen, aber schließlich ertönte in seinem Ohr die Stimme, die diese Worte ursprünglich gesagt hatte, und diese Stimme konnte nur einem einzigen Menschen gehören.

„Kriwizkij! Kriwizkij hat das gesagt!“, rief Dobrynin aus.

„Ausgezeichnet!" Woltschanow strahlte nur so vor gesundem, sportlichem Eifer. Er trat näher und klopfte dem Volkskontrolleur kameradschaftlich auf die Schulter. Dann fragte er:

„Möchtest du es noch weiter versuchen?"

Dobrynin nickte entschlossen. Was war schon dieser Schmerz, wenn er ihm doch dazu verhalf, sich tatsächlich an so viel Nützliches und Notwendiges zu erinnern!

Wieder schoss der unsichtbare Pfeil durch seinen Körper, aber dieses Mal war der Schmerz schwächer. Vielleicht begann sich der Volkskontrolleur daran zu gewöhnen, wie an etwas Unausweichliches, aber Sinnvolles.

„Abunaj-gin urke bimi nelesken niwren!", sprach Dobrynin, nachdem er in sein Gedächtnis eingetaucht war.

„Und wer hat das gesagt?!", fragte Woltschanow nun etwas zurückhaltender.

So sehr Dobrynin auch versuchte, sich zu erinnern, er konnte es nicht sagen.

„Und was heißt das?", fragte der Oberleutnant.

Auch auf diese Frage vermochte der Volkskontrolleur nicht zu antworten und er wurde deshalb traurig.

Als Woltschanow Dobrynins Stimmung bemerkte, bekümmerte ihn das sehr. Der Oberleutnant mochte es nicht, wenn Menschen traurig waren.

„Das macht doch nichts", versuchte er den Volkskontrolleur aufzumuntern. „An das Wichtigste hast du dich erinnert! Jetzt können wir ohne Probleme seinen Komplizen im Kreml ausforschen! Wir müssen nur überprüfen, wer Birkenholz bestellt hat!"

Aber nicht einmal das konnte dem Volkskontrolleur ein zufriedenes Lächeln entlocken.

„Wenn du willst, dann zeige ich dir einen Trick!", schlug der Oberleutnant vor. „Nun, genauer gesagt ist es weniger ein Trick als eine wissenschaftliche Erkenntnis. Dank dieses Mechanismus kannst du dich an etwas erinnern, das du vorher gar nicht gewusst hast!"

„Wie geht das?“, starrte Dobrynin Woltschanow verwirrt an.

„Es ist beinahe die gleiche Prozedur. Möchtest du es versuchen?“

„Ja!“

Der Oberleutnant ging zum Apparat und berührte wieder die Kurbel.

„Hier die Frage: Wie viele Panzer befinden sich am Standort der militärischen Einheit Nr. 6432-D in der Siedlung Sosnowka im Bezirk Ust-Ilnizkij? Ich starte den Mechanismus!“

Wieder fuhr der unsichtbare, spitze Pfeil durch den Körper des Volkskontrolleurs, aber auch jetzt kam er Dobrynin wieder schwächer vor. Er ertrug ihn, ohne das Bewusstsein zu verlieren, und unmittelbar darauf leuchtete als Ergebnis eines geheimnisvollen Arbeitsprozesses des Gehirns in seinem Kopf die Zahl „2“ auf.

„Zwei!“, sagte Pawel Aleksandrowitsch überzeugt.

„Richtig!“, freute sich der Oberleutnant. „Möchtest du vielleicht mich irgendetwas fragen?“

Dobrynin war einverstanden. Woltschanow und er tauschten Plätze. Der Oberleutnant erklärte dem Volkskontrolleur, welche Kurbel er drehen musste. Und Dobrynin überlegte sich eine Frage.

„Gleich kommt meine Frage!“, warnte der Volkskontrolleur Woltschanow vor. „Wie heißt mein Hund?“ Und er drehte die Kurbel am Apparat.

Den Oberleutnant hob es ein wenig vom Stuhl. Er landete ziemlich unsanft und zertrümmerte mit seinem Hinterteil die Armlehne. Er beruhigte sich aber schnell wieder, kniff die Augen zusammen, erinnerte sich an etwas, das er nicht wissen konnte, und stieß im selben Atemzug hervor:

„Dmitrij!“

„Richtig!“, bestätigte Dobrynin verblüfft.

„Stell noch eine andere Frage, etwas Schwierigeres!“, bat Woltschanow.

Wieder begann der Volkskontrolleur nachzudenken. Und da tauchte ausgelöst durch den beunruhigenden Mechanismus aus seinem Gedächtnis eine Frage auf, die er nicht verstand, jedoch war sie klar und deutlich da und deshalb sprach Dobrynin sie aus:

„Wie kann die Arbeiter- und Bauerninspektion neu organisiert werden?“ Und schon drehte er die Kurbel des Apparats.

Vor den Augen des Volkskontrolleurs leuchtete es auf, als wäre ein Blitz durch Woltschanow gefahren. Den Oberleutnant hob es wieder aus dem Stuhl, dann fiel er auf den Sitz zurück und ließ den Kopf auf die Schulter sinken.

Einen Moment lang erschrak Dobrynin, er dachte, das Herz des Oberleutnants habe die wissenschaftlichen Errungenschaften nicht aushalten können. Aber nach ein paar Minuten begannen Woltschanows Wimpern zu zucken und gaben somit ein Lebenszeichen. Nachdem noch weitere Zeit vergangen war, öffnete er die Augen, und obgleich sein Blick vernebelt und trübe war, gab er Dobrynin berechtigte Hoffnung auf eine Antwort.

„Man muss die Schlaumeier erschießen“, sagte Woltschanow plötzlich mit heiserer Stimme.

Dobrynin versuchte, die Frage mit der Antwort in Verbindung zu bringen, und obwohl das schwierig schien, gelangte der Volkskontrolleur dennoch nach einigem Überlegen zu dem Schluss, dass Woltschanows Worte Sinn haben könnten.

Während Dobrynin noch über Lenins seltsame und unverständliche Frage nachdachte und über die im Gegensatz dazu völlig klare Antwort von Woltschanow, war der Oberleutnant wieder ganz zu sich gekommen und sah den Volkskontrolleur mit inzwischen klarem Blick an.

„Und?“, fragte er, und aus seiner Stimme war Stolz herauszuhören, entweder auf sich selbst oder auf die sowjetische Wissenschaft.

„Ja, ja …“ Dobrynin zeigte sich mit seinem Stolz einverstanden und dachte über Woltschanow: Wie stark er doch ist! Aus diesem Anlass kamen ihm zum wiederholten Mal Zweifel an den Worten des Dichters: „Allein ist man ein Nichts!“ Wie konnte der Mensch ein Nichts sein, wenn er so leicht jegliche Entbehrung und sogar Schmerzen ertragen konnte, und das alles aus Liebe zum Vaterland?

„Wie heißt du mit Vornamen?“, fragte der Oberleutnant wie ein richtiger Kamerad.

„Pascha.“

„Und ich heiße Timofej, kurz gesagt Timocha!“, sagte Woltschanow und reichte Dobrynin die Hand.

Der Händedruck war kräftig und aufrichtig.

„Du bist ein Prachtkerl, Pawel“, meinte Timofej. „Einer von uns! Komm, lass uns noch Tee trinken und von Mann zu Mann reden!“

Dobrynin und Woltschanow verließen den Raum und gingen wieder an dem eingenickten Milizionär auf Wache vorbei, aber diesmal schlummerte er so fest, dass er gar nicht aufwachte.

„Das wird noch böse enden!“, schüttelte Timofej den Kopf. „Aber er ist schließlich auch einer von uns. Wenn auch dem Schlaf sehr zugeneigt!“

Sie stiegen zwei Stockwerke hinauf und betraten das Büro des Oberleutnants. Dieser holte noch mehr Tee, Wurstbrote und Kekse.

„Ich fühle mich so dreckig nach dieser überplanmäßigen Blutspende“, beklagte sich Woltschanow, der bereits das zweite belegte Brot aß. „Die Norm ist achthundert Gramm, beinahe ein Liter, aber die erhöhte Menge ist ein Liter und zweihundert Gramm! Sie hätten uns Zucker dazu verabreichen müssen, um unsere Gesundheit wiederherzustellen, aber es gab keinen ... Aber das macht nichts, wir halten es aus!“

Dobrynin blieb mit der Anzahl seiner Brote nicht hinter Timofej zurück. Von Zeit zu Zeit durchliefen die Nachwirkungen des Schmerzes ihre Körper, aber Pawel schenkte ihnen keine besondere Aufmerksamkeit. Sein Körper zuckte hin und wieder etwas, aber das war Dobrynin nicht wichtig.

„Ach übrigens ...“ Der Volkskontrolleur erinnerte sich plötzlich an Woltschanows anfängliche Worte über die Überprüfung der Willenskraft. „Wie überprüft man denn dort den Willen? Etwa genau so?“

„Ah, sprichst du von ÜT und ÜW?“

„Was?“, fragte Dobrynin nach.

„Na, die Überprüfung der Treue und die Überprüfung der Willenskraft, also die wissenschaftlichen Überprüfungen des Menschen, so heißt das richtig. Das ist eine ernsthaftere Sache als das, was wir gemacht haben. Ich habe schon gesagt, dass die Mitglieder des ZK und des Politbüros diese Prüfung einmal alle zwei Jahre durchlaufen müssen ...“

„Haben auch sie Schmerzen dabei?“, fragte Dobrynin und dachte besorgt an den Genossen Kalinin.

„Wie soll ich sagen ... Ein echter Kommunist fühlt doch keinen Schmerz, er muss schließlich hart wie Stein sein. Das hat Lenin gesagt. Und ein Stein fühlt ja nichts. Wenn er zertrümmert wird, dann fliegen nur die Splitter! Nun, menschlich betrachtet tut es natürlich weh. Aber denkst du etwa, dass nur sie die ÜT und die ÜW durchlaufen? Wir machen das zweimal im Jahr ... Hier, schau!“

Und Woltschanow hob die Uniformjacke hoch und zeigte an der Seite und auf seiner Brust violette Narben.

„Das ist von der ÜW, die ÜT hinterlässt keine Spuren.“

Dobrynin schüttelte betroffen den Kopf.

„Magst du Gedichte?“, fragte Timofej plötzlich.

Dobrynin sah den Oberleutnant aufmerksam an. Kann es denn sein, dachte er, dass beim Militär alle Gedichte mögen?

„Hm, grundsätzlich ja ...“

„Also, ein Dichter hat einmal über uns gesagt: ‚Wer aus solchen Kerlen Nägel herstellt, der hätte die stärksten Nägel der Welt!‘“ Woltschanow machte eine Pause und wartete, damit der Sinn des Gedichtes tief in das Bewusstsein des Volkskontrolleurs einsickern könne. „Das trifft es genau!“

Die Verse gefielen Dobrynin tatsächlich. Nachdem der Volkskontrolleur sie einige Male in Gedanken wiederholt hatte, um sie sich einzuprägen, trank er seinen Tee aus und nahm den letzten Sternenkeks vom Teller.

Woltschanow sah auf seine Kommandantenuhr und schüttelte plötzlich den Kopf.

„Wie die Zeit vergeht“, murmelte er nachdenklich. „So bemerkt man gar nicht, dass man sich plötzlich in der Zukunft befindet! Ja, ja ...“ Er machte eine heftige Bewegung mit dem Kopf, als wolle er eine süße, aber nutzlose Vision verjagen, und fuhr dann mit einer ganz anderen Stimme fort, die militärisch und streng klang:

„Es ist an der Zeit zu gehen, Genosse Dobrynin. Auch Genosse Kalinin erwartet dich heute noch.“

Dem Volkskontrolleur kam der Weg, der über die Stufen nach oben führte, sehr lang vor. Und wieder musste er staunen, als er durch eine der Türen nach draußen schritt und sich auf den gleichmäßigen Pflastersteinen des Kremlgeländes wiederfand.

Woltschanow rief den neben einer Blautanne stehenden Rotarmisten heran, befahl ihm, den Volkskontrolleur zum Genossen Kalinin zu führen, und drückte dann Dobrynins Hand so heftig zum Abschied, dass vor dessen Augen Sterne tanzten.

„Also, Pawel, vergiss unsere Leute nicht!“, sagte er ernst. „Bis bald!“

„Bis bald!“, entgegnete der Volkskontrolleur und ging neben dem Rotarmisten über die Pflastersteine des Kreml, die so gleichmäßig wie der Himmel waren.

Auf dem langen und breiten Gang herrschte ein Lärmpegel wie auf einem Bahnhof. Ausgerechnet vor der Zimmertür des Genossen Kalinin drängte sich eine Gruppe Menschen. Dobrynin blieb ratlos stehen. Wenn Genosse Kalinin dermaßen beschäftigt war, dann, so dachte er, würde es ihm wohl kaum gelingen, sich heute mit ihm zu treffen. Der Rotarmist jedoch, ein sommersprossiger junger Bursche, sah dem Volkskontrolleur übermütig in die Augen, zwinkerte ihm zu und sagte dann ganz unmilitärisch:

„Da drängen wir uns durch." Dann machte er einen entschlossenen Schritt vorwärts.

Nachdem er Dobrynin einen Durchgang durch die Menge gebahnt hatte, hielt der Rotarmist direkt an der Türschwelle. Hinter ihm blieb der Volkskontrolleur stehen. Daneben knipsten irgendwelche Menschen, offenbar Journalisten, mit ihren Fotoapparaten. Sie fotografierten den Genossen Kalinin und zwei Ärzte in weißen Kitteln, die ihm Blut abnahmen.

„Na, na!", sagte eine der beiden, während sie Kalinin den rechten Arm massierte. „Reißen Sie sich doch ein wenig zusammen. Das ist doch peinlich, schließlich sind Sie ja ein Vorbild für das ganze Land!"

Wahrscheinlich dachte die Ärztin, dass sie flüsterte, aber ihre tiefe Stimme war im ganzen Raum zu hören und drang natürlich bis zu den Journalisten vor.

Kalinin wirkte kleinlaut. Und da fiel sein Blick auf den Volkskontrolleur und er klammerte sich an ihn wie an einen Rettungsring. Er lächelte Dobrynin mit dem Lächeln eines erschöpften, kranken Mannes zu und deutete mit dem Kopf auf die Ärztin und auf den Gehilfen, der entweder ein Arzt oder ein Arzthelfer war. Dobrynin verstand seine Geste. Sie war leicht zu verstehen, denn schließlich war klar, was Kalinin sagen wollte: Siehst du, wie es mir geht, ja?! Und Dobrynin nickte teilnahmsvoll zurück.

Endlich zog die Ärztin die Nadel mitsamt dem Röhrchen aus der Vene. Sie legte eine Mullbinde auf die Stelle und beugte energisch Kalinins Arm. Die Fotoapparate blitzten noch ein paar Mal. Die beiden in Weiß trugen einen großen Behälter mit Blut aus dem Zimmer.

Kalinin winkte Dobrynin mit der linken Hand zu sich, um ihn hereinzubitten.

Der Volkskontrolleur schloss die Tür hinter sich, lauschte dem sich entfernenden Fußgetrappel und ging dann zum Besuchertisch. Er setzte sich und blickte Kalinin freundschaftlich in die Augen.

„Siehst du, wie ich arbeite!", sagte Genosse Kalinin zu Dobrynin und wies mit dem Kopf auf seinen abgewinkelten rechten Arm. „Aber was soll man machen?! Es ist schließlich wahr – nur als gutes Vorbild kann man etwas erreichen. Und was ist mit dir? Warst du bei Woltschanow?"

Dobrynin nickte.

„Woltschanow ist ein guter Mann", meinte Kalinin. „Er hat nur eine Schwäche für gutes Essen. Aber das ist noch eine alte, vorrevolutionäre Gewohnheit. Möchtest du Tee?"

Der Volkskontrolleur wollte eigentlich keinen Tee mehr, aber er wollte den Genossen Kalinin auch nicht durch sein Ablehnen kränken. Kalinin jedoch war ein scharfsinniger Mensch und hatte bereits begriffen.

„Hast du dort schon genug Tee getrunken?", fragte er.

„Ja", gestand der Volkskontrolleur.

„Na gut, dann reden wir über die Arbeit. Ich möchte dir meinen Dank für deine Arbeit aussprechen." Genosse Kalinin griff in die Tischlade, zog daraus einen Revolver hervor und legte ihn auf den Tisch. „Hier, er soll dir persönlich gehören!"

Dobrynin stand verwirrt auf. Er wollte Danke sagen, aber dieses Wort klang zu wenig feierlich für einen solchen Moment.

„Setz dich, setz dich!" Kalinin winkte mit der linken Hand ab. „Das ist noch nicht alles. Du bekommst auch zwei neue Vollmachten. Eine gehört dir – jetzt hast du nicht nur das Recht, Überprüfungen durchzuführen, sondern auch Ermittlungen, außerdem darfst du die Schuldigen bis zur Erschießung bestrafen. Das Vaterland vertraut dir vollkommen. Und die zweite Vollmacht ist für deinen Gehilfen Dmitrij Iwanowitsch Waplachow, der jetzt dasselbe tun darf, allerdings nur unter deiner Führung. Na, bist du zufrieden?"

Dobrynin fehlten die Worte, um sein Glück beschreiben zu können. Aber an dem strahlenden Lächeln, das nahezu das ganze Gesicht des Volkskontrolleurs einnahm, konnte Genosse Kalinin erkennen, dass dieser unermesslich glücklich und dankbar war und nun dem Vaterland noch treuer ergeben sein würde, als es bisher schon der Fall war.

„Und da ist noch etwas, weißt du?" Kalinin wurde plötzlich ernst. „Ich habe eine Bitte an dich, genauer gesagt, einen Befehl ... Es gibt jetzt viele Feinde hier in Moskau. Erst heute Morgen wollte ich in das Geschäft gehen, von dem du gesprochen hast, dort, wo es die Kekse ‚Auf dem Posten' gibt. Ich dachte mir, ich spaziere dorthin, kaufe ein paar Schachteln und gehe dann zurück in den Kreml. Und da bringt man mir einen Nachrichtenbericht, in dem ich lese, dass der Ordensträger Podbelskij grausam ermordet wurde und zwar direkt auf dem Roten Platz. Die Tschekisten haben sich die Füße wundgelaufen – konnten aber nicht herausfinden, woher die Kugel stammte. Da hat ein mächtiger Feind zugeschlagen. Es war ein glatter Durchschuss, die Kugel hat den Leninorden durchschlagen, exakt an der Stelle des Führerkopfs! Ich denke, du musst zurückfliegen! Wir können solche Menschen wie dich nicht aufs Spiel setzen und dürfen sie den Kugeln der Feinde nicht ausliefern!"

Während er sprach, wurde Kalinin immer nervöser. Offenbar machte er sich um Dobrynin wirklich große Sorgen. Er vergaß sogar seinen gebeugten Ellbogen, begann zu gestikulieren und über seinen rechten Arm liefen rote Blutstropfen. Als er sie bemerkte, rieb er sich mit der linken Hand über die Haut und krempelte hierauf einfach die Ärmel des grünen Wollhemdes herab. Jetzt konnten ganze Bäche hinunterfließen und niemand würde es sehen!

„Gut", nickte der Volkskontrolleur. „Ich werde gleich heute ..."

„Aber warum denn heute? Es ist doch schon Abend! Morgen Früh wird dich ein Wagen abholen. Diese Nacht solltest du dich ausschlafen und gründlich erholen. Marija Ignatjewna wird sich bestimmt gut um dich kümmern!" Genosse Kalinin zwinkerte ihm zu. „Ach ja, fast hätte ich es vergessen. Bei den Deinen in Kroschkino ist alles in Ordnung. Nur der Hund ist eingegangen. Aber ich habe angeordnet, dass deine Frau einen neuen bekommt, einen reinrassigen, gleich von hier aus der Hundezucht im Kreml."

Mitka ist gestorben, dachte Dobrynin und seine gute Stimmung, die sich infolge der Auszeichnungen und der herzlichen Behandlung durch Kalinin in solcher Höhe befand, stürzte in den Keller hinab und zersprang dort in Scherben. Gleichzeitig trübte sich sein Blick und seine Hände begannen zu zittern.

„Na, na", beruhigte Genosse Kalinin den Volkskontrolleur. „Nicht doch. Du bist doch ein Russe! Jetzt hör schon auf!"

Pawel rieb sich die Tränen aus den Augen, um sie daran zu hindern, weiterhin herunterzurollen. Er nickte Kalinin zu, um ihm zu zeigen, dass er sich schon beruhigt hatte. Dann erhob er sich vom Beistelltisch.

„Weißt du was, Sanytsch", bemerkte Genosse Kalinin mit munterer Stimme. „Ich habe doch auf dich gehört. Wegen der Änderung meines Nachnamens. Ich habe mein Einverständnis gegeben, also nenn mich ab übermorgen – Genosse Twerin!"

Obwohl es ihm schwerfiel, zwang sich Dobrynin zu einem freundlichen Lächeln.

Plötzlich drang vom Korridor her klar und deutlich Hufgeklapper an sein Ohr. Dieses Geräusch stellte sich so unerwartet ein, dass Dobrynin seinen Kopf augenblicklich nach der Tür zum Korridor drehte, dann zu Genosse Kalinin.

„Ach!", winkte dieser ab. „Achte gar nicht darauf! Das ist nur Marschall Luganskij auf dem Weg zur Rauchpause. Auf seinem Lieblingspferd. Was kann man machen, er hat sich dieses Recht ehrlich verdient. Also gut, bis bald!"

Dobrynin schüttelte Kalinins rechte Hand und spürte, wie dabei etwas auf sein Handgelenk tropfte. Er sah hinunter: Es war Blut!

„Geben Sie auf sich Acht!", sagte er dem Genossen Kalinin zum Abschied. „Jetzt weiß ich ja, wie es Ihnen ergeht ... Woltschanow hat es mir erzählt ..."

„Ja ...", sagte Kalinin gedehnt und mit einem schweren Seufzer. „Na dann also! Viel Erfolg!"

Als der Volkskontrolleur auf den Korridor hinaustrat, sah er die Kruppe eines Pferdes, das gemächlich in ein Zimmer hineintrabte. Auf dem Flur blieb ein Geruch zurück, der ihm von klein auf vertraut war. Niemand war zu sehen, aber Dobrynin wusste bereits, wie er aus dem Gebäude hinauskam. Er ging den Korridor entlang bis zur Stiege. Dabei wäre er fast in Pferdeäpfel getreten. Augenblicklich blieb er stehen und schob sie mit dem Stiefel zur Wand. Dann ging er weiter.

Der Pferdegeruch, der nun den Korridor des Kreml erfüllte, rief Kindheitserinnerungen hervor, und da tauchte aus seiner jüngeren Vergangenheit das Bellen seines geliebten Hundes Mitka auf, und in seinem Herzen wurde es wehmütig und leer. Aber der Volkskontrolleur wusste, dass all diese Gefühle eine Frage der Zeit waren und dass man sich ihnen nicht hingeben durfte. Man musste sie überwinden und sich dazu zwingen, etwas Gutes zu fühlen und nur an dieses Gute zu denken, an die Zukunft, an die sowjetische Wissenschaft, an die vielen guten Menschen, die im Vaterland lebten, und an die Menschen, aus denen man nach den Worten des Dichters die härtesten Nägel der Welt machen konnte.

Kapitel 28

Die Meeresluft versetzte Mark, der auf den Balkon hinaustrat, in Hochstimmung. Wie herrlich! Das Schwarze Meer direkt zu seinen Füßen – nur vom zweiten Stock hinuntergestiegen und dann noch den Weg nach unten, wie viele Minuten waren das? Vielleicht fünf oder sieben ...

Endlich einmal war er auf Urlaub, das erste Mal seit drei Jahren. Und wo?! Im besten Sanatorium der ganzen Sowjetunion!

Unter seinem Balkon standen ein paar Feriengäste. Alle waren sie weiß gekleidet. Auch ihre Haut war weiß – Neuankömmlinge, genau wie er.

Und diese Palmen! Und die Zypressen!

Wenn er doch nur für immer hierbleiben könnte! Wenn auch nur als Gruppen-Animateur oder in irgendeiner anderen Funktion! Es musste nicht einmal unbedingt das Erholungsheim „Ukraina“ sein. Irgendein drittklassiges Sanatorium würde es auch tun ...

Nachdem Mark in sein kleines, gemütliches Zimmer zurückgekehrt war, packte er seinen Koffer aus und hängte die Kleidungsstücke auf die Bügel im Schrank. Dann füllte er die Tränke des Käfigs mit Wasser. Er gab Kusma Kekse und einige Erdnüsse, die schon lange im Koffer gelegen hatten.

„Guten Morgen, werte Feriengäste!“, verkündete das Radio an der Wand und Mark erschrak davon. „Hier spricht die Sendezentrale des Erholungsheims ‚Ukraina‘! In fünfzehn Minuten laden wir alle Neuankömmlinge zum Einführungsvortrag über die Erholung an diesem Kurort ein, den Genosse Semaschko für Sie halten wird. Der Vortrag findet in der Aula des Hauptgebäudes statt. Dort können Sie sich auch mit dem Kulturprogramm für Ihren Aufenthalt vertraut machen!“

Mit der Eile eines Zuspätkommenden sah Mark hastig seine eben erst aufgehängten Hemden durch und entschied sich selbstverständlich für ein weißes. Hierauf wählte er eine

Krawatte aus und nahm einen hellbeigen Sommeranzug vom Kleiderbügel, den er sich einen Tag vor der Abreise gekauft hatte. Er kleidete sich an und kämmte sich das Haar. Ihm entging nicht, dass die braunen Sandalen nicht besonders gut zum Anzug passten, aber er hatte keine anderen.

„Also, Kusma, erhol dich gut! Ich komme bald zurück!"

Die Tür schnappte ins Schloss und der Papagei blieb allein zurück.

Die Aula war ziemlich groß, aber zu Marks Verwunderung bereits randvoll mit Feriengästen. Der Künstler entdeckte noch einen freien Platz in der vierten Reihe und stürzte auf diesen zu, dabei kam er offensichtlich einem Dickwanst in einem grauen, kurzärmeligen Hemd und einer breiten Leinenhose zuvor, der ebenfalls darauf zustrebte.

An der Wand war ein Rednerpult für den Vortragenden vorbereitet. Eine ältere Frau in einem weißen Kittel brachte einen Krug Wasser sowie ein Glas und stellte beides auf das Pult. Mark sah sich um. Er fand es interessant, die Menschen zu beobachten, die jetzt einen Monat lang um ihn sein und sich an seiner Seite erholen würden. Vielleicht würde er sich sogar mit einigen von ihnen anfreunden.

Ein ganz gewöhnliches Publikum. Es gab wesentlich mehr Männer, und sie sahen so aus, als würden sie vor Gesundheit strotzen. Frauen gab es wenige, doch da, zwei Reihen hinter Mark, saß eine hübsche Brünette, neben ihr jedoch noch so ein gesund aussehender Kerl, glatt rasiert und mit hervorstehenden Wangenknochen. Obwohl, vielleicht gehörte er ja gar nicht zu ihr ...

Mark drehte sich um, um die andere Saalhälfte zu überblicken.

„Genossen!", ertönte vom Rednerpult her eine angenehme Baritonstimme. „Genossen, ich bitte um Ihre Aufmerksamkeit!"

Am Rednerpult stand der Vortragende – ein stämmiger, kleiner Mann in einem grauen Anzug und mit einer wuchtigen Brille auf der Nase. Nun nahm er die Brille jedoch noch einmal ab, um das Publikum zu mustern.

„Guten Tag!“, sagte er zur Begrüßung.

Eine wirklich erstaunlich angenehme Stimme!, dachte Mark.

„Ich möchte mit Ihnen über die Sonne und das Meer sprechen.“ Der Vortragende hob das Kinn, um dadurch diese beiden Worte zu betonen. „Jetzt sagen Sie mir einmal: Warum lieben wir alle den Sommer so sehr? Warum träumt jeder davon, seinen Erholungsurlaub gerade im Sommer zu nehmen? Ist das ein Vorurteil, eine Mode? Oder stecken dahinter etwa triftige Gründe? Die Liebe zum Sommer ist biologisch tief verwurzelt ...“

Die Stimme des Vortragenden fesselte Mark und es wurde ihm so heiß, als würde er nicht einem Vortrag zuhören, sondern unter dem Einfluss eines mächtigen Hypnotiseurs stehen. Er lockerte den Knoten seiner Krawatte und knöpfte den obersten Knopf seines weißen Hemdes auf. Sodann nahm er eine bequemere Haltung auf seinem Stuhl ein, indem er die Arme auf die weichen, mit braunem Wachstuch bezogenen Armlehnen stützte.

„... ihr liegt die Liebe zur Sonne als Ursprung des Lebens zu Grunde.“ Die Baritonstimme fuhr im Singsang mit dem Vortrag fort. „‚Die Natur ist der beste Arzt!‘, das wussten schon die alten Römer. Und das ist die Wahrheit. Schauen Sie sich doch nur die Triebe von Kartoffeln im dunklen Keller an: Sie sind bleich und kränklich. Schauen Sie sich die Kinder an, die in Kellerbehausungen wohnen: Auch sie sind bleich und blutarm, wie die Kartoffeltriebe im Keller. Aber man braucht nur die Kartoffeltriebe mit dem Sonnenlicht aussetzen oder die Kinder aus den dunklen und feuchten Kellern an die Sonne lassen – dann haben wir plötzlich ein ganz anderes Bild: Die wundertätige Sonne erfüllt sie mit Lebensenergie. Das ist der Grund, warum alle, denen nicht der Kopf verdreht ist von der idiotischen Mode der Blässe und des matten Teints, danach streben, im Sommer braun zu werden. Sonnenbräune ist ein äußeres Zeichen für die Verbesserung der Gesundheit eines Menschen. Daher zieht es alle zur Sonne, von den Bäumen bis zu den Menschen. Und deshalb müssen wir alle den Sommer nutzen ...“

Mark hörte inzwischen mit geschlossenen Augen zu. Die Vorfreude auf den Urlaub ähnelte einem märchenhaften Traum, einem Glücksgefühl. Wie lange hatte er nicht mehr in einem Saal gesessen und jemandem einfach nur zugehört. Wie lange schon war er kein gewöhnlicher Zuhörer mehr gewesen, kein winziger Teil des Publikums. Und wie angenehm: Die Aufmerksamkeit des Vortragenden erfasst dich, seine angenehme Stimme erklingt nur für dich.

Sein Kopf senkte sich auf die rechte Schulter, die der Papagei malträtiert hatte. Und so veränderte sich auch seine Haltung und er neigte sich zur rechten Seite.

Der Mann, der dort saß, klein und untersetzt, mit weichen, sanften Gesichtszügen und kurzgeschnittenem, dunkelblondem Haar, rückte ebenfalls nach rechts und sah Mark dabei keineswegs missgestimmt, sondern geradezu verständnisvoll an.

Der Vortragende fuhr fort. Das Interesse, das in den Gesichtern des Publikums geschrieben stand, spornte ihn an.

„... Es gibt keinen erfreulicheren Anblick als gebräunte, bis zum Gürtel entblößte Körper von Ausflüglern, die sich auf malerischen Bergpfaden oder am Meeresstrand unter den glühenden Strahlen der Sonne des Südens bewegen. Es gibt nichts Schöneres als ganze Reihen von braungebrannten Körpern, die am Meeresstrand zur Badestunde ausgestellt sind. Und wie Würmer oder gar Maden so weiß leuchten zwischen ihnen die Körper der Neuen auf, die sich der Sonne noch nicht ausgesetzt haben. Und den Effekt der südlichen Sonne auf der Krim und an der Schwarzmeerküste verstärkt natürlich noch die Wirkung des Meeres. Das Meer, das in der tropischen Hitze des südlichen Klimas für Frische sorgt; das Meer, dessen Schönheit seinesgleichen sucht; das

Meer, das ein beispielloses Badevergnügen ermöglicht; das Salzwasser, das die Nerven stärkt und auf die Blutgefäße einwirkt – dieses Meer zieht Ausflügler an, die Kranken und die Erholungsuchenden. Sonne und Meer – das ist eine Kombination, die ebenso schön wie gesund ist. Es ist die Aufgabe aller öffentlichen Einrichtungen, sowohl staatlicher als auch ehrenamtlicher, auf jede erdenkliche Weise diesen Drang zur Sonne und zum Meer zu unterstützen und den Werktätigen die Möglichkeit zu geben, ihre Arbeitsfähigkeit durch diese Heilkraft der Natur wiederherzustellen und zu stärken. Es ist eine schlechte Gewerkschaft, die ihre Mitglieder darin nicht unterstützt; es ist eine schlechte staatliche Arbeiterbehörde, die ihre Arbeiter darin nicht unterstützt; es ist ein schlechter Bewohner unseres Staates, der nicht aus eigener Kraft und mit eigenen Mitteln danach strebt, die Sommerzeit zu nützen ..."

In diesem Moment bekam eine Frau in den hinteren Reihen einen Niesanfall. Der Vortragende reckte seinen Hals wie eine Giraffe, machte diejenige mit durchdringendem Blick ausfindig und ließ seine Baritonstimme über die Köpfe hinweg in ihre Richtung erschallen: „Gesundheit!"

„... sich erholen, sich auskurieren", fuhr er fort, als es im Saal wieder still geworden war, „und sich im Sommer abhärten, besonders in der Sonne des Südens und am Meeresufer – das ist Ihre nächste Aufgabe für diesen heutigen Tag. Das muss für alle Werktätigen zum Gegenstand ihres Bemühens werden, denn die Sonne und das Meer wirken vielseitig und energievoll: Sie härten ab und sie machen gesund!"

Nach dem Vortrag schloss sich Mark dem Strom der Feriengäste an und ließ sich davon in den geräumigen Speisesaal treiben.

„Genosse Iwanow?", ertönte die laute Stimme der Diätschwester, die die Kurkarte der neuen Feriengäste überprüfte. „Schmerzen an der Leber? Oder im Magen?"

Mark beschloss, nicht zu klagen.

„Nein, alles in Ordnung", sagte er.

„Na wunderbar, Genosse Iwanow. Dann setzen Sie sich bitte an Tisch Nummer 15, er ist dort am Fenster, mit Aussicht sozusagen. Suchen Sie sich irgendeinen Platz aus. Aber setzen Sie sich bitte dann immer dorthin, damit Ordnung herrscht."

Nachdem er seinen Platz an dem Tisch ausfindig gemacht hatte, fühlte sich Mark angenehm entspannt. Auf dem Tisch, der mit einer schneeweißen Tischdecke bedeckt war, befand sich auf einem Ständer ein Körbchen mit Brot und gleich daneben, etwas tiefer, ein kleineres mit Servietten.

Ein dreistöckiges Wägelchen mit warmen Speisen wurde an den Tisch herangefahren, und die Kellnerin, die es schob, eine kleine, braungebrannte junge Frau mit einem langen schwarzen Zopf, stellte lächelnd einen Teller Suppe vor Mark auf den Tisch.

„Sitzt hier schon jemand?", fragte sie und deutete dabei auf die noch leeren Plätze.

Mark zuckte mit den Achseln.

„Egal, gleich wird sich jemand dazusetzen", murmelte sie vor sich hin und stellte drei weitere Teller mit Suppe auf den Tisch.

Mark beugte sich über seinen Teller und sog das Aroma der Suppe ein, das ihm entgegenströmte.

Hühnersuppe mit Fadennudeln – ohne hinzusehen erinnerte er sich an den milden und feinen Geruch. Er nahm den glanzenden Edelstahllöffel mit einem auf dem Griff eingeprägten Kremlturm zur Hand. Dann hielt erkurz inne, um sich einzustimmen.

Der Geschmack der Suppe tat der Zunge so wohl, dass er sie gar nicht hinunterschlucken mochte.

Drei weitere Feriengäste setzten sich an den Tisch – zuerst der Herr mit dem Kurzhaarschnitt, der klein und etwas dicklich war und beim Vortrag neben ihm gesessen hatte, und dann noch ein älteres Ehepaar: eine füllige Dame mit ungewöhnlich rosigen Wangen in einem violetten Kleid und ihr Gatte, stattlich, gesund und glatzköpfig, mit großen Händen, in blauem Hemd und einer Trainingshose.

„Guten Appetit!“, wünschte Mark.

Sie lächelten.

Es stellte sich heraus, dass der Dickliche der Leiter eines öffentlichen Abfallverwertungsunternehmens war. Sein Nachname war Waltusow.

Das Oberhaupt der Familie Jewsjukow hatte viele verantwortungsvolle Tätigkeiten ausgeübt. Nun stand er einer Lederfabrik in der Nähe von Moskau vor. Der Name seiner Frau war Klawdija Stepanowna.

Als Hauptspeise brachte die sympathische Kellnerin Koteletts vom Rind mit gedämpftem Kohl.

Mark konnte sich gar nicht genug über die Qualität der warmen Speisen freuen.

Klawdija Stepanowna teilte seine Begeisterung nicht und meinte, er sei wohl noch nie verheiratet gewesen. Das traf auch zu.

Die anderen beiden Männer, Waltusow und Jewsjukow, aßen allerdings ebenso begierig und mit Leidenschaft, und Mark fühlte sich durch ihr leises Schmatzen bestätigt. So versuchte auch er lauter zu kauen, obwohl er eigentlich Tischmanieren besaß, damit er sich nicht von den anderen unterschied.

Das Marillenkompott war Mark zu süß. Den Windbeutel beschloss er für Kusma mitzunehmen und wickelte ihn sorgfältig in eine Papierserviette ein.

„Haben Sie einen Hund mitgebracht?“, fragte Klawdija Stepanowna im Scherz.

„Nein“, antwortete Mark gleichfalls scherzend. „Ich habe einen Vogel!“

Alle lachten.

Bevor Mark zum Meer ging, steckte er Kusma das Gebäck in den Käfig. Diesen trug er auf den Balkon hinaus und stellte ihn dort auf einen Korbsessel.

„So, jetzt kannst auch du dich aufwärmen“, sagte Mark zu Kusma. „Von hier aus kann man die Palmen sehen, vielleicht erinnern sie dich an deine weit entfernte Heimat?“

Auf dem Strand lagen Massen von Menschen. Mark musste buchstäblich alle fünf Meter über jemanden hinwegsteigen oder jemandem ausweichen.

„Genosse Iwanow! Genosse Iwanow!“ Plötzlich drang ein Rufen an sein Ohr.

Er wandte sich um.

„Kommen Sie zu uns!“, lud ihn das Ehepaar Jewsjukow ein, das es sich unter einem Sonnenschirm gemütlich gemacht hatte. „Sie sollten schließlich auch nicht gleich direkt in die Sonne gehen – sonst bekommen Sie einen Sonnenbrand!“

Bereitwillig legte Mark seine gestreifte Matte neben das Ehepaar.

„Ein Kartenspiel gefällig?“, schlug Jewsjukow vor.

Sie spielten „Sei nicht der Dumme“.

Mark ärgerte sich anfangs über die albernen Scherze und derben Zwischenbemerkungen des Genossen Jewsjukow. Aber da er wusste, dass er den Leiter einer Lederfabrik vor sich hatte, beruhigte er sich und betrachtete dessen Derbheit als Berufskrankheit. Er war mit Kusma oft genug in Lederfabriken aufgetreten. Und jedes Mal hatte man ihm den Produktionsvorgang erklärt und vorgeführt, und jedes Mal hatte Mark die Derbheit der Arbeit und der Arbeiter in diesen Werken feststellen können. Also beschloss Mark auch diesmal, sich rasch daran zu gewöhnen, und vesuchte, dem keine weitere Beachtung zu schenken.

In allen drei Runden war Mark der „Dumme“. Danach ging man baden.

Obwohl es erst Anfang Juni war, war das Meer in diesem Jahr schon warm. Mark schwamm zu einer roten Boje hinaus, die neben einem Pfahl lag, an dem ein Rettungsboot mit einem Matrosen darin festgebunden war. Dabei erinnerte er sich an den wunderbaren Einführungsvortrag, der im Erholungsheim gehalten worden war. Und er dachte an die Aussagen darin und stimmte ihnen vollkommen zu. Sonne und Meer! Ursprung des Lebens! Die Natur ist der beste Arzt! Wie recht der Vortragende doch hatte!

Am nächsten Morgen machte Mark Morgengymnastik auf dem Balkon. Vom Nachbarbalkon sah ein netter Herr herüber, der noch ziemlich jung wirkte.

„Hallo, Herr Nachbar!“, sagte er freudig. „Darf ich mich vorstellen? Wjatscheslawin, Dichter.“

Mark stellte sich ebenfalls vor.

„Oh, wie symbolisch! Ein Dichter und ein Künstler wohnen nebeneinander, Wand an Wand. Das ideale Produktionsverfahren!“

Das Gespräch dauerte nur kurz.

Der Dichter ging sich rasieren und Mark lief zum Meer hinunter, um noch vor dem Frühstück bis zur Boje und wieder zurück zu schwimmen.

Die Tage verflogen viel zu schnell. Es war ihm, als wäre er erst gestern in dieses wundervolle Erholungsheim gekommen, und nun hatte er hier schon acht oder neun Mal zu Mittag gegessen und genau so oft gefrühstückt.

Nach einem weiteren Mittagessen beschloss Mark, sich einen Mittagsschlaf zu gönnen. Er hatte schon das Hemd ausgezogen, als es an der Tür klopfte.

Der Dichter Wjatscheslawin war gekommen. Als Geschenk hatte er ein Buch von sich mitgebracht.

„Vielleicht kannst du es brauchen!“, sagte er und deutete auf den im Käfig sitzenden Papagei.

Und dann setzte er sich ganz zwanglos in den Korbsessel.

„Es ist doch alles symbolisch!“, meinte er überschwänglich. „Lunatscharskij ist damals ganz umsonst gegen den Symbolismus aufgetreten. Umsonst! Das ist schließlich die Grundlage zum Verständnis von Geschichte. Ja, und die Revolution an sich, dass sie nämlich ausgerechnet mit dem Hinauswurf der höheren Töchter aus dem Smolnyj begonnen hat? Ist das etwa nicht symbolisch?!“

Mark hörte zu und nickte.

Aber der Dichter Wjatscheslawin redete und redete. Dann verstummte er plötzlich und versank in Gedanken, offenbar war ihm beim Lobgesang auf den Symbolismus ein interessanter Gedanke gekommen, den er sonst zu vergessen fürchtete.

„Jetzt mache ich mich ans Schreiben!“, meinte er dann mit veränderter Stimme, die besorgt klang, nickte und ging.

Mark atmete erleichtert auf. Er legte das Buch des Dichters auf den Tisch und begab sich zu Bett.

Ein paar Tage später verkündete die Sendezentrale des Erholungsheims, dass es eine Meisterschaft der Feriengäste im Krim-Zweierbewerb geben würde. Der Zweierbewerb bestand aus Riesenschach und Ringwurf: für Frauen aus sieben Meter und für Männer aus elf Meter Entfernung.

Unverzüglich kam der Dichter Wjatscheslawin angelaufen und schleppte Mark mit sich zum Teilnehmer-Treffpunkt. Dort standen bereits auf einem speziellen Platz im Park das Ehepaar Jewsjukow und viele andere Feriengäste, deren Gesichter Mark schon kannte. Nur Waltusow war nicht zu sehen.

Die Riesenschachfiguren waren wirklich groß – sie reichten Mark bis zum Gürtel.

In seiner Kindheit hatte er dieses Spiel sehr gemocht.

Der Wettkampfrichter, ein ehemaliger Boxmeister der Ukraine, verkündete die feierliche Eröffnung der Meisterschaft.

Sie dauerte bis zum Abendessen. Aus Zerstreutheit verlor Mark die Dame nur fünf Minuten nach Beginn des Spiels, und er ergab sich darauf sogleich, woraufhin er höhnische Bemerkungen von Jewsjukow erntete, der ihn angefeuert hatte. Jewsjukow, der die nächste Partie spielte, gewann gegen einen hiesigen Zahnarzt, ins Finale kam er dennoch nicht; ein Gast der Meisterschaft besiegte ihn – der Leiter der benachbarten Grenzwache. Letztendlich kannte Mark keinen der Sieger des Zweierbewerbs. Besonderen Spaß hatte ihm die Teilnahme an den Spielen nicht gemacht, aber es tat ihm auch nicht leid um die aufgewendete Zeit – schließlich war auch Sport Erholung!

Beim Abendessen machte Jewsjukow wieder Witze über Marks verlorenes Spiel, aber seine Gattin wechselte geschickt das Thema. Sie sprachen über Leder und über neue Verfahren des Gerbens. Und als Waltusow gegangen war, lud Klawdija Stepanowna Mark zu ihnen auf das Zimmer ein: Jewsjukow habe sehr guten und edlen Wein gekauft.

Das Zimmer der Jewsjukows erwies sich als dreimal so groß wie das von Mark. In der Mitte des weitläufigen Raums stand ein schöner, polierter Tisch auf soliden Beinen. Das Oval der Tischplatte wurde von den Lehnen antiker Stühle umrahmt. Auf Servietten aus dem Speisesaal standen drei verschiedene Flaschen: „Kokur“, „Muskat“ und „Sherry“. Daneben lagen in einer Schale Weintrauben, Äpfel, Marillen und Pfirsiche.

„Wird denn hier alles so früh reif?“, wunderte sich Mark laut.

Jewsjukow sah seinen Gast herablassend an.

„Nein, das kommt aus Zentralasien. Hier wächst alles später.“

Klawdija Stepanowna holte Kristallgläser aus einer Anrichte, die an der Wand stand.

Mark bemerkte ein Bild, das über einem großen Sofa hing. Darauf bliesen Pioniere zum Appell. Rechts unten prangte dick und fett die Signatur des Künstlers.

„Also, Genosse Iwanow“, sagte Jewsjukow, ohne den Gast anzusehen, und setzte den Korkenzieher an den Sherry an. „Nehmen Sie Platz! Gleich werden Sie einen echten Wein verkosten!“

Er glaubt wahrscheinlich, dass ich noch nie Sherry getrunken habe!, dachte Mark verärgert, sagte aber nichts.

Schließlich setzten sie sich an den ovalen Tisch.

„Länger, Sie müssen ihn länger im Mund behalten!“, empfahl Jewsjukow, aber es klang eher wie ein Befehl.

Mark hätte sich beinahe verschluckt. Er schluckte den Wein hinunter, tat aber so, als ob er ihn auf der Zunge behalte.

„Ein wenig im Mund behalten ..." Hitzig gab der Direktor der Lederfabrik Anweisungen. „Klawotschka, haben wir Sprotten da?"

„Ja, mein Schatz!", antwortete seine Frau.

„Mach sie bitte auf, sie passen hervorragend zum Muskat."

Bald stiegen sie auf den Muskat um. Und das Gespräch wechselte sogleich vom korrekten Weingenuss auf freiere Themen über, auf Ereignisse aus dem Leben.

„Ja, so ist er, immer bemüht er sich darum, voranzukommen!", sagte Klawdija Stepanowna, nachdem sie eine weitere Grobheit ihres Mannes ausgebügelt hatte. „Vor kurzem erst hörte er, dass in Wologda die Kreuze von den Glockentürmen der Klöster abgenommen werden sollen. Da ist er aufgesprungen und losgefahren – ist selbst dorthin gefahren und hat eigenhändig Kreuze abgesägt!"

Mark, der schon etwas angeheitert war, hörte der Frau mit den rosigen Wangen zu.

Jewsjukow, der mehr und schneller trank als Mark, benutzte die Pause dazu, um das nächste Glas Wein zu leeren. Es hatte den Anschein, als würde er es genießen, den Erzählungen seiner Frau über sich selbst zuzuhören.

„Einmal ist er mit einem Militärpiloten in den Himmel geflogen!", fuhr Klawdija Stepanowna fort, ihren Mann zu loben.

Und ich fahre immer nur Zug!, dachte Mark traurig und stellte fest, dass er in seinem Leben nichts Heroisches vollbracht hatte und sich mit nichts brüsten konnte.

Wieder knallte der Korken, er stammte bereits von der vierten Flasche. Sie waren zum Sherry zurückgekehrt, der ihnen nach dem Muskat und dem Kokur nun etwas bitter vorkam.

„Und im zweiundzwanziger Jahr bin ich extra nach Gorkij gefahren zu Lenin!" Jewsjukow übernahm von seiner Frau wieder das Wort und beschloss, nun selbst von sich weiterzuerzählen. „Es ist mir damals nicht gelungen, mit ihm zu sprechen, aber ich habe ihn aus der Nähe gesehen!"

„Ich habe ihn auch gesehen ...“, sagte Mark mit schwerer Zunge und sah dabei auf sein Kristallglas mit Sherry.

„Wann?“, fragte Jewsjukow.

„Na, so ungefähr vor zwei Jahren ...“, brachte Iwanow langsam hervor.

Jewsjukow kniff die Lippen zusammen. Klawdija Stepanowna verkrampfte sich, um sich für die nächste Grobheit ihres Mannes zu wappnen.

„Zu viel getrunken!“, sagte der glatzköpfige Ehemann unerwartet sanft, aber mit geringschätzigem Gesichtsausdruck. „Der Künstler hat zu viel getrunken! Ein Säufer ...“

Mark ertrug es, ohne seinen Blick vom Glas zu wenden. Ihm war plötzlich die unterschriebene Verschwiegenheitserklärung eingefallen, und auch der letzte strenge und drohende Blick dieser militärischen Person, des Oberleutnants ...

„Ein Säufer und ein Schmarotzer!“, meinte Jewsjukow nach einer Pause.

„Warum Schmarotzer?“, stieß Mark hervor.

„Warum Schmarotzer?“, hob Jewsjukow verwundert die Brauen. „Weil du bei deinem Vogel, deinem Papagei, mitschmarotzt! Wer bist du denn ohne den Vogel? Hm? Wer braucht dich schon ohne den Vogel?!“

Mit einem Mal fühlte sich Mark sehr schlecht. Er stand auf und hätte beinahe den Stuhl dabei umgeworfen.

„Genosse Iwanow, Genosse Iwanow!“, gackerte Klawdija Stepanowna.

„Setz dich!“, fuhr ihr Mann sie an. „Soll er doch gehen, der Papageienlakai!“

Ohne seine Beine zu spüren, kehrte Mark in sein Zimmer zurück, setzte sich in den Korbsessel und weinte. Ihm war übel. Wie ein bunter Nebel hing der Wein in seinem Kopf.

Es klopfte an der Tür. Mark reagierte nicht, doch die Tür öffnete sich. Klawdija Stepanowna trat ein und kauerte sich neben ihn hin.

„Kränken Sie sich bitte nicht seinetwegen!“, bat sie. „Er ist kein schlechter Mensch, er ist nur unbeherrscht. Er ist schließlich ein Arbeitstier, er hat bereits seit fünf Jahren eine Betriebsneurose. Aber eigentlich ist er ein Guter, er ist mit dem berühmten Stoßarbeiter Stachanow befreundet, ist in seinen Schacht hinabgestiegen und hat sogar versucht, Kohle abzubauen ... Verstehen Sie, es ist einfach sein Charakter ...“

Sie strich Mark über den Kopf und zerzauste dabei sein kurzes, schwarzes Haar.

„So beruhigen Sie sich doch bitte!“, bat sie.

Als Klawdija Stepanowna gegangen war, stand Mark auf, um die Tür hinter ihr abzuschließen, aber da erinnerte er sich, dass die Türen im Erholungsheim keine Schlösser hatten. Also sank er wieder in den Korbsessel zurück. Langsam verflüchtigte sich der Wein aus seinem Kopf. Zurück blieb eine tiefe Kränkung.

Er wollte nicht allein sein.

Er ging auf den Balkon hinaus und sah nach, ob Kusma noch etwas zu fressen hatte.

Dann blickte er zum benachbarten Balkon hinüber – jetzt hätte Mark nichts dagegen gehabt, sich mit dem Dichter Wjatscheslawin zu unterhalten. Aber dort war alles still.

Mark wusch sich das Gesicht, nahm den Käfig mit Kusma und machte sich zum Meer auf, ging aber nicht bis zum Strand, sondern setzte sich auf einen kleinen Felsen, auf dem man einen geschmackvollen Pavillon errichtet hatte.

„Man achtet uns nicht“, meinte Mark und blickte den Vogel an. „Niemand braucht uns, dich und mich ...“

Und wieder wollte Mark weinen, aber dieses Mal hielt er die Tränen zurück.

Abends erzählte er Wjatscheslawin vor dem Essen von seiner Kränkung. Sie saßen im Zimmer des Dichters, das ebenfalls klein und gemütlich war, und tranken Portwein. Was Mark im Zimmer der Jewsjukows passiert war, fand der Dichter sehr symbolisch. Dann geriet das Gespräch in irgendwelche historischen Labyrinthe, aber Mark wollte beim Thema bleiben. Er hörte einer Stimme zu, der Stimme eines Menschen, der mit ihm fühlte und ihn auch zu verstehen schien. Umso mehr, weil sie einer verwandten Tätigkeit nachgingen.

Als die Sendezentrale an das Abendessen erinnerte, schlug der Dichter vor, dass Mark sich im Speisesaal zu ihm an den Tisch setzen solle. Es stellte sich heraus, dass er sich vor ein paar Tagen ebenfalls mit seinen Tischnachbarn zerstritten hatte, und so setzten sie sich in die andere Ecke des Speisesaals.

Gegen Abend konnte sich Mark endgültig beruhigen. In sein Zimmer zurückgekehrt schlug er das Buch auf, das ihm der Dichter geschenkt hatte, las stichprobenartig etwa zwanzig Gedichte und beschloss, dass sie ihm in Zukunft nützlich sein würden. Es ließen sich darunter einige gelegentlich benötigte thematische Gedichte finden: über die Arbeit der Eisenbahner und Weichensteller, über Köche, über die Zuckerproduktion.

Bis zum Urlaubsende blieb noch eine Woche.

Mark verbrachte sie in der Gesellschaft des Dichters. Seine früheren Tischnachbarn mied er – sogar Waltusow, der eigentlich gar nichts damit zu tun gehabt hatte. Während dieser Zeit besuchte Mark noch einige interessante Vorträge für die Feriengäste. Beinahe hätte er eine bezaubernde Frau kennengelernt. Aber er hielt sich zurück: Was brachte es denn, eine Woche für das Kennenlernen aufzuwenden, um dann an Abschiedsschmerz und ähnlichen Gefühlen zu leiden?

Drei Tage vor der Abreise sonnten sie sich zu dritt am Strand, Mark, der Dichter und Kusma. Sowohl Mark als auch der Dichter durften auf ihre Bräune stolz sein – auf dieses äußere Zeichen für eine verbesserte Gesundheit. Diesmal sprachen sie über kreative Arbeit, über Dienstreisen, auf denen Wjatscheslawin sich am Beispiel von Vertretern unterschiedlichster Berufsgruppen in deren Probleme hineinfinden musste, und darüber, wie schwierig es manchmal war, diese Tätigkeitsmodelle mit ihren Problemen wieder hinter sich zu lassen. Besonders schwer war es dem Dichter gefallen, das Modell eines bekannten Chirurgen namens Bakulew wieder aufzugeben.

Plötzlich wurde das Gespräch von donnerndem Gepolter unterbrochen, auf das ein Schrei folgte, der sogleich von mehreren Stimmen begleitet wurde. Immer wieder wurden dabei die Worte „Einen Arzt! Einen Arzt!“ wiederholt.

Mark und Wjatscheslawin sprangen auf und liefen, ohne sich anzuziehen, in ihren schwarzen Badehosen nach oben an den Ort des Geschehens.

Auf dem Platz vor dem Hauptgebäude des Erholungsheims angekommen, bot sich Mark und dem Dichter der Anblick einer Menge von Steinbrocken und darunter der zertrümmerte Körper eines Mannes, der auf unnatürliche Weise mit dem Gesicht zu Boden lag.

„Ich hab ihm noch zugerufen, geschrien habe ich!“, erzählte ein dort stehender Feriengast, weiß wie Papier, dem Direktor des Erholungsheims und seine Stimme überschlug sich dabei vor Aufregung. „Aber er ist trotzdem auf das Dach geklettert, dann ist er auf den Vorbau zu diesen Statuen hinabgestiegen, um sie zu betrachten und zu betasten ... Und bei der letzten dann, bei der „Kolchosbäuerin“, ist er gestolpert und hat sich an ihr festgehalten, um nicht zu stürzen, und dann ist er mit ihr gemeinsam ... herunter ...! Und nicht ausgelassen hat er sie!“

Mark wurde übel.

„Aber das ist doch Genosse Jewsjukow!“, sagte einer, der sich über den Kopf des liegenden Mannes gebeugt hatte. „Seine Frau ist auch hier ... Man muss sie verständigen ...“

„Gehen wir!“, stieß Mark den Dichter in die Seite. „Mir ist nicht gut ...“

Sie gingen zur Seite und blieben stehen.

Mark bückte sich hinter einen Strauch, aber sein Magen wollte sich nicht erleichtern. „Äußerst symbolisch! Äußerst!“, sagte Wjatscheslawin mit erschütterter Stimme. „Das war doch der, der dich angeschrien hat, oder?“

„Ja ...“, presste Mark hervor, ohne sich aufzurichten, und übergab sich.

Als er fertig war, drehte er sich zum Dichter um.

„Ich gehe in mein Zimmer. Tu mir einen Gefallen, geh zum Strand und hol meine Matte und den Käfig mit Kusma!"

Der Dichter nickte und schlug den Weg ein, der zum Meer führte.

Kapitel 29

In der Schule wurden Vorbereitungen für den Festtag getroffen.

„Mehr nach links, nach links!“, kommandierte Vizedirektor Kuschnerenko die beiden älteren Schüler, die ein Spruchband mit der Aufschrift „Unser Wissen für das Vaterland!“ gegenüber vom Haupteingang aufhängten. „So ... hervorragend!“

Sie hatten noch viel Arbeit vor sich. Es wäre gut, wenn wir bis zum Abend fertig würden, dachte der Vizedirektor, wenn nicht, dann müssen wir auch noch nachts weiterarbeiten. Schließlich ist noch nicht einmal das Erdgeschoß fertig, dann noch drei Stockwerke und auch noch die Klassenzimmer und die Fassade der Schule ...

Banow saß in seinem Büro und dachte angestrengt nach.

Da läutete das Telefon.

Ein Beamter vom Narkompros ließ ihn wissen, dass ein Bote mit einem „Fest-Attribut“ zur Schule unterwegs war. Er verabschiedete sich rasch und legte auf.

Banow verzog den Mund. Er wusste nicht, was unter einem „Attribut“ zu verstehen war, und vielleicht hatte er deshalb den Eindruck, als habe der Beamte am Telefon mit unverhohlener Herablassung mit ihm gesprochen.

Ohne anzuklopfen kam Vizedirektor Kuschnerenko ins Zimmer. Er sah Banow bekümmert an.

„Möglicherweise haben wir nicht genug Nägel!“, sagte er.

„Sie müssen reichen“, entgegnete der Schuldirektor nicht wenig erstaunt. „Sag mir am Nachmittag Bescheid, wenn wir wirklich zu wenig haben, dann fragen wir bei der Baustelle!“ Banow deutete mit dem Kopf zum Fenster, wo eine neue Ziegelmauer zu sehen war, die zu einem im Entstehen begriffenen Gebäude gehörte.

Kuschnerenko verließ das Zimmer.

Während Banow auf den Boten wartete, trommelte er mit den Fingern auf den Tisch. Auf dem Gang war Lärm zu hören. Er hatte Lust auf Tee.

Da klopfte es an der Tür.

Der Lehrer Moschajkin kam herein und hielt ein Porträt von Kalinin in der Hand. Er grüßte und tastete mit seinem Blick die Zimmerwände suchend ab.

Banow blickte ihn verwundert an.

„Genosse Direktor ...“, sagte Moschajkin, „wir müssen es aufhängen. Es wurde angeordnet, dass es in der Direktion ein Porträt geben muss ...“

Banow biss sich auf die Unterlippe und ließ seinen Blick ebenfalls über die Wände des Zimmers wandern: Es gab drei Wände, an der einen hing das Dserschinskij-Porträt, an der zweiten die Uhr und an der dritten stand ein Bücherregal.

Der Lehrer schwieg bedrückt und wartete auf die Entscheidung des Direktors.

Währenddessen überlegte Banow, was er tun sollte. Dserschinskij abnehmen und an seiner Stelle Kalinin aufhängen? Oder die Uhr von der anderen Wand nehmen und das Bild dorthin hängen? Wieder klopfte es an der Tür. Dreimal.

Ein Beamter des Narkompros vom Rang eines Oberleutnants kam herein. Er hatte eine ziemlich große, versiegelte Sperrholzkiste bei sich, die er auf den Tisch des Direktors stellte. Hierauf bat er Banow, eine Empfangsbestätigung zu unterschreiben. Dann salutierte er und ging.

Banow sah zuerst die versiegelte Kiste an, dann den Lehrer Moschajkin, und der Lehrer begriff.

„Entschuldigen Sie“, sagte er, „ich lasse das hier ... Sie haben zu tun ...“

Nachdem Moschajkin das Kalinin-Porträt ans Bücherregal gelehnt hatte, verließ auch er das Zimmer.

Nunmehr allein stellte Banow erst einmal den Teekessel auf den Petroleumkocher. Dann brach er das Siegel der Kiste. Er fand einen Karton mit der Aufschrift: „Abzeichen ‚Roter Spender‘ – 1000 Stück“ darin, daneben lagen als verschnürtes Päckchen mit derselben Aufschrift die Vergaberichtlinien sowie noch ein ähnliches Päckchen, das die Noten und den

Text des neuen Liedes von Orlow-Nadeschin „Der jugendliche Spender“ enthielt.

Banows Gedanken kehrten zum Kalinin-Bild zurück. Er wollte dieses Problem so schnell wie möglich lösen, um dann in Ruhe eine Tasse Tee zu genießen. Und wenn ich ihn einfach neben Dserschinskij hänge?, überlegte Banow, und dieser Gedanke schien ihm ganz vernünftig. In der Tischlade fand er eine Schachtel mit Nägeln und einen kleinen Hammer. Dann stellte er sich auf den Stuhl und schlug einen Nagel in die Wand – genau auf der Höhe von Dserschinskijs Nase, nur etwas weiter rechts, einen halben Meter neben dem Porträt dieses Ritters der Revolution.

Nachdem Kalinin an der Wand hing, ging Banow zum Bücherregal und betrachtete von dort aus die beiden Porträts.

Ja ..., dachte er und seufzte in Gedanken. Sie sehen ja aus wie Brüder! Sie sind einander doch sehr ähnlich!

Dann bemerkte er, dass das Dserschinskij-Porträt ein wenig höher hing als das Kalinin-Porträt, aber er unternahm nichts dagegen.

Die Zeit verging langsam. Die Herbstsonne, die manchmal hinter den Wolken hervorschien, malte das Quadrat des Fensters auf den Boden des Zimmers.

Schon schmückten im ersten Stock Spruchbänder den blitzblank geputzten Korridor. Vor der Tür der Direktion war es still geworden. Bevor Kuschnerenko mit dem zweiten Stock begann, schaute er bei Banow vorbei, um ihm mitzuteilen, dass die Nägel reichen würden.

Alles war gut.

Dem Direktor blieb nichts zu tun, und so las er die Vergaberichtlinien „Roter Spender“ und dann auch noch das Lied des Komponisten Orlow-Nadeschin.

Eine Richtlinie wie jede andere, dasselbe gilt auch für das Lied. Nicht besonders neu, dachte Banow.

Wieder klopfte es an der Tür.

Herein trat ein Mann in fortgeschrittenem Alter mit graumeliertem Haar. Er war sorgfältig und auffällig gekleidet und blieb in der Mitte des Zimmers stehen.

Banow blickte ihn fragend an und wartete darauf, dass er etwas sagen würde, aber der Mann sah Banow einfach nur an. Mit einem Mal kamen dem Schuldirektor die Augen des Mannes bekannt vor. Es waren müde, zusammengekniffene Augen.

„Sind Sie Genosse Banow?“, beendete der Mann das Schweigen.

„Ja“, antwortete der Direktor.

„Mein Name ist Karpowitsch“, sagte der Mann. „Wasilij Karpowitsch ...“

Banow drehte den Kopf ein klein wenig zum Fenster und sah Karpowitsch aus den Augenwinkeln an, um ihn genauer betrachten zu können.

Karpowitsch, Karpowitsch ..., wiederholte der Schuldirektor in Gedanken.

„Im neunzehner Jahr bei Jekaterinoslaw ... Erinnern Sie sich, ich habe Ihnen Munition gebracht ... zwei Kisten ... auf den Glockenturm. Außerdem hat sich die Verriegelung Ihrer ‚Maxim‘ verklemmt.“

Diese Hinweise brachten Banow den Vorfall wieder deutlich in Erinnerung und auf seinem Gesicht erschien ein Lächeln.

„Setzen Sie sich!“, sagte er zu Karpowitsch. „Wollen wir Tee trinken?“

Karpowitsch lächelte erleichtert und nickte.

Der Schuldirektor holte zwei Tassen. Der Teekessel stand bereits auf dem Petroleumkocher am Fensterbrett, der nur noch etwas gerüttelt und angezündet werden musste.

„Vor kurzem las ich in der Zeitung von dieser Schule und plötzlich sehe ich – Schuldirektor W. Banow ...“, erzählte Karpowitsch. „Also habe ich beschlossen, dich ausfindig zu machen und herauszufinden, ob das du bist. Entschuldige, dass ich gleich zum ‚Du‘ übergegangen bin, vielleicht ...“

„Aber nein, hör auf!“, unterbrach ihn Banow. „Wir sind doch keine Wichtigtuer! Wo bist du eigentlich jetzt?“

„Hier, in Moskau. Irgendwie hat es bei mir beruflich nicht so geklappt nach dem Krieg ... Ich arbeite als Hausmeister im Kreml ...“

„Im Kreml?!“, wiederholte Banow. „Und du sagst, dass es nicht geklappt hat!“

„Naja ...“, zuckte Karpowitsch die Achseln. „Hausmeister klingt nicht so besonders. Obwohl natürlich nicht jeder Dahergelaufene im Kreml als Hausmeister eingestellt wird ... Ich kenne dort schließlich arbeitsbedingt verschiedenste Geheimnisse. Ich habe sogar im NKWD eine Verschwiegenheitserklärung abgeben müssen.“

„Da siehst du mal“, sagte Banow ernst. „Bei mir gibt es überhaupt keine Geheimnisse, musst du wissen, in der Schule geht es nur um Kinder und Lehrer, kurz gesagt um den Lehrbetrieb. Es ist oft entsetzlich langweilig. Oft sehne ich mich zurück auf den Glockenturm und ...“

„Ja“, nickte Karpowitsch. „Das passiert mir auch ... Da kehrt man so vor sich hin, und plötzlich kommt es einem einen Moment lang so vor, als hätte man keinen Besen in der Hand, sondern ein Gewehr ...“

Karpowitsch seufzte und blickte auf den Teekessel. Dann sagte er:

„Das Wasser kocht!“

„Bist du verheiratet?“, fragte Banow.

„Nein. Das hat auch nicht geklappt ... Als ich im Krieg war, hatte ich eine Frau ... Und du?“

„Ich auch nicht“, antwortete der Schuldirektor nach einer kurzen Pause.

„Weißt du was“, senkte Karpowitsch plötzlich die Stimme. „Ich werde dir als altem Kampfgenossen ein Geheimnis erzählen ...“

Banow fühlte sich unbehaglich. Er bekam Angst um Karpowitsch, schließlich hatte dieser eine Erklärung abgegeben, und nun wollte er dagegen verstoßen. Allerdings weckte das

Geheimnis, worum auch immer es gehen mochte, Banows Neugier. Er hatte die Langweiligkeit des Lebens satt.

„Naja, weißt du ... er lebt!“ Karpowitsch flüsterte nun leise.

„Wer?“

„Na er, du weißt schon: Er lebte, er lebt, er wird leben ... na der Kremlträumer ... so nennt man ihn dort unten!“

„Unten?“ Banow bohrte nachdenklich in seinem Ohr, dann blickte er Karpowitsch fragend an. „Wo unten?“

Karpowitsch seufzte tief. Es war offensichtlich, dass er nicht vorgehabt hatte, mehr preiszugeben, als er bereits getan hatte, aber er beschloss, seinem verständnislosen Kampfgenossen entgegenzukommen, und flüsterte:

„Unter dem Kreml ...“

„Lass uns Tee trinken, er hat bereits gekocht ...“, stammelte der verblüffte Banow.

Nach alter Gewohnheit blies Karpowitsch vor jedem Schluck lange auf den Tee. Er nahm immer zwei Stück Zucker auf einmal und schluckte sie, wie Banow schien, ohne zu kauen.

Banow machte sich die Stille zunutze, um über das Geheimnis nachzudenken, das er soeben erfahren hatte. Kann es denn stimmen, dass er wirklich lebt?, dachte er. Aber wenn es stimmt, warum wird es dann vor allen geheim gehalten? Warum versteckt man ihn? Nein, irgendetwas stimmte hier nicht, und wie die Wahrheit hörte sich das nicht an ...

Offenbar hatte Karpowitsch den Zweifel in Banows Gesicht bemerkt und sagte deshalb nach dem nächsten Schluck:

„Glaubst du mir etwa nicht?“

Banow schwieg.

„Ich habe ihn schon einige Male mit meinen eigenen Augen gesehen, so wie dich jetzt. Wenn der Bote beschäftigt oder krank ist, dann bringe ich an seiner Stelle die Post, die Briefe und Pakete ...“

„Und wer schreibt ihm?“, wunderte sich Banow. „Es wissen doch alle, dass er gestorben ist!“

„Nicht alle“, erklärte Karpowitsch entschlossen. „Die Bauern schreiben, die Kinder, die Arbeiter ... Sie schicken sogar Pakete ... Weißt du, er liebt es so sehr, Briefe und Pakete zu bekommen ...“

„Und was macht er dort? Sitzt er hinter Schloss und Riegel, damit ihn niemand sieht?“

„Wieso hinter Schloss und Riegel?! Er ist immer im Grünen, auf der Wiese ... Er sitzt und träumt ...“

„Im Grünen ... im Kreml?“ Banow riss die Augen auf, bis sie so groß wie silberne Fünfzig-Kopeken-Stücke waren.

„Im unteren Bereich des Kreml, auf den unteren Kremlwiesen ... natürlich kennst du das nicht ...“ Da fiel Karpowitsch plötzlich ein, dass er möglicherweise zu viel erzählt hatte. „Erzähl nur ja niemandem davon, sonst geht es mit uns ab nach Sibirien ...“

Banow nickte.

„Ich muss jetzt gehen“, sagte Karpowitsch nervös.

„Komm bald wieder! Du musst mich unbedingt wieder besuchen!“, bat Banow. „Abends bin ich hier ganz allein. Wir klettern auf das Dach und dann sitzen wir dort ein wenig, wir haben hier ein gutes Schrägdach ...“

„Mhm“, brummte Karpowitsch. „Schreib für alle Fälle meine Telefonnummer auf, vielleicht brauchst du einmal Hilfe.“

In der Schule war es still. Draußen wurde es dunkel, oder vielleicht waren auch nur Wolken aufgezogen.

Banow schritt den Korridor im ersten Stock entlang – alles war, wie es sein sollte: Schriftbänder, Porträts, Blumentöpfe auf den weißen Fensterbänken.

Er stieg in den zweiten Stock hinauf – dasselbe Bild. Alles sah wunderbar aus.

Auch der dritte Stock war bereit für den Festtag.

Banow stieg wieder hinunter und schloss die Eingangstür ab.

Dann kletterte er auf das Dach.

Ein herbstlicher Abend war über der Hauptstadt hereingebrochen. Es gab Wolken, die gleich Regen bringen würden. Bald würde man nicht mehr auf dem Dach sitzen können, weil es zu gefährlich war. Erst wieder im Winter, wenn der Schnee nicht mehr ganz frisch war, sondern schon ein wenig hart. Aber das konnte noch eineinhalb oder zwei Monate dauern, vielleicht sogar drei.

Zwischen der Schule und dem Erlöserturm schien Licht aus den Fenstern des vor kurzem fertiggestellten Hochhauses. Der Lärm der Stadt klang ab. Nur wenige Autos fuhren durch die nahen Querstraßen der Sretenka-Straße und tasteten dabei mit ihren Scheinwerfern den Weg ab.

Banow verspürte eine innere Ruhe und dachte an den Kremlträumer. Was Karpowitsch ihm erzählt hatte, klang wie ein Märchen, aber aus irgendeinem Grund glaubte Banow allmählich, dass das, was er gehört hatte, der Wahrheit entsprach. Vielleicht deshalb, weil er Karpowitsch als altem Kampfgenossen vom ersten Moment an vertraut hatte, obwohl sie in jenen Kriegsjahren keine engen Freunde gewesen waren. Aber nichtsdestotrotz: Wenn Karpowitsch damals bei Jekaterinoslaw nicht gewesen wäre und die beiden Kisten mit Munitionsgurten für die „Maxim" nicht gebrachte hätte, wer weiß, wie der Kampf ausgegangen wäre. Und was für ein prächtiger Glockenturm das gewesen war! Bestimmt höher als dieses Dach, mit Sicherheit sogar!

Während Banow sich an den Glockenturm erinnerte, schnalzte er mit der Zunge. Und er sah mit einem gewissen Hochmut nach unten – zwischen ihm und dem Asphalt lagen vielleicht fünfzehn Meter. War das etwa hoch?!

* * *

Diese Nacht verbrachte der Schuldirektor in seinem Büro. Er schlief gleich im Sitzen am Tisch ein, wobei er unter seinen Kopf das weiche Lederkissen vom Sitz des Besucherstuhls gelegt hatte.

Er erwachte früh. Die Uhr an der Wand zeigte halb sechs.

Er trank Tee.

Um halb sieben kam ein Anruf aus dem Narkompros. Man wollte wissen, ob alles für den Festtag vorbereitet sei, woraufhin er antwortete: „Alles bereit."

Dann fuhr ein Ambulanzwagen vor – die Spendebrigade.

Banow begrüßte sie, half beim Ausladen und dann gingen alle gemeinsam in das extra für die Brigade bereitgestellte Klassenzimmer. Dort wurde ausgepackt und allerlei Nadeln und Eisenkästchen mit glänzenden medizinischen Instrumenten aus Chrom kamen zum Vorschein, deren Anblick bei Banow ein gemischtes Gefühl aus Respekt und Furcht hervorrief. In einer Ecke wurden sechs große Behälter in speziellen Holzgerüsten aufgestellt.

„Na dann ..." Banow breitete die Arme aus. „Es ist also alles bereit."

„Danke", nickte der Leiter der Brigade, ein hagerer und ziemlich junger Mann mit einer spitzen Nase.

Die vier jungen Frauen, die mit ihm gekommen waren, zogen bereits weiße Kittel über ihre Alltagskleidung.

Über der Tür des Klassenzimmers hing das Spruchband „Unser Blut für das Vaterland!". Als Banow es gelesen hatte, fiel sein Blick auf einen jungen Pionier, der bei der Tür stand.

„Was machst denn du so früh schon hier?", fragte ihn Banow.

„Ich möchte der Erste sein!", sagte der Junge ent-schlossen.

„Ein guter Junge!" Banow lächelte und tätschelte den Kopf des Pioniers.

Dann ging er zurück in sein Zimmer.

Die Schule füllte sich mit Leben. Vor seiner Tür schwirrten bereits Kinderstimmen. Das Fußgetrappel auf dem Parkett des Korridors hallte als dumpfes Echo nach.

Vizedirektor Kuschnerenko trat herein, um zu berichten, dass kein Schüler fehle.

„Gut", sagte Banow. „Den feierlichen Appell werden wir nach der Blutspende abhalten, ich unterrichte die Lehrer davon!"

Vor der Tür zum Klassenzimmer, in dem die Spendebrigade untergebracht war, stellte sich die Klasse 10A auf. Es war beschlossen worden, mit den älteren Klassen zu beginnen, denn die waren erfahrungsgemäß am ungeduldigsten.

Banow holte die Anordnung des Narkompros aus dem Tresor, die den Ablauf des landesweiten Tags der Spende betraf, um die Normwerte für die Blutabnahme an Schülern durchzusehen.

„Klassen 8–10 – 350 Milliliter
Klassen 5–7 – 250 Milliliter
Klassen 3–4 – 200 Milliliter
Klassen 1–2 – 125 Milliliter“

Nach der Durchsicht schnaubte Banow verächtlich. Die Schüler der zehnten Klasse betrachtete er immerhin als erwachsene Menschen, und Erwachsene mussten achthundert spenden.

Die Spendebrigade war gut eingespielt. Es gab keinen Augenblick des Stillstands. Die Frauen blickten nicht einmal in die Gesichter der Spender – dafür blieb keine Zeit.

Klasse für Klasse spendete Blut, kehrte dann in Reih und Glied in ihr Klassenzimmer zurück und verteilte sich auf die Schulbänke. Dann wurden die Schüler verköstigt – vor jedem standen eine Blechtasse mit Tomatensaft und ein mit Creme gefüllter Kuchen.

Banow trat auf den Korridor hinaus, um nachzusehen, wie die Sache voranging.

Vor der Tür, hinter der die Spendebrigade arbeitete, stellte sich gerade die Klasse 6B auf.

In der Schule herrschte Stille.

„Fjodor Palytsch“, wandte sich eine Schwester an den Arzt, den Brigadeleiter. „Wir wissen nicht, ob es sich hier um die Blutgruppe A oder 0 handelt ...“

„Geben Sie es zur Gruppe 0!“, antwortete Fjodor Palytsch kurz, ohne von der Vene des jugendlichen Spenders hochzusehen, den er gerade vor sich hatte.

Es war kurz vor Mittag. Der Schuldirektor blickte ungeduldig auf die Uhr. Er hatte bereits dreimal Tee getrunken. Er wollte diesen feierlichen Appell so rasch wie möglich abhalten und dann alle nach Hause entlassen.

Wieder trat er auf den Korridor hinaus und erblickte beim Fenster einen kleinen Oktobristen, der weinte.

Er ging hin und beugte sich zu ihm hinab.

„Was hast du denn?“, fragte der Direktor und dämpfte dabei die Lautstärke seiner Stimme.

„Sie nehmen mir kein Blut ab!“, heulte der Junge unter Tränen.

Banow kauerte sich nieder und sah dem Oktobristen in die Augen.

„Nicht weinen, du bist doch ein Mann!“, sagte der Schuldirektor. „Und warum nicht?“

„Sie wollen nicht“, klagte der Junge.

„Na komm, wir werden das klären!“ Banow stand auf, nahm den Jungen an der Hand und führte ihn in das Klassenzimmer, in dem die Spendebrigade arbeitete.

Vor der Tür des Zimmers wartete die Klasse 1B.

Entschlossen trat Banow ein, indem er den Oktobristen hinter sich herzog, der mit dem Schuldirektor kaum Schritt halten konnte.

„Wie können Sie nur!“, wandte er sich mit aller Strenge an den hageren Brigadeleiter. „Warum nehmen Sie ihm kein Blut ab?“

„Na, sehen Sie sich ihn einmal selbst an!“, stammelte Fjodor Palytsch. „Er ist doch ganz blau, also zyanotisch! Wie können wir ihm da auch noch Blut abnehmen?“

„Sind Sie ein Kommunist?“, fragte Banow mit finsterem Blick.

„Ich bin Arzt und Kommunist“, antwortete der Brigadeleiter.

„Sagen Sie mir, was Sie in erster Linie sind, Arzt oder Kommunist? Was ist für Sie wichtiger?“

Der Arzt kaute auf seiner Lippe herum. Nach einer Minute seufzte er und sagte:

„Kommunist ...“

„Also, dann nehmen Sie ihm wenigstens hundert Gramm ab!“, entgegnete der Schuldirektor und seine Stimme klang schon sanfter, denn er fand keinen Gefallen daran, so grob zu sein.

„Vera!“, drehte sich Fjodor Palytsch zu einer der Schwestern um. „Nehmen Sie ihm hundert Gramm in einen eigenen Behälter ab!“

„Geh zu Tante Vera!“, beugte sich Banow zu dem Jungen hinab, der bereits zu weinen aufgehört hatte. „Geh nur, sie nimmt dir Blut ab!“

Nachdem er in sein Zimmer zurückgekehrt war, sah er wieder auf die Uhr.

Fünfzehn Minuten nach eins.

Nur noch zwei erste Klassen, dann konnte er den Appell abhalten. Er musste jedoch auch den letzten noch zehn Minuten Zeit lassen für ihre Feiertagsjause.

Der zuvor noch in Tränen aufgelöste Oktobrist verließ nun die Spendebrigade mit einem glücklichen Lächeln auf dem Gesichtchen, während er sich die rechte Armbeuge hielt. Er ging wieder zum Fenster, blickte zum Himmel und musste gleich darauf die Augen zusammenkneifen, da ganz unerwartet ein Sonnenstrahl durch die Wolken gedrungen war.

Bald war die Blutabnahme beendet. Die Spendebrigade packte die Nadeln gemeinsam mit den anderen Instrumenten ein. Fjodor Palytsch verschloss mit desinfizierten Gummipfropfen die großen Behälter, die das gespendete Blut enthielten, da bemerkte er plötzlich ein Gefäß auf dem Tisch, das nur zur Hälfte mit Blut gefüllt war.

„Welche Blutgruppe?“, fragte er die Schwestern. „Wer hat vergessen, das dazuzuleeren?“

„Das ist von dem Zyanotiker!“, antwortete Vera. „Sie haben doch selbst gesagt, in einen eigenen Behälter.“

„Aha!“, nickte Fjodor Palytsch, ergriff das Gefäß und leerte das Blut in einen Blumentopf mit einer Aloe, der auf dem Fensterbrett stand.

Eine der Schwestern holte ein Wurstbrot aus ihrer Tasche, nachdem sie ihren Kittel ausgezogen hatte, und machte sich daran, es hinunterzuschlingen.

Fjodor Palytsch sah sie an und runzelte die Stirn, sagte aber nichts. Auch er war müde und hungrig.

Die Schüler stellten sich im ersten Stock auf und warteten auf den Beginn des Appells.

Alle waren ordentlich gekleidet und frisiert. Alles war wie immer, nur die Gesichter einiger Schüler und Schülerinnen waren etwas blass. Die Oktobristen gähnten.

Nachdem Vizedirektor Kuschnerenko dem Direktor berichtet hatte, dass alle bereit waren, verließen sie gemeinsam das Zimmer. Der Vizedirektor trug die Schachtel mit den Abzeichen.

Banow blieb in der Mitte stehen, erklärte den feierlichen Appell für eröffnet und beglückwünschte alle Schüler zum landesweiten Tag der Spende.

Hierauf traten die Klassenältesten der Reihe nach vor und meldeten:

„Genosse Direktor! Klasse 10A hat Blut gespendet!“

„Genosse Direktor! Klasse 10B hat Blut gespendet!“

Das dauerte zehn Minuten. Danach begann der wichtigste Teil als Abschluss des Festtags. Jeder Lehrer las die Liste der Schüler seiner Klasse laut vor, woraufhin jeder, sobald er aufgerufen wurde, zum Direktor ging und von ihm das Abzeichen „Roter Spender“ erhielt.

Den Karton mit den Abzeichen hielt der Vizedirektor Kuschnerenko in der Hand, und alle paar Sekunden tastete Banow ohne hinzusehen nach dem nächsten Abzeichen. Schon waren seine Finger von den Nadeln ganz zerstochen, mit denen die Abzeichen befestigt wurden. Wenn das Ganze nur so schnell wie möglich zu Ende geht!, dachte der Schuldirektor.

„Zymbaljuk Viktor!“, las der nächste Lehrer.

„Zyganok Pjotr!“

„Robert Rojd!“

Als Banow den vertrauten Namen hörte, hob er den Kopf und blickte den Schüler an, der auf ihn zusteuerte. Robert ging leichtfüßig und lächelte über das ganze Gesicht. Keinerlei Blässe, ein gesunder Bursche, dachte der Schuldirektor und lächelte ebenfalls. Seine rechte Hand griff wieder in die Schachtel und seine kribbelnden, zerstochenen Finger zogen diesmal zwei Abzeichen hervor.

Der Junge schaute Banow verwundert in die Augen, aber dieser nickte nur zur Bestätigung, dass alles seine Richtigkeit hatte. Dann drückte er kräftig Roberts Hand.

Banow war wieder bei Laune und voller Schwung. Nun teilte er die Abzeichen ohne düstere Gedanken aus und vergaß seine zerstochenen Finger, seine Müdigkeit und den bevorstehenden Herbstregen.

Bald nachdem die Ernte eingebracht war, fiel im Neuen Gelobten Land Schnee. Wie sich das für den ersten Schnee gehörte, schneite es in der Nacht, und am Morgen liefen alle menschlichen Bewohner der Ställe hinaus auf den Hof und ließen ihrer Freude freien Lauf. Der Schnee knirschte unter ihren Füßen. Das Bild der im Schnee umhertollenden Kinder und Erwachsenen ließ im Engel ein Gefühl reiner Freude aufkommen. Unter den tobenden und fröhlich lachenden Siedlern entdeckte der ehemalige Himmelsbewohner auch den Buckligen, den Ofensetzer Sachar und alle Kinder, acht an der Zahl. Auch ihn selbst drängte es, sich ihnen anzuschließen und sich mit ihnen zu vergnügen. Der Engel machte einen Schritt und dann noch einen. Dabei lauschte er dem zauberhaften, geheimnisvollen Knirschen des Schnees. In diesem Geräusch lag etwas erstaunlich Reines, ja fast Paradiesisches. In dieser Reinheit wiederum lag etwas Göttliches, und der Engel wunderte sich: Warum fiel im Paradies kein Schnee? Doch gleich darauf fand er eine Erklärung, die ihn befriedigte. Der Schnee war doch ein Zeichen von Kälte, und im Paradies war es schließlich immer warm. Es wurde nur leichte Kleidung getragen, immerzu blühten die Blumen und ringsum grünte alles. Nicht so wie hier, wo über Nacht der zwar schöne, aber todesähnliche Winter eingefallen war.

„He, Engel!“, rief einer von denen, die herumtobten. „Komm zu uns!“

Der Engel lächelte, lief zu den fröhlichen Menschen und suchte unter ihnen Katja.

Er fand sie und eilte zu ihr.

„Ah, Engelchen!“, lächelte sie. „Glückwunsch zum ersten Schnee!“

Und mit ihren roten Lippen, die ganz kalt waren, gab ihm die Lehrerin einen Schmatz auf die Wange.

Der Engel erstarrte. Katja aber entdeckte plötzlich Arbeiter, die an Seilen eine Reihe von Holzschlitten vom Schuppen herüberzogen, sie lief zu ihnen und rief:

„Lasst mich als Erste! Ich will die Erste sein!“

Als die Siedler des Neuen Gelobten Landes vom Herumtollen genug hatten, stellten sie sich in einer Reihe auf, setzten sich auf die Schlitten und rutschten mit fröhlichem „Oh!“ und „Ah!“ den Hügel hinab. Die Lehrerin Katja sauste tatsächlich als Erste auf ihrem Schlitten hinunter und lachte unter ausgelassenem Rufen.

Die Zimmermänner unter den Bauarbeitern hatten viele Schlitten gezimmert, ungefähr zwanzig Stück, aber natürlich nicht genug für alle. Die Siedler warteten geduldig am höchsten Punkt des Hügels, bis sie an der Reihe waren, um durch den Schnee zu gleiten.

Auch der Engel wartete, bis er drankam, und zum ersten Mal in seinem Leben rutschte er den von Kufen glattgefahrenen Hang hinunter.

Plötzlich erklang in der frostigen Luft das bekannte Signal und alle sahen zum Hauptstall hinüber. Dort stand die Köchin Klawa und hielt den schweren Hammer in der Hand:

„Das Frühstück wird kalt!“, rief sie, als der Klang der Eisenschiene verstummt war.

Im Hauptstall wurden alle drei Öfen geheizt. Es war warm, aber düster, denn die Petroleumlampen beleuchteten mehr sich selbst als die gedeckten Holztische, die in der Mitte standen.

Jeder setzte sich mit seiner Tonschüssel zu Tisch. Es wurde heißer Hirsebrei ausgegeben. Das Eingangstor öffnete sich und im Stall verbreitete sich ein angenehmer Duft nach geräuchertem Fleisch. Sachar und zwei Rotarmisten brachten ein im Ganzen geräuchertes Schwein herein, das sie auf eine Bank legten und sogleich zu zerteilen begannen. Die abgeschnittenen Stücke verteilten sie an den Tischen.

Der Engel saß neben Archipka-Stepan und dem Buckligen.

Archipka-Stepan schien bedrückt. Er saß unbeweglich da und starrte in seine Schüssel voll Brei.

„He, Buchhalter“, drehte sich einer der Rotarmisten zum Buckligen um. „Deine wird bald ihr Kind bekommen, oder?“

„Mhm“, bestätigte der Bucklige, während er sein Fleisch kaute.

„Meine auch“, sagte der Rotarmist und strahlte über das ganze Gesicht.

Der Engel seufzte tief.

Archipka-Stepan schaute ihn durchdringend an und blickte dann wieder auf seinen Brei hinunter.

Nach dem Frühstück zerstreuten sich die Siedler in verschiedene Richtungen. Der größte Teil von ihnen ging wieder auf den verschneiten Hof hinaus.

So vollzog sich also der erste Wintereinbruch im Neuen Gelobten Land, aber niemand fürchtete den bevorstehenden Frost und die Kälte. Speicher und Keller waren bereits voll mit Vorräten. Im Herbst, als der Fluss noch nicht zugefroren war, hatten sie in der Nähe des Räucherofens eine Blockhütte aufgestellt. Sachar lebte und arbeitete nun dort und räucherte Fleisch, Fisch und Geflügel für alle, die ihn darum baten. Auch die Bauern aus der nahen Kolchose kamen zu ihm, und von drei für sie geräucherten Hühnern überließen sie eines dem Räuchermeister, ebenso wie sie von jedem Ferkel für Sachar eine Keule abschnitten. Auf diese Weise vermehrten sich rasch die Fleischvorräte im Neuen Gelobten Land, da der Räuchermeister alles Erhaltene der Gemeinschaft zur Verfügung stellte, selbstverständlich abzüglich jenes Anteils, mit dem er den eigenen Hunger stillte. Oft klopften auch trinkfreudige Siedler an seine Tür, gewöhnlich in Begleitung des Brigadiers. Sie hatten das verständliche Verlangen nach einigen Happen dazu, und aus Dankbarkeit füllten sie bereitwillig auch Sachars Krug ein- oder zweimal mit Selbstgebranntem. Sachar trank diesen zwar nicht, nahm ihn aber an und füllte ihn in eine große Flasche, die er unter seiner Bank für alle Fälle aufbewahrte.

Wieder knirschte der Schnee unter den Füßen des Engels – er ging hinunter zum Feld. Er verspürte das Bedürfnis nach Rückzug, um aus der Ferne auf die Siedlung am Hügel zu blicken, deren Bewohner er nun war. Er wollte mit sich allein sein und über die Menschen nachdenken, bei denen er jetzt lebte. Mit jedem Atemzug, den der Engel in der frostigen Luft machte, erfüllte er seinen Körper und seine Gedanken mit frischem Mut.

Da ertönte plötzlich ein dumpfes Signal oben über dem Feld, und der Engel drehte sich um und sah, wie die Schlittenfahrer hinauf zum Hauptstall eilten. Der Engel befürchtete, dass ein Unglück geschehen war, und rannte ebenfalls los.

Der Schnee knirschte und die eisige Luft schmerzte auf seinen Wangen.

Als der Engel beim Stall angelangt war, stürzte er durch die offene Tür und blieb dort stehen, rot im Gesicht und ganz atemlos.

Vor ihm stand eine Menschenmenge im Kreis um den Ofen herum. Der Engel trat näher heran.

„Was gibt es denn dort?“, fragte er einen hinkenden Rotarmisten, der angestrengt über die Köpfe der anderen hinweg nach vorn sah.

„Ich kann nichts sehen“, antwortete der ärgerlich.

Und da hörte man von dort aus der Mitte des Menschenkreises ein Stöhnen.

„Oh Gott!“, flüsterte eine Bäuerin, die in der Nähe stand. „Hoffentlich muss sie sich nicht zu sehr quälen ...“

„Stirbt jemand?“, fragte der Engel.

„Nein“, antwortete sie, ohne sich umzudrehen. „Die Frau vom Buckligen kriegt ihr Kind ...“

„Da schau mal einer an!“, lächelte der hinkende Rotarmist verschmitzt, als er hörte, was dort vor sich ging, und er begann, sich nach vorne zu drängen.

Der Engel folgte ihm nach und wie durch ein Wunder schaffte er es, bis in die erste Reihe zu gelangen, wo die Siedler des Neuen Gelobten Landes in einem dichten Menschenring um die Bank herum standen, auf der die allen bekannte junge Frau mit dem rundlichen Gesicht lag. Sie lag auf dem Rücken und hielt ihren Bauch mit den Händen fest, so als hätte sie Angst, dass es ihn gleich zerreißen würde.

Neben der Bank machten sich zwei Frauen zu schaffen, aber was sie genau taten, war schwer zu begreifen. Eine der beiden legte ein graues Leintuch auf der Bank unter den Beinen der Gebärenden bereit.

Die Gebärende zuckte zusammen, packte ihren Bauch noch fester mit ihren Händen und stöhnte so laut auf, dass der Kreis von Menschen für einen Augenblick erschrocken einen Schritt zurückwich.

Der Engel entdeckte den Buckligen, der beim Ofen stand.

Inzwischen stöhnte die Gebärende noch lauter, und beide Frauen eilten zum Kopfende, beugten sich über sie, flüsterten ihr etwas zu, nahmen dann ihre Hände und pressten ihre Handflächen auf ihren Bauch.

„Pressen, pressen!“, sagte eine der beiden.

Die Gebärende versuchte es, sank aber gleich wieder mit einem Schrei auf die Bank zurück.

Da begannen die Frauen, mit den Händen den Bauch zu bearbeiten, wobei sie hin und wieder die mit weit aufgerissenen Augen an die Decke starrende Gebärende ansahen.

Der Engel fühlte plötzlich, wie ihm die Knie zu zittern begannen, und er wandte seinen Blick von der Bank ab. Ihm wurde ganz schwindlig. Als er die Menschen betrachtete, die um die Bank herum standen, entdeckte er darunter auch Archipka-Stepan. All diese Menschen sahen so feierlich und stolz aus, dass auch der Engel von diesem ihm unbekannten Gefühl erfasst wurde. Er erstarrte und vergaß auf das Zittern in seinen Knien.

Da schrie die Gebärende auf. Wieder pressten die Frauen die Hände auf den Bauch und in diesem Augenblick rutschte ein kleines, runzliges, rotes Etwas aus dem Schoß der Gebärenden auf das graue Leintuch, und die rundherum versammelten Siedler drängten sich näher heran, um sich über das Neugeborene zu beugen und es zu betrachten.

„Wo ist das Messer?“, fragte eine der beiden Hebammen mit dünner Stimme. „Die Nabelschnur muss durchgeschnitten werden ... Wir brauchen ein Messer!“

Aber niemand hörte sie. Die Menschen starrten unverwandt auf die Bank.

„Wo ist das Messer?“, rief die Frau bereits weinerlich.

Der Engel begriff, worum es ging, drängte sich durch die dichte Menge der Siedler und rannte zum Tisch hinter dem Ofen, aber dort fand er kein Messer. Er lief an den Bänken entlang, aber auch dort gab es kein Messer, und so rannte er aus dem Stall hinaus und stürzte so schnell er konnte zur Winterküche, die vor kurzem fertiggestellt worden war.

Er ergriff ein großes Handbeil, das am Tisch lag, und lief zurück. Er drängte sich zur Bank durch, wobei er die immer noch wie versteinert dastehenden Menschen aufschreckte, und reichte der Frau das Beil.

„Wir brauchen es nicht mehr ...“, winkte sie ab und deutete auf den Buckligen, der am Rand der Bank saß und mit einem Finger in seinen Zähnen herumstocherte.

Der Engel blickte den Buchhalter erstaunt an.

„Ich hab sie einfach durchgebissen, sie braucht sich doch nicht zu quälen ...“, sagte dieser, ohne den dicken Zeigefinger aus dem Mund zu nehmen.

So trat der Engel mit dem Beil in der Hand wieder zurück in die Menge und stellte sich in die erste Reihe.

Inzwischen sagten die Frauen dem Neugeborenen die Zukunft voraus, banden die Nabelschnur zu einem Knoten und beugten sich immer wieder hinunter zu einem Eimer mit Wasser, um ihre Hände darin zu waschen.

Der Engel seufzte und wandte die Augen ab. Da entdeckte er Katja. Auch die Lehrerin hatte ihren Blick auf den Säugling geheftet. Aber offenbar spürte sie den Blick des Engels auf sich und wandte sich um. Erschrocken sah sie den Engel an, errötete und trat zurück. Ein langer Rotarmist mit gekrümmtem Rücken, aus dessen Augen eine freudige und ein wenig spitzbübische Neugier leuchtete, rückte an ihren Platz.